박경리
장편소설

녹지대

다산
책방

차
례

일러두기

1. 국립국어원의 한글맞춤법과 외래어 표기 원칙을 적용하였다.
2. 의성어, 의태어, 개인 방언 등은 작가의 창작의도에 따라 원문을 유지하였다.

1. 비 오는 거리

잠바를 입은 채 새우처럼 구부리고 자다가 어두운 구석방(식모하고 함께 거처하는 방)에 햇빛이 스며들자 인애는 눈을 떴다. 손등으로 눈을 비비며 하품을 한다.

'내가 언제 여기 왔을까?'

고개를 갸웃거리는데 바깥 복도에 슬리퍼를 끌고 가는 소리가 들려온다. 숙모 최경순 여사가 화장실로 가는 모양이다.

'아직 안 나가셨군. 쳇! 그런 줄 알았으면 더 잘걸.'

중얼거린다. 명주실같이 부드럽고 노르스름한 머리를 인애는 쓱쓱 긁는다. 창문에서 스며드는 한 줄기 햇빛, 눈동자에 고양이 눈 같은 파르스름한 빛이 돈다. 차츰 눈동자가 크게 벌어진다.

장난꾸러기 같은 웃음을 띠며 가만히 밤의 기척에 귀를 기울인다. 화장실의 문이 탕 하고 닫히는 소리가 난다.

"아주머니!"

경순 여사의 드높고 신경질적인 목소리가 울린다.

"네에."

부엌 쪽에서 늘어져 빠진 식모의 대답이다.

"숙배는 학교 갔어요?"

"글쎄요. 이층에 있나 봐요."

"왜?"

"글쎄요……."

"어제는?"

"학교 말입니까?"

"그럼."

경순 여사는 짜증을 낸다.

"안 갔나 봐요?"

"왜?"

"모르겠어요."

"밥은 먹고?"

"밥은 안 먹었어요. 빵 구워 달래서……."

"아이, 속상해. 도대체 날 어쩌라는 거야? 모두 마음대로 해. 마음대로."

슬리퍼를 끄는 소리가 방 앞을 지나간다. 인애는 신이 난 듯 휘파람을 분다. 휘파람을 분명히 들었을 텐데 경순 여사는 그냥 지나가 버린다. 복도에서 발소리가 사라지자 인애는 일어 섰다. 우선 목욕탕에 가서 세수를 하고 머리를 손으로 쓸어 넘 긴 뒤 슬그머니 부엌으로 나간다. 절름발이 식모는 부엌 안을 이리저리 왔다 갔다 하며 뒷설거지를 하고 있다. 인애가 나가 도 거들떠보지 않는다.

"아주머니."

식모가 힐끗 쳐다본다. 적의는 없었으나 소중히 여기는 눈 은 아니다.

"내 밥 있수?"

"진작 일어나서 먹을 일이지."

혀를 찬다.

"어제 저녁을 굶었더니 배고파 죽겠어. 남은 밥 있음 줘요. 김치하고 먹을게요."

식모는 부스스 밥상을 끌어내고 찬장 문을 열며 반찬을 챙 긴다. 쇠고기 조림과 생선구이, 간장 보시기까지 놓을 것은 다 놓고 밥상을 밀어준다. 인애는 부엌 마루에 쭈그리고 앉아서 후닥후닥 먹는다. 굶주린 강아지같이 먹는다.

"인애도 정신 좀 차려요. 숙모님한테 불벼락 맞기 전에."

식모는 씻은 그릇을 마른행주로 닦으며 타이르듯 말한다.

"동생은 대학에 다니는데 부럽지도 않수?"

다시 덧붙인다.

"흥, 그까짓 게 뭐가 부러워? 시시한 얘기 그만두세요."

인애는 입을 비쭉거렸다. 그러나 그의 신비스러운 눈은 생글생글 웃고 있었다.

"큰일 났어, 큰일 났어요. 인애는 팔도강산을 바람 잡아서 떠돌아다닐 팔자라니까."

"맞았어요. 아주머니, 난 방랑객이야. 얼마나 멋있어요."

인애는 그새 밥을 다 먹고 밥상을 밀어내며 즐겁게 큰 소리로 말했다.

"고삼 때 일이었어요. 난 등록금 갖고 도망갔었거든요. 대부도라는 섬에 말예요. 인천에서 똑딱선 타고. 아, 참 좋았어. 미칠 듯이 좋았어. 겨울 바람이 휙휙 몰아치고, 토막집(움막집─편집자), 참 흙골이라는 마을이 있었어요. 밤엔 고깃불을 바라보며……."

인애는 회상에 의하여 황홀하게 멀리멀리 무엇을 바라보는 듯. 식모는 어이없어하며

"사내아이도 안 될 일인데 여자가, 인앤 큰일이군."

황홀해진 인애의 눈은 갑자기 식어버린다.

"난 내 마음대로 살아갈 거예요, 아주머니. 숙배는 숙배대로 살구. 실은 나 숙모한테 야단 좀 듣고 싶어서 몸이 근질근질한걸요. 요즘엔 통 말이 없어서 심심해 죽겠어. 이래서 이 집에 매력이 없어졌단 말예요. 숙모가 야단하면 징소리가 장장 울리는 것 같거든요. 그러면 난 폴 앵카처럼 몸을 뒤틀고 노래 부르며 울고 싶어진단 말예요. 그 기분 몰라요? 아주머니."

인애는 부엌 마루에 걸터앉아 발을 흔든다.

"내사 통 모르겠소. 무슨 소린지. 내 머리가 빙빙 돌아갈 것 같으니 이제 그만두어요."

인애는 손가락으로 딱 소리를 내며

"에이, 아주머니 주가 떨어진다. 그 기분을 모르다니. 아 참, 숙배는 왜 학교를 안 간다죠?"

"참 딱한 소리를 하네. 숙배 아가씨 학교 안 가는 게 내 탓이우? 모두 날보구 따지니."

식모는 절룩거리며 부엌 바닥을 쓴다.

"계집애 사고 났나 봐? 아이, 난 몰라. 밥 얻어먹었으니 물러가야지."

인애는 구석방으로 돌아온다. 그는 창가에 서서 밖을 내다본다. 넓은 정원, 파초가 제법 자라서 보기 알맞다.

'돈이 없어. 한 푼도 없어.'

인애는 잠바 주머니에 두 손을 찔러 이리저리 더듬어본다. 동전 한 푼 손끝에 만져지지 않는다.

'숙배한테 말해볼까? 고놈의 계집 안 줄 거야. 몇 번 먹어버렸으니까. 어떡하지?'

궁리를 하는데 경순 여사가 우산을 들고 나온다. 그는 우산을 펴려다 말고 나직이 내려앉은 잿빛 하늘을 올려다본다. 그는 우산을 도로 접어든다. 분홍색 레인코트에 검정 비신(레인부츠—편집자), 대학생의 어머니건만 마치 그 자신이 대학생처럼 커다란 핸드백을 끼고 경쾌한 걸음걸이로 넓은 뜰을 지난다.

'음…… 작은아버지도 서재에서 바라보고 서 계실 거야. 대학 교수님의 부인이 달러 장사…… 흐흣…… 아, 우습다. 우울한 우리 작은아버지. 오늘 숙모는 누굴 만날까? 거 안경쟁이 김 사장 부인하고…… 으음…… 그래, 그래.'

경순 여사의 모습이 사라지자 인애는 손때 묻고 낡은 책상 앞에 펄썩 주저앉는다.

'연애편지나 써야지. 그 새끼를 좀 놀려주어야겠어. 거만한 녀석이야.'

인애는 편지를 꺼내다 말고

"아 참."

인애는 책상 서랍을 두르르 연다. 백로지(白露紙, 지질이 거칠고 품질이 낮아 시험지나 신문지용으로 쓰이는 종이-편집자) 한 장을 책상 위에 내놓고 이리저리 뒤적이더니 뭉드러진 붓을 꺼낸다. 붓에 잉크를 담뿍 묻힌 뒤 입술을 꼭 다문다. 입매가 뱅글뱅글 도는 것 같아 귀엽다.

나를 기른 것은 사람이 아니다. 나는 바람이 기른 아이다.

큼지막하게 써가지고 압침으로 벽에 턱 붙인다. 그리고 멀찌감치 뻗치고 서서 만족한 미소를 띤다.

"됐어, 됐어. 나는 바람이 기른 아이다. 아, 멋있다."

마침 굵은 빗방울이 창문을 후둑후둑 때린다.

"나는 바람이 기른 아이……."

파란 눈동자가 차츰 흐려진다. 금세 눈물이 글썽글썽 돈다.

인애는 6·25 때 죽은 어머니 아버지의 얼굴을 똑똑히 기억하고 있었다, 아홉 살 때의 일이었으니까. 폭격에 무너진 빈터에서. 초가을의 찬바람이 불고 있었다. 부서진 기왓장 사이로 상처투성이가 된 노란 국화가 피어 있었다.

인애는 맨발인 채 부들부들 떨면서 쓰러진 어머니와 아버지의 모습을 내려다보았다. 너무나 확실한 마치 한 장의 빛깔이 강렬한 그림처럼 뇌리에 새겨져 떠나지 않는 기억이다.

'애가 얼이 빠졌다니까. 어디가 잘못되지 않았는지 몰라?'

경순 여사는 이따금 그런 말을 하며 인애를 물끄러미 바라보곤 했다. 그 무서운 기억을 골똘히 바라보고 있을 때 정말 인애는 얼이 빠진 것 같고 어디가 잘못된 아이같이 보였다.

빗방울은 줄을 그으며 유리창에 흘러내린다. 홈대에서 떨어지는 빗방울 소리가 단조한 음악처럼 들려온다. 넓은 집 안은 소리를 죽인 듯 조용하다.

인애는 창가에 다가가서 유리창에 코를 가만히 대본다. 싸늘한 감촉, 맥주 맛 같은 감촉, 멀고 아주 먼 날의 기억이 눈앞에 어른거린다. 인애는 유리창에 입김을 호호 불어 김이 서린 유리창에 손가락 끝으로 낙서한다. 바람이 기른 아이, 바람이 기른 아이, 썼다가 지우곤 한다.

"돈도 한 푼 없고 비도 오구……. 어떡하지? 이런 날엔 녹지대엔 사람이 없을 거야. 음악이 좋을 거야. 눈물이 날 거야. 은자가 와 있을지도 몰라. 아니…… 그 친구…… 와 있을지도 몰라? 비 오시는 날엔 우연이 흔한 법이야. 버스값도 없는 걸……. 아이, 따분해."

연애편지 쓰려던 것도 잊어버리고 인애는 낙서도 그만둔다.

"저게 뭐야?"

빗속으로 누가 걸어온다. 레인코트도 우산도 없이 비를 맞으며 걸어온다. 서두르지도 않고 천천히. 회색 양복을 입은 젊은 남자. 인애는 잔뜩 호기심을 품어본다. 좀처럼 사람이 찾아오는 일이라곤 없는 집이었으니까.

현관 가까이 온 청년은 머리를 숙인다. 그리고 빗물을 뿌리는지 머리를 쩔쩔 흔든다. 다시 고개를 들고 흩어진 머리를 쓸어 넘긴다.

"야, 거 멋있다. 액션이 제법이구나. 비를 맞고 오는 품도 나쁘지 않어."

인애는 창가에 턱을 괴고 싱글벙글 웃는다. 초인종이 울린다. 인애는 벌떡 일어섰다. 그는 복도로 쫓아 나간다. 절름발이 식모가 능장을 부리고 있는 사이 그는 현관으로 달려갔다. 유리창에 까만 머리가 비쳐 있다.

가만히 그 머리 그림자를 바라본다. 식모가 뒤늦게 절룩거리며 복도 저켠에서 걸어온다. 인애는 손짓하여 그를 돌려보낸다.

"작은아버지 제자? 아니야. 작은아버진 절대로 제자들 오게
안 하셔. 그럼 누구?"

머리 그림자가 움직인다. 벨이 또 울린다. 인애는 아주 점잔
을 빼며 문을 열어준다.

"여기 하숙배 씨 댁이죠?"

남자는 인애를 보자 대뜸 묻는다.

"글쎄요. 하지만 여긴 하홍수 씨 댁이에요."

남자는 빙그레 웃는다.

"숙배 씨는 따님이죠."

마치 남의 식구에게 그 사실을 알려주듯 남자는 태연히 말
한다.

'이것 봐라.'

인애는 혀끝을 내밀어 윗입술을 누르며 천연스럽게 남자를
바라본다. 비가 들이치는 창문에서 보았을 때보다 남자는 훨
씬 나이 든 것 같다. 잘생긴 얼굴, 특히 눈에 강한 빛이 있다.

"그런데 무슨 일로 오셨어요?"

"숙배 씨 지금 계시죠?"

"네. 잘 아시는군요."

남자는 또 빙그레 웃었다.

"나는 민상건이란 사람입니다."

"그래서요?"

사나이는 인애의 건방진 태도에 개의치 않는다.

"숙배 씨에게 좀 전해주실 수 없겠습니까?"

"그럼 잠깐 기다리세요."

인애는 층계를 뛰어 올라간다. 반쯤 올라갔을 때 숙배 방에서 슈베르트의 「미완성 교향곡」이 울려 나온다.

인애는 방문을 탕탕 두들긴다.

"누구야?"

심술이 잔뜩 오른 숙배의 말이다.

"나야."

"왜?"

"왜고 뭐고 문 열어."

"또 돈 달라는 거지? 내 기분 잡치지 말어. 겨우 정리하고 지금 음악 듣고 있어."

"이 기집애야, 너한테 손님 왔단 말이야."

"뭐?"

침대에서 뛰어내리는 소리가 울린다. 방문이 열렸다. 숙배가 얼굴을 내민다. 사촌 간인데 이건 또 아주 딴판이다. 다람쥐 같은 작은 몸집에 눈도 머리도 온통 새까맣다.

"누가 왔어?"

숙배는 서두르며 묻는다.

"성미 급하군. 그런 걸 왜 진작 문 열어주지 않았니? 얘, 그 청승맞은 음악은 그만두어. 이런 날엔, 비가 내리는 이런 날엔 말이야, 거 신나는 것."

인애는 이 손 저 손 번갈아가며 탁! 탁! 소리를 내어 박자를 맞추고 웅얼웅얼 노래를 중얼거리며 엉덩이를 흔들고 맘보를 춘다.

"미쳤어! 이 기집애. 손님이 왔다더니 누가 왔어?"

"아 참, 그렇지. 잊어먹을 뻔했다. 뭐라더라? 핸섬이야. 민? 으음, 민상건?"

"뭐?"

숙배의 얼굴이 확 변한다.

"아는 사람이냐?"

"으음."

"모셔올까?"

인애는 호텔 보이 같은 시늉을 한다.

"아, 아니. 음, 그래."

숙배는 당황하여 어찌할 바를 모른다. 그의 얼굴에는 기쁨의 빛이 넘쳐 있었다. 눈이 번쩍번쩍 빛난다.

"음, 잠깐만."

하다가 숙배는 걸치고 있던 하늘색 네글리제를 후딱 벗어 침대에 던진다. 화려하게 꾸며진 방이다. 그러나 지금은 엉망으로 어질러져 형편없다. 그동안 숙배 마음의 자리같이 어수선했다.

"어떻게 하는 거야?"

인애는 주의 깊게 숙배 동작을 바라보며 말했다. 선망도 질투도 없다. 한 살 위지만 언니임에는 틀림이 없고 따라서 너그러움이 아주 조금 있었을 뿐이다.

"음, 음, 응접실에, 참, 그래. 응접실에서 좀 기다리게 해줘. 나 곧 내려갈게."

"천천히 해. 서둘지 말구려."

"누가 서둘러? 까불지 말어. 오해하면 곤란해."

하면서도 숙배는 거울 앞에 달려가서 브러시로 머리를 빡빡 빗어 내린다. 긴 머리칼이 거울 속에서 물결친다.

인애는 전축을 끄고 방에서 나간다. 층계 옆의 작은 창문, 그 창문에 비를 맞는 파초가 파랗게 너울거리고 있다. 먼 산이 안개처럼 뿌옇게 흐려져 보인다.

"오래 기다리셨습니다. 이리 들어오실까요?"

인애는 민상건을 응접실로 안내한다. 민상건은 인애가 권하는 자리에 앉을 생각도 않고 창가에 기대어 서며 담배를 꺼내어 문다.

"곧 내려온대요."

인애는 먼지가 묻어서 뿌옇게 되고 고장이 난 사발시계(사발 모양의 둥근 탁상시계–편집자)를 들고 치맛자락으로 닦는다.

"조용하군요."

날씬한 인애의 종아리를 눈여겨보며 민상건이 말했다.

"파랗게 물이 썩은 연못처럼 말이죠? 그렇게 조용하죠."

20

민상건의 표정이 달라진다.

"시인 같은 말을 하는군요."

"저의 별명이 시인이에요. 사실상 전 시인이구요. 여대생은 아니에요."

인애는 자신 있게 말하며 대담한 시선을 던진다.

"호오? 하지만 아까 그 말은 이 댁에 대한 혹평인데?"

"시인은 평을 하지 않는다더군요."

민상건은 숙배를 기다리고 있다는 것도 잊어버리고 머리털이 노란 이 맹랑한 소녀에게 비상한 관심을 갖는다.

"실례지만 시인께서는 이 댁하고?"

인애는 깔깔 웃는다.

"저 말예요? 이 집의 식모예요."

했으나 민상건이 그 말을 믿을 턱이 없다.

"그러시다면 나에게 차 한잔 주시겠어요? 목이 컬컬하군요."

오랫동안 서로 친해온 사람같이 민상건은 말했다.

"무례하고, 염치없고, 대단한 손님이네요?"

인애는 또 깔깔 웃으며 응접실에서 나간다. 차를 끓여서 그에게 갖다줄 생각은 조금도 없었다. 그는 자기 방으로 돌아와서 '바람이 기른 아이'의 백로지를 바라본다.

'숙배 계집애, 저 사람 땜에 고민했었구나. 약간 귀여운데? 고 깍쟁이가. 하지만 그 애한텐 늙었어. 뭐 하는 사람일까? 풋

내기 소설가? 화가? 시나리오 라이터?'

인애는 까만 잠바에 묻은 먼지를 떤다.

"비가 들면 걸어서라도 가야지. 오늘 녹지대에 가면 무슨 일이 꼭 일어날 것만 같다. 내 예감은 참 맞아떨어지거든."

중얼중얼 중얼거리는데 복도를 굴리는 발소리가 들려온다. 숙배의 경쾌한 걸음이다.

"아주머니!"

드높은 목소리는 잘 구별이 안 될 만큼 어머니인 경순 여사를 닮았다.

"세탁 보낸 내 레인코트 찾아다 놓으셨어요?"

"돈을 주셔야 찾아다 놓죠."

시무룩한 식모의 대꾸.

"엄마한테 달래지 그랬어요? 지금 돈 드릴 테니 곧 찾아와요. 빨리 가셔야 해요. 나 외출할 테니까."

인애가 방문을 열고 내다본다.

"숙배야, 내가 빨리 가서 찾아다 줄게. 돈 이리 내놔."

"뭐? 네가 간다구? 싫다. 날 외출도 못 하게 그러는구나."

"아냐, 곧 찾아다 줄게."

"거짓말 말어. 돈 갖구 술 먹으러 가려구 그러지? 나 다 알어. 너에게 속을 줄 아나?"

하며 숙배는 눈을 흘긴다.

"이 기집애, 그러니까 수수료 좀 주면 되잖아? 사실 고백이

다만 난 지금 버스값도 없거든. 이 비 내리는 날 집에 박혀 있
겠느냐 말이다."

"아버지보고 달래라? 지금 서재에 계셔."

"그건 내가 싫다."

"흥! 넌 이상한 데 옹고집을 부리더라? 하지만 난 널 믿지
않어. 곧 민 선생하고 외출해야 해. 그 대신 오늘은 기분 좋은
날이니까 선심 쓰겠다."

하며 숙배는 지갑 속에서 천 환짜리(구화, 1953년 화폐개혁으로
인해 '환' 단위에서 '원' 단위로 바뀜. 당시는 '환' 단위도 함께 통용되었다—편
집자) 지폐를 한 장 꺼내어 인애가 내민 손바닥에 올려놓는다.

"이것 갚아야 하니?"

"그만두어."

인애는 좋아서 벙글벙글 웃는다.

"아주머니, 빨리요."

숙배는 마룻바닥을 땅 굴리며 성급히 날뛴다.

"네, 네."

식모는 살이 부서져서 너덜너덜한 비닐우산을 펴들고 절름
거리며 빗속으로 나간다.

"아, 신난다! 얘, 숙배야. 거 민이란 사람 제발 날마다 오라
고 해. 그러면 이렇게 공돈이 생길 것 아냐?"

숙배는 어깨를 덮은 검은 머리를 흔들며 가다가

"그 대신 엄마한테 말하면 알어?"

돌아보고 주먹을 휘둘러 보인다. 하얀 블라우스에서 장미꽃 향기가 풍길 듯 그는 청초하게 꾸미고 있었다.

인애는 짧은 노랑머리를 걷어 올리고 부엌에 나가서 우산을 찾는다.

"내 정신 좀 봐. 방금 아주머니가 가지고 간걸."

식모를 기다릴 생각도 않고 인애는 비를 맞으며 나섰다. 버스 정류장까지 그다지 먼 거리가 아니었으므로.

인애는 하늘로 얼굴을 쳐든다.

"시원해. 참 시원하다."

빗방울은 차갑게 간지럽게 얼굴을 두들겨준다.

녹지대에 들어갔을 때 한쪽 구석에 멀끔한 청년이 돌부처같이 우두커니 앉아 있었다. 인애가 연애편지를 쓰려던 바로 그 장본인이다.

풋내기 화가 정인호는 인애를 보자 눈을 크게 벌린다. 그야말로 눈이 번쩍 뜨이는 모양이다. 인애는 새침하게 굴면서 고개만 까닥 숙여주고 그와는 거리가 먼, 그러나 내려오는 층계를 바라볼 수 있는 자리에 가서 앉는다.

인애가 생각했던 대로 녹지대에는 손님들이 별로 없어 쓸쓸하다. 어두침침한 지하실의 음악 살롱. 바깥 거리에는 지금 안개 같은 늦봄의 비가 내리는데, 가로수도 빨간 사보텐 꽃이 피어 있던 꽃가게의 지붕도 어린이 놀이터의 낡아버린 그네도 비에 젖는데, 이곳에서는 「서머타임」의 노래가 한창이다. 그

노래는 빈 음악 살롱을 가득 채운다.

정답고 쓸쓸하고 그러면서도 들뜬 분위기가 넘실거린다. 인애는 슬픈 계절은 겨울과 가을만이 아니라고 생각한다. 봄도, 여름도, 젊음도, 그리고 이 녹지대도 사람이 가득 찼거나 비었거나 항상 쓸쓸했다고 생각한다. 햇빛을 못 받아 한층 더 싱싱한 수국이 카운터를 꾸미고 있다. 여름 노래와 그늘을 좋아하는 수국은 용케 이런 한때를 만나 순간을 이루고 있는 것을 인애는 우스꽝스럽게 여기기도 한다.

손님이 적은 틈을 타서 플레이어인 노처녀 미스 리가 허리를 구부정하게 하고 을씨년스럽게 버터빵을 뜯어 먹고 있다. 인애의 눈과 마주치자 미스 리는 싱긋 웃는다. 늦은 점심을 끝낸 미스 리는 레코드를 갈아 넣는다.

「소녀의 기도」. 이번에는 인애가 실죽 웃는다. 인애가 좋아하는 곡도 아닌데 무슨 까닭인지 그 플레이어는 번번이 인애를 위해 「소녀의 기도」를 선택하곤 했다. 이 기미를 알아챈 말 좋아하는 남자 친구들이

"아무래도 저 노처녀가 인애한테 짝사랑하는 모양이야. 동성연애가 더 지독하다는데 조심하라구."

"그런 불투명한 말은 그만두자. 우리 녹지대에 대한 모욕이다. 나는 생각하건대 저 노처녀께서는 소녀에 대한 향수를 갖고 있어. 그렇지! 소녀에 대한 향수!"

그 친구는 대단한 말이라도 발견한 듯 해진 셔츠의 소매를

걷어 올리며 지껄였다. 그치들이 오늘은 결근할 모양이다.

정인호는 인애가 들어오고부터 마음의 안정을 잃는다. 이리저리 몸을 옴지락거리며 스케치북을 꺼내어 보기도 하고 레지를 불러 신문을 청하는가 하면 카운터로 홀턱홀턱 걸어가서 덮어놓고 전화 다이얼을 돌리기도 한다. 인애는 못 본 척하면서도 슬쩍슬쩍 정인호를 숨어 보고 마음속으로 킬킬거리며 웃는다. 정인호는 레지에게 엽차를 청하여 마신다. 속이 타는 모양이다.

인애는 잠바 호주머니 속에서 빨간 수첩을 꺼내어 펴본다. 어젯밤 은자네 집에서 신나게 어울려 놀다가 문득문득 생각이 나서 적어놓은 시 구절을 들여다본다. '황홀한 슬픔'이니 '아득하고 어지러운 사랑'이니 그런 따위의 말이 씌어져 있다.

환한 전깃불과 창밖의 언덕, 그 공중의 거리 속을 왔다 갔다 하던 마음의 그 '황홀한 슬픔'을 꺼내어 보니 아무것도 아니다. 어린애 장난 같다.

"에이, 시시해!"

인애는 수첩의 한 페이지를 쭉 찢어서 돌돌 말아버린다.

언제 왔는지 정인호가 장석처럼 옆에 우뚝 서 있다.

"무슨 용무예요?"

인애는 쌀쌀하게 묻는다.

"저, 옷이 젖었군요?"

정인호는 뚱딴지같은 말을 한다.

"네, 젖었어요. 비 맞고 왔으니까요."

그래서 어쨌다는 거냐는 시늉으로 인애는 정인호를 올려다본다.

"감기 들면 어떡허지요?"

"어머, 별걱정을 다 하시네요. 누가 약 사달랠까 봐 그러세요?"

인애는 공연히 짜증을 부린다. 선량한 것도 지나치면 따분하다 생각하며.

"그, 그건, 그, 그렇지만."

희멀쑥한 얼굴이 새빨개진다. 그러나 그는 내친걸음이라 생각했는지

"저…… 같이 앉아도 좋겠습니까?"

"글쎄요…… 전 누굴 기다리고 있는데요."

"아, 그러세요."

패배감에 정인호의 얼굴은 파리하게 찌그러진다. 그는 소리도 내지 않고 그림자처럼 먼저 자리로 돌아간다.

인애는 시트에 머리를 얹고 음악을 듣는다. 플레이어가 히죽히죽 웃는다. 보기 좋게 딱지를 맞고 돌아가는 정인호의 모습이 우습기도 하고 딱하기도 했던 것이다.

낯선 얼굴들이 나타났다간 사라진다. 그냥 지키고 앉아 있는 사람은 인애와 정인호다. 지하실 천장 가까운 곳의 자그마한 창문에 빗발이 들이친다.

'아, 누가 나타나지 않나? 아무도 나타나지 않는다면 저 친구를 좀 기쁘게 해주어야지. 비 맞고 남산에 올라간다? 열이 나서 저 친구 정말 감기 들 거야. 아니, 염 선생을 찾아가 볼까? 지금쯤 일거리가 날 기다리고 있을지도 몰라. 총 자금이 천 환. 불안한 얘기야.'

레지가 옆을 지나간다. 그들은 인애에게 차 마시라는 말을 결코 하지 않는다. 돈이 있을 때는 참 인심이 좋은 인애지만 돈이 떨어졌을 때 차는 뭘로 하겠느냐고 물으면 굉장히 화를 낸다. 사실 인애는 차를 마시지 않아도 녹지대에 있어서 환영할 만한 손님이다.

왜냐하면 그를 따라다니는 문학청년, 문학소녀 들의 패거리는 이 녹지대에서 무시 못 할 수효였으니까. 그리고 멋있고 솔직한 그의 성격을 누구나 다 사랑했으니까. 플레이어 미스 리도 처음에는 인애하고 사이가 좋지 않았다. 밤늦게 몰려가서 떠들어대다가 미스 리와 인애는 싸운 일이 있다. 이상하게도 그 싸움은 그들을 무척 가깝게 하는 동기가 되었다.

인애에게는 묘한 그런 성격적인 매력이 있어 그를 따라다니는 문학소녀들 중에도 인애를 애인같이 생각하는 아이들이 있었다. 때론 배짱 좋은 사내아이 같고 때론 얄미운 고양이같이 귀엽게 구는 인애, 어두운 그림자라곤 한 군데도 없다.

카운터에서 전화를 받고 있던 레지가 인애를 한 번 힐끗 쳐다본다. 수화기를 놓고 인애에게 다가온다.

"저, 전화가 왔는데요?"

"나?"

"그런데 바꿔드릴까요 했더니 그냥 끊어버리지 않겠어요?"

"남자?"

"남자예요."

인애의 낯빛이 싹 변한다. 좀처럼 없는 일이다.

"저 미스 김, 나 차, 커피 줘요."

"물론이죠."

커피 이외 안 하는 인애의 성미를 레지는 알고 있다. 인애는 아주 심각한 얼굴로 탁자를 바라본다.

이때 지하실 층계를 밟고 내려오는 다리가 하나 보였다.

제비같이 날씬한 검은 구두에 진흙이 묻어 있다. 종아리에도 흙이 튀어 형편없다. 언제나 춤을 추듯 가뿐가뿐 걸어오던 그 눈 익은 발이 웬일인지 오늘은 살며시 더듬듯 층계를 내려오고 있다.

'기집애 웬일이야?'

인애는 가만히 바라보고 있다. 초록빛 스커트가 물결처럼 이리저리 흔들린다. 종잇장같이 핏기를 잃은 은자의 얼굴이 아래로 아래로 내려온다. 비틀거리며 인애에게 다가왔다. 맞은편 의자에 푹 쓰러지듯 주저앉는다. 의자 손잡이를 짚고 엎드린다. 풍성한 머리칼이 어깨 위에 흩어져 잠시 출렁인다.

"왜 이러니?"

인애는 놀란다.

"애! 은자야, 왜 이러니?"

거듭 물었지만 은자는 그대로 엎드린 채 움직이지 않는다.

'인생이 슬퍼서 나는 웃는다. 나는 항상 웃는다.'

은자는 늘 그런 거창한 말을 하며 웃고 지내는 소녀였다. 어젯밤만 해도 신나게 멋있게 놀지 않았던가.

인애와 은자가 녹지대에 나가기 시작할 무렵, 이곳의 리더 격인 음악에 조예 깊은 신문기자 한철이

"여기 왜 왔어?"

하고 물었을 때 인애는

"비상구를 찾으려구요."

그러나 은자는

"밀폐되고 싶어서요. 인애 말은 글렀어요. 여기 비상구가 어디 있어요. 지하실인걸요."

하며 깔깔거리고 웃던 소녀였다.

"선생님은 여기 왜 오세요?"

"나? 여긴 휴게소야."

"어머! 신문기자들의 휴게소는 대폿집 아니에요? 거기서 모두들 음악 감상하던걸요."

빈대떡 먹는 것을 음악 감상이라 하니까.

"욕심이 많아서 나는 두 다리를 걸쳐놨지."

"대폿집하고 음악 살롱? 일도 복잡하고 취미도 복잡하구,

30

아⋯⋯."

하다가 다시 깔깔거리고 웃던 은자였다. 그의 말대로 슬프면 슬플수록 떠들고 웃고 하던 아이가 아무래도 심상치 않은 일이라 인애는 생각한다.

"얘, 시시하게 그게 뭐냐? 울고 싶거든 울어버리려무나."

그래도 은자는 말도 없고 움직이지도 않는다.

"기도 올리는 거냐? 그러려면 성당으로 가자, 얘. 청승스럽게 거 포즈가 뭐야."

윽박질렀으나 소용없다. 인애는 그대로 내버려 둘 양으로 녹지대에서 떠나지 못하고 있는 정인호에게 시선을 보낸다. 정인호는 입가에 엷은 미소를 띠며 신문을 보고 있다.

그는 인애가 기다린다는 사람이 여자인 것을 알고 우선 안심했다. 그리고 상대편에 관심이 있을 때 여자는 곧잘 쌀쌀하게 군다는 어느 친구의 말을 생각하며 새로운 희망을 가져본다. 그는 인애의 시선을 느끼자 몹시 망설이다가 인애에게 얼굴을 돌렸다.

인애는 그의 눈을 피하지 않고 멍하니 바라본다. 분명히 정인호를 보는데 그 눈은 다른 곳을 헤매고 있었다. 정인호는 질려서 시선을 거두어들인다.

인애는 은자도 정인호도 다 잊어버리고 조금 전에 말한 전화를 끊었다는 남자를 생각하고 있었다. 인애를 찾기 위해 걸려온 전화는 아니다. 피하기 위해서. 인애는 그것을 알고 있었다.

오늘 있을지도 모를 기적이 이미 사라져버린 것을 인애는 깨닫는다. 꼭 쥔 주먹이 파르르 떨리는데 그는 미소를 짓는다.

"인애."

은자의 목소리가 아득히 들려온다.

"인애."

"으응."

인애는 천천히 고개를 돌린다. 은자는 얼굴을 똑바로 쳐들고 있었다.

"나를 좀 도와다구. 도와주겠니?"

쏘아보는 은자의 눈이 무섭다. 깊이 파인 동굴 같다.

"물론, 하지만 돕고 싶어도 도울 수 없는 경우도 있으니까. 너 혼자 좋아하는 사람이 있다면 그건…… 하느님께 기도나 드리렴. 그런 일은 아무도, 아무도 도울 수 없다."

하면서 인애는 다리 하나를 몹시 흔든다. 은자는

"장사를 치러야겠어."

"장사? 무슨 말이니?"

"화장터에 가는 길 말이야. 난 혼자서 못 해."

인애의 고양이 같은 눈이 휘둥그레진다. 은자 눈에 처음으로 눈물이 솟는다. 코언저리를 타고 눈물방울이 후둑후둑 떨어진다.

"누가 죽었기에? 설마……."

"엄마가 죽었어."

"뭐?"

"자살했어. 혼자서…… 아무도 없는 방에…… 이틀씩이나 죽어 있었더란 말이야."

은자는 탁자 위에 몸을 던지며 흐느낀다. 인애는 넋이 빠진 듯 은자를 바라본다.

"난, 난 무서워서 나왔단다. 나 혼자, 나 혼자 어떡허니?"

흐느낌 속에 말이 새어 나온다.

"가만있어, 가만히."

인애는 은자가 발광이라도 하는 듯 그의 등을 꼭 눌러준다.

"가만히, 가만히 있어."

인애는 꿈속을 헤매듯 일어나 걸어간다. 의아스럽게 이쪽을 바라보고 있는 정인호에게 다가간다.

"정인호 씨."

"네."

정인호는 눈을 꿈벅꿈벅하며 대답한다.

"부탁이 있어요."

"네."

"여 계시다가 우리 패거리들이 오면 말예요, 한 사람도 빼놓지 말구 초상집에 데리고 오세요. 아시겠어요? 아시겠느냐 말예요?"

"네?"

"전 먼저 가겠어요. 은자 데리고."

"초상집이라뇨?"

정인호의 되묻는 목소리가 떨린다. 초상집이라는 말도 이상하거니와 갑자기 자기에게 그런 명령을 내린 데 대하여 어리둥절하고 한편 가슴이 뛰었던 것이다.

"아 참, 그렇군. K아파트 37호실에 오시면 돼요. 은자 어머니가 돌아가셨어요."

하고 난 뒤 인애는 급히 돌아온다.

"이러고 있을 게 아냐. 가자."

은자의 팔을 잡는다.

"바보 같은 기집애, 진작 진작 말할 일이지."

인애는 목멘 소리로 나무라며 은자를 끌고 거리로 나왔다. 비는 아직도 내리고 있다. 남산이 비안개 속에 묻히어 보이지 않는다. 퇴계로 넓은 가로를 굴리며 트럭이 달려가고 까만 세단이 지나간다.

인애는 지나가는 택시를 잡았다. 은자를 등을 쳐서 밀어 올리고 자기도 올라탄다.

"K아파트!"

인애는 소리친다. 택시가 움직이자 은자는 와! 하고 울음보를 터뜨린다. 그는 두 주먹으로 자기 무릎을 두들기며 미친 듯 울어젖힌다. 운전수가 놀라며 돌아본다.

"엄마! 가엾은 우리 엄마! 바보, 바보! 아앗, 바보!"

은자는 자기 무릎에 주먹질을 하다가 이번에는 흩어진 머리를 와둑와둑 잡아 뜯는다.

"울어라 울어. 실컷 울어!"

창에 얼굴을 대며 인애는 말한다.

"엄마가, 엄마가 웬일루 열쇠를 내게 주지 않겠니? 난, 난 무심히 받았단 말이야! 아무 생각 없이 받았단 말이야! 오늘 우, 우연히 찾아갔는데 시, 시체로! 아이구 엄마! 불쌍한 울 엄마!"

파도 같은 울음소리를 피해 인애는 차창 밖으로 눈을 보낸다. 가로수가 비를 맞고 있다. 꽃가게의 지붕도 비를 맞고 있다. 푸른 레인코트, 붉은 레인코트, 노란 우산, 검정 우산, 빗속을 사람들이 물결치며 흘러가고 붉은 신호등 앞에 사람들은 나그네처럼 서 있다.

인애는 은자 어머니를 한 번, 꼭 한 번 본 일이 있다. 거리에서 미군과 팔을 끼고 가던 그 여인은 나이를 헤아릴 수 없는 화려한 차림의 아름다운 여인이었다.

은자 말에 의하면 6·25 때 은자와 그의 사내 동생을 데리고 북쪽에서 넘어왔다는 것이다. 처음 그는 요정에 나가 웃음을 팔았고 다음은 어느 미군과 동서(同棲, 동거-편집자) 생활을 시작했다는 것이다.

"우리 엄마가 거리에서 떡장수를 할 수 없었던 것은 그의 미모 탓이야. 난 엄마의 그 대리석 같은 얼굴에 상처를 내고 싶은 충동을 몇 번 느꼈는지 몰라. 저 얼굴에 상처를 낼 수 없다면 난 죽을 수밖에 없다고…… 하긴 그랬음 난 버스 차장이나 식당의 웨이트리스가 됐겠지. 엄마의 살을 판 돈으로 난 공부하고 이렇게 유에스(US)제 옷을 걸치고 명동을 활보하지. 인애야, 진짜 나는 어디 갔지? 울어야 하는데 난 언제나 웃고 있단 말이야. 넌 슬플 때 울고 즐거울 때 웃지만 난 슬플 때 웃는다. 즐거운 일이 없으니까 난 울어볼 수 없지 않니? 사내새끼들이 양부인의 딸을 진심으로 좋아하겠어? 어림없는 일이지. 그래 인애야, 진짜 나는 어딜 갔지?"

하고 은자는 깔깔 웃곤 했다. 그 목소리가 인애 귀에 쟁쟁 울린다. 언젠가 한번 인애는 은자 어머니가 사는 K아파트에 간 일이 있다. 그때 은자 어머니는 미군을 따라 부산으로 내려가 있었다. 은자는 비어 있는 아파트에 친구들을 끌고 갔다. 하룻밤을 그곳에서 양주를 진탕 마시고 소란을 피웠던 것이다. 그 후 은자 어머니하고 동서하던 미군이 본국으로 돌아갔다는 이야기를 인애는 은자로부터 들었다.

'자살, 자살, 자살.'

은자 울음소리를 들으며 인애는 자살이라는 말을 자꾸 뇌어본다. 자살의 가능성은 은자에게 있었다. 언젠가 은자는 죽고 말리라는 생각을 했다. 그러나 지금 은자에 앞서 그의 어머니가 그 짓을 단행한 것이다.

자동차가 커브를 돌면서 빗발이 차창을 친다.

커브를 돈 자동차는 기름을 부어놓은 듯 반질거리는 가로를 달리고 있다.

"그 여자가 말이야."

은자는 가끔 그의 어머니를 그렇게 불렀다.

"그 미군 장교를 좋아하나 봐? 이상한 일이지. 지금은 제대하고 아무 가진 것도 없는데 빚을 내가면서 같이 살고 있거든. 아직은 아름다워. 돈 있는 다른 남자를 물색하는 데 충분한 미모야. 그런데 빚까지 내가며 살고 있으니 말이야."

언젠가 은자는 그런 말을 했었다.

'아무도 없는 아파트에서 혼자 죽은 은자 어머니. 죽은 지 이틀 만에 딸이 찾아가서 발견했다니.'

너무 처절하다. 인애는 으스스 몸서리를 치는데 뜨거운 눈물이 울콱 솟는다.

"너도 이제 고아가 됐구나. 나처럼 말이야."

인애는 손등으로 눈물을 씻으며 어른같이 무덤덤한 투로 말한다.

어느새 택시는 K아파트 뜰 안으로 들어가고 있었다.

인애는 비틀거리는 은자를 부축하며 싸늘한 시멘트 층계를 밟고 올라간다. 한 생명이 끊어져도 세상에 변한 것은 아무것도 없다. 아파트 뜰에는 여느 때와 다름없이 소제부(掃除夫, 청소부–편집자)는 비를 들고 지나간다. 비 맞고 있는 가등街燈도 밤이 오면 등불이 켜질 것이다. 그리고 행복한 가정에는 저녁 한

때를 즐기는 웃음소리가 소용돌이칠 것이다.

4층 37호실.

마루로 된 거실에 관리소의 사무원과 아파트 경비원이 화투를 하고 있다가 그들이 들어가자 깜짝 놀라며 일어선다. 침실 침대에 홑이불을 씌운 시체가 있었다.

"방금 경찰서에서 다녀가고 검시관도 다녀갔죠."

그들 중에 한 사람이 우물쭈물하며 말한다. 은자는 침대 밑에 가서 쓰러진다.

"어떻게 하시렵니까?"

인애는 친절하게 말하는 그들을 노려보며

"곧 친척들이 올 거예요. 외로운 처진 아니니까요."

하는데 인애는 분한 생각에서 눈물이 솟는다.

"우리라도 도울 수 있다면……."

"아니에요. 친척들이 곧 온다니까요. 여러 가지로 감사합니다."

"그럼……."

그들은 힐끗힐끗 돌아보며 나간다.

"망할 자식들, 화투는 다 뭐야."

인애는 문을 탕 닫는다. 그는 은자와 함께 엉엉 소리 내어 울고 싶었다.

하긴 그들에게 무슨 잘못이 있으랴. 매일매일 죽어가는 게 사람인데.

인애는 막상 그들을 쫓아내고 보니 어떻게 해야 좋을지 갈
피를 잡을 수 없었다.

복도를 지나가는 발소리만 북을 두드리는 것같이 머리 신경
을 건드려주고 게다가 창을 두들기는 빗소리는 의식을 차츰
흐리게 한다. 푸른 벽이 멀어졌다 가까워지고 홑이불을 뒤집
어쓴 시체가 머리 가득히 퍼지곤 한다.

은자는 울다가 울다가 지쳤는지 가만히 엎드려 있다.

'어떻게 하지? 어떡허면 좋지?'

인애는 머리를 붙여 안는다.

"은자야?"

"……."

"은진일 데려와야지."

"안 돼."

은자는 몸을 일으키며 외치듯 말했다.

그리고 다시 흐느끼기 시작한다.

뒤켠 베란다 쪽에 창문이 하나 나 있을 뿐이다. 회색 벽으로
꽉 막힌 좁은 방에 거추장스럽게 어울리지도 않는 큰 시계가
걸려 있다. 먼지가 뿌옇게 묻어 있는, 그러나 값진 가구들, 냉
장고와 전축이 나란히 놓여 있다. 포마이카 찬장 위에는 와인
글라스, 믹서, 커피포트가 안정하게 얹혀 있다.

뒷골목 판잣집의 허술한 방에 비하면 이곳은 궁성이다. 그

런데 더 비참하고 냉혹한 몸부림이 아직도 자욱이 서려 있는 듯 주인 잃은 벽시계가 시간을 알리기 위해 추를 흔들며 벙! 버엉! 치고 있다. 무딘 그 소리는 방 안의 공기를 흔든다. 이 시계 소리를 들어야 할 사람은 침대 위에 하얀 홑이불을 쓰고 싸늘한 시체가 되어 누워 있는데.

그 시체가 인애 눈에 가득히 들어온다. 눈을 감아도 그 시체는 눈 속으로 기어들어 오고 만다. 모든 괴로움과 슬픔을 다 잊고 지금은 저 냉장고, 와인글라스, 커피포트처럼 누워 있다. 홑이불이 덮인 얼굴, 눈을 감고 있을까?

지난날의 그 화려하고 아름다웠던 얼굴이 정녕 눈을 감고 말을 잃고 누워 있을까? 그 미모 탓으로 오욕 속에 몸서리치는 허무 속에서 허우적거리지 않으면 안 되었던 생애, 눈을 감지 못하고 갔을 것만 같다. 눈을 뜨고 있을 것만 같다. 인애는 전신을 아시시 떤다.

"은자야."

나직이 불러본다.

"마지막이다."

은자의 울음소리는 단조한 타악기처럼 오히려 덜 비극적이다.

"마지막의 작별 인사를 해야지. 은진일 불러와. 어머니의 죽음을 모르다니, 그건, 그건 정말 너무 슬픈 일이 아니니?"

그러나

"은진인, 은진인…… 가, 가만히 내버려 두어! 제발 그 애만은 가만히 내버려 두어!"

은자는 마룻바닥에 엎드린 채 심하게 고개를 흔든다. 인애의 파란 눈이 확 벌어진다.

"그럼 울지 말어! 울지 말란 말이야. 그 어머니를 위해 울기는 왜 울어?"

은자의 그러는 마음을 모르는 것은 아니다. 너무나 잘 알고 있다. 그러나 인애는 화가 났다.

요정을 그만두고 미군과 동서 생활을 하면서부터 은자 어머니는 그들 오누이와 별거 생활을 했다. 자식들의 생활비는 꼬박꼬박 대주었지만, 그때 은진의 나이 여덟 살, 국민학교 2학년이었다. 그는 어머니가 어디 먼 곳으로 가버린 줄만 알고 있었다.

"누나, 우리 엄마 나 장가갈 때 오나? 언제 내가 장가가게 돼? 빨리 갔음 좋겠다."

철없는 은진이는 그런 말을 하여 누이를 울렸다.

언젠가 하도 어머니를 찾기에 은자는 너 장가갈 때 온다고 했던 것이다.

그 은진이가 지금은 중학교 1학년이다. 이북에서 나올 때 두 살배기였으니 그새 12년의 세월이 흘러간 셈이다.

인애는 은자에게 들은 그 말을 생각한다. 은진의 귀염성스러운 얼굴, 중학생 모자가 커서 자꾸 밀어 올리며 싱글싱글 잘 웃던 얼굴.

'이제 장가가도 엄마는 못 간다. 은진아.'

하다가 인애는 몹시 불안을 느낀다.

'어떻게 됐을까? 이러고 있을 일이 아닌데?'

그들이 안 온다면 큰일이다. 시체하고 밤을 새우는 일이 무서워진다.

'어떡하지? 밖에 가서 연락……'

하는데 마침 인애 눈에 전화기가 보인다. 수화기를 내려놓은 채다. 인애는 덤비듯 수화기를 들고 다이얼을 돌린다. 통화 중. 아무리 다시 돌려도 여전히 통화 중이다.

"야단났어."

인애는 내려놓은 수화기를 다시 든다. 겨우 떨어진다.

"녹지대죠?"

미스 김이 그렇다고 대답한다.

"미스 김이군. 나 인애예요."

"네, 인애 씨."

상냥하게 말한다.

"정인호 씨 여직 계세요? 계시면 좀 바꿔주실까요?"

미스 김이 킬킬거리며 웃는다.

"참 좋아하겠네요."

"그런 일 아니에요. 참 바빠요. 빨리 바꿔주세요."

"네, 네."

한참 후 몹시 서두는 정인호의 목소리가 울려온다.

"어떻게 됐어요?"

따지듯 묻는다.

"아, 네, 저……."

하다가 목이 메는지 기침을 한 번 하고

"방금 한 선생이 오시고 또 최혜경 씨가 나왔기에 의논 중입니다."

"아, 살았다! 한 선생이 나오셨군요. 그럼 한 선생님하고 어서 바꿔주세요."

"은자 씨 울고 계시죠?"

"아이, 어서 바꿔주세요. 그런 말은 나중에 하구요."

이내 한철이 나왔다. 걸걸하고 힘찬 목소리로 그쪽에서 먼저

"아파트에서 거는 거야?"

하고 묻는다.

"네, 선생님."

금시 마음이 약해져서 인애는 우는소리를 낸다.

"다른 사람이 더러 왔나?"

"오기는 누가 와요? 아무도, 아무도 없어요. 비만 오시는걸요. 어떡하면 좋죠? 정말 머리가 돌아버릴 것만 같아요."

"아무 준비도 안 됐겠구나."

"그럼요. 기집애 울고만 있어요."

"딱하게 됐군. 하여간 장의사에 전화 연락부터 해놓고 입관

을 서둘러야지.”

“그걸 누가 해요?”

“내가 하지. 그리고 신문사에 좀 들렀다 갈게.”

“신문에 내는 거예요? 싫어요! 은자 이름 나가는 것 싫어요!
이런 처지에도 직업의식을 못 버리시겠어요?”

“그까짓 뭣이 대단한 일이라구. 밤만 되면 그런 사람들이 병
원마다 꾸역꾸역 밀려들어 오는 판인데 흥미 없어. 쓸데없는
소리 말고 우선 정 군하고 최 군을 먼저 보낼 테니까 그렇게
알아요.”

“정말 선생님만 믿어요.”

미처 말이 끝나기도 전에 그쪽에서 전화를 끊어버린다.

사무적이며 냉정한 목소리, 그래서 더욱 믿음직스러운 한철
이었다. 밑바닥에 흐르는 따뜻한 인간미가 허술한 감상으로
나타나지 않기 때문에 녹지대의 젊은 층과 어울려서 조금도
우스꽝스럽지 않은 사람.

한참 후, 벨이 울린다.

“왔나 부다.”

인애는 쫓아 나가 문을 연다. 그러나 인애의 얼굴에서 핏기
가 싹 가셔진다. 입술까지 하얗게 변한다. 청년이 들고 있는 우
산 꼭지에서 물방울이 뚝뚝 떨어져 바닥을 적신다.

“여기 어떻게?”

청년은 몹시 당황한다.

"들어오세요."

억양 없는 목소리로 말했다. 그리고 인애는 상대편의 눈을 가만히 쳐다본다.

"아, 아니."

"……?"

"잘못되었군요."

"……?"

"삼층인 줄 알고……."

"여기 오신 것 아니에요?"

"삼층의 누님 집에……."

하다가 청년은 오만하게 자세를 바로잡는다.

"실례했습니다. 그럼."

겨울바람보다 더 차갑게, 그러나 정중한 말을 남겨놓고 청년은 빗물이 뚝뚝 떨어지는 우산을 들고 가버렸다. 한 번도 돌아보지 않았다. 인애는 멍하니 서 있다.

내려다보이는 아파트 뜰에 자동차 한 대가 들어온다. 손님을 내려놓고 빗길을 돌아 나간다. 파란 잔디와 가등과 나무들이 비를 맞고 있다. 빗소리가 격렬한 악장樂章처럼 높이 울린다. 갑자기 낮아진다. 꼼짝하지 않고 서 있는데 높아지고 낮아지는 빗소리에 따라 모든 눈앞의 풍경이 큰 너울같이 굽이친다.

"은자야."

45

문을 탕 닫고 방으로 쫓아 들어가면서 인애는 비명에 가까운 소리를 지른다. 마룻바닥에 쭈그리고 앉는다. 두 손으로 얼굴을 감싸며 엉엉 울기 시작한다. 짐승같이 어린애같이 그는 소리 내어 운다.

정인호와 최혜경과, 그리고 오면서 만났다는 고미숙이 함께 들이닥쳤다.

"얘, 니가 운다고 돌아간 은자 어머니가 살아오시니?"

눈이 붓도록 울고 있는 인애를 보자 고미숙은 핀잔주듯 나직이 말하며 옆구리를 찌른다. 그들로서는 아무 예비지식도 없는 은자 어머니의 죽음이 실감되지 않았던 것이다.

"시끄럽다 얘! 니가 함께 울면 어떡허니?"

최혜경도 한마디 했다.

그러나 침대에 뉘어놓은 시체를 보자 그들의 표정은 달라진다. 정인호는 이런 상가에 오는 것이 처음인 모양이다. 그저 어리벙벙하여 병신스럽게만 보이고 여자들보다 훨씬 더 허둥거리며 의자에 앉았다 섰다 한다.

"어떻게 하죠?"

정인호는 답답했는지 묻는다.

"내가 할 일이라도."

그는 덧붙여 묻는다.

"우리도 몰라요. 한 선생님이 오시면 어련히 잘 하실라구요."

최혜경이 대꾸한다.

저녁때 한철이 나타났다. 일꾼들을 데리고 와서 입관을 하고 내일 영구차가 오면 되게끔 일을 끝낸 한철은 남이야 밤샘을 하거나 말거나 한구석에 놓은 소파에 드러누워 잠을 잔다. 모두들 이야기를 하며 밤을 밝히다가 한잠씩 눈을 붙였고 은자도 너무 지쳤는지 새벽녘에는 잠이 든 모양이다.

그러나 정인호만은 고지식하게 잠을 자지 않고 지켜 앉아 있다. 한잠 자고 일어난 인애와 눈이 부딪치면 그는 자기 감정이 죄가 되는 듯 시체 쪽으로 비키곤 한다.

하룻밤은 밝아왔다.

늦은 아침, 쓸쓸한 영구차가 아파트 뜰에 와서 멎는다. 몇몇 사람이 제각기의 방에서 창문 밖을 기웃이 내다본다.

"그 나이 많은 양부인이 죽었다는군. 미군이 버리고 갔지."

하면서 아이들이 몰려온다. 검은 영구차가 그들 눈에는 신기하다.

참 좋은 날씨. 어제 비를 잊은 듯 하늘은 끝없이 푸르고 구름은 엷게, 가볍게 어디론지 흘러간다. 먼지를 말끔히 씻어낸 잔디밭과 나무 사이로 늦봄의 향그러운 바람이 스치고 간다. 멀리 언덕 위에 가난한 사람들이 모여 사는 초라한 집들이 송이버섯처럼 엎드려 영광스러운 햇볕을 쬐고 있다. 날품팔이의 목수는 연장 망태를 어깨에 걸치고 일터를 찾아 포플러가 서 있는 언덕길을 느릿느릿 걸어 올라간다.

상복도 못 입은 은자는 인애에게 부축 받으며 영구차에 오른다. 지쳐서 그는 이제 울지 않았다.

영구차는 아파트에서 떠났다.

한철은 아침에 잠시 신문사에 나갔다가 틈을 내어 이 서글픈 장례에 참석했다. 밤을 꼬박 새운 정인호는 퀭하니 기어들어 간 눈으로 멍하니 차창 밖을 바라보고 있다. 인애 말고 두 소녀는 옷차림과 머리 모양에 신경을 쓰며 이따금 은자에게 위로의 말을 건네곤 한다.

홍제동의 화장터는 만원이었다. 한철은 담배에 불을 붙이며

"영원히 번창할 곳이지."

하며 쓰디쓴 웃음을 흘린다. 뼈마디가 굵고 완강하게 생긴 그의 모습은 그 쓴웃음으로 하여 좀 험악하게 보였다.

"언제나 이렇게 사람이 많습니까?"

정인호는 괴로운 얼굴로 묻는다.

"사시장철, 이렇겠지. 이곳이 휴업이면 지구가 터져버릴 것 아닌가?"

"하긴 그렇군요."

알 듯 모를 듯 병신같이 정인호는 중얼거린다.

"이러고 있다간 해 질 때까지 기다려야 하겠는걸. 가만히 있자…… 가보고 와야겠군."

한철은 담배를 뻑뻑 피우며 급히 걸어간다.

멋없이 댕그랗게 서 있는 건물 안에서 찢어지는 듯한 울음소리가 새어 나온다. 정인호는 더욱더 불안해지는 모양이다.

얼마 후 한철은 화장터 사람들과 적당히 타협을 하고 돌아온다. 덕택에 남보다 은자 어머니의 관은 빨리 불 속으로 들어가게 되었다.

관이 불 속으로 들어갈 때 은자는 관을 잡고 악을 쓰며 운다.

"허, 이러지 말아요, 은자. 누구는 안 죽고 천년만년을 사는가? 이러지 말래도? 은자, 정신 차려. 자, 내 팔 잡고 어머니 명복이나 빌어주어야지."

빈말인 줄 알면서 한철은 피우던 담배를 버리고 은자를 달랜다. 두 소녀는 훌쩍훌쩍 울고 서 있다. 정인호는 어떻게 할 바를 몰라 안절부절못한다. 인애 혼자만 사내아이같이 잠바 호주머니에 두 손을 찌른 채 떡 벌리고 서 있다.

"엄마! 엄마! 엄마! 아!"

몸을 뒤틀고 발버둥치며 은자는 소리 지른다.

관은 들어가고 말았다. 중이 모시는 염불 소리가 중얼중얼 들려온다. 땀과 기름에 번들거리는 화부火夫의 얼굴이 지옥 속의 마귀처럼 흔들린다.

"엄마! 가엾은 우리 엄마!"

형체 없이 다 타버린 시체, 하얀 분같이 되어버린 뼈만 남은 그것이 나왔다. 기름때가 번들거리는 얼굴을 소매로 쓱 문지르며 화부는

"아주 자알 됐습니다."

물건을 만들어 내놓은 충실한 직공같이, 그러나 돈을 바라는 눈초리. 한철은 고개를 끄덕이며 호주머니 속에서 백 환짜리 한 장을 뽑아준다.

뻗치고 서 있던 인애가 땅바닥에 펄쩍 주저앉는다.

'뭐야! 이건 책상 서랍을 닫았다 열어보는 것 아냐? 사람이, 사람이, 이럴 수 있어? 책상 서랍을 닫았다 열어보는 것.'

인애는 무의식중에 책상 서랍을 열고 닫는 시늉을 한다. 빠르고 무서운 속도로 눈앞의 모든 것이 홈삭홈삭 무너져 가는 것 같다.

"책상 서랍을 닫았다 열었을 뿐이야. 이렇게 사람이 아무것도 아니란 말이야."

중얼거리고 있는 인애를 미숙과 혜경이 의아하게 바라본다. 한철만은 그 말의 뜻을, 인애의 마음을 알아채고 쓸쓸한 웃음을 머금는다.

"그럼, 그렇지. 서랍을 닫았다 열어본 것뿐이야. 영혼이니 뭐니 해도 우리 눈에 보이는 것은 이것, 새삼스러운 일인가? 인생에 욕심이 많은 사람들은 가끔 이런 곳에 와서 구경을 하고 가야 해. 슬프다, 외롭다는 말이 얼마나 쑥스러운 것인지 알게 될 테니까."

하며 그는 인애의 얼굴을 깊숙이 들여다본다.

통곡 소리가 여기저기서 울려온다. 비 오는 날의 개구리 울음같이 들려온다.

혜경과 미숙은 은자를 양편에서 껴잡고 다시 훌쩍훌쩍 운다.

가루가 된 뼈는 화장터 뒷산 새소리가 나는 곳에 뿌려졌다.

"이제 가는 거야."

한철이 은자의 어깨를 잡고 자기 앞으로 휙 돌린다. 모두 말을 잃은 채 천천히 화장터에서 나간다.

"도깨비한테 홀린 것 같군. 그렇지 정 군, 얼굴이 핼쑥한걸."

한철이 반 농담조로 정인호에게 말을 건다.

"네, 기분이 참 이상합니다."

"이런 곳 처음인가?"

"처음입니다."

"거 좋은 공부 했다. 그림이 달라지겠는걸."

어두운 기분을 떠밀어 버리듯 한철은 낮은 소리를 내며 웃는다. 고지식한 정인호는 얼굴을 붉힌다.

"참 기분이 이상합니다."

"조금도 이상할 것 없지. 사실을 사실대로 보았을 뿐이야. 자네는 사실을 사실대로 그리고 있지 않아. 형상의 리얼리티를 말하는 게 아냐. 심장의 문제란 말일세. 젊은 사람들의, 나도 아직 젊지만, 그 포즈라는 게 얼마나 예술을 해치고 있는가. 가끔 이런 곳에 와서 산보나 하게."

"알겠습니다만 맥이 다 빠지는군요."

한철은 껄껄 웃는다. 어두운 밑바닥을 흔들어주는 웃음소리.

"사실이야, 맥이 다 빠지는 일이다. 하기는 유치한 감상이 될지라도 어리석은 희망은 가져야겠지. 여기저기 쏘다니다 보면 온갖 일이 다 있고, 실은 나도 뭐가 뭔지 모르겠군."

큰 거리로 나온 한철은 마침 지나가는 택시를 잡는다. 멀리 화장터에는 아직도 연기가 피어오르고 있다.

2. 시화전

반도 호텔 앞에 택시가 멎는다. 빨간 레인코트를 입은 숙배가 민첩하게 뛰어내리며 우산을 편다.

"선생님? 비 맞으시면 안 돼요."

그러나 민상건은 잠자코 앞서 걸어갔다.

엘리베이터 속에서

"감기 드시겠네요? 흠씬 비를 맞고서. 비 오시는데 우산도 없이 다니시는 분이 어디 있어요?"

종알종알 종알거린다.

"택시를 타고 엘리베이터를 타고 이만하면 됐지 뭐."

엉뚱한 말을 하며 민상건은 자기 몸 둘레의 두 배는 능히 되는 뚱뚱보 신사를 곁눈질하며 본다.

스카이라운지 창가에 자리를 잡는다.

숙배는 팔과 다리를 쭉 뻗고 안심하듯 미소 지으며

"참 좋네요. 남산이 아주 가깝게 보여요."

산봉우리에 구름이 지나간다. 그러나 남산은 여느 때보다 푸르고 선명한 빛을 띠고 있다. 장난감 같은 빌딩과 그 빌딩의 골짜기를 전차와 버스가 지나간다.

한참 만에

"비가 오시니까."

아무 생각 없는 듯 멍한 눈을 던지고 있던 민상건이 대꾸한다. 밝은 데서 보는 민상건의 얼굴은 매우 초췌하다.

"비가 오시니까 사람도 젖고, 시가市街도 조용하고. 정말 스카이라운지의 맛이 나지요? 안 그래요, 선생님?"

민상건의 눈빛을 더듬으며 숙배는 말한다.

"숙배는 여기 자주 오나?"

"가끔요."

"누구하고?"

숙배는 빙그레 웃는다.

"누구하고 올 거 같아요?"

"모르니까 묻지 않아."

양 어깨에 내려온 머리를 걷어 넘기며 숙배는

"좀 상상해 보세요. 숙배가 누구하고 함께 올까요?"

"난 그런 말장난은 싫어. 피곤하니까 말이야."

민상건은 얼굴을 찡그리며 불쾌한 표정이 된다.

"공연히 화내시네."

"화를 낸다구?"

쓸쓸한 웃음을 비로소 띤다.

"저는 말장난을 하지만 선생님은 감정의 장난을 하고 계세요. 그렇게 생각하지 않으세요?"

"아주 성숙한 말씀을 하시는군."

쌀쌀한 눈초리.

"물론이죠. 전 미숙하지 않아요. 이래 봬두 성인인걸요."

숙배는 화를 발끈 낸다.

"성인군자란 말이지?"

"선생님은 비겁해요. 말이 막히기만 하면 슬쩍 그런 농으로 돌려버리더군요."

"또 시비조로군. 아무래도 숙배하고 나하고는 궁합이 안 맞는 모양이지?"

그 말에 숙배는 화난 얼굴을 풀고 푸시시 웃는다.

"선생님은 늘 저를 어린애 취급을 하시니까 그렇잖아요."

"그럼 사랑한다고 해줄까?"

"자꾸 그리 무안 주시기에요?"

까만 머리칼이 흔들리는 숙배의 작은 얼굴이 빨갛게 물든다.

"뭘루 하시겠습니까?"

언제 왔는지 웨이터가 두 손을 맞잡으며 서 있었다.

"아, 난 맥주. 숙배도 맥주 하겠어?"

"싫어요. 전 코카콜라 하겠어요. 따끈따끈한 커피 마시고 싶지만······."

웨이터는 주문을 받고 갔다.

좀 떨어진 창가에 비쩍 마른 외국인 남자가 혼자 쓸쓸히 앉아서 술을 마시고 있다. 생각이 난 듯 담배를 피우다가 그는 다시 술잔을 든다. 별로 신통한 솜씨도 아닌데 누군지 피아노를 치고 있다. 느릿느릿하게. 단조로운 음이 조용한 공간을 더욱더 조용하게 가라앉게 한다.

웨이터는 이내 주문한 맥주와 코카콜라를 가지고 왔다.

민상건은 맥주잔을 들면서

"싸움은 그만하지. 또 하면 내가 숙배를 찾아가야 하니까."

"비가 오시니까 찾아오실 기분이 됐지 뭐예요. 다 알아요. 이젠 쌈해도 안 오실 거예요."

"근사한 얘기야."

"또 무안 주시는군요."

"······?"

"아니라고 왜 말씀 못 하세요?"

"자신 없는데."

"싫어! 선생님은 오만 가지가 다 그래요. 떠돌아다니는 구름같이 한 오라기도 손에 잡히지 않는군요."

숙배 눈에 눈물이 핑 돈다.

"뜨내기 신세니까······. 나도 숙배를 못 잡는데 피차 다 마찬가지 아닐까?"

"다시는 안 만나려고 결심을 했는데 왜 오셨어요?"

"가고 싶으니까."

민상건은 맥주를 들이켠다. 맥주 맛이 쓴지 사는 일이 쓴지 그는 얼굴을 찌푸린다.

"마음대로? 이젠 다시 안 만나요. 도대체 선생님은 누구예요? 뭣을 하시는 거예요?"

"안 만난다면서 왜 묻지? 나는 사람이고 남자, 그 이상 아무 것도 아냐. 너무 심각하게 생각할 필요 없어. 서로가 피곤해지니까. 숙배는 좀 더 단순해져야겠어. 말 한 마디 한 마디에 의미를 주고, 사람이란 쓸데없는 말도 많이 하고 또 할 말도 못하고 그런 것 아닐까? 말을 가지고 감정을 저울질할 순 없는 거야. 아직 어리니까…… 그럴 테지만 얼굴은 예쁜데 왜 그리 사람이 세련되지 못했을까? 내가 뭣 하는 사람인지 차차 알게 될 거야. 숙배가 직업소개소의 여주인이 아닌 이상 나는 어디서 뭣을 하며 하고 이력서를 꺼내 보일 필요는 없지. 안 그래? 숙배."

민상건은 낮고 부드러운 목소리로 타이르듯 말한다.

"전 선생님께 피곤한 존재라는 것은 벌써부터 알고 있어요. 저 역시 피곤한걸요. 생각을 하다 하다가 그만 지쳐버리고."

"사랑한다 해줄까 했더니 무안 준다 하고, 근사한 말이라고 찬성을 했더니 또 무안 준다 하고……. 그럼 뭐라고 해? 역시 숙배하고 나하고는 궁합이 안 맞는 모양이지?"

민상건은 껄껄 웃는다. 그리고 갈증 난 사람같이 맥주를 들이켠다.

상대편을 힘차게 와락 끌어당겨 놓고 도중에서 확 떠밀어버리는 이상하고 공허한 웃음이 사방을 잔잔하게 흔들어주고 있는 것 같다.

느릿느릿한 피아노 소리도 멎고 혼자 쓸쓸히 술을 마시고 있던 외국인 남자도 신문을 말아 쥐고 일어섰다.

"숙배."

"네?"

"댄스홀에 한번 가볼까? 춤 잘 추겠지?"

"싫어요. 그런 데 가는 것은. 춤은 출 줄 알아요."

"싫으면 그만두지."

민상건은 다시 멍한 얼굴로 돌아간다. 숙배는 자꾸 코카콜라를 마시다가

"커피숍으로 갈 걸 그랬죠?"

한다.

"왜?"

"날씨가 쌀쌀해서요. 콜라가 아주 차요."

"그 대신 전망이 좋으니까."

"거기 안 가시겠어요? 추워요."

숙배는 아시시 떤다.

"어디?"

"커피숍 말예요."

"여기가 좋지. 거기 가면 얼굴만 쳐다보아야잖아?"

"얼굴만 쳐다보면 나빠요?"

"따분하지. 이따금 얼굴도 보고 비 오는 풍경도 보고."

"욕심꾸러기."

"욕심이 없다는 얘기도 되지."

"하나도 집중 못 하니까."

"옳은 말이야. 숙배도 꽤 눈치가 빨라."

"선생님은 왜 그러시죠? 정말 왜 그럴까? 허무해요."

"쑥스러운 그런 말은 하지 말기로. 그건 시인들이 즐겨 쓰는 말씀이고. 참, 아까 숙배 집에서 그 소녀는 누구?"

갑자기 재미나는 생각의 실마리를 찾은 듯 민상건 얼굴에 생기가 돌아온다.

"소녀라구요?"

"왜 나를 안내해 주던 그 아가씨 말이야."

"아."

"누구지?"

"누굴 것 같애요?"

"글쎄, 본인의 말에 의하면 식모라던가?"

숙배는 민상건 말에 웃음을 터뜨린다.

"아이, 우스워라. 식모라구요?"

숙배는 연신 웃는다.

"물론 식모는 아니겠지만."

민상건은 웃는 숙배를 바라보며 신기한 듯 중얼거린다.

"참 괴짜예요, 그 앤. 하여간 말썽꾸러기라니까요."

"누군데?"

"우리 언니예요."

"언니?"

"친언닌 아니에요. 사촌 언니. 사변 때 큰아버지하고 큰어머니가 한꺼번에 돌아가셨거든요. 말하자면 고아죠. 그리고 시인이에요. 자칭 시인이니까. 어느 만큼 믿어야 할지…….."

"재미있군."

"그리고 또 굉장한 바람둥이예요."

"바람둥이?"

"남들이 말하는 그런 뜻의 바람둥이는 아니에요. 방랑벽이 있단 말예요. 어떻게 하는 줄 아세요? 고등학교 때 글쎄 등록금을 갖고 도망을 했지 뭐예요? 어느 섬에 있는 걸 데리고 왔죠. 그랬는데 대학에 갔어도 그 짓을 또 했단 말예요. 등록금을 갖고 해인사로 중이 되겠다고……. 결국 중은 못 되고 돌아왔지만 엄마는 화가 나서 다시 대학에 보내지 않았어요. 그래서 집에선 구박둥이예요."

"흐음……."

민상건은 호기심에 가득 찬 눈으로 숙배의 다음 말을 기다린다.

"술도 썩 잘 마셔요. 사내애처럼. 그 꼴 보셨죠? 아무 데나 강아지처럼 자고 먹고……."

"숙배하고는 딴판이군."

"그럼요. 아주 딴판이에요. 그 애는 그렇게 굴러다녀도 타락 안 할 거예요."

"그럼 숙배는 타락한단 말인가?"

"그럴 요소가 참 많아요."

민상건은 그냥 웃는다.

"엄마가 그러는데 그 애 아버지, 저의 큰아버지지만 그분한테 그런 방랑벽이 있었다더군요. 큰어머니가 무척 고생을 하셨대요. 엄마는 그렇게 함께 갔으니 차라리 형님은 행복했는지 모른다구요. 살아서 허황한 마음을 쫓고 있느니보다 낫다는 거예요. 확실히 피는 함께 자손들에게 내려오나 봐요. 우리 아버진 안 그런 것 같지만 역시 마찬가지예요. 아무도 안 만나고 서재 속에서. 아버지도 일종의 방랑자인지도 몰라요. 어머니가 무슨 짓을 하건 일체 간섭도 하시지 않고 관심도 가지시지 않아요. 그런데 이상하게 어머니는 그런 점에 자꾸 끌려가나 부죠? 어머니는 아버지를 사랑하고 계세요. 어머니는 참 슬픈 여자인지도 몰라요. 매일매일 집안일은 그냥 내동댕이치고 밖으로 나돌아 다니지만, 그리고 돈을 버는 데 여념이 없는 것같이 보이지만 그게 엄마의 본모습은 아닐 거예요. 언젠가 한번 군표(전시에 군대에서 물품을 구입하기 위해 발행하는 특수한 화폐–편집자)가 바뀌어 큰 소동이 벌어진 일이 있었어요. 그때 어머니는 굉장한 손해를 본 모양인데 눈썹 하나 까딱하지 않더군요. 어떻게 보면 그 큰돈을 그냥 내버린 데 대하여 쾌감을 느끼고 있는 것 같기도 해요. 남들은 엄마가 젊게 꾸미고 화려하게 나돌아 다니니까 별소릴 다 하지만. 그리고 저도 은근히 비판하는 눈으로 엄마를 보지만 진짜 우리 엄만 정숙해요. 차라리 바람이라도 피웠음 멋이 있겠는데 돈과 화려한 치장으로 외로움을 커버하려는 것은 너무 서글프지 않아요? 어머! 제가 별 이야길 다 했네요?"

숙배는 열중되어 이야기를 하다가 깜짝 놀란다.

"거 숙배 언니라는 사람 재미있군."

민상건은 숙배가 열심히 이야기한 그의 어머니에 대하여는 관심도 없고 귀담아 듣지도 않았던 양 담배 연기를 내어 뿜으며 말한다.

"만나보시고 싶어요?"

숙배 눈에 질투의 빛이 살짝 돈다.

"일부러 만날 일은 없으니까."

"녹지대에 가시면 언제든지 만날 수 있을 거예요."

"녹지대?"

"녹지대를 모르세요? 한국의 비트족(beat generation, '패배세대'라는 뜻으로 제2차 세계대전 후 생겨난 보헤미안적인 문학인과 예술인 그룹—

편집자)들이 모이는 음악 살롱이에요."

이야기를 하다가 숙배의 눈이 라운지의 출입구로 쏠린다.

"어마! 저기……."

레인코트를 벗어 들고 크림빛 스웨터를 입은 경순 여사가 들어온다. 어떤 신사와 또 한 사람의 멋쟁이 여자가 따라 들어온다. 그들은 웃으며 말을 주고받고 숙배가 앉은 곳을 향해 걸어온다.

"거 빌딩에는 반드시 무슨 흑막이 있어. 함부로 손댈 순 없다. 덤벼서 잘 되는 일 없구."

경순 여사는 일행의 여자를 보고 말했다.

"그야 뒷구멍으로 잘 캐봐야지."

멋쟁이 여자가 대꾸한다.

숙배 옆을 지나치는 경순 여사는 비로소 숙배를 발견한다. 싸늘한 얼굴이 잠시 흔들린다.

"너 웬일이냐?"

"엄마는 웬일이에요?"

숙배는 반발하듯 대꾸한다.

"너 학교엔 안 가고 여기 뭘 하러 왔니?"

하다가

"아파 누웠다더니?"

덧붙인다.

"아프지 않았어요. 그냥 누워 있었죠, 뭐."

"그래?"

경순 여사는 의심이 가득 찬 눈으로 숙배의 표정을 살핀다. 그러나 더 이상 묻지 않고 민상건도 아주 묵살한 채 가버린다.

"저러고 가지만 엄마 마음속으론 궁금해 못 견딜 거예요."

태연하게 말하기는 했으나 숙배 얼굴에 당황하는 빛이 없지는 않았다. 민상건은 얼굴을 찌푸린 채 경순 여사 쪽을 외면하고 남산을 바라보고 있다.

경순 여사는 웃으며 그들 일행과 말을 주고받으면서 눈치채지 않게 숙배 쪽을 힐끔힐끔 쳐다보다간 고개를 흔든다.

"집에선 성미를 한번 부리면 무서워요. 히스테리가 여간 심하지 않거든요. 하지만 밖에 나오면 저렇게 천연스럽고 세련돼 보이지 않아요?"

숙배의 목소리는 겉돈다.

"집에 돌아가면 혼나겠군. 숙배가."

찌푸린 채 민상건이 말한다.

"그럴 염려는 없어요. 엄마의 히스테리는 저하고 관계없는 거예요. 서재에 계시는 아버지에 대한 폭발이거든요. 그런데 엄마는 비겁해요. 결코 아버지하고 정면충돌은 하지 않아요. 늘 피해를 입는 사람은 죄 없는 인애예요."

"인애?"

"우리 집의 괴짜 시인 말예요."

"오늘은 그 시인하고 숙배 어머니 얘기만 하는군."

"화제가 빈곤했던 모양이죠?"

"도망치는 것 같아 우습지만 나갈까?"

민상건은 숙배의 동의도 무시하고 먼저 일어선다.

카운터에서 계산을 끝내고 그는 나간다. 하는 수 없이 그 뒤를 허둥지둥 숙배는 따라 나간다.

그들의 뒷모습을 경순 여사는 가만히 지켜본다.

"걸어서 내려가지."

민상건은 천천히 층계를 밟고 내려간다. 어두컴컴한 호텔 복도 방문은 모두 꼭꼭 닫혀 있다. 희미한 불빛이 층계에 깔아 놓은 푹신한 융단을 비춰주고 있다. 아무도 없다. 두 사람의 조용한 발소리와 옷이 스치는 소리뿐이다.

민상건은 숙배의 손을 슬며시 잡는다. 꼭 눌러 잡는다. 숙배는 아시시 떤다.

"사는 게 왜 이리 심심할까?"

민상건은 숙배의 손을 놓아주고 담배를 꺼내어 붙여 문다. 층계를 밟고 내려가는 발소리.

"만 가지가 다 허전해."

숙배는 침묵을 지키고 있다.

"연애에도 열중할 수 없으니 불행한 인간이다."

그래도 숙배는 잠자코 내려간다.

계단은 끝났다. 로비를 지나 호텔 밖으로 나온다. 비는 여전히 내리고 있다. 제비 같은 검은 승용차가 미끄러져 들어온다.

"선생님."

숙배는 손을 내민다.

"악수하세요."

"왜?"

"이젠 다시 만나지 않을래요."

비는 그들 위에 들이친다.

머리를 쓸어 넘기면서

"아무튼 내가 가자는 대로 따라와. 그리고 나 하는 대로 가만히 보고만 있어."

인애는 키가 큰 안경잡이와 키가 작고 머리가 부스스한 두 청년을 거느리고 구두점 모퉁이 길을 돌아가며 지껄인다. 비록 옷차림은 초라하지만 여왕벌같이 당당하다.

"가만히 보고 있을게. 무슨 좋은 일이 있을지."

키가 작은 청년이 자신 없는 소리를 한다.

"콧등에 침 바르고 기다려보아. 하지만 백 프로 가능한 일이라곤 할 수 없어."

"대관절 무슨 일인데요?"

안경잡이 청년이 안경 속의 작은 눈을 몹시 깜박이며 묻는다.

"글쎄 얌전하게 따라만 와. 가보면 알아. 도무지 너희들 하는 짓이란 허약해서 보고 있을 수 없단 말이야. 아귀아귀 욕심만 부리면 일이 저절로 돼주는 줄 알아. 탁상공론만 벌이구 대 폿집에서 주먹질만 하다간 어느 세월에 되누."

눈 안에도 안 차는 듯 인애는 두 청년에게 설교조로 말한다.

"넘친 소리 하지 마."

안경잡이가 화를 발끈 낸다.

"왜? 내 말이 글렀어?"

"인애하고 같이 가면 우린 언제나 거세당한 동물 같다."

키 작은 청년이 엷은 웃음을 띠며 말하자 안경잡이가

"사실 우리가 안 한 게 뭐 있어? 우린 빈 주머니 다 털어서 회빌 냈단 말이야. 안 낸 것은 인애뿐이다."

하고 반발한다. 인애는 걸음을 멈추고 안경잡이를 째려본다.

"너 그따위 쩨쩨한 소리 할 치야? 그래 날 빼놓고 열한 명이 낸 돈이 모두 얼마야? 기껏해야 오만오천 환. 그래 그까짓 것 가지구 시화전 벌일 것 같아? 어림도 없다."

인애는 어깨로 바람을 일으킬 듯 터벅터벅 걷는다. 안경잡 이는 말이 좀 빗나갔다 생각했는지 당황하며

"하지만……."

"하지만 어쨌다는 거야. 그래 하인애가 돈 오천 환 못 내서 시화전은 못 하겠단 그 말이야?"

따지고 든다. 마침 건널목 길, 신호등에는 붉은빛이다. 그들 세 사람은 걸음을 멈춘다.

"하고 못 하고 그런 문제보다 허약하니 어쩌니 하는 인애 말

이 비위에 거슬렸어."

안경잡이의 말투는 누그러진다.

"회비만 갖구 되는 줄 생각하는 너희네들 꼴이 우스워 그런 거야. 사실 회비 이야기는 기분 나빠. 난 지금 돈이 없으니까 말이야. 그렇다고 내가 너희네들 앞에 할 말 못 하고 비굴해질 수는 없지. 더 화를 내고 싶지만 사내새끼들 체면을 위해 오늘 은 그만두겠다."

두 청년은 끽소리도 못 한다. 푸른 신호등, 길을 건너면서

"오늘 일이 잘되면 돌아올 때 냉면 한턱하구, 못 되면 그만 이야. 난 시화전에 참가 안 하겠어."

인애는 딱 잘라 말한다.

"뭐 누가 시화전에 작품 못 내라 했나."

안경잡이는 풀 죽은 소리를 낸다.

이때 양복 주머니에 두 손을 찌르고 가로수 밑에 서 있던 청 년이 돌아본다.

키 작은 청년이 가로수 밑에 서 있는 청년을 보자 긴 머리를 더풀거리며 뛰어간다.

"김!"

외치듯 부른다.

"이거 웬일이야? 여기서 만나다니? 기어이 만났군그래. 그 새 어디 갔댔었나? 영 만나볼 수 없으니 말이야."

감격에 넘치는 목소리로 상대방의 손을 내리 흔들며 야단

이다.

키가 후리후리하게 크고 잠긴 듯한 눈빛을 지닌 청년은 한 열흘 전에 K아파트 37호실 앞에서 만났을 때와 마찬가지로 인애의 눈과 마주치자 슬그머니 외면을 하고 어색한 미소를 띠며

"요즘은 어떻게 지내지?"

마지못해 하는 인사다.

인애 얼굴이 파랗게 질린다.

"나야 뭐 항상 그렇지. 고등 룸펜. 해가 뜨고 해가 지는 것과 마찬가지로 그날이 그날, 무슨 뾰족한 변화가 있겠나. 간절하게 바라지만 그놈의 변화가 와주어야 말이지. 나는 자네가 어디 바다 건너라도 뛴 줄 알았지. 자네 처지라면 가능한 일이니까. 이렇게 다 같이 서울 하늘 밑에 살면서 어찌 그렇게도 만나기 어려웠을까?"

수사적인 말을 담뿍 늘어놓는다. 상대방은 그저 애매한 미소만 띠고 있을 뿐이다.

인애는 바보같이 멍하니 서 있는 안경잡이를 팔꿈치로 떠밀듯 하며 그들 옆을 지나친다.

"우리 이번에 동인끼리 모여서 시화전을 하기로 했는데 일을 벌여놓고 보니 골치 아픈 일이 한두 가지가 아냐. 지금도 그 일 때문에."

키 작은 청년의 목소리가 뒤에서 들려온다. 파랗게 얼굴이

질리기는 했지만 인애는 또박또박 확실한 걸음을 옮기며 태양을 향해 얼굴을 치켜들고 간다. 네온사인이 없는 한낮의 서울 거리. 높은 빌딩 옆에 슈샤인보이(shoe shine boy, 구두닦이 소년-편집자)들이 콧노래를 부르며 신사들의 구두를 닦고 있다. 차양을 반쯤 내려놓은 양재점 쇼윈도에 아마릴리스가 시들어가고 있다. 인애의 초라한 회색 블라우스와 마찬가지로.

"코오리나, 코오오리나!"

걸어가면서 인애는 나지막한 콧노래를 부른다. 콧노래는 휘파람으로 변한다. 인애는 빌딩 사이의 하늘이 푸르고 높다고 생각한다. 구름이 언젠가 그 화장터에서 본 것과 마찬가지라 생각한다.

안경잡이는 그런 점에 있어서 좀 둔한 모양이다. 그는 인애에게 일어난 충격을 조금도 눈치채지 못하고 인애의 나지막한 노랫소리가, 휘파람 소리가 참 좋다고만 생각한다.

'오만한 사나이, 건방진 사나이, 멋진 사나이, 겨울바람 같은 사나이, 겁쟁이 사나이, 환상의 사나이.'

인애는 휘파람을 불고 가면서 가슴을 치듯이 그런 말을 마음속으로 중얼거린다.

'도망치면 칠수록 나는 쫓아가고 싶다. 그렇지만 그가 날 잡으러 오면 난, 내가 도망칠는지도 몰라? 왜? 왜? 왜 그럴까?'

"미스터 리?"

인애는 노래를 끊고 안경잡이를 부른다.

"왜에?"

기묘한 악센트를 준다. 그는 안심한 것이다. 인애가 노여움을 풀었다고 생각하기 때문에.

"저 달려가는 자동차 앞으로 뛰어가서 말이야, 왕! 왕! 소리를 지르며 노래 한번 불러보고 싶어. 멋이 있을 거야."

"미쳤다 하겠지."

"진짜로 미치는 것은 아름다울 거야."

"그게 관념적인 환상이라는 거야."

"건방진 소릴 하는군. 그런데 저 바보가 여태 뭘 하고 있을까?"

"누가 알어? 찬조금이나 좀 얻으려고 수작을 붙이고 있는지."

"흐흠? 찬조금? 그치 부잣집 아들인가?"

인애는 시치미를 떼고 묻는다.

"그치에 대해선 나도 백지야. 전에, 아주 전에 녹지대에서 몇 번 본 일이 있어. 하지만 인사하진 않았으니까. 보기에 희멀쑥하고 부잣집 아들 같지 않어?"

"그렇게 행세하고 다니는지도 모르지. 계집애들 낚으려고."

일찍 나온 석간을 흔들며 쫓아가는 신문팔이가 인애에게 부딪친다. 인애는 발끝에 힘을 주며 쓰러지지 않으려고 애를 쓴다. 쓰러지면 영영 일어설 수 없을 것 같았기 때문이다.

그러자 키 작은 청년이 숨을 할딱이며 그들을 뒤쫓아 온다.

"같이 가자구!"

안경잡이가 돌아본다. 그는 손수건을 꺼내어 땀을 닦으며

"이야기가 좀 길었지. 그 친구 하도 오래간만에 만났기에."

"무슨 좋은 소식이나 들었나?"

안경잡이가 묻는다.

"뭐 그저 그렇지. 시화전 한다는 얘기는 해놨지만."

"인심 좋은 친군가?"

"그럼, 아주 매력적인 녀석이다. 아는 것은 많은데 예술가를 경멸하거든."

키 작은 청년은 슬픈 표정을 짓는다. 그는 슬픈 표정을 지으니 어릿광대 같다.

"그럼 인심이 나쁘군그래."

"사실이지. 우리네들 현실에서 볼 적에 경멸당할 만한 요소가 없지도 않어. 진짜 비트도 되지 못하니 말이야. 안 그래? 녹지대에 모이는 치들 중에서 진짜는 저 인애 혼자인지도 몰라. 저건 진짜야."

키 작은 청년은 인애 뒷모습에 손가락질하며 말한다.

인애는 커다란 간판이 붙은 빌딩 앞에 걸음을 멈춘다. 그리고 그 커다란 간판을 심각한 얼굴로 올려다본다. 그들이 가까이 가자 인애는 결단을 내린 듯

"들어가자."

하며 두 청년에게 고갯짓을 한다.

"여기가 어딘데? 회사 아냐?"

"회사야."

"그런데?"

"잔말 말고 따라와."

인애 얼굴에는 푸른 기가 아직도 가셔지지 않고 남아 있다. 그 푸른 얼굴이 긴장으로 좀 무섭게 보인다. 그는 앞서 성큼성큼 걸어 들어간다.

"은행을 털러 가는 갱 같은 기분이야?"

돌아보지도 않고 앞서 가면서 인애는 농지거리를 한다. 사방을 두리번거리는 두 청년의 모습을 눈앞에 보는 듯.

"너희네들 녹지대에서 나오기만 하면 바보가 되는구나."

인애는 다시 농지거리를 한다.

어두컴컴한 복도를 한참 들어간다. 복도 양편에 이따금 걸상이 놓여 있다.

리놀륨을 쭉 깔아놓은 복도는 매끄럽고 알지 못할 위협을 준다.

인애는 걸음을 멈추고 돌아본다.

"너희들 여기 앉아서 기다려."

복도 한편의 걸상을 가리킨다.

"우린 여기서 기다리고 있으면 되나?"

인애는 고개를 끄떡인다.

"지금부터 연극은 시작된다. 안 된다 하더라도 여기까지 걸어온 밑천밖에 안 들었으니까 억울할 건 없지."

엉거주춤 앉은 청년에게 인애는 처음으로 미소를 던진다.

"하여간 기다릴게."

두 청년은 서로 얼굴을 마주 본다.

인애는 '비서실'이라 쓰인 도어를 두 번 두들기고 나서 문을 민다. 그는 안으로 쑥 들어간다. 타이프를 치고 있던 여비서가 하얀 얼굴을 들며 인애를 쳐다본다.

"어떻게 오셨어요?"

타이프를 친 종이를 내려다보며 쌀쌀하게 묻는다.

"심부름 왔는데요?"

사내애같이 양어깨를 펴며 인애는 능청스럽게 말한다.

"어디서요?"

"시인 윤용주 선생님 심부름 왔어요. 급한 일이라구요."

여비서는 시인 윤용주 씨를 잘 알고 있는 눈치다.

"아, 그러세요? 사장님한테 전하실 거죠. 이리 내놓으세요."

비로소 일어서며 그는 손을 내민다.

"아니에요. 만나 봬야 해요. 만나서 여쭈어야 해요."

"음…… 그럼 잠깐만 계세요. 우선 거기 앉으세요."

의자를 가리킨다.

여비서가 사장실로 들어가자 인애는 빙그레 웃으며 의자에 앉는다. 맞은켠 하얀 벽에 풍경화 한 폭이 걸려 있다. 인애는 그것을 바라본다. 항구의 풍경, 쓸쓸한 항구의 풍경화다.

인애의 눈은 골똘히 그것을 바라본다. 쓸쓸한 항구 풍경화

속에 정박해 있는 배들이 하나씩 하나씩 사라진다. 인애 눈에 텅 하니 비어버린 항구가 가득 들어온다. 항구의 배가 없다면 그것은 항구가 아니다. 사람이 사람의 마음을 받아들이지 못한다면 그것은 사람이 아니다. 인애는 막연히 그런 생각을 한다. 무슨 주식회사의 사장 비서실에 한 가지 모험을 위해 기다리고 있다는 생각을 인애는 다 잊어버린다.

'망할 자식! 지가 뭔데? 대관절 그 자식이 인애에게 뭐란 말이야? 흥! 말라비틀어진 신부나 되라지. 거지 같은⋯⋯.'

하고 욕지거리를 해봤으나 인애 마음속은 텅 빈 그 항구같이 허황하고 견딜 수 없는 찬바람이 지나갈 뿐이다.

"실제 인애는 도무지 그렇지가 않은데 이상한 일이야? 그 눈에 집념이 있어. 이글이글 타는 집념 말이야. 그것은 좋은 게 아닌데⋯⋯."

언젠가 한철이 걱정스러운 얼굴로 그런 말을 했었다.

"눈이 파래서 그럴 거예요. 전 저의 눈이 싫어요. 보기가 싫어요. 눈 감고 다녔음 좋겠다는 생각을 할 때가 있어요."

하고 대답하니까 한철은

"아냐. 눈이야 신비스럽지. 그런데 이따금 집념이 번득인단 말이야. 집념이란 불행한 거야. 더욱이 그 집념이 인간에게 향할 때는 아름답지 않어. 자기 자신을 파괴하게 되는 거구."

또 한철은 이런 말도 했다.

"더욱이 인간 문제는 공상으로 그쳐야지. 이상을 가까이, 가까이 하려면 반드시 파탄이 오고 말어. 상대도 자신도 다 부서져서 어쩔 수 없게 되는 거지. 이상이란 공상으로 끝내고, 현실은 받아들이든 안 받아들이든 그건 자기 자신의 자유지만 말이야."

한철은 인간으로 말미암아 많은 괴로움을 받은 듯 웃는 얼굴에 어두운 그늘을 띠었다.

인애는 그때 바로 지금 나 자신이 한 사람에 대하여 어쩔 수 없는 집념을 가지고 있다는 말을 하려다 겨우 참았던 것이다. 정말 목구멍까지 말이 올라왔지만.

"들어가 보세요."

여비서 말에 인애는 펄쩍 뛰듯 의자에서 일어난다.

"사장님이 들어오시래요."

인애는 아무것도 없는 허공에 주먹질을 하듯 반항으로 가득 찬 몸짓을 하며 도어를 민다. 이 세상에 무서울 것이 아무것도 없는 듯 그는 생각되었다.

'그 사나이는 내게 힘을 주어! 나를 학대하면 할수록 말이야. 이 세상 일이 다 시시해지거든.'

전형적인 사장 타입의 중년 신사가 담배를 피우고 앉아 있다. 다만 다른 사장족들과 같지 않은 점이 있다면 그의 눈빛이다. 차갑고 세련되어 있다.

그는 인애의 심부름 온 용무를 듣겠다는 표정으로 쳐다본다. 인애도 그를 쳐다본다. 그리고 가능성을 저울질하듯 그의 눈빛을 자세히 살필 뿐 말을 꺼내지 않는다.

이 대담한 계집아이 시선에 질렸는지 그쪽에서 먼저

"윤 형한테서 왔는가?"

하고 묻는다.

"아뇨."

인애는 짤막하게 부정한다.

"그럼?"

"……."

사장은 몸을 앞으로 일으킨다.

"음? 윤 형 심부름 왔다 하던데?"

"제가 거짓말시켰어요."

스스럼없이 뇌까린다.

"왜? 무엇 때문에?"

어처구니없는 듯 그는 멍하니 인애를 바라본다.

"사장님을 만나려구요."

"나를 만나려구?"

"그런 거짓말 안 하면 그냥 쫓겨 갔을 거예요."

"흐음, 그럴싸한 수단이군. 젊은 애가 재미있는데?"

쌀쌀하게 비꼰다.

"사실 전 사장님을 만나러 온 건 아닐 거예요."

"그렇다면?"

"옛날의 시인 이윤 선생님을 만나러 왔을 거예요."

비로소 사장 이윤이 빙그레 웃는다.

"너 시를 쓰느냐?"

한결 부드러워진 목소리다.

"네. 아직은 햇볕을 못 본 햇병아리지만요."

이윤은 마음 놓고 아주 유쾌하게 웃는다.

"하지만 취직 부탁하러 왔다면 안 될 얘기야."

"취직이라구요?"

"음. 취직 부탁은 절대로 받을 수 없어."

"그럼 다른 부탁은?"

"그야 들어봐야지."

"선생님께서 절 이 회사 전무를 해주신대도 전 싫어요. 놀고 먹겠다는 얘기는 아니에요. 전 지금도 여러 가지 아르바이트를 하고 있으니까요."

그 말을 할 때 인애의 눈은 멀리 창 너머로 가는 듯하다. 이윤은 당돌하기 짝이 없는 소녀를 유심히 바라본다.

'특이한 얼굴이구나. 어딘지 귀티가 있어. 이상한 애다.'

이윤은 미소하며

"대체 그런 말을 할 수 있는 용기는 어디서 나오지?"

하고 묻는다.

"조금 전에 좀 강한 충격을 받았어요."

"음…… 그래서?"

"모두가 다 비어버린 것만 같았어요. 그 빈자리에 무엇이든 채워야 한다고 생각했어요."

"어떤 충격인데?"

이윤은 사장이라는 체면도 잊어버리고 친구같이 묻는다.

"그런 말씀 드릴 수가 없네요."

빙긋이 웃는다. 그 웃는 얼굴에 끌려 들어가듯 이윤은 인애의 파란 눈을 응시한다.

"음…… 취직 부탁은 아니구, 그렇다면?"

"찬조금을 좀 내시라구요."

"찬조금?"

"우리 동인끼리 모여서 시화전을 열기로 의논이 됐어요. 사실 우리 자신이 메고 나가지 않으면 그 심술궂은 기성들의 자리를 뚫어볼 수 없거든요. 우리는 우리대로의 할 말이 있고 우리들의 몸부림이 있지 않겠어요? 이름만 갖고 팔아먹는 사람들에게 우린 그런 식으로 도전하는 거예요."

인애는 일부러 유치한 말로 일장의 연설을 늘어놓는다.

"심술궂은 기성이라…… 이름만 갖고 팔아먹는다……."

이윤이 인애가 한 말 중에서 그 두 가지를 골라 뇌어본다.

"하지만 우리는 모두 가난뱅이예요. 돈이 모자라요."

"돈이 없으면 안 하는 거지. 남의 도움까지 받아가며 해야 할 이유가 있을까?"

"그렇게 말씀하실 줄 알았어요. 하지만 상식인들의 비상식은 상식이 되고 말지요. 천재에겐 상식도 비상식이 되는 겁니

다. 구걸하는 거지라도 돈을 뿌리는 부자라도 다 천재에겐 그
것들이 좋게 따라갑니다. 하지만 범인에겐 비굴이 아니면 존
대尊待로 더러워지는 법이에요. 천재는 악덕과 미덕의 책임을
지지 않습니다."

"옛날의 천재들이 그런 말을 했지."

인애는 이윤의 말에 얼굴도 붉히지 않고

"여기 올리려고 그런 말 주워서 정리하고 연습했어요."

이윤은 인애의 너무나도 솔직한 말에 그만 소리를 내어 웃
는다. 인애는 눈도 깜박이지 않고

"아마도 선생님께서 우리들같이 젊었을 시절에는 아까처럼
남의 도움을 바라지 말라는 그런 분별 있는 말씀은 안 하셨을
거예요."

"하하핫…… 마구 어거지를 쓰는군. 하여간 그 정열이 좋고
용기가 좋고 재미가 있어서 더욱 좋아. 그럼 한 번쯤 그 기분
사주기로 하지. 나도 젊었을 때는 그랬던 것 같기도 해. 문학
하는 사람이 너무 허영이 많아도 곤란하지만 너무 그것이 없
어도 안 되는 거지. 나같이 되니까 말이야."

인애는 어린애처럼 두 어깨를 축 늘어뜨리며 크게 숨을 내
쉰다.

"감사합니다. 선생님, 이제 살았어요. 자신도 없으면서 친구
들한테 큰 소리 뻥뻥 쳐놓구."

너무 그 얼굴이 무심하고 맑아 보여 이윤의 눈은 생각 깊이

가라앉는다.

그는 비서를 부르지 않고 뭣에다 쓰려고 마련했던지 제법 부피가 있는 봉투 한 장을 책상 서랍 속에서 꺼내어 인애에게 준다.

"이제부턴 다시 떼쓰러 오면 안돼."

엄격하게 말한다.

"두 번 하면 스릴이 없어서 재미가 있나요?"

혀를 날름 내밀다가 인애는 그만 귀여운 웃음을 터뜨린다.

"선생님, 우리 시화전에 오시는 것 싫으시죠? 안 싫으시면 테이프 끊어주셨음 얼마나 좋을까?"

이윤은 그만두라는 듯 손을 젓는다. 이때 마침 공교롭게도 인애가 수단으로 팔아먹은 바로 그 시인 윤용주 씨가 나타났다.

아무리 심장이 센 인애도 얼굴빛이 변하지 않을 수 없다.

"오랜간만이네. 오늘은 무슨 바람이 불어서 왔누."

하고 이윤은 윤용주의 손을 잡으며 인애의 당황하는 꼴을 슬금슬금 보고 웃는다.

"골치가 아파서 나왔지. 바람 좀 쏘이려구."

"잠깐 기다리게. 이 숙녀를 모셔다 주고."

이윤은 말하고 또 혼자서 의미 깊은 웃음을 띤다.

이윤이 인애를 데리고 복도까지 나왔을 때 걸상에 앉아 있던 두 청년이 벌떡 일어선다. 이윤은 연신 싱글벙글 웃으며

"거봐. 당장 벼락이 떨어졌지?"

"십년감수했어요."

"그런데 윤 형하고 나하고 친한 걸 어떻게 알았지?"

"햇병아리 시인들에게 주워들었어요."

이윤은 인애에 대한 호감에서 장석처럼 부동자세로 서 있는 청년들에게도 미소 짓는 얼굴을 남기고 사장실로 들어간다.

"대단한데? 인애. 사장이 복도까지 나오구. 그래 일은 잘됐나?"

이윤이 문을 닫기가 바쁘게 그들은 인애 옆으로 쫓아오며 묻는다.

"만사 오케이! 하지만 코가 납작해졌어."

"왜?"

"차차 얘기할게. 하여간 냉면집으로 가자."

인애는 그들을 거느리고 밖으로 나간다.

"아까 윤용주 씨가 들어가더라."

안경잡이가 무심히 말한다.

"바로 그 시인 땜에 큰코다칠 뻔했다니까."

"왜?"

"나중에 냉면 먹으면서 이야기할게."

그러나 냉면집으로 들어간 그들은 우선 배가 고파서 먹는 데 팔려 궁금증은 밀쳐놓고 열심히 냉면 가락을 빨아올린다. 청년들도 인애도 냉면 한 그릇을 게 눈 감추듯 먹어치운다.

"한 그릇씩 더 할래?"

인애가 묻는다.

"영문도 모르고……. 좀 불안한데."

키 작은 청년이 손수건으로 입언저리를 훔치며 말한다.

"하긴 그래. 이건 공금이니까."

인애는 호주머니를 만지며 대꾸한다.

"돈 받았나?"

네 개의 눈이 인애에게 쏠리면서 빛난다.

"그럼. 돈 얻으러 갔지 취직 부탁하러 간 건 아냐."

인애는 코를 실룩거리며 의기양양해서 대꾸한다.

"음, 얼마나 얻었어?"

안경잡이가 기갈난 것처럼 서두르며 묻는다.

"내 눈어림으로 생각건대 오만 환 그 이하는 아닐 거야."

"이야! 신난다."

키 작은 청년이 식탁을 친다.

"너무 지나치게 좋아하지는 말어. 얼마나 내가 혼이 났다구.
그야말로 아슬아슬한 줄타기였더란 말이야."

해놓고 인애는 두 청년에게 돈을 얻기까지의 경위를 몸짓
까지 해가며 그럴싸하게 설명한다. 처음에는 너무 어처구니
없어 입을 떡 벌리고 있던 그들은 윤용주를 그곳에서 만난 대
목에 와서는 그만 웃음을 터뜨리고 만다.

인애는 봉투 속에서 냉면값만 꺼내어 치르고 나서

"미스터 리."

"음."

안경잡이가 지체 않고 대답한다.

"이 돈 말이야, 거기서 맡아요. 작품은 다 각자가 준비해 놨으니까 회장 얻는 일부터. 그게 끝나면 초청장을 찍어야 해."

"물론이지."

"초청장이 되는 대로 신문사에 먼저 돌리고."

"그럼."

"이젠 내가 회비 안 낸다고 아무도 군소리 못 할 거야."

돈이 든 봉투를 안경잡이에게 내밀며 인애는 못을 박는다. 안경잡이는 미안하여 머리를 긁적긁적 긁는다.

시화전의 준비가 다 된 어느 날.

인애는 구제품 시장에서 산 감색 반소매 셔츠를 입고 K우편국으로 들어간다. 우편국의 젊은 국원이 의미 있는 웃음을 띤다. 인애는 그들의 웃는 의미를 잘 알고 있다. 그러나 웃거나 말거나 아랑곳없이 여느 때와 마찬가지로 손님들을 위해 마련해 놓은 테이블로 걸어가서 그는 허리를 꾸부리고 편지를 쓴다. 그동안 인애는 참 많은 편지를 이 우편국 테이블에 와서 썼다.

그리고 편지를 띄웠다. 한 번도 회답을 받아보지 못한 그 숱한 편지. 그러나 인애는 지치지 않고 편지를 쓴다. 편지를 쓸 때만은 그의 얼굴에 행복한 미소가 돈다. 즐거워서, 슬퍼서,

온갖 마음의 그늘과 햇빛과 바람이 그로 하여금 편지를 쓰게 한다. 그 행복한 얼굴이 창백하게 변하고 미소가 사라지는 것은 봉투에 '김정현'이라는 이름을 쓸 때다.

지난겨울 눈이 푸지게 쏟아지던 날 편지를 써서 붙이기 위하여 버스도 못 타고 우편국까지 걸어온 일이 있다. 너무 추워서 손이 얼어 글도 제대로 못 쓴, 그래서 장갑을 낀 채 편지를 썼다.

'슬픈 사람에겐 추억이 많고 즐거운 사람에겐 추억이 없습니다.'

그런 편지의 구절이 생각나기도 한다.

인애는 시화전의 초청장을 편지와 함께 넣고 봉투에 풀을 붙이려다 이상한 예감, 누가 자기를 바라보고 있는 예감이 들어 고개를 쳐든다. 맞은편에서 엽서를 쓰고 있던 사나이가 인애를 유심히 바라보고 있다. 인애의 눈과 마주치자 그는 싱긋이 웃는다.

"재미나는 곳에서 또 마주쳤군요."

부드럽고 매혹적인 목소리다. 오늘은 전날보다 단정하게 옷을 입은 민상건이다. 인애는 순간 얼굴을 붉히며

"제 편지 보셨군요."

화를 낸다.

"퍽 중요한 편진가 부죠?"

"선생님은 신사가 아니군요."

"호, 그런 줄 진작 알았더라면 훔쳐볼 걸 그랬군."

봄바람처럼 여유 있고 능숙한 응수다. 인애는 전법을 재빨리 바꾸어 얼굴의 노기를 풀고 어린애같이 티 없는 웃음으로 변한다.

"선생님도 좋아하는 분에게 편지 쓰러 오셨어요?"

"글쎄…… 이런 엽서 가지구 긴 이야기나 하겠어요?"

그들은 함께 편지를 부치고 우편국에서 나온다. 민상건은 기름기 없는 머리를 걷어 넘기며

"숙배 양은 안녕하신가요?"

하고 묻는다.

"마침 제가 선생님께 물어보려고 했는데요?"

"어째서?"

"전 한 주일 동안이나 숙배를 보지 못했거든요."

"어디 갔습니까?"

"아뇨, 집에 있기는 있는 모양이지만."

"나는 보름 동안이나 숙배 양을 만나지 못했어요."

"그럼 그날 비 오시는 날 이후론 못 만났군요."

"비가 왔던가요?"

"비 맞고 오시지 않았어요?"

"잘 생각나지 않는군요."

인애는 걸음을 멈추고 민상건의 얼굴을 살핀다. 민상건은 아무 거리낌 없이 걷고 있다.

"참 능청스러우셔."

"네?"

민상건이 인애에게 얼굴을 돌린다.

"숙배에 관한 기억을 똑똑히 해두셔야…… 안 그래요?"

"무슨 까닭으로?"

"유행가의 제목."

"유행가의 제목?"

"사랑하는 까닭으로."

민상건이 웃는다.

"그래, 식모살이는 하실 만한가요?"

민상건은 화제를 돌려버린다.

"네. 참 멋진 직업이에요."

"손님에게 차 심부름도 안 하니 참 멋진 직업이겠군요."

"아, 참 그날."

인애는 소리 내어 웃는다.

"그날 차 기다리느라고 눈이 빠질 뻔했죠."

"그건 잘 기억하고 계시네요."

"기억이란 제멋대로 남는 거니까 나로선 어쩔 수 없죠."

길모퉁이에서 인애가 헤어지려는 기색을 보이자 민상건은

"어떻습니까? 차 한잔 사드리고 싶은데요."

인애는 얼른 따라 걸으며

"네, 사주세요. 마침 목이 말라서."

그들은 다방으로 들어간다.

　　'이상한 남자야. 플레이보이 같지는 않은데? 숙배하고는? 숙배가 열 올리고 있는 것만은 확실해. 그렇다면 어디 테스트 좀 해봐야지.'

　　인애는 다방 음악에 맞추어 발을 까딱거리며 그런 생각을 한다.

　　차를 주문한 뒤 민상건은 말없이 멍하니 앉아 있다. 어두운 그림자가 별안간 그의 얼굴에 몰려드는 것 같다.

　　차를 함께 마시면서도 민상건은 말이 없다. 마주 앉은 인애를 거의 의식하고 있지 않은 것 같다.

　　인애는 비 오던 날, 처음 집의 응접실에서, 그리고 바로 아까 우편국에서 만났을 때 그에 대한 느낌이 지금 확 바뀌는 것을 깨닫는다. 다방 안에 「진주잡이의 노래」가 흘러나오고 있다.

　　'세상엔 이렇게 쓸쓸한 남자도 있군. 숙배가 좋아하는 이유도 알 만해. 바로 저 쓸쓸하고 괴로움에 가득 찬 얼굴에 끌려 갔을 거야.'

　　리처드 터커의 맑은 목소리가 가는 줄로 매달아 놓은 자그맣고 모양이 예쁜 샹들리에를 진동하는 것 같다. 그러나 민상건은 그 음악에 귀를 기울이고 있는 것 같지도 않아 인애는 전처럼 말을 함부로 할 수가 없다. 그래서 그는 민상건의 입이 먼저 떨어질 것을 기다린다.

'쉰까지 헤어보고 말 안 하면 내가 먼저 이야기하든지 가버리든지. 하나, 둘, 셋, 넷……'

인애가 삼십칠을 헤었을 때

"숙배 양은 요즘 학교는 잘 나가세요?"

하고 민상건이 묻는다.

"나가나 봐요."

인애는 헤는 것을 그만두고 마음을 놓으며 대꾸한다.

"인애 씨는 왜 학관(學館, '학원'의 뜻—편집자)에 안 나가시죠?"

"어머, 제 이름을 어떻게 아세요?"

"숙배 양이 말하더군요."

"그럼 숙배한테서 학교 못 가는 이유도 들으셨을 텐데요."

민상건이 웃는다.

"나같이 인애 씨도 바람이 많은 사람인가 부죠."

"바람이 많다고 다 같은 바람은 아닐 거예요."

"물론, 나같이 여자들을 쫓아다니는 그런 바람은 아닐 테죠."

"……"

"어떻습니까? 남산에 올라가 보시지 않겠어요?"

인애는 민상건을 알고 싶은 호기심을 강하게 느낀다. 그는 민상건을 따라 남산으로 올라간다.

"사람이 산다는 게 우습지 않습니까? 인애 씨, 어처구니없어질 때가 있어요."

하다가 민상건은 놀이터에서 놀고 있는 아이들을 우두커니 바라본다.

그중에 사내아이 하나가 공을 찾아서 민상건에게로 달려온다.

"아저씨! 그 공 좀 주워주세요."

그러나 민상건은 얼굴빛이 변하며 아이의 말을 듣지 않았던 것처럼 급히 걸어간다.

인애가 대신 공을 주워 아이에게 던져주고 민상건의 뒤를 쫓는다. 그들은 마치 연인들처럼 남산을 헤매다가 해가 거의 떨어지려 할 때 산에서 내려온다.

"저녁을 대접하고 싶지만 시간이, 약속시간이."

하다가 민상건은 호주머니 속에서 종잇조각을 꺼내어 뭘을 열심히 쓴다.

"만일 답답하고 갈 곳이 없을 때가 생기면 여기 찾아오세요. 대개 낮에는 여기 있으니까요."

민상건은 두 겹으로 접은 종이쪽지를 인애에게 준다. 인애는 그것을 받아들고 그의 어두운 얼굴을 왠지 가엾게 여기며

"숙배 만나게 해드릴까요?"

"소녀다운 마음씨군."

"오늘 이야기 숙배한테 하면 안 돼요?"

"그건 인애 씨의 자유."

H백화점 5층에 있는 조그맣고 아담한 화랑에서 '녹지대'의 동인 시화전은 드디어 테이프를 끊었다.

한철을 비롯한 '녹지대'의 친구들로부터 보내온 화분이 회장을 화려하게 꾸미고 한철의 주선으로 두서너 군데 신문사에서 카메라맨이 찾아와 셔터를 누르는 등 제법 성황을 이루고 있다.

정인호는 일찍부터 나와서 자기 그림과 함께 액자에 끼워진 인애의 「외로움」이라는 제목의 시를 들여다보며 혼자 빙그레 웃곤 한다. 그는 어느 누구보다 행복해 보였으며 감격에 넘치는 표정을 짓고 있다. 신랑처럼 말쑥하게 차려입어서 도리어 어울리지 않는 안경잡이와 키 작은 땅딸보는 땀을 흘리며 바쁘게 화랑 안을 왔다 갔다 수선을 피우고.

인애는 단 한 벌 있는 나들이옷 검은 원피스에 빨간 카네이션 한 송이를 가슴에 꽂고 있다. 은자 역시 그의 어머니의 상중喪中이었으므로 검은 투피스, 아무런 액세서리도 없는 수수한 차림새다. 그의 얼굴은 많이 수척해졌고 기운이 없어 보인다.

"두 여류께서는 모두 흑의黑衣의 여인이 되셨군. 그런데 이 기쁜 날에 왜들 그리 우울하시우?"

시화전을 보러 온 남자 친구들이 한마디씩 익살을 피우곤 한다.

은자는 가엾은 그의 어머니의 자살에서 받은 충격이 아직도 남아 있었고 그 아픔으로 하여 그에게 옛날의 그 웃음소리를 찾기 어려웠지만, 웬 까닭인지 인애도 은자 못지않게 우울한 기분에 잠겨 있다. 찾아오는 낯익은 사람들에게 인사하고 미소 짓고 짤막한 농담을 던지면서도 인애의 얼굴은 참 쓸쓸하게 보인다. 그 쓸쓸한 얼굴은 이야기를 하다가도 미소를 짓다가도 출입문 쪽으로 돌아가는 순간이 많다. 멍한 시선이 오래 그곳에 머물기도 한다.

그러면서도 들어오는 사람이 누군지 헤아리지 못하고, 그들이 옆에까지 와서 인애 어깨를 툭 쳐야 깜짝 놀라 정신을 가다듬는다.

"축하한다, 인애."

비로소

"아, 와주어서 고마워."

당황하며 웃는다.

인애는 김정현이 나타날 것을 기다리고 있는 것이다. 와주지 않으리라는 생각이 절반 이상을 차지하면서도 그는 기다린다. 목마르게 기다린다. 이 시화전에 한 폭의 시화를 낸 것이 마치 그를 위해, 그를 만나기 위해 한 짓같이.

"인애가 오늘은 웬일이야?"

한철의 굵은 목소리가 인애의 등을 쳤다.

"네?"

인애는 돌아본다.

"혼자 까불고 판을 칠 텐데 왜 그러고 있어? 마치 소금 절인 미나리처럼 풀이 죽어 있으니 말이야. 왜 그래. 응?"

인애는 그 푸르고 커다란 눈으로 한철을 가만히 쳐다본다.

"간밤에 잠을 통 못 잤어요."

"왜? 흥분이 돼서?"

"그랬음 행복했겠어요."

멍청히 뇌다가 정말 소금에 절인 미나리같이 풀이 죽어서 슬그머니 웃는다.

"무슨 일이든 할 때까지가 좋지. 다 이루어놓고 보면 쓸쓸하고 외로워지는 거지."

한철은 호주머니에 손을 넣으며 말한다.

담배를 꺼내어 붙여 물며

"그래서 사람은 쫓아가게 마련이지. 쫓아갈 데가 없고 도달해 버리면 죽을 수밖에 없을 거야."

"정말…… 그럴 거예요."

하면서도 인애는 다시 출입문을 바라본다.

"큰아버지(인애는 숙배의 부모를 처음에는 작은아버지, 숙모로 부르다가 이후에는 큰아버지, 큰어머니로 부른다. 연재 과정에서 혼동이 있었던 것이 아닌가 한다–편집자)는 안 오시는구나."

"집엔 안 알렸어요."

"왜?"

"거북해요."

"그래도 신문은 보셨겠지."

"큰아버진 숙배가 이런 짓거리 한대도 나오실 분이 아니에요. 큰어머니면 몰라도……. 전 조금도 섭섭하지 않아요. 그분들 성격이 안 그래도 말이에요."

"음."

한철은 담배 연기를 내어 뿜으며 창문가에 눈을 보낸다. 은자가 등을 보이고 서 있다. 선생님같이, 오빠같이 인애를 바라보던 한철의 눈이 별안간 달라진다. 강한 빛이 든다. 숨이 좀 거칠어지고 괴로운 표정. 그러나 그것은 잠시 동안, 그는 본시의 얼굴로 돌아간다.

'벗아, 소쩍새 같은 계집의 이야길랑 저승에 가서 하자……음…….'

한철은 마음속으로 어느 시인의 시 구절을 뇌며 서글프게 혼자 웃는다. 이때 회색 양복을 입은 사나이가 화랑에 들어왔다. 회색 양복의 사나이는 두벅두벅 걸어온다.

'저 작자가…….'

한철의 눈이 크게 벌어지다가 다시 가늘어진다. 그가 옆을 스치고 지나가려 할 때

"민 군 아닌가?"

하며 한철이 말을 건다. 걸음을 멈추며 당황하는 표정을 짓는다.

"아, 자넨…… 웬일인가?"

민상건은 어색하게 웃는다.

"오래간만이니 악수나 하자."

한철은 차갑게 상대를 억압하듯 손을 내민다. 서로 마주 보며 악수를 한다. 복잡한 감정의 선이 엇갈린다.

"요즘엔 일 좀 하나?"

한철이 묻는다. 역시 차갑고 무거운 목소리다.

"음, 뭐 그저……."

하면서 민상건은 눈으로 인애를 찾는다.

"이런 햇병아리들의 시화전을 다 보러 오고, 자네도 요즘엔 무척 한가한 모양이지?"

한철의 입가에 싸늘한 비웃음이 번진다. 민상건은 그 비웃음을 태연히 받아 넘기며

"한가하다면 언제나 한가하고 바쁘다면 언제나 바쁜 거지. 인생을 자로 재듯 하고 살아갈 순 없지. 오늘은 이 길을 지나치다가 들어왔어."

"으음, 그래? 그 말이 옳아. 그런데 영애는 잘 있나? 물론 잘 있겠지."

"잘 있는 모양이야."

"잘 있는 모양이라구?"

"나도 잘 몰라."

"모를 리가 있나. 타인 같은 이야기를 하는군."

"세상에 타인 아닌 사람이 있나?"

민상건의 말에 한철의 눈은 노여움에 불붙는다. 그것을 상대방에게 보이지 않으려고 눈을 가늘게 뜨고 민상건을 쳐다본다.

"자네 그런 뻔뻔스러운 말 할 수 있나?"

민상건은 쓰디쓴 웃음을 띤다.

"따지는 거야?"

웃음을 띤 채 내뱉는다.

"따질 권리가 조금은 내게도 있을 것 같지 않는가? 자네는."

"거 시골뜨기 같은 얘기는 그만두자. 지금은 십팔 세기 아니니까. 아무에게도 그럴 권리는 없다!"

민상건의 목소리는 내쏘듯 격렬하다.

"음…… 좋은 말씀이다. 자네다워서 더욱 좋다."

한철은 신경질적으로 껄껄 웃어댄다.

인애는 지친 듯 의자에 앉아 있다. 그는 민상건이 들어온 것도 모르고 한철과 함께 이야기하고 있는 것도 모르고 있다.

창가에 서 있던 은자는 어떤 청년과 마주 보고 서서 이야기를 하고 있다. 장내는 어수선하고 사인북에 사인을 하고 있는 소녀들도 있다.

"그럼……."

민상건이 돌아서려다

"나중에 같이 술 할 생각은 없나?"

하고 한철에게 묻는다.

"술이 들어가면 정직해지는 법이야. 자네 갈비뼈가 부러질지도 모르지. 그 각오가 있다면 같이 해도 좋다."

"올라잇! 나중에."

민상건은 약간 어깨를 펴며 걸어간다.

그는 벽에 걸린 시화를 하나하나 보며 지나간다. 본다기보다 인애의 작품을 찾고 있는 것이다.

「외로움」이라는 제목의 액자 앞에서 민상건은 걸음을 멈춘다.

'흠, 그림이 괜찮아. 회색을 제법 익숙하게 썼군.'

그의 눈은 하인애의 시를 더듬는다.

자꾸 무엇을 먹고 싶을 때가 있다.

질겅질겅 껌을 씹으며 길을 가다가도
이 사람 저 사람 괜히 건드리고 싶은 때가 있다.
친하지도 않은데 친구 만나면 수선 떨고 반긴다.
왜 나를 몰라보느냐고.

통쾌해질 때가 있다.
그 뒷모습 돌아보며 나는 너보다 강하다고

여자가 여자가 왜 이러냐고

길거리에서 후회할 때가 있다.

꼬집어도 꼬집어도 내 살이 아닐 때가 있다.

울다가 울다가 눈물이 안 나와서 웃을 때가 있다.

쓸쓸히 해가 진다.

한참 한참 지껄이고 나면 중요한 것 없다.

세상에서 내가 제일 못날 때가 있다.

너도 나도 제일 못나서 똑같은 때가 있다.

민상건이 빙그레 웃는다. 빙그레 웃다가 나직이 소리 내어 웃는다.

그는 수부(受付, 접수-편집자)를 맡고 있는 청년에게로 뚜벅뚜벅 걸어간다.

"저기 하인애 씨의 「외로움」이라는 작품 사고 싶은데요."

수부의 청년은 눈이 휘둥그레져서 벌떡 일어선다.

"얼마죠?"

"하, 저 오, 오만 환, 아, 그 그렇습니다."

작품이 팔리리라고는 생각지도 않았던 만큼 엉겁결에 오만 환이라고 때려 불렀다.

"아, 저 물어보고 오겠어요."

청년은 허둥지둥 쫓아간다. 그는 멍하니 넋 빠진 것처럼 앉아 있는 인애 곁으로 가서

"인애야! 신난다. 니 것 살려는 사람이 있어."

"⋯⋯."

"니 그림 말이야."

"내 그림이 어딨어?"

인애는 멍청히 뇐다.

"시화, 시화!「외로움」말이야. 오만 환을 때렸다."

청년은 하늘에서 금덩이라도 떨어진 것처럼 서둔다. 그도
그럴 것이 햇병아리들의 불안한 시화전이었으니까.

"미쳤어. 삼만 환으로 정하지 않았니?"

"그랬었나?"

낭패한 듯 청년은 머리를 긁적긁적 긁는다.

"난 그것 팔고 싶지 않어."

인애는 야무지게 청년을 쳐다본다.

"왜?"

청년의 눈이 휘둥그레진다.

"그저⋯⋯."

"잔소리 말어. 첫날부터 굴러온 재수를 차버리면 내내 재미
없다. 실은 아무도 딱지를 안 붙여주어서 외로워지는 판인데
무슨 그런 소릴 하노."

"안 파는 것도 내 자유야."

"너 가끔가다가 실없는 병이 도지더구나."

"대체 그걸 사겠다는 작자는 어느 누구야?"

인애는 좀 구경하자는 듯 목을 뺀다.

"저기 말쑥한 신사. 저기 서 있지 않어?"

청년이 가리키는 곳으로 인애의 눈이 처음으로 쏠린다.

"어머!"

"아는 사람이야? 오만 환이라 때렸는데 조금도 놀라지 않던걸."

인애는 후다닥 일어선다. 구두 소리를 요란하게 내며 쫓아간다.

"선생님!"

반갑게 부른다.

민상건은 슬그머니 웃기만 한다.

"어떻게 알구 오셨어요?"

민상건은 그냥 웃고만 있다. 그러자 뒤늦게 온 청년이

"저, 아, 아닙니다. 삼만 환!"

하다가 인애의 눈길을 보고 입을 다물어버린다.

"그까짓 것 뭐 할려구 사시겠다는 거예요?"

"그림이 재미있어요. 회색을 아주 잘 쓰고 구도도 좋구."

"시는요?"

민상건은 아무 대꾸 하지 않고 웃기만 한다.

"젊은 사람이오?"

"물론 햇병아리예요."

"숙배 양은 안 왔어요?"

"안 왔어요."

"왜?"

"이유가 있어요?"

"꼭 와야 할 이유가 없단 그 말인가요?"

"그럼요."

"인간관계에 있어서 인애 씨는 나보다 초월하셨군."

민상건은 비꼬듯 말하고 회장을 한번 둘러본다.

"그런 말씀 마세요. 어른이 될 것 같아서 싫어요. 그 앤 게을러서 신문 안 보니까 제가 이런 짓거리 하는 것 모르고 있을 거예요."

"대단한 자만이군."

"네?"

"남한테 알리지 않는다는 것은 허영보다 더 악질적인 건데."

"아이, 기가 막혀! 제스처가 아니에요."

"무기교 속의 기교."

"그런 말 하는 선생님이 더 나빠요!"

인애는 짓밟힌 것처럼 화를 낸다.

"전 한 가지 이외 아무것도 생각하지 않았어요. 나머지는 다 부스러기예요."

"우편국에서 편지 쓰던 그 일 말고는?"

민상건이 꾹 질러준다.

인애는 커다란 눈에 눈물이 글썬 돌며 분한 듯 민상건을 노려본다.

"역시 애기군."

하고 민상건이 껄껄 웃자 마음이 초초한 듯 옆에 내내 서성거리고 있던 청년이

"저 삼만 환……."

하며 희극배우처럼 뛰어든다.

"아이, 가엾은 내 친구. 재주껏 팔아보아요."

인애는 청년의 꼴이 우스워 그만 눈물을 거두고 웃는다.

"하여간 딱지나 붙이시오."

민상건의 말이 떨어지자 청년은 제비같이 날아가서 붉은 딱지를 떡 붙이고 자랑스럽게 사방을 둘러본다. 시화 한 점에 붉은 딱지가 붙자 '녹지대' 동인들의 얼굴에 생기가 확 돌아온다. 돈이 문제가 아니었다. 그들의 기쁨은 첫 출발에서 얻은 신선한 자신과 자랑스러운 것에서 온 것이다. 그리고 민상건은 호기심의 대상으로 그들 눈앞에 크게 올랐다.

"잘 아는 사인가 본데."

한철의 목소리가 인애 어깨 너머에서 들려온다.

"어머! 선생님도 아세요?"

돌아보며 인애가 묻는다.

"알 정도가 아니지."

한철은 날카로운 눈초리를 민상건에게 보낸다. 그는 아까부터 주의 깊게 바라보고 있었던 것이다.

"그럼 퍽 친한 사이군요."

"친한 사이?"

한철은 아이러니한 웃음을 짓는다.

"그렇지. 소유물의 한계가 뚜렷하지 않을 만큼, 그만큼 친한 사이지. 어떤가 상건이. 그렇지?"

"글쎄…… 본시 하느님께서는 한계를 지으시지 않았을 테니까. 옛날에 인간들이 땅바닥에 선을 그음으로써 니 것 내 것이 생겼다더만……."

"하느님 만드신 건 낙원과 천사였지."

"아니지. 아담과 이브와 자유로운 여자와 남자, 인간이 만든 것은 규율과 범주."

"상건이는 신의 편이지 인간의 편이 아니군."

"어떨는지……."

한철은 화제를 바꾸며

"아까 술 사겠다 했는데 나는 겁이 많아서……. 형무소엔 가기 싫으니까 어때? 이 아가씨하고 저녁이나 같이하지 않겠나? 그림 사고 저녁 사고 좀 출혈이 심하겠지만."

"좋다."

"한 선생님은 참 이상한 말을 하시네요? 왜 그러세요? 감정이 있으세요?"

한철은 어두운 표정으로 인애를 쳐다보며

"나 술버릇이 굉장하거든."

"하지만 늘 술 하시잖아요?"

민상건이 슬쩍 받아서 한철이 대신 대꾸한다. 뭔지 험악한 두 사람의 분위기를 인애는 느낀다.

"하긴 친할수록 잔인해진다고 누가 말하더군요."

그 말에는 한철도 민상건도 아무 대꾸 하지 않는다. 그뿐만 아니라 슬며시 외면을 해버린다.

한철은 호주머니를 뒤져 담배를 찾다가 없는지

"자네 담배 있거든 내놔."

민상건은 담배를 꺼내어 주고 라이터를 켜서 불을 붙여준다.

"차츰 한산해지는군."

한철은 연기를 뿜어내며 말한다.

"시간이 다 돼가거든요. 집에 돌아가는 거예요."

인애의 얼굴이 쓸쓸해진다. 전등 빛이 그 얼굴 위에 미끄러진다.

"그러면…… 우린 이 앞에 다방에 가서 기다리기로 할까?"

한철의 말에 민상건은 고개를 끄덕인다.

"그럼 끝나는 대로 다방으로 와."

"네, 그러겠어요. 곧."

두 사람은 어깨를 나란히 하고 다정한 친구처럼 회장에서 나간다. 그들의 뒷모습을 가만히 바라보다가

'한 선생님은 왜 그리 거칠까? 말씨도 표정도. 무슨 까닭이 있는 모양이야.'

중얼거리며 인애는 은자 곁으로 다가간다.

"축하한다."

은자가 웃으며 손을 내민다.

"뭘?"

인애는 의아해한다.

"제일 먼저 팔렸으니까 말이야. 너 것. 그리고 보니 우리 시
화전도 그리 시시하지 않은 모양이지? 출발이 좋고 면목을 세
웠다고 모두들 기분 좋아해."

은자는 마음속으로부터 인애를 위해 기뻐한다.

"아, 그거?"

인애는 그런 게 아니라는 듯 가만히 생각을 하고 있다.

"너 나하구 같이 안 갈래?"

인애는 생각을 하면서 은자에게 묻는다.

"어딜?"

"저녁 하러 말이야."

"누구하고?"

"한 선생님하구 또 한 사람."

"또 한 사람? 누군데?"

"그림 산 사람."

"야, 그 멋있는 신사 말이냐? 너 그분 잘 아니?"

"조금 알어."

"널 좋아하는 사람이냐?"

"아마 그렇지는 않을 거야."

은자는 가만히 있다.

"안 갈 테야?"

"나…… 지금 좀 망설이고 있어. 어떻게 할까 하구."

"뭣 땜에."

"약속이 있어."

얼굴빛이 복잡해진다.

"누구하고?"

"그저 그런 사람."

"내게 비밀이냐?"

"비밀도 아니구 구태여 말하고 싶지도 않아."

"너 우울하구나."

"피차 마찬가지 아니냐?"

"그래. 잔치가 끝난 것처럼 쓸쓸하구나. 하여간 너 마음대로
해. 음…… 그리고 또."

하다가 인애는 저만큼 서 있는 정인호를 손짓하며 부른다.
정인호가 급히 달려온다.

"미스터 정."

"네."

"기쁘세요?"

정인호는 싱글벙글 웃는다.

"그림이 팔려서……."

"정말이에요. 시가 팔린 게 아니구 그림이 팔린 거예요."

"아, 아닙니다. 그, 그런 뜻으로……."

정인호는 당황한다.

"겸손하실 필요 없어요. 사실인걸요. 그분이 참 재미있는 그림이라 하시던데요."

"정말 그럽디까?"

"뭣 땜에 거짓말하겠어요?"

"용기가 나는데요."

정인호는 여간 좋아하지 않는다.

"그건 그렇고, 우리 사기하지 않겠어요?"

"사기라구요?"

"협잡질하잔 말이에요?"

"협잡이라니요?"

"아이참, 속임수를 쓰잔 말이에요."

"무슨 속임수 말입니까?"

정인호는 바보처럼 입을 멍하니 벌린다.

"이제부터 내가 설명하겠어요. 「외로움」 저 그림 있잖아요?"

"네."

"저 그림하고 꼭 같은 것 그릴 수 있어요?"

"그릴 수야 있지만 왜 그러십니까?"

"꼭 같이 틀리지 않게 그릴 수 있어요?"

다짐하듯 다시 묻는다.

"꼭 같이…… 그릴 수 있을…… 네, 그리죠."

"사실은 저 「외로움」 말예요. 주기로 약속한 사람이 있거든요."

"그래서."

"그런데 팔리지 않았어요?"

"……."

"그러니까 저것은 먼저 주기로 약속한 사람에게 주고……."

"아, 알았어요."

"자신 있어요?"

"그려보죠."

"손발이 척척 들어맞는군."

인애는 웃다가

"아, 눈이야!"

하며 두 손으로 눈을 꼭 가린다.

"왜 이래? 눈이 멀어지는 것 같다."

인애는 숨바꼭질하는 아이처럼 눈을 가리고 중얼거린다.

"너무 피곤해서 그럴 거야. 혼자 애써서 그래."

은자는 우두커니 인애를 바라본다. 인애는 눈에서 손을 떼고 멀리 걸려 있는 그림을 바라본다.

"아, 아니야. 보고 싶은 사람을 못 보아서 그래."

하고는 소리 내어 크게 웃어젖힌다.

"이렇게 해가 지고 전등이 벌써 들어왔는데 말이야. 모두들

돌아가는데…….”

인애는 흐느끼듯 말했으나 웃음이 사라지지 않는 얼굴로 다시 중얼거린다.

“아련해, 모두가…….”

정인호나 은자는 다 함께 그 말이 인애 마음속으로부터 우러나온 것이라고는 추호도 생각지 않았다. 하물며 사람을 기다리다 기다리다 지쳐서 그러는 줄을 알 턱이 없다.

인애는

“코리나, 코오리나…… 아이 러브 유 소오…….”

하다가 휘파람을 불며 돌아보지도 않고 손을 흔들며 나간다.

밖은 어둑어둑하다.

3. 무너지지 않는 성

S레스토랑에서 저녁을 함께 먹고 마지막 프로의 영화까지 본 은자는 박광수와 함께 이제는 인기척도 드물어진 쓸쓸한 밤거리를 걷고 있다.

밤안개가 내리덮인 가로街路에 가로등이 희미한 빛을 던지고 밤기운은 싱그러운 풀잎 냄새같이 풍겨온다. 이따금 술 취한 외로운 중년이 비틀거리며 지나가곤 한다.

"택시 잡기 힘들겠지?"

박광수는 바람같이 날아가는 차도의 자동차를 바라보며 말한다.

"아마."

은자가 대꾸한다. 모두 손님들을 싣고 가는 택시뿐이다. 빈차는 없다.

"통금 시간이······."

"아직은 멀었어."

"합승 타는 데까지 걸어갈까?"

"싫어."

"그럼?"

"나 맥주 사주지 않겠어? 술 마시고 흠뻑 취해보고 싶어."

박광수는 근심스러운 눈으로 은자를 바라본다. 깨끗하고 세상을 모르는 듯 순박한 얼굴이다.

"늦었으니까 문을 닫을걸."

"그럼 다방."

"마찬가지 아니야?"

"그럼 더 걸어."

떼쓰듯 은자는 말한다.

"그래, 걷자."

그들은 그림자를 밟고 하나하나 스치고 지나가는 가로수를 의식하며 천천히 걸어간다.

"여긴 어디지?"

은자는 걸음을 멈추고 사방을 둘러보며 묻는다.

"퇴계로."

"그럼 남산에 갈 수 있겠네?"

"너무 늦으면 합승도 없어진다."

"한 시간 후의 일 잊어버릴 수 없을까?"

"……"

"설마 이 넓은 하늘 밑에 우리 둘이 밤새울 곳이 없을라고."

"통금 시간이."

"또 통금 시간이야? 그래서 비겁하다는 거야. 소심하구, 정말 골샌님이야."

은자는 골을 낸다.

"그래그래, 가자."

하는 수 없는 듯 박광수는 응한다. 그들은 남산 언덕길을 올라간다. 박광수는 많이 주저하다가 퍽 어색하게 은자의 팔을 잡아준다.

별빛이 아련하다. 숲이 와삭와삭 흔들린다. 사람의 소리는 없어도 오만 가지가 멈추고 있지는 않다. 제각기 자기대로 움직이고 있다.

"오늘 와주어서 고마워."

"……"

"나 너무 허전해서 그런 쓸데없는 짓거리를 했어. 내가 뭐시인이야? 아시다시피. 조금도 즐겁지 않어."

"……"

"보는 사람이 우스웠을 거야"

"은자는 너무 자의식이 강해서 그래."

"그건 나도 알어."

"알거든 남이 뭐래든지 생각하지 않으면 되잖아?"

"그런 말은 박 씨처럼 행복하게 자란 사람에게나 통하지."

처음에는 농담으로 '박 씨' 한 것이 지금은 아주 자연스러운 호칭이 되고 말았다.

"또 그런 소리. 어차피 나는 이러니까, 말끝마다 그런 식으로 말하는 건 딱 질색이야. 자기 학대도 지나치면 천해져."

"하지만 어차피 난 그런 사람인걸."

"또."

"그 처지에 서보지 않은 사람이면 아무도 그런 말 할 자격은 없어. 배부른 사람이 배고픈 사람을 생각하는, 그거는 상상이 빚어내는…… 그래, 그건 동정에 지나지 않는 거야. 내 피부에 느끼고 내 심장에 부딪치고, 그 숱한 아픔과 쓰라림을, 난 굴욕을 느끼면서 누굴 사랑하고 싶진 않어. 정말이야."

"이상하지 않어? 은자. 좋아하는데 어째서 굴욕을 느낄까?"

은자는 그 말대꾸는 하지 않는다.

"사람이란 아픔을 느끼는 것은 다 마찬가지야."

박광수는 괴로운 표정을 짓는다.

"당하는 아픔하고 바라보는 아픔하곤 달라."

"어째서?"

"그 사람을 좋아하니까."

"결국 동정 아냐."

"넌 정말 비틀어졌구나."

박광수는 화가 나서 바락 소리를 지른다.

"그래, 난 비틀어졌어. 정말이야. 나는 나처럼 가엾은 사람, 가난한 사람, 욕된 사람, 슬프고 외로운 그런 사람을 만나야 해. 못 만나도 할 수 없구."

"……."

"그래야만 내가 살 것 같애. 박 씨를 좋아하면서 뼈가 깎이는 듯한 이런 불안은 나를 죽이고 말 거야."

박광수는 말씨를 누그러뜨리며

"은자는 지나치게 어머니를 자기 개인의 운명과 결부시키고 있어."

"물론이지. 어떻게 벗어날 수 있어?"

"왜 벗어날 수 없어? 은자는 은자, 어머니는 어머니 아니냐 말이다."

박광수는 발부리의 돌을 걸어찬다.

"거기는 정말 그렇다고 생각해?"

"그럼 그렇지 않고."

"아냐……."

은자는 고개를 쩔쩔 흔든다.

"슬픈 유산을 안 받아서 그런 속 편한 소릴 하지."

"하긴 우리 부모는 좋은 분들이야. 은자가 말하는 대로 좋은 가정이야. 하지만 좋은 점이건 나쁜 점이건 나는 나, 그분들은 그분들. 나 자신의 생애에 침해할 권리도 의무도 없어. 지금은 내가 독립할 능력이 없고 공부하는 처지니까 외부적인 간섭이

야 더러 받겠지만 때가 오면 나는 나대로 내가 설 무대로 날아
간다."

"오해하지 말아요. 난 결혼을 전제로 하고 박 씨 부모님들의
반대를 두려워하여 이런 얘기 하는 건 아니야."

"결혼을 전제로 하지 않는 애정은 장난이다."

"그건 낡은 이야기. 이 년 동안이나 사귀면서 내 생각은 결
혼이라든가 부모님들이 반대하리라는 곳까지 발전하진 못했
어. 거기까지 생각이 가는 일을 두려워했는지도 모르지만 다
만 둘이 마주 앉았을 때 어쩔 수 없는 열등감이 나를 견딜 수
없게 하고 다시는 만나지 말자, 만나지……."

"자기 자신의 애정을 늘 회의하는 때문이야."

"그럴는지도 몰라."

그들은 풀숲에 가서 주저앉는다. 나무 그림자가 꺼멓게 떠
오른다. 상긋한 풀의 향기, 나무 그림자 말고는 온통 회색빛이
다. 무릎을 세우고 그들은 시가를 내려다본다.

"우리가 이렇게 만날 때는 우리 둘뿐이다. 은자가 거추장
스럽게 생각하는 그따위 일은 잊어버려려야 해. 아까 뭐랬지?
한 시간 전의 일을 잊어버릴 수 없겠느냐 하지 않았어? 난 지
금 아무 능력도 없는, 부모님의 덕택으로 공부하고 있는 처지
지만……."

하다가

"아, 그런 얘기 다 그만두자. 은자가 자꾸 그런 말 하면 내가

우월감을 느끼기보다 은자가 멀어지는 것 같고 딴 세계에서 문을 닫아걸고 나를 밀어내는 것 같애."

통금 예비 사이렌이 조용한 밤공기를 흔들며 울려 퍼진다. 이야기를 계속하려던 박광수는 소스라쳐 놀라며 벌떡 일어선다.

"야단났다!"

달빛 아래 그의 얼굴은 몹시 창백하다. 사이렌은 사방을 흔들며 여전히 울려 퍼지고 있다.

은자의 굽어진 등이 바위같이 꼼짝하지 않는다.

"어떡허지?"

박광수의 목소리가 떨려 나온다.

"너무 겁내지 말어."

은자는 천천히 몸을 일으키며 박광수를 올려다본다. 눈이 꺼무꺼무하다.

양어깨에 흩어진 머리칼이 명주실처럼 달빛에 빛난다. 매끄러운 살결이 빛을 퉁기고 마돈나처럼 고요하게 잠긴 얼굴이다.

"집에 못 돌아간다."

박광수는 소년처럼 두려움에 질려 말한다.

"집에 못 돌아가면 여관에 가지."

은자의 눈시울이 흔들린다. 얼굴 전체가 흔들리는 것 같다.

"여관."

"그래, 여관."

"그럴 수 없어."

"박 씨 친구들은 그보다 더한 데도 가지 않어?"

"부, 불결한."

"참 바보군. 골샌님이군."

넋 빠진 사람처럼 중얼거린다. 은자의 얼굴은 시가 불빛 있는 곳으로 돌아갔다.

"돈 없어?"

돌아앉은 채 은자는 차분한 목소리로 묻는다.

"돈이 문제가 아니다."

"돈 없으면 내 시계 잡혀도 좋아. 날 여관에 데려다주어. 다 뚜들겨 부숴버릴 테야. 도대체 타락이라는 게 뭐야? 무섭지 않어."

은자는 스커트를 털며 일어섰다. 박광수도 어쩔 수 없는 모양이다.

"여관 찾을 때까지 사이렌이 불면 어떡허지."

앞서 내려가며 낭패한 듯 체념한 듯 중얼거린다.

"그럼 유치장에 가서 자지."

뒤따라 내려가면서 약을 올리듯 은자가 중얼거린다. 나무 그림자가 그들 앞에서 자꾸 흔들린다. 달은 댕그랗게 하늘 한 가운데 떠 있고 박광수의 걸음이 빨라진다.

"은자가 나쁘다."

"그치는 못난이야."

은자가 대꾸한다.

"나는 괜찮다. 괜찮어, 사내니까. 난 은자를 아껴주고 싶어."

"아낄 만한 가치가 없어. 그따위, 그따위 짓. 아, 아무것도
아냐."

은자는 급히 따라가며 밤공기를 찢어버리듯 외친다.

그들은 내리막길을 다 내려갔다.

이제는 한두 대의 자동차가 초스피드로 냅다 굴리며 가로를
지나가고 있을 뿐이다. 비틀거리며 콧노래를 부르는 주정꾼도
없고 강아지 새끼 한 마리 눈에 띄지 않는다. '주유소'라 쓰인
커다란 간판 아래 붉은 전등 하나가 빈 거리를 쓸쓸하게 비춰
주고 있다.

그들은 아무 데고 맨 처음 발견한 여관, 아니 호텔로 소나기
만난 병아리처럼 급히 뛰어 들어간다. 들어가자마자 두 번째
사이렌이 아주 가까운 곳에서 크게 울려왔다. 철없는 두 심장
을 와락와락 잡아 흔들어주듯.

들어가 보니 으리으리한 곳이다. 로비는 큰 동굴같이 넓고
휑하다. 전등불이 어둠 속을 달려오는 그 괴물 같은 군용 트럭
의 헤드라이트처럼 두 사람의 얼굴을 쏜다. 통금에 걸려서 찾
아든 손님들이 로비에 서성거리고 있다.

그들의 호기심에 찬 눈이 모두 이 젊은 남녀에게 쏠린다. 눈
이 부신 듯 그들의 얼굴을 피하는 박광수 목덜미로부터 귀뿌

리까지 피가 모여든다.

그는 은자와 함께 오지 않았던 것처럼 되도록 그와 멀리 떨어지려고 애쓰며, 그러나 남자인 만큼 카운터의 사무원 앞으로 뚜벅뚜벅 걸어간다. 더듬거리는 목소리로 방을 하나 달라고 그는 말한다.

너무나 젊었기 때문에, 수수한 학생 차림이었기 때문에 그들은 주위의 관심 있는 눈을 여전히 받는다.

은자는 얼굴이 파리해 가지고 가만히 돌아서서 발꿈치로 바닥을 꼭 누르곤 한다. 움츠렸기 때문인지 그의 몸집은 아주 작아 보인다. 박광수의 얼굴은 점점 붉어지고 눈은 두려움과 걱정으로 번쩍번쩍 빛난다.

은자와 등진 곳에 민상건이 우울한 얼굴로 담배를 피우며 소파에 앉아 있었다. 누구를 기다리는 듯, 서로 알아보지 못하고. 어디선지 구두 소리를 또각또각 내며 여자가 걸어온다. 그는 민상건을 보자 얼굴 가득히 미소를 띤다. 민상건은 천천히 몸을 일으키고 재떨이에 피어 문 담배를 버린다. 그리고 여자의 등을 밀듯 하며 층계를 밟고 올라간다.

민상건이 올라가다가 돌아보았을 때 은자하고 눈이 마주친다.

은자는 숨을 마시듯 한 손으로 입을 막으며 눈을 크게 벌린다.

민상건은 한 번 고개를 갸웃거리다가 여자를 따라 층계 위로 사라지고 말았다.

"가실까요?"

보이가 앞장서서 그들을 안내한다. 그들은 다리에 깁스를
한 환자같이, 무성영화의 배우같이 뻣뻣한 걸음걸이로 따라
간다.

사람들의 눈초리에서 벗어나 층계를 밟고 올라갈 때 박광수
의 몸은 좌우로 휘청거렸다. 이발을 싹 한 보이의 뒤통수가 희
미한 불빛 아래 번득거린다.

은자는 층계를 돌 때마다 나타나는 벽의 큰 거울 앞에서 눈
이 부셔하며 한 손으로 눈을 가리고 주춤주춤 물러서곤 한다.

"이 방입니다."

어느 방 앞에서 보이는 천천히 두 사람을 돌아다보며 뇌
었다.

두 사람은 복도에 우뚝 선다. 긴 그림자가 비스듬히 발아래
뻗어난다. 보이는 도어를 열었다. 그들은 다투듯 방으로 뛰어
들어간다. 보이는 슬그머니 웃는다.

"열쇠 여 있어요."

보이는 탁자 위에 열쇠를 놓았다.

나무와 금속이 부딪치는 소리가 길게 꼬리를 그으며 머릿속
에 음률을 새겨놓는다. 보이는 나가려다 다시 돌아보며

"볼일이 있으면 그 벨을 사용하십시오."

하고 문을 쾅 닫으며 나간다. 그 문 닫는 소리 역시 언제까

지나 울리고 있는 것 같았다. 박광수와 은자는 언제까지나 울리고 있는 것만 같은 그 소리에 고문이라도 당한 듯 얼굴을 찡그리고 서로 외면을 한다.

복도에 발소리가 지나갔다. 문 닫는 소리가 또 들렸다. 그러고는 괴괴하니 사방은 가라앉는다. 하얀 안개 같은 것이 방 안 가득히 찬다.

은자의 눈이 탁자 위의 열쇠로 간다. 그다음에는 더블베드로 간다. 댕그랗게 높아 보이는 침대에 푸른 나일론 이불이 깔려 있다.

"아, 목말라."

박광수는 자리에서 미친 듯 일어섰다. 방 안을 왔다 갔다 하며 몹시 갈증이 나는지, 그러나 벨을 눌러서 보이를 부를 용기는 나지 않는 모양이다. 그러는 동안 은자는 머리카락 하나 움직이지 않고 돌덩이처럼 앉아 있다.

이윽고 박광수는 배스룸의 문을 거친 손으로 밀어붙인다. 그곳에서 수도꼭지를 발견한 그는 얼른 들어간다.

물을 벌떡벌떡 켜는 소리가 들려온다. 거친 숨소리도 들려온다. 물을 마시는 게 아니고 술을 마시는 것 같다.

박광수는 배스룸에서 나왔다. 팔을 뒤로 돌려 문을 닫은 채 우뚝 그 자리에 멈추어 서는데 그의 눈은 핏물이 괸 듯 충혈되어 있다. 은자의 눈이 그의 눈을 날카롭게 받는다. 사랑하는 사람에 대한 눈길이 아니다. 적을 향해 덤벼들 기회를 노리고 있는 듯, 상대도 죽이고 나도 죽자는 그런 처참한 것이 서린 매서운 눈이다. 얼굴은 점점 창백해지고 그 입술 빛마저 잃어가고 있다.

"우린 어떡하지?"

은자의 창백한 입술이 둔하게 움직인다. 박광수는 그냥 장석처럼 서 있다.

"날, 날 짓밟아 주어. 소원이야. 기왕 죽을 바에야 소중한 것 다 잃어버리고…… 아냐 소중한 게 어딨어! 아무것도 아냐. 소중한 게 어딨어! 아무것도 아냐. 그게 뭐야? 우습지 않어?"

은자는 발을 굴리듯 말한다.

그래도 박광수는 씨근덕거리며 서 있다.

"왜 그러고 있지?"

"……."

"바보! 바보! 바보야!"

은자는 소리치며 두 손으로 얼굴을 가리고 운다. 손가락 사이에서 눈물이 흘러내린다. 박광수는 괴로운 듯 발끝을 내려다보고 있다가 은자 곁으로 간다. 그리고 부서질 물건이라도 다루듯 어깨에 손을 얹는다.

"바보! 겁쟁이!"

은자는 몸을 흔들며 운다. 그 소리에 정신이 번쩍 든 듯 박광수는 은자를 껴안고 미친 듯 키스를 한다. 서툴고 어색하기 짝이 없는 키스. 서로가 부끄러워 얼굴을 숙인다. 박광수는 더듬거리는 목소리로 은자 이름을 부른다.

"너 이런 키, 키스 처음이야?"

"......."

"말해. 처음이야?"

"아니야! 처음 아냐."

"......."

"많이 많이 했어."

은자는 미친 듯 말하고 우는 것만 같은 웃음소리를 낸다.

"거, 거짓말이다!"

"참말이야!"

"거짓말이다!"

박광수가 악을 쓴다.

"참말이야!"

은자가 악을 쓴다.

"그, 그럼 이런 곳에는?"

박광수의 목소리가 떨려 나온다.

"많이 왔어. 난 그런 계집애야."

은자의 눈은 크게 벌어진다. 그 눈빛 속에 노한 짐승과 같은
사나움이 깃든다.

"거짓말이다!"

"그럼 왜 묻니?"

은자의 목소리는 별안간 조롱으로 변한다.

"나도 모르겠어."

"난 양부인의 딸이야. 난 타락한 계집애야. 그러니까 마음대로 마음대로 하란 말이야."

박광수는 벌떡 일어선다.

"난, 난 그런 것 모른다."

그는 몰린, 나갈 곳 없이 헤매는 가엾은 사내처럼 방 안을 왔다 갔다 한다. 왔다 갔다 하는 박광수의 처들린 어깨 위에 빛이 흐른다. 그의 턱이 달달 떨고 있는 것 같다.

은자의 눈에 그의 모습이 차츰차츰 작아진다. 나중에는 한 점과 같이 되다가 아주 보이지 않게 되었다.

'갔구나! 가버렸구나!'

은자는 생각하는데 그의 귀에 박광수의 발소리가 아슴푸레 들려온다. 그 발소리는 차츰 커져서 은자 심장에 북소리같이 울려왔다. 갑자기 무엇이 달려든다고 생각했다. 무거운 것이 가슴을 누른다. 답답했다. 은자는 손을 뻗치며 침대 위에 쓰러진다.

"넌, 넌 알겠구나."

이빨 사이로 밀어내는 박광수의 목소리는 신음 같다.

은자의 전신이 파르르 떤다.

"잘 알겠구나!"

하며 더욱더 은자를 누른다.

늙은이같이 목 쉰 소리가 은자 입에서 나왔다.

"……."

"너가 배, 배워가지고 와. 나, 나는 몰라."

은자는 몸을 흔들며 덮친 박광수를 떠밀어 내리려고 애쓴다.

숨통이 막힌 듯 박광수의 얼굴은 자줏빛이 되었다. 그는 은자에게서 떨어져 마룻바닥에 푹 주저앉는다.

두 주먹을 꼭 쥔 채 그는 언제까지나 앉아 있었다. 박광수는 일어나 전등불을 껐다. 얼굴에는 땀이 흐르고 있었다.

새벽 네 시가 지났을 때 박광수는 마룻바닥에, 은자는 침대에서 그냥 옷을 입은 채 잠이 들었다.

창문에서 달빛이 그들 잠든 모습을 아무 일도 없었던 것처럼 비춰주고 있었다. 온 천지는 고요한 휴식 속에 잠겨 달은 창문에서 지나가고 으스름한 구름만 흩어져서 남아 있다.

박광수가 잠이 깨었을 때 커튼을 걷어 젖혀놓은 창문에서 햇빛이 스며 들었다.

은자는 그냥 잠들어 있었다. 어린애같이 쌔근쌔근 평화스러운 숨소리가 들린다. 박광수는 그 얼굴을 내려다본다. 아침 햇빛이 은자의 잠든 얼굴을 비춰준다. 긴 눈시울이 이따금 파르르 떤다. 미소한다.

'무슨 꿈을 꾸고 있을까?'

박광수는 들린 사람같이 은자의 얼굴로부터 눈을 떼지 못한다. 그는 골똘히 은자를 바라본다.

심술을 부리고 토라지고 울고 하더니 지금은 이와 같이 평화스럽게 웃고 있다고 생각하니 박광수의 가슴에 측은함과 슬픔이 치민다. 사랑스러운 누이동생을 바라보듯 박광수의 눈빛은 맑고 다정스럽다. 그러나 은자의 얼굴에서 미소가 사라지고 괴로운 듯 찌푸려졌을 때 박광수에게 어젯밤과 같은 본능이 전신의 핏속에 획 돌았다. 견디기 어려운 충동이다.

그는 당황하며 일어서서 은자가 눈부셔하지 않게 커튼을 쳐주고 목욕탕으로 들어간다. 세수를 하고 거울을 들여다보았을 때 박광수는 쓴웃음을 띤다. 앓다 일어난 사람처럼 눈이 쑥 들어가고 콧날이 날카로워 보인다. 오랫동안 그곳에 서 있었다. 이제 그는 은자의 잠든 얼굴을 바라보기가 괴로웠던 것이다.

방 안에서 은자가 일어난 기척이 들렸을 때 박광수는 방 안으로 들어갔다. 서로 마주 보지 못한다. 은자는 침대에 걸터앉아 다리를 흔들었다.

"은자."

"……."

"너가 먼저 나가."

"……."

"너 나가고 나면 집에 전화해서……."

"싫어."

은자는 수치심을 토라진 목소리로 감추며 대꾸한다.

"그럼 어떡허지?"

"박 씨가 먼저 나가."

"왜?"

"난 나갈 자신이 없어."

"……."

"어젯밤에 로비에서 아는 사람 만났어."

"누군데?"

"동무하고 잘 아는 사람. 나가다가 마주치면 어떡허니?"

"우린 아무 일 없었는데……."

두 사람은 다 함께 얼굴을 붉힌다.

"시화전은 어떡허구?"

"그까짓, 일없어."

"그럼 나 먼저 나갈까? 곧 돈 갖고 돌아올게."

박광수는 나가려다가 되돌아서서 은자에게 다가온다.

"은자……."

은자는 무안해하는 미소를 띤다. 두 사람의 눈이 정확하게 마음과 마음을 전한다.

"키스해도 좋아?"

은자는 고개를 끄덕인다. 동시에 그들은 서로 포옹한다. 처음으로 그들은 뜨거운 키스를 나누었다.

"은자."

"……."

"어젯밤 나는 남자로서 참 참기 어려운 것을 참았다."

속삭이듯 나직한 박광수의 목소리에 은자는 눈을 감는다.

"난, 난 정말 은자를 아껴주고 싶어. 참 힘들었다."

박광수는 하룻밤 사이에 어른이 되어버린 듯.

두 사람 사이에는 아무 일도 없었지만 한방에서 하룻밤을 묵었다는 사실이 그들의 감정을 퍽 성숙하게 했던 것이다.

"그럼 나중에 내가 와서 호텔비 물게. 그동안 쉬어."

박광수는 나갔다.

은자는 침대에 넘어지듯 누워버린다. 술을 마신 것처럼 천장이 빙글빙글 도는 것 같다.

은자는 박광수가 다시 돌아오지 않을 것만 같은 생각이 든다.

그림자를 본 것 같은 허전함이 그를 못 견디게 괴로운 공허 속으로 몰아넣는다.

"얼마 전에 내 곁에 있었는데 참 멀기도 하다. 어쩌면 그렇게도 먼 사람일까?"

입술에 남은 그 촉감을 어쩌면 놓치지 않으려는 듯 은자는 손끝으로 입술을 꼭 누른다.

그는 어느새 혼자 우는 것이다. 비 온 뒤처럼 눈물은 그의 마음을 가라앉게 한다.

나중에는 아무 설움도 없는 마음에 그냥 운다.

어린애처럼 은자는 세수를 하고 다시 잠이 들었다.

전화벨이 요란스럽게 울리는 바람에 그는 잠이 깼다.

수화기를 들었을 때 사무원의 목소리가 멀리서 울리는 것

같더니 이내 박광수가 바꾼 모양으로

"은, 은자."

하고 더듬거리는 듯한 목소리가 들려온다.

"나 지금 계산 다 했어."

"미안해."

"배고프지?"

"아니."

"나 이 밑의 다방에 기다리고 있을 테니 나와."

긴말 못 하고 전화를 끊는다. 은자는 일어서서 나가려다 옷을 내려다본다. 옷이 구겨져서 형편없다. 손바닥으로 쓸었다. 그러나 구김살은 그대로 남는다.

'어떡허나?'

울상을 짓다가 그는 목욕탕으로 들어가서 핸드백 속에서 손수건을 꺼내어 물에 묻혀 구김살을 문질렀으나 별수 없다.

'에이, 그만두어. 구겨졌음 어때? 아, 인애가 보고 싶다. 만나서 난 이야기를 다 해야지. 다 해야지. 기집애, 뭐라 할까? 눈도 깜짝이지 않을 거야.'

은자는 방에서 쫓아 나가 계단을 뛰어 내려간다. 옷은 구겨져도 이상하게 몸이 가뿐하고 눈에 들어오는 햇볕이 따사롭고 새롭다.

'기집애를 만나면 마구 웃어야지. 재미있을 거야. 옛날처럼 그렇게 막 웃어주면⋯⋯.'

다방에는 손님도 없고 음악은 조용한 것. 박광수는 깨끗하고 단정하게 옷을 갈아입고 한구석에 앉아 있었다.

"안녕."

은자 미소에 박광수가 어리둥절하다.

"기분이 아주 좋아."

은자 말에

"나도 나쁘지는 않아."

하고 박광수가 대꾸한다.

"돈 땜에 혼나지 않았어?"

"아, 아니. 배고프지 않아?"

"배가 고픈지 어쩐지 모르겠어."

"밥 먹으러 가자."

"점심 정도는 나한테 돈 있어. 내가 살게."

은자는 시계가 없어진 박광수의 빈 팔을 바라본다. 그 시선을 느끼고 박광수는 슬며시 일어선다.

거리의 햇빛은 한결 찬란하고 산들산들 부는 바람에 가로수의 넓은 잎이 흔들린다.

"식당보다 밀크홀(1910년대 저렴한 값에 모닝·런치 세트를 제공한 일본식 레스토랑—편집자)이 낫겠어."

은자가 말한다.

"아무 데나."

"우유하고 빵이 먹고 싶어."

"좋도록."

"풀이 죽었군. 집에서 야단맞았어?"

박광수는 픽 웃으며

"어린애도 아니구."

"흥, 어린애지. 그럼 어른인가?"

그들은 밀크홀로 들어간다.

은자는 우유만 마시고 시켜놓은 빵은 입맛이 없다 하며 먹지 않고 급사 아이에게 싸달라고 부탁한다.

박광수와 헤어진 은자는 시화전의 회장에는 나갈 생각도 않고 빵 꾸러미를 든 채 거리를 헤매어 다니다가 자신도 모르게 H백화점 가까이까지 오고 말았다. H백화점 지하실에 있는 다방으로 들어간 은자는 수화기를 들고 시화전 회장의 번호를 돌린다.

목소리로 이내 알아챈 은자.

"미스터 박, 인애 좀 불러주어요."

하고 대뜸 말한다.

"은자 군, 왜 안 나오는 거야?"

"내 안 나간다고 안 될 일도 아니구. 인애나 불러주어요."

공연히 이유 없이 신경질을 부린다.

"잠깐만 기다려."

얼마 후

"전화 바꾸었어. 웬일이야? 안 나오구서?"

인애가 말한다.

"나 지금 여기 아래층 다방에까지 와 있어. 좀 내려와."

"애두, 네가 올라오려무나?"

"내려와. 맛있는 거 줄게."

"나 지금 손님이 와 있단 말이야."

"어떤 손님?"

"뭐 그렇고 그런 손님."

"그럼 손님하고 함께 내려와. 마침 잘됐지 않어? 차 대접할 겸."

"그럴까? ……그럼 갈게."

은자는 전화를 끊고 자리에 돌아와 앉는다.

얼마 후 인애는 숙배를 데리고 나타났다. 인애는 자리에 앉기 전에

"여긴 하숙배 양, 여기는 은자 양. 그 정도로 알아두어."

간단한 소개로 그치고 인애는 사내아이처럼 자리에 철썩 주저앉는다.

새로 대면한 두 여자는 다 같이 서로 무관심을 꾸미며 제멋대로 포즈를 취하고 자리에 앉는다.

"맛있는 게 뭐야? 나 그러지 않아도 배가 고파 죽겠는데 어서 내놔. 아침도 굶고 나왔거든."

인애는 먹는 것부터 재촉하며 은자가 들고 온 꾸러미를 쳐다본다.

"얘, 마실 것부터 시키자."

은자는 레지를 부른다.

"뭘 하시겠어요?"

은자는 숙배의 의사부터 묻는다.

"전 홍차 하겠어요."

쌀쌀하게 대꾸한다.

"그럼 커피 두 개, 홍차 하나."

일러놓고 은자는 탁자 위에 빵 꾸러미를 편다. 인애가 하나 들고 넙죽 베어 먹으며

"너도 먹어."

숙배에게 고갯짓을 한다.

"난 싫어."

깜찍하게 대꾸하고 포개 얹은 다리 위에 깍지 낀 손을 놓는다. 은자의 얼굴빛이 살짝 변한다.

"너 옷이 왜 그 모양이냐?"

인애는 입에 빵을 가득히 넣고 목 멘 소리로 묻는다.

"어젯밤 재미있는 데 갔었지."

얌전을 빼고 앉은 숙배에게 내던지듯 날카로운 시선을 보내며 은자는 대담하게 서두를 꺼낸다.

"어딘데?"

"호텔."

은자 말에 인애는 태연히 앉아 있었으나 숙배의 표정은 약

간 흔들린다.

그는 은자의 얼굴을 한번 보고 싶은 호기심을 느낀 듯, 그러나 참고 시선을 돌리지는 않았다.

인애는 숙배가 옆에 있어 그런지 왜 거기 갔었느냐고 묻지 않고 빵만 먹는다. 마침 레지가 차를 날라왔다.

숙배는 예쁜 손으로 홍차를 자기 앞으로 끌어당겨 스푼으로 저으며 자연스럽게 민첩한 시선을 은자에게 던진다.

"나 거기서 누굴 만났지."

은자가 다시 말을 꺼내었으나 역시 인애는 누구냐고 묻지 않는다. 눌리는 기분에 화가 난 은자는

"인애 그림 산 그치 말이야, 그 신사를 로비에서 만났지."

"뭐?"

우물우물 씹다가 인애는 입을 다물고 눈을 크게 뜨며 되묻는다.

"어제 인애를 찾아온 그 사람 말이야."

"음……."

"인애, 그 사람 좋아하는 거 아니겠지?"

"물론."

인애는 아무것도 모르고 앉아 있는 숙배를 한번 살펴보고 대꾸한다.

사실 인애는 민상건이 찾아와서 시화를 샀다는 이야기를 자연스럽게 하려고 생각했다. 민상건을 특수한 뜻으로 좋아하지

않는 것만은 틀림없는 일이고, 또 숙배에게 이야기할 일을 생각하여 '물론'이라는 좀 강한 말을 썼던 것이다. 그런데

"그치 여자 데리고 가더라."

하고 은자가 쏟아버린다.

'에이, 빌어먹을 기집애!'

인애는 저도 모르게 얼굴을 찌푸리고 만다.

"어머! 왜? 기분 상했니? 내가 공연히 지껄였는가 봐?"

은자로서도 그런 얘기까지 하려고 생각지는 않았다. 숙배의 태도가 너무 거만하여 뭔지 대항하고 싶은 기분에서 저절로 말이 그렇게 엉뚱하게 발전된 것이다. 점점 난처해진 것은 인애다.

"애 은자야, 너 왜 그리 너절하냐? 봤으면 봤지 그런 것까지 보고할 필요 있어? 남의 사생활에 참견 말어."

강한 어세에 은자 얼굴이 벌게진다. 뭔지 상처 위에 또 상처가 겹쳐진 느낌이다.

"날 모욕하는구나."

"애, 그만두자."

인애는 손을 저으며 막는다. 아무것도 모르는 숙배는 그저 흥미를 느낀다는 지극히 객관적인 태도로 두 사람을 바라보고 있을 뿐이다.

"성처녀같이, 흥."

은자는 흥분한다. 인애는 쑥스러운 웃음을 띤다. 말을 해놓

고 보니 은자에게 너절하다는 어구가 얼마나 강하게 울렸겠는가, 인애는 생각했다.

"잔소리 그만하구 나중에 이야기하자. 숙배, 너 어쩔래?"

인애는 숙배에게 얼굴을 돌리며 묻는다.

"어쩌긴? 집으로 가야지. 이제 너한테 빚진 것 없다."

"그래, 그래. 나와주어서 고맙다고 해둘게. 그리고 또……음, 돈 천 환만 내놔. 돈 받으면 갚아줄게."

시화값 받으면 갚는다는 말은 안 한다.

"애두, 꽃값이 천 환이나 들었는데 또 천 환 달라구?"

숙배는 혀를 두들기며 핸드백에서 붉은 천 환짜리 지폐를 한 장 꺼내어 준다.

"실례."

숙배는 은자에게 눈인사를 하고 아주 거만한 태도로 다방에서 나갔다.

"뭐야? 도도하게, 안 먹겠다는 표시에도 가지가지 아니냐말이다. '싫어!'가 뭐야? 누가 비상을 가져와서 먹으랬나?"

은자는 분개한다.

"시끄러워. 저거 부모도 못 고쳐주는 성질을 네가 고쳐줄래? 원래 그런 애야. 마음보다 언제나 말이 강하지. 그래서 외톨박이야."

"외톨박이 아닌 사람이 어디 있어? 하여간 건방지기 짝이 없다. 대관절 뉘 집의 영양이야?"

“내 동생이야.”

“뭐?”

“사촌 동생이야.”

“그래……?”

눈이 휘둥그레진다.

“하여간 일이 따분하니 됐다. 하필 이런 자리에서 호텔 얘기를 한담.”

입맛이 쓴지 이제 배가 부른지 빵을 밀어내고 인애는 탁자에 턱을 괴고 은자를 바라본다.

“안됐구나. 호텔에 간 이야길 해서.”

“네가 호텔 간 건 내 생활신조에 의하여 남의 사생활에 간섭 안 하는 거로서 아무 상관 없다만 그곳에서 만난 사람 이야기를 하니 따분하게 일이 돼간단 말이야.”

“왜? 왜?”

은자가 덤비듯 묻는다.

“숙배 양이 존경하여 마지않는 스승이니까 말이야.”

슬쩍 스승이라는 거짓말을 돌려댄다.

“뭘 하는 사람인데?”

하자 인애는 눈을 껌벅껌벅한다.

“글쎄…… 예술가겠지.”

두 사람은 가만히 마주 본다. 음악이 별안간 쾅쾅 울린다. 사람들이 들어오고 나간다. 그때마다 다방의 문은 이리저리 흔들리다가 멎는다.

턱을 괸 인애의 눈이 가만히 움직인다. 눈동자가 크게 벌어지면서 마구 부서지는 것 같다.

언제 들어왔는지 김정현이 서쪽 구석에 앉아 있었다. 인애의 눈길을 느꼈는지 그도 얼굴을 돌려 인애를 본다. 그러나 두 사람의 눈동자가 부딪쳤다 생각하는 순간 똑같이 눈길을 비켜 버린다.

"오늘도 사람들 많이 왔니?"

은자가 묻는다. 인애는 대꾸하지 않는다.

"오늘 사람들이 많이 왔어?"

그래도 인애는 모른다.

"얘, 정신 나갔니? 왜 멍청해 있어?"

흩어진 눈동자가 확 모여든다. 그러나 인애는 은자를 보는 것도 아니다.

"사람이 왜 그 모양이냐? 가다가 넋 빠진 사람같이. 얘!"

"안 왔어."

인애는 덮어놓고 말한다.

"뭐가 안 와?"

"뭐라니?"

"너 꼭 바보 같구나."

인애는 몸을 부르릉 떨듯 하며

"이야기해."

"나 호텔 간 이야기할게."

인애는 건성으로 고개를 끄덕인다.

"보이프렌드하고 갔어. 천하의 순정파, 모범 청년, 바보 천치, 그런 인간하고 호텔에서 함께 잤단 말이야."

음악 소리에 은자의 말이 끊어진다.

김정현이 자리에서 일어섰다. 인애는 눈을 감아버린다.

은자와 함께 시화전 회장으로 돌아간 인애는 사인북을 뒤져본다. 그새 김정현이 왔다 갔는지도 모른다는 기대에서. 그러나 어디로 뒤져봐도 김정현의 이름은 없었다.

'이 밑에까지 와가지고……'

사인북을 도로 닫는 인애의 손이 좀 떨린다.

"뭐가 이리 시시하니? 날씨마저 찌푸리고 있어."

인애는 흐려지는 창밖의 하늘을 바라보며 지껄인다. 어쩌면 하늘이 흐려진 것이 아니고 자기 자신의 눈이 흐려졌는지도 모른다고 생각하면서.

키 작은 땅딸보 청년이 걸어온다.

"이봐요. 그치, 예술가를 경멸한다는 그 매력적인 친구는 안 왔어?"

하고 인애는 묻고 만다. 땅딸보 청년은 어리둥절해한다.

"언제였던가? 아, 맞았어. 그때 우리가 돈 구걸하러 갔을 때 길에서 만난."

"아, 김정현이."

비로소 생각이 난 모양이다. 그의 기억이 희미한 것만으로도 김정현이 오지 않았던 것만은 확실하다.

"음, 그치 안 왔어?"

그래도 인애는 희망을 버리지 않고

"웬일인지 안 오네. 그때 오라고 신신당부를 했는데. 하긴 그땐 날짜도 장소도 몰랐으니까. 알면 올 거야."

"그치 성의가 없군."

아무렇게나 내던지듯 말을 했으나 인애의 얼굴은 일그러진다.

"아이 러브 유 소오, 코올리나 코올리나!"

인애는 나직히 노래하며 은자가 앉아 있는 긴 나무 걸상 위에 퍽 주저앉는다.

"은자."

"응?"

"너 참 예쁘다."

"시시하게."

"아니야. 사랑스러워."

"미쳤어."

"나 너하고 연애할까?"

"못 할 말이 없구나. 뭐가 답답해서 나하고 연애하니?"

"널 좋아하는 그 모범 청년이 질투할 거야."

"흠! 널 좋아하는 어떤 사람이 질투하겠지."

"천당에서나 있을 이야기."

"천당엔 천사뿐이야."

"그럼 지옥에서나."

"애두 참 이상하다. 네 기분이란 기상대보다 믿기 어려워. 금세 비가 쏟아지다가, 바람이 불다가."

"으음, 난 바람이 기른 아이. 나를 기른 것은 사람이 아니올시다. 바람이 나를 길러주셨습니다."

인애는 깔깔하며 웃는다.

시화전이 끝나는 날, 해가 지고 전등불이 켜져도 김정현은 끝내 나타나지 않았다.

민상건이 가져가기로 된 정인호가 다시 그린 시화는 녹지대에 맡겨놓고 진짜는 보자기에 싸서 인애가 겨드랑이에 낀다.

"자, 모두들 나갑시다."

시화전을 끝내고 녹지대에 모여 앉은 동인들을 재촉하며 안경잡이가 일어섰다.

그들은 시화전이 성황리에 끝난 것을 자축하기 위해 오늘 저녁 술자리를 마련했던 것이다.

모두 일어섰다.

황혼이 깔린 명동 거리로 그들은 몰려 나간다.

함께 어울려 가면서 인애는 말이 없다. 마치 그림자를 밟는 듯 조용히 따라간다.

더운 기운이 확 걸려오는 대폿집 안으로 들어섰을 때 땀을 뻘뻘 흘리고 앉아 있던 아주머니가,

"어서 오세요."

하고 맞아준다. 대폿집 아주머니는 그들을 위해 구석방을 하나 내놨다 하며 어서 들어가라 한다.

"그래 바빠서 나는 못 가봤구먼, 미안하우. 그 대신 오늘 밤 약주 한 되는 공짜 서비스."

인텔리라는 말을 듣는 대폿집 아주머니는 사람 좋은 웃음을 띤다.

"이거 안됐군요."

약주 한 되 아니라 한 홉이라도 그 성의가 고맙고 그 정이 마음에 든다는 그런 표정으로, 한편 대단한 일을 치르고 돌아온 개선의 용사들처럼 코를 씨큰거리며 그들은 구석방 앞에서 신발을 벗는다.

담배 연기, 음식에서 서리는 김, 술꾼들의 이야기 소리가 좁은 방 안에 가득히 밀려든다.

아이들이 바쁘게 음식을 날라왔다. 기다란 술상 위에 술잔이 놓이고 오래간만에 술상을 대한 그들은 긴장도 풀리고 해서 그저 싱글벙글 아이들처럼 웃는다. 술이 고루고루 부어지자 안경잡이는 술잔을 높이 쳐든다. 그리고 기침 한 번 하고

"여러분, 축배를 들기 전에 한 말씀 하겠습니다. 이번 시화

전에 있어서 뭐니 뭐니 해도 공로의 제일인자는 하인애 씨라는 것을 부인할 사람은 아무도 없으리라 믿습니다. 우리 '녹지대'의 발전을 위해 축배를 올리는 동시 하인애 씨의 행복과 건강을 위해 축배를 듭시다."

안경잡이는 기침을 하느라고 일단 말을 끊었다.

"시시하다. 그만둡시다. 각자가 모두 자기 자신을 위해 이 술잔을 드는 거예요."

인애는 소리치듯 말하고 남 먼저 술을 쭉 들이켠다. 눈을 감고서.

술이 몇 순배 돌아가고 마음들과 몸가짐이 풀어지기 시작한다. 언성이 높아지고 성질들이 급해진다. 발레리가 어떻고 엘리엇이 어떻고, 으레 시줄이나 쓰는 사람이면 하는 말을 떠들어댄다.

술이 오를수록 그들은 기고만장해서 선배들을 까고 한국 문단을 부정하며 흥분한다. 그러는 동안 인애만은 말없이 주는 술을 마시고 있다. 어떤 때는 스스로 술잔에 술을 따라 마신다. 그래도 그의 얼굴은 조금도 붉어지지 않고 창백해지기만 한다.

"이 새끼 니가 뭐야? 개똥 같은 시 한 편 갖고 시인 행세야? 내가 다 안다 알어. 치사하게 편집자 꽁무니를 줄줄 따라다니며 아첨하구, 너만 예쁘게 보이려구 우리 동인들을 헐뜯었지? 내가 안단 말이야! 사내새끼치고는 말짜다 말짜라, 넌 '녹지대'

에 낄 자격이 없어! 우리는, 우린 적어도 말이야 우리 힘으로 행동한단 말이야! 옹졸하고 쩨쩨하고 문을 닫아건 그까짓 기성하곤 타협하지 않는단 말이야! 뭐 어쩌구 어째? 내가 '녹지대'를 망친다구? '녹지대'를 위해 정치가 필요하다구? 너나 해 먹어라! 너나."

어느덧 싸움이 벌어지고 있었다. 술상을 두들기고 핏대를 올리고 침을 튀기면서 열전까지 벌일 판이다. 인애는 벌떡 일어섰다.

이마에 내려온 머리를 인애는 쓸어 넘기고

"나 가겠어."

한다. 술을 어지간히 마셨는데 창백할 뿐 얼굴에는 술 마신 기색도 없다. 눈은 착 가라앉고

"왜 그래?"

모두 인애를 올려다본다. 싸움은 멎었다. 시끄러운 그 언쟁이 멎었기 때문에 묘하게 어색하고 희끄무레한 분위기가 공허하게 가라앉고, 그런가 하면 알지 못할 쓸쓸함에 설레기도 한다.

"나 들를 곳이 있어."

인애는 한 사람 한 사람의 얼굴을 검열하듯 둘러본다.

"하지만 공동보조."

안경잡이가 말하는데 인애의 눈이 별안간 날카로워진다.

"하지만이 뭐야! 내가 뭐 너희네들 괴뢰냐? 시시한 그런 이

야길 듣고 앉아 있어야 해? 난 내 갈 곳으로 가는 거야. 우물 안의 개구리! 울어대면 울어댈수록 어릿광대, 난 우스워 죽겠단 말이야!"

인애의 말은 씨가 닿지 않는다. 역시 술주정이다. 그는 창백한 얼굴에 웃음을 흘리며

"명동 거리에 천재 기근이 들겠어. 이 방 속에 몽땅 잡아 넣었으니 말이야. 그러니까 내가 나가주는 거라구……."

"건방진 소리 하지 말라! 기집애가 무슨 잘난 체 큰 소리야?"

게슴츠레한 눈을 뜨고 누가 응수한다.

"흐음, 얼마나 궁하면 기집애 소리가 나오누. 음, 그런데 이 눔의 은자 기집애는 어딜 갔어?"

인애는 둘레둘레 살핀다.

"그래 이 새끼들아! 사내새끼 열 명이 기집애 하나에게 모욕을 받아 옳은가?"

또 누가 혀 꼬꾸라진 소리를 한다.

"그만두어. 비겁해진다. 열 놈의 사내가 기집애 주정 하나 못 받는대서야."

"흥, 재지 말어. 하인애 없이도 우린 존재한다. 재지 말어."

웅성웅성하는 속에서 은자를 찾다가

"내뺐구나!"

인애는 다소 비틀거리는 걸음으로 벽에 세워놓은 시화를 들더니 겨드랑에 끼고

"그럼 잘 마시고 잘 싸우고 입이 찌그러지도록 지껄여라! 사랑스러운 바보천재들아, 난 간다. 해가 뜨면 녹지대에서 다시보자."

인애는 허리를 구부리고 신발을 신더니 돌아보지도 않고 나가버린다.

그새 술꾼들은 집으로 다 돌아가고 외로운 늙은이 서너 사람이 술을 마시고 있다. 아주머니는 즐거운 얼굴로 멍하니 앉아 있다.

"아주머니. 안녕, 안녕."

인애는 손을 흔들고 나간다. 늙은이들이 인애의 뒷모습을 바라보며 입맛을 다신다.

명동 거리의 불빛은 찬란하다. 마지막 프로가 끝난 극장에서 사람들이 쏟아져 나온다.

인애는 구두 소리를 또각또각 내며 걸어간다. 그림자가 나타나고 그림자가 사라진다. 사람들은 합승 정류장으로 몰려가고 택시를 잡으려고 미도파 앞을 서성거린다.

인애는 액자를 겨드랑에 낀 채 합승 정류장도, 전차 정류장도 그냥 지나쳐 보도로 혼자 걸어간다. 그 눈에서 화려한 네온 사인은 차츰 멀어진다.

차량이 연달아 달려가는 종로를 인애는 곧장 걸어간다.

'똑똑히 정신을 차려라. 인애야!'

휘청거릴 때마다 인애는 자기 자신에게 타이른다. 상당히 술을 마셨다. 남들이 떠들고 싸움할 때까지 그는 말없이 남자처럼 술을 마셨다.

달이 전선에 걸려 있다. 쓸쓸하고 외롭게.

'소리를 내고 엉엉 울면서 갈까부다. 아니야, 정신을 똑똑히 차려야지.'

흐려지는 눈에 이따금 지나가는 사람이 아리숭하게 보인다.

'싸움터에 가는 거야. 알겠니, 인애? 가엾은 남자, 불쌍한 남자, 바보 천치 같은 남자.'

S여고의 큰 건물 앞에 왔을 때 거리를 지나가는 사람은 거의 끊기고 말았다. 묵은 느티나무가 S여고 울타리 안에서 길거리에 그늘을 드리워주고 있다. 가등이 전봇대 옆에서 달무리 같은 뿌연 빛을 내고 있다. 바람 따라, 가등의 거리에 따라 느티나무의 그림자는 여러 가지 변화를 일으킨다.

밤은 저물었다.

"악!"

인애는 소리를 지르며 별안간 길에 쓰러진다.

상점 앞에 세워놓은 자전거에 부딪친 것이다. 그는 겨드랑에 낀 시화 액자를 깨지 않으려고 몸의 중심을 잃었던 것이다.

"아이, 아야."

넘어진 자전거를 바라보며 인애는 땅바닥에 주저앉아 다리를 문지른다. 치마가 찢어지고 발목에서 피가 흐른다.

손수건을 꺼내어 발목에서 흐르는 피를 닦아낸다. 손수건에

묻어 나온 피는 먹물처럼 어두컴컴하고 거무죽죽하다. 견딜
수 없는 아픔이 참고 참아온 눈물을 흘리게 한다. 그는 굵은
눈물을 뚝뚝 흘리며 길바닥에서 일어선다.

　달은 여전히 혼자, 이제는 상점 지붕 위에 동그랗게 떠 있다.

　와! 하고 소리 지르며 뛰어가고 싶은 충동을 인애는 견디어
내며 굵은 눈물만 떨어뜨리고 시화 액자를 겨드랑에 꼭 낀다.
절룩거리며 그는 걷기 시작한다. 자릿자릿한 아픔이 다리에서
머리 신경에 와서 울린다.

　손님 없는 상점이 쓸쓸하게 계속된다. 사진관, 이발소는 문
을 닫아걸고 밀크홀, 잡화상, 술집에는 아직 불빛이 있다.

　'나는 바람이 길러준 아이, 바람따라 내가 간다. 누가 뭐래
도 나는 하고 싶은 대로……. 가고 싶으니까 나는 가는 거구,
만나고 싶으니까 나는 가는 거야. 날 쫓아낼 테면 쫓아내 봐.
나는 거리에서도 잘 수 있고 산 속에서도 잘 수 있고 외로이
떠내려가는 배 속에서도 잘 수 있고. 그, 그렇지 인애야. 정신
똑똑히 차려. 싸움터로 가는 거다. 자, 가까이 왔다. 네가 있는
곳으로 말이야. 네가 도사리고 있는 그 성곽으로 내가 가까이
지금 가고 있단 말이야.'

　인애는 어느 수예점 앞에서 걸음을 멈춘다.

　수예점 안에 소녀가, 빨간 반소매 스웨터를 입은 소녀가 혼
자 앉아 졸고 있는 듯. 인애는 이층을 올려다본다. 이층 창문
에 불이 켜져 있다. 사람의 머리 그림자가 흔들린다.

인애는 넋 빠진 것처럼 그 머리 그림자를 올려다본다. 똑똑히 볼 수 있다. 인애의 흐린 눈에도.

'뭘 하고 있는 것일까?'

인애는 수예점 문을 밀고 들어선다. 졸고 있던 소녀가 눈을 뜨며 부스스 일어선다.

"어서 오세요."

하다가 인애의 눈과 마주치자 당황하며 눈길을 돌려버린다.

"나 얼굴 기억하시겠지."

바싹 소녀 앞으로 다가간다. 찢어진 치마가 너들너들 무릎에 처지고 발목에 배어난 피가 소녀의 스웨터 빛깔과 같다.

술 냄새를 맡은 소녀는 눈살을 찌푸리고 대답 안 한다.

"분명히 기억하고 계실 거야. 언젠가 여기 와서 이 댁 아주머니에게 혼이 난 일이 있으니까. 그래 김정현 씨는 계시겠죠?"

"안 계세요."

소녀의 대답은 또렷하다.

"음……. 그럼 통금까지는 돌아오시겠지. 죄송합니다만 나 여기서 좀 기다리겠어요."

인애는 의자를 잡아끌고 앉는다.

"안 오실지도 몰라요."

소녀는 좀 당황한다.

"안 오시면 그땐 돌아가요. 나 전할 게 있어서 왔으니까."

"전할 것 있으면 저 주시고 가세요."

"만나야만 드릴 수 있는 거니까. 너무 신경 쓰시지 마시고 가만히 얌전하게 앉아 있을 테니까요."

소녀는 영 난처하게 울상이 되며 인애를 살피다가

"저 곧 문 닫아야 하는데요."

"아직 안 온 사람이 계시는데 문을 닫아요?"

"……."

"아주머니한텐 내가 야단맞을 테니까. 참, 미안하지만 바느질 좀 주실까요?"

"파는 것밖에 없는데요."

"그럼 삽시다."

마지못해 소녀는 바늘 한 개와 조그마한 실 한 다발을 내놓는다. 인애는 돈 백 환을 내주고 바늘에 실을 끼워 찢어진 치마를 깁는다.

소녀는 인애 발목에 묻은 피를 바라보며 집 안에 신경을 쓴다.

인애는 김정현이 이층에 있는 것을 알고 있다. 만날 수 없다는 것도 알고 있다. 그러나 그는 무슨 사태를 기대하며 앉아서 치마를 깁고 있는 것이다. 치마를 다 깁고 바늘과 남은 실을 진열장 위에 놓은 인애는 호주머니 속에서 손수건을 꺼내어 발목의 피를 닦는다.

"저 문 닫아야겠어요. 열한 시가 지났는데요."

"닫으세요. 시간이 다 되면 나 그 작은 문으로 나갈 테니."

억지를 쓴다.

"너무하시잖아요?"

소녀의 목소리가 강해진다.

"뭐가?"

"그렇게 떼를 쓰면 어쩌자는 거예요? 김정현 씨는 여기 안 계세요."

"거짓말 말어!"

"어머! 술주정이에요? 여긴 댁의 안방 아니에요."

야무지게 쏘아준다.

"내가 술 마신 것하고 소녀하곤 아무 상관 없어. 나하고 상관 있는 일은 왜 여기서 내게 장막을 치는가 그것이지. 왜 그러지? 소녀."

"아이, 기가 막혀. 하여간 내일 오세요. 오늘은 문 닫아야…… 늦었으니까."

"왜 야단이냐."

안에서 여자 목소리가 들려온다.

크게 쌍꺼풀진 눈에 입술이 좀 푸르스름한 삼십 남짓한 여자가 인애를 바라보고 선다.

"왜 그러시죠?"

조용한 목소리였으나 누구든지 위압하고 마는 무서운 저력이 있다.

인애의 얼굴이 별안간 위축된다. 그는 술의 힘을 믿고 오늘 밤의 싸움이야말로 제대로 돼나갈 줄 알았다. 그러나 그것은 오산이었다. 여자의 목소리는 인애의 술기를 완전히 깨놓고 말았다. 그는 혀가 굳어버린 것처럼 한마디의 말도 입 밖에 낼 수가 없다.

"통금이 다 돼가는데 어서 돌아가세요."

"김정현 씨를 마, 만나게 해주세요."

겨우 인애 목구멍에서 그 소리가 밀려 나온다.

"만나는 것은 당신의 자유입니다. 하지만 여긴 오시지 마세요. 언젠가 한번 그런 말씀 드린 것 같은데요."

"어, 어째서 만날 수 없어요?"

"만날 수 없다는 말은 하지 않았소. 여기 오시지 말라 했죠."

"어째서요?"

여자는 미소한다. 그러나 쌍꺼풀이 굵게 진 그의 눈동자에는 오싹 소름이 끼치는 무서운 빛이 돌았다.

"얘, 어서 문 닫아라. 시간이 얼만데 여태 꾸물거리고 있어?"

그 한마디에 인애는 간단히 거리로 쫓겨나고 말았다. 그의 눈앞에는 어느새 나무 덧문으로 가려진 어두운 벽면이 있을 뿐이다. 그 덧문 틈바구니로 전등불이 몇 줄기 새어 나왔으나 그것도 없어지고 말았다. 전등을 꺼버린 모양이다.

인애는 이층을 올려다본다. 그곳에도 아까 들어갈 때 본 전등 빛, 머리 그림자는 보이지 않았다. 칠빛 같은 어둠이 있을 뿐이다. 인애는 그 이층의 문틈을 언제까지나 바라보고 서 있다. 그가 발을 옮겼을 때 불이 켜진 상점이 하나도 없는 것을 깨닫는다. 통금 준비가 아니라 진짜 통금 사이렌이 길을 쓸고 오는 태풍처럼 인애의 전신을 울린다.

인애는 한길로 나가지 않고 골목으로 골목으로만 걸어 들어 간다. 막다른 길.

'여기가 어딜까?'

꿈을 꾸고 있는 것 같다.

'여기가 어딜까? 왜 내가 여길 왔지?'

그러자 견딜 수 없는 아픔이 발목을 타고 머리 신경에 울려 온다. 인애는 더 이상 서 있을 수 없어서 돌담 옆에 기대어 앉 는다.

'아, 달이 있다!'

다정한 벗처럼 아까부터 따라오던 달이 지붕 위에 머물고 인애를 내려다본다.

인애는 울지 않고 무릎을 세워 손을 깍지 끼며 어린애처럼 달을 올려다본다. 가지가지의 사연을 이야기하듯. 그러나 그 다정한 달도 지붕에서 사라졌다. 인애는 일어서서 목을 뺐으 나 달은 간 곳이 없다.

"음……."

인애 눈에 액자가 보인다. 언제 그랬는지 돌담 옆에 소중 히 놓여져 있다. 아까 쫓겨날 때 전하지 못하고 가지고 온 액자다.

　인애는 쫓아가서 그것을 번쩍 든다. 땅을 향해 내리치려다 너무나 고요한 밤의 정적에 겁을 먹고 그만둔다. 그는 울타리 옆에 놓인 쓰레기통 옆으로 뚜벅뚜벅 걸어가서 액자를 쓰레기통 속에 처넣어 버린다.

4. 비는 내린다

오래간만에 세 식구가 모여 앉아 조반을 들고 있다. 누구 하나 말을 꺼내는 사람은 없다. 하홍수 씨는 무표정하게 밥을 먹고 최경순 여사도 지극히 무관심한 태도다. 밥공기를 놓는다.

"더 하시겠어요?"

최경순 여사가 묻는다.

"아니, 그만하겠어."

하홍수 씨는 물러나 앉으며 조간신문을 집어 든다. 선이 짙은 얼굴은 신문에서 움직이지 않는다.

"인애는 여태 자니?"

최경순 여사 말에 숙배는 대답을 안 한다.

"안 들어왔니?"

"그런가 봐요."

"흥, 잘하는군."

"……."

"왔다 갔다 하지 말고 아주 나가버리지. 서러워할 사람 아무도 없을 테니까."

흥분하면 유치한 말을 하게 되는 최경순 여사를 힐끗 쳐다보며 숙배는 아무 대꾸도 하지 않는다.

"분명히 그 애 집은 아니니까. 신경전 벌이는 것도 이젠……."

하흥수 씨는 신문을 밀어내고 방에서 나가버린다.

"흥, 그래도 조카자식이라고 듣기는 싫은 모양이지."

나직한 목소리로 비꼰다.

"대관절 괴상망측한 기집애야. 보자 보자 하니까 언어도단이란 말이야. 아주 내 눈앞에서 없어져 버리든지 아니면 그 생활 태도를 바꾸어 놓든지."

"저보고 얘길 하면 어떡해요? 인애보고 말씀하세요."

숙배는 쌀쌀하게 말한다. 최경순 여사의 얼굴이 빨개진다.

"그래 내가 너보고 말 못 하겠느냐?"

"하지만 그건 인애 일 아니에요? 저보구 말씀해도 소용없지요."

당연한 말이다. 그러나 당연하기 때문에 최경순 여사는 화가 나는 것이다. 가족이 모두 자기만을 따돌려놓고 적대시하는 것만 같은 생각이 든다. 인애가 못 견디게 미운 것은 아니다. 무뚝뚝한 남편, 쌀쌀하기 겨울바람 같은 딸, 이런 가정의 싸늘한 분위기가 그를 밖으로 나가게 하고 무관심하게 무장을 하다가도 이따금 바람이 불면 그 바람은 인애에게 닿기 마련이다.

"너는 뉘 속에서 났니?"

최경숙 여사 자신도 유치한 것을 백번 알면서도 그 말을 내뱉는다.

"물론 엄마 속에서 나왔죠. 이젠 엄마의 한 부분은 아니에요."

숙배도 얼마나 잔인한가. 그것을 알면서 내뱉는다.

"그래. 네 말이 맞다. 우린 서로 타인이지. 이 집은 타인들이 모여 사는 집이야. 사철 찬바람이 불고 모두 자기 자신들 일 이외에는 아무것도 생각하지 않지."

최경순 여사 얼굴 위에 비참한 것이 서린다. 숙배는 눈을 내리깔면서도 어머니의 그 표정은 똑똑히 느낄 수 있다.

"마찬가지 아니에요? 엄마 자신도 그런걸요."

"내 자신도?"

"……."

"그래 내 자신도……."

경순 여사는 숟가락을 놓으며 혼잣말처럼 뇐다.

"엄마는 자꾸 인애, 인애, 하고 야단만 치지만 엄마 잘못도 많아요."

숙배의 가차 없는 말에 최경순 여사의 얼굴빛이 변한다.

"내가 잘못한 것 뭐 있니? 너도 날 비난하느냐!"

화를 내는데 그의 얼굴에는 괴로움이 있다. 그 괴로움을 화를 냄으로써 무마하려 한다. 숙배는 그 얼굴을 슬며시 피하면서

"이번 일 인애는 아무렇지도 않게 생각할 거예요. 하지만 만일 제가 시화전을 했다면 어머닌 나와보셨을 거 아니에요?"

"난 그게 싫다는 거다!"

"왜요?"

"시를 쓰니 어쩌니 하기 때문에 그 기집애가 건방지게 된 거야. 시는 무슨 놈의 시야? 잘난 소리만 뻥뻥 하고 기집애가 벌써부터 술은 무슨 놈의 술이야? 세상에 아무리 그럴 수 있니? 지가 시를 쓰면 천하를 뒤흔들 성싶은가?"

한 가닥의 괴로움마저 사라지고 정말 노여워한다.

"반풍수 집안 망한다구, 시인입네 하고 야망만 태산같이 높아가지고 어디 눈 아래 사람이 보이나? 그게 탈이야. 나는 그 꼴 못 본다, 못 보아. 매시꼬워서 원. 지가 세상을 알면 얼마나 알구 설움을 알면 얼마나 안다고 온통 절망한 사람같이 비틀거리고 다니느냐 말이다. 나두 그리 고루한 사람은 아니다. 웬만하면 눈 감고 안 보겠다."

최경순 여사는 서둘러 이야기를 하면서도 자기표현이 충분치 못한 것을 안타까워하는 듯 주먹을 쥐었다 폈다 한다.

"그 애는…… 인애는 아마도 외로워서 시를 쓰게 됐을 거예요. 차라리 그 애로선 다행한 일 아닐까요?"

"듣기 싫다! 외롭지 않은 사람이 이 세상에 어디 있어? 지보다 열 배 스무 배 못한 사람이 얼마든지 있다. 지가 저질러서 학교도 못 간 거지 누가 가지 말랬나? 모두가 지 잘못이야. 내 잘못은 아니다."

최경순 여사는 거친 손으로 밥상을 와락 밀어낸다.

"아주머니!"

신경질적으로 식모를 불러댄다.

"네."

대답하면서 식모는 절룩거리며 와서 방문을 연다.

"밥상 내가요."

식모는 저기압을 느끼고 말없이 밥상을 내간다.

응접실 쪽에서 시계 치는 소리가 울려온다. 다시 집 안은 고요해진다. 숙배와 최경순 여사는 한동안 침묵을 지키며 서로의 눈을 피한다.

"엄만 오해하고 계신 것 같아요."

숙배가 먼저 입을 뗀다.

"뭐 제가 인애 편을 들어서 그런 건 아니에요."

"……."

"그 애가 본시 성질이 좀 그렇긴 하지만 환경의 탓도 있을 거란 그 말이에요."

"그래 내가 그 앨 학대해서 그렇단 말이냐?"

"그런 뜻으로 말한 건 아니에요. 무관심했다는 그 점이에요.

167

그렇다고 뭐 엄마더러 어찌하시란 말은 물론 아니구요. 좀 내 버려 두는 게 좋을 거라구, 아니면 간섭하시려거든 그 애에게 관심을 가지시거나. 하지만 인애는 내버려 두는 것을 원할 거 예요."

숙배는 야무지게 말한다.

"모두들 인애보구 재주 있다고들 하더군요."

"……."

"그런 건 아무래도 좋아요. 그런 걸 도와주고 살려줄 만치 저부터가 무관심하니까요. 하지만 인애가 술 좀 마시는 거 전 그다지 나쁘겐 생각지 않아요."

"좋은 생각이다."

최경순 여사는 비꼬아 준다.

"술 좀 마신다고 그 앤 타락하지 않아요. 또 타락하면 어때 요? 인앤 자신이 한 일에 책임지고 후회하진 않을 거예요."

"좋은 생각이다. 많이 배워라, 인애한테."

숙배의 얼굴이 샐쭉해진다.

"낡은 말씀 하시지 마세요."

"어차피 나는 낡았으니까."

"제각기 자기대로 살아가는데 제가 인애한테 왜 배워요? 전 그 애 영향 받아본 일 한 번도 없어요."

그것은 사실이다. 그 말에는 경순 여사도 대꾸를 안 한다.

"엄마가 그 애보구 야단치는 건 그 애 타락을 두려워해서 그러세요? 그렇진 않을 거예요. 다만 그 꼴이 아니꼬워서 그러시죠. 안 그래요?"

"타락하거나 말거나, 상관없어! 내가 낳은 자식이냐?"

"그러니까 내버려 두세요."

"내 눈에 보이지 않고 이 지붕 밑에 살지 않으면 내버려 두지."

"눈에 거슬릴 거는 뭐 있어요? 사실이지 어쩌다 밥이나 먹구 식모 방에 와서 잠자는 것밖에 뭐 있어요?"

"그래 달라고도 안 하는데 내가 용돈까지 갖다 바치라 그 말이냐!"

"그건 그 애가 벌어서 쓰지 않아요. 용돈 주시라는 얘기도 아니구 그 애가 원하지도 않을 거예요."

"대관절 넌 뭐기에 아침부터 설교냐? 내가 어미냐, 네가 어미냐!"

"어머! 모르겠어요, 나도. 제 일 아니니까요."

노여움에 가득 차서 경순 여사는 숙배를 노려본다. 숙배는 훌쩍 일어선다. 그는 방에서 나가버린다. 결국 최경순 여사의 신경을 자극한 결과밖에 되지 못했다.

숙배가 끔찍하게 인애를 생각하는 것도 아니다. 그렇다고 최경순 여사가 인애를 견딜 수 없으리만큼 미워하는 것도 아니다. 그들은 어쩌면 자기 자신들의 감정을 인애를 매개하여 발산하고 불평한 것인지도 모른다. 강한 개성이 자아내는 몸서리치는 고독 속에 그들은 다 빠져 있었으니까. 서로 무관심하게 외면하고 지내다가는 인애로 인하여 부딪쳐보고 소리를 내다가 다시 무관심과 외면으로 돌아간다.

숙배는 발을 탕탕 굴리며 이층의 자기 방으로 올라간다.

"뭐가 뭔지 모르겠다. 정말 지긋지긋해서 못살겠어. 이 집에선, 그 이유는 뭘까?"

숙배는 계단을 밟고 올라가며 중얼거린다. 그 이유가 뭣인지 걷잡을 수 없다.

숙배는 방문을 소리 나게 닫아붙이고 창가 책상 앞에 가서 앉는다. 턱을 괴고 생각하는 일은 다만 막연하다는 것이다.

'왜 내가 민 선생 같은 사람을 좋아할까? 그 바람둥이 같은 남자를……'

뜰 안이 환하다.

'비 오신 날 그가 왔었지. 여기가 어디라고 찾아왔을까?'

'일요일…… 어떤 여자하고 어디 교외라도 놀러 갔는지…….아, 싫어! 싫어! 왜 그런 생각을 해. 치사하게. 무슨 짓을 하건 민 선생은 민 선생, 나는 나야. 안 만나니까 그이하곤 헤어진 거야. 그뿐이지. 저 기집애…… 이제 오는군.'

인애가 머리를 쑥 쓸어 넘기며 들어온다.

'흠, 어제 시화전 끝내고 술들 먹었구나. 보나 마나 거 뭐래더라? 오라, 은자. 그 애 집에 가서 자고 들어오는 거지. 아무튼 배짱이야.'

숙배는 인애 모습이 집 안으로 사라지자 침대 위에 올라가 누우며 말똥말똥 천장을 바라본다. 일요일이지만 갈 데도 없고 나가고 싶지도 않다고 그는 생각하며 몸을 엎친다.

　인애는 부엌으로 쑥 들어선다. 식모는 못마땅하여 돌아보지도 않는다.

　인애는 아득한 눈으로 식모의 뒷모습을 바라보고 섰다가

　"아주머니, 나 냉수 한 그릇."

　하고 말을 건다.

　"거 떠 잡수시구려."

　식모는 화난 목소리로 말한다.

　"나 기운이 하나도 없어. 어지러워 죽겠어요."

　인애는 밥상을 내와서 어질러진 부엌 마루에 쓰러진다.

　"여 있수."

　식모는 물을 떠 와서 인애에게 준다. 물을 켜는 인애 꼴을 물끄러미 바라보고 있던 식모는

　"에그머니! 다리가 왜 그러우? 피가 막 묻었네."

　하고 놀란다.

　인애는 괴로운 미소를 띠며

　"길에서 넘어졌어요. 뼈가 삐었나 봐. 겨우 걸어왔어요."

　"거 약을 발라야지. 그냥 내버려 두면 안 될걸. 음, 삔 데는 찹쌀밥을 해서 붙이면 좋다더군. 나중에 찹쌀밥 해줄 테니 붙여요."

못마땅해하면서도 식모는 언짢은 모양이다.

"내버려 두어요. 절름발이가 돼서 서울 한 거리를 절룩거리며 다닐래요."

"기막힌 소릴 하는군. 큰일이야. 어쩔려구, 다 큰 처녀애가……."

"다 큰 게 아니구 다 늙었나 봐요. 사는 게 재미가 없어."

인애는 괴로운 듯 눈을 감는다. 간밤의 일이 무서운 꿈처럼 그의 눈앞에 삼삼거린다.

"그러지 않아도 큰어머니가 야단났나 본데."

"나 땜에?"

"그런가 봐요. 숙배 아가씨하고 막 다투시는 것 같더만요."

"숙배가 나 땜에 큰어머니하구 다투어요? 아이, 골치야."

"글쎄 그런 것 같아요. 아침은 먹었수?"

식모는 눈이 푹 들어간 인애의 얼굴을 살피며 묻는다.

"안 먹었지만 지금은 생각이 없어요."

"오늘은 잠자코 방에 계슈. 얌전하게. 큰어머니가 화나셨으니까."

인애는 새삼스럽게 못난 식모의 얼굴을 자세히 쳐다본다.

"아주머니, 너무 그러지 마세요. 아주머니까지 그러시면 나 처량해서 어떻게 살아?"

하며 빙긋이 웃는다.

"누가 뭐래요? 내가!"

"사면초가군요."

"사면초가가 뭐요?"

"백 년 후에 가르쳐드릴게."

뭐라고 이야기하는 식모를 내버려 두고 인애는 아픈 다리를 절룩거리며 목욕탕으로 들어간다. 물을 받아서 피 묻은 다리를 씻는다. 물을 끼얹을 때마다 그의 눈에서 굵은 눈물방울이 뚝뚝 떨어진다.

"숙배가 날 위해서 큰어머니하고 말다툼했다구? 그거 안됐군. 하여간 고맙지 뭐유."

눈물을 떨어뜨리면서도 말만은 남의 일처럼 태연히 지껄인다.

목욕탕 창문으로부터 다사로운 햇빛이 스며든다. 비행기가 유리창을 흔들며 지나간다. 비행기 소리는 멀리 사라지고 다시 사방은 괴괴하다. 어렴풋이 음악이 들려오다 간간히 끊어진다.

인애가 목욕탕에서 막 나올 때다. 경순 여사가 슬리퍼를 끌고 사나운 표정으로 복도에 나온다. 순간 그들의 눈이 부딪힌다. 경순 여사의 눈은 갑자기 부서진 듯 번득인다. 인애는 그 눈을 슬그머니 피하고 식모의 방으로 들어가 버린다.

인애는 깨어진 거울을 들고 자기 눈을 들여다본다. 좀 파르스름하던 흰자위가 불그죽죽하게 흐려져 있다. 눈동자만은 잠긴 호수같이 여전히 푸르다. 파마도 안 했는데 저절로 곱슬해진 머리털이 수세미가 된 듯 이마 위에 헝클어져 있다.

'어느 녀석이 시시하다고 했지? 사는 게 말이야. 왜 시시해? 난 사는 게 이래 벅차고 생각이 가득 차서 처리를 못 할 지경인데……. 어젯밤…… 얼마나 신나는 이야기냐. 집 없는 천사처럼 거리에서 달을 보고 별을 보고 잠을 잤으니. 흥, 문을 닫아걸고 너는 그 속에 있었지. 나는 넓은 하늘을 보고 온통 별을 가슴에 안고 잠을 못 잤어. 언제인가, 어느 날엔 만날 수 있을 거야, 우리가. 그러면 난 네가 싫어질지도 몰라. 문을 닫아걸고 있으니까. 난 네가 보고 싶어. 보고 싶어서 견딜 수 없거든.'

인애는 거울을 팽개치고 머큐로크롬 병을 꺼내어 발목 상처 난 곳에 바른다.

"아주머니, 생선찌개가 왜 그리 짜요?"

경순 여사는 식모에게 트집을 부린다.

식모는 한 달에 한 번 정도 경순 여사가 신경질을 부리기 때문에 미리 알아 모시고

"간장을 많이 부었나 봐요. 요다음부터 조심하겠어요."

하고 풀이 죽어 대꾸한다. 생선찌개는 여느 때와 마찬가지로 조금도 짜지 않았다.

"밥도 죽같이 질걱질걱해서 어디 먹겠습니까."

"네. 물이 많았던가 봐요. 어쩌다가 그만……."

밥도 여느 때와 마찬가지로 아무렇지도 않았다. 식모가 공

손히 사과하는데 더 이상 할 말이 있을 턱이 없다.

"조심해요."

하고 돌아선다. 식모는 혼자 빙긋이 웃는다.

'점잖은 분인데 가다가 한 번씩 저러네. 그것도 병인 모양
이지?'

아무래도 견딜 수 없었던지 경순 여사는 식모 방을 지나치
다가 되돌아 선다.

방문을 두르르 열어젖힌다.

발목에 머큐로크롬을 칠하고 있던 인애가 슬며시 얼굴을 든
다. 경순 여사는 방문을 닫고 버티고 서면서

"너 대체 여기가 어디냐."

"......."

"여관이냐? 아니면 하숙이냐."

"......."

말을 안 하는 것이 더 화가 나서 경순 여사는

"꿀 먹은 벙어리처럼 왜 말을 못 해!"

"저도 모르겠어요."

"뭐?"

"여기가 어딘지."

반항적으로 대꾸한다.

"모르겠다구? 여기가 어딘지?"

아침부터 쌓인 분통이 터진다.

"음, 모르기도 하겠다! 널 바람이 길러주었으니 말이지? 사람이 기르지 않았다구?"

최경순 여사는 벽에 붙여놓은 종이를 노려본다. 어제 우연히 열려져 있는 식모 방 앞을 지나가다가 인애가 써 붙여놓은 것을 그는 보았던 것이다.

"어디서 그따위 얌치없는 말이 나오니? 그래 산벼랑의 엉겅퀴처럼 저절로 혼자 자랐단 말이냐! 밥 안 먹고, 옷 안 입고, 배우지 못하고 바람만 마시며 저절로 네가 자랐단 말이냐!"

"지나간 말씀은 마세요."

"지나간 날이 없는데 어째서 네가 지금 여기 앉아 있니?"

"길러주신 것 고맙게 생각하구 있어요."

싸늘하게 대꾸한다.

"고맙게 생각한다구? 그래 고맙게 생각한다는 기집애가 저따위 글을 벽에 써 붙여놨구나. 저런 따위 짓 하며 시위를 할 수 있느냐 말이다. 여기가 어딘지도 모르면서 찾아올 수 있느냐 말이다."

최경순 여사의 목소리가 방 밖에까지 쩡쩡 울린다.

"물질적인 면으론 빚이 있다고 생각해요."

"그래서?"

"하지만 정신적인 면으로 아무 빚도 없다고 생각하는데요."

"천만의 말씀이다! 천만에! 막대한 빚이 있지."

"어째서요?"

"집안을 흩트려 놓고."

"집안을 흩트려 놓은 일 없어요."

"내게 정신적인 고통을 준 건 누구야?"

"저 땜에 정말 고통을 받으셨던가요?"

인애는 미소한다.

"술 마시고 나돌아 다니면서 타락된 생활을 하는 너의 처신의 원인이 내게 있다고 돌려대는 그 피해는 어쩌구!"

"아무도 큰어머니에게 그 원인이 있다고 말한 사람은 없었습니다. 자격지심이죠."

"자격지심이라구? 내가 자격지심할 무슨 잘못을 했느냐! 건방진 년 같으니라구."

"그럼 왜 그런 말씀을 하세요?"

최경순 여사는 말이 꽉 막힌다. 결국 말로는 지고 만 셈이다. 그는 분에 못 이기며 벽에 붙은 종이를 확 찢어버린다. 그리고 책상을 내리 엎어버린다.

"나가! 이젠 더 이상 못 보겠다. 네가 못 나가면 나라도 나가겠다. 사람이 미치지. 이래가지구 살 수 있어!"

식모가 절룩거리며 쫓아온다.

"사모님, 사모님, 참으세요. 철이 없어서 그런 걸 너그럽게 보아주셔야죠?"

"아, 아주머니도 이 악당들 한패요?"

"무슨 그럴 리가 있겠습니까. 화내시면 몸에 해로워요. 참으세요. 아직 뭘 알겠어요."

인애는 일어서서 창에 기대어 방바닥을 내려다보고 있다.

"인애, 큰어머니에게 빌어요. 어른한테 말대답하면 쓰나. 자, 빌어요."

최경순 여사는 분이 차서 운다.

"전 나가겠어요."

인애는 얼굴을 들며 말한다.

"무슨 그런 소릴 해? 그러는 거 아냐. 큰어머니도 화가 나서 하신 말씀이지."

"화가 나셔서 하신 말씀이라는 것도 알아요. 하지만 전 나가 겠어요. 앞으로 저의 생활 태도가 달라질 가망도 없구요."

한마디 빌기만 하면 모든 일이 잘 해결된다는 것을 인애나 식모나 다 같이 알고 있다. 그러나 인애는 그러지 않았다.

"나가! 이젠 내 눈앞에 나타나지 말어."

최경순 여사는 방문을 벽이 흔들릴 만큼 힘껏 닫아붙이고 나가버린다.

인애는 벽장문을 열고 자그마한 트렁크를 꺼내어 짐을 챙기 기 시작한다.

"나가다니, 어디로 가우?"

식모가 영 언짢아하며 묻는다.

"친구 집에 우선 가겠어요."

"가다 오다 한 번씩 저러고 나면 괜찮은데 그만 못 들은 척하구 있구려. 다 큰 애가 친구 집에 가 있다니 그게 될 말이우? 큰아버지 체면을 생각해서라도."

"친구 집에도 오래 있을 생각은 안 해요. 저 나간다고 큰어머니 원망하는 건 아니에요."

인애는 몇 가지 안 되는 옷과 책 부스러기를 다 챙겨 넣는다.

"다친 다리는 어쩌구?"

"차차 낫겠죠."

"아침도 안 먹었을 텐데 잠깐만 기다려요. 나 밥 차려올게."

"아주머니!"

나가려는 식모를 불러 세운다.

"그만두세요. 밥도 먹구 싶지 않아요. 그동안 너무 신셀 졌어요."

"내가 뭐 한 것 있수?"

"나가도 가끔 올게요."

인애는 파리한 얼굴에 미소를 띤다.

"그러우."

식모도 좀 안심한 듯 빙긋이 웃는다.

"내 성질이 나빠서 큰어머니 비위도 맞추어드리지 못하고…… 숙배도 그렇고 큰아버지도…… 아주머니가 잘 돌봐드려요. 외로운 분이에요."

"암요. 성미 부리는 걸 나도 잘 알지요."

"내가 나가고 나면 좀 곤란할 거예요. 성미 부릴 상대가 없어서 아주머니가 바람을 맞을 거예요."

인애는 나직이 소리 내어 웃는다.

"차차 돌아와야지. 바람 좀 쐬고."

"숙배보곤 아무 말 마세요."

"그러리다."

인애는 조그마한 트렁크를 들고 나간다. 그가 뜰로 내려가서 문간까지 가는 동안 숙배는 이층에서 그 모습을 바라보고 있었다.

"기집애 잘하는군, 잘해."

숙배는 지겨운 듯 하품을 하며 중얼거린다.

인애는 은자를 찾아갔다.

"웬일이야?"

트렁크를 들고 들어서는 인애를 보고 놀란다.

"나 며칠만 묵게 해주어."

인애는 트렁크를 내려놓으며 말한다.

"왜 그러니? 쌈했니?"

"아니야. 답답해서…… 너무 외로운 사람들만 모여서 사니까 그 씽하는 분위기가 날 잡아먹을 것 같아서."

"아무튼 잘 왔어. 은진이도 동무 집에 놀러 가구."

"아파트는 다 처리했니?"

"응."

"잘됐구."

"당분간은 이럭저럭. 학관 그만두고 어디 취직자리나 구해 야겠어."

인애는 잠자코 앉아 있다.

"부탁은 해놨지만……."

"너 성질에 붙어 있겠니? 직장에."

"인애, 너보다는 붙어 있을 가능성이 많지."

인애는 픽 웃는다.

"너 피곤하니?"

은자는 인애의 얼굴을 들여다본다.

"피곤해."

인애의 얼굴은 붉어졌다가는 하얗게 질리곤 한다.

"얼굴빛이 못쓰겠구나."

인애는 손등으로 땀을 닦는다.

"아무래도 너 어디가 아픈 모양 아냐?"

"골치가 쑤셔."

"어젯밤 웬일루 그리 술을 마셨니? 그러니까 골치가 쑤실 밖에."

"나 여기 좀 누워도 좋겠니?"

인애는 아무래도 견딜 수 없었던지 누울 자리를 살핀다.

"애두, 손님처럼 뭘 그런 말을 하니?"

"손님이지 뭐."

"어서 누워. 베개 내려줄게."

은자는 요를 꺼내어 깔고 베개를 놓아준다.

"자, 누워."

"너 작은 엄마 같구나."

인애는 흐릿한 눈으로 은자를 바라보며 웃음의 말을 하는데 그의 눈에는 슬픔이 가득 차 있다. 은자는 인애의 머리를 짚어 본다.

"어머! 웬일이냐?"

"……?"

"열이 굉장하다. 불덩이 같구나."

은자의 얼굴빛이 변한다.

"의사를 불러와야겠다."

은자가 급히 일어서자

"미쳤어."

하며 인애가 은자의 치맛자락을 거머잡는다.

"열이 이만저만이 아냐."

"의사는 무슨 의사야? 아마 감기가 든 모양이지."

인애는 힘에 겨운 미소를 짓는다.

"감기라면 괜찮지만. 그래도 안 돼. 나 약 사가지구 올게."

"걱정 말라니까. 인애는 아직까지 약 먹어본 일도 없고 병원 문턱을 디뎌본 일도 없다. 저절로 나을 거야."

"미련하기는."

"어젯밤에 잠을 못 자서 그래."

"어젯밤에 늦게 갔었니?"

인애는 고개를 끄덕인다.

"집에 갔었니?"

고개를 젓는다.

"그럼?"

"거리에서."

"거리에서?"

"음…… 밤새웠어. 그래 감기가 들었나 봐."

"정말 너 미쳤구나."

"미쳤지."

"대관절 왜 그랬니?"

"더 묻지 마…… 세월이 흘러가면 알게 되겠지."

"……"

"나 졸려. 한잠 자고 나면."

"그래, 그래. 어서 자. 너도 참 괴짜야."

"난 길거리에서…… 달이 훤했어."

"……"

"쓰레기통에 다 찢어서 내버렸다."

"뭘?"

"응?"

인애는 환상 속에 있는 듯 은자를 쳐다본다. 열이 나는 탓인지 젖은 눈이 빛난다.

"내가 뭐랬어?"

"쓰레기통에 찢어서 버렸다구?"

"음…… 찢고 부숴서 버렸다."

"뭘 그랬니?"

"야경꾼의 딱따기 소리가…… 개가 짖고……."

눈이 스르르 감긴다.

"의사를 불러오면 안 된…… 그까짓 다리 하나 삔 걸 가지구…… 절룩거리고 다니면 좋아할 거…… 잿빛 문이 잠겨 있었어. 아무리 밀어도…… 여, 열리지 않더구나. 그, 그 문만 열어보면 햇빛이, 꽃밭이 우리 엄마가……."

혀 꼬부라진 소리를 하다가 인애는 잠들어 버린다.

"무슨 사고가 있었구나."

은자는 가만히 인애를 내려다보며 중얼거린다. 어둡고 깊이 모를 나락으로 빠져들어 가듯 인애는 잠들어 버린다. 긴 눈시울이 깊은 그늘을 드리워주면서. 때때로 그의 잠든 얼굴에 괴로움이 스쳐가곤 한다.

'무슨 일이 있었을까?'

은자는 그동안의 인애 태도를 하나하나 생각해 본다. 그러나 안개 속처럼 인애에게 일어난 일을 헤아릴 수 없었다.

'갈 곳이 없어서 나를 찾아온 너나, 이렇게 앉아서 너를 바라

보고 있는 나나, 모두 다 마찬가지……. 왜 우리는 항상 허황하게 쏘다니고 외롭고 슬프기만 하니?'

은자 눈에 눈물이 괸다. 그는 소리를 죽이며 흐느껴 울기 시작한다. 무슨 까닭인지 그는 자꾸만 울음이 북받쳐 오는 것이다.

아래층에서는 여자들의 좀 억척스러운 웃음소리가 들려온다. 오늘은 혼자 사는 이 집 주인아주머니의 곗날이다.

비 오는 날과 햇볕 쬐는 날이 되풀이되는 것과 마찬가지로 웃음과 울음은 항상 어디서나 되풀이되고 있는 것이다.

은자는 눈물을 닦고 인애의 머리를 짚어본다. 축축한 땀에 손이 젖는다. 그러나 아까보다는 좀 열이 내린 것 같다.

"국이나 좀 끓여놨다가 잠이 깨면 먹여야겠다. 파국을 아주 맵게. 감기가 달아나게."

은자는 중얼거리다가, 작은 엄마 같다는 인애의 말을 생각하며 혼자 미소한다.

은자는 조그마한 광주리를 들고 조심조심 층계를 밟고 내려간다.

"남편이 바람을 피울 때 순전히 바람일 때는 악착스럽게 따라가야 해. 그렇지만 지나치게 열을 올릴 때는 그 열이 식는 것을 기다려야 하는 그게 현명한 짓이거든."

열어젖혀 놓은 아래층 방에서 계꾼들이 와글와글 떠들며 이야기하고 있다. 중국요리를 먹으면서.

"바람이 나고 나면 그만이지. 그럴 기회를 주지 말아야……."

은자는 중년 여자들의 이야기를 뒤통수에 들으며 문밖으로 나간다.

시장으로 가는 길이 넓고 허전하게 느껴진다. 메마른 공기에 가로수의 잎이 나른하게 처져 있다. 은자는 걸음을 멈춘다.

약국을 바라보다가 은자는 약국으로 들어가서 아스피린 몇 알을 사가지고 나온다.

"어머!"

박광수가 빙그레 웃고 서 있었다.

"웬일이야?"

"은자가 약국에 들어가는 것을 봤기에."

"내가 있는 집에 오면 안 된다고 말하지 않았어?"

은자는 화를 낸다.

"아, 아냐, 지나가다가 봤지."

"거짓말."

"뭣 땜에 거짓말을 해? 은자에게 왔음 왔다 하지."

박광수는 좀 노여워하는 투로 말했다.

"무슨 큰 비밀이 있다구…… 못 찾아갈 건 또 뭐 있어?"

덧붙여 말하는 박광수 눈에 의심이 살짝 지나간다. 좀 지나쳤다 생각했는지 잠자코 있던 은자는

"그동안 뭘 했어?"

"아무것도 안 했어. 별다른 일이 있나 뭐."

여전히 화가 가셔지지 않는 얼굴이다. 은자는 아직 소년 티를 못 벗은 것만 같은 박광수를 바라보며 빙긋이 웃는다.

"웃기는……."

하다가 박광수도 피시시 웃어버린다.

"만난 김에 어디 가 차나 할까?"

박광수의 얼굴은 본시대로 단순해졌다.

"장 보러 나왔는데?"

은자는 들고 있던 광주리를 들어 보인다.

"어때? 변두리 다방인데."

"어떡허나. 집에 아픈 사람을 두고 나왔는데……."

"누구? 동생이 아파?"

"아니, 동무가."

"동무?"

아까 사라졌던 의심이 박광수 얼굴에 다시 모여든다.

"어떤 동문데?"

"친한, 아주 친한 동무."

"설마, 설마 남자는 아니겠지."

박광수는 웃음의 말을 했으나 자연스럽지 못하고 얼굴은 괴롭게 찌그러진다. 그러다가는 그것을 수습 못 하고 얼굴을 붉힌다.

"남자 친구면 어쩔래요?"

타인을 대하듯 말씨도 똑똑하고 눈빛도 또렷해진다.

"아, 아니야. 농담이지."

"농담 아니래도 좋아요. 그럴 수도 있지 않아요?"

박광수는 손톱을 문다. 가로수 그늘에 그의 붉어졌던 얼굴은 다시 창백하게 일그러졌다.

그들이 이야기하고 있는 동안 길모퉁이를 돌아 나오던 남자 한 사람이 잠시 걸음을 멈추고 그들을 바라보다가 담배를 붙여 물며 성큼성큼 걸어가 버린다.

"항상 박 씨 마음에는 저를 의심하는 게 있구, 저 역시 박 씨하곤 문제가 다르지만 간격을 느끼니까 어차피 서로 좋을 건 없지 않아요?"

은자는 박광수의 얼굴을 안 보고 중얼거린다.

"또 따지는 거야?"

"따지긴 그쪽에서 먼저 하지 않았어요?"

"……."

"이제 그만하고 다방에 가요. 하지만 오래 못 있어요."

그들은 길모퉁이를 돌아서 나란히 다방으로 들어간다. 은자는 자리에 앉으려다 건너편 좌석에 앉은 남자를 보자 깜짝 놀란다.

은자가 일어서자 그쪽에서도 진작 알고 있었던지 싱긋이 웃는다. 한철이었다. 은자는 박광수가 옆에 있는 것도 잊어버리고

"한 선생님!"

하고 그의 옆으로 다가간다.

"웬일이야?"

"선생님은 웬일이세요?"

"신문기자가 안 가는 곳이 있나? 취재하러 나왔다가 이 다방에 잠시 들렀지. 그래 은자는 이 이웃에 살고 있나?"

"네."

"일행이 있는데 가보지."

"괜찮아요. 그보다 인애가 아파요."

"어떻게?"

"감기라지만 열이 펄펄 나구 지금 저의 집에 와 있어요."

"흠, 그래?"

한철은 말하면서도 불쾌한 표정으로 이곳을 바라보고 있는 박광수의 모습을 살핀다.

'그때 시화전에 나타난 청년이구나.'

한철의 얼굴에 쓸쓸한 웃음이 돈다.

"일행이 기다리고 있는데 가봐. 연락할 일이 있으면 녹지대에서 만나기로 하고."

한철은 다시 박광수 쪽을 바라본다.

박광수는 얼굴을 찌푸리며 금붕어 어항을 바라보고 있다.

"사실은 인애가 아파서……. 마침 선생님을 잘 만났다고 생각했는데……."

"젊은 사람이야 하루 이틀 아파도 일어나는 법이야. 그보다 은자 자신의 일이나 생각하라고."

한철은 좀 냉담한 투로 말했다.

"저 자신의 일이라뇨?"

"저기 기다리는 사람을 위해 가봐. 나는 굳이 여기 있을 일
도 없으니까 거북하면 나가지."

"어머! 평소의 선생님답지 않은 말씀을 하시네요?"

"평소의 나답지 않은 이야기라고?"

한철은 호주머니 속에 담뱃갑을 집어넣으려다 은자를 가만
히 바라본다. 아픈 곳을 찔린 듯 한순간 괴로운 표정이 지나
갔다.

"소개해 드려도 좋아요. 선생님."

"아니."

한철은 손을 저으며

"그러지 않아도 직업상, 사람의 멀미가 난다."

그는 정말 그답지 않게 몹시 당황하며 자리를 뜨는 것이
었다.

박광수에게 돌아온 은자는 이상한 생각에 사로잡힌다. 정말
한철의 태도는 평소와 달랐다.

'왜 그럴까? 혹시?'

그렇게 생각하니 의심나는 구석이 없지도 않다. 이따금 한
철의 강한 눈길을 이마 위에 느낀 일이 있다. 은자는 혼자 고
개를 흔든다.

"무슨 생각을 하고 있어?"

강한 어조가 귓전을 친다. 은자는 비로소 자리로 돌아온다.

"실례 아니야?"

다시 강한 말이 날아왔다.

"은자는 그만한 에티켓도 모르나?"

연거푸.

"미안해요. 워낙 친한 분이 돼서 그랬어."

"물론 친하니까 그랬겠지. 안 친하구야 그럴 수 없지. 하지만 은자는 나하고 같이 이 다방에 안 들어왔나?"

"미안하다 하지 않았어?"

박광수는 잠자코 만다. 그러다 불쾌한 감정을 씹어 삼키느라고 무척 애를 쓰고 있다.

결국 박광수는 화를 내고 서로 마음이 언짢아서 헤어졌다.

돌아보지도 않고 가버리는 박광수를 은자는 시장 앞에서 바라보고 서 있었다. 그의 마음을 충분히 이해할 수 있었다. 그러나 한편 자기를 불신하는 것이 괘씸하고 분하기도 했다.

박광수의 뒷모습이 길모퉁이에서 사라지자 은자는 그에게 뛰어가고 싶은 충동을 느낀다. 고지식한 그로서는 단념하는 일에도 고지식할지 모른다는 가능성, 생각이 거기 미치자 은자는 공포에 떠는 것이다.

'다시 오지 않을 것이다. 다시 만나지 못할 것이다.'

그렇게 되는 것을 믿지 않으면서도 그 가능성을 생각한다는 것은 몸서리쳐지는 일이었다.

은자는 살 것도 별로 없는 시장 안을 여러 바퀴나 돌아다녔다. 마음이 허허하고 벌판 같은 느낌이다. 사람들이 떠들고 지나가는데 무인지경을 가듯 아무 소리도 은자 귀에 들어오지 않았다. 대수롭지도 않은 일인데 사랑은 지옥과 천당으로, 비극과 희극으로 사람의 마음을 희롱하게 마련이다.

'서로 좋아하면서, 하지만 좋아한다는 것만으로…… 너무 서로가 달라. 이질적이야.'

은자는 그런 자위 아닌 말을 뇌며 집으로 돌아온다.

집에 들어섰을 때 아래층에서 중국요리를 먹고 떠들어대던 계꾼들은 다 돌아가고 사방은 괴괴했다. 방문을 열고 방으로 들어간다. 인애는 죽은 듯 아직도 깊이 잠들어 있었다.

은자는 소리 나지 않게 아스피린이 든 약봉지를 책상 위에 놓아두고 부엌으로 쓰고 있는 베란다에 나간다. 파국을 끓여놓고 밥을 안쳤다. 수건에 손을 닦고 머리를 걷어 넘기고 베란다 난간에 기대어 서서 먼 언덕을 바라본다. 햇볕에 뿌옇게 흐려진 하늘에 엷은 구름이 움직이지도 않고 가만히 머물러 있다.

'한 선생님이…… 이상한 일이야. 왜 그러셨을까? 사람의 멀미가 난다고 소개받기를 거절하셨지? 다른 때 같으면 그럴 리가 없어. 그분은 누구하고도 잘 어울렸는데.'

앞집 비둘기가 날아와서 처마 끝의 챙을 저벅저벅 밟는 소리가 들린다. 머리 신경을 지근지근 밟는 것 같아서 신경질이 나는 소리다.

'그럴 리가 있나. 그 선생님은 나보다 인애를 더 좋아하고 귀여워한걸. 하지만 인애에게도 그런 묘한 감정은 아니었어. 결코 우린 모두 정말 선생님같이 그분을 존경했지.'

중얼거리면서도 은자는 박광수 일을 더 많이 생각하고 있었다. 아까 기분과는 달리 어떤 흐뭇한 것이 마음에 흐른다. 불안하고 허허한 마음 빈터에 따뜻한 것이 들어앉는 듯. 박광수가 노여워하고, 모욕적인 말을 하고, 질투한 것은 모두 다 자기를 좋아하기 때문이 아니냐. 무슨 말이든 불쾌한 행동이든 용서해 주지 못할 것이 어디 있겠느냐. 은자는 생각하며 혼자 미소 짓는다.

"어머!"

은자는 놀라며 쫓아가서 냄비를 얼른 내려놓는다. 그새 공상을 하고 있는 동안 밥이 타버렸다. 냄새가 코를 찔렀던 것이다. 냄비 뚜껑을 열어보니 아주 노랗게.

"어떡허지!"

은자는 쓰게 웃으며 숯 한 덩이를 꺼내어 물에 씻어서 밥 위에 얹어놓는다.

"아악!"

별안간 방에서 악을 쓰는 인애의 목소리가 들린다. 은자가 벌떡 일어선다.

"무서워!"

은자가 방으로 쫓아 들어간다.

잠꼬대였다. 인애는 땀을 흠뻑 흘리며 무슨 끔찍한 꿈을 꾸는지 턱을 흔들며 두 손을 뻗친다.

"아! 당신은 누구예요? 으흐흐 누, 누구예요?"

"인애야, 인애야!"

은자는 인애의 어깨를 흔든다.

"누구, 누구냐 말예요?"

"인애! 인애! 왜 이러니?"

인애는 몸을 뒤틀듯 하며 겨우 눈을 떴다.

"꿈을 꾸었니?"

멍한 눈으로 은자를 올려다본다.

"너 무서운 꿈을 꾸었구나."

"음."

"막 소리를 지르지 않어? 밖에 있다 뛰어왔어. 놀랬다 애."

"무슨 소리를 질렀어?"

흐릿한 눈에 공포가 깃든다.

"무섭다구, 누구냐고 누구냐고 막 소리를 지르지 않어?"

"음…… 무서운 여자를 봤어."

"열이 나니까 그래."

"무서운 여자, 정말 무서운 여잘 봤다. 심장이 얼어버리고 숨이 막히는 것 같았어."

인애는 그 환상을 지워버리듯 두 손으로 눈을 가린다.

"아프면 누구든지 무서운 꿈을 꾸지. 꿈꾸지 말고 잠잤으면 좋겠는데 꿈은 싫어."

"꿈은 싫다."

인애는 은자의 말을 되풀이한다.

"지금 몇 시나 됐을까?"

인애는 일어나 앉으려고 애를 쓰다가 도로 누우며 묻는다.

"점심때가 훨씬 지났어."

"나 갈 데가 있는데……. 이러고 있을 순 없는데……."

"내가 대신 가줄까?"

인애는 고개를 흔든다.

"참, 아주 맵게 파국 끓여놨는데 먹고 땀을 흘려. 그럼 몸이 좀 가뿐해질 거야. 밥을 누렁갱이로 만들어놨지만."

"밥은 못 먹겠어. 입속이 말라 불이 날 것 같다."

"약 사다 놨는데 약도 안 먹겠어?"

"약? 난 약 먹어본 일 없어."

"애두, 아프면 약 먹어야지 별수 있니?"

은자는 냉수를 떠 와서 인애에게 억지로 먹인다.

"나 아까 시장 가다가 한 선생님 만났어."

"그래?"

"취재하러 나오셨다나?"

"좋은 분이야."

"음."

"은자를 좋아하고 계실 거야."

인애는 서슴없이 말하고 시선을 천장으로 돌린다.

"미친 소리 하지 마."

"한 선생님은 여자 복이 없는가 봐?"

"……."

"나처럼…… 은잘 좋아해도 할 수 없지. 따로 좋은 사람이 있는데…… 나는?"

하다가

"나는 그렇지 않어. 난 한 선생님 말대로 집착이 강한 여자 니까, 그 속에 뭐가 있는지, 난 꼭 열어보고 말 테야. 어떤 무서운 일이……."

하다가 인애는 입을 다물어버린다.

분홍색 비닐우산을 쓰고 인애는 원남동 거리를 지나간다.

앓고 난 뒤여서 얼굴이 몹시 수척하다. 바람이 불어서 발목에 비가 들이치고 비닐우산이 불안하게 펄럭펄럭 움직인다.

'빌어먹을. 팔자에 없는 우산을 쓰니 바람이 부나 부다.'

그는 바람의 방향으로 우산을 막으며 손에 들고 온 종이쪽지를 들여다본다. 그는 다시 걷기 시작한다. 전차가 빗속을 지나간다. 전차 창문에 알 만한 얼굴들이 있는 것 같다.

'아직 어질어질하구나. 뭐 그까짓 병쯤 이제 괜찮아.'

인애는 좀 빨리 걷는다. 골목을 하나 돌아간다. 으쓱한 일본식 낡은 건물이 즐비하게 서 있었다.

사무실 같은 집이 나타났다. 도어 유리창에 쇠창살이 붙어 있는 음산한 집이다.

'뭐가 이런 데가 있어?'

인애는 걸음을 멈추고 쇠창살의 도어를 한참 바라보다가 손에 든 쪽지를 다시 한 번 들여다본다. 주소를 확인한 뒤 그는 장난스럽게 한 번 씩 웃는다.

'자, 그러면.'

문을 흔든다. 아무 소리도 나지 않았다. 초인종 버튼을 본 그는 그것을 꼭 누른다. 아무리 눌러도 안에서는 아무 기척이 없다.

'없나 봐, 아무도. 여기까지 와가지고 그냥 돌아가기는 아깝고……. 에라 모르겠다. 기다리고 있으면 누가 오든지 가든지 하겠지.'

인애는 처마 밑에 몸을 바싹 붙이고 선다. 처마에서 떨어지는 빗방울이 비닐우산을 뚜덕뚜덕 두들겨준다. 그 소리가 인애 머릿속에 퍼지고 또 퍼진다. 희미하고 무거운 발소리가 들려왔다.

안에서 발소리는 가까워지고 문 열리는 소리가 들려온다. 누가 밖을 내다보는 것 같다. 인애는 우산을 앞으로 기울이며 처마 밑에 붙어선 채 내다보는 얼굴을 보기 위해 목을 비튼다.

"아."

인애는 아, 하는 남자를 향해 막연히 웃는다.

"미스 하였군."

민상건은 웃지도 않고 놀라지도 않고 아주 무심상하게 뇌었다.

"안녕하세요?"

"보시다시피."

"다행이네요."

"불행한 일도 더러 있지요."

"이렇게 비 오시는데 세워놓구, 들어오라고 안 하세요?"

"나를 찾아오셨다면 들어오시지."

민상건은 지치고 피곤한 얼굴이었다. 그는 인애를 위해 도어를 좀 더 열어준다.

"저기압이면 가겠어요. 저기압과 저기압이 부딪치면."

"벼락이 떨어집니까?"

"지금 비가 오시고 있지 않아요?"

민상건은 처음으로 싱긋이 웃는다.

"찾아올 때는 그만한 배짱이 있었을 텐데?"

"그럼 들어가야죠."

인애는 우산을 접고 다람쥐처럼 안으로 뛰어 들어간다. 현관도 아니고 바로 넓은 홀이다.

"어마!"

인애는 방 한가운데 우뚝 선 채 소리를 친다. 비 오는 날의 푸르스름한 밝음이 스며든 방 안은 호수 밑바닥 같은데 사방에 여기저기 사람들이 우뚝 우뚝 서 있었다.

여러 가지 포즈를 취하고 스스럼없이 서 있는 사람들, 마음대로 오만하게 뻗치고 서 있었다. 앉아 있고 엎드려 있는 여자들도. 흙으로 된 것, 나무로 된 것, 동으로, 돌, 그리고 한구석에는 석고상이 아무렇게나 밀쳐져 있었다. 그리고 벽에는 펜으로 데생해 놓은 것, 펜과 수채水彩를 데생한 것이 많이 붙어 있었다.

이곳은 바로 민상건의 조각 제작실이었던 것이다.

인애는 민상건이 옆에 서 있는 것도 잊어버리고 이상한, 신비스럽기도 하고 그로테스크하기도 한 그 수많은 여자들을 눈이 휘둥그레져 쳐다보는 것이었다. 한참 만에 정신이 돌아온 듯 돌아보며

"조각가시군요, 선생님은……."

민상건은 담배를 붙여 물고 인애 발끝에서 머리끝까지 이상한 눈으로 바라보고 서 있었다.

"정말 그런 줄은 몰랐어요. 화가일지 모른다는 생각은 했지만……."

그래도 그의 시선은 인애 몸 전체를 더듬고 있을 뿐 아무 대꾸도 하지 않았다. 머리칼이 이마 위에 흐트러지고 간밤에 술을 많이 한 듯 얼굴 전체가 푸르스름하다. 인애를 보는 눈은 이상하게 번득였으나 뭔지 우수에 가득 찬 그런 눈이었다. 인애는 한구석에 밀쳐놓은 소파에 가서 펄쩍 주저 앉는다.

"갈 데가 없어서 왔어요?"

지저분한 탁자 위 재떨이에 담배를 눌러 끄며 처음으로 말을 했다.

"갈 곳이 전혀 없었던 것은 아니에요."

"그럼?"

"호기심에서."

"숙배 양은 안녕하시고?"

"네. 잘 있을 거예요."

민상건은 탁자 옆에 조그마한 찬장 문을 연다. 깡통을 꺼내어 커피포트에 가루를 넣고 주전자의 물을 부은 뒤 전기 곤로에 스위치를 넣고 커피를 끓인다.

"그림 받으셨죠?"

"받았어요."

"여기 없네요?"

"여긴 내 제작실이오. 남의 것은 필요 없소."

감정이 있는 듯 퉁명스럽게 쏘아준다. 인애는 지은 죄가 있어서 몸을 움츠리며 웃는다.

"커피 끓이는 꼴이 을씨년스러워요. 나 여기 와서 커피나 끓여드리고 밥 얻어먹을까요?"

"고맙지만 그만두지."

"이렇게 많은 사람 만들어내려면 모델도 한두 사람으론 안 되겠네요?"

"한두 사람으로 안 된다는 것보다 모델이라는 의식 때문에 어렵지."

"하여간 모델은 쓰고 있죠?"

"그야. 나 같은 구상파로서는 더욱이."

"음. 돈은 얼마나 주어요?"

"왜? 인애 씨가 하고 싶어요?"

"옷을 벗어야죠?"

"경우에 따라."

"난 싫어요."

"나중에는 싫다 하지 않을걸."

민상건의 눈이 별안간 이글이글한다.

"어째서요?"

"같이 미쳐버리면."

"어머!"

빗방울이 창문을 후득후득 친다. 커피포트의 커피가 신나게 끓어오른다. 어디서 발소리가 들려온다. 어둠을 밟고 오는 듯.

인애는 그 발소리에 귀를 기울인다. 누구일까 하는 호기심보다 불길한 여신女神이 발소리를 죽이며 자기에게로 다가오는 것만 같다.

'이 방의 분위기 탓이야.'

인애는 그렇게 생각하려 했다.

'아팠기 때문에 신경이 약해졌어.'

그렇게도 생각해 본다.

조심스럽게 문을 두드리는 소리가 들려온다.

"네."

민상건이 대꾸한다. 문 열리는 소리, 치맛자락을 끄는 소리가 들린다. 인애는 돌아볼 수 없었다.

"실례합니다."

여자의 목소리다. 그는 방을 질러서 밖으로 나가는 도어 앞으로, 인애에게 뒷모습을 보이고 지나갔다.

여자는 도어 손잡이를 잡으려다 별안간 휙 돌아본다. 두 개의 눈이 어둠 속의 불덩어리처럼 인애를 쏘아본다. 인애는 소파에서 펄쩍 뛰어오른다. 인애는 너무나 놀라서 소리도 내지 못했다.

여자는 미소를 머금고

"안녕히 계세요."

민상건에게 인사한다. 민상건은 잠자코 고개를 끄덕인다.

여자는 긴 치맛자락을 걷어 올리며 우산을 들고 밖으로 나가버렸다.

인애는 목이 빳빳해서 잘 돌아가지 않는 듯 천천히 민상건에게 얼굴을 돌린다.

"누, 누구예요?"

"모델."

간단히 대꾸한다. 그러나 민상건은 주의 깊게 인애의 변화를 옆에서 바라보고 있었다.

"그, 그래요?"

"왜? 알 만한 여자요?"

"모, 몰라요."

인애는 거짓말을 했다. 이 세상 사람을 다 모르는 한이 있어도 그 여자만은 똑똑히 기억하고 있다. 기억한다기보다 꿈에 나타나서 괴롭혀 주던 바로 그 여자, 수예점의 그 여자였던 것이다. 인애는 아스스 떤다.

"흠?"

하다가 민상건은

"추운가요? 얼굴이 새파란데?"

"아니에요. 아, 좀 추워요. 비 맞고 와서……. 그리구 무서워요."

"뭐가?"

"그 여자가."

"그 여자가?"

"그 여자 눈이."

"그럴지도 모르지."

하고 민상건은 일어섰다. 커피를 붓는다. 다갈색 액체에서 김이 안개처럼 서린다. 김 속에 민상건의 얼굴이 흐려지고, 내리깐 그래서 눈시울에 덮인 눈만이 까맣게 보인다.

그와 동시 방 안에 서 있는 여자들이 한꺼번에 움직이는 것 같다. 엎드려 있던 나체의 여자는 허리를 펴고 일어서는 것 같고, 무릎을 모으고 꾸부려 있던 나무로 깎은 여자도 허리를 펴는 것 같다.

"이 방에 귀신이 가득 차 있나 봐요?"

인애의 파란 눈이 더욱 파래지며 속삭이듯 뇐다.

"왜?"

민상건은 설탕 그릇을 탁자 위에 놓으며 말했다.

"모두 움직이고 있지 않아요? 저 사람들, 여자들이."

민상건은 선 채 가만히 인애를 바라본다. 그의 눈에는 형용할 수 없는 광기 같은 것이 넘실거린다.

인애는 민상건의 눈도 무섭다고 생각했다. 그러나 그 눈은 바라볼 수 있었다. 민상건은 슬그머니 웃는다. 소녀처럼.

"커피나 마셔요. 설탕은 알아서 치시고……."

조그마한 의자를 끌어당겨 인애와 마주 보고 앉으며 말했다. 그는 블랙커피를 마신다.

"선생님?"

민상건이 쳐다본다.

"그 여자 여기 자주 와요?"

"……."

"제가 여기 오면 또 만나게 될까요?"

역시 아무 대꾸도 하지 않는다 한참 만에.

"그야 모르지요. 오늘 같은 우연이 또 있을는지."

인애는 서투른 질문을 했다고 뉘우친다.

"어때요? 비가 오시는데 영화 보러 안 가시겠소?"

"그럴까요? 어쩐지 인애는 오늘 기가 죽은 것 같아요."

일어서며 픽 웃는다.

"호랑이 잡아먹는 담보가 있다든가?"

민상건은 머리를 쓸어 넘기고 레인코트를 걸친다.

문을 잠그고 거리로 나왔을 때 비는 여전히 내리고 있었다.

"영화보다 드라이브하는 게 좋겠구먼. 안 그래요?"

민상건이 인애를 쳐다본다.

"전 배가 고파요. 옳지, 빵을 사와야겠군요."

인애는 빗길을 뛰어가서 빵 한 꾸러미를 사가지고 돌아온다. 그들은 지나가는 택시를 잡았다.

"어딜 갈까요?"

"인천 갑시다."

민상건 말에

"인천?"

인애가 뇐다.

"왜 인천이 싫어요?"

"아뇨."

인애는 빵 꾸러미를 끄른다.

"안 잡수시겠어요?"

"그런 것 아이들이나 먹는 거지."

인애는 혼자 빵을 먹다가

"숙배하고 함께 올 걸 그랬죠?"

"삼각은 피곤하지."

"어머, 전 아무 각도 아니에요."

"결국 그 아무 각도 아니라는 말이 하고 싶었겠지."

민상건이 쓴웃음을 띤다.

"용하시네요."

"인애보다는."

"아니에요. 누구보다도."

택시는 종로를 빠진다.

"어때? 인애 씨, 나하고 미쳐볼 생각 없어?"

"무슨 뜻이죠? 연애 얘기예요?"

"그것보다 모델이 될 생각 없느냐 말이오."

"어쩌면 모델이 될 수 있을는지도 몰라요. 현재 무직자니까
요. 하지만 미치지는 못해요. 선생님 예술에 왜 제가 미쳐요?"

인애는 빵을 베어 먹으며 지껄인다. 민상건은 담배를 붙여
문다. 그들의 이상한 대화에 운전수는 이상한 얼굴을 한다.

비가 오는데 서울역 광장에는 여전히 오는 사람 가는 사람
으로 붐비고 있었고, 끊임없이 자동차는 밀려든다.

"더러 미치는 모델도 있나요?"

인애는 손수건을 꺼내어 입언저리를 닦으며 묻는다.

"가끔가다가 한둘……."

"······."

"아까 만난 그 여자 같은 경우."

"그 여자 같은 경우."

인애는 자기도 모르게 입속으로 중얼거린다.

"그 여자, 선생님을 좋아해요?"

다시 묻는다.

아무 대꾸가 없다. 한참 만에

"저주하겠지."

"선생님을요?"

"······."

"왜 그럴까요?"

"그건 내가 죽고 난 뒤에나 알 일이지."

민상건은 시트에 기대었던 몸을 일으키고 창밖을 내다본다.

빗속으로 자동차는 달리고 있었다. 들판과 나무와 숲이 뿌옇게 젖어서 사라지고 다시 다가온다.

'은자가 호텔에서 봤다는 여자, 한 선생님하고 그때 저녁을 같이하면서 그들 이야기 속에 나오던 여자, 그리고 아까 그 무서운 여자, 숙배, 도대체 어느 여자가 어떻게 진짜인지 영 모르겠다.'

만날수록 민상건이라는 남자의 정체를 점점 더 알 수 없다고 인애는 생각한다. 그의 제작실에서 본 작품들. 어딘지 괴이하고 신비스러웠던 작품과 제작실, 푸르스름한 민상건의 얼굴이 떠오른다.

'바람둥일까? 허무주의잘까? 아니면 큰 아주 큰 비극, 과거를 지니고 있는 사람일까?'

그 어느 것에도 다 속할 것 같았다.

그런가 하면 그 어느 것에도 관계가 없을 것 같기도 했다.

인애는 몸 전체가 짙은 그늘에 쌓여 있는 것만 같은 민상건을 새삼스럽게 자세히 쳐다본다. 창밖으로 돌려져 그의 얼굴은 보이지 않았다. 다만 면도 자국이 파란 목덜미와 얼룩이 간 레인코트의 짙은 회색이 인애 눈에 보일 뿐이었다.

'그 여자와 민 선생, 그 여자와 김정현……'

인애의 눈에 짙은 회색은 사라지고 두 개의 불덩어리처럼 다가오던 여자의 눈과 미소하던 김정현의 얼굴이 차례차례 겹쳐든다. 야경꾼의 딱따기 소리, 개 짖는 소리, 전선에 걸려 있던 달, 이층 창문에 얼룽거리던 김정현의 머리 그림자. 인애는 별안간 삔 발목에 심한 아픔을 느낀다. 정말 삔 자리에서 이는 아픔인지 아니면 마음 바닥에서 솟구쳐 오르는 아픔인지 그것은 분간되지 않았다.

"인애."

'씨'나 '양'을 빼버리고 그냥 '인애'라고 민상건은 불렀다.

"시인께서는 이런 날 시심이 나겠군."

천천히 얼굴을 돌리며 농치듯 말을 걸었다.

"그런데 뭐 그런 것 좀 알고서 시를 쓰는지 모르겠군."

깔보듯 인애를 내려다보며 덧붙인다.

"그런 거라뇨?"

"예술."

"뭐 이론이 있나요?"

민상건은 빙그레 웃는다.

"없지."

"좋고 나쁘고 슬프고 기쁘고 그게 다 아니에요?"

"음…… 이론은 없지. 남이 해놓은 일에 점을 치고 선을 긋고 갈라놓았을 뿐이지. 이론이라는 게……."

"그럼 뭘 안다는 거죠?"

인애는 공연히 지겨운 생각을 하면서 되물었다.

"말할 수 없는 그것을 아느냐 그 말이지."

자기 자신이 한 말에 스스로 의심을 품는 듯 민상건의 얼굴이 희미해지다가 다시 우울하고 집어던지는 듯한 웃음을 띤다.

"이상하네요?"

"뭐가?"

"정말 모르는 말씀을 하시니까."

"가다가 헛소리를 할 때가 있지. 여자는 남자를 좋아하고…… 남자는 여자를 좋아하고…… 인간고를 알았다 하고…… 죽음을 생각한다 하고…… 그게 다 예술의 밑천이라는 거지."

"그럼 뭐가 밑천이 되는 거죠?"

그 말대꾸는 하지 않고 민상건은

"한철이라는 그 친구, 인정파고 순정파지. 그 친구는 화장터에 가보라는 말을 곧잘 하더군."

"그래 가보셨어요?"

"사람 죽는 건 봤지만 아직 화장터엔 못 가봤지."

"겁이 나서요?"

"아니지. 산에 묻는 걸 봤지."

"기분이 어땠나요?"

"시원한 땅바닥에 누우면 편안하겠다 싶었지."

"그럼 선생님도 죽어보시지."

"그것도 시시한 일이야."

"시시하지 않은 일은 그럼 뭐예요?"

"완전히 혼자 있을 때, 그리고 일을 할 때."

"거짓말이에요, 말짱. 전 화장터에 가본 일이 있어요."

"충격을 받았겠구먼."

"기가 막히데요. 사람이, 글쎄 책상 서랍을 닫았다 연 것처럼 하얀 뼈가 돼서, 정말 허무하데요."

"한철이 말론 마음이 너그러워진다는데, 그렇던가?"

"뭐 제 마음이 좁았던가요?"

인애는 웃다가

"사람이 소중해지고…… 너그러워지데요."

"흐흥……."

하다가 민상건은

"고독해질 때 시를 생각하는 게 아니구 나는 작업을 한다. 골똘히 빠져들어 가면서 일을 하지. 모든 것은 깎여서 흩어지는 부스러기야. 나머지 덩어리를 바라볼 때 절망을 느낄 때도 있고 희열을 느낄 때도 있어. 꼭 같은 작품 하나를 두고 마음이 변덕을 부리거든."

"사람이 더 소중하지 그까짓 흙 부스러기……."

민상건은 들은 척도 하지 않고

"절망할 때도 여자를 찾아가고 희열을 느낄 때도 여자를 찾아가지. 그럴 때 희열은 손해를 보고 절망은 그대로 고스란히, 에누리 없이, 도로 가지고 내 제작실로 돌아오거든. 세상에 슬픔이 어디 있어? 인간에겐 희망도 절망도 가져본 일이 없어. 내게는 작품과 나와의 공간이 있을 뿐이야. 그 공간에서 빚어지는 마음을 알고 인애는 시를 쓴다는 건가?"

"천만에요. 난 사람과 저와의 공간에서 빚어지는 마음 때문에 시를 써요. 그까짓 흙 부스러기, 그까짓 시 몇 줄, 사람이 있어서 귀중하고. 선생님은 무서운 사람이네요."

"내가 무서운 사람이기보다 인애가 불순하다. 누구를 위해 인애는 시라는 것을 이용하고 있지?"

하다가 민상건은 무엇 때문인지 껄껄 웃는다.

5. 여름밤

파란 양산을 접어 들고 지하실 녹지대로 들어선 은자는 어두컴컴한 구석 자리에 혼자 우두커니 앉아 있는 정인호 옆으로 곧장 걸어간다. 빗물이 뚝뚝 떨어지는 양산을 의자 옆에 세우고 앉으면서

"안녕하세요?"

뒤늦게 인사를 치른다. 정인호는 기대었던 몸을 일으키며 싱긋이 웃는 것으로 인사를 대신한다.

"왜 자꾸 비가 오시는지 모르겠어?"

은자는 혀를 두들긴다.

"장마철이니까."

"이따금 싹 왔다가 가버려야지. 사람이나 비나 이러다간 얼굴에 곰팡이 슬겠어요."

얼굴에 곰팡이 슬겠다는 은자 말이 우스운지 정인호는 껄껄 웃는다.

"아닌 게 아니라 어디서 보니까 얼굴에도 곰팡이가 슨답니다."

"어머, 여자들이 보는 미용책을 다 보세요?"

정인호는 얼굴을 붉힌다.

"아, 아니, 차는 뭘로 하시겠어요?"

엉겁결에 차 대접을 할 모양이다. 은자는 웃으며

"커피 하겠어요."

정인호는 레지를 불러 커피 둘을 주문한다. 커피는 이내 왔다. 은자는 스푼으로 커피를 저으며

"요즘 그림 그리세요?"

"자신을 잃었어요. 될 것 같지도 않고…… 그만…….."

"자신 갖고 일하는 사람이 어디 있어요?"

"하지만 내 경우는 거의 절망적입니다. 애당초 재주가 없었나 부죠."

"괜히 겸손하시네. 그렇게 절망적일 때는 그냥 팽개쳐 버렸다가 다시 시작할 때는 자신이 생길 거예요. 아쭈, 또 아는 척하죠?"

은자는 깔깔 웃는다.

"그런 고비야 여러 번 넘겼지요. 하지만 요즘은 그 정도가 아닙니다."

"누굴 열심히 생각하느라고?"

"그것도 아니구요…… 다 그만 집어치우고 삽화나 그려서 돈이나 벌까 싶은데…….."

"참, 어느 잡지더라? 정 씨 삽화 본 것 같아요."

"보셨어요?"

정인호는 또 얼굴을 붉힌다. 그리고 서두르는 듯하며

"어떻습디까?"

하고 묻는다.

"참 좋았는데…… 하지만 삽화는 좀 더 구체적으로 그려야 하지 않을까요? 난 문외한이라서 그림에 대해선 잘 모르지만 삽화 역시 내용을 설명해 주는…….."

"그렇습니다. 사실 얕잡아 보았는데 막상 그려보니까 삽화도 여간 어렵지 않더군요. 데생 실력이 있어야지요."

"그야 뭐 학교에서 다 한 것 아니에요."

"그렇지도 않아요. 그러니까 헛공부했다는 거죠. 우리 또래들이 다 그런 폐단에 빠져 있지만 추상화를 잘못 이해하고 있었던 것 같아요. 멋만 부리고 유행을 좇아 남의 흉내만 내고, 진실한 고민도 수련도 없었다는, 정말 이제는 자신이 없고 아득한 것 같아서…….."

정인호는 괴로운 듯 얼굴을 찌푸린다.

"참, 여기 인애 안 나왔어요?"

은자가 묻는다.

"안 나왔는데요? 요즘 통 볼 수 없던데 무슨 사고 생겼어요?"

벌써부터 인애의 안부를 묻고 싶은 마음을 꾹 참아온 정인호는 자신도 모르게 심각한 표정으로 보기 좋은 은자의 입매를 쳐다본다. 조용하고 아름다운 음악도 귀에 거슬리는 듯 눈살을 찌푸리면서.

은자는 그 얼굴이 우스꽝스럽고 소년같이 철없어 보여 웃음이 나왔으나 일부러 그 자신도 심각한 척하며

"그동안 아팠어요."

"네? 아파요?"

놀란다.

"네, 몹시 아팠어요."

"어디가 그리 아팠습니까?"

몸을 앞으로 내밀듯 하며 묻는다.

"막 열이 나고 헛소리를 자꾸 하구요. 뭣이든 잘 먹던 애가통 먹지 않고 앓기만 하지 않아요?"

"병원에서 뭐라고 해요?"

"병원에 가야 말이죠."

"왜?"

"무슨 애가 그런지 병원에도 안 가려 하고 약도 안 먹고, 의사 불러오겠다 하면 나간다고 떼를 쓰지 않아요? 정말 동생같으면 쥐어박아 주고 싶었어요."

"요즘은 좀 어때요?"

"좀 나은 것 같지만 아주 성하지는 않아요. 그런데 글쎄 어딜 나갔는지 볼일이 좀 있어서 밖에 나갔다 오니까 없지 않아요?"

"어딜 갔을까?"

"여기라도 나왔나 하고 찾아왔는데 염 선생 댁에도 전활 해봤지만 안 왔다는 거예요."

"거 번역하는 분 말이죠?"

"네. 인애가 원고 정리를 하러 다녔거든요."

"언제 나갔어요?"

"아마 열한 시쯤. 아침도 안 먹구."

은자는 행여 싶어 문간으로 눈을 보낸다. 그러나 들어오는 사람은 모두 낯선 얼굴들. 오늘따라 정인호 이외 알 만한 사람 하나 나타나지 않았다. 정인호는 시계를 보면서

"지금 여섯 시 반인데……."

"뭐 아프지만 않다면 바람같이 지 마음대로 쏘다니는 앤데 걱정할 필요도 없지만."

"인애 씨는 은자 씨하고 함께 있어요?"

"함께."

레지가 빈 잔을 거둬가면서

"요즘 인애 씨 왜 안 나와요? 어디 갔어요?"

정인호에게 곁눈질을 하며 묻는다. 은자는 잠자코 웃기만

한다. 레지가 가버리니까 은자는

"나가면 나간다구 말이나 하고 갈 일이지. 그럼 걱정을 안 하지 않아요?"

"가다가 어디 쓰러지지나 않았는지."

"글쎄 말예요."

"비도 오시는데……."

그들은 다 함께 지하실 천장 가까이 있는 창문을 바라본다.

"알다가도 모르겠고……."

정인호가 중얼거린다.

"뭐가요?"

"하인애 씨 말입니다."

"정인호 씨는 마음이 약해."

"네?"

"좋아하면서."

"……."

"거, 얼굴 붉히지 말고 좋으면 한번 부딪쳐 보세요."

"그럴 사람이 따로 있지. 인애 씨한텐 자신 없어요."

"뭣이든 자신 없다는 말만 하네요."

"사실입니다. 이것저것 다."

은자와 정인호가 다시 인애의 걱정을 하고 있을 때였다. 녹지대의 문을 열고 누가 들어섰다.

자줏빛 레인코트에 감색 양산을 든 깜찍하게 생긴 하숙배였다. 그는 인애를 찾는지 이리저리 두리번거린다. 자신만만한 표정으로.

은자는 곧 그를 알아보았다. 마침 인애 걱정을 하고 있던 참이어서 반가운 생각이 들었으나 언젠가 다방에서 거만하게 굴던 일이 떠올라 그로부터 슬며시 외면을 해버린다. 그러나 숙배는 구두 소리를 또각또각 내며 은자 곁으로 다가왔다. 그는 기웃이 은자 얼굴을 들여다보듯 하며

"안녕하세요?"

하고 말을 건다. 은자가 그를 쳐다보자

"언젠가 한번 뵌 일이 있는 것 같은데."

하고 말을 덧붙인다.

"네, 저 인애……."

"동생이에요. 여기 좀 앉아도 좋겠어요?"

"네, 앉으세요."

은자는 정인호를 힐끗 쳐다본다. 그러나 숙배는 마주 앉은 남자를 본체만체 자리에 앉자마자

"저, 인애 요즘은 여기 안 나와요?"

매우 빠른 목소리로 묻는다. 정인호는 인애 동생이라는 바람에 좀 긴장한 얼굴을 하고 앉아 있다.

"그러지 않아도 지금 인애 걱정을 하고 있는 거예요."

"왜요?"

"인애 집에 안 갔어요?"

"아뇨, 나가고는 한 번도 집에 안 온걸요."

말투가 빠르고 남을 억누르는 듯한 분위기는 그것이 의식적인 것이 아님을 은자는 차차 깨닫는다.

"그동안 인애는 아팠어요."

"어디가요?"

상상했던 이상으로 숙배는 놀란다.

"감기에다 몸살인 것 같은데 열이 몹시 났어요."

"이상한데요? 전에 인애는 아픈 일이 한 번도 없었어요."

그는 고개를 갸웃거리며 처음으로 정인호를 빤히 쳐다본다. 정인호 쪽이 당황하며 눈길을 돌린다. 별로 몸도 움직이지 않고 앉아 있는데 숙배의 작은 몸이 팽팽하니 뛰노는 것처럼 느껴졌던 것이다.

"그래 지금도 아파요?"

"조금 나은 것 같은데 아침부터 어디로 나갔는지 없어졌어요."

숙배는 가만히 생각에 잠긴다.

은자는 레지에게 손짓하고

"뭘 드실까요?"

하고 묻는다.

"아, 아뇨. 나 방금 마시고 왔어요."

또박또박한 목소리에 더 이상 권하지 못하고 레지는 그냥 돌아간다.

"쭉 댁에 있었어요?"

"네."

"쉽게 집으로 안 올 거라 생각은 했지만 아픈 건 몰랐군요."

하다가 그는 무슨 생각에서인지

"저 실례지만 댁에 같이 가볼 수 없을까요?"

"네?"

은자는 의아하게 숙배를 쳐다본다.

"녹지대에 나와도 쉽게 만나볼 수도 없구, 댁을 알아두는 게 연락이 쉽겠군요. 전혀 모르고 있을 수 없지 않아요. 지장이 없으시다면 함께 가보구 싶어요."

성격적으로 그렇다는 것을 차츰 이해하게 되면서도 여전히 명령적인 투에다가 사람을 누르는 듯한 숙배 분위기에 은자는 반발과 불쾌함을 느꼈으나 거절할 아무런 이유도 없었으므로 잠자코 고개를 끄덕여 준다.

"어쩌면 지금쯤 인애가 돌아와 있을지도 모르죠. 안 그럴까요?"

숙배는 고개를 갸웃이 기울이며 찬성을 원하듯 물었다.

"그럴지도 모르겠군요."

은자는 어디까지나 수동적으로 대꾸한다. 숙배는 소매를 걷어 올려 예쁘장한 시계를 들여다본다.

"일곱 시. 일곱 시 넘었군요."

빨리 가자는 재촉인 것 같아서 은자는 일어선다.

"그럼 다음에 또 만납시다."

정인호에게 인사하자

"저, 인애 씨한테……."

하다가 무슨 말을 해야 할지 몰라 망설인다. 그 정인호 얼굴 위에 은자는 미소를 던지며

"네, 인애에게 말하겠어요. 몹시 걱정하시더라고."

정인호는 숙배를 힐끗 쳐다보며 당황한다.

"가실까요?"

은자는 숙배를 돌아다본다.

녹지대를 나서서 우산을 펴면서 숙배는

"아주 수줍은 청년이군요."

경멸하듯 말했다. 은자는 공연히 자기 자신이 모욕을 당한 기분에서

"성실한 분이에요."

어세를 강하게 했다.

"성실한 게 무슨 소용 있나요? 서로 맞아떨어져야죠."

'독선적인 계집애.'

은자는 마음속으로 뇐다.

"그이, 인앨 좋아하는 거 아니에요."

거짓말을 하며 정인호를 옹호하는데 숙배는 다 알고 있다는 듯 웃고만 있다.

어두운 빗길. 사람들이 밀려드는 명동 거리에 비가 와서 네

온 사인은 더욱 선명하고 양산을 받치고 지나가는 여인들의 얼굴은 아름답게 보인다.

"은자 씨라 하셨죠?"

"기억하고 계시는군요."

은자의 목소리는 쌀쌀하다.

"그런데 은자 씨는 인앨 좋아하세요?"

이상한 질문을 한다.

"네. 좋아해요."

"왜요?"

"이유가 있겠어요? 좋아하는데."

"이상해."

"……?"

"여자가 여자를 좋아하는 것 난 이해 못 하겠네요."

"변태성 아니니까 걱정 마세요."

"아니, 그런 뜻이 아니에요. 난 동무가 없어요. 외톨이예요. 하지만 쓸쓸하진 않아요. 난 여자들을 별로 좋아하지 않거든요."

숙배의 솔직한 말에 은자는 쓰디쓰게 웃는다.

"질투가 강해서 그런지, 너무 자신이 있어서 그런지 모르겠지만 하여간 여자에겐 아무 흥미도 없어요."

"아마 강하니까 그렇겠죠. 나 같은 성격엔 동무도 없이 지껄일 상대가 없다면 답답하고 숨이 막혀버릴 거예요. 발산형은 약한 사람에게 많죠."

은자는 마음속으로 숙배를 재미있을 수 있는 여자라 생각하여 다가서는 기분으로 말했다.

"강하기로야 인애가 더하죠. 그렇게 생각지 않으세요?"

"전 그렇게 생각하지 않아요. 처음엔 강하구나 하고……. 무슨 일이든 적극적이고 일 처리도 민첩하고 한번 마음먹으면 무엇이든 끝장을 보는, 그래서 그의 감정도 그런 거라 여겼죠. 남자 친구들한테도 마구 대들고 지지 않는 것을 보면 정말 배짱이구나 싶었어요. 그런데 마음은 너무 가난하고 외로운 것 같아요."

"그걸 환경 탓이라 생각하세요? 은자 씨는?"

은자는 당황하며 숙배를 쳐다본다.

"선입감은 버리세요. 그 애가 집에서 나갔다고 해서 저하고 틀린 건 아니에요."

숙배는 무슨 까닭인지 웃는다.

"환경 탓이 아니라고 할 수는 없겠죠. 하지만 그 애 본바탕에 그런 정말 가난하고 외로운 게 있는 것 같아요."

"그래서 시를 쓸까요?"

경멸하듯 내뱉는다.

"남이 생각하는 것만큼 인애 자신이 그것을 대단하게 여길까요? 대단하게 생각하는 사람보다 열 배 재주는 있지만."

경멸하는 숙배 말투에 응수하듯 대꾸한다.

"은자 씨."

"말씀하세요."

쌀쌀하게

"인애가 연애하고 있다고 생각지 않으세요?"

"글쎄요. 그 일에 대해선 잘 모르겠네요."

"어쩌면 그 애는 지독한 연애를 하고 있을지도 몰라요."

"그럴까요……."

그들은 합승을 탄다.

합승 속에서 쭉 침묵을 지키다가 합승에서 내리자 숙배는
다시 말을 꺼내었다.

"인애가 언제까지 은자 씨 신셀 지고 있을 순 없지 않아요?"

"뭐 신세 지는 것 아무것도 없어요."

"그럴까요?"

"……."

"막연하지 않아요? 직장이 있는 것도 아니구. 저 실례지만
은자 씨는 학교 나가시죠?"

"지금까지는……."

"그럼 앞으론?"

"그만두어야죠."

"왜요?"

"너무 캐묻지 마세요."

"아니, 캐묻는 게 아니구 인애가 함께 있으니까 조금은 저에

게도 책임이 있는 것 같아서."

"그 앤 아마 우리 집에 오래 있진 않을 거예요. 전부터 하던 일거리도 있고 정 어려워지면 잡지사에 취직이라도 할 거예요."

"그럼 우리가 도울 필요 없겠단 그 말인가요?"

"아니에요, 그건. 인애는 어떻게 생각하는지 몰라도 전 정말 그 애를 도와주기 바라요."

숙배와 은자는 나란히 양산을 받쳐 들고 걸어간다.

"인앤 참 좋겠어요. 은자 씨 같은 친구가 있어서. 나는 친구하고 사귀지도 않았지만 사람에게 별로 기대를 갖고 싶지 않더군요."

"하지만 좋다는 감정을……."

"글쎄 그런 감정이 있어서 부러워요."

"다 왔군요."

은자는 어느 집 앞에 멈추어 서며 숙배를 돌아본다. 이때 택시 한 대가 달려왔다.

어둠 속에 하얗게 보이는 택시는 그들 앞에서 머물렀다. 은자와 숙배는 처마 밑으로 비켜서며 택시를 바라본다. 라이트를 끈 차 안에서 인애가 팔딱 뛰어내린다. 하얀 목덜미에 짧은 머리칼이 흩어져 있었다.

"인애 아냐?"

반가워서 은자가 소리친다. 그러나 은자와 나란히 서 있는 숙배를 본 인애는 놀란다.

"너, 너 숙배가 웬일이냐?"

그러나 숙배는 대꾸를 하지 않을 뿐만 아니라 인애를 보고
있지도 않았다. 불을 뿜는 듯한 두 눈이 택시의 유리창을 노려
보고 있었다.

"너저분한 계집애! 치사스럽구나!"

숙배 입에서 내뱉어지는 말은 독을 뿜는 듯 날카롭고 무서
웠다.

"아, 아니."

하고 인애가 말을 하려고 하자

"듣고 싶지 않어!"

막 떠나려는 택시의 문을 숙배는 와락 열어젖힌다.

"나 좀 타겠어요!"

민상건이 말할 겨를도 없이 숙배는 차에 오르고 때려 부수
듯 문을 닫는다.

"허, 거 조심하십시오."

운전수가 싫은 소리를 한다.

"이제 떠나도 좋아요."

운전수의 싫은 얼굴 따위는 아랑곳없이 명령한다. 멍하니
영문 모르고 서 있는 은자와 괴로운 표정의 인애를 남겨놓고
택시는 어둡고 비가 내리는 길을 미끄러져 나간다.

택시가 길모퉁이를 돌아서 큰길로 빠져나왔을 때 숙배는 민

상건에게 몸을 돌린다.

"안녕하셨어요? 민 선생님."

하며 새파랗게 죽어버린 듯한 얼굴에 일그러진 미소를 띤다. 민상건은 몸을 좀 움직였으나 대꾸가 없다. 그렇다고 해서 당황해하거나 거북해하는 빛도 없다. 여느 때와 조금도 다름 없는 그 얼굴이다.

숙배의 입술이 파르르 떤다. 양산 손잡이를 부숴버릴 듯 꼭 눌러 잡는다.

"바람과 바람이, 두 바람이 함께 모여서 그야말로 흥, 그야말로 태풍을 이루었겠네요."

"……."

"알뜰하게 사람을 믿어본 일도 없고 기대를 가져본 일도 없는, 하지만 이렇게까지 추악한 것은 상상해 본 일이 없어요."

"……."

"왜 아무 말씀도 못 하시죠?"

"말을 해야 할 의무를 느끼지 않아. 그리고 숙배는 나에게 그런 말 할 수 있는 권리라도 가지고 있다고 생각하나?"

처음으로 민상건은 입을 뗀다. 차갑고 가라앉은 목소리로.

"권리요? 법적으로 등록을 해야만 권리라는 게 성립된다는 것쯤은 저도 알고 있어요. 하지만 언제부터 그것을 존중하는 모범적인 시민이 되셨는지 그게 의문이군요."

민상건이 싱긋이 웃는다. 제법 똑똑한 말을 할 줄 안다는 식

으로, 그 웃는 얼굴에 더욱 분노를 느낀 숙배는

"이 세상에서 제일 나쁜 사람! 제일 악독한 사람이에요, 선생님은! 니힐리스트로 가장하면서 교묘하게. 더욱 치사스러운 건 그 고양이 같은 계집애구요. 쓰레기통의 밑바닥을 굴러다니는."

하다가 지나친 흥분에 그는 숨을 들이마신다.

입에서 말이 튀어나오는 대로 마구 지껄이고 있는 숙배를 내버려 둔 채 민상건은 창밖을 내다본다. 어둠이 지나가고 밝음이 온다. 합승, 버스 정류장마다 사람들이 몰려서 초조한 표정으로 서 있다. 안경점 윈도 속의 진열대가 뱅글뱅글 돌고 있고 네온사인이 켜졌다 꺼졌다. 밤은 쓸쓸하고 한편 찬란하다.

"숙배."

나직한 목소리로 민상건이 부른다.

"말씀하세요."

"이제 그 정도로 하고, 특히 하인애 씨에 관한 이야기는 그에게 하는 게 어떨까?"

"물론이죠. 그에게 하구말구요."

"지금 함께 차를 타고 가는 숙배가 나한테 아무 상관 없는 거와 마찬가지로."

"아무 상관이 없다구요?"

"하인애 씨도 역시 나하고 아무 상관 없는 사람이야. 이런 말 할 필요조차 없는 거지만 지나친 폭언은 듣기가 거북해."

"아무 상관이 없다구요?"

아까 한 말을 되풀이하는 숙배의 표정은 거의 광적으로 변했다. 그러나 억지로 그것을 누르며 흰머리가 희끗희끗 섞인 운전수의 뒤통수를 뚫어지게 바라본다.

"그거는 그렇고, 숙배 양께서는 어디로 가시죠?"

"……."

"집으로 간다면 차를 그리로 돌리지."

"아니에요. 선생님이 내릴 곳까지 가세요. 그럼 남은 차 타고 저는 제 갈 곳으로 갈 테니까요. 걱정은 마시고."

웬일인지 숙배의 목소리는 갑자기 가라앉았다. 그러나 어딘지 모르게 단호한 것이 있다.

"좋도록. 운전수 양반, 원남동으로 돌아요."

원남동을 지나서 택시는 멎었다. 민상건이 찻삯을 치르고 내리니까, 남은 차로 자기 갈 곳을 가겠다고 말한 숙배가 아주 민첩하게 뛰어내리는 것이었다. 우산을 펴면서 민상건은 숙배를 바라본다. 택시는 떠나고 빈 거리 길 가는 사람이 그들 옆을 스친다.

"걸어가겠어요."

숙배가 뇌었다.

민상건은 걷기 시작한다. 숙배도 그를 따라 걷는다. 민상건의 넓은 어깨가 조금씩 흔들린다. 숙배는 입술을 깨물고 그를 따라간다. 민상건이 골목으로 접어든다. 숙배도 서슴없이 골목으로 접어든다. 민상건이 멈추어 서며 숙배를 가만히 쳐다본다. 번득번득 빛나는 눈으로 도전하듯 숙배는 상대편의 눈을 받는다. 조그마한 악마같이 아름답고 신비스러운 얼굴이다.

비에 젖은 가등이 두 사람 얼굴을 비스듬히 비춰준다.

"어떻게 하자는 거요?"

민상건의 목소리는 아주 낮고 그것이 빗속으로 꺼져 들어가는 것 같다.

"따라가는 거예요."

숙배의 목소리도 낮았다.

"누구를?"

"선생님을."

"어디로?"

할 때 민상건은 소름이 끼친 듯 부르르 떨었다.

"선생님 가는 곳."

"왜? 무엇 땜에?"

"이유는 모르겠어요."

숙배의 목소리는 속삭이는 것 같다.

민상건은 숙배로부터 슬며시 눈을 비키며 묻지 않아도 아는 일을 물어본 것이 쑥스러웠던 것이다.

"이 세상에서 제일 악덕한 인간을 따라오면 큰일 나지. 더군다나 비가 오는 밤에."

"세상에서 제일 악덕한 사람이기 때문에 따라가고 싶군요."

"그건 더한 악덕인데?"

민상건은 피곤한 웃음을 흘린다.

"누굴 아껴서 그러시는가요?"

"그럴 정열도 없어."

"그런 모럴리스트라고는 차마 생각할 수 없는데요."

"멋이 있는 얘기는 아니군. 마음대로 해."

민상건은 숙배를 내버려 두고 앞서 걸어간다.

도어 유리창에 쇠창살이 붙어 있는 음산한 집 앞에서 민상건은 열쇠를 꺼내었다. 숙배는 그 위에 바싹 다가선다. 빗방울이 양산을 후둑후둑 친다.

문을 밀고 들어서면서 민상건은 적의에 가득 찬 눈으로 숙배를 노려본다. 그는 숙배를 떠밀어 버릴 듯하다가 그만 들어가 버린다. 숙배도 어깨로 바람을 끊을 듯 살기 띤 눈을 하고 민상건을 뒤따라 들어간다.

민상건은 레인코트를 벗어 집어던지고 소파에 쓰러지듯 앉으며 담배를 꺼내어 문다.

숙배는 사방에 우뚝우뚝 서 있는 조각에는 눈도 주지 않고 그 역시 레인코트를 벗어 탁자 모서리에 있는 의자에 걸쳐놓고 민상건을 가만히 바라보고 서 있다. 양쪽으로 길게 늘어뜨린 머리칼에 얼굴이 온통 가려져서 눈만 별처럼 빛나고 있는 것 같았다.

민상건은 성냥불을 끄고 담배 연기를 뿜어낸다. 담배 연기 속의 얼굴이 아련하게 멀어진다.

습기에 젖어서 하얀 블라우스가 몸에 달라붙고 둥그스름한 구릉을 이룬 숙배 가슴이 세차게 숨을 쉰다.

"인애하곤 어딜 가셨죠?"

"인천."

"어디서 그 애를 만났어요?"

"찾아왔더군. 여기에."

"여기에?"

"……."

"저도 모르는 여기에?"

하는데 울음이 퍼질 듯 얼굴이 짙붉어진다.

"내가 알려주었지. 갈 곳이 없거든 한번 찾아와 보라구."

숙배는 그냥 마룻바닥에 퍼질러 앉으며 울음을 터뜨린다.

"대관절 어쩌자고 이러지? 어린애두 아니구 이게 뭐야?"

민상건은 그의 팔을 잡아 일으켜 소파에 앉힌다. 숙배는 그 냥 흐느껴 울기만 한다.

"숙배."

"난 무한 자유롭게 나를 내버려 두고 싶어. 그런 뜻에서 나 는 나쁜 인간일 거야. 그렇지만 인애 씨에겐 오해, 오해다. 그 애한테는…… 에라, 해도 좋겠지. 그 애한테는 애인이 있어. 그런 것에 호기심을 가져본 건 사실이야. 난 한 번 친구의 애인을, 그도 무척 가까웠던 친구의 애인을 빼앗아 본 일이 있어. 무척 답답했던 시기였었지. 뭣이든 반역하고 부도덕한 짓을 해보고."

민상건은 말을 끊고 멍하니 숙배를 바라본다.

민상건은 지껄이다가 자기가 무슨 말을 하고 있었는지 알 수 없는 듯 말을 끊는다. 그의 눈은 조각한 여자의 나체를 하나하나 더듬다가 울고 있는 숙배 목덜미로 내려간다.

그는 숙배를 와락 껴안는다.

"숙배."

숙배는 이빨을 꼭 다물고 민상건의 거친 숨결을 피한다. 그러나 민상건의 허리를 껴안은 그의 팔이 부들부들 떨리고 있다. 민상건은 한 손을 들어 숙배의 작은 머리를 돌리며 뜨거운 키스를 퍼붓는다. 그리고 그들은 껴안은 채 서로 내려다보고 올려다본다. 숙배 눈에는 상대를 불신하는 괴로운 눈빛, 민상건의 눈에는 자기 자신을 믿을 수 없는 괴로운 빛이 흐른다.

민상건은 숙배를 짐짝처럼 소파에 내던진다.

"오지 말라 했는데 왜 따라왔어!"

그는 악을 바락 쓴다. 숙배는 무릎을 세우고 일어서며 우뚝우뚝 서 있는 여자들의 나체를 가리키며 그걸 모조리 때려 부수고 싶다 하며 악을 쓴다.

그들은 서로 뭔지도 모르고 되지도 않는 말을 주워 삼키며 큰 소리로 한참 떠들어대다가 갑자기 폭풍이 지나간 듯 조용해지며 흡사 바보가 된 듯 서로 멍하니 바라본다.

"여기 앉아."

민상건이 조용한 목소리로 소파를 가리킨다. 숙배는 풀이 죽어서 순순히 가리킨 자리에 앉는다.

"숙배도 나도 다 미쳤어."

쓰디쓰게 웃으며 머리를 걷어 올리고 방 안을 왔다 갔다 한다.

"아무래도 우리는 함께 청량리로 가야 할까 부다."

"아무도 없는 섬으로 가요."

숙배의 목소리가 떨려 나온다. 눈에는 슬픔이 가득 차 있었다.

"아담과 이브가 되게?"

"네, 바로."

"그런 꿈도 없어. 만일 숙배가 다른 사람한테 시집간다면 그땐 조금 울어주지."

"울지 말구 어느 한 순간, 한 순간만이라도 저만 생각해 보세요."

"억지로?"

"억지로밖에 안 돼요?"

목소리는 기어드는 듯 낮았다.

"내게 있어서 억지로밖에 안 된다는 그것보다 그렇게 생각한다고 말하는 사람이 거짓말쟁이지. 안 그래?"

"……."

"어쩌면 그런 말 하는 사람보다 내가 숙배를 조금은 더 생각하고 있을지도 모르지."

"……."

"나는 정신적인 면에서 그렇거니와 실제 환경이 숙배를 어떻게 할 수 없어."

민상건은 방 안을 왔다 갔다 하며 다시 말을 잇는다.

"내겐 법적으로 처리되지 않고 있는 여자가 있어."

했으나 숙배는 조금도 놀라지 않았다.

"처음에는 무척 애를 썼지. 이혼하려고. 나를 잡아 묶는 쇠사슬 같아서 그야말로 우리 속에 가두어진 짐승처럼 미쳐 날뛰었지. 그러나 그 여자는 자기 눈에 흙이 들어가지 않는 이상 이혼은 못 한다고 했어. 난 그때 그 여자를 그만 죽여버릴까 그런 생각까지 했지. 뭐 그렇다고 해서 좋아하는 다른 여자가 있었던 것은 아니고 어쩔 수 없는 성격상의 차이가 그 원인인데."

민상건은 담배를 붙여 물고 성냥불을 끄면서

"그 후 나는 방탕했어. 방탕함으로써 여자가 이혼해 주기를 바랐던 거야. 하지만 그것은 아무 소용도 없었거든. 맨주먹 쥐고 바위를 치는 격이었지. 내가 무슨 짓을 하거나 그 여자에겐 아무것도 아니었어. 결국 파괴된 것은 내 자신이었어."

민상건은 쓰디쓰게 웃는다.

"이제는 아무렇지도 않아. 그 여자와의 생활에 있어서 아무리 해도 적응할 수 없었던 내 자신이 오랜 고통 속에서 얻어진 것이 바로 그 적응성이었더란 말이야. 영원한 법적인 아내와 영원히 별거할 나는 이제 그것을 무시할 수 있는 능력을 얻었단 그 말이지. 여기에 또 한 가지 나에게 자유를 보장해 주는 것은 어떠한 여자하고도 결혼할 수 없다는 바로 그 조건이지. 어떠한 여자하고도 결혼할 수 없다. 어떠한 여자에게도 얽매일 수 없다. 그 여자와의 법적인 유대가 나를 새로운 사슬에다 묶어버리는 그 일을 막아주었단 말이야. 알겠어? 숙배."

"……."

"자, 이제 알았으면 돌아가시지. 저물기 전에."

"안 가겠어요."

"왜?"

민상건은 물끄러미 숙배를 바라본다.

"왜?"

다시 한 번 반문한다.

"그렇게 제 자신이 귀중하다고 생각지 않아요."

"……."

"한몫 다 살아버리고 죽고 싶어요."

"……."

"선생님은 저걸 하시니까 구원받으시는 거예요."

숙배는 조각을 눈으로 가리켰다.

"하지만 전, 저에겐, 아무것도 없지 않아요?"

"미래가 있지."

"미래라구요? 무슨 미래죠?"

"행복하게 살 수 있다는 꿈."

"그 꿈이 이젠 없어요."

"나 땜에?"

우문이다. 민상건은 스스로 알면서.

"아니지요. 대상을 바라보는 저의 마음 때문에."

"유치하다고 생각 안 해?"

"세월이 흘러서 살아남으면 그런 생각 할까요? 하지만 지금은, 지금이 전부예요. 미래를 계산할 수 없어요. 과실을 범하고 오래오래 그 십자가를 진다 해도 오늘 이 순간하고 미래를 바꾸지는 않을래요."

"그럼 좋다. 현재 그대로 있고 싶은 대로 있어."

민상건은 한구석에 말아서 내던져 버린 가운을 입는다. 그리고 망치와 끌을 꺼내어 손에 든다.

그는 하다가 내버려 둔 여인의 좌상 앞에 앉아서 돌을 쪼기 시작했다. 온 세상이 다 죽어버린 듯 고요한 속에 돌을 쪼는 소리가 규칙적으로 울려온다. 그 소리는 숙배의 가슴을 쪼는 것처럼 들려온다.

얼마 동안의 시간이 흘렀는지 모른다. 참 긴 시간이 지나간 것처럼 숙배는 느꼈다. 민상건은 망치와 끌을 내던지고 일어섰다. 땀이 그 얼굴을 흠뻑 적셔주고 있었다. 엄숙하고 신비스럽고 슬픈 눈이 가만히 자기 작품을 바라본다. 그는 가운을 벗어 던지고 숙배에게 아무 말 없이 밖으로 휙 나가버린다.

아무리 기다려도 민상건은 돌아오지 않았다.

밤이 소리를 죽이고 숙배의 심장으로 몰려오는 것 같았다. 우뚝우뚝 선 여자의 나상裸像이 달려들어 숙배에게 폭행을 할 것 같았다. 집념에 일그러진 얼굴들을 하고서, 숙배는 전신에 전율을 느끼며 일어섰다. 그들에게 대항하듯 하나하나의 얼굴을 바라보며 거닐어본다. 한결같이 그들의 얼굴은 비틀어지고 저주에 찬, 무서운 요기妖氣를 뿜고 있다.

숙배는 소파로 돌아와서 머리를 안고 다시 사방의 침묵의 소리에 귀를 기울인다. 싸! 하고 밤이 지나간다. 그는 진실로 민상건에게 사랑하는 여자가 없었던 것을 깨닫는다. 평화로운 꿈을 가진 여자의 얼굴은 하나도 없었다. 아름다운 몸뚱어리 위에 붙은 얼굴, 동銅이고 돌이고 나무, 석고까지 모두 일그러져 있지 않는가. 그 일그러진 얼굴과 싸우고 있는 민상건이야말로 고독하고 가엾은 남자다.

숙배는 머리를 걷어 넘기고 레인코트를 주워 입는다. 그리고 양산을 찾아 들었다. 그 얼굴들을 한번 휙 돌아보고 숙배는 문을 밀고 나간다.

"어머!"

문 앞에 누가 쭈그리고 앉아 있다. 민상건이 담배를 피우고 앉아 있었던 것이다. 그 꼴은 거지가 아니면 짐승. 두 무릎을 모으고 하늘을 바라보고 있다. 어두운, 달도 별도 볼 수 없는 하늘을. 그나마 비가 멎어주어서 다행이랄까.

"이제 들어가세요. 전 돌아가겠어요. 집으로."

"……."

"너무 괴롭혀 드려서 죄송해요."

민상건은 그냥 하늘만 올려다보고 있다.

숙배는 골목을 바삐 걸어 나간다.

'통금이 얼마 남지 않았을 거야.'

생각하는데 뒤에서 나직한 발소리가 들려온다. 숙배를 따라오는 발소리는 가까워진다.

"택시 잡아줄게. 늦었어."

목소리가 저 밑바닥에서 울려오는 것 같다. 그들은 나란히 길거리에 서서 택시를 기다린다. 좀처럼 차는 나타나 주지 않았다. 간혹 지나가는 것이 있어도 손님 실은 차. 겨우 하나, 민상건이 손을 흔들어 세운다.

"어디 가시죠?"

운전수가 얼굴을 내밀며 물었다. 그러나 민상건은 대꾸하지 않고 택시 문부터 열어 숙배에게

"빨리!"

숙배의 손을 꼭 잡고 밀어 넣는다.

"아, 어디 가시느냐 말입니다."

운전수가 짜증을 낸다.

"신당동이오."

민상건이 대꾸하자

"아, 안 됩니다. 이 차는 갈월동으로 가니까요. 그리로 돌아
갈 시간이 없습니다. 자, 어서 내려주십시오."

민상건은 호주머니 속에서 천 환짜리 지폐 석 장을 꺼내어
운전수에게 내밀며

"어서 가시오."

운전수는 우물쭈물하다가 슬그머니 돈을 집어넣는다.

"그럼 숙배."

민상건은 겨우 미소를 짓는다.

택시는 출발부터 스피드를 내고 달린다. 조용한 시가가 마
구 달아나고 밀려온다.

꾸부정하니 등을 꾸부리고 민상건은 거리에 서 있었다.

'우린 다시 만날 수 있어.'

숙배는 돌아앉아 자동차의 뒤창을 내다보며 의미도 없는 말
을 중얼거린다. 이미 민상건은 보이지 않았다.

숙배는 몸을 돌려 똑바로 앞을 쳐다본다. 택시는 바람처럼
날고 지나가는 사람의 그림자 하나 볼 수 없다.

'어느 때고 방황하는 민 선생의 마음을 나는 꼭 잡고 말 테
야. 선생님은 저에게 돌아오고 말 거예요.'

어린애같이 중얼거리며 숙배는 두 손으로 얼굴을 가리고 차

에 흔들리면서 흐느껴 운다.

이제는 자기 자신을 위해서보다 민상건을 위해 그는 슬퍼하는 것이다. 사랑이 희생이라는 것을 그는 아주 절실히 절실히 느끼며.

'어떤 배신도, 어떤 섭섭한 말도 어떤 학대도 난 다 받을래요. 받구말구요. 나보다 괴로움이 많은 분, 나보다 고통과 할 일이 많은 선생님을 위해서 말예요.'

집 앞에서 내린 숙배는 살그머니 다가서서 문틈으로 집 안을 가만히 살펴본다. 아버지 서재에 불이 환하게 켜져 있다. 그리고 그 밖의 창문에는 불이 꺼져 있었다.

'여태 안 주무셨구나.'

숙배는 약간 가슴이 떨리는 것을 느낀다. '만일 어머니가 주무시지 않고 일어나 계셨더라면 아무렇지도 않았을 건데 왜 아버지를 나는 겁낼까? 아무 관심도, 얼굴조차 대하기 드문 아버지를' 하고 숙배는 생각하며 조심스럽게 초인종을 누른다.

부엌에 불이 켜졌다. 그리고 절룩거리는 식모의 모습이 이내 마당으로 나타났다.

숙배는 몸이 불편한 식모의 모습을 문틈으로 쳐다보며

'좋은 분이야, 우리 아주머니는. 성실하구.'

어쩐지 숙배는 여느 때보다 마음이 착해져서 그런 말을 혼자 중얼거리고 서 있었다.

"누구요?"

"아주머니, 나예요."

"아, 숙배 아가씨구면."

식모는 문을 열어주면서

"웬일루 이리 늦었수? 걱정했구면요. 영 잠이 와야지."

이제는 마음을 놓고 나무라듯이 말했다.

"잠이 안 오는데 전기요금 오를까 봐 불 끄고 계셨수?"

숙배의 목소리는 아주아주 부드럽다. 식모는 피시시 웃는다.

"어머니는?"

"계시오."

"주무세요?"

"아, 아니 안 주무시는 모양인데……."

식모의 목소리가 떨떠름하다.

"불이 꺼져 있는데?"

"선생님 방에."

"야단나지 않았어요?"

"어머니는 돌아와서 이층에 있는 걸루 알고 계시겠지요. 너무 걱정이 돼서 말씀드릴려다가……."

말끝이 흐려진다.

숙배는 안심하면서도 왠지 쓸쓸함을 느낀다.

'왜 늦었냐구 야단을 치면 틀림없이 귀찮아서 신경질을 부렸

을 텐데 잘 됐지 뭐야.'

식모와 함께 부엌으로 들어간다.

"저녁 하셨수?"

부엌문을 잠그며 식모가 목소리를 낮추고 묻는다.

"안 하겠어요."

"준빌 해놨는데. 찌개를 참 맛나게 끓여놨는데……."

하고 식모는 부엌 마루에 차려놓은 밥상을 서운해하는 표정으로 바라본다. 착한 어머니처럼.

"미안해요, 아주머니. 뭐니 뭐니 해도 아주머니가 제일이야. 정말 아주머니만은 우리 집의 복덕방."

숙배는 식모의 손을 잡아준다.

전에 없이 인정스럽게 구는 숙배 태도를 의아하게 여기면서도 식모는 몹시 기쁜 빛을 띠며 슬그머니 웃는다.

"별말을 다 하우. 저녁 안 하겠다면 어서 올라가요."

집 안은 괴괴하다. 밤이 깊기는 하지만 너무 조용하다.

숙배가 발소리를 죽이며 핸드백을 가슴에 안고 복도를 돌아 나왔을 때 식모는 부엌의 전등불을 끄고 자기 방으로 들어간다.

'웬일로 어머니가 아버지 서재로 가 계실까? 전에는 그런 일이 없었는데 이렇게 밤늦게까지 좀 이상하구나.'

숙배는 발끝으로 살금살금 걸어서 계단으로 한 발을 올려놓으려는데 별안간 터져 나온 경순 여사의 날카롭고 절망적인 목소리가 숙배의 발목을 잡는 듯했다.

"이왕 이렇게, 이렇게 될 바에야 이혼합시다!"

"마음대로 하구려."

하홍수 씨의 목소리는 낮으면서도 무엇을 억누르듯 들린다. 숙배는 가만히 귀를 기울인다.

"많이 참고 많이 견디어왔어요. 성격이 그렇거니 하고. 하지만 그게 아니었군요. 결국 애정이 없었다 그게 아니에요? 이십여 년을 뭘 하고 살았죠, 내가? 모르겠어요. 아무래도 모르겠단 말이에요. 지게를 지고 날품팔이하는 그 지게꾼 여편네보다 천하게, 가엾게 살지 않았어요? 아내라는 이름 하나만 지키고……."

경순 여사의 흐느껴 우는 소리가 들려온다. 밑바닥에서 울려오는 듯 처참한 울음소리다. 하홍수 씨는 아무 대꾸도 없이 앉아 있는 모양.

숙배는 발끝을 가만히 내려다본다. 경순 여사는 그렇게 마음을 저미는 듯한 울음을 울어본 일이 없었다. 숙배는 그런 울음을 처음 듣는다고 생각한다.

"지금이라도 늦지 않아요, 가세요."

"……."

"다 버리고 가시란 말예요. 언제는 당신을 믿고 살았어요?"

"……."

"왜 가신단 말씀 못 하세요? 사회적인 체면 때문에? 설마 가정을 생각하고 못 가시는 건 아니겠죠. 그렇게 도도하고 자신만만하구 세상을 내려다보며 살아온 당신 아니에요? 그런데 사회의 눈을 무서워할 리는 없죠. 그럴 당신은 아니에요. 가세요."

"……."

"만일 그렇다면…… 비겁하지요. 거짓말로 뭉쳐진 그 비인간성을 경멸하겠어요."

"거짓말로 뭉쳐진 비인간성이라구? 흥, 새삼스러운 이야기군."

"어째서요?"

"허위 없이 사는 사람이 이 세상에 단 한 사람이라도 있단 말인가? 유치한 이야기는 그만두지."

하흥수 씨는 비웃듯 말을 내뱉는다.

"그래서 당신은 몇십 년 동안을 거짓 속에서 참고 견디며 살아왔다 그 말씀인가요?"

"참고 살아온 건 아니지."

뭔지 내동댕이치듯 한 하흥수 씨의 낮은 목소리. 침묵. 숨이 막히는 듯한 공간.

"간섭받지 않고 간섭하지 않고 비교적 자유롭게 살아왔다고 나는 생각해. 그런 뜻에서 나는 당신이 좋은 여자였다고 때론 뉘우쳐지는 일도 있었고. 이제 와서 새삼스럽게 당신이 내 마음을 간섭한다는 것은 안 될 말이야. 어쩔 수 없이 안 되는 일이란 말이오."

"확실한 대상이 있어도요?"

경순 여사의 목소리는 찢는 것 같았다.

"어째서 대상이 확실해?"

"저는 알구 있어요. 그 여자하구 자주 만난다는 것을. 그보다 당신은 당신 원고지에 뭐라 쓰셨죠?"

숙배는 꿈틀하고 움직인다.

"원고지?"

"쓰다 버린 원고지……."

경순 여사는 목소리를 마신다.

"그건 내 생각이지 그 여자 생각은 아니란 말이야!"

하홍수 씨는 화를 벌컥 낸다.

숙배는 더 이상 듣고 서 있을 수 없었던지 자욱이 낀 안개 속을 더듬고 가듯 계단을 하나하나 밟으며 올라간다.

'이 세상에는 모두 슬픈 일뿐, 사람과 사람이 만나서 왜들 이렇게 슬프게 살아야 할까?'

방 앞까지 간 숙배는 도어에 이마를 대고 한참 서 있다가 문을 밀고 들어간다.

그는 불도 켜지 않고 창문을 활짝 열어젖힌다. 습기를 머금은 바람이 얼굴에 설렁 스친다. 어느새 은별이 한두 개 나타나서 비 갠 하늘에 깜박이고 있다. 땅 위에도 불빛이 간혹 남아서 가물거리고 있다. 하늘과 땅의 빛들은 모두 반짝이고 있다기보다 몸을 떨고 있는 것 같다.

'마음과 마음, 마음과 마음.'

숙배는 창문을 짚고 있던 손을 펴본다. 무엇이 있을 리 없다. 허전한 빈 주먹.

'있을 리 없지. 누구의 마음을 잡아? 있을 리 없지. 엄마도 아버지도 나도 민 선생님도 다 쓸쓸하고 외로운 사람. 서로, 모두 다 겉돌고만 있어. 영원히 겉돌고만 있어야 할까?'

민상건이 가로수 밑에, 어깨를 꾸부정하니 구부리고 서 있던 그 모습을 마음속에 새기며 떠나올 때 숙배는 민상건의 마음을 잡았다고 생각했다. 손을 꼭 잡고 택시 속으로 밀어 넣을 때 민상건의 그 따스하게 애정이 서린 손의 촉감은 영원할 것 같은 확신을 갖게 했다.

그러나 지금, 아무것도 남아 있지 않았다. 그림자마저 남아 있지 않았다. 허전하고 슬프기보다 형용할 수 없는 무서움이 전신을 잡아 흔들고 떨리게 할 뿐이다.

'인애하구 정말, 정말 아무 일도 없었을까?'

먹구름이 뭉게뭉게 피어오른다. 아까 함께 오면서 은자와 나눈 대화를 하나하나 되새겨 본다.

'연애를 하고 있을지도 모른다, 연애를. 그런 말을 했었지, 내가? 그럼 그 상대는 민 선생? 나에게도 알려주지 않았던 그 집으로 인애가 찾아가구, 그리고 그들은 비가 오는데 인천으로 드라이브를 했다. 비가 내리는 데, 비가.'

어둠 속의 숙배 얼굴이 보기 흉하게 일그러진다.

'택시 속에서 그들은 무슨 이야기를 했을까? 인천 해변가를 거닐면서 대체 무슨 얘기를 했을까? 손을 잡았을지도 모른다. 키스를 했을지도…….'

숙배는 그런 환상에 빠진 자기 자신에 몸서리를 느끼며 침대로 뛰어와서 몸을 던진다. 그러나 그 환상은 그의 눈앞에서 물러나지 않고 더욱더 짙은 빛깔로 클로즈업되는 것이었다. 폭풍이 몰아치듯 숙배는 전신을 떤다. 세찬 바람에 휘말려 들어가면서 뜨거운 불길이 전신을 휩싸는 것 같은, 어쩔 수 없는 질투, 의혹, 불신.

숙배는 침대에 몸을 던지고 울다가 울다가 잠이 들어버렸다.

간밤의 비를 잊은 듯 하늘은 맑게 개었다. 동쪽 하늘, 산기슭 가까운 하늘은 금띠를 두른 듯 붉은 줄이 그어지고, 해가 솟으려 하고 있다.

식모는 소리가 나지 않게 조심을 하며 아침을 짓는다. 마치 천직처럼, 성실을 다하는 데 보람을 느끼듯 평화스러운 얼굴로.

'간밤엔 모두 늦게 잤으니까.'

그는 그릇 하나 놓는 데도 소리가 나지 않게 마음을 쓴다. 밥상을 다 봐놓고 그는 손수건, 양말, 속내의를 들고 수돗가로 나간다.

"이것부터 빨자. 소제는 모두 일어난 뒤에 하고."

참새 떼가 몰려와서 뜰의 채송화 씨앗을 쪼아 먹는다. 식모
는 빨래를 하다가 그것을 바라보며 미소한다.

빨래를 다 끝내고 부엌으로 돌아왔을 때도 집 안에는 사람
이 일어난 기척이 나지 않았다. 그는 부엌 마루에 우두커니 걸
터앉는다.

'어째서 이 댁은 그리 화목하질 못할까? 이 좋은 집에서 없
는 것 없이 잘살면서.'

식모는 때때로 그런 의문 속에 빠진다. 그는 지금도 그 생각
을 해본다.

'다 좋은 분들인데 선생님은 점잖으시고 아주머니는 성질을
부리시지만 경우 바르시고 인정스럽고, 아가씨는 영리하고 똑
똑하고, 아무래도 합이 맞지 않는가 봐. 그런데 인애는 왜 한
번도 안 올까? 고생이나 하지 않는지, 그만 빌고 들어오면 될
거로. 참, 어젯밤에는 두 양주가 말다툼을 하시더니, 웬일일
까? 다투시는 일은 없었는데?'

식모는 잠결에 경순 여사의 발소리를 들은 것 같았다. 목욕
탕으로 들어가서 수돗물을 트는 것 같았다. 그리고 그 발소리
는 자기 방으로 사라졌다. 식모는 공연히 불안한 생각이 들어
서 벌떡 일어난다. 전에 살던 집에서 자살 소동을 한 번 겪은
일이 있었기 때문이다.

'아무리 늦게 주무셔도 여태 안 일어나시는 일은 없었는데

지금이 몇 시야? 아무래도……'

그는 경순 여사 방으로 살금살금 걸어간다.

"사모님, 사모님."

불렀으나 대답이 없다.

"사모님, 사모님!"

그는 문을 밀어본다. 잠겨져 있었다. 다시 그는 문을 두드린다. 그래도 아무 소리가 없다. 신경질적인 경순 여사가 문 두드리는 소리를 듣고 그냥 자고 있을 리가 없다.

"이, 이거 아무래도 심상치 않다!"

식모는 하흥수 씨의 서재로 가려다가 그만두고 허둥지둥 서둘며 이층으로 올라간다.

불편한 다리를 끌고 이층까지 겨우 올라간 식모는

"숙배, 숙배 아가씨."

여기서도 대답이 없다. 더욱 조용하고 바다 속처럼 잠겨 있다. 식모는 이상한 혼란에 빠지며 병적인 공포에 사로잡힌다. 그는 평소의 조심성을 잃고 사정없이 주먹을 쥐고 문을 쾅쾅 친다.

"숙배 아가씨!"

"왜 그러세요? 아주머니."

또렷한, 그러나 불안한 목소리가 들려왔다.

"문, 문 좀 열으세요."

숙배가 문을 열고 내다본다. 눈이 딸기 빛처럼 충혈되어 있고 머리가 시끄럽게 흩어져서 마치 앓는 사람처럼 보인다.

"저, 어머니가."

"어머니가?"

순간 숙배의 얼굴이 하얗게 질린다. 문기둥을 잡고 있던 작은 손이 파르르 떤다.

"저, 저 모르지만 아, 아무 소리가 없어서 문을 막 뚜딜겼는데 이상하고 마음이."

식모는 마치 기정사실과 같은 환상에 빠지며 눈이 점점 크게 벌어지고 숨을 몰아쉰다.

"내려가요!"

숙배는 네글리제를 펄러덕거리며 구르듯 층계를 밟고 뛰어내려간다. 그는 복도로 나가지 않고 응접실을 질러서 맨발로 뜰에 뛰어나간다. 식모는 절룩거리며 숙배의 뒤를 따라간다. 숙배는 경순 여사의 방 그 뒤 창문을 와락와락 흔들며

"엄마! 엄마!"

하고 부른다. 그러나 아무 소리도 나지 않았다. 커튼으로 가려진 방 안을 들여다볼 수도 없다. 숙배는 주먹을 쥐고 유리창을 때려 부순다. 와그락! 유리가 무너지고 숙배 손등에 피가 흐른다. 숙배는 커튼을 잡아젖히고 안을 들여다본다. 경순 여사는 반듯이 꼼짝하지 않고 누워 있었다.

사태는 명백하다.

숙배는 손등에 피를 흘리며 하홍수 씨의 서재로 뛰어간다.

"아버지!"

그는 몸을 던지듯 하며 도어를 밀어붙인다. 하홍수 씨는 책상 위에 책을 펴놓고 단정히 앉아 있었다.

"아버지!"

숙배는 울음을 터뜨린다. 하홍수 씨는 천천히 얼굴을 돌린다. 그의 얼굴은 거의 풀빛이다. 눈이 절망적으로 빛나고 있었다. 층계를 구르듯 내려오던 발소리, 유리창이 무너지는 소리, 숙배가 터뜨리는 울음소리, 그것이 무엇을 의미하는지 그는 충분히 알고 있었기 때문이다. 그는 책상을 짚으며 비틀거리듯 일어섰다.

"한 박사한테 전화 걸어라."

"아, 아버지! 아버지! 너, 너무해요!"

숙배는 마룻바닥에 쓰러진다.

"한 박사한테 전화 걸엇!"

하홍수 씨는 짐승의 울음 같은 소리를 지르고 뒤뜰로 쫓아나간다.

식모는 엉겁결에 삽을 들고 와서 유리창의 문살을 때려 부수고 있다. 손을 넣어서 문고리를 벗길 생각은 못 하고

"인 주시오."

"네, 네, 선생님."

하면서 식모는 연신 문살을 때려 부순다. 하홍수 씨가 그것을 뺏는다. 그 역시 문고리를 벗길 생각은 않고 삽을 쳐든다.

255

삽으로 창살을 때려 부수는 데 따라 푸른빛의 커튼이 펄러덕 펄러덕 괴상하게 춤을 춘다.

응접실 쪽에서 의사에게 전화를 거는 숙배의 울음 섞인 목소리가 춤을 추는 커튼 사이로 간간이 들려온다.

하흥수 씨는 방 안으로 뛰어 들어간다. 경순 여사는 반듯이 움직이지 않고 죽은 사람같이 누워 있다. 하흥수 씨의 떨리는 손이 경순 여사의 코 밑으로 간다.

약한 숨소리, 끊어질 듯 말 듯. 그는 궁지에 몰린 짐승 같은 눈을 하고서 구원을 청하듯 사방을 둘러본다.

"여보."

속삭이듯 불러본다.

"여보! 당신."

하다가 그는 다시 그 짐승 같은 눈을 들어 사방을 살핀다.

"아버지!"

숙배가 뛰어오며 부른다.

"한 박사께서 어서 실어 오라구요. 한 박사가 오시면 도, 도리어 시, 시간만 잡아먹는대요. 어서 어서요! 아니, 아주머니 자동차, 아 아니에요. 내가 가야지."

숙배는 네글리제 바람으로 뛰어나간다.

"아이구, 이 일을 어떡헙니까, 선생님."

식모는 벌벌 떤다.

하흥수 씨는 경순 여사를 안고 현관으로 나간다. 그의 얼굴에서 빗발같이 떨어지는 땀방울이 경순 여사의 앞가슴을 적신다.

여름 아침은 찬란한 빛을 몰고 동쪽에서 차츰차츰 하늘 가운데로 옮겨가고 있는데 참새 떼는 여전히 생명력을 찬송하며 피어 있는 채송화 밭에서 그 씨앗을 쪼아 먹고 있는데.

식모는 넓은 집 안을 이리 갔다 저리 갔다 하며 헤매다가 이층으로 올라가서 숙배의 옷을 가지고 내려온다.

하흥수 씨는 땀을 흘리며 경순 여사를 안고 마치 무슨 괴상한 그림같이 현관에 우뚝 서 있었다.

택시를 타고 숙배가 돌아왔다.

"어서!"

하고는 하흥수 씨의 모양을 본 숙배는 깊은 절망에 사로잡혀 소리 내어 운다. 운전수가 거들어서 경순 여사를 차에 싣고 식모는 차창 사이로 숙배의 옷을 집어넣어 준다.

택시는 떠났다. 병원에 닿기까지, 너무나 긴 세월이 지나갔다고 그들은 생각한다. 어둡고 긴 복도, 그들에게는 그렇게 느껴졌다.

경순 여사는 수술실로 운반되고 숙배와 하흥수 씨는 대합실 의자에 남는다. 숙배는 연신 흐느껴 운다. 하흥수 씨는 고개를 빠뜨리고 꼼짝하지 않는다. 온 세상이 멎어버린 듯. 다만 대합실 흰 벽에 걸린 시계 소리만 심장의 고동과 함께 울리고 있다.

아침결의 병원은 너무나 조용하다. 숙배의 흐느낌 소리 말고는.

발소리가 들려온다. 하홍수 씨는 고개도 들지 못하고 선고를 기다리는 죄수처럼 앉아 있다. 숙배는 흐느끼다가 그 소리를 죽이고 발소리를 듣는다. 발소리는 복도 편으로 해서 사라지고 말았다. 다시 무거운 침묵이 흐른다.

"엄마, 다녀올게요!"

드높은 아이의 목소리.

"음, 잘 갔다 와!"

엄마의 목소리. 발소리는 다시 복도를 지나 안으로 사라진다.

수술실 속에서 낮은 목소리가 들려온다. 한 박사의 목소리. 간호원의 대꾸하는 목소리. 아주 멀리서 들려온다.

이번에는 발소리가 수술실 쪽에서 들려왔다. 그 소리가 윙윙 이상하게 울리는 것 같고 불길한 여음같이 들린다.

문을 밀고 나온다. 한 박사의 우울한 얼굴이 크게 확대되어 다가온다. 네 개의 질려버린 눈동자가 그의 얼굴에 박혀버리듯 집중한다.

"걱정 마십시오, 너무."

하며 한 박사는 책상 위의 담배 케이스를 하홍수 씨에게 쑥 내민다. 하홍수 씨는 떨리는 손으로 담배 한 개비를 뽑아 입에 문다. 한 박사는 비스듬히 내려다보듯 하며 라이터를 켜서 담뱃불을 붙여준다. 걱정하지 말라는 말까지는 희망적이다. 그러나 너무 그 말이 문제인 것이다. 아직 사태는 명확하지 않음이 분명하다. 숙배는 한 박사 입에서 다음 말이 나오기를 기다리는 듯 돌덩이처럼 옴짝하지 않고 앉아 있다.

"좀 더 경과를 봐야…… 워낙 양이 많아서……."

한 박사는 담배 연기를 뿜어내며 발밑을 내려다보고 방 안을 왔다 갔다 한다. 굵은 목덜미의 선이 희미하게 떠 있는 것 같다.

그 선이 엇갈리면서 숙배는 무서운 착각에 빠진다. 이미 어머니가 죽었을지도 모른다는. 그러나 무슨 말을 물어보기 위해 입이 떨어져야 할 텐데 무거운 쇠줄로 얽어매 놓은 듯 입이 떨어지지 않는 것이다.

하흥수 씨는 정신 나간 사람같이, 아무것도 생각할 수 없는 사람같이 연거푸 담배만 빨고 있다. 내려앉은 듯한 마룻바닥에 시간이 자꾸만 흘러가고 있는데. 시계 소리와 한 박사의 발소리만 자꾸 들려오는데.

"희, 희망이 어, 없겠……."

숙배의 입술이 간신히 움직인다.

"희망이 있으니까 노력하는 거지. 걱정 말어."

한 박사는 숙배를 쳐다보지도 않고 중얼거린다. 창문에서 스며드는 한 줄기 햇빛을 받은 한 박사 미간에 깊은 주름이 모여 있다. 무슨 까닭인지 그 주름은 몹시 고통스러워 보인다.

"최선을 다해서 실수가 없도록, 실수가 있어선…… 안 될 말이지."

그는 혼자 중얼거리며 그냥 방 안을 왔다 갔다 하고 있다. 재떨이 있는 곳으로 가서 담뱃재를 떨고 돌아오면서 그는 다시 중얼거린다.

"왠지 최 여사를 만나면 늘 이상한 예감이 들더군요. 무슨 일을 저지를 것 같은……. 하 선생은 그런 생각을 안 하셨소?"

그는 처음으로 얼굴을 들고 하흥수 씨를 빤히 쳐다본다. 하흥수 씨를 동정하는 빛은 조금도 없었다. 오히려 어떤 적의에 가득 찬 눈빛은 날카롭고 무자비하다. 하흥수 씨는 아무 대꾸도 못 한다. 그냥 담배만 연거푸 빨다가 담뱃재를 떨곤 할 뿐이다.

"그렇게 민감한 분이 너무 외로웠습니다. 이번 일이 잘 수습되더라도 환경이 좀 달라지지 않는 이상……."

하다가 그는 스스로 자기 한 말에 당황하며

"너무 걱정 마시고, 하 선생께서는 댁으로 돌아가십시오. 전화로 내가 연락드리겠습니다. 숙배는 어떻게 할래? 여기 있겠니?"

"여기 있겠어요. 난, 난 안 가요!"

하흥수 씨는 재떨이에 담배를 눌러 끄고 일어섰다. 잠시 사방을 둘러보듯 둘레둘레하다가

"그럼 전화로 연락해 주십시오."

의외로 하흥수 씨는 뚝뚝한 목소리로 말했다. 한 박사는 그의 눈에 잠긴 비애를 보고 눈을 돌린다.

"부탁합니다."

　하흥수 씨는 손을 내밀었다. 악수를 하고 그는 돌아선다. 숙배가 옆에 있는 것도 잊어버린 듯 그는 문을 향해 두벅두벅 걸어간다. 그의 뒷모습을 한 박사는 가만히 지켜본다. 하흥수 씨는 한 번도 뒤돌아보지 않고 도어를 밀고 밖으로 사라졌다.

　시간이 멎은 듯 한 박사와 숙배 사이에 무서운 침묵이 흐른다.

"해결 안 되는 일이 너무 많아."

　한 박사는 중얼거리며 다시 수술실로 들어간다. 산소호흡을 시키고 있는 모양이다.

　하흥수 씨가 집으로 돌아왔을 때 꽃밭에 우두커니 앉아서 하늘을 쳐다보고 있던 식모가 놀라며 일어선다. 그러나 하흥수 씨는 눈앞에 사람이 보이지 않는 듯 현관을 향해 휘청휘청 걸어간다.

　식모는 그의 뒤를 쫓아가며

"선생님!"

　물끄러미 돌아본다. '당신은 누구요' 하며 물어보는 듯.

"어떻게."

"……."

"어, 어떻게?"

식모 얼굴에 슬픔이 모인다.

"괜찮소. 걱정 마오."

"괜, 괜찮습니까!"

"괜찮소. 괜찮소."

하홍수 씨는 두 번이나 그 말을 되풀이하며 현관으로 들어간다. 슬리퍼를 끌면서 비바람 맞은 갈대같이 초라하게 지친 모습으로 서재의 문을 밀고 들어간다.

환하게 눈이 부시게 밝다. 사방이. 그는 커튼을 끌어당기고 양복저고리를 벗어 던진다.

"괜찮어. 무슨 일이 있었지?"

중얼거리며 의자에 푹 가라앉는다.

사방 벽에 가득 쌓여 있는 책들이 모조리 그에게로 넘어오는 착각에 빠진다. 그는 눈을 감는다.

'어쩌란 말이야? 나는 우리 속에 가두어둔 동물이 아니다. 음, 내가 죽였다구? 그렇지. 내가 죽였어. 난 어젯밤에 그것을 예감했거든. 그러면서도 그의 방에 가보질 않았어. 나는 그가 죽기를 바랐던가? 아니야, 나는 그런 공포에서 이기려고 했을 뿐이다. 이기려고 나는 내 코스를 바꿀 수 없었어. 난 새벽녘에 일찍 잠이 깨었다. 싱싱하게 오는 새벽, 나는 다시 그가 죽었을지도 모른다는 상상을 했지. 그래도 나는 꼼짝하지 않았어. 난 살인자야. 의식적인 살인자! 내 의식 속에 그의 죽음을…… 왜 무엇 때문에?'

하홍수 씨는 담배를 붙여 문다. 한 개가 다 타고 다시 새것
을 붙여 문다.

'지금쯤 그의 심장은 아주, 아주 멎어버렸을지도 모른다. 소
생했을지도 모른다. 죽었을지도 모른다. 살았을지도 모른다.
그 어느 쪽이냐!'

그는 벌떡 일어나서 방 안을 왔다 갔다 한다. 정말 우리 속
에 가두어진 짐승처럼.

'이기주의자! 이기주의자! 아, 아니야. 난 사람이야. 동물이
아니다. 누구도 어느 누구도 날 가두어두지는 못한다. 내 마
음을.'

전화벨이 요란스럽게 울린다. 하홍수 씨는 쫓아가서 수화기
를 들려다 그만둔다. 전화벨은 언제까지 울리고 있었다.

하홍수 씨는 수화기를 들었다.

"여보세요."

여자의 목소리. 하홍수 씨는 대꾸하지 않는다.

"여보세요!"

"……."

"하 선생님 댁 아니에요?"

"……."

"여보세요!"

"영애야?"

"어머! 선생님 계셨군요. 계시면서, 전 또 다른 데 전활 잘못

걸었나 하구 생각했어요. 왜 잠자코 계셨어요? 참 이상하셔."

"이야기해."

"어머! 왜 그러세요?"

"이야기하라니까."

"좀 만나 뵈려고 전활 걸었는데, 무슨 일이라도 있었어요?"

"무슨 일?"

"선생님 음성이 이상해요."

"아무 일도 없었어. 아무 일도."

"그럼 나오시지 않겠어요?"

"만나는 이야기 말고 다른 이야길 하란 말이야. 무슨 말이라
도 좋아. 자꾸 지껄여보란 말이야."

"뭘 노하고 계세요? 저 아무 잘못 한 것도 없는데…….'

"목을 졸리는 듯, 빌어먹을! 이 시간이 괴로워서 그래."

상대방은 잠자코 만다.

"이야기하라는데 왜 안 하지?"

하흥수 씨의 목소리는 애원에 가까웠다.

"선생님 괴로워하시는…… 왜 그렇게 괴로워하세요? 전 선
생님을 위로해 드릴 자격은 없지만 말씀해 주셨으면……."

"너가 뭘 안다고…… 아무것도 모르면서."

하흥수 씨는 전화에 매달리며 신음하듯 중얼거린다.

"그럼 전화 끊겠어요."

"아니, 끊지 말어. 용건을 이야기하고 끊어."

"실은 음악회 초대권이 두 장 생겼어요. 그래서 선생님 뫼시구 가려구 전화 건 거예요."

"어느 누구의 음악회야. 어디서 하고 어느 시간에 무슨 음악회지?"

물을 붓듯 연달아서.

"친구예요. 왜 선생님도 한 번 만나지 않았어요? 강순자라구 미국서 돌아온 피아니스트 말예요."

"어디서 내가 그를 만났지?"

"그때 밤, 반도 호텔 스카이라운지에서 맥주 마셨죠? 그때 푸른 드레스 입고 외국 부인과 함께 들어온, 그래서 제가 인사시켜 드렸잖아요."

"어디서, 어떻게 생기구 무슨 옷을 입고 어떤 구두를 신고, 그 여자는 웃었던가?"

"어머! 선생님!"

"말하라니까 왜 말을 안 하는 거야!"

하홍수 씨는 수화기를 냅다 던지듯 놓고 이마에 밴 땀을 닦아낸다. 그리고 숨이 가쁜 듯 헉헉 숨을 몰아쉰다.

그는 방 안을 왔다 갔다 하다가 벗어놓은 양복저고리를 도로 입는다.

그는 도망이라도 치듯 넓은 뜰을 질러서 밖으로 나간다.

시끄러운 한길까지 나온 그는 사방을 두리번거리다가 또 걷고 두리번거리다가 또 걷곤 한다.

그의 눈이 '시음장'이라 쓰인 곳에 머문다. 으슥한 변두리의 위스키 시음장 문을 밀고 그는 들어간다. 음악도 없이 조용하고 어두운 곳, 손님도 적다.

6. 비틀어진 얼굴

눅눅해진 아스팔트 위에 뜨거운 여름 햇빛이 내리쬐고 있다.

꽃가게 얕은 지붕 위에 푸른 하늘이 조금 보인다. 그러나 메마른 바람이 불어와서 가로의 먼지를 쓸어 올리는 바람에 목이 헉헉 타도록 더위는 더해가는 듯하다.

피서지로 다 도망가고 없는지 명동 거리에는 그 멋쟁이 아가씨들이 한 사람도 지나가지 않는다. 노점을 보는 아주머니가 부채를 할랑할랑 부치다가 꾸벅꾸벅 졸곤 한다.

"○○일보가 나왔습니다! ○○일보!"

신문팔이 아이의 고함 소리에 놀라서 아주머니는 얼굴을 번쩍 든다. 그리고 부채로 물건 위의 먼지를 털며 비 오실 생각도 않는 하늘을 올려다본다.

구두 수선소. 인애는 슬리퍼를 신고 조그마한 나무의자에 걸터앉아서 거리를 바라보고 있다.

지나가는 사람마다 모두 더위에 지친 듯 후줄근한 셔츠를 입고 있다.

땀에 젖은 얼굴을 하고 있다. 사람들은 지나가고 또 지나간다. 모두 낯선 얼굴, 가난하고 생활에 지친 얼굴, 희망을 잃고 어디로 가는지도 모르게 가고 있는 얼굴.

'목적이 있는 사람들이 이 시간에 이 거리를 헤맬 까닭이 있나. 전차표 한 장을 믿고 나온 사람들이지. 누구나 만날까 하고 막연히 기대에 사로잡혀서. 하지만 똑같은 사람들이 만나서 뭣을 하지. 피서지로 가야지. 그래야 슬프지 않은 사람들을 만나게 되는 거야.'

인애는 턱을 괴고 밖을 내다보며 중얼거린다. 자기 혼자만이 유리상자 속에 들어앉아서 지친 인생을 구경하는 사람처럼.

'모두 모두 지쳤어. 날씨 탓은 아니야. 외롭고 돈이 없었어. 나도 지치고 다 떨어진 구두를 꿰매고 있는 이 노인네도. 한 사람이라도 아는 사람이 지나갔으면 좋겠다. 모두 가난뱅이 친구들인데 어디 갔을 리도 없구, 녹지대에 들어박혀 있을까?'

인애는 별안간 사람이 그리운 생각이 울컥 치민다.

'가난한 우리끼리 냉면이라도 먹었으면……. 돈이 얼마나 남았을까? 음, 삼천 원하고 이천육백 원하고……. 아직은 괜찮

어. 누굴 만나면 시원한 냉면을 한턱해야지.'

하는데 마침 안경잡이 청년이 지나간다. 인애는 몸을 일으키고 그를 부르려다 그만 도로 주저앉는다. 여대생 차림의 소녀하고 그는 함께 걷고 있었다.

'자격상실자고. 그의 애인까지 냉면 대접할 아량은 없고……'

지나간 그들은 다시 되돌아온다.

"……."

그들은 노점 앞에 멈추어 선다. 소녀가 마스코트를 만진다. 이것저것 고르다가 검둥이 얼굴을 하나 집는다. 안경잡이 청년은 웃으면서 호주머니의 돈을 꺼내어 값을 치른다. 그리고 서로 마주 보며 행복한 미소를 띠고 지나간다.

'끼리끼리, 다 있군. 저 풋내기 시인은 차차 시를 잊어버릴 거야. 그리고 시를 버릴 거야. 그리고 저 귀여운 아가씨의 다정한 남편이 되겠지. 어느 은행에라도 취직하여 도시락을 싸가지고 다니겠지. 아, 그들을 위해 축복 있어라! 시를 쓴다는 것은 청춘의 사치야. 갈망하고 소망하는 것은 예술이 아니거든. 안경잡이나 나나 천재가 아니기 때문에.'

인애는 머리끝까지 저미는 듯한 고독감에 빠진다.

'사람을 만난다는 것, 나와 꼭 같은 사람을 만난다는 것, 우리 이 세상에 미물微物같이 태어나 가지고 온갖 것이 다 헤엄치며 돌아다니는 이 속에서 끼리끼리 만나는 사람도 있고 만나지 못하는 사람도 있는, 도망치고 잡으러 가고, 아…….'

271

인애는 되지도 않는 소리를 자꾸 지껄이다가 멍한 눈을 다시 거리로 보내고 턱을 괸다. 노인은 송곳으로 구멍을 뚫고 코에 떨어진 안경을 밀어 올리며 실을 입에 문다. 올올이 주름진 얼굴에 떠밀어 버릴 수 없는 황혼이 깃들고 수없이 만져본 가죽처럼 거세진 손가락에 온갖 인생의 슬픔이 다 서리어 있다.

'슬프다는 이야기는 하지 말자. 슬픈데 슬프다고 할 필요가 있나. 아는 일을 말할 필요가 있나. 이 노인은 노인대로 나는 나대로. 그리고 숙배는 숙배대로. 오해? 할 수 없는 일 아니냐 말이다. 그것을 풀려고 내가 찾아가? 구태여 찾아가서 서투른 변명을 한다는 것은 유치한 짓이다. 나는 그를 찾아가지 않어. 숱한 오해 속에 우리가 모두 살고 있는데, 이 커다란 덩어리 같은 속에서 그까짓 하찮은 일이야……. 하지만 그 성미에 팔팔 뛰었을 거야. 그 애는 날보고 걸레같이 지저분한 계집애라 했지? 노하지 말자. 그건 사실이야. 맞는 이야기야. 난 걸레같이 지저분한 거지, 고아야. 쓰레기통 옆에서 밤을 밝힐 때 나를 보아준 것은 그 조각달뿐이었지. 모든 정은 나를 향하여 등을 돌리고 모든 집은 나를 향하여 문을 닫아걸고. 그래, 난 거지야. 고아야. 나는 방황하는 거지야. 이 눅눅하고 후텁지근한 땅은 나를 거절하지 않더군. 구두를 기워서 내 작은 발을 담기만 하면 난 어디든지 길이 있는 한 갈 수 있어. 그가 밟고 간 땅을 딛는 것만은 누구도 하느님도 거부하지는 못해. 슬프다는 이야기는 하지 말자. 곰보를 곰보라 하지 않는다지? 아,

272

머리가 아프다. 내가 돌았나? 술을 마신 것 같구나. 길모퉁이에서 그를 만나면? 내 발은 거기서 붙어버리지. 그를 못 가게. 아, 아냐. 한 선생님은 날보고 집착을 버리라 했어. 아니야. 그는 무슨 올가미 속에 들어 있거든. 무시무시한 거미줄에 감겨서 꼼짝하지 못하고 있단 말이야. 우리가 처음 만났을 때 그의 눈은 빛났어. 우리가 그때 거기서 만났을 때. 그런데 왜 이렇게 됐지? 아, 아니야. 한 선생님은 날보고 집착을 가지지 말라 하셨어.'

"다 됐소."

인애는 걸상에서 펄쩍 뛰듯 놀라며 일어선다. 그는 꿈을 깨고 난 아이처럼 노인을 바라본다. 신비스러운 눈이 노인의 안경을 바라본다. 노인은 이상한 눈으로 그를 바라보며

"다 됐소."

하고 되풀이하며 말한다.

"아, 수고하셨어요. 할아버지."

인애는 완전히 정신이 돌아온 듯 피시시 웃는다.

"고치기는 고쳤지만 얼마 못 신겠군. 갈아 넣은 구두창만 아깝지. 신발 등이 터져서……. 기웠지만서도…… 차라리 구제품 구둘 한 켤레 사시오. 그 편이 나을 거요."

"이번만 고치고…… 사 신을래요. 얼마죠?"

조그마한 지갑을 열며 인애가 묻는다.

"이백오십 원이오. 너무 구두가 험해서 수공은 많이 들었지

만 돈은 많이 못 받겠군."

하고 노인은 싱긋이 웃는다. 가난한 설움은 가난한 사람이
안다는 식으로

"고마워요, 할아버지. 하지만 싸게 해주시는 건 싫어요."

인애는 삼백 원을 내놓으며 거스름돈을 거절한다. 그리고
작은 발을 낡은 신발에 담는다.

"인애 아니야?"

인애는 등을 꾸부린 채 얼굴을 들어본다.

"어머!"

"오래간만이군."

"정말 오래간만이에요, 선생님."

"어째 그리 통 볼 수 없어? 얼굴이 해쓱하구나."

"이제 나았어요."

"그래? 얼굴빛이 안 좋은데?"

"선생님, 어디 가세요? 전 지금 녹지대에 나가려구요."

"신문사에서 나오는 길인데 어딜 갈까 망설이고 있어."

하며 한철은 인애의 낡은 구두를 내려다본다.

"그럼 잘됐네요. 저하고 함께 녹지대로 가세요. 그러지 않아
도 지금 여기 앉아서 아는 얼굴이 없나 하고 거리만 바라보고
있었어요."

그들은 함께 나란히 거리로 걸어간다.

"은자는 잘 있어?"

한철이 낮은 목소리로 묻는다. 인애는 그의 옆모습을 쳐다
보며 한동안 말이 없다가

"네, 잘 있어요."

"어째 대답이 시원찮군."

"잘 있어요."

인애는 꼭 같은 말을 되풀이한다. 한참 후에

"요즘 취직한다고 막 쏘다녀요. 얼굴이 까맣게 돼가지구."

"취직?"

"네."

"학교는 어쩌구?"

"아직 그만두지는 않고 아마 휴학할 모양이죠."

"음, 그건 잘한 짓이야. 성급하게 학굘 그만두지 않아서. 언
제나 가능성은 남겨두어야지."

한철은 걸음을 멈추고 담배를 붙여 문다.

"선생님."

"말해."

"말해도 좋아요?"

"본시 나는 나쁜 말이라면 귓가에 흘려버리니까 상관없어.
말해봐."

"저…… 은자 좀 도와주세요."

"왜?"

"……"

"내가 왜?"

"선생님은 은잘 좋아하시잖아요."

한철은 담뱃재를 떨면서 걸음을 멈추고 인애를 비스듬히 내려다본다. 인애도 한철의 고통스러운 눈을 가만히 올려다본다.

"내가 좋아하면 무슨 소용이 있어."

그는 다시 걷기 시작한다.

"왜 소용이 없어요?"

인애가 따라가며 말한다.

"은자는 좋아하는 사람이 따로 있단 말이야. 인애는 친하면서도 그걸 모르는가?"

"순탄하지 않아요."

힘없이 뇐다.

"원래 연애란 순탄하지 않아."

한철은 냅다 던지듯 말하며 씁쓸하게 웃는다.

"은자는 극도로, 열등감에 사로잡혀 있어요."

"인애는 극도로, 자부심에 사로잡혀 있고."

"어머, 그런 말씀 마세요."

"다 낡은 구두를 신고도 하늘이 넓고 길이 무한히 넓은 인애는 대단한 자신가야. 아무려면 큰아버지 큰어머니께서 인애를 그렇게까지 할까? 스스로, 그 야망스러운 생각 때문에 젊은 아이가 그러고 다니는 거지."

인애는 입술을 깨문다. 그러다가 깔깔 웃으며

"맞았어요, 선생님. 그거라도 없으면 인앤 껍데기만 남아요."

"그런 자의식이 그르다는 거야. 좀 상식으로 내려와야지. 자신이 지나치면 얄미워져. 큰어머니 속깨나 썩였을 거야."

"그런지도 몰라요……."

하다가 인애는 그 화제를 잘라버리듯

"은자는."

하고 한철을 힐끗 쳐다본다.

"은자에겐 선생님같이 감싸주시는 분이…… 선생님은 마음이 넓으시고 믿음직하고."

"천만의 말씀이다. 어른을 놀리면 못써."

"놀리는 게 아니에요."

"나는 여자 복이 없는 사람이야. 얼굴이 험상궂어서 그런 모양이지? 인연이 멀어."

"민 선생님하고 친하세요?"

"왜 갑자기 그 친구 이야기는 꺼내지?"

"언짢으세요?"

"유쾌하진 않어."

"왜 그럴까요?"

"인애도 나쁜 버릇이 생겼군."

"네?"

"나쁜 버릇이 생겼단 말이야."

"왜요?"

"전엔 안 그랬는데 남의 마음을 왜 그리 천착하지?"

"어머! 정말. 사람을 오래 안 만나니까 사람에 대하여 저도 모르게…… 이상한 관심이."

"마, 그리 나쁘지는 않아."

그들은 녹지대로 들어간다.

"아, 한 선생님!"

눈은 인애 얼굴을 뚫어져라 바라보면서 정인호는 한철에게 먼저 알은체한다.

플레이어가 인애에게 웃음을 보낸다.

"앉어."

한철이 인애의 등을 밀듯 하며 자리에 앉힌다.

"이, 이제 괜찮으십니까?"

말을 더듬으며 정인호가 묻는다.

"뭐가요?"

인애는 시치미를 떼며 정인호를 바라본다.

"저, 저, 몸이 편찮으시다고."

수척해진 인애 얼굴을 마음 아파하며 정인호는 서둔다.

"뉘한테 들으셨어요?"

"저, 저 은자 씨가."

그 광경을 옆에서 보고 있던 한철이 웃는다.

"솔직하게 문안을 받을 일이지, 뭘 그리 뒤틀어진 대답을 할까?"

인애는 소리 내어 웃으며

"고마워요, 정 씨. 병이 나은 선물로 악수하세요."

하며 탁자 위에 손을 내민다. 정인호는 얼굴을 붉히고 어쩔 줄을 모른다.

내성적인 정인호는 옆에 앉은 한철의 눈이 부셔서 감히 인애가 내민 손을 잡지 못하고 입속말을 중얼거릴 뿐이다.

"허 참, 내가 방해물이군. 마 선물은 정 군이 해야 할 거구. 병문안 못 간 죄로."

인애는 손을 밀어 넣으며

"보기 좋게 딱지. 하지만 겁쟁이니까 숙녀를 모욕한 죄를 용서해 드리겠어요."

하고 까르르 웃는다.

"그래 자넨 요즘 별일 없었나?"

난처한 정인호를 구해주듯 한철이 말을 건다.

"네."

정인호는 기분 좋고 들뜬 목소리로 대꾸한다.

"음…… 참, 자네 삽화를 그리더군."

"부끄럽습니다."

"부끄러울 것 뭐 있나. 그건 잘못 생각이야. 할 수 있으면 하는 거지. 그림 좋던데? 어디 열심히 해봐요. 그림만 좋으면 신문사에 소개해 줄 수도 있고."

"열심히 해보겠습니다."

"그런데 녹지대를 지키고 있는 사람은 자네뿐인 모양이지? 알 만한 얼굴이 한 낯도 없군그래."

한철이 사방을 둘러본다.

"모두 날씨가 더우니까 안 나오는 모양입니다."

"피서 갈 처지도 아닐 텐데?"

"한강이나 뚝섬에 나갔겠죠."

"그럼 우리가 제일 처량한 사람이군. 항상 일에 쫓겨서 하루도 틈을 낼 수 없으니……, 정말 하루살이 생활이다."

"일이 있는데 왜 처량합니까? 일 없는 사람이 처량하죠."

"하긴 그래. 요즘 세상에 이런 말 하는 건 배부른 이야기지."

"저는 선생님을 부럽게 생각하는데요. 늘 살아 있다는 기분이 들어요. 뉴스를 쫓아다니는 바쁜 생활이 스릴에 차 있고."

"안 바쁘면 따분하겠지. 마, 바쁜 편이 좋겠다. 자네 차했나?"

"네, 저는."

"그럼 우리끼리 할까? 인애는?"

"전 우유 할래요."

"시원한 것 하지?"

"실속을 차려야겠어요."

"음, 좋아."

한철은 레지를 불러 커피와 우유를 주문한다.

"그새 왜 안 나오셨어요?"

레지가 인애를 보고 묻는다.

"세월이 좋아서."

"얼굴이 안됐어요."

"너무 좋아도 마르는가 봐."

레지는 웃으며 간다. 얼마 후 우유와 커피를 날라온 레지는

"커피 안 하시고 우유 하세요?"

무슨 커다란 변화가 일어난 듯 묻는다. 인애는 웃고만 있다. 레지는 커피 잔에 카네이션(canation, 커피에 타는 연유의 일종—편집자)을 치면서

"참, 제가 잊어버렸네. 인애 씨한테 전할 게 있는데."

"나한테?"

"네."

"뭔데?"

"편지예요."

'숙배한테서?'

레지는 카운터에 가서 편지를 가지고 왔다.

"오래됐어요."

인애는 편지를 받아 뒤를 돌려본다.

인애는 의아해하는 얼굴로 흰 봉투를 내려다본다.

'누가 이 편지를?'

꽤 부피가 있는 편지다. 낯선 얼굴처럼 쌀쌀하게 인애를 올려다보고 있는 듯 하얀 봉투가.

"준 사람의 마음을 생각해서 빨리 안 보구 뭘 해?"

무척 심심했던지 한철은 그답지도 않게 싱거운 말을 한다.

인애는 봉투를 뒤집어 본다. 이름도 주소도 아무것도 없다.

"이름도 없네요."

"연애편지는 으레 이름을 안 쓰는 법이야."

"흐흠, 연애가 편지로 되나요?"

인애는 웃는다. 정인호는 같이 웃지 않고 거북한 듯 몸을 움직이며 괴로운 낯빛이다.

"누가 이런 편지, 백봉투를 맡겨놨을까? 협박 편지나 아닐는지. 호호홋."

웃다가 인애는 뚝 그친다. 협박이라는 자기 말에 그는 놀란다. 이상한 예감.

"너무 자신이 많아서 인앤 탈이야. 나 같으면 벌써 뜯어봤을 텐데."

한철이 놀려준다.

'그 여자?'

인애는 순간 얼굴빛이 달라진다. 그는 거칠게 편지 봉투를 확 찢는다.

　일주일을 계속해서 매일 녹지대에 나왔습니다.

인애의 얼굴이 새파래진다.

그러나 인애 씨를 만나볼 수 없더군요. 왜 나와서 매일 이렇게, 우
두커니 앉아서 약속도 없는 사람을 기다리고 있는지 저 자신도 모
를 일입니다. 아니, 그보다 만나는 것을 두려워하고 만나서는 안
된다는 것을 여러 번 타이르면서 그래도 이 어두컴컴한 자리를 지
키고 앉아 있는 저 자신이 미워집니다. 왜 이러고 있지요? 누굴 만
나자고 약속을 해놓고 벌써 시간이 다 지나가 버렸는데 말입니다.
신문의 삼면기사를 볼 때, 활자 하나하나를 더듬어갈 때, 내 자신
이 떨고 있다는 것을 느낍니다. '하인애'라는 여자가 어디서 죽었
을 거라는 환상 때문에 나는 떠는 것입니다. 그 여자는 죽었을지
도 모른다. 죽었을지도……. 도대체 당신은 나의 누구입니까? 내
누이동생입니까? 누이도 애인도 아닙니다. 분명히 그렇죠? 인애
씨…….

편지를 든 인애의 손이 파들파들 떨린다. 하얀 편지지가 와
삭와삭 소리를 낸다. 인애는 우유를 마신다. 아무도 쳐다보지
않고. 정인호의 얼굴빛이 달라지고 한철의 얼굴도 심각해진
다. 그만치 인애에게 일어난 변화는 두드러졌던 것이다.

스치고 간 사람, 길가에서 스치고 가버린 사람입니다. 당신은 나
를 괴롭히지 말아주십시오. 내게는 하느님도 없기 때문에 사람이

죽으면 축축한 땅속에서 썩어 없어진다는 생각밖에 할 수 없습니다. 그래서 추하고 더러운 것에 대하여 나는 아무 죄악감도 뉘우침을 느끼지 못하는 인간입니다. 지금 당신이 늘 나온다는 이 녹지대 음악실에 음악이 울리고 있습니다. 뭐 누구의 「합창 교향곡」이라나요? 그 못나기로 유명한 비극의 작곡가께서는 하늘로 향하는 거창한 영감으로 저 곡을 만들었겠죠. 그러나 저의 마음은 조금도 그 음악으로 하여 맑아지지 못하는군요.

인애는 편지를 넘긴다. 허둥지둥 내려 갈긴 편지는 계속된다.

그날 밤 당신은 무엇을 보았습니까? 구원받을 수 없는 인간, 하긴 이 세상에서 누가 누구를 구원하지요? 어리석기 짝이 없고 우스꽝스럽기로 광대 같은 이야기가 아닙니까? 모순이라는 말은 하지 마십시오. 모순 없는 사람은 이 세상에 한 놈도 없으니까 말입니다. 하여간 그날 밤 달이 있었던가요? 하여간 그날 밤 당신은 비인간들이 사는 집에 찾아와서 비인간들의 마음을 똑똑히 보고 돌아가시지 않았습니까? 그게 전부요. 그게 전부란 말입니다.
인애 씨, 하지만 조금은 이상해지는군. 저놈의 음악이, 저놈의 합창이 나를 자꾸만 군소릴 하게 하는군요. 저 음악이 멎어질 동안 나는 군소리를 지껄이기 위해 이 편지를 쓰고 있는 겁니다. 지금 이 녹지대에는 손님이 세 사람 남아 있습니다. 나를 기다리고 있던 어느 다방의 사람은 벌써 돌아갔을 게요. 그래 지금 손님이 세 사람 남았는데, 만일 내가 이곳에서 나갈 때 손님이 세 사람 그대로 남아 있다면 이 편지를 카운터 소녀에게 맡기고 나가겠어요. 그렇지 않고 손님의 수효가 줄거나 불어난다면 가다가 이 편지를 수챗구멍에 던져버리겠어요. 그리고 휘파람을 불며 돌아갈 생각입니다. 하느님은 없어도, 나는 내가 정한 그 일에 꼭 순종할 생각입니다.

인애는 핏기 잃은 얼굴을 들고 녹지대 안을 살핀다. 사람이 몇이나 되는가 그것을 헤어보듯. 물론 사람은 셋 이상이었다. 인애는 다시 한철의 얼굴을 응시한다. 눈도 깜박이지 않고. 그러나 그 푸른 눈동자에 사람의 그림자가 비칠 것 같지 않았다. 한철은 영 딴하게 여기는지 묵묵히 앉아 있는 정인호를 상대로 말을 주고받는다.

도대체 마음이라는 게 뭐죠? 마음이 이 세상에 있습니까? 존재하는 겁니까? 더러운 몸뚱어리가 있을 뿐입니다. 안 그렇습니까? 인애 씨, 항의하시지 마시오. 나는 그놈의 예술이라는 것을 경멸하고 있으니까요. 예술하는 인간은 모조리 미친놈입니다. 아니면 천하에 소심하고 비겁한 겁쟁이지요. 자기 자신을 땅 위에 세워놓기 위해 그따위 비루한 수단을 쓰고 있단 말입니다. 정신적 유산이란 도시 뭐죠? 인애 씨는 그걸 알고 있습니까? 인애 씨도 그 불쌍한 무리 중의 한 여자입니다. 그러면 나는? 횡설수설, 횡설수설……

해놓고 낙서, 무엇인지 알 수 없는 낙서가 계속되더니 다시 다음 말이 시작된다.

이제 이곳에 안 오겠습니다. 이곳에는 나타나지 않겠습니다. 시간도 날짜도 약속하지 못합니다만 가끔 나는 '고향' 다방에 들를 것입니다. 우연히 만난다면? 그것을 하느님의 의지라 합니까? 아, 음악이 끝날 무렵이군요. 지금 막바지, 하느님을 찬미하고 지상에서 하늘로 올라가려 하고 있군요. 자, 그럼 이 어두컴컴한 비가 구질구질 나리는 밤, 돌아가지 않고 남은 사람은 몇이나 될까요……

그것으로 편지는 끝이 났다. 편지 끄트머리에도 김정현의 이름은 씌어져 있지 않았다. 인애는 편지를 여러 번 개켜서 지갑 속에 집어넣는다. 두 남자가 다 멍한 눈으로 인애를 쳐다본다. 인애도 멍한 눈으로 그들을 쳐다본다.

"무슨 편진데 그렇게 심각한 표정을 할까?"

한철이 무겁게 가라앉은 분위기를 휘저어 버리듯 넌지시 말했다. 정인호의 얼굴은 긴장되어 오히려 우스꽝스러운 모양이 되고 말았다. 인애는 한철을 빤히 쳐다본다.

"아니에요."

인애는 숨을 들이마시듯 흐느끼듯 대꾸한다.

"아, 아니에요."

묻지도 않는데 그는 그 말을 되풀이한다.

"친한 동무의 어머니가 돌아가셨다는군요."

서슴지 않고 둘러댄다. 마음에는 실오라기 하나 끼어들 여유도 없으면서 인애의 입에서는 저절로, 제멋대로 말이 나와 버린 것이다.

"친한 동무?"

하다가 한철은 웃는다.

"친한 동무의 어머니들이 돌아가는 계절인 모양이지? 그쪽엔 자살이 아닌가?"

인애의 마음을 뚫어보는 듯 한철의 눈빛은 깊었다. 정인호는 적이 마음이 놓이는 듯 의자 뒤에 몸을 기대면서 한철의 말에 부시시 웃고 인애를 바라본다.

"자연사예요. 자살 아니지요."

역시 나오는 대로 지껄인다. 눈에는 열이 떠서 그렁그렁 눈물에 젖으면서.

"흐음."

하자 비로소 인애는 자기의식으로 돌아오는지 한철을 한번 노려보고 녹지대 안에 누가 자기를 감시하고 있기라도 하듯 둘러본다. 눈동자는 여전히 와들와들 떨고 있는 것 같았다.

한철은 담뱃갑을 호주머니 속에 집어넣는다.

"나 한턱하지. 나가자."

하고 일어선다. 인애는 가만히 앉은 채 탁자를 내려다보며

"지가 한턱하겠어요."

책을 읽듯 말한다.

"누가 내든지."

"아니에요. 제가 내는 것 아니면 안 가겠어요."

여전히 책을 읽어 내려가듯.

"그럼 그러지."

"냉면을 사겠어요. 아, 아니에요. 술 사드릴게요."

하고 그는 자리에서 벌떡 일어선다. 한철이 찻값을 치르는
동안, 정인호가 우물쭈물하는 동안, 인애는 계단을 밟고 올라
가서 뒤돌아보지도 않고 걸어간다. 남자 둘이 성큼성큼 그의
뒤를 쫓는다.

인애는 비키니 스타일의 양재점 쇼윈도를 보며 빠르게 걸어
간다.

골목을 여러 번 돌아서 대폿집 앞에 이르자 그들은 걸음을
멈추고 서로 바라본다.

"들어가지."

한철이 먼저 들어선다.

"어서 오세요."

돈을 셈하고 있던 대폿집 아주머니는 타향에서 내 땅 까마
귀를 본 듯 반가워하며 일어선다.

"왜 이리 텅텅 비어 있어요? 여기도 여름을 타나요?"

한철의 우스개를 듣고 아주머니는 깔깔 웃으며

"사람이 여름을 타는데 여긴들 안 타겠어요? 먹는 장사 아니요?"

"먹는 장사……."

한철은 픽 웃으며 인애를 돌아본다.

대폿집은 정말 찬바람이라도 부는 듯 비어 있다. 아주머니는 셈하던 돈을 밀어 넣고 내려오면서

"여름이 가야, 어서 여름이 가야 우리 집에 손님이 들어찰 긴데, 술 마시는 사람이 술 중독에 걸린 것과 마찬가지로 나는 사람 중독에 걸렸는지 손님이 안 오면 영 쓸쓸해서 못 견디겠구만. 돈 버는 일은 둘째 쳐놓고……. 어서 들어가세요. 저기 저 안의 골방이 비어 있어요. 아주 시원해요. 선풍기도 있으니까 틀어놓으시고."

아주머니는 정말 쓸쓸했던지 수선을 피운다.

"우리 전셀 얻었구먼."

신발을 벗고 골방으로 올라가며 한철이 뇐다.

"맞았어요. 전세요."

뒤따라 오던 아주머니가 아무 재미있는 일도 없는데 깔깔 소리 내어 웃는다.

"공연히 술값에 때울리면 안 됩니다."

한철도 싱글벙글 웃는다. 눈동자는 어두우면서.

"그럴 자리가 따로 있지. 신문기자를 건드렸다가 누가 장사를 해먹을라구."

아주머니가 응수한다.

"그럼 오늘은 공술이다."

"처분만 기다리요."

주거니 받거니 농담을 하다가 아주머니는 아이를 부르며 자기 자리로 돌아간다.

한철은 선풍기부터 틀어놓고 털썩 주저앉는다.

"값싸고 술맛 좋고 게다가 저 아주머니 인심이 좋아서 여기 사람들이 모이지. 명동족들이 자가용 가지는 신세가 되기까지는 명동 상점의 문을 다 닫아도 여긴 번창할 거야."

한철이 말에

"참 묘한 분위기가 있어요. 여긴."

정인호가 말한다.

"음, 묘한 분위기가 있지. 뒷골목의 인정 같은. 실패한 사람끼리의 살갗이 닿는 듯한……."

"내 친구 중에는 저 아주머니의 다정스러운 목소리가 듣고 싶어서 어머니 같은 그 마음을 마시고 싶어서 온다고 하는 치가 있어요."

"그 친구 몹시 외로웠던 모양이지? 하긴 남자는 언제나 여성 속에서 모성을 찾으려 하지."

인애는 선풍기 바람에 머리칼을 날리며 탁자 위에 턱을 괴

고 앉아 있다가

"사랑하면 여자는 다 모성이 되지 않아요?"

하고 한마디 던진다.

"그 사랑의 척도에 따라서지. 받으려고 하지 주려는 여자가
쉬운?"

"주려고 해도 안 받을 때는?"

"그야 할 수 없고."

하다가 한철은 사방을 둘레둘레 살피며

"한강까지 나갈 필요 없잖아? 시원하고 조용하고 명동 한복
판인 것 같지도 않아."

"유행이 지나가면 그 옷감은 아주 값이 싸지지요."

인애는 뚱딴지같은 말을 한다.

"그리고 다른 사람들이 안 입으니까요."

"그건 또 무슨 말이야? 영문을 모르겠다."

"돈 없는 사람이 약게 사는 방법 아니에요?"

"……?"

"찾아보면 어딘가 구멍 뚫린 곳이 있어요."

"……?"

"모두들 돈 있는 사람들이 피서 가버린 동안 괜히 외로워서
땀 흘려가며 그까짓 비좁은 합승 타고 뚝섬까지 갈 필요 없단
말예요."

"외로워서 가나 뭐, 더워서 가지."

인애는 그 말은 들은 척도 않고

"그들이 비어버린 사이에, 아주머니는 친절하고 이 집은 독차지할 수 있고 시원하고 선풍기는 돌아가고 있으니 말이에요. 우린 유행이 다 지나가 버린 뒤 싸게 옷감을 사는 것처럼 가을에나 겨울에 바다에 가세요."

거침없이 지껄이는데 인애로서는 주책이 없을 만큼 허둥허둥하는 모양과 지껄이면서도 다른 생각에 가득 차 있는 듯한 눈동자를 한철은 딱해하며 멍하니 쳐다본다.

"어머, 왜 그러시죠? 제 이야기가 우스워요?"

인애는 말을 하다 끊고 한철을 물끄러미 바라본다.

"겨울에 바다에 가자니까 우습지 않나."

"웃으시지도 않으면서."

술과 김이 오르는 빈대떡이 들어온다. 고소한 기름 냄새……

"얌전한 골샌님께서 오늘은 약주 좀 하시고 다 털어놓고 이야기나 하시지."

한철은 떨떠름한 표정으로 술을 부어 정인호에게 권한다. 그러나 술이 들어가자 먼저 인애가 지껄이기 시작한다.

"선생님, 한 선생님은 바보예요."

"아가씨께서는 빈대떡이나 잡수시고, 술주정은 사양하지."

한철이 나무라듯 말한다.

"그까짓 확 채버리세요."

인애의 얼굴은 빨갛게 타고 있었다.

"뭘?"

"사람 말예요."

"사람?"

하다가

"인애나 한번 마음대로 해봐. 그 사람이라는 것을."

"물론이죠. 마음대로 하구말구요. 마음대로 하는 거예요. 누구든지 모조리 때려 부수어주고요."

"주정이 거칠군."

"아니지요. 주정은 아니지요. 선생님도 그런 생각은 하시죠? 가끔, 안 그래요? 아마 정 형께서는 그런 생각 엄청나서 못 할 거예요."

"정 형? 허, 거 재미있군. 인애가 술 마시더니 점점 남자를 닮아가는군."

난데없이 정 형이라 하는 바람에 정인호는 눈을 꿈벅거린다. 그 얼굴을 내리치듯 인애는 크게 웃는다.

"남자를 닮아간다구요? 애초의 하느님께서 남자와 여자를 달리 하시되 말은 하느님이 주신 것 아니에요. 좀 빌려 썼다고 무슨 잘못이겠어요? 전 남자가 여자보다 위대한 것을 찬양합니다."

도무지 말의 씨가 닿지 않는다.

"다행이야, 정 군을 위해서."

"그런데 정 형께서는 그 반대 아니에요?"

"어떻게 반댑니까."

술이 들어간 정인호는 좀 대담해져서 반문한다.

"아까도 숙녀가 내미는 손도 못 잡으셨죠? 그게 남성이에요? 그건 중성이에요."

"이거 결투거리요."

정인호가 소리를 팩 지른다.

"여자하고 남자하고? 그러니까 중성이라는 말이 나올밖에. 여자하고 남자하고 합하면 중성이 되죠?"

"남자가 남자하고 당당히 싸워야지요. 악수도 겁이 나서 여자하고 못 하면서 결투를 하겠다구요? 난센스! 얌전하고 품행 단정한 샌님은 국으로 계시는 거예요. 그리구 중매쟁이 할멈이 권하는 대로 착한 색시한테 장가나 드는 거예요."

술이 올라서 벌게진 정인호의 얼굴이 별안간 파래진다.

"인애가 정말 주정을 하는군."

한철은 정인호 술잔에 술을 따라주며

"자, 술이나 들게. 술 얻어먹는 대신 주정도 받아주어야지."

했으나 정인호는 묘하게 충격을 받은 모양으로 술잔도 들지 않고 뻗치고 있다.

"서부 활극은 어쩌면 한 선생님에게나 맞을는지도 모르죠. 민 선생님하고 맞서보면 건사할 거예요. 그렇지만 완력으론 선생님이 이기시고, 정신력으론 그분이 이기실걸요. 저 깃발 들고 나가서 응원할게요. 음…… 그리고 숙배도 아, 아니 아니, 내가……."

인애는 머리를 흔든다. 그의 얼굴은 홍당무가 되어 있었다.

"정말 인애가 버릇없이 구는군."

"버릇없이 굴게 돼 있는 장소 아니에요? 원래 숙녀는 이런 곳에 안 온답니다."

"한 대 때려주고 싶지만."

"여자는 남자에게 맞으면 쾌감을 느낀다죠? 정 형은 결투 신청을 해서 곤란하지만요."

정인호의 얼굴이 더욱 푸르게 질린다.

"오늘만은 용서해 주지. 마음속에 비바람이 부는 모양이 니까."

한철은 정인호의 표정을 살피며 어물어물 말한다.

"공연히 값싼 자비심은 베풀지 마세요. 그렇게 약한 하인애 는 아니랍니다. 그건 은자에게나 돌려주시고, 비바람에 이따위 잡담이 무슨 소용 있겠어요."

"건방진 소리는 그만해."

한철이 불쾌해서 내뱉는데

"네, 비바람이 불어요. 막 불어요. 간신히 간신히 숨 쉴 구멍 만 남겨놓고 말이에요."

하고 엉뚱한 말을 한다.

"흥, 그 건방진 말이 튀어나오는 말구멍도 남겨놓고 말 이지?"

하는데 별안간 정인호가 자리를 차고 일어선다.

"난 미스 하를 그렇게 안 보았어! 내가 뭐 창경원의 원숭이 새끼란 말이야?"

하고 악을 쓴다.

"어머! 왜 그러세요? 정 형."

"절교야!"

"이번에는 결투 아니구 절교예요?"

인애는 술기가 어린 흐리멍덩한 눈을 들어 정인호를 본다.

"아무리 친한 사이라도 할 말 못 할 말이 있어! 뭐 중성이라 구? 중매쟁이 권하는 대로 장가가라구? 건방지게 무슨 참견이야!"

"제법이네요. 중성이라는 말은 취소할게요."

"너까짓 계집애, 열, 백이 있어도 다 소용없어!"

고래고래 소리를 지르며 한철에게 간다는 인사말도 없이 돌아선다.

"술 깨면 후회하실걸요. 정인호 씨!"

인애도 소리쳤으나 정인호는 열, 백 있어도 소용없다는 말을 하며 나가버린다. 인애는 정신 나간 사람처럼 한철을 우두커니 바라본다.

"선생님."

"……."

"제가 정 씨에게 지나치게 했나 봐요. 마음이 이상하구 머리가 빙빙 돌아가는 것 같구. 역시 그런 소린 하는 거 아니었는데, 악취민데……."

한철을 쳐다보는 인애의 얼굴이 찌그러진 것 같다. 풀이 죽어서. 한철은 나무라주려다가 인애가 불쌍해져서 부드럽게

"말이 헤펐지."

"……."

"인애답지 않았어. 오늘은 한계를 좀 넘은 것 같다. 정 군같이 순한 사람이 가다가 신경질을 부리는 일이 있지."

"공연히 정 씨가 못난 것 같아서, 그분 잘못은 아무것도 없는데 그만 화가 났어요."

"잘난 사람이 어디 있어? 다 못났으니까 모두 고민하고 사는 거지. 정 군은 인애 앞이라 더 못나게 군 거야. 좋아하면, 더욱이 그것을 상대가 받아주지 않을 때, 여자나 남자나 자기가 지닌 값어치보다 못난 짓을 저지르게 되는 거야."

"좋아한다고 간단하게 되나요?"

인애는 혼잣말처럼 중얼거린다.

"그건 인애도 마찬가지 아니야? 간단하지 않으니까 인애도 고민하는 것 아냐? 누구하고 연앨 하는지 모르지만. 그 친구 술이 깨면 영리한 인애 말대로 후회할걸. 후회 정도가 아니지."

한철은 웃는다.

"후회 안 하는 게 좋아요."

하더니 정말 인애는 훌쩍훌쩍 울기 시작한다. 뭔지 심장을 뒤틀어놓고 마는, 전신을 떨면서 우는 울음은 정말 연극이 아니었다. 그 우는 모습이 하도 처절하여 한철은 아무 말도 못하고 바라만 보고 있다.

한참 만에

"공기가 탁하군. 나가자. 영화라도 보면 술이 깰 거야."

했으나 인애는 그 소리도 듣지 못하고 모은 두 무릎 위에 얼굴을 얹고 흐느껴 운다.

"허 참, 아가씨께서⋯⋯."

하다가 그는 먼저 나가서 계산을 치르고 대폿집 아주머니와 몇 마디 농담을 주고받다가 돌아온다.

"어서 옵쇼!"

새로 손님이 들어오는지 심부름하는 사내아이의 활기 띤 목소리가 좁은 홀을 울린다.

"인애."

인애는 눈물을 닦고 부스스 웃으며 일어선다.

그들은 밖으로 나왔다.

"마음대로?"

"정 씨 말이 맞는걸요. 그 말 맞는⋯⋯. 정말 저 같은 계집애 열, 백 있어도 정 씨에겐 소용없어요. 마음에 벌레가 가득 들어차서 다 먹어버린 것 같은⋯⋯. 어쩔 수도 없네요. 그인, 정 씨는 참 좋은 분이에요. 동정이 아니에요. 그런 사람 사랑할 수 있다면 여잔 행복해질 거예요. 정말 마음대로, 안 되는 마음이군요. 선생님, 왜 선생님은 민 선생님한테 애인을 **뺏겼어요?**"

"늙은 사람이 젊은 애보고 뭐라고 대답할까? 내가 울어주면 인애는 속이 시원하겠어?"

"아니에요. 선생님 울면 정떨어져서 어떻게 다시 만나요? 우는 건 여자가 할 짓이에요. 제가 한번 멋있게 울어드릴게요."

걸어가면서 한철은 변화무쌍한 인애를 신기하게 쳐다보곤 한다. 만날 때마다 새로운 면을 드러내고, 그러다간 싹 감추어 버리는, 그러나 아무런 기교도 아양도 없이. 그러나 한철은 인애하고 자주 만나거나 만일 함께 있다면 퍽 피곤하리라 생각한다. 강한 듯하면서도 인애의 감정은 너무나 연해서 마구 다치게 할 수 없는 그런 괴로움을 느낄 것 같았다.

"인애는 시인이기보다 천재적인 배우야."

아무 말 않고 걸어가는 것이 따분해서 한철은 싱거운 말을 꺼낸다.

인애는 말짱한 얼굴로 술 마시고 나오는 기색도 없이, 그렇게 처절하게 울던 기색도 없이 성큼성큼 걸어가면서, 한철은 쳐다보지도 않고

"한 선생님도 저에겐 엄연한 남 아니에요?"

"누가 안 그렇다 했나?"

하다가 한철은 피식 웃으며

"인애는 굉장히 매력 있는 여자야. 하지만 갖고 싶은 여자는 아니지."

농담 반 진담 반. 그러나 인애는 그 말 들은 척도 하지 않고

"안 그래요? 선생님."

"뭐가?"

"남 아니냐 말예요."

"그렇다니까."

"한 선생님은 저 자신이 될 수 없어요. 저도 한 선생님 될 순 없어요. 좋아하고 존경하는 것하곤 아주, 아주 다르죠."

"누구나 다 남이야."

"그러니까 저의 소중한 본모습을 보여드리기 싫은 거예요."

"비싸구먼."

"저는 언제나 배우예요."

"백만 불짜리다."

한철은 자꾸만 놀려준다.

그러나 인애는 농담에 어울리지 않고

"이 세상 모든 사람에게 말예요. 이 세상 모든 사람에게 전 배우에 지나지 않아요. 한 사람에게, 단지 한 사람에게 저의 꺼풀을 벗어버렸지만, 그러니까 정말 못난이가 되어버리더군요. 정인호 씨 이상으로 말이에요. 하지만 못난 건 비극이 아니에요. 잘난 게 비극이죠. 못날 수 있다는 것은 행복이에요."

"인애 말이 맞어. 그러나 이젠 잔소리는 그만하고 영화나 보

자. 아무리 인애하고 나하고 상관이 없는 사이지만 남자치고 그런 소리 듣는 건 과히 기분 좋은 일은 아니거든."

무슨 영화인지 살펴보지도 않고 한철은 매표구 앞에서 돈을 꺼낸다.

"저리 가세요. 선생님, 절 노랭이로 만들지 마세요."

인애는 한철을 밀어내고 극장표 두 장을 산다. 들어가면서

"아깐 약속이 틀렸어요."

"뭘?"

"술값 말예요."

"음, 권총은 천천히 꺼내고 돈은 빨리 꺼내라는 말이 있지."

"서부 활극의 이야기예요?"

"아마 그렇겠지."

"선생님은 그래요. 아까 제가 뭐랬죠? 서부 활극에 어울린다구."

하며 인애는 킥 웃는다.

"까불지 말고."

그들은 극장 안으로 들어간다. 다음 프로의 시작을 기다리노라고 그들은 대합실에 가서 앉는다. 한철은 담배를 붙여 물고 성냥을 긋다 말고 출입문을 힐끗 쳐다본다.

회색 남방셔츠를 입은 민상건이 오렌지빛 원피스를 입은 멋쟁이 여성과 함께 들어오다가 한철의 눈과 마주친다. 은빛 샌들을 신은 여자는 성큼성큼 안을 향해 걸어가고 민상건은 좀

따분하게 됐다는 표정을 짓다가 한철이 편으로 다가온다.

"오래간만이에요. 민 선생님."

인애는 들뜬 목소리로 인사한다. 민상건은 빙그레 웃으며

"오래간만이군. 자네도 그간 별일 없었나?"

하고 민상건은 한철에게 얼굴을 돌린다.

"무슨 별일이 있겠어. 변함없이 숨만 쉬고 있지. 자네처럼 변화무쌍할 순 없지 않는가."

하며 시니컬한 웃음을 띤다. 웃는 한철의 얼굴은 여전히 험상궂게 보인다. 민상건은 조금도 흔들리지 않는 눈으로 한철을 내려다본다. 마음 바닥에서 우러나오는 여유다.

"어서 가보게. 그쪽에서 동행이 기다리지 않어?"

한철은 담배 연기를 뿜으면서 고갯짓을 한다. 민상건은 잠자코 담배 케이스 속에서 담배를 꺼내어 들며

"담뱃불 좀 빌려주게."

한철이 담배를 내준다. 불을 붙이고 담배를 내주면서

"접때 지나가다 신문사에 들렀더니 없더군."

담배 연기를 한철이 얼굴 위에 뿜어낸다.

"뭐 하려구?"

"그냥…… 아마 좀 지껄이고 싶었겠지."

"자네에게도 할 말이 있는가?"

"나뿐인가? 할 말이야 누구에게도 없지. 모두 헛소리하는 것을 할 말이라 하는 것 아닐까?"

인애가 웃는다. 오늘은 참 헛소리를 많이 지껄였다는 생각에서.

"숙녀께서 기다려. 구두 끝을 자꾸 뚜드리는걸."

그 말에 민상건은 슬그머니 돌아서서 여자 곁으로 간다. 그리고 여자 옆에 앉으며 다정하게 이야기하는 여자의 얼굴을 민상건은 쳐다본다.

인애와 한철 사이에 침묵이 계속된다. 인애는 휴게실 벽에 나붙은 광고 속의 커다란 여배우의 얼굴을 하나하나 바라보며 말문을 닫고 있다.

"인애."

"……."

"인애."

"네? 네."

인애는 얼굴을 돌린다.

"아까 인애는 날보고 엄연한 남이라 했지?"

"네, 그랬어요."

하면서 인애의 눈이 민상건이 있는 곳으로 간다. 한철이 우울하게 인애를 살핀다.

"이 세상은 모두 남과 남이 모여 사는 곳이야."

"새삼스럽게."

하면서 인애의 눈은 여전히 민상건을 살피고 있다.

"그렇지만 이웃의 선의라는 게 있지. 그 이웃의 선의가 남과 남이 손잡을 수 있게 하고, 이웃의 악의가 등을 돌리고 서로 팔매질하는 경우도 있지."

"무슨 말씀을 하시려는 거예요?"

인애는 얼굴을 돌리고 한철을 빤히 쳐다본다.

"인애는 민상건을 사랑하고 있는 것 아닐까?"

한철은 깊으면서도 의심스러운 눈으로 인애의 눈치를 살핀다.

"내 하는 말을 그 이웃의 선의로 생각하고 받아야 해. 민상건만은 안 된다. 만일 그런 감정이 인애에게 있다면 죽여버려."

인애는 조야(粗野)하지만 선량한 한철의 얼굴을 말끄러미 쳐다본다. 한철이 편에서 무안을 타며 얼굴을 돌린다. 그러나 그는 하던 말을 계속한다.

"저 사나이는 악마에게 영혼을 팔아버린 불행한 그런 인간이야. 짓밟고, 무너뜨리고, 부숴버려도 조금도 괴로움이 없는, 아니 도리어 그렇게 함으로써 자기의 존재를 연장시키는 것으로 생각하고 있지. 일방적으로 말하는 그런 바람둥이는 아니다. 그는 그대로 피투성이가 되니까, 자기 자신을 위해서. 그러니까 더 무서운 것 아니겠나? 구원받을 수 없어. 여하한 것으로도. 불행한 결혼을 했지. 그 때문에 마음을 아주 잃어버린 사내야. 하기는 결혼만 불행했던 것은 아니고 그 성격 속에 미쳐버리는 그런 것이 있었지. 다시는 팔아버린 영혼을 되찾을 수 없는 가엾은 인간이다."

인애는 그 말에 귀를 기울이며 민상건 쪽을 바라본다. 그는
이쪽에 조금도 신경을 쓰지 않고 태연히 여자와 이야기를 나
누고 있다. 세련된 여자의 옆모습은 아름다웠다. 오렌지빛 원
피스가 조금도 야하지 않고 잘 어울린다.

나이는 사십 전후.

"내가 저 사내를 죽여버리지 못하는 것은 그가 가엾은 불행
한 사나이라는 그 점 때문이야. 인애는 나하고 그 사이에 무슨
일이 있었다는 것을 계산에 넣고 내 말을 들어서는 안 돼. 파
멸이야, 파멸. 여지없이. 어쩌면 내 마음속에 저 인간에 대한
우정이 그대로 남아 있는지도 모르지. 아니, 저 사내가 지니고
있는 매력에 여자들과 마찬가지로 나도 끌려가고 있는지도 몰
라. 어떻게 보면 정직한 사낸지도 몰라."

한철은 옆에 인애가 있는 것도, 인애에게 충고하기 위해 시
작한 말이라는 것도 잊어버린 듯 나중에 가서 혼자 중얼거리
는 것만 같았다. 어떻게 보면 바보가 된 것처럼.

"그는 선하고 착한 것, 아름답고 진실한 것을 그대로 받아들
이려 하지 않고 선을 찢어서 악을 들여다보려 하고 아름다운
것을 벗겨버리고 추한 것을, 더러운 것을 보려고 하거든. 미친
놈처럼 말이야. 그의 예술은 그 악에 대한 집념에서 시작된 것
인지도 몰라. 역설적이지만 악에 도전하다가 그 자신이 악에
빠져서, 그 집념에 사로잡히고 말았을 거야. 그래서 그는 항상

악의 여유 속에서 저렇게 유유히, 당당하단 말이야. 우울하고 어딘지 슬픈 미소를 띠면서. 나쁜 놈 같으니라구."

한철은 인애의 눈길을 느끼고 비로소 자기 정신으로 돌아온 듯, 그리고 무슨 말을 지껄였는지 생각해 보는 듯.

"한 선생님은 지나친 생각을 하고 계세요."

"……."

"선생님의 충고를 받을 사람은 따로 있어요. 전 민 선생님을 한 선생님만큼도 좋아하지 않는걸요."

"그럼 무척 다행이다."

희미한 표정으로 한철이 뇐다. 인애는 입술을 오므리며

"하지만 무척 다행한 건 아닐 거예요."

"왜?"

"민 선생님은 아니지만 마찬가지로 영혼을 악마에게 팔아버린 듯한 그런 남자를 저는 좋아하고 있어요."

"……."

"민 선생님보다 더한 사람인지도 모르죠."

인애는 자학적인 미소를 머금는다. 한철은 우두커니 말없이 앉았다가

"불행한 이야기다."

"아니지요."

인애는 고개를 흔든다.

"……?"

"다행이 아니라 했지만 역설적으로……."

하더니 인애는 신경질적으로 웃는다. 높은 목소리로

"행복한 건지 몰라요. 아픔이, 그 아픔이 말예요. 때론 전신이 으쓱으쓱해지도록, 뭐가 막 넘쳐흐르는 것같이 기쁠 때가 있는걸요."

하며 인애는 다시 민상건 쪽을 바라본다. 인애의 눈을 느꼈는지 얼굴을 돌리며 싱긋이 웃는다.

마침 벨이 요란스럽게, 잠겨버린 모든 것을 휘저어 버리듯 요란스럽게 울린다. 사람들이 밀려 나온다.

"머리가 뻐근하군. 오늘은 참 이상한 날이야."

한철이 담배를 버리고 일어선다. 온통 구겨져버린 듯한 얼굴을 하고 있었다. 그가 민상건 쪽을 힐끗 보았을 때 민상건도 호주머니 속에 담배를 밀어 넣고 일어선다.

"들어가지."

한철이 먼저 걸어간다.

꾸역꾸역 밀려 나오는 사람들의 물결, 모두 허탈한 얼굴이다. 남의 인생을 보고 나온 쓸쓸한 표정이다. 제각기 모두 영화의 주인공들이건만 주인공이 될 수 없는 초라한 인생들이 쓰레기처럼 밀려 나오고 밀려 들어간다. 기쁨을 맛보기보다 슬픔을, 눈물을 흘리고, 그 속을 인애도 한철이도 그리고 민상건과 그 멋쟁이 여자도 떠밀려 들어간다.

매점을 지키고 있는 소녀만이 쓰레기 같은 가지각색의 인생을 지켜보는 국외자局外者처럼 초연히 앉아 있다.

거리에는 변함없이 전차가 지나가고 극장에서 쏟아져 나온 손님들을 실은 택시가 종로 넓은 길, 차량의 홍수 속으로 비비고 들어간다. 온갖 소음, 온갖 움직임, 그 속을 지키는 늙은 도시의 황혼은 왜 그리 슬픈가.

"여기군."

한철이 자리를 찾아 인애를 앉게 한다. 인애는 자리에 앉자 뒤돌아본다. 민상건이 이층 앞 편에 여자하고 함께 앉아서 인애 쪽을 보고 있는 것 같다. 인애가 손을 들어 보이자 웃는 듯, 민상건은 약간 몸을 흔들어 보인다.

영화가 끝나고 밖으로 나왔을 때 거리에는 어둠이 깔려 있다.

"인애, 어떡헐래?"

한철이 가로수 밑에 서서 묻는다.

"저 집에까지 데려다주세요."

"그러지."

한철은 천천히 대답하고 지나가는 택시를 잡는다.

"타."

한철이 문을 열어주며 돌아본다.

민상건은 여자하고 다방으로 들어간다.

차에 오르자

"아 참, 오늘은 이상한 날이에요. 일 년, 십 년이 지나간 것 같아요."

한철은 대꾸 없이 창밖을 내다보고 있다.

"내가 며칠 전에 이상한 걸 봤는데 지금 병원을 보니까 생각이 나는군."

"뭔데요?"

"인애 큰어머니, 최 여사 말이야."

한철은 느닷없이 말한다.

"큰어머니?"

"음, 그러니까 일주일 전이었던가? 아침, 좀 늦은 아침이었군. 한 박사의 병원."

하다가 가볍게 기침을 한다.

"한 박사라구요? 그분 집의 주치의예요. 옛날부터 친하게 지내는걸요."

인애는 최 여사에 대한 무슨 좋지 않은 말이 나올까 봐 미리 방어선을 치듯 말한다.

"음, 그거는 그렇고, 그 앞을 지나가는데 택시 한 대가 막 날아오지 않어? 기자 근성이 있어서 걸음을 멈추었지. 그리고 쳐다보니까 차에서 하홍수 씨가 내린단 말이야. 얼굴이 파랗게 질려가지고 볼 수 없더군."

인애는 꿈쩍 놀란 듯 한철을 주시한다.

"뻗어버린 최 여사를 운전수가 거들어서 안아 내리는데, 그리고 아마 인애의 사촌 동생일 거야, 그 귀엽게 생긴 소녀. 그 소녀가 막 울면서 병원으로 따라 들어가더군."

인애의 얼굴빛이 질린다.

"그, 그래서요!"

"인애는 전혀 모르고 있었나?"

"아무것도, 모, 몰라요."

"좋지 않군. 그래 그놈의 기자 근성에서 이것은 틀림없이 자살이다 하고 때렸지."

"그, 그래서요!"

무릎 위에 놓인 인애의 손이 자동차의 진동 탓도 있었지만 달달 떨고 있다.

"충분히 사건거리거든. 하흥수 씨가 저명한 대학교수인 데다가 최 여사도 어지간히 유명한 사교계의 여성이란 말이야."

"빨리 결론부터 말씀하세요. 어떻게 됐다는 거예요!"

말을 자꾸 늘어뜨리는 한철을 미워하듯 노려보며 인애는 말했다.

"성미가 왜 그리 급해? 무슨 일이 났으면 아무리 남의 일이라도 이렇게 태연하겠어?"

"……."

"그래서 친척인 척 가장하고 점심때가 지난 무렵 해서 병원에다 전활 걸었지."

"그래서요?"

"생명은 겨우, 사건거리는 허공으로 날아가 버렸지. 자살 미수까지야 어디 보도할 수 있겠더라고? 인애하고의 친분을 생각해서라도."

하고 한철은 껄껄 웃는다. 인애는 크게 한숨을 들이마시며, 그러나 상당히 충격을 받은 모양이다.

"그런데 어째서 그런 짓을 했을까? 남 보긴 늘 화려하게……."

"충분히 있을 수 있는 일이에요."

"왜? 무슨 이유로?"

"간단하죠."

"간단하다구?"

"그럼요. 외로우니까."

"외로우니까?"

한철이 되뇌다가 입을 다물어버린다. 그는 더 이상 그 일에 대해서 캐묻지 않았다.

가만히 길을 바라보고 있던 인애가

"운전수 씨, 그 모퉁이를 돌아주세요. 간판 있는 쪽으로."

택시는 조산원 간판이 붙은 길모퉁이를 돈다. 헤드라이트가 비친 좁은 길을 지나가는 행인은 별로 눈에 띄지 않는다.

"아, 됐어요."

택시는 멎는다.

인애는

"선생님 먼저 내리시죠."

잠자코 앉아 있는 한철에게 말했다.

"나는 이 차 타고 가야지."

한철은 뻗치고 앉아 있다.

"하지만 선생님이 내리셔야 제가 내릴 수 있잖아요. 참 선생님도, 에티켓을 모르셔."

"음, 그런가?"

하며 부스스 일어나서 한철은 택시에서 내려간다. 그 사이 인애는 재빨리 찻삯을 운전수에게 넘겨주고 천연스럽게 택시에서 뛰어내린다. 그러자 택시는 움직였다.

"아, 아니."

한철이 손을 뻗치며 택시를 향해 소리치자 인애는 슬그머니 한철을 떠민다.

"여기까지 오셔가지고 그냥 가시기에요? 커피 마시고 가세요, 선생님."

"남의 의사는 물어보지도 않고?"

한철은 화를 발칵 낸다. 인애는 아랑곳없이

"은자가 반가워할 거예요."

"불순해."

"조금도. 이웃의 선의예요. 그리구 오늘은 이래저래 기분이 이상해요. 한 십 년 살아버린 것처럼."

한철도 호기심에 끌려 인애를 따라 집 앞에까지 와서 멈추어 선다.

외등 아래 그림자 두 개가 길게 뻗는다. 울타리 안에서 나무 그림자가 넘어와 가지고 바람에 조금씩 흔들린다.

인애는 조심스럽게 벨을 누른다.

"이층 학생이요?"

안에서 목소리가 들렸다.

"네, 문 좀 열어주세요."

살이 쪄서 디룩디룩한 아래층 주인댁 식모가 문을 따주면서 인애 뒤에 서 있는 한철을 유심히 쳐다본다.

"들어오세요, 선생님."

식모의 눈길을 튕겨버리듯 인애는 말하며 먼저 들어간다. 식모는 복도를 돌아가면서 다시 한 번 뒤돌아본다.

인애가 층계를 밟고 올라가자 그 발소리를 들은 은자가 층계 위에서 내려다보며

"어머, 너 어딜 쏘다니고 이제 오니? 애두 참, 얼마나 기다렸다구."

"손님 오셔!"

"손님?"

"음, 반가운 손님이야."

"누군데?"

하며 불도 없이 어두침침한 복도 아래를 내려다본다.

"어머! 한 선생님이."

반가워하기는 했지만 어딘지 복잡한 음성이다.

한철과 인애는 방으로 들어간다.

"방이 엉망인데 어떡허나?"

은자가 민망하여 어쩔 줄 모른다. 그는 인애에게 눈을 흘기며 한철을 데리고 온 것을 책망한다. 그러나 인애는 시치미를 딱 떼고

"선생님? 은자 한복 입은 것 처음 보셨죠?"

하며 넉살을 피운다.

"처음인데?"

한철은 눈부신 듯 은자를 쳐다보며 싱긋이 웃는다.

"예쁘죠? 그리고 여자다워 보이지 않아요?"

"기집애두, 나오는 대로 주워 삼키는구나. 얘, 쑥스럽다."

은자는 인애의 등을 친다.

"괜히 좋아서 이러는 거예요."

"몰라, 몰라!"

은자는 여느 때와 달리 얼굴을 붉힌다.

한철은 얼굴을 붉히는 은자를 괴로운 눈으로 바라본다. 그에게서 번져 나오는 분위기는 다감한 두 소녀가 아니라도 누구나 느낄 수 있는 깊은 애정을 지닌 그런 것이었다. 그 자신도 그것을 느꼈는지 얼른 눈을 거두어버리고 몸을 움직이며

"동생은?"

하고 묻는다.

"동무 집에 시험 공부 하러 갔어요."

은자는 좀 거리를 두는 기분으로 대꾸한다.

"기가 푹 죽었군."

"네?"

하고 은자가 되묻는다.

"전처럼 팔팔하지 않단 말이야."

"제가요?"

하다가 은자는 아무래도 어색해지는지 일어서며

"저, 나 커피 끓여 올게."

인애에게 말하고 커피포트와 커피 통을 들고 베란다로 나가
버린다.

"은잔 정말 살림꾼이에요. 함께 있어보고 처음으로 그걸 알
았어요. 동생하고 오랫동안 자취를 해서 그런진 몰라도 여간
알뜰하지 않아요. 밖에서 보기와는 딴판이에요."

"밖에서도 인애보담은 은자가 여자다워 보이지. 정인호보고
어쩌고저쩌고하지만 인애 넌 중성이야."

인애는 킥 웃는다.

한철은 책상 위에 널려진 원고지를 보고

"요즘에도 원고 정릴 하나?"

묻는다.

"네. 염 선생님이 일거리 주셨어요."

"그래도 열심히 밥벌이는 하는군. 그렇지만 인애는 집으로
돌아가야 할 거야. 이유 없는 반항은 그만하고."

"큰소리치고 나온걸요."

"그럼 작은 소리 한번 하고 고개 한번 숙이고 들어가면 되잖아."

"흠, 아주 틀어져 버린걸요."

"왜?"

"글쎄……."

화제는 끊어진다. 두 사람은 잠자코 앉아 있다. 커피 끓는 소리가 들려왔지만 은자는 그냥 베란다에 서 있는 모양이다.

"조용하고 방이 꽤 넓군."

한철은 방 안을 둘러본다. 인애는 손톱을 깍깍 물면서 오늘 하루의 거짓 언동을 생각해 본다.

'이건 정말 미친년 아니냐 말이다. 무슨 그런 지랄을 했을까? 확실히 한 선생님도 오늘은 주책이 없었어. 가장 서툰 연기였어. 큰어머니가 자살하려 했다고? 그래서? 하여간 머지않아 누군가 한 사람은 그렇게 폭삭 죽어버릴 거야. 밤낮 죽는다 죽는다 하는 사람 말고, 안 죽는다, 안 죽는다 하는 사람이 말이지.'

한참 후 은자는 커피포트하고 커피 잔을 차판에 받쳐 들고 들어왔다. 그는 한철 앞에 커피 잔을 놓고 커피를 붓는다. 한복 차림이라 그런지 몸짓이 퍽 우아하게 보인다.

"은자, 너 그러고 있으니까 꼭 새색시 같구나."

"까불지 말어."

은자는 새침하게 인애를 본다.

"너 한 선생님한테 시집가 버려."

서슴없이 말이 굴러 나온다.

"난 시집 안 간다."

은자의 얼굴은 여전히 새침하다. 선이 굵은 한철의 얼굴이 갑자기 비틀어지는 것 같다.

7. 강이 보이는 곳

한 내과병원 앞에 날씬한 자동차 한 대가 멎는다. 자동차 문을 열고 뛰어내린 숙배는 운전수에게 무슨 말을 하더니 병원 안으로 사라진다.

"오늘도 어지간히 찌겠는걸."

중얼거리며 운전수는 호주머니 속에서 담배를 꺼내어 붙여 문다. 그리고 심심한지 라디오의 다이얼을 돌린다. 경쾌한 리듬이 맑은 아침을 울리고 쏟아져 나온다.

"선생님, 차 왔어요."

숙배는 손수건을 꺼내어 이마에 배어난 땀을 닦으며 한 박사에게 급히 다가가서 말한다.

"음, 그래? 그럼 어머니 어서 뫼시고 나와."

숙배는 입원실로 쫓아간다.

"어머니, 차 왔어요."

"음, 그래."

최 여사가 돌아본다. 흰 레이스 치마, 저고리를 단정하게 입은 얼굴이 맑게 가라앉아 있다.

"어서 나가세요, 어머니."

최 여사는 일어섰다. 숙배가 팔을 잡으려 하자

"관둬. 내가 뭐 병자냐?"

쓸쓸하게 웃는다. 그 미소는 아름다웠다. 창백한 얼굴이긴 했지만.

최 여사는 조금도 몸이 불편한 티를 내지 않고 꼿꼿이 복도를 걸어 나간다. 지나가는 간호원에게 인사하는 것도 잊지 않고, 현관을 나섰을 때 한 박사가 뒤따라 나온다. 최 여사가 차에 오르자 숙배는 뒤돌아보며

"선생님, 너무 감사해요."

하고 인사한다.

"어머니 위해드려."

한 박사는 나직한 목소리로 타이르듯 말한다.

그리고 택시 속을 들여다보며

"그럼 몸조심하십시오."

최 여사는 차창 밖을 내다보며

"죄송합니다, 선생님."

하고 미소 짓는다.

"별말씀을. 제가 종종 들리지요. 아무 생각 마시고 마음을 편하게 가지셔야 합니다."

"선생님, 안녕히 계세요."

숙배는 택시에 오르고 차는 떠났다. 한 박사는 우두커니 서 있다가 병원으로 걸어 들어간다.

집이 가까워지는데 최 여사는 창밖만 바라볼 뿐 한마디 말도 하지 않는다. 하흥수 씨에 관한 이야기도. 병원에 있을 때도 그는 남편에 대하여 한마디 말도 물어본 일이 없다. 하흥수 씨는 그날 최 여사를 병원에 데려다준 뒤 병원에 나타난 일이 없었다.

그는 밤마다 술에 취하여 돌아와서는 그냥 쓰러져 자고 숙배는 그러한 하흥수 씨를 비난하고 나중에는 병원에 한 번만 와달라고 애원을 했으나 하흥수 씨는 벙어리가 되어버린 듯 아무 대꾸도 하지 않았다.

'내가 그 집으로 돌아가다니?'

최 여사는 지나가는 풍경을 바라보며 마음속으로 뇐다.

'내가 그 집으로 돌아가다니?'

숙배는 최 여사의 심정을 너무나 잘 알고 있었다. 알고 있었기 때문에 섣불리 하흥수 씨가 나타나지 않는 일에 대하여 변명을 할 수도 없고 괴로운 것이다.

'아버진 냉혈한이야. 피도 눈물도 없는 사람이야. 그러니까 어머니가 그럴 수밖에. 하지만 아버지는 왜 밤마다 술을 마시

고 돌아올까?'

"숙배야."

최 여사는 나직이 불렀다.

숙배는 최 여사를 물끄러미 바라본다. 수척해진 얼굴에 눈만 크게 빛나며 최 여사의 입에서 무슨 말이 나올지, 아버지에 대한 말이 나오지나 않을까 근심하는 표정으로.

"이번에는 너에게 너무 신셀 졌구나. 학교에도 못 가구⋯⋯."

마치 친구를 대하는 것처럼 이야기하며 여위고 정맥이 내비치는 자기 손을 우두커니 내려다본다.

"미안하다."

최 여사는 다시 뇌고 조심스럽게 한숨을 내쉰다.

"엄마, 그런 소리 안 하는 거예요."

숙배 눈에 눈물이 글썽 괸다.

"전 엄마 딸 아니에요?"

하자, 최 여사는 얼굴을 들어 숙배를 가만히 쳐다본다.

"이번에 전 많이 반성했어요. 제가 나빴어요."

"아무도 나쁜 사람은 없어. 아무도."

최 여사는 눈앞이 흐려지는 듯 손바닥으로 눈언저리를 쓸면서 차창 밖으로 얼굴을 돌린다.

여름 햇빛은 너무나 찬란하다. 차창을 스치고 지나가는 풍경은 모두 생명에의 환희에 차 있는 것만 같다. 아무 소망도 희망도 없는, 없다고 생각하는 최 여사 마음에 그러나 이상하게 삶에 대한 엷고 약한 것이지만 기쁨이 조금씩 되살아나는 것을 느낀다. 푸른 하늘과 햇빛이 푸른 가로수와 얼기설기 엮어진 전선. 사람이 아니라도, 그래서 더욱 배반하고 외면하지 않는 그런 풍경에 최 여사의 마음은 젖어드는 것이었는지도 모른다.

"저마다 괴로워했을 뿐이지. 누군가 한 사람만이라도 바보가 될 수 있고 신경이 둔할 수 있었다면 좀 잘 되어갈 수 있었을 것을……. 모두 어쩔 수 없는 천성인가 부다."

최 여사는 푸듯이 뇐다.

쓸쓸하게 낙엽이 쌓인 아무도 없는 뒷거리를 혼자 걸어가는 늙은 여자처럼, 그렇게 쓸쓸한 분위기를 자아내며 최 여사는 말을 하고 서글픈 미소를 머금는다.

"이젠 제가 바보가 될게요, 어머니."

최 여사는 아무 대꾸도 하지 않는다.

집 앞에서 택시가 멎었을 때 최 여사는 남의 집처럼, 손님이 남의 집을 찾아온 것처럼 멍하니 바라본다. 문 앞에 보따리 두 개를 들고 서 있던 식모가 쫓아와도 그것을 모르고

"어머니는 여기 앉아 계세요."

"……."

"가만히 앉아 계시는 거예요."

숙배는 다시 한 번 다짐하고 차에서 내린다. 숙배는 식모로부터 보따리를 하나 받아들고

"아버지 집에 계세요?"

하고 나직이 속삭이듯 묻는다.

"나가셨어요."

"나가셨다구요?"

숙배는 노여운 빛을 띠다가

"그럼 아주머니도 차 타세요."

하고 그는 다시 택시에 오르는 것이었다.

"안 내리니?"

최 여사는 의아하게 묻다가 식모도 차에 오르는 것을 보고 더욱더 어리둥절해하는 얼굴이다.

"다른 데로 가는 거예요. 어머니."

"……."

"좀 수양도 하셔야죠. 아주, 너무너무 멋이 있는 곳에 집을 얻어놨어요. 강이 보이고, 정원이 넓구요. 한여름을 보내기에는 이상적인 곳이에요."

최 여사는 어딘지 뒤틀린 듯한 웃음을 머금고

"날 쫓아내는 거냐?"

하며 농담으로 들렸으나 그 목소리는 서글프고 체념한 듯하면서 몹시 외롭게 울렸다.

식모는 차에 오르자 뭐라고 할 말이 없는지 앞만 바라본다. 택시는 그 집 앞을 떠났다.

'가엾은 엄마, 아니에요. 누가 엄마를 쫓아내요? 아버지한테 복수하는 거예요. 아무 애정도 없는 나무 둥어리 같은 잔인한 아버지에게 복수를 하는 거예요. 그 아버지가 사는 집에 엄마가 돌아가선 안 돼요. 정말 엄만 헛살았어요. 전 이번에 똑똑히 그걸 봤어요. 집에 기르는 강아지가 그 꼴을 당해도 그렇게는 못 했을 거예요. 나빠요, 나빠! 정말 아버진 나빠요. 정말 엄마는 바보, 바보예요.'

숙배는 지나가는 풍경을 바라보며 마음속으로 혼자 울부짖는다. 옛날처럼 최 여사가 신경질을 부렸더라면 숙배의 마음은 덜 아팠을지도 모른다. 가난하면서 이제는 바라지도 않는 듯 조용히 앉아 있는 최 여사의 모습은 숙배로 하여금 하홍수 씨에 대한 원망으로 몰고 가는 것이었다.

"어머니?"

"응?"

"지금 가는 집 말예요, 아침이면 나무에 예쁜 새들이 막 모여들어요."

"음."

무관심하게 대꾸한다.

"마치 천사들이 내려와서 노래를 부르는 것처럼, 엄마는 거기 가시면 참 좋아지실 거예요. 한 박사께서도 종종 나오시겠다고 하셨어요. 정말 한 박사는 좋은 분이에요."

한 박사의 말이 나오자 최 여사 얼굴에 미묘한 표정이 움직인다. 그러나 아무 말도 하지 않는다.

"얼마나 애쓰셨는지 엄마는 모르실 거예요."

"그런데 아주머닌 우릴 따라오는 거냐?"

최 여사는 숙배의 말허리를 잘라버리듯 식모의 뒤통수를 바라보며 묻는다.

"네, 사모님."

하고 식모는 목을 비틀듯 하며 돌아본다.

"집안일은 어쩌구?"

"엄마는 집안일 걱정하실 필요 없어요. 다른 사람 하나 데려다 놨으니까. 아주머니 아니면 누가 자상하게 엄마를 돌보겠어요."

앞자리에 앉은 식모는 좀 민망한 듯 몸을 움직인다.

"그런데 집은 세 얻었니?"

최 여사가 묻는다.

"아니에요. 한 박사 별장이에요. 이번에 한 박사께서 어머니를 위해 빌려주셨어요."

"그래?"

최 여사는 다시 복잡한 표정이 된다.

"그럼 왜 날보구 미리 이야기 안 했니?"

좀 나무라듯 말한다.

"미리 알면 무슨 재미가 있어요?"

숙배는 처음으로 장난스러운 웃음을 띤다.

최 여사는 어두워진 얼굴로 숙배의 장난스러운 웃음을 보다가

"애두……."

하고 중얼거린다.

시외 넓은 길을 택시는 달린다. 잘 가꿔진 정원수가 가득 들어선 넓은 뜰 안으로 택시는 미끄러져 들어갔다. 나무 사이로 조그마한 집이 보인다.

귀밑에 혹이 하나 있고 백발이 성성한 별장지기 노인이 조그마한 개 한 마리를 데리고 언덕 쪽에서 어슬렁어슬렁 걸어 나온다.

택시에서 팔딱 뛰어내린 숙배는 오래전부터 친하게 사귀어 온 사이처럼 환한 웃음을 띠며

"할아버지, 안녕하셨어요?"

하고 꾸벅 절을 한다.

"잘 오셨소."

노인은 숙배의 상냥한 태도에 매우 기분이 좋은 모양이다.

"잘 부탁합니다, 할아버지. 저 우리 어머니, 엄마? 여기 계시는 분이에요."

노인은 빙그레 웃으며

"사모님, 내가 여길 지키고 있는 사람이올시다."

하고 깍듯이 절을 한다. 최 여사는 그냥 웃기만 한다.

"짐은 저, 저리로, 돌아가면 부엌이 있소."

노인은 짐을 들고 어리둥절해하는 식모를 보고 일러준다. 식모는 다리를 절룩거리며 일러준 방향으로 걸어간다. 그의

뒷모습을 바라보다가 노인은 얼굴을 돌린다. 최 여사는 집 안으로 들어갈 생각도 하지 않고 평평한 돌 위에 주저앉으며 강을 바라본다. 햇빛에 번득이는 강물이 길게 서울 편을 향해 흐르고 있다. 지저귀는 새소리뿐 너무나 조용하고 사방은 아름답다.

"참 좋구나."

최 여사가 뇐다.

"마음에 드세요? 어머니."

"음."

"다행이에요. 집에 가시고 싶어 하지 마세요."

"한 박사께선 이런 별장이 있다는 말씀은 통 안 하시던데……."

"사람이 싫어지면 오시는 곳이라니 뉘보고 선전하셨겠어요? 정말 이번엔 특별이래요."

"고마운 분이야."

하고 최 여사는 얼굴을 돌려 다시 강물을 바라본다.

개를 데리고 뒤뜰로 돌아다보고 나온 노인은

"방을 다 치워놨지요. 공기 좋고 경치 좋고. 우리네는 시내 한번 나갔다 오면 사람멀미를 앓죠. 개 한 마리만 데리고 살아도 여기선 도무지 심심한 줄 모르겠는데……. 검둥아!"

노인은 뛰어가는 개를 불러서 자기 옆에 오게 한 뒤

"사모님께서 여기 오래 계시도록, 불편한 점이 없게 하라고 선생님께서 여러 번 당부를 하시더구먼요."

"고마워요."

최 여사는 돌 위에서 일어선다. 노인은 앞서 안내를 하면서

"아침에 강가로 나가면 속이 후련해집니다. 수양하기에는 그만입니다. 우리 집 선생님께서도 가끔 나오시면 언제나 아침에 일찍 일어나셔서 강가로 나가시죠. 그리고 늘 하시는 말씀이 복 받은 노인이라고 나를 보고 말입니다. 그러실 만도 하지요. 거 시내에 나가니까 모두 얼굴이 노래가지고 어디 제 명대로 살 것 같지 않더구먼요."

"정말 할아버지는 오래 사시겠어요."

"허, 오래 살아야지……."

그들은 집 안으로 들어간다. 구석구석까지 먼지 하나 없이 깨끗하다.

"헐 일이 없으니까 밤낮 소제하는 게 낙이랍니다. 어느 분이 오셔도 칭찬 들을 만큼 해놨죠."

노인은 새로 온 손님이 마음에 들어서 기분이 들뜬 모양이다.

깨끗하면서 취미를 잘 살린 양실洋室이었다. 남향으로, 바로 뜰로 통하는 유리창, 푸른 수목과 그늘이 깔려 있는 풍경이 아름답다. 그리고 햇빛에 눈부시게 번득이는 강물도 수목 사이로 바라볼 수 있다. 서쪽 하얀 벽에는 수채화 두 폭이 걸려 있다. 무서운 계절에 알맞은 풍경화, 시원스럽게 보인다. 벽면에

붉은 벽돌로 만든 파이어 플레이스, 그 턱 위에는 등으로 된 조그마한 남자 흉상이 놓여 있다.

숙배는 잠시 최 여사의 존재도 잊은 듯 그 흉상을 바라보고 서 있다.

'민상건 선생님…… 그이 그분…….'

하다가 그는 몹시 슬픈 눈을 하고서, 그러나 미소를 띠며 최 여사를 돌아다본다. 최 여사는 방 한가운데 우뚝 선 채 열어젖혀 놓은 창밖의 풍경을 바라보고 있다.

"엄마, 참 좋죠? 전망이."

"음."

"이 방에서 보는 전망이 제일 좋대요. 이 방을 중심으로 해서 정원수도 골라 심었다는 거예요. 아까 그 할아버지가 말씀하셨어요."

"워낙 한 박사는 취미가 좋은 분이시지. 옛날부터."

"옛날부터 엄마는 한 박사를 아셨어요?"

"음."

"내가 나기 전부터?"

최 여사는 숙배의 얼굴을 힐끗 살핀다.

"음, 네가 나기 전부터……."

하다가 최 여사는 슬그머니 몸을 돌려버린다.

"앉으세요. 엄마."

숙배는 등의자를 내밀며 앉기를 권한다. 최 여사는 등의자에 앉으며 흘러내린 머리칼을 걷어 올린다.

"인애는 요즘 어디 있지?"

가만히 손을 끼고 앉았다가 생각이 난 듯 최 여사가 묻는다. 숙배의 얼굴이 살짝 변한다.

"동무 집에 있나 봐요."

목소리가 까실하게 메말라서 나온다.

"고생하겠지……."

최 여사는 숙배의 눈을 피하고 먼 산을 보며 혼잣말처럼 뇐다.

"고생하는 게 그 애 취미 아니에요?"

가시 있는 말에 최 여사는 놀라며 숙배 얼굴을 본다. 이번에는 숙배가 최 여사의 얼굴을 피하는, 좀 험해진 표정을 감추기 위해 애를 쓴다.

"더러 만났니?"

"한 번 만났어요."

"내가 그 애한테 심하게 했지. 아무 소용도 없는 일을……."

"……."

"집에 돌아오도록 숙배 네가 말을 해봐. 모두 애정에 굶주린 인간들 아니냐?"

하는데 삭막하기 그지 없는 바람이 최 여사를 뒤흔드는 것만 같다.

"하지만 엄마보담은 행복했어요. 그 애는……."

하다가 숙배는 얼른 말을 삼켜버린다.

"동정하지 말어. 네가 나한테 반박을 할 때보다 왠지 더 서글퍼지는구나. 뭐 사는 데 별것 있겠니? 죽어도 별수 없지만."

하며 등의자에 몸을 누인다.

'엄마는 아직도 아름다워. 멋있게 아버지를 한번 배반해 볼 수는 없을까? 한데 하 선생님은 참 이상하셔. 왜 그렇게 괴로운 표정을 짓는지 난 모르겠어. 때론 그 괴로운 표정이 참 아름답게 보일 적이 있거든. 엄마를 좋아하시는 것 아닐까?'

숙배는 눈을 감고 있는 최 여사를 쳐다본다.

한쪽 구석 탁자 위에 놓인 전화의 벨이 돌연 요란스럽게 무엇을 찢어버리듯 울린다. 등의자에 비스듬히 몸을 누이듯 앉아 있던 최 여사는 벌떡 몸을 일으키며 소스라치듯 놀란다.

"아이, 깜짝이야."

무안 타는 아이처럼 피시시 웃는다.

"여기에도 전화가?"

뜻밖이었던 것이다. 숙배는 최 여사의 놀라는 모습을 보고 웃으며 탁자 옆으로 다가가서 수화기를 든다.

"여보세요."

"숙배구나."

굵직한 한 박사의 목소리가 울려온다.

"선생님이세요?"

숙배는 반가워서 소리치듯 말한다.

"지금 막 여기 왔어요."

"음, 그런 줄 알고 내가 전화 걸었지. 어때?"

"물론 좋죠? 뭐 두말할 것도 없어요."

숙배 목소리는 어리광 피우듯 하다. 최 여사는 어두운 표정
으로 숙배 말에 귀를 기울이고 앉아 있다.

"어머니는?"

한 박사의 목소리는 왠지 불안하게 들려온다.

"어머니도 좋아하세요."

"다행이구나."

"엄마 바꿔드려요?"

"음."

숙배는 수화기를 든 채

"엄마, 한 박사한테서."

최 여사는 무겁게 몸을 일으키며 숙배로부터 수화기를 받
는다.

"아, 접니다."

"한 선생님이세요?"

"네. 어떻습니까? 기분이 좀."

"참 조용한 곳이군요."

기분 이야기는 하지 않는다.

"계실 만합니까?"

"그러믄요. 너무 과분해서 죄송합니다."

"죄송……."

하고 한 박사는 입속으로 되뇐다.

"불편한 점은 없으신지?"

"그런 것…… 아직은……."

"그런데 내일쯤…… 제가 찾아가 봬도 되겠습니까?"

"선생님 댁인데……."

하다가 최 여사는

"감사합니다."

덧붙여 말한다.

"실은 하 형께서 전화가 왔더군요."

"네?"

하는데 최 여사 얼굴이 역겨워서 빨개진다.

"하 형께서는 최 여사가 그곳으로 가 계신 걸 알고 있죠."

"그런데 뭐라구 전화가 왔어요?"

날카롭게 묻는다.

"역시 걱정이 돼서 전활 한 거죠. 여러 가지 괴로움이 많겠죠."

"저를 위해 괴로워할 분은 아니죠."

"아마 최 여사를 만나서, 만나는 것보다 만나지 못하는 심정이 더 괴로운 모양입니다. 너무 마음 상해하시지 말고."

하는데 한 박사의 말투는 어물어물한다.

최 여사는 수화기를 든 채 가만히 서 있다. 그의 얼굴은 핼쑥하고 날카롭게 변한다.

'값싼 동정! 난 그런 동정은 안 받을 테야. 아무리 굶주려도 동정은 안 받아.'

"내일 하 형하고 같이 가기로 약속을 했는데, 너무 노엽게 생각하지 마시고……."

수화기를 든 최 여사의 손이 파르르 떤다.

"그럼 몸 조절 잘 하십시오."

한 박사는 몹시 당황하는 듯 긴 말도 못 하고 전화를 끊어버린다.

최 여사는 자리에 돌아와 앉는다.

그의 얼굴에는 노여움이 가득 차 있었다. 형용할 수 없는 복잡한 빛이 얼굴 전체를 허물어버릴 것만 같이 보였다. 하흥수 씨가 한 박사에게 전화를 걸고 내일 함께 오겠다고 말한, 단순한 그것으로 최 여사의 얼굴이 변하고 충격을 받았다고 생각할 수는 없다.

보다 다른 깊은 곡절이 숨어 있는 것 같다. 숙배는 한 박사가 무슨 이야기를 했는지 물론 알지 못한다. 그는 이상한 예감이 자꾸 드는 것이었다. 그리고 여러 가지 지나간 날의 일들을 하나하나 생각해 보는 것이었다.

'그날 밤 엄마하고 아버지하고 주고받던 대화…… 그 이외 무엇이, 또 다른 무엇이 있었던 것은 아니었을까? 한 박사, 한 박사…… 그분은 오래전부터 내가 나기 전부터…… 석연치 않어. 어쩌면 엄마가 자살하려던 그 동기는 그날 밤의 이야기 이외 다른 일이 있었을지도 모른다. 그날, 그러니까 병원 대합실에서 아버지는 죄인처럼 앉아 계셨고 한 박사는 단순한 의사로서 할 수 없을 정도로 아버지한테 힐난하는 투의 말을 했었지⋯⋯.'

숙배는 최 여사의 얼굴을 살피면서, 그리고 몹시 신경을 쓰면서

"뭐라고 말씀하셨어요?"

하고 묻는다.

"응?"

최 여사는 숙배 앞에서도 낯빛을, 그 심상치 않은 낯빛을 감출 만한 이유를 가지지 못한 모양으로, 유리가 부서진 듯한 병적인 눈을 들고 숙배를 쳐다본다.

"내, 내일 오신대⋯⋯."

겨우 대답을 한다.

한동안 무거운 침묵이 흐른다.

"피곤하실 텐데 좀 누우세요."

"괜찮어."

최 여사는 마룻바닥을 물끄러미 내려다본다. 눈 밑이 꺼무꺼무하고 깊은 음영을 지은 얼굴이 이상하게 불길한 징조를 나타내는 듯, 그러나 아름답다.

"옆방이 바로 침실이에요. 아주 기분 좋은 침대가 있어요."

숙배는 다시 권한다.

"아니, 이대로 좀 앉아 있겠다."

"엄마?"

"……."

"저, 한 박사께서 아버지 이야기 하셨어요?"

"……."

"너무 심각하게 생각하실 필요 없어요."

"……."

"여태까지 엄만…… 이제 엄마하고 싶은 대로 하세요."

"하고 싶은 대로 되더냐?"

숙배는 머뭇거린다. 하고 싶은 대로 되지 않았다. 사랑을, 사랑하는 일만은. 숙배는 파이어 플레이스 위에 놓인 흉상을 바라보며 다시 민상건을 생각한다.

'하지만 엄마하고 나하곤 달라.'

숙배는 불행한 최 여사에게 자기 자신을 비교한 데 대하여 전율을 느낀다.

'민 선생님은 아버지 같은 사람 아니야. 아니야, 그분한텐 따뜻한 피가 흐르고 있어. 그분은 애당초 여자에게 실망한 분이야. 하지만 아버지는 냉혈. 그럼, 그런 분이지.'

숙배는 최 여사를 빤히 쳐다보며

"나 같음 아버지 같은 사람, 한번 멋있게 복수하겠어요."

마침 식모가 복숭아를 접시에 담아가지고 들어왔다.

"할아버지가 주시네요. 집에서 딴 거라나요!"

식모는 최 여사의 기분을 살피고 웃으며 탁자 위에 복숭아가 든 접시를 놓는다.

"깎아 오려고 했는데 너무 싱싱해서 그냥 씻어 왔어요."

"할아버지가 고맙군. 어때요?"

최 여사는 굳어진 얼굴을 들며 묻는다.

"네?"

무슨 말인가 하고 식모는 되묻는다.

"여기가 마음에 들어요?"

"제 마음에 들어서 뭐 해요? 사모님 마음에 드셔야지요. 부엌도 아주 깨끗해서 영 조심이 됩니다."

식모는 손을 맞잡으며 최 여사의 마음이 조금이라도 상할까 봐 조심한다.

"이번에 아주머니 아니었으면 난 황천객이 될 뻔했는데."

최 여사는 웃는다.

"큰일 날 말씀을."

"별로 쓸모도 없는 인간이 좀 더 살게 됐으니 이젠 신경질도 부리지 말아야지."

"오래 사셔야죠. 그런 말씀을."

식모는 황송하여 어쩔 줄을 모른다.

"숙배랑 모두 깨어진 그릇처럼 날 보고 조심을 하니 더 마음이 이상해지는군. 죄를 진 사람같이 부끄럽기도 하고."

최 여사는 보이지 않는 무엇에 저항하듯 크게 소리를 내어 웃는다.

"엄만 별소릴 다 해요."

식모는 우물쭈물하다가 나가버린다.

"난 너가 나한테 반항을 하고 내가 신경질을 부리고 하던 그때가 더 좋았던 것 같은 생각이 들어. 뭔지 허탈에 빠진 것처럼 마음을 가눌 수가 없구나. 사람이란 불행하든 행복하든 싸움을 할 수 있는 대상이 있어야 하나 봐. 싸움을 할 때가 좋아. 난 앞으로 뭘 해야 할지 모르겠구나."

"연애하세요."

숙배의 입에서 거침없이 말이 나온다.

"그리고 아버지한테 복수하는 거예요. 따라다니는 것보다 떠나야만 마음이 간다잖아요."

"무섭구나."

"왜요?"

"너가 언제 그리 자랐니?"

"아무래도 전 엄마 딸인가 봐요."

숙배는 엉뚱한 말을 한다.

"그건 또 별안간 무슨 소리냐?"

"저도 엄마처럼 허무한 그런 남자를 좋아할 것만 같아서요. 그보다 엄마, 누우시지 않으려면 밖에 안 나가시겠어요? 정원이 넓어서 구경할 데가 많을 것 같아요. 피곤하지 않으면 강가에라도.”

“너 혼자 나가봐라. 나 이러고 좀 앉아 있겠다. 날 너무 병자 취급하지 말고 신경 쓰지 마라.”

“그럼 나 혼자 나갔다 올게요. 그리고 전 저녁엔 가야 해요. 내일은 학교 나가야 하니까.”

“그래.”

숙배는 밖으로 나갔다.

최 여사는 우두커니 앉았다가 천천히 몸을 일으켜 침실이라는 옆방의 도어를 밀고 방 안을 들여다본다.

‘깨끗하군. 굵직하게 생긴 분이…….’

최 여사는 한 박사의 생활 내면을 들여다본 듯 좀 당황하며 방문을 닫고 등의자로 돌아온다.

숙배가 노인과 이야기하며 지나간다.

숙배의 모습이 창문에서 보이지 않게 됐을 때 최 여사는 그 것을 기다리고나 있었던 것처럼 두 손으로 얼굴을 감싸며 흐느껴 운다.

죽는다는 마지막의 탈출구조차 잃어버린 처참한 모습을 하고서 소리를 죽이며 운다. 빈 방, 높은 천장이 가만히 내려다본다. 밖에서 개를 부르는 숙배의 맑고 높은 목소리가 울려온다. 그 목소리는 차츰 멀어졌다. 창문에는 화사한 여름 햇빛이 쏟아지건만 비가 내리는 듯 사방에 비가 젖어오는 듯 최 여사는 울고 있는 것이다.

한참 후 눈물을 닦고 다시 생각에 잠기다가 그는 팔을 뻗어 수화기를 들고 다이얼을 돌린다. 낯선 여자의 목소리에 최 여사는

"당신 누구요?"

여자는 몹시 당황하며

"저, 저는 여기."

아주 앳된 목소리다.

"새로 들어온 아주머니요?"

"네."

"나 숙배 엄만데."

하는데 최 여사는 그만 흥분이 앞서서 말을 끊었다가

"숙배 아버지 지금 계세요?"

"네, 계십니다."

"그럼 전화 서재로 좀 돌려요."

한참 후 하흥수 씨가 전화를 받는 모양이다.

"여보세요."

최 여사의 목소리를 알아듣고 하흥수 씨는 대답을 못 한다.

"안녕하세요?"

최 여사는 마치 손님처럼 인사한다. 하흥수 씨는 몹시 당황하는 눈치로 밭은기침을 한다.

"저, 제 말 못 알아들으시겠어요?"

최 여사의 목소리는 강해졌다.

"말해봐."

목에 걸린 소리가 겨우 들려온다.

"당신 한 박사한테 뭣 땜에 전화 거셨어요?"

"……."

"내일 함께 오신다구요?"

"같이 가려고 했어."

"뭣 땜에 같이 오시는 거예요?"

"이유는 없어."

"분명히 이유는 있을 거예요."

"무슨 이유?"

"당신 자신이 더 잘 알고 계실 것 아니에요."

"난 이유 없어."

하홍수 씨는 화를 낸다.

"있어도 말 못 하시겠죠? 어떻게 그 말을 할 수 있겠어요. 난 이제 안 죽어요. 너무 겁내실 필요 없어요. 당신의 사회적 지위는 조금도 손상되지 않을 거예요. 하지만 당신이 생각하는 그런 결과가 될까요? 과연!"

하는데 최 여사는 부들부들 떤다.

"당신은 악마예요. 하지만 그 말은 좀 더 보류해 두겠어요."

"오해하는 것도 자유니까."

"오해라구요? 우린 오해할 수 있는 그런 사이도 아니잖아요."

"괴롭히지 말어. 너야말로……."

하다가 말을 끊고

"나를 위협하고 궁지에 몰아넣을 결심을 한 모양이군. 마음 대로……."

"내일 오시면 안 돼요. 서투른 연극은 당신에게 어울리지도 않아요. 애정이 없음 없는 거지 그 구역질 나는 잔재주를 왜 부리는 거예요? 오시지 마세요!"

최 여사는 미친 듯 소리를 지르고 수화기를 내동댕이친다.

최 여사는 다시 수화기를 들고 다이얼을 돌린다.

'간호원이 나오면 한 박사에게 이야기하겠어. 한 박사가 나오면 이야기는 안 하는 거야.'

그런 다짐을 마음속으로 하면서. 그러나

"여보세요."

하는 목소리는 한 박사였다. 최 여사는 수화기를 놓아버린다.

식모가 정성 들여 만든 저녁을 먹고 숙배는 집으로 돌아갔다. 저녁을 끝내고 라디오를 듣다가 최 여사는 침실로 들어갔다.

뒷설거지를 끝낸 식모는 낯선 집에 와서 마음을 썼기 때문에 그런지 몹시 피곤함을 느꼈다. 그러나 자리에 들었어도 잠자리가 설어서 좀처럼 잠을 이루지 못했다. 몇 번이나 몸을 들치다가 겨우 잠이 들었는데 한밤중에 그는 눈을 떴다.

‘여기가 어딜까?’

정신이 몽롱하고 배를 탄 사람처럼 몸이 흔들리는 것 같다. 꿈자리가 사나워서 그랬는지도 모른다. 그는 부스스 일어나서 앉는다.

‘음, 참 어제 한 박사 댁 별장으로 왔지.’

유리 창문에 달이 환하게 비쳐드는 것을 보고 식모는 비로소 깨닫는다.

‘잠자리를 바꾸어서 그리 꿈자리가 사나운가?’

아무도 없는 달빛만이 비춰주는 방에 혼자 앉아 중얼중얼 중얼거린다. 유리창 밖에 나뭇잎들은 달빛을 함빡 받고 흔들거리고 있었다. 바람이 좀 이는가. 조그마한, 아주 작은 소리가 들려오곤 한다. 식모는 창가에 다가가서 앉는다. 식모는 움찔하고 놀라며 물러나 앉다가 다시 가만히 응시한다.

‘저게 뭘까?’

나무 그림자 사이로 하얀 것이 움직이고 있었다.

‘아니, 아니 사모님이!’

식모는 마음이 덜컥 내려앉는다. 최 여사가 또 그 무모한 짓을 할까 봐 겁이 났던 것이다.

‘잠이 안 와서 뜰 안을 거닐고 계실까? 꿈자리가 사납던데……’

식모는 뜰 안을 왔다 갔다 하는 최 여사 모습을 지켜보며 중얼거린다.

346

'마음을 잡을 수 없을 게야. 어째서 선생님은 그리 무심하실까. 사모님이 돌아가시게 되던 날 밤에도 술만 잡숫고…… 알수가 없어. 저 고운 부인을 뭐가 모자란다고. 그래도 숙배 아가씨가 딴판으로 변해서 어머니한테 잘하니까 내가 보기에도 좋더군.'

최 여사는 여전히 달빛을 받고 왔다 갔다 한다.

'섭섭하겠지. 속마음으로 선생님이 오실까 하고 기다렸을 텐데…….'

최 여사는 걸음을 멈추고 나무를 한참 올려다보다가 그는 천천히 뜰 밖으로 걸어 나간다.

'어디 가실까?'

식모는 불안하여 자리에서 일어선다. 그는 옷매무새를 고치고 살며시 문을 연다. 뜰로, 발소리를 죽이며 걸어 나간다. 온천지는 죽음처럼 고요했다. 달이 너무 밝아서 더욱더 고요하게 느껴졌는지도 모른다. 바람이 있어서 나뭇잎을 흔들어주건만.

식모는 최 여사가 내려간 방향을 향해 절룩절룩 절룩거리며 간다. 그림자가 올라갔다 내려갔다 한다. 밤이 싸! 하고 소리를 내며 지나가는 것 같은데 웬일인지 최 여사의 모습이 안 보인다.

'어딜 가셨을까? 이상하다?'

식모는 낯선 내리막길을 이리저리 두리번거리며 절룩거리

고 내려간다.

한여름이지만 밤공기는 차다. 교외의 인가가 드문 숲속이어서.

멀리서 개 짖는 소리가 어렴풋이 들려온다. 식모는 개 짖는 소리를 따라 내려간다. 잔디가 깔린 둑 그 평평한 지평선 위에는 사람의 그림자도 나무 한 그루의 그림자도 찾아볼 수 없다.

'웬일일까? 혹시 내가 잘못 본 거는 아닐까? 사모님 아니구 허깨비였을까?'

식모는 소름이 쭉 끼치는 것을 느낀다. 그는 덜덜 떨면서 오도 가도 못 하고 아무것도 없는 사방을 둘레둘레 살핀다.

'내가 잠결에 잘못 보았는갑다.'

식모는 발길을 돌려 집으로 돌아가려 하는데 아까보다 한결 가까운 곳에서 개 짖는 소리가 들려온다. 둑 너머에서 들려오는 것 같다.

'기왕 나온 김에 둑에 올라가 보자. 사모님은 둑을 넘어갔을지도…….'

식모는 둑 위로 올라갔다. 둑 아래 하얀 모래밭에 최 여사는 치맛자락을 나부끼며 서 있었다. 개는 달을 보고 짖고 있었다. 별장의 그 노인이 사랑하던 검둥이.

'후유! 사모님이 저기 계시구나.'

식모는 살며시 둑 아래로 기어 내려간다. 그리고 모래를 밟으며 최 여사 가까이로 다가간다.

최 여사는 강물을 하염없이 바라보고 서 있다. 달을 보고 짖던 개는 식모를 향해 뛰어온다. 그래도 최 여사는 그냥 강물만 쳐다보고 서 있었다.

'가엾어라.'

식모는 더 이상 가까이 갈 수도 없고 그렇다고 해서 강변에 그 혼자 내버려 두고 갈 수도 없어서 우두커니 서 있다.

검둥이는 식모 곁에 왔다가 다시 최 여사 곁으로 뛰어간다. 최 여사는 슬그머니 모래 위에 주저앉는다. 그리고 손가락으로 모래 위에 숫자를 쓰기 시작한다.

"김 여사한테 백이십만 환하구 안성자한테 오십오만 환하고 유 씨에게 이백육만 환……."

그는 사람의 이름과 금액을 중얼중얼 중얼거리며 모래 위에 계산을 한다. 오랫동안 그러고 있다가 그는 손을 털고 일어서며

"아무래도 잠이 와야지, 잠이. 내가 죽지 않고 살려면 일을 만들어야 해. 바쁘게 쫓아다닐 그 일을 마련해야지. 그러지 않으면 난 미쳐버려."

식모는 몰래 듣고 있는 일이 민망하여

"사모님."

하고 부른다. 최 여사는 놀라며 훌쩍 돌아선다.

"아, 아니 아주머니가!"

"밤이슬이 내리는데 몸에 해롭습니다. 아직 성한 몸도 아닌데. 자, 들어가세요."

식모의 목소리에는 어딘지 위엄이 있다.

"나 여기 있는 줄 어떻게 알고 나왔수?"

최 여사는 감사하는 투를 나타내며 부드럽게 묻는다.

"자다 일어나니까 사모님이 내려가시더만요."

"애인이라도 만나러 나왔다면 큰일 날 뻔했군. 갑시다. 아주머니."

최 여사는 웃으며 발길을 돌린다.

거울도 안 보고 부스스한 짧은 머리를 빗어 내리며 인애는 혼자 고개를 갸웃거리다가

"대체 어딜 간다는 거냐? 덮어놓고 나가자고 서두르니 말이야."

하고 은자에게 말한다.

"잠자코 따라만 와. 지옥으로 끌고 가지는 않을 테니."

옷을 갈아입으며 은자가 쫑알거리듯 말한다.

"지옥? 거 멋있다. 지옥 구경시켜 준다면 서슴지 않고 나서겠다만 그게 아니라면 매력 없어."

"한강에 빠져야만 지옥에 가보지. 난 아직 죽고 싶지 않으니까."

"죽고 싶다던 그 옛날의 은자가 매력은 더 있었지. 요즘엔 너 묘하게 수줍어졌더라."

인애는 빗을 던지고 비듬이 떨어진 어깨를 창가에서 툭툭

떤다.

"물귀신처럼 날 끌고 들어가지. 시간이 남고 돈이 있던 옛날보다 시간이 없고 돈이 없는 요즘이 훨씬 살맛이 난다, 얘. 반응이 있으니까 말이야."

"진작 거지가 될 걸 그랬구나."

심심하여 실없는 말을 주고받으면서 그들은 거리로 나간다.

으스름히 해가 졌으나 아직 더위가 남아서 아스팔트가 눅눅한 것 같다.

"여전히 더워. 빨리 여름이 갔음 좋겠다."

인애가 내던지듯 말한다.

"겨울이 오면 연탄값이 더 들어. 난로를 놔야 하거든."

"살림꾼이다."

인애는 핀잔을 준다.

"그런 것 생각하면 덜 외로워져."

"일찍이 시집가야겠구나."

"너 요즘 이상하더라. 나 그날은 용서해 주었지만 그게 뭐야?"

"뭘?"

"한 선생님한테 말이야."

"아, 한 선생님한테 시집가라던 그 말 말이냐?"

"허파에 구멍이 뚫어졌는지 너 요즘 주책이 없어졌더라."

은자는 새삼스럽게 화를 낸다.

"잔말 말어. 넌 차차 한 선생님이 좋아질 거다."

"돈 없는데 파고다공원에 가서 점이나 쳐보렴."

"그럴까?"

걸음을 멈추고 인애는 은자를 바라본다. 하도 심각한 얼굴이어서 은자는 푹 하고 웃어버린다.

"손님이 많이 올걸. 단발의 소녀가 점을 치니까 얼굴 구경이라도 하려고 막 덤벼들 거다."

"거 참 좋은 아이디어다. 옳지! 요다음 우리 돈 떨어지거든 파고다공원으로 가자. 그까짓 눈치껏 하자. 아니야, 나는 육감이 발달했으니까 근사하게 때리잡을 거야."

"자화자찬이구나. 떨지나 말어."

"하여간 좋아, 비상구는 하나 마련해 놨으니까."

인애는 유쾌한 듯 사내애처럼 껄껄 웃다가 지나가는 강아지를 보고 휘파람을 획 분다.

한길로 나온 은자는 마침 달려온 버스에 오른다.

"좋은 데 간다면서 기껏 버스야?"

인애는 불평한다.

"좋은 데만 가면 될 거 아냐? 과정을 논하지 말지어다."

은자는 웬 까닭인지 다른 때보다 기분이 좋다. 아주 좋다.

버스에 오를 때까지 기분이 좋아서 웃음을 잃지 않고 있던 은자는 손잡이를 붙잡고 창밖에 지나가는 풍경을 바라보는 동안 차츰 그의 얼굴은 흐려지기 시작한다. 인애도 혼자 생각에 잠겨 멍한 눈으로 버스에 흔들리며 서 있었다.

　미도파 앞에서 버스가 멎었을 때

　"내리자."

　하며 은자는 가라앉은 소리로 인애의 등을 밀었다.

　"……?"

　"빨리."

　백화점에서 사람들이 연신 밀려 나오고 들어가곤 한다. 그 사람들 물결 속으로 말려 들어가며

　"좋은 데 간다더니 그래 기껏 명동이냐?"

　애초부터 별로 관심도 없었으면서 인애는 쳇 하고 혀를 찬다.

　"명동이라면 이제 멀미가 난다. 지긋지긋해."

　인애는 덧붙이며 지나가는 사람들을, 그 속에서 누군가를 찾는 듯 슬픈 눈을 한다.

　"멀미가 날 만도 해. 매일 나갔으니까."

　무심히 은자는 말한다. 그동안 인애는 매일같이 그 '고향'이라는 다방에 나갔던 것이다. 안 나가겠다고 결심한 것은 어제. 그는 매일매일 김정현을 만날지도 모른다는 기대를 품고 그 '고향' 다방으로 나갔던 것이다. 그러나 그는 한 번도 김정현을 만나지 못하였고 그가 나왔다 갔다는 소식조차 듣지 못하였다.

　"기껏 버스 타고 그래 명동이란 말이냐?"

인애는 공연히 은자에게 타박을 주며 짜증을 부린다. 마치 자가용으로 모시고 다니는 대부호의 외동딸이나 된 것처럼.

"하나하나 기대가 무너져 가는 것도 좋지 않어? 어설픈 만족보담은 말이야."

언니처럼 인애를 달래주듯 말하는 은자 자신이 인애 이상으로 목적지에 대한 흥미를 잃어버린 듯 보인다.

"감정의 기교를 부리기냐?"

인애는 여전히 지나가는 사람들 속에서 누구를 찾듯 슬픈 눈을 하고서 말을 내뱉는다.

"기교가 아니구 학대겠지."

"그것이 기교란 말이야."

"흠, 똥 묻은 개 겨 묻은 개보고 짖는다더니."

"너 말이 맞다."

인애는 픽 웃어버린다.

"실망 안 하려고 기대를 안 가지는 것도 하나의 방법이지만 실망을 뻔히 알면서 엄청난 기대를 걸어보는 것도 하나의 방법 아니겠니?"

은자 말에 인애는 발을 멈춘다.

"은자야, 너 맞선 보러 가는 거냐? 그래 내가 들러리 서는 거란 말이지?"

따지듯 묻는다.

은자는 소스라쳐 놀라며

"어째서 그런 생각을 했니?"

"영감이다."

"정말 파고다공원에 가야겠군."

"그럼 정말이냐?"

"조금만 닮은 얘기야."

인애는 웃는다.

"연인 소갤 해줄 참이구나. 그렇지?"

"뚜껑을 열면 재미없어."

"이미 열어버린걸."

"실망을 미리 하면 안돼."

허황하게 중얼거리며 그들은 다방 문을 열고 들어간다.

은자는 구석진 자리로 성큼성큼 걸어간다. 박광수는 의자에서 조금 몸을 일으키며 은자를 쳐다보다 뒤따라 들어오는 인애를 보고 마음 약하게 눈은 몇 번 껌벅거린다.

은자는 박광수 앞에 서자 인애를 돌아본다. 어딘지 모르게 차가운 눈으로 지금까지의 은자와는 다른, 아주 처음 만난 사람 같은 얼굴이다. 인애는 그렇게 생각했다. 은자의 얼굴은 모르는, 그리고 외롭게 혼자서 있는 듯한 그런 분위기를 자아내고 있다고.

"소개하겠어요. 친구 하인애예요. 그리고 박광수 씨야."

인애와 박광수가 서로 인사를 나누는 동안 은자는 자리에 앉는다. 박광수도 자리에 앉으며

"말씀 많이 들었습니다."

서툴게 말했다.

"전 통 못 들었어요."

인애는 시원스러운 눈에 장난기를 담으며 박광수를 바라본다.

'퍽 소박하고 얌전한 샌님 같군. 한데 어딘지 패기가 모자라는 것 같다. 얼굴도 잘생긴 게 아니구 예쁘장하고.'

인애는 혼자 고개를 갸웃거린다. 염치없이 바라보는 인애 눈빛에 질렸는지 박광수는 돌아보며 레지를 찾는 시늉을 하고 인애를 피한다.

'모범적이다. 은자에겐 그 모범적인 것이 안 되거든.'

"학교 나가세요?"

인애가 묻는다.

"네."

은자는 마치 인애와 박광수를 대면시킴으로써 자기 할 바를 다했다는 시늉으로 우두커니 앉아서 음악에 귀를 기울인다.

"오늘 계획은 뭐죠?"

인애는 벌써 마음속으로 짜증을 부리며 묻는다.

"아 네, 저녁이나 같이하려구. 은자가 그런 말을 하기에."

박광수도 은자의 무관심한 태도에 신경이 쓰이는지 좀 시무룩하게 대꾸한다.

"술 하실 줄 아세요?"

"네, 저."

인애의 대담한 얼굴에 밀리는 듯 박광수는 애매하게 말한다.

"맞선 보는 것 같아서 따분하군요. 그럼 곧장 식당으로 갑시다."

인애는 일어섰다. 그때 비로소 은자는

"그렇게 해요."

작은 목소리로 박광수를 보며 말했다. 밖으로 나와서 십 년 만에 처음으로 같이 외출을 하는 중년 부부처럼 박광수는 앞서 가고 은자는 뒤로 처진다.

"은자야."

인애는 은자의 팔을 살며시 낀다.

"너 저치 좋아하니?"

"음, 좋아해."

"어느 만치?"

"아주 헤어져도 잊지는 않을 거야."

"좋아하는데 왜 헤어지니?"

"지금 헤어진다는 이야기는 아냐. 하지만 헤어지기는 헤어질걸."

은자는 앞을 똑바로 보고 걸어가는데 눈에 눈물이 고인다.

"착한 도련님이군."

인애는 말을 돌린다.

"나는 착한 아가씨가 아니구. 네가 주책없이 한 선생님 말을 자꾸 하니까 내가 시위를 하는 거야. 저인 부끄럼쟁이가 돼서 널 만나려 하지 않았지."

"간이 서늘했겠다. 어디서 저런 왈가닥이 왔는가 하구."

인애는 은자의 팔을 끼고 가다가 느닷없이 확 떠밀어 버리며 한다는 소리가

"넌 복 많은 계집애구나."

지금까지의 이야기에서 그건 엄청난 비약이다.

"그건 무슨 뜻이니?"

"액면 그대로야. 심각하진 않어. 내 자신이 소리를 지르고 웃어버리고 싶을 지경으로 심각하니까."

"역설적이니?"

"역설 아닌 게 어디 있어?"

"너무 이야기가 어려워. 만 가지가 비밀인 하인애를 풀어볼 수 없는 것과 마찬가지로."

"바터제(barter制, 수출입 물품의 대금을 돈으로 지급하지 않고 그에 상응하는 수입 또는 수출로 상계하는 국제무역 거래방식. 교환무역 -편집자) 하련?"

"그건 또 무슨 소리냐?"

"너 비밀을 얘기했으니 나도 입을 벌리자는 그 말 아니냐."

"유치하다 얘. 난 비밀로 한 일은 없어."

"하지만 너의 애인을 오늘 처음 봤거든."

"이마에 광고 붙이고 다닐 필요까진 없지 않니? 못 견디게 괴로우면 너에게 이야기하려고 했다."

"지금 못 견디게 괴로우냐?"

은자는 앞서 가는 박광수의 뒷모습을 바라보며 미소한다. 소년처럼 부끄러워하며 앞서 가는 키 큰 남자.

은자는 그로부터 눈길을 거두고 미소도 거두어버리고 쓸쓸한 겨울이 와서 땅으로 돌아가는 나뭇잎처럼 터벅터벅 걸어간다.

"저이가 떠나고 나면 너에게 이야기하려고 했지."

은자는 다시 혼자 뇐다.

"넌 복이 많은 계집애구나."

인애도 공연히 눈물겨워하며 다시 은자를 떠민다.

"그래, 그 병의 원인은 뭐냐?"

인애는 다시 묻는다.

"평등할 수 없는 것."

"어떤 뜻으로?"

"나 같은 여자 좋아하면 저인 출세 못 해."

"신파 같은 얘기구나. 낡았다."

"언제나 새로운 거지. 언제나 새로운 문제 아니냐?"

"너가 영리하니까."

"열등감이 강하니까 그렇겠지."

"놓아주겠니?"

"언제인가는 부모가 외국에라도 보내겠지. 그리고 저인 차차 순진을 잃고 자기 인생을 계산해 보겠지."

"삼십은 넘어 먹었다."

"누가?"

"바로 너 자신이."

"계산하는 데 있어서는 그럴 거야. 난 무서워서 공상을 할 수 없어. 그런 뜻에 있어선 난 현실적인 인간일 거야. 난 그걸 우리 엄마 인생에서 보았거든. 명확하게 말이야. 난 정말 엄마가 살아 있을 적엔 죽으려고 여러 번 생각했어. 어쩌면 그건 엄마 때문이 아니고 저이 때문이었을 거야. 그땐 정말 꿈을 버릴 수가 없었어. 그래서 죽으려고 여러 번 생각했지."

"지금은 꿈을 버렸니?"

"아마도."

"버리지 말어."

하는데 왜식점(倭食店, 일본음식점—편집자) 앞에 서 있는 박광수에게 그들은 부딪쳤다. 하던 말을 끊고 그들은 식당 안으로 들어가서 자리에 앉는다.

그동안 혼자 걸어가며 생각했는지 박광수는 의젓하게 몸을 가누었다.

식당 창가에 마련된 온실에는 열대식물이 가득 차 있었다. 그것들은 형광등의 빛을 받고 푸르스름하게 잠긴 듯 신비스럽게 보였다. 카나리아 한 쌍이 든 조롱이 걸려 있는 아주 조용한 분위기, 음악이 흐르고 있었다.

들떠 있으면서도 서로가 다 복잡했던 마음이 다소 가라앉는 것 같다. 박광수는 식탁 위에 놓인 노르스름한 메뉴를 인애 앞으로 밀어내며

"뭘 드시겠습니까?"

하고 조심스럽게 말했다. 눈썹, 짙고 보기 좋은 눈썹 아래 맑은 눈이 좀 흔들리는 것 같다.

"자금은 든든한가요?"

인애는 미소하며 묻는다.

"문제없습니다."

처음으로 그는 피식 웃으며 호주머니를 만져본다.

그리고 은자 쪽을 힐끗 쳐다본다. 은자는 그림자처럼 가만히 앉았다가 박광수의 눈을 느끼자 탁자 위에 팔을 올려놓으며 먼지라도 낀 듯 눈을 부빈다.

"난 도시락 하겠어요."

인애가 대꾸하자 박광수는

"좀 더 고급을 해도 됩니다."

"가락국수에 비하면 고급 아니에요?"

평범한 얼굴로 인애는 박광수를 바라본다.

"은자는 뭘 하겠어?"

박광수는 은자를 보고 묻는다.

"나도 도시락 할래요."

361

웨이터가 주문을 받으러 왔다.

"도시락 둘하고 초밥 하나."

주문한 음식이 와서 먹다가 인애는 무슨 생각을 했는지

"저 한국에 사시고 싶지 않아요?"

"……?"

"한국 땅에 사시고 싶지 않느냐 말예요."

박광수는 의아한 얼굴로 인애를 쳐다보다가

"지금 살고 있지 않습니까."

"장래 말예요."

"장래도 물론 여기 살겠지요. 어딜 갑니까?"

"돈 있는 자제분들은 모두 외국으로 나가데요."

"아, 그건 유학 아닙니까."

"그래 가지고 거기서 살고 싶어들 하는가 부든데요."

"그건 모르지요. 개인에 따라 다르겠죠."

"박광수 씨는?"

"그걸 어떻게 압니까, 지금."

"학교 나오면 가시지 않으세요? 그런 계획 없으세요?"

"아직은 그런 계획 없습니다. 그런데 왜 물으시죠?"

"그냥 물어보고 싶었어요."

"그런 것 나쁘다는 뜻에서 물으셨습니까?"

"나쁘고 좋고 헤아려본 일 없어요. 다만 댁의 경우를 알고
싶었던 것예요."

"밥이나 먹어."

은자는 인애의 진의를 알고 있었기 때문에 그들의 주고받는 말을 잘라버린다.

"얘, 밥은 집에서도 먹는다. 벙어리 되란 말이냐?"

했으나 인애는 더 이상 말을 하지 않았다.

식사가 끝나자

"어디 차나 마시러 가시죠."

박광수는 은근히 이 어색하고 어딘지 인애의 감시를 받는 듯한 분위기에 진땀을 빼는 모양이다.

"가만 있자."

인애는 무슨 생각에선지 은자를 빤히 쳐다본다.

"왜 그러니?"

인애의 이상한 눈길을 보며 은자는 걱정스럽게 묻는다.

"나 들를 데가 있어."

"어딜?"

그러나 그 대답은 하지 않고

"어서 가봐야겠다."

서두르며 말한다.

"얘두, 차 마시고 가면 안 되니?"

"안 돼."

"너 나올 때 그런 얘기 안 했잖어. 별안간 들르기는, 어딜 간다는 거냐."

"갑자기 생각이 나는구나. 가, 갑자기 말이지."

말까지 더듬는다. 인애의 얼굴은 푸르스름하게 변해 있는 것 같다. 가로수에 가려진 가등의 푸른 불빛 탓만은 아닌 것 같다. 얼굴의 근육이 바싹 모여들어 세포의 하나하나가 두드러져 솟아오른 것만 같다. 그리고 무엇을 필사적으로 쫓는 것 같은, 눈이 번쩍번쩍 빛나면서 형용할 수 없는 어떤 무서움마저 자아낸다.

"그러니?"

은자는 인애의 그런 분위기를 들이마시며 그 분위기에 아스스 떨면서 입속말로 뇐다.

"안녕히 계세요. 저녁 고마웠어요."

무슨 영문인지 알지도 못하고 말뚝처럼 우뚝 서 있는 박광수에게 인사한다. 그리고 박광수가 당황하여 하는 말을 귀담아듣지도 않고, 그야말로 바람처럼 몸을 휙 돌린다. 인애는 바람에 몰려가는 나뭇잎처럼 해진 보도를 급히 걸어가는 것이었다.

남산 위에 눈물 같은 별이 한두 개 전선에 가려져서 반짝인다. 참 슬픈 도시, 젊은 영혼이 방황하는, 황무지 같은 도시에 빌딩들은 비정非情의 그 문을 닫고, 샐러리맨들은 종종걸음으로 식어가는 대지를 밟는다.

인애는 길을 횡단한다. 아까 지나간 그 길로 되돌아와서 크게 숨을 내쉬며 슬그머니 뒤돌아본다. 그의 눈에는 물론 은자와 박광수의 모습은 보이지 않았다. 높은 빌딩이 그에게 넘어질 듯 창문마다 입을 벌린 듯, 불이 켜진 곳도 있고 어둠에 묻힌 창문도 있다.

인애는 그런 것들에게 쫓기듯 다시 발길을 재촉한다.

'내가 미쳤어, 미쳤어. 뭣 땜에 그들을 내버려 두고 이리 헐레벌떡 뛰어오는 것일까?'

인애는 고개를 갸웃거리며 걸음을 늦춘다. 그리고 낯선 거리에 내던져진 길 잃은 망아지처럼 사방을 둘레둘레 살핀다. 웃으며 가는 사람도 있고 화를 내며 가는 사람도 있다. 혼자 가는 사람도 있고 패거리를 거느리고 떠들어대며 가는 사람도 있다. 그러나, 그러나…… 지나가는 사람은 많아도 누구 하나 붙잡고 여기가 어디냐고 물어볼 사람은 없는 것 같다.

'미친 계집애!'

하고 침을 뱉고 지나칠 얼굴을 인애는 생각한다. 바람같이 밀려오는 것, 모두 배신자, 이 세상에 나면서부터 모든 인간은 배신의 숙명을 지녔거니…… 인애는 마른 입술을 축이며 더운 입김을 내어 뿜는다.

모두가 자기로부터 달아나는 것 같은 그것은 너무나 생생한 환상이다. 인애는 마치 짙은 가을, 황혼이 깔릴 무렵, 낙엽이 마구 흩어져서 자기 발부리로부터 말려서 달아나는 광경을 바라보는 듯 그의 눈에는 눈물이 고이고 마음속의 흐느낌을 가누지 못하며 길 위에 우뚝 서버린다.

순간은 순간을 잡아먹듯, 그러면서도 무한도에 날아 내리는 부스러기들. 사람들이 모두 그렇고 모든 사물들이 또한 모두 그러했다. 방금 헤어진 은자와 그의 애인까지도 등을 보이며 훌 날려서 부스러기들 속으로 들어가고 인애는 가눌 수 없는, 까닭도 없는 배신감을 그들에게서까지 느끼는 것이었다.

'더 떠들고 웃고 했다면 지금 이 감정의 밀도는 더 짙었을걸. 못 견디게 말이야. 미치고 싶을 만치 말이야. 왜? 왜? 뻔하지. 나는 다시 가지 않겠다고 결심했어. 결심하고말고. 나는 다시, 다시는 그곳에 가지 않을 거야. 가지 않고말고. 돌아서서 나올 때 뒤통수를 내리치는 듯한 그 통곡을 어떻게 참으려고 가? 난 안 갈 것이다.'

그런데 인애는 가지 않겠다고 울부짖는 그 방향을 향해 가고 있는 것이다. 이제 그의 눈에는 거리도, 상점도, 사람들이 바쁘게 지나가는 황혼의 명동 풍경도 보이지 않았다.

깊이 자기 속으로, 속으로만 가라앉아서 몸서리쳐지는 무서운 고독 속에 가라앉아서…… 그렇지만 그의 발은 그곳으로 향하고 있는 것이다.

'내가 그곳 카운터에 놓인 인형이 될 수 있었다면, 내가 그곳에 놓인 끈질긴 사보텐이 될 수만 있었다면 밤과 낮을 헤아리지 않고 드나드는 사람, 그 무수하게 드나드는 사람, 문을 지켜보고 있을 수 있을 텐데. 심장이 죽어서 숨을 쉬지 않는다면 나는 그 구석진 좌석에 꼼짝하지 않고 기다리지도 않고 앉아

있을 수 있을 텐데. 그러나 내 눈은 방정맞은 토끼처럼 뛰고.'

잠꼬대처럼 중얼거리는데 그의 눈앞에 '고향 다방'이라는 자그마한 간판이 있다.

'음, 내가 여기 왔군.'

인애는 처음 와보는 신기한 곳처럼 둘러보다가 문을 밀고 들어선다. 레지가 힐끗 쳐다본다.

'어제는 왜 결석하셨어요?'

하고 묻기라도 하듯.

'음, 그래. 어제는 결석을 했지. 아주 휴학을 했는데 마지막으로 다시 한번.'

인애는 혼자 쓰디쓴 웃음을 머금는다. 언젠가 그가 와서 앉은 자리는 비어 있었다. 출입문을 지켜볼 수 있는 곳, 늙은이들이 많은 다방이다.

'고향으로 오는 사람이면 다 늙었겠지.'

인애는 오기만 하면 중얼거려 보는 그 말을 마음속으로 뇐다.

"차 뭘루 하시겠어요?"

레지가 와서 묻는다.

"커피."

음악도 늙은 음악, 조용하고 느린 것들, 마담도 늙은 여자.

레지는 커피를 가지고 왔다. 언제나 혼자 와서 오래오래 앉았다가 돌아가는 이 소녀에 레지는 호기심을 갖고 힐끗힐끗 쳐다본다. 문이 열리고 닫힌다. 나가는 사람, 들어오는 사람, 그렇게 교대됨으로써 다방의 분위기는 달라진다. 베레모를 쓴 중년들이 들어와서 파이프를 무니까 제법 멋진 다방이 되고 증권회사를 둘러싼 브로커들이 떠들어대면 마치 장바닥처럼 다방은 품위가 떨어진다.

'내용이 문제다! 누군가가 그런 말을 했지. 흥⋯⋯.'

인애가 코웃음을 치는데 이번에는 어느 종류의 사람들이 들어오는가 문이 열렸다.

별안간 바람이 휙 몰아치듯, 푸른 안개가 눈앞을 가리듯 피어오르는 남자. 그 속으로 남자가 들어선다. 남자는 인애를 똑바로 쏘아본다. 인애는 안개 속을 헤치듯, 손은 무릎 위에 놓여 있으면서 손을 휘젓고 앞으로 자기 자신이 나가고 있다고 생각했다.

김정현이었다.

그는 천천히 들어왔다. 그리고 인애와 마주보고 앉는다. 푸른 안개는 걷히고 인애는 김정현의 얼굴을 똑똑히 볼 수 있었다.

기적은 이루어진 것이다. 유리상자 속에 들어서 하늘을 날고 있던 왕자는, 아니 유리상자 속에 갇히어 지옥을 헤매고 있던 마술에 걸린 왕자는 지금 인애 앞에 홀연히 나타난 것이다. 얼마나 긴 세월과 얼마나 어두운 밤이 계속되어 왔던가.

"저는 매일 나왔었어요. 어제 말고."

모든 것을 벗어버린 인애 얼굴. 눈에 눈물이 고인다.

"나도 매일 나왔습니다. 어제 말고."

산울림처럼 같이 말이 돌아온다.

"어째서 만날 수 없었을까요."

"오후에 나왔기 때문이겠죠."

"……?"

"나는 오전에 나왔습니다."

"왜, 왜요?"

"그렇게 엇갈려야만 할 것 같아서."

하고 김정현은 지나가는 레지에게

"차 주시오. 커피."

하고 담배를 꺼내어 붙여 문다.

"오늘은 어째서?"

"하루 쉬었으니까."

담배 연기를 훅 뿜어내는 눈이 슬프게 보인다. 그는 그 슬픈 눈을 거두고 의자에 등을 기댄다. 그리고 인애를 노려보듯 쳐다본다. 괴로운 싸움을 하고 있는 눈에 차츰 핏발 같은 것이 번져 나온다.

"오늘 극장의 어떤 프로가 있는지 아십니까?"

김정현이 물었다.

"모릅니다."

"나도 모르겠군요."

그리고 그들은 침묵 속으로 빠져버린다.

　"얼굴은 이십 대지만 마음이 육십 대라면 그건 능란한 배우가 아닙니까?"

　김정현은 몸을 일으켜 인애 가까이 얼굴을 내밀며 엉뚱한 말을 한다.

　"……?"

　"스물다섯 살 먹는 소녀가 늙은 할머니 역할을 하는데 그것 못쓰겠더군요. 나는 팔십 먹은 노인의 연기를 할 수 있어요."

　"……?"

　"모르셔도 좋습니다."

　김정현은 빙그레 웃으며 레지가 갖다놓은 찻잔을 든다. 목이 타는 듯 커피 반 잔을 단숨에 마시고 나서

　"민상건이라는 사나이를 아십니까?"

　"알아요."

　"공범잡니다. 그하고 나는."

　"이상한 말씀만 자꾸 하시네요."

　"이상하게 느끼는 편이 이상하지요. 조금도 이상할 것 없고 모든 것은 있는 그대로, 적어도 철학보다는 훨씬 진실이죠."

　"어려워요."

　"어려울 것 없죠. 프로이트는 유아 시절부터 성性을 안다고 하지 않았습니까? 계집애는 아버지에게 사내애는 어머니에게. 시詩로써 그런 게 가려집니까? 하여간 나는 인애 씨를 사랑하

고 있어요."

김정현의 눈은 순간 공포에 떠는 것 같다.

"밖으로 나갈까요?"

김정현은 물었다. 한결 부드럽고 깊은 표정으로.

"네, 나가세요."

오전에 늘 나타나던 청년과 오후에 늘 나타나던 소녀가 함께 만나서 나란히 걸어 나가는 뒷모습을 레지는 신기롭고 호기심에 찬 눈초리로 바라본다.

"어딜 갈까요?"

김정현은 인애 옆으로 바싹 다가서며 물었다. 갑자기 긴 세월이 순식간에 주름 잡혀서 바싹 줄어든 듯 마음과 마음의 거리는 당겨진다.

"아무 데나요."

"저녁은?"

"얻어먹었어요."

"뉘에게?"

약간의 질투마저 섞인 듯한 말투다.

인애는 얼굴을 쳐들고 그 신기한 순간의 환희를 거머잡듯, 이 세상에 나서 가장 화창한 미소를 띤다.

"누구하고 먹었을 것 같아요?"

"남자하고?"

정현은 더욱 인애 곁으로 가까이 다가선다.

"여자하고?"

"둘 다요."

정현이 이번에는 싱긋이 웃는다. 그 역시 어두운 그림자를 다 밀어내고 유리상자 속에서 빠져나온 왕자처럼 무심하게 즐겁게.

"그럼 스카이라운지로 갑시다."

K호텔 로비는 동화의 세계처럼 아름답게 보였다. 외국의 여인과 이 나라의 여인들이 찬란한 옷자락을 끌고 지나가고 샹들리에는 눈이 부시다.

'난 거지공주야. 그래도 좋아.'

정말 철없는 아이처럼 그는 순간 설움을 느꼈다간 또 철없는 아이처럼 자기의 설움을 달랜다.

엘리베이터가 위로 위로 향해 올라갈 적에 인애는 치덕치덕하고 눈물겹던 현실이 아래로 아래로 내려가는 것을 느낀다. 오직 정현과 자기 자신만 하늘 문을 향해 축복받으며 올라가고 있다는 착각에 빠지는 것이다.

마지막 층계에서 정현은 인애의 등을 가볍게 밀며 나갔다.

스카이라운지는 어두워서 좋았다.

인애의 하얀 얼굴이 요정처럼 어둑한 곳에 떠 있고 초라한 의복은 눈에 잘 띄지 않았다. 그리고 탁자 밑에 구두도 감추어져서 오직 눈과 눈이 서로 바라보고 있으면 되는 것이다. 내일이 다시 오지 않더라도.

"뭘 하겠어요? 맥주?"

정현이 물었다. 인애는 고개를 끄덕인다. 웨이터가 주문을 받고 카운터로 돌아가자 정현은 탁자 앞으로 몸을 밀어낸다.

"옛날에 저 시골에 있었을 적에 이맘때쯤 되었을까? 사과나무에 올라갔었어요. 그때 광경이 왠지 지금 이 순간 같은 기분이 드는구면요. 전혀, 전혀 풍경은 다른데 말입니다. 분위기가 그럴까요?"

"어떻게?"

하는데 인애는 물론 분위기를 이해한다. 그의 속에 있는 것처럼.

정현은 그 말대꾸는 하지 않고. 하지 않아도 얼마든지 좋았다. 그는 눈으로써 대답을 하고 있었으니까.

웨이터가 맥주를 가져오고 컵에 부어준다. 정현은 맥주잔을 입으로 가져가다가 별안간 얼어붙은 눈이 되어 인애 어깨 너머를 응시한다. 인애는 그 눈이 너무 무서워서 뒤돌아볼 수 없었다.

인애는 얼어버린 듯한 정현의 눈을 응시한다.

'그 여자가.'

그 생각이 퍼뜩 들었을 때 인애는 자기 등에 지네가 한 마리쩍 들러붙는 듯 전신에 소름이 끼치고 손발이 후들후들 떨리기 시작한다.

인애는 고개를 휙 돌렸다. 한국인 남자와 외국인 여자가 마주 앉아서 맥주를 마시며 담배를 피우고 있었다. 그러고는 거의가 모두 남자들뿐이다. 손님 중의 한 사람이 장난삼아 피아노를 치고 있고 그 여자는 있지 않았다.

'그새 밖으로 나갔단 말인가?'

인애는 아무래도 그 여자가 자기 등 뒤에 지키고 서 있었으리라는 생각을 떨어버릴 수 없었다.

고개를 돌렸을 때 정현은 환상이 사라진 뒤의 허탈한 눈을 하고서 맥주잔을 들었다.

"왜 뒤를 돌아보았습니까? 누가 와 있었어요?"

맥 빠진 소리로 정현이 묻는다.

"왜 무서운 눈을 하셨어요?"

"내가?"

"네."

"어떻게?"

정현의 눈은 희미하게 흩어져 버리는 것 같았다.

"요다음 일요일, 인애 씨는 틈이 있겠습니까?"

정현은 중얼거리듯 물었다.

"틈, 있어요."

"그날 좀 만나 뵐까요?"

"네."

"무슨 일이든 통 반대를 안 하는군요. 같이 죽자고 하면 그러실 수 있겠습니까?"

정현의 눈에는 다시 미소가 돌아왔다. 실로 빠르게 무수히 그의 얼굴과 감정은 변하는 것 같다.

'천의 얼굴을 가진 사나이라는, 뭐 그런 게 있었지. 난 도무지 알 수가 없어. 이분의 얼굴은 어느 것이 진짜일까?'

인애는 그 생각을 하느라고 대답하는 것도 잊고 정현을 멍하니 바라본다. 사람은 다 바른 얼굴과 옆얼굴이 근사하다. 바른 얼굴을 보면 옆얼굴이 있고 옆얼굴을 보면 바른 얼굴을 생각할 수 있다. 그런데 김정현은 그렇지가 않았다. 바른 얼굴만 본 눈으로 그의 옆얼굴을 본다면 그것은 완전히 별개의 얼굴이다. 아주 연관조차 지어볼 수 없는, 그러니 정현은 얼굴을 두 개 가진 셈일까. 그것만이 아니다. 시시각각으로 감정의 변화에 따라 얼마든지 새로운 얼굴이 만들어지는 것이다. 그것은 참으로 신비스럽고 예측할 수 없는 그 무엇을 끊임없이 나타낸다.

인애는 또다시 그가 모르는 처음 본 듯한 정현의 얼굴을 응시한다.

"왜 그렇게 쳐다봅니까? 내가 거짓말쟁이 같습니까?"

정현은 눈을 가늘게 뜨고 타성적인 음성으로 묻는다. 음성만은 변함이 없다.

"그럴지도 몰라요."

"거짓말쟁이로 말입니까?"

"마술사는 분명히 거짓말쟁이겠죠?"

"마술사……?"

"선생님은 마술사 같아요."

"선생님? 나 그렇게 늙어 보입니까? 하긴 시소게임처럼 민상건 씨하고 나하고는 늘 올라갔다 내려왔다 하죠. 그 사람은 꽤 늙은 사람이지만."

"왜 자꾸 민 선생님 말씀을 하세요?"

"늘 그 사나이가 내 눈앞에 가고 있어요."

8. 여름은 가고

한 박사는 산장에 못 미쳐 자동차를 버리고 오르막길을 천천히 걸어 올라간다. 늘 운동 부족이어서 일부러 걸어보는 것이다.

'한더위는 지났구나.'

아직 단풍이 들지는 않았지만 숲속이 좀 훤해진 것 같고 멀리 보이는 강물에 튀는 햇빛도 엷어진 것 같다.

한 박사가 산장 문턱까지 갔을 때 검둥이가 쫓아 나오다가 꼬리를 감추고 달아난다. 언젠가 한번 비 오는 날, 좋다고 덤벼들어 옷을 못쓰게 한 일이 있었는데, 그때 혼이 나고부터는 한 박사를 보기만 하면 검둥이는 달아나는 것이었다.

한 박사는 쓰게 웃는다.

'짐승도 저렇건만 하물며 사람의 경우에야.'

무의식중에 중얼거렸으나 한 박사는 스스로 당황하고 만다. 최 여사가 산장에 머무르면서 집에 돌아가지 않으려는 것은 도망을 치는 검둥이의 경우와 별로 다를 것이 없다. 그러나 한 박사가 당황한 것은 그런 처지에 놓여 있는 최 여사를 동정하고 언짢게 생각한 때문이 아니다. 그 여자의 행복을 바라는 것보다 불행을 바라는 마음을 느낀 때문이다. 최 여사가 불행하면 할수록 자기와 가까워질 수 있다는 가능성을 계산해 보기 때문이다. 그러나 자기 자신이 스스럼없이 그 마음을 들여다보고 시인하기에는 그의 양심이 괴로움을 당해야 했던 것이다. 어쩌면 그는 아직도 소년과 같은 순정을 안고 있었는지도 모른다.

　한 박사가 고개를 숙이고 뜰 안으로 들어가는데 등마루 밑의 등의자에 앉아서 차를 마시고 있던 최 여사가 일어섰다. 그리고 한 박사를 바라본다. 한 박사는 최 여사가 일어선 것도, 바라보고 있는 것도 다 느낄 수 있었지만 고개를 들지 않고 걸어간다.

　"어째 걸어오세요? 자동차는 어떡허시고."

　무척 가까이서 최 여사의 목소리가 들려온다. 한 박사는 얼굴을 든다.

　"좀 걷고 싶어서 저 밑에서 내렸습니다."

　한 박사는 최 여사와 마주 앉으며 손수건을 꺼내어 땀을 닦는다.

"숙배는 안 왔습니까?"

"오늘 올 거예요."

"얼굴이 많이 좋아지셨군요."

최 여사는 살며시 미소한다. 엷게 화장한 얼굴이 아름다웠다. 꺼무꺼무했던 눈 밑도 맑게 개고.

"걱정을 안 하니까요."

고민이라는 말 대신 걱정이라 하며 흐트러지지도 않은 머리를 걷어 올린다.

"약은 계속하십니까?"

"네, 아주머니가 어떻게 극성스러운지요. 안 먹을 수 없어요."

"참 좋은 분이더군요. 그런데 시내에 나오고 싶지 않습니까?"

"쫓으시는 거예요?"

"아, 아니."

한 박사는 웃으며 손을 젓는다.

"가끔 영화 구경이나 음악회 같은 데 가시는 게 좋지 않을까 싶어서."

"처음엔 며칠 못 있을 것 같았는데 있어보니까 나가기 싫어지네요."

"너무 안 나가도 정신위생상 좋지 않습니다. 이따금 바깥공기라도 쐬시고, 세상 돌아가는 구경이라도 하시고. 오래간만에 나가시면 북적거리는 서울 거리도 퍽 아름답고 새로워 보입니다."

"그보다…… 선생님께 부탁이……."

최 여사가 정색을 하고 말을 하는 바람에 한 박사는 주춤한다.

"무슨 부탁입니까?"

"이 산장 말예요."

"네, 말씀하십시오."

이번에는 최 여사가 망설인다. 얼른 입이 떨어지지 않는 모양이다.

"저어…… 저에게 아주 양도해 주실 수 없을까요?"

"이 산장을?"

"네."

최 여사는 한 박사의 낯빛을 살핀다.

"아니, 계시고 싶은 대로 계시면 될 것 아닙니까?"

최 여사의 의도가 나변那邊에 있는가 궁금한 듯 한 박사도 가만히 최 여사의 눈치를 살핀다.

"저에게도 집은 있어야 할 거예요."

"집이 있지 않습니까?"

하는데 한 박사의 얼굴빛이 좀 변한다.

"어디 그게 저의 집이에요? 하홍수 씨 댁이죠."

최 여사는 태연히 뇌까린다.

"전 이혼할 결심을 했어요. 배반을 당하고 애정이 없고 그런 일보다 더 직접적인 사정 때문에."

"직접적인 사정?"

"저도 그동안 여기 머무르면서 여러 가지로 생각해 봤어요. 서울 시내에 거처를 정해 있는 것보다 여기에 있으면서 때때로 시내에 나가서 일을 보는 편이 낫겠다구요. 전 여러 가지로 오해하고 산 것 같고, 죽으려고 하는 것도 어리석은 짓이었다는 것을 깨달았습니다. 저의 감정 속에도 아직은 어떤 가능성이 있을 것 같아요."

탁자 위에 두 팔을 고이고 깍지 낀 손을 바라보며 최 여사는 차근한 목소리로 말했다.

나무 그늘이 어리는 손이 말할 수 없이 아름답고 희어 보인다.

"사람은 저마다 다 살아갈 자격은 있다고 봐요. 살기 위하여 물질적이든 정신적이든 그 위기를 모면할 구멍을 스스로 뚫어야 한다고 생각했어요. 나 자신이 구원을 받은 후, 그때 남에게 베풀어지는 거라 생각했어요."

한 박사는 묵묵히 앉아 있다. 전혀 예기치 않았던 일은 아니다. 그래도 그는 어떤 충격을 받지 않을 수 없었다.

"이혼 문제는 최 여사 개인에 관한 일인 만큼 저로서는 뭐라 할 말이 없습니다만 이 산장에 대해서는 좀 난처하군요."

"왜 그렇습니까?"

"최 여사의 처지가 그렇게 된다면 이 산장을 판다는 것은 비겁한 짓이니까요."

"어째서요?"

"최 여사가 잘 아실 일 아닙니까?"

"······."

"이렇게 되면······ 하여간 곤란하게 됐습니다."

"한 선생님한테 누 끼치지 않겠어요."

최 여사는 별안간 풀이 죽어서 약한 목소리로 뇌었다.

"아, 아닙니다. 하 형이 이렇고 저렇고 할 사람은 아니죠. 다만."

"다만?"

최 여사는 한 박사를 빤히 쳐다본다.

"저의 감정의 문젭니다. 그러지 않아도······."

최 여사는 고개를 숙이고 한 박사도 하던 말을 끝맺지 못하고 먼 산을 바라본다.

어디에 갔다 오는지 별장지기 노인이 커다란 망태를 짊어지고 어슬렁어슬렁 걸어오는 모습이 멀리에 보인다.

망태를 짊어진 노인은 걸음이 빨라서 어느새 산장 안으로 들어왔다.

등나무 밑에 마주 앉은 한 박사와 최 여사를 먼빛으로 힐끗 쳐다본 노인은 그들 옆으로 가지 않고 뒤뜰로 돌아간다.

"에라! 비켜!"

발에 감겨드는 검둥이를 발로 밀어낸다. 빨래를 하고 있던 식모가 슬며시 돌아본다.

"빌어먹을 아이 새끼들이 장난질을 해서 말짱 파헤쳐 놨으니 이곳도 점점 인심이 고약해지는구먼."

노인은 망태를 땅에 내려놓으며 혀를 찬다.

"고구마 파 오셨군요."

식모는 일손을 멈추고 웃는다.

"뒷밭에 재미로 고구마를 좀 심었더니, 글쎄 그놈의 애새끼들이 들쑤셔서 못쓰게 해놨지."

검둥이는 망태에 코를 갖다대며 쿵쿵 냄새를 맡는다.

"명년에는 김장이나 갈아야겠소. 음, 그런데 선생님이 오셨더구먼요."

"선생님이……?"

식모는 까닭 없이 당황해하며 얼른 일어선다.

"들어오면서 보니까 사모님하고 이야기하고 계시는 모양이오. 좀 있으면 숙배 아가씨도 오겠구먼."

"그래서 고구마 파 오셨어요?"

노인은 빙그레 웃는다.

"나는 통 몰랐어요. 저녁을 잡숫고 가실는지…… 찬이 시원찮을 건데."

식모는 앞치마로 손을 닦으며 걱정을 한다.

"찬 걱정은 할 필요 없소. 우리 집 선생님은 오래 혼자 사신 분이어서 음식 탓은 절대로 안 하니까. 내가 만든 된장찌개 하나만 가지고도 아무 말씀 안 하시고 밥 한 그릇을 비우는 성미니까."

식모는 얼른 부엌으로 들어가서 커피를 불 위에 올려놓고 나온다.

그새 노인은 망태 속에서 고구마랑 노랗게 알이 찬 배추 포기를 꺼내어 놓는다.

"거 배추 탐스럽게 알이 찼군요. 아직 김장철이 멀었는데."

식모는 신기한 듯 알이 찬 배추를 바라보며 말했다.

"사람이나 짐승이나 가꾸기 탓이요, 곡식이나 푸성귀도 가꾸기 탓이오. 아침저녁으로 돌보아 주니 왜 알이 안 차겠소."

"그러게 말이에요. 거울같이 깨끗하고 음…… 쌈장 해서 상에 올려야겠네요."

"거름 안 하고 비료로 길렀으니 쌈 해도 좋죠."

어느새 친한 사이가 되어 흉허물 없이 마치 며느리와 시아버지 혹은 나이 어린 마누라와 늙은 영감처럼 그들은 이야기를 주고받는다.

"그런데 할아버지?"

"……?"

"왜 선생님은 혼자 사십니까?"

"상처하셨죠."

노인은 갑자기 무뚝뚝한 얼굴로 변하며 대꾸한다.

"오래전에 상처하셨어요?"

"한 칠팔 년 됐을 게요."

"아이들은?"

"둘인가? 아마 둘일 거요."

"왜 재혼을 안 하시고?"

"글쎄…… 모르지요. 무슨 까닭으로 재혼을 안 하시는지."

노인은 옷을 툭툭 털고 어슬렁어슬렁 걸어 나간다.

노인은 걸어 나가다가 뒤뜰 울타리에 올려놓은 조랑박을 한 번 만져보고 나무를 휘감아 올라간 콩줄기에서 연한 것만 골라 뚝뚝 딴다. 양손에 수북히 받쳐들고 와서 식모에게 주며

"간장에 조리면 맛나요."

하고 싱긋이 웃는다.

가을볕에 잘 그을린 얼굴에 잔주름은 많았지만 눈에는 아직 강한 빛이 남아 있고 몸 전체의 굵은 선은 아직 장년 못잖게 힘차 보인다. 그는 앞뜰로 돌아 나갔다.

"이 넓은 세상에 하고많은 사람들이 살아가는데 온전하게 부부가 함께 잘 사는 사람은 참 드문갑다. 죽어서 갈라지기 아니면 생이별이고, 같이 살아도 원수같이 지내는 사람들도 있고. 왜 세상이 그럴까? 나는 기왕 병신이니 할 수 없다 하겠지만……."

식모는 자기를 버리고 달아나 버린 옛날의 남편을 문득 생각한다. 긴 세월이 흘러가도 그 아픔만은 달랠 수 없고 다만 남과 같이 성한 몸이 아니니 하고 매정스러운 남편을 원망하지 않으려고, 착한 마음을 먹으려고 노력해 온 그였지만.

"꿈같이 지나가 버렸구나. 어디 가서 지금은 죽었는지 살았는지…… 자식 낳고 몸 성한 여자를 얻어서 잘 살고 있는지도 모르지."

한숨을 푹 내쉬며 그는 그 생각을 잊어버리려고 하다 만 빨래를 맑은 물에 헹궈서 빨랫줄에 널고 부엌으로 들어간다.

굴럭굴럭! 커피는 신나게 끓고 있다. 구수한 냄새가 부엌 가득히 번져 나온다.

"한 선생님은 여간 지성이 아니셔. 어쩌면 사모님한테 그리 잘하시는지 모르겠다. 왜 집의 선생님은 그러실까? 여기 온 지도 벌써 얼만데 한 번도 안 오시고 그럴 수 있어? 한집에서 몇십 년을 함께 살아온 부부지간에. 한 선생님 반만 해도 사모님 마음이 덜 섭섭하실 거로……."

혼자 중얼중얼 중얼거리는데 식모의 가슴이 공연히 뛴다. 최 여사의 남편이 한 선생이라면 일이 제대로 되는 거고 그런 불행한 일도 없었을 거라는 생각을 했기 때문이다. 그리고 한 박사가 현재 혼자 있다는 노인의 말을 생각했기 때문이다. 그는 죄 지은 사람처럼 차판 위에 커피 잔을 얼른 챙겨놓고 끓고 있는 커피를 들여다본다.

"잘 끓었군."

그는 차판에 커피포트를 올려놓고 절룩거리며 앞뜰로 나간다.

노인하고 이야기하고 있던 한 박사는 커피를 들고 가는 식모를 쳐다보고 미소하려다가 무엇을 느꼈는지 그의 시선이 산장의 문 쪽으로 간다. 식모의 눈도 따라서 문 쪽으로 간다. 숙배하고 하흥수 씨가 걸어오는 것이었다. 식모는 자기도 모르게 한 박사의 얼굴을 본다. 한 박사의 얼굴빛이 좀 변했다. 그는 의자에서 일어서며

"하 형이 오시는구면요."

했으나 그 목소리는 퍽이나 부자연스럽게 울렸다.

최 여사는 태연히 앉아 있다. 그도 하흥수 씨의 모습을 분명히 보았을 터인데 아무런 동요도 나타내지 않고 오히려 눈은 더 가라앉아서, 엷은 미소까지 띠며 앉아 있다.

한 박사는 두벅두벅 걸어 나가서 하흥수 씨를 맞이하며 서로 악수를 나눈다.

서먹한 공기는 어쩔 수 없는 것이었다.

하흥수 씨는 최 여사를 거들떠보지도 않고 한 박사가 앉았던 자리에 덥석 주저앉는다. 주변의 사람들은 모두 긴장하여 그들을 바라보았으나 최 여사도 하흥수 씨도 태연자약이다. 식모와 별장지기 노인은 뒤로 돌아가고 숙배와 한 박사는 자리에 앉는다.

"한 박사께 너무 지나친 짐을 지웠군요. 모두 내가 불민한 탓이니 용서하십시오."

담배를 꺼내어 물고 라이터를 켠 뒤 거친 손으로 라이터를 닫는다.

"천만에요."

한 박사의 목소리는 부자연스럽고 떠밀리는 듯 울린다. 그때 병원에서 대면했을 때와는 아주 반대의 현상이다. 그때는 하흥수 씨는 풀이 죽고 한 박사는 당당했었는데.

"신셀 지는 것도 한도가 있지요. 오늘은 데리고 가야겠습니다."

두 번째의 말은 완전히 도전하는 투다.

한 박사의 표정은 복잡하게 움직인다.

"뭐, 저는 괜찮습니다. 산장은 늘 비워두니까요."

좀 허둥거리는 듯하여 보기가 딱하다.

"아버지, 어머닌 여기 좀 더 계셔야 해요. 지금 한창 가을인데. 오실 때까지 그 말씀 안 하시더니."

숙배가 입을 내민다. 그러나 하흥수 씨는 그 말대꾸는 없이

"여기서 정양을 더 해야 할 그런 병세는 아니죠? 한 박사."

하고 한 박사의 눈을 똑바로 바라본다. 한 박사도 흩어진 마음을 정리한 듯 그의 눈을 서슴지 않고 받으며

"신체상으로는 이곳에 더 정양할 필요는 없겠지요."

날카롭게 눈과 눈이 부딪친다.

"그럼 정신상으론 이곳에 더 머물 필요가 있다 그 말씀인가요?"

"의사의 입장에서 한 말입니다."

"아, 그야 나도 그렇게 알고 들었습니다."

"가시고 안 가시고는 최 여사께서 결정할 일이라 생각하는데요."

"그럼 남편의 의사는 무시된다 그 말씀인가요?"

"그건 나로선 말씀드릴 처지가 아니죠. 그것도 최 여사께서."

두 사람 사이에 험한 분위기가 감돌았건만 최 여사는 말 한마디 하지 않는다. 숙배가 긴장하여 최 여사의 입을 지켜보고 있다.

최 여사는 먼 강 쪽을 바라보고 있다. 등나무 잎이 탁자 위에 떨어진다.

무거운 침묵이 감돈다.

"엄마는 여기 더 계셔야 해요."

목이 쉰 소리로 간신히 숙배가 입을 뗀다. 그러고는 다시 긴 침묵.

하흥수 씨의 얼굴에는 깊은 주름이 새겨지고 한 박사의 눈밑 근육이 파르르 떤다.

"며칠 있다가 나가겠어요."

최 여사 입에서 말이 떨어졌다. 하흥수 씨는 그 말이 들리지 않는 듯 깊은 주름이 새겨진 얼굴이 그대로였고 한 박사 얼굴은 눈에 띄게 흔들린다.

"짐을 챙겨서 가져와야겠어요."

한 박사의 얼굴이 파래진다. 그래도 하흥수 씨는 그대로다.

"이 산장을 제가 살까 싶어요. 귀찮은 존재가 사라지는 게 아니구. 나는 내 생활을 한번 찾아봐야겠어요."

억양도 없는 목소리가 조용히 흘러 나온다.

하흥수 씨는 얼굴을 들고 최 여사를 처음으로 바라본다. 최 여사의 싸늘한 눈이 맞선다.

"법적인 해결도 할 참인가?"

하흥수 씨는 늘어진 목소리로 물었다. 순간 최 여사의 눈이 타는 듯 빛을 낸다.

"나는 이혼해 줄 것으로 생각하고 있어요."

목소리뿐만 아니고 최 여사의 전신도 떨고 있는 것만 같다.

옆에 숙배도 한 박사도 없는 듯 오직 최 여사와 둘이 마주 앉은 것처럼 하흥수 씨는 역시 늘어진 목소리로 묻는다.

"그럴 리가 있나요?"

하는데, 최 여사의 눈에 타고 있던 불길도 떨림도 다소 멎은 듯하다.

오도 가도 못하게 된 한 박사는 마치 나무둥치가 된 듯, 그러나 잔가지에 매달린 나뭇잎이 가벼운 바람에도 몸을 흔들 듯, 최 여사의 미묘한 분위기와 내적 상태에 민감한 반응을 보이며 앉아 있는 것이다.

'아, 아직도 최 여사는 무한한 미련을 품고 있다. 사랑하고 있다.'

"나는 그다지 형식이라는 것을 좋아하지는 않지만 그런 뜻에서 부부라는 형식도 좋아하지 않았는지 모르지. 하지만 왠지 이혼을 하고 싶지는 않을 게요. 이혼하고 싶지 않은 이유가 뭔지 모르면서 말이오."

하홍수 씨는 혼잣말처럼 중얼거린다.

"집에 오든지 말든지 그건 당신 자유지만 말이오. 하여간 이혼은 안 하겠어. 지금 기분으론."

그러자 한 박사는 일어섰다. 벌써 일어섰어야 했을 것을. 안으로 들어가서 전화를 건 뒤 밖으로 나온 그는 아무 말 없이 뜰 안을 헤매듯 하더니 강 쪽을 향해 내려간다.

"한 선생님!"

숙배가 한 박사 뒤를 쫓아간다. 그들의 멀어지는 모습을 바라보고 있던 하홍수 씨는 다시 담배를 붙여 물며 쓰디쓰게 웃는다.

"나도 심술은 어지간히 있는 사내야. 그리 쉽게 되지는 않을걸."

하는데 깊은 미움도 질투도 없는 멍한 눈이다.

"한국에서는 아직 정신적인 학대라는 이유만으론 이혼이 안 되지. 동거를 거부한 것은 내가 아니었으니까 말이야."

역시 늘어져 빠진 소리로 중얼거린다.

"지능적으로 사람을 몰아넣을 작정이군요."

최 여사는 이를 악물고 말했다.

"그럴 정열도 없어. 해결이 됐다고 뭐 그리 홀가분할 것도 없으니까 말이지."

"시끄럽게 떠들어대는 게 귀찮다는 그것뿐으로 말이죠?"

"그럴는지도…… 그렇지. 그럴 거야."

최 여사는 웃는다. 얼굴을 찌그러뜨리고

"춥지만 문 닫으러 가는 것이 귀찮다는 그 식으로?"

"맞았어."

"악마 이상의 명칭이 있다면 그건 하흥수 씨에게 주어질 명칭이에요."

최 여사는 몸을 흔들고 일어선다.

이미 모든 각오가 다 되었다고 생각한 최 여사였다. 그러나 하흥수 씨는 찾아왔고 마음을 흔들어주었다. 마음을 흔들어주는 대신 그를 다시 깊은 나락으로 떨어뜨리고 만 것이다. 하흥수 씨가 찾아오기 이전으로 돌아가려면 그는 또다시 무서운 싸움을 하지 않으면 안 된다.

그는 강을 향해 달려간다. 하흥수 씨는 그 뒷모습을 바라보고 앉아 있다.

하흥수 씨는 조소를 띠며

"흠, 나에게도 심술은 있지. 심술이 있고 말고……, 한, 한 박사, 음 분명히 한 박사 그치가 없었다면 난 여기 왔을까? 오지 않았을걸. 나에겐 심술이 있어. 그건 애정이 아니야. 애정이 아니고말고. 난 좋아하는 사람이, 좋아하는 여자가 있어. 그건 이미 최경순 여사께서 아시는 바이고, 그런데도 난 홀가

분한 처지를 원치 않거든. 왜냐구? 그야 물론 그 여자가 스승
이라는 것 이외 나를 더 이상 생각지 않으니까 말이지. 난 그
런 젊은 여자를 위해 열등감에 사로잡히긴 싫단 말이야. 최경
순 여사께서 이혼을 제기한다면 몰라도 나로선 평화스러운 수
단으로 이혼장에 날인하고 싶진 않단 말이야."

하흥수 씨는 술 취한 사람처럼 지껄이고 크게 소리 내어 웃
는 것이었다.

"뭐 내 명예를 위해 이혼을 회피한다고? 천만의 말씀이다.
그까짓 교수, 대학의 교수직이 뭐 그리 대단하다고 전전긍긍
한단 말인가? 내 속에는 그보다 더한 이기심이 숨어 있단 말
이야. 내가 처세적인 그따위 사회적인 것에 미련을 가진다
면 이런 결과를 초래했을까? 난 허무주의자는 아니야. 인생
에 어떤 스릴을 요구하고 기대하고 있는지도 몰라. 최 여사께
서 알고 있는 그 여자만 하더라도 실상은 그런 스릴을 생각하
고……, 진실로 사랑했을까? 난 아무도 사랑하지 않아. 아무
도. 내 계산속에는 딸인 숙배도 없고 가정도 없어."

하흥수 씨는 정말 술에 취한 것 같다. 그러나 어쩌면 그것은
그의 진심이었는지도 모른다. 그는 어떠한 여자에게 있어서도
하나의 짚 인형이었는지도 모른다. 최 여사는 숨을 몰아쉬며
앉아 있다.

"어때? 이십 년 동안을 함께 살아온 하흥수라는 인간을 최
경순은 오늘 처음 발견한 것은 아닐 텐데……. 왜 그리 분노에

찬 얼굴을 하고 계시지?"

"돌아가세요. 돌아가란 말이에요!"

최 여사는 소리를 지르더니 방으로 쫓아 들어간다. 그는 침
실로 들어가서 도어를 잠그고 침대에 쓰러진다.

하흥수 씨가 이 세상에 아무도 사랑하지 않는다는 것은 사
실이었는지도 모른다. 경순 여사는 침대에 엎드려 통곡하며
허황한 지난 세월보다 다가올 세월을 부숴버리듯

"아! 악마야 악마! 아니야, 가엾은 사람!"

얼마나 시간이 지나갔는지 최경순 여사는 그가 눈을 떴을
때 식모가 눈앞에 서 있는 것을 깨닫는다.

"사모님."

"……."

"사모님."

"왜 그래요?"

"다 돌아가셨어요."

"그래서?"

"진지도 안 잡숫고…… 너무 상심……."

"난 상심하지 않어."

"일어나세요."

"지금은 몇 시야?"

"저녁이에요."

"숙배는?"

"한 박사님하고 함께……."

"숙배 아버지는?"

"혼자 먼저 가셨어요. 이러고 계시면 병나십니다."

"병? 난 병 안 나! 난 다시 태어난 사람이야!"

경순 여사는 벌떡 일어나며 외친다.

회색 플란넬 코트를 입은 최 여사는 사람들이 붐비는 광화문 가까운 곳에서 자동차를 버리고 좀 다급한 걸음걸이로 넓은 길을 질러간다.

'여섯 시 삼십 분, 삼십 분이나 늦었으니 기다리고 계실까?'

그는 팔을 걷어 시계를 보며 더욱더 걸음을 빨리한다.

빨간 소방차가 윙! 소리를 지르며 지나간다.

'어째 어찔어찔하는 것 같구나. 오래간만에 나와서 그럴까?'

그는 지하실로 내려간다. 넓은 다방 안을 휘둘러본다. 빙긋이 웃으며 한 박사가 앉아 있는 곳으로 다가간다.

"죄송합니다, 나오시라 해놓고 늦어서. 오래간만에 나오니까 어리둥절해지네요."

최 여사는 핸드백을 탁자 위에 놓고 앉는다. 한 박사는 기쁜 듯 웃기는 해도 뭔지 불안스러운 얼굴이다.

"무슨 일이 있었습니까?"

"아뇨."

"전화론 의논할 일이 있으시다고……."

"구실이 없어서 그랬어요."

최 여사는 퍽 대담한 웃음을 띤다. 한 박사는 그 웃음의 뜻을 음미하듯 한참 말이 없다가

"그럼 모처럼 나오셨는데 저녁이나 하실까요?"

"전 영화 보고 싶어서 나왔어요."

"저하고 영화 보셔도 괜찮습니까?"

쓰디쓴 웃음을 띤다.

"왜 그러시죠? 한 선생님하고 호텔에 갈 자신도 있는데 그러셔요? 선생님 입장이 거북하신가요?"

"농담은 그만두시고……."

한 박사는 당황하며 어물어물 말한다. 그러나 그는 이내 쓴 표정을 되돌리며

"하 형에 대한 반발로서 그러신다면 저 자신의 꼴이 말이 아닙니다. 애들 말마따나 스타일 구기죠."

웃는다.

"반발할 단계는 이미 벌써 옛날에 지나가 버렸습니다. 한 선생님은 그런 말씀 안 하시는 게 좋을 것 같아요."

"그거는 그렇고 그곳에서 겨울나기는 어려우실 텐데……."

"쫓아낼 궁릴 하세요? 설마 하홍수 씨에게 매수당한 건 아니겠죠?"

한 박사는 잠자코 만다. 한참 만에

"차츰 저의 입장이 난처해지는군요. 최 여사께서 집으로 돌

아가실 그런 의향이라면 모르되 서로 감정이 미묘해지니까 왠지 저 자신이 떳떳하지 못한 것 같습니다. 실은 그 산장을 애초에 제공한 것을 후회하고 있습니다."

"그럼 산장을 저에게 파시면 될 거 아니에요?"

"그럴 순 없죠."

"겁이 많으시군요."

"남에게 대해서 말입니까?"

"선생님 양심에 대해서 말입니다. 요즘 애들 말을 우리 사십 대도 좀 빌려 쓸 이유는 충분히 있다고 봐요. 어렵게 살 필요가 없다구요."

"나는 어렵게 살 필요가 있다고 생각하는 사람입니다."

"어떤 뜻에서 말입니까?"

"보수적인지는 몰라도 애정에는 성실해야 한다고 생각하고 있습니다."

최 여사는 그 말대꾸를 못 한다.

"오늘은 어려운 얘기 그만두시고 영화관이든 식당에든 가실까요?"

한 박사는 담배를 호주머니 속에 밀어 넣고 일어선다. 나란히 층계를 밟고 그들이 올라가는데 위에서 푸른 치맛자락이 내려온다.

"아니, 이게 누구야?"

층계 위에서 내려오던 중년 부인이 호들갑스러운 소리를 지른다.

"최 여사 아냐? 정말 어떻게 된 일이지?"

하면서도 놀란 토끼처럼 동그란 눈을 굴리면서 동행하는 한 박사를 민첩하게 살핀다.

"저승에라도 갔다 온 사람처럼 왜 그리 놀라니?"

하다가 최 여사는 한 박사를 힐끗 쳐다본다.

"저, 말씀하십시오. 나가 있죠."

한 박사는 말이 길어질 듯도 하고, 좁은 층계에 서 있는 것도 멋쩍게 느꼈는지 혼자 올라간다.

"얘, 어쩌면 그러니?"

한 박사의 뒷모습을 유심히 바라보며 이번에는 최 여사가 아니고 '애'라 한다.

"왜? 내가 뭐 어쨌니?"

최 여사는 천연스럽게 시치미를 뗀다.

"말 말어. 니네 집에 얼마나 전활 걸었다구? 그래 친구도 몰래 어디 가서 숨어 있었니?"

"숨어 있긴? 몸이 좀 아파서."

"거짓말 말어. 피둥피둥하면서. 글쎄 설사 다 죽어가게 아팠다손 치더라도 우리가 문병 갈 의무는 있지 않느냐 말이다. 그런 법이 어딨어. 아무래도 너 친구들에게 말 못 할 사정이 생겼나 부다."

최 여사는 쓰디쓰게 웃는다. 여자는 수다스럽게 마구 지껄이며 이제는 한 박사가 사라지고 없는 층계 위를 힐끗 돌아다본다.

"그렇지 않니? 너같이 주는 것 받는 것 깔끔하게 따지는 애가 말이야. 글쎄 돈 받을 생각도 않고 행방불명이 됐으니 왜 이상하게 안 생각하겠니? 은주가 너에게 돌려주려고 돈을 꾸려놓고 기다리다 기다리다 그만 에이 공돈 생겼다고 하고 백만 환짜리 다이아를 샀구나."

언제 이야기가 끝날지 최 여사는 초조한 듯 층계 위를 쳐다본다. 그러나 돌아간 할아버지라도 만난 듯 여자는 놓아줄 생각을 않고 호기심에 가득 찬 눈으로

"지금 그분 누구니?"

하고 염치 불문코 묻는다.

"누구같이 뵈니?"

"잘못 짚었다가 하 선생님한테 혼나려고?"

"애인같이 뵈니?"

하고 최 여사는 서글픈 미소를 띤다.

"글쎄? 그분 심각해 보이더라."

"이 바보야. 한 박사, 우리 집 주치의야. 실망되니? 그럼 나 가봐야 해. 다음 만나자."

최 여사는 더 말을 못 하게 돌아선다. 여자는 다방으로 내려갈 생각도 않고 멍하니 최 여사 뒷모습을 바라본다.

"죄송합니다. 오늘은 어쩐지 자꾸 엇갈리는 것만 같군요."

멍하니 서 있는 한 박사 곁으로 다가가며 최 여사는 사과한다.

"어딜 갈까요?"

한 박사가 묻는다.

"선생님 마음 내키시는 대로요."

잠자코 걸음을 옮긴다.

"나서보니 서울이란 참 갈 만한 곳이 없군요. 기껏 식당⋯⋯."

한 박사는 우울한 기분을 돌이키듯 웃는다. 거리에는 사람들이 밀려가고 밀려온다. 차도에는 그야말로 자동차의 홍수, 모두 바쁘고 모두 충족되어 있는 것만 같은데, 최 여사는 자기 혼자만 비어서 걸어가고 있다는 생각을 한다.

겨우 택시를 하나 잡아타고 B호텔 앞에서 내린다. 최 여사는 B호텔로 온 한 박사의 심중을 헤아리는 듯 잠시 멈춰 섰다가 들어간다. 로비를 지나서 엘리베이터에 오른다. 엘리베이터 속에는 다만 소녀가 하나 앉아 있을 뿐이다. 옥상에 있는 식당으로 들어갔을 때도 손님이 거의 없었다. 명동 일대를 내려다볼 수 있는 창가에 자리를 잡고 앉는다. 식사 시간이 일러서 그런지 일반 사람들이 별로 찾지 않는 호텔의 식당이어서 그런지 웨이터가 여러 명 그냥 서성거리고 시중을 들어야 할 손님 없는 내부가 휑뎅그렁하게 넓기만 하다.

"조용해서 좋죠?"

한 박사는 긴장을 풀며 말했다.

"분주해도 전 좋아요."

최 여사는 장난치듯 대꾸한다.

"하기는 퍽 오랫동안 조용히 계셨으니까."

최 여사의 말뜻을 알면서도 한 박사는 슬그머니 피하고 딴전을 피운다. 최 여사는 그러는 한 박사의 심중을 알고 있었으므로 다시 장난치듯 웃는다. 그러는 최 여사의 표정은 소녀처럼 앳되어 보였다.

"아까 그 수다스러운 친구가 뭐래는 줄 아세요?"

"귀가 어두워서 못 들었군요."

농담이 서툰 한 박사는 드물게 농조로 대꾸한다. 그러나 최 여사는 뭐라는 줄 아느냐고 했을 뿐 그 이야기에 대하여 다시 말하지 않고

"뭔지 모르게 여기 오니까 해방이 된 기분이에요."

하고 딴전을 피운다.

"사실 뭐니 뭐니 해도 역시 도덕이니 윤리니 하는 그따위에 얽매어 살았을 거예요. 그런 걸 다 벗어던진다면 세상은 좀 더 즐거워질 거예요."

식탁 위에 턱을 고이고 그런 얘기를 하면서 최 여사는 마음속으로

'너 그 말이 정말이냐? 정말 그렇게 생각하니?'

하며 스스로 의심에 가득 차서 중얼거리는 것이었다.

"야만인들의 사진 같은 걸 가만히 보고 있으면 이상한 생각

이 들어요. 모두가 다 그처럼 보기 흉하고 징그럽다면 오히려 이 세상에 비극이 없어질 것 같은……. 전부 그처럼 말예요. 못나고 잘난 것이 없는……."

"철저하게 평등하면 말이죠?"

되묻는 한 박사의 얼굴을 최 여사는 우두커니 바라본다.

"하지만 그들에게도 미인이 있을 게고 미남이 있을 겁니다. 그러니 비극도 있게끔……."

덧붙이는데 최 여사는 멍해진 얼굴이 된다.

웨이터가 주문을 받으러 왔다.

"식사는 천천히 하기로 하고 맥주 먼저 하지. 최 여사께서는 뭐 딴것 하시겠습니까?"

"아뇨. 저도 맥주 하겠어요."

웨이터는 몸을 건들건들 흔들며 돌아간다.

"사실은 우리들이 지금 겪고 있는 감정 같은 게 사치스러운 것인지도 모르죠. 이따금 그런 생각이 듭니다."

"여러 가지 의상을 걸쳤기 때문에 그럴까요?"

"아니, 나이 때문에 그런지도 모르죠."

"나이?"

"나이 말입니다. 어쨌든 생활이나 여러 가지 조건들이 안정된 나이 아닙니까?"

한 박사는 쓸쓸하게 웃는다.

식탁에 이상한 잿빛이 깔린다. 해가 지고, 명동 일대에 불빛이 나돈는다.

"밤도 아니고 낮도 아니고, 그렇다고 황혼도 아닌 이런 시간의 기분이 사람 잡는 것 같아요."

싼싼히 흩어져서 수습이 되지 않는 듯 최 여사는 중얼거린다.

"모든 게 지금 그런 상태예요. 밤이 오든지, 환한 햇빛이 쏟아지는 한낮이 오든지."

중얼거리면서도 최 여사는 스스로 자기 자신의 구질구질한 모습을 깨닫고 얼굴을 일그러뜨린다. 사실 그는 그 자신을 걷잡을 수 없는 것이다. 한 박사가 오랜, 아주 오랜 옛날부터 자기를 좋아하고 지금도 그는 어떤 기대를 갖고 있다는 것을 알고 있다. 그러나 그 감정은 너무나 점잖아 그를 끌어당겨 주는 힘이 모자라는 것이다. 강력하게 끌어주지 않는 데 대하여 그는 어떤 초조감을 느끼고 있는 것이다.

'그렇지만 나는 그것을 이용하려 하고 있지 않느냐 말이다. 그를 잊기 위해, 그에게 반발하기 위해, 내가 빠진 절망의 구렁텅 속에서 기어 올라오기 위해서, 희미한 것은 상대편에 있는 게 아니구 나 자신에게 있는 거다.'

최 여사는 닭고기를 찢으며 자기 자신에 타이르듯 말한다. 한 박사는 잠자코 맥주잔의 맥주를 기울이고 있었다.

"몇 해 전에 미국에 갔을 때."

한 박사는 그 화제에서 비켜서려고 딴전을 피운다.

"느낀 일입니다만 한국 여성이 참 아름답다고 생각했습니다."

"엉뚱한 말씀만 하셔. 그런 말 들어도 전 희망 안 가집니다."

최 여사가 그만 웃어버린다.

"왜 그렇습니까?"

"이렇게 늙어버렸는데 그런 말 듣고 좋아하게 생겼어요?"

한 박사는 빙그레 웃으며

"젊음이 많이 연장되지 않았습니까?"

"내일모레 사위 보게 될 일은 어쩌구요."

"그 일 때문에 주춤거리시는군요."

대수롭지 않게 던지는 말에 최 여사의 얼굴빛이 변한다.

"맞았어요. 그럴 거예요. 난 여태 그것을 깨닫지 못했군요. 사위를 보게 될 것이라는 의식이 얼마나 모든 것을 방해하고 있었는지. 그렇군요⋯⋯."

최 여사는 생각에 잠긴다.

"역시 뛰어넘을 수 없겠죠."

"선생님의 경우도?"

"생각해 봅니다. 내 자신이 최 여사의 경우가 돼서 말입니다."

"참 귀찮은 세상이군요. 뭐가 그리 걸리는 게 많을까요."

최 여사는 부어놓은 채 그냥 있는 맥주를 들이켠다. 식사가 끝나고 우두커니 앉았다가

"그냥 들어가기가 허전하네요. 춤추러 가시지 않겠어요?"

한 박사는 잠시 망설이다가

"그렇게 합시다."

"억지로는 싫어요. 과일을 훔치러 온 소년 같은 표정이에요."

맥주 탓인지 최 여사는 대담해진다.

"소년처럼 과일을 훔치러 갈 수 있다면 무척 다행이겠습니다. 하여간 나가죠."

한 박사가 계산을 하고 있는 동안 최 여사는 복도로 나와서 호텔 안의 문이 꼭꼭 닫혀져 있는 방들을 멍하니 바라본다. 이상한 호기심과 무슨 일을 저지르고 싶은 충동이 그의 머릿속을 맴돈다.

복도에서 최 여사가 우두커니 기다리고 서 있는데 어떻게 된 일인지 한 박사는 좀처럼 나오지 않는다. 그러자 층계 아래서 한 쌍의 남녀가 천천히 걸어 올라온다. 최 여사는 무심히 그들을 내려다보고 서 있었다.

계단을 다 밟고 올라선 한 쌍의 남녀 중의 남자가 고개를 들었다.

남자의 눈이 순간 흔들리는 것 같더니 이내 가라앉으며 최 여사를 대담하게 바라본다. 그들은 최 여사 앞을 지나서 복도를 한참 가더니 어떤 방 안으로 사라져 버린다.

'오, 옳지! 그때 그 남자야. 숙배하고 스카이라운지에서 맥

주를 마시고 있던.'

최 여사는 가슴이 덜컥 내려앉는 것을 느낀다.

'그때 숙배의 태도는 보통이 아니었어. 그것은 직감으로도 알 수 있는 일이야. 그렇다면?'

최 여사는 가만히 그들이 사라진 방의 도어를 노려본다.

'숙배는? 숙배는, 농락을 당한 게 아닐까? 저, 저런 얼굴만 말쑥하게 생겨가지고…….'

"맞았습니다."

한 박사 목소리에 최 여사는 정신이 드는 듯 돌아본다.

"왜 그리 얼굴이 파랗습니까? 기분이 안 좋습니까?"

한 박사는 최 여사의 얼굴을 보고 놀란다.

"아, 아뇨, 아무것도 아니에요."

"낯빛이 아주 안 좋습니다. 몸이 불편하시면 그냥 들어가 시죠."

"그, 그래야겠어요. 너무 오래간만에 나와서 그런가 봐요."

그들이 밖으로 나왔을 때 사방은 어둑어둑했다.

겨우 택시를 잡은 한 박사는 최 여사를 태우고 그도 최 여사 옆에 올라앉으며

"산장까지 모셔다드리죠."

택시가 교외까지 나올 동안 말이 없던 최 여사는

"선생님."

"네?"

"요즘 젊은 애들은 어떤 연애를 할까요?"

"최 여사와 마찬가지로 저도 잘 모르겠군요."

"……."

"제 생각 같아서는 십 대가 어떻고 이십 대가 어떻고 하지만 별반 우리 시대의 연애 감정과 다를 게 없다고, 다만 몇몇이 소위 그 전후파라는 극단적인 행동으로 나가는 것을 마치 모든 조류가 그런 것처럼 단정해 버리는 것은 잘못일 것 같습니다. 따지고 보면 어느 시대이고 아프레(après, '다음'을 뜻하는 프랑스어—편집자)라는 것은 다 있지 않았을까요?"

최 여사는 고개를 의미 없이 설레설레 흔든다.

"가령 우리 집의 숙배의 경우를 볼 때 말예요. 도무지 무슨 생각을 하고 있는지 모르겠어요."

"숙배는 건전하죠. 자의식이 강하고 너무 똑똑해서 탈일 것 같은데……."

"그럴까요?"

"걱정 마십시오."

"그런 앨수록 엉뚱한 짓을 할지도 모르죠. 그리구 우리 집의 조카딸 애."

"아, 사내애처럼 하고 다니는 인애 말입니까?"

"그 애가 집에서 나갔거든요. 그 애 경우만 해도 영 모르는 것투성이에요. 정말 모르겠어요."

최 여사 얼굴에 엷은 후회가 떠든다.

최 여사는 인애를 생각함으로써 더욱더 우울해진다.

"그 애한테는 참 잘못한 점이 많았어요. 모두가 다 자기 생각만 하노라고 그 애는 애정에 굶주리고…… 하긴 모두가 다 굶주린 가엾은 인간들이었지만. 어떻게 그 애를 찾아서……. 때론 그런 생각도 해보지만 그건 잠시예요. 온통 생각은 저 자신에게로 다 돌아가고 마는걸요. 정말 어쩌면 산다는 게 이리 구질구질할까요? 뭣이 목을 꽉 누르는 것처럼 답답하고 어느 한순간도 자기를 잊어버리거나 즐거워지는 일이 없으니 말예요. 즐거워지려고 노력을 하면 할수록 그 노력을 하는 고달픔과 허위만이 눈에 두드러져서 오히려 어느 바위에 가서 머리라도 부딪고 피 흘리고 싶은 충동을 느끼거든요. 무엇에 열중을 해야 합니까 저는……. 무엇에 열중을 해야 할지 아무리 생각을 해도 모르겠군요. 가정 말입니까? 저에게 가정이 있습니까? 숙배, 숙배는 다 컸죠. 숙배는 나를 필요로 하지 않습니다. 옛날에도 지금도……. 열심히 받을 돈, 줄 돈을 계산해 보곤 해요. 특히 한밤중에 눈을 뜨면 말예요. 옛날에는 그런 돈 계산을 할 때 멋이 있는 집도 설계해 보구 몇 캐럿짜리 다이아 반지도 상상해 보고 골동품, 그림, 냉장고, 온갖 것을 생각해 보곤 했어요. 하지만 지금은 다만 숫자뿐예요. 무의미하기 짝이 없는 숫자만이 눈앞에 떠올라 현기증과 구역질이 날 것 같은 자기염오에 빠질 뿐이에요. 그런 물건들이 무슨 소용이 있어요? 물건은 다만 내 돈을 바라보고 내가 소유하기만을 기다리고 있을 뿐이에요. 이 세상에 아무도 나를 원하고 갖고자 하는 사람은 없어요. 자식도 남편도 그 가엾은 고아 인애도 나를 원치 않고 있어요. 뿔뿔이 저희끼리의 행동, 저희끼리의 생각 속에 잠겨 있는 거예요. 도시 나는 뭘 해야 하죠?"

최 여사는 운다. 스스럽게 손수건을 꺼내어 얼굴을 가리고 운다. 한 박사는 가만히 최 여사의 한 손을 잡으며

"너무 감정을 가두어두지 말고…… 서로가……."

하다가 더 이상 말을 하지 못한다.

최 여사의 손은 뜨거웠고 외로움에 지쳐 와들와들 떨고 있는 것 같다.

"저 자신의 힘이 미치지 못하는 것을 불행하게 생각합니다."

한 박사는 최 여사의 손을 놔주고 혼잣말처럼 중얼거리다가 담배를 꺼내어 붙여 문다.

택시가 산장에 못 미쳐서 한 박사는 몸을 일으키듯 하며

"여기서 내립시다."

택시는 멎었다. 한 박사는 먼저 내려서 도어를 열어놓은 채

"최 여사, 내리십시오."

최 여사는 손수건을 핸드백 속에 집어넣고 내린다. 요금을 받은 택시는 오던 길을 되돌아간다.

"한 선생님, 어떡허시려고 택시를 그냥 보내는 거예요."

최 여사는 걸어가며 묻는다.

"전화 걸어서 집에 차를 부르죠."

"산장은 아직 멀었죠?"

"네, 강가를 한번 걸어봅시다. 좀 공기가 차지만……."

최 여사는 아무 대꾸도 없이 한 박사를 따라 강가 둑으로 올라간다.

"여기 앉으시겠어요? 강가로 더 내려갈까요?"

한 박사 말에 최 여사는 멍하니 바라본다. 영혼의 가난함이 어둠 속 그 눈에 넘쳐흐른다.

"강가로 내려가 볼까요?"

앞서 둑에서 내려간다.

"바람이 차군요. 괜찮겠습니까?"

한 박사는 바싹 최 여사 곁으로 다가선다. 마치 그 자신의 체온으로 차가운 밤바람을 막아주기라도 하듯.

"한 선생님?"

"네."

"선생님은 참 좋으신 분이에요."

"그럴까요?"

"정말, 정말 좋으신 분이에요."

"그 말씀…… 퍽 서글퍼지는 얘기가 아닙니까?"

"어째서요?"

"상대의 기분을 막아버리는, 얌전하게 있으라는 뜻 아닙니까?"

"아니에요, 절대로."

"그럼?"

"너무 늙어버렸어요. 전 잘못 택한 거예요. 이제 와서 이런 말 하는 것 비겁하지만. 어쩌면 항상 경계하고 좋은 분이다, 좋은 분이다 하고 자신에게 일러주는 것도, 어쩌면 저의 의식 속에 흐르는 것을 막아버리기 위해 그랬는지도 모르죠. 이젠 너무 늙어버렸어요. 애정이 어떻고 하는 것 정말 모독이 아닐까요?"

"늙기는 서로가 다 늙지 않았습니까. 옛날 생각이 아득하게 마치 어느 정경 속에서 퍼뜩 떠오르는 그런 것 아닐까요? 우리가 그때 결혼을 하고 오늘 이렇게 마주쳤다면 과연…… 연애 감정은 다 죽어버렸을 것입니다. 어려운 고비를 다 넘기고 뼈에 저리는 고독을 다 씹어버리고 그래도 아직 남아 있는 것을 나는 소중하게 생각합니다. 최 여사가 저에게 오거나 말거나 실상은 내 가슴에 남아 있는 그것이 더 소중했는지도……."

한 박사의 말은 두서없는 것이었다.

그러나 서투른 그 말 속에 그의 마음은 충분히 나타나 있었다.

"그야 최 여사를 완전히 내 곁에 있게 하고 싶고 최 여사 머릿속에서 하흥수라는 남자를 말끔히 씻어버리고 싶은 충동이 없었던 것은 아닙니다. 바람처럼 때때로 엄습해 오지요. 그러나 내 나이, 내가 쌓아온 정신의 자세가 그것을 정리하고 평온한 상태로 돌아가게 합니다. 이대로도 좋은 거라구요."

한 박사는 담배를 떤다. 불꽃이 어둠 속에 튄다.

"저는 불순해요. 걷잡을 수 없어서. 하지만 뭔지 잘못되었다는 생각, 그렇지만 선생님을 두고 그 생각을 하기에는 너무 비겁한 것 같고 죄스러운 것 같았어요. 제가 한 십 년만 젊었어도 다른 핑계로 선생님과 가까이하려 하지는 않았을 거예요. 저의 처지가 너무 비참하고…… 그, 그래서……."

목소리가 떨리면서 다음 말을 잇지 못한다.

"이제 더 이상 말씀 마십시오. 이야기는 서로가 다 뒤틀려 가기만 하고 아까부터…… 우리는 서로 조심하고 계산해 보노라고 위장을 한 것뿐입니다. 이야기는 조금도 진전되지 못하고 개미 쳇바퀴 돌듯 한자리를 맴돌고 있었을 뿐입니다. 그러나 마음은 훨씬 훨씬 가까워지지 않았습니까? 자, 앉으십시오. 앉아서 차라리 옛날의 얘기나 하죠."

한 박사는 최 여사를 부축하듯 하며 강가 모래 위에 앉힌다.

강을 건넌 저편에 나지막한 산허리와 들판의 선이 부드럽고 꺼뭇하게 그어져 있다. 그 위에 여름보다는 못하지만 아직은 찬란한 별들이 무수히 반짝이고 있다.

'어느새 시간이 이렇게 지났을까?'

차갑게 스며드는 모래를 만지며 최 여사는 문득 시간을 생각한다. 주체할 수 없을 만큼 길고 지루했던 시간이 언제 그렇게도 많이 지나가 버렸는지 신기한 느낌이다.

온갖 소리가 왕왕거리고 사람이 파도처럼 떠밀려 흘러가던 광화문 네거리, 그 거리를 횡단하고 지하실 다방으로 내려갈 무렵에는 아직 서편에 해가 좀 남아 있었던 것 같았는데.

아니, 시간이 빨리 지나간 것은 결코 아니다. 그 시간 속에 너무나 많은 언어와 일들과 풍경이 있었기 때문인지도 모른다. 오랫동안 산장에서 강물과 숲을 바라보며 지내왔기 때문에, 여름날 눅눅하게 늘어난 듯한 아스팔트 길과도 같은 시간 속에 갇혀 있었기 때문에.

최 여사는 코트의 깃을 세우고 무릎을 모은다. 무슨 생각을 하는지 한 박사도 담배만 태우며 멍하니 앉아 있다.

사십 대의 마지막 발광과도 같은 정염情炎이 사모의 정도 없이 소용돌이치던 조금 전의 그 도시 속에서의 괴로움, 이제는 그것이 다 가버리고 누구를, 어디를 향한 것인지도 모를 정염도 다 꺼져버리고 대신 맑아진 어떤 그리움과 하찮게 낡아버린 세간에 애착을 가져보려는 여자의 조용한 질서가 되찾아 온 것만 같다.

또 다음에 무엇이 어떤 감정의 바람이 불어올지는 몰라도. 한 박사의 말이 낱낱이 거짓이고 낱낱이 서툰 것이었다 할지라도 마지막에 한 그 말만은 진실이었을 것이고, 최 여사 역시 그런 귀착점을 찾고 있는지도 모른다.

최 여사는 두 손으로 얼굴을 문지르며

"이제 가봐야죠?"

"그래야겠군요. 바람이 몹시 찬 것 같은데……."

생각에서 깨어난 듯 그러나 한 박사가 먼저 일어서며 최 여사를 부축해 일으켜 준다.

그들은 침묵한 채 모래밭을 지나 둑으로 올라선다. 최 여사는 되돌아본다. 둑 위에서 산과 강물은 그냥 멎어 있는 것 같고 아무런 이유도 없이 별은 반짝이고 있다. 영원히 인간과 더불어. 참으로 이유 없이 반짝이고 있는 것이다.

둑을 지나서 나뭇잎이 떨어진 오르막길을 올라간다. 나뭇잎이 신발 아래서 바스락바스락 밟히는 소리를 낸다.

최 여사를 기다리며 뜰에 우두커니 나앉아 있던 식모가 한 박사와 함께 걸어 들어오는 최 여사의 모습을 보자 움찔하고 놀라며 일어선다. 마치 자기 자신이 무슨 잘못된 일을 저지르다가 누구에게 들킨 것처럼.

"왜 여태 자지 않고?"

최 여사의 지나가는 말에

"아직 초저녁인걸요."

식모는 한 박사에게 허리를 굽혀 인사를 하면서 최 여사 말에 대꾸한다.

"아, 그래요?"

응접실로 들어간 최 여사는 코트를 벗어 의자에 걸쳐놓고, 한 박사는 전화 곁으로 다가가서 다이얼을 돌린다.

"최 군이야? 음 난데, 산장까지 좀 와주어야겠어."

한 박사가 전화를 거는 동안 식모는 엉거주춤하게 서 있다.

"저, 무슨……."

식모는 머뭇머뭇하며 최 여사 앞에 얼씬거린다. 무슨 일을 해올릴까요? 하고 묻는 것이지만 그 말을 끝까지 못 하고 영 어색하기만 한 모양이다.

"커피 끓여다 주시겠어요?"

하고 최 여사는 미소 머금은 눈으로 바라본다. '나 아주머니 마음 잘 알아요' 하는 것처럼.

"네, 커피……."

더욱더 난처해서 식모는 얼른 돌아서는데

"아주머니?"

하고 최 여사는 다시 불러 세운다.

"네?"

"왜 그리 겁먹은 눈을 하고 계세요? 나 오늘 기분이 좋은데."

장난스럽게 웃는다.

"아, 아뇨."

식모는 저도 모르게 비시시 웃는다.

'저럴 때는 꼭 숙배 아가씨를 닮았거든.'

식모는 공연히 기분이 좋아서 혼자 싱글싱글 웃으며 부엌으로 나간다.

방에서는

"참 마음씨 고운 사람. 절로 마음이 따뜻해지는 것 같고, 불을 지펴서 방 안도 따뜻하구…….”

최 여사는 파이어 플레이스 옆으로 의자를 끌어당기며 혼자 중얼거리듯 말한다.

전화를 끊고 한 박사가 돌아선다.

“이리 오셔서 앉으세요. 아주 따스하고 나무 타는 냄새가 여간 좋지 않아요.”

가장 가까운 사람에게 하는 말투로. 그러다가 미안쩍게

“한 선생님? 이 산장의 주인이 어느 편인지 모르시겠죠? 주객이 전도라는 말이 있지만.”

“사시는 분이 주인 아닙니까?”

의자에 앉으면서 다른 재미나는 말도 있을 법한데 한 박사는 평범한 대꾸를 한다.

식모가 커피를 끓여가지고 왔다. 따끈한 커피를 마시면서 그들은 다 같이 타고 있는 나무토막을 내려다본다. 전깃불 탓으로 파이어 플레이스 속에서 타고 있는 불길이 희미하여 더욱더 사방에 정적이 스며드는 것 같다.

멀리서 개 짖는 소리가 들려온다. 이따금 들릴락 말락 바람이 숲을 타고 지나가는 소리도 있다.

‘이십삼 년? 이십삼 년 전에.’

최 여사는 나무 타는 냄새 속에 이제는 낡아서 형체마저 허물어져 버린 추억을 더듬는다.

그때 초라한 차림의 의학도였던 한윤석이 최경순이라는 소

녀 앞에 나타났다. 긴장이 되면 말을 곧잘 더듬던 평범한 청
년. 몸도 깡마르고 퍽이나 가난한 용모였는데 그를 밀어내고
나선 청년이 하홍수. 철학을 하느니 문학을 하느니 조리 있는
말투와 냉정한 태도. 최경순은 그를 비범한 남자라고 믿었다.
그리고 오히려 이쪽에서 몸을 내던지고 그렇게 해서 얻은 사
람이었다.

멀리서 차바퀴 구르는 소리가 들려온다.

"차가 오는 모양이죠?"

한 박사는 천천히 몸을 일으켰다.

"가시겠어요?"

최 여사 입에서 그 말이 나왔을 때 한 박사는 눈을 내리
깐다.

"답답하시면 가끔 나오세요."

한 박사는 응접실의 문을 열고 테라스에 서며 아직 가까이
까지 오지 못하고 있는 차를 바라본다.

9. 뒷거리

흐린 하늘, 나직이 내려앉아서 세상은 온통 회색으로 굳어져 버린 것 같다. 그 속으로 감방의 죄수의 무거운 발소리처럼 겨울의 발소리가 들려오는 것 같다. 나무에는 아직 잎들이 매달려 있건만.

바바리코트의 깃을 세우고

"엇, 추워!"

하며 은자는 현관문을 열고 들어간다. 옷이 엷은 데다 갑자기 추워져서 그의 얼굴은 푸릇푸릇하고 장갑도 끼지 않은 손등도 푸릇푸릇하게 멍든 것 같다. 은자는 방문을 열고 들어갔으나 책상 앞에 붙어 앉은 인애는 돌아보지도 않는다.

"별안간 날씨가 왜 이래?"

은자는 바바리코트를 입은 채 설렁하게 냉바람이 부는 방에 앉을 생각도 않고 창가로 간다.

"무슨 변덕인지 몰라? 바람도 불고 오버 입어도 되겠네."

두 손을 싹싹 부비며 중얼거렸으나, 그래도 인애는 돌아보지 않고 원고지에 열심히 글만 메우고 있다.

바람에 창문이 덜커덕거린다. 잿빛 아스팔트 길을 아이와 개가 함께 뛰어간다.

"난로도 놔얄 텐데……."

추우면서도 싸늘한 유리창에 볼을 갖다 붙이며 여전히 은자 혼자 중얼거린다.

"밖이 춥니?"

인애는 펜 놀리는 손을 멈추지 않고 묻는다.

"밖에만 춥겠니? 방 안도 춥다. 얘 넌 안 춥니?"

"마음이 바빠서 추운 줄 모르겠다."

"오늘까지 그 일 해치워야 하니?"

"음, 출판사에서 자꾸 재촉을 하는가 봐. 저녁때까지 염 선생 댁에 갖다드려야 해."

"점심은 먹고 하니?"

"아니. 이제 두 장 남았어."

"밥이나 먹고 해."

"다 돼간다니까."

은자는 베란다로 나가서 주전자에 물을 부어 연탄불 위에 올려놓고 방으로 들어온다. 방바닥에 쭈그리고 앉으며 등을

꾸부리고 열심히 원고 정리를 하고 있는 인애 뒷모습을 바라
본다.

"아이, 이제 다 됐다! 눈이 뺑뺑 돌아가는 것 같다."

인애는 송곳을 찾아 원고지를 철하면서

"오늘 토요일이지?"

하고 묻는다.

"음."

"그래 일찍 왔구나. 어때? 견딜 만해?"

송곳 돌리며 힘을 주노라고 입을 쭝긋쭝긋하며 다른 때보다
더 푸르게 보이는 눈을 들고 은자를 본다.

"그저 그렇지. 뭐 교정만 보고 앉았음 되니까."

"한 선생님이 걱정하시더라."

"왜?"

"견뎌 배겨야 할 텐데 하면서."

"나를 하인애로 오해하신 모양이지?"

은자는 실죽 웃는다.

"아쭈, 또. 하인애보다 참을성이 있고 얌전하시다 그 말
이냐?"

"음, 나 차차로 얌전해지는 것 같다. 사실 고맙지 뭐니? 다
큰 남자들이 빈들빈들 놀고 있는 세상에 일자릴 얻었으니 말
이야."

"아닌 게 아니라 그래. 넌 차차 조용한 여인으로 변해가구,

난?"

인애는 픽 웃는다.

인애는 웃다가

"나도 조금은 점잖아져야지."

그동안 써 모은 원고를 챙겨서 보자기에 싼다.

"일주일에 천 매를 정리했으니 정말 팔이 뻐근하다. 돈 이만
환 받아오면 뭘 할까? 춥다고 야단하니까 연탄부터 들여야 할
까 부다. 아, 이제 맥이 탁 풀어진다."

인애는 원고 보따리를 밀어내고 어깨를 두드리며 흐릿하게
풀어진 푸르스름한 눈으로 창밖의 잿빛, 무겁게 내려앉은 하
늘을 본다. 은자 눈도 그리로 따라가면서

"사실 그 일자리는 참 좋은 데야. 나한텐 참 좋은 일자리야."

은자는 느릿느릿 중얼거린다.

"뭐? 여태 하니? 그 얘긴 끝나지 않았던가?"

은자는 골똘히 무슨 생각에 빠져들어 가듯

"출판사 얘기야."

"그래서?"

"나한테는 알맞은 일자리란 그 말이야."

"흥, 월급 받으면 만사 제쳐놓고 한 선생님한테 톡톡히 한턱
해야겠군."

그러나 은자는 그 말대꾸도 하지 않고

"가만히 생각해 보면……."

"뭘?"

"옛날 말이야."

"옛날? 무슨 놈의 이야기가 자꾸 그리 비약을 하니."

"옛날엔 그땐 죽고 싶다, 괴로워 못 살겠다, 하고 마구 지랄을 하고 돌아다녔지. 명동을 우리 집 안마당처럼."

"향수를 느끼니?"

"천만에, 징그러운 기억이야. 겉멋만 부리고 다녔지. 괴롭느니 죽느니 어쩌고저쩌구 멋으로 그런 것이나 아닐까?"

"새삼스럽게, 바보가 된 얼굴을 하고서……."

인애는 중얼거렸으나 깊이 가라앉은 듯한 은자의 얼굴을 아름답다고 생각한다.

"아니야."

"아니긴 뭐가?"

"물론 난 신문사나 잡지사 같은 데서 기자 노릇 할 자격은 없어. 하지만 만일 그런 데 취직이 됐다면 견뎌 배기지 못했을 거야."

"왜?"

"사람을 많이 만나면 나를 잃어버릴 것만 같아서……. 뭔지 모르지만 묻혀서 실속 있게 살아가고 싶어. 부자가 된다는 얘기는 아냐. 남몰래 일해서 내 힘으로 산다는 게 아주 소중한 것 같애. 조용히 말이야."

"흥, 니가 얼마나 유명했기에?"

인애는 핀잔을 준다.

"넌 내가 얘기하려는 의도를 모르는구나."

"알어. 하지만 이야기란 다 소용없이 거짓말만이 필요하지. 세상이 심심하니까."

"난 그 거짓말을 걷어치워야겠다는 거야."

인애는 슬그머니 웃는다.

"유명하고 어쩌고 그런 게 아냐. 내가 뭐 유명하니?"

"늙은이같이, 세상을 다 알아버린 것처럼. 집어치워, 싫증 난다."

"너도 생각하는 일 아닐까?"

"있는 대로 얘기하는 건 매력 없다."

"맞았어. 난 매력이라는 그 인위적인 걸 벗어던질 테야."

"수녀원에나 들어가렴."

"결국은."

은자는 연설조로 말하다가 픽 웃으며

"자기 자신에 대해서 충실할 수 없었다는 그 말이야. 지금 마음을 뭐라 설명해야 좋을지……. 봉투를 붙이고 성냥갑을 만드는 그런 일을 하면서라도 내 자신에 충실할 수 있는, 뭔지 내 자신이 내 속에 가득 차 있어야 한다는 그런 기분 말이야."

표현이 부족하여 안타까워하는 은자를 인애는 흥미 있는 눈으로 바라본다.

"옛날에는…… 가엾은 사람. 과연 나는 엄마를 경멸할 수 있는 자격이 있었을까? 요즘 나는 그 문제를 생각해 보거든. 참 허황하게 껍데기만 뒤집어쓰고 거리를 헤맨 것 같단 말이야. 사실 내 자신을 깊이 들여다보지도 못하면서 남의 눈, 남의 마음에만 신경을 쓰고 열등감을 누르려고 일부러 거친 여자 흉내를 내고 말이야. 사실 내 자신을 위해 그랬던 것 같지 않어. 남을 위해서 남의 눈이 두려워서, 속으론 엄마에 대한 애정이 있으면서도 겉으론 엄마를 비판하고 어쩌고 한 내 자신이 실상은 더 크고 나쁜 허영에서 허우적거리고 있었더란 말이야."

창문이 바람에 덜덜 흔들린다.

"알어."

인애는 손을 저으며 은자의 다음 말을 막는다.

"이젠 그런 말은 그만하자. 하늘도 저따위로 흐려서 빗방울이 떨어지겠는데 너 눈에 눈물방울이 떨어지면 곤란하니까."

인애는 일어서서 나갈 차비를 차린다.

"너 외투 입고 나가. 여간 춥지 않어."

은자는 그대로 쭈그리고 앉아서 말했다.

"지금 꺼내 봐야 다 꾸겨진걸."

인애는 그냥 나가려 한다.

"내 거 줄게. 그 대신 밤엔 집에 와야 해. 내일 입고 나가야 하니까."

은자는 벽장 속에서 자기 외투를 꺼내 준다.

"더럽게 잔소리한다. 내가 언제 외박하든."

"이건 또 무슨 말투야? 남편 같은 말 아냐?"

은자는 킥 웃는다.

"서로 임자 있는 몸인데 그런 소린 하지 맙시다."

인애는 외투를 입으며 심각한 표정을 짓다가 그냥 푹 하고 웃음을 터뜨린다.

"그래, 점심은 안 먹었다더니 그냥 나가나?"

"이 자상한 작은 엄마야. 걱정일랑 그만하여라. 머리카락 빠질라."

그는 방문을 열고 나가려다

"참, 은진인 오늘 안 오니? 토요일인데……."

"오면서 들여다봤지. 집에 올 생각은 않고 그 댁 아이하고 공부하고 있던걸."

"고거야 참, 기특하다. 머리가 좋으니까 벌써부터 지 밥벌이 안 하니? 이거 우리도 정신 차려야겠구나. 연애는 그만하고……."

그는 층계를 쾅쾅 굴리며 내려간다.

거리에 나온 그는

"이거 정말 춥구나."

외투 깃을 세운다. 시간이 바쁜 것은 아니지만 그는 달음박질을 쳐서 길을 내려간다.

"눈이 왔으면. 참내, 이건 뭐야? 흐리멍덩."

행길에서 마침 정류장에 와서 머무르는 버스에 인애는 오른다. 좌석을 하나 발견하여 앉으며 그는 별로 붐비지 않는 버스 안을 둘러본다. 모두 두둑한 외투에 장갑을 끼고 있다.

'외투 안 입고 나왔음 큰일 날 뻔했다. 어 추워!'

인애는 외투 깃을 세운다.

거리에는 김장 실은 구루마가 연달아 지나간다. 구공탄 구루마도 지나가고 날씨가 추운데 짐을 끌고 가는 소 등에서 김이 무럭무럭 서린다. 인애는 이상한 감동을 느끼며 그런 풍경을 바라본다.

'어떤 변화? 아까 은자가 말한 그런 변화가 내 속에 일고 있는 것일까? 아냐, 나하고 은자하곤 달러.'

하다가 인애는 오만하게 머리를 꼿꼿이 세운다. 무릎 위에 올려놓은 원고 뭉치의 무게가 이상하게 무릎을 누르는 것 같고, 그 무게는 어떤 행복감과 같은 것이라 생각한다. 이제는 김정현을 만나려고 그는 노력하지 않았다. 멀리 떠나고 없을지라도 어느 순간에 잡아버린 마음이 그래도 뻐근하게 무릎을 누른 원고 뭉치의 무게처럼 가슴에 남아 있다고 그는 생각했다.

버스가 어느 정류장에서 멎었을 때 아이를 업은 아낙이 버스에서 내렸다. 그 빈자리에 아이가 먹다 떨어뜨린 감이 구르고 있었다. 인애의 눈은 그 감으로부터 그 감을 쳐다보고 있는 어떤 중학생의 얼굴로 쏠린다. 은진이 또래, 다 해어진 가방, 창백한 얼굴에 풀어진 눈동자, 외투도 장갑도 없이. 그의 눈은 먹다 버리고 간 감으로부터 떠나지 않는다.

'배고픈 얼굴이다. 몇 끼를 굶은 얼굴이다.'

뼈만 앙상한 손이 살금살금 나왔다가 도로 밀어 넣는다. 누가 그 빈자리에 앉으려고 했을 때 그 야윈 손은 참으로 날쌔게 그 감을 집었다. 그는 주위를 돌아보지도 않고 허리를 꾸부리며 감을 입으로 가져갔다.

인애 눈에서 눈물이 울컥 쏟는다. 그는 눈물을 감당하지 못하고 얼른 창가로 얼굴을 돌린다.

다음 정류장에서 그 중학생이 내리는 것을 보자 인애도 사람을 헤치며 버스에서 뛰어내린다. 그는 호주머니에 넣어온 차비를 움켜쥐고 소년에게로 쫓아가서 그의 호주머니 속에 밀어 넣고 다시 분주하게 호주머니 속을 뒤져 전차표, 버스표도 모조리 꺼내어 소년의 호주머니 속에 밀어 넣어주고 아연하여 말도 못 하고 서 있는 소년을 내버려 둔 채 달음박질을 쳐서 달아난다.

'슬프다는 게 말이 돼? 외롭다는 게 말이 되느냐 말이다! 이 바보야, 천치야! 나는 고아다! 나는 고독하다! 흥, 뭐 말라비틀어진 소리야?'

한참을 뛰어가다가 돌아보았을 때 소년의 모습은 없었다.

'아, 하지만 나도 슬프고 그도 슬프고…….'

인애는 가슴을 펴고 미소를 지으며 걷기 시작한다. 버스표도 한 장 없으니 걸어갈 수밖에 없다.

두 정거장을 걸어서 다시 꾸부러진 길을 여러 번 돌아서 그는 어느 양옥집 앞에 멈추어 선다.

'다 왔구나. 이 좋은 양옥집을 팔면 그 배고픈 소년을 몇이나 구할 수 있을까? 할 수 없지. 할 수 없어.'

인애는 막연한 소리를 중얼거리며 벨을 누른다.

식모가 문을 따준다. 현관에 들어서자 부인이 나오며

"인애 왔니?"

하고 반갑게 맞이한다.

"사모님, 안녕하세요?"

인애도 상냥하게 인사한다.

"어떡허니? 선생님이 방금 나가셨는데?"

부인은 방금 미장원에 다녀온 듯 곱게 빗은 머리를 쓸어 넘기며 앞서간다.

"선생님 나가셨어요? 전 약속 시일 지키노라고 혼났는데요."

따라가며 인애는 쫑알거리듯 말한다.

"갑자기 연락이 와서, 들어가."

인애는 안방으로 들어간다.

"나하고 얘기하며 선생님 기다릴까?"

"아뇨. 어디 들를 데가 있어서……. 원고 두고 가면 선생님 오셔서 보시겠지 뭐."

"바쁜가?"

부인은 인애하고 얘기하고 싶어 하는 눈치다.

"바쁠 건 없지만 가볼 데가……. 시간 약속한 건 아니에요."

"그럼 나하고 커피나 마셔."

부인은 식모를 불러 커피를 끓여 오라고 이른다.

"사모님?"

"응?"

"사모님은 댁에서도 늘 비단옷만 입고 계세요?"

신기하다는 듯 부인의 분홍 양단 치마저고리를 바라본다. 상당히 무례한 질문이라면 그럴 수도 있는 것이지만 부인은 인애의 성격을 좋아하는지 빙그레 웃으며

"인애는 나빠요."

"왜요?"

"인애가 그러고 다니는 것도 한갓 멋 아닌가. 거기 비하면 내가 순진한 편이야."

인애는 깔깔 웃어젖힌다.

"여자는 항상 고운 옷 입고 예쁘게 하고 있어야지. 우리 집 선생님이 바람을 피워도 큰일이구."

"사모님."

"왜?"

"저 자선회다 뭐다 하고 그런 데서 일하는 귀부인 참 밉죠?"

인애의 엉뚱한 말에 부인은 어리둥절한다. 그러다가

"날 그런 데 나가서 일하라 그 말이니? 돈도 거둬 모으고 무

슨 단체도 만들고 하는 그런 일 하란 말이니? 난 싫다."

"저도 싫어요. 그런 사람, 아마 그런 사람은 콩나물 사러 가서 몹시 깎을 거예요."

"간판만 컸지 실속이 없다는 그 말이구나."

"맞았어요. 남몰래 살짝 하는 게 재미있을 거예요. 사모님도 살짝 한번 해보세요."

"으음⋯⋯."

마침 식모가 들여오는 커피를 인애가 먼저 들며

"저 바빠서 먼저 먹겠어요."

뜨거운 것을 아무 소리 않고 다 마신 뒤

"선생님 안 계시니까 저 돈 좀 주세요, 사모님. 버스비도 다 털리고 말았어요."

"뉘에게?"

"소매치기가 글쎄 가난한 저의 주머닐 다 털었지 뭐예요."

인애는 눈을 꿈벅꿈벅하며 제법 심각한 표정이다.

"저를 어째."

부인은 웃으면서 돈을 꺼내주었다. 그리고 인애를 상대로 장난치고 싶어 하는 눈치로 빙긋이 웃는다.

"사모님은 작은 엄마 같아요."

"작은 엄마?"

"조그맣게 만들어놓은 엄마 말예요."

부인은 깔깔 소리 내어 웃는다.

"그럼 또 오겠어요. 일거리 많이 주시라고 사모님이 교제 좀 하세요."

인애는 유쾌하게 몸짓을 하며 밖으로 나간다.

'자, 그럼 거기로 가봐야지.'

그곳에서 얼마 멀지 않은 큰집을 향해 인애는 걸음을 옮긴다.

'좀 따분하기는 해. 뭐라 하고 들어가지? 큰어머니가 또 신경질 부릴까? 하긴 그 사고가 있었다는데 너무 늦은 방문이야. 하지만 불난 집에 부채질하는 격이 되지. 일찍 갔음, 모르는 척 시치미를 딱 잡아떼고 탕아 집으로 돌아오다 하는 식으로 적당히 연출해야지.'

구멍가게에 사과와 감이 쌓여 있다. 인애는 그새 잊어버렸던 그 배고픈 중학생을 생각한다.

'값싼 동정은 그만두기로 하자. 그때 일어나고 끝난 일, 구질구질하게 생각하다간 내 자신이 없어질라. 부딪쳐서 외면 안 하고, 안 부딪치면 그만이지. 왜냐하면 나는 가난뱅이니까.'

하다가 혼자 킥 웃는다.

낯익은 대문 앞에서 인애는 잠시 얼빠진 표정을 하고 서 있다가 문을 밀고 들어간다.

너무 조용하다. 명동을 싸돌아다니다가 한밤중에 돌아오는 기분이다. 아직 해는 남아 있고 오랫동안 눈에 익었던 온갖 것은 그대로 똑똑히 볼 수 있는데.

'아주머니가 무척 반가워할 거야. 따뜻한 된장찌개하고 김이 나는 밥을 차려주겠지. 쩔름발이 병신, 마음씨 고운 아주머니. 숙배는 학교에서 돌아왔을까? 그놈의 계집애, 쓸데없는 오해를 하고. 하지만 난 변명할 생각은 조금두 없어.'

중얼중얼 혼자 씨부랑거리다가 인애는 걸음을 멈추고 사방을 둘러본다. 아무리 둘러보아도 사람이 사는 기척이 없다.

'이상하다.'

집 안이 비었거나 아니면 어떤 마술에 걸려서 모두 다 잠들어 버렸거나. 찬바람만이 휙 불면서 인애의 외투 자락을 흔든다.

'왠지 어깨가 으쓱으쓱하는구나. 어떤 일이 나를 기다리고 있을까?'

인애는 살금살금 발을 떼어놓는다.

부엌문을 열고 기웃이 들여다본다. 부엌에는 저녁을 지은 흔적이 있고 부엌 마루 위에는 밥상을 보아놨다. 구수한 된장찌개 끓는 냄새, 그러나 보고 싶은 식모의 모습은 없었다. 인애는 발소리를 죽이며 장난스러운 웃음을 띠고 식모 방의 방문을 연다. 들어간다. 그러나 그곳에도 식모는 없었다.

인애는 실망한다.

'이층에 올라갔겠지.'

외투를 벗어 던지고 뭔지 콧등이 찡해지는 것을 참으며 따끈따끈한 아랫목에 다리를 뻗고 눕는다.

'아, 피곤해!'

하품을 늘어지게 하고 손등으로 눈을 비빈다. 일주일 동안 밤늦게까지 쉬지 않고 원고 정리를 한 피로가 한꺼번에 달려드는 듯 인애의 눈꺼풀이 무겁게 처진다.

여전히 집 안에서는 아무 소리도 나지 않는다.

'온돌방이 제일이야.'

인애는 무겁게 내리깔리는 눈을 비비며 돌아눕는다. 따뜻하고 매끄러운 장판지의 감촉, 전신이 노곤하여 마음이 하나하나 다 빠져나가고 몸뚱어리의 무게마저 없어지는 것 같다.

'망할 기집애, 날 오해하구. 학교에서 돌아와 있을까? 이층에 와 있을까? 올라가 봐야지. 새침해 가지고 날 보지도 않으려 할 거야. 올라가 봐야지. 아무튼 기집애 마음을 돌려놔야 큰어머니하고 화해하는 중개 역할을 해줄 것 아냐? 올라가야⋯⋯.'

이층으로 올라가야 한다고 중얼거리면서 그는 그만 잠이 들고 말았다.

바람에 얼었던 얼굴이 차츰 풀어져서 양 볼이 불에 지진 것처럼 붉게 달아오른다. 건강하고 규칙적인 숨결이 새어 나온다.

이층 방의 소제를 끝내고 아래층으로 내려온 이 집 새로 온 식모는 부엌에 가서 하던 일을 끝낸다. 그리고 뒤뜰로 돌아가 빨래를 걷어 안고 개키려고 식모 방의 방문을 두르르 연다.

"……?"

식모의 눈이 휘둥그레진다. 그 눈이 더욱더 커진다.

"어마! 이게 웬일이야!"

그는 안고 온 빨래를 방바닥에 내려놓고 두려운 눈빛으로 살금살금 인애 가까이 걸어온다.

"어떻게 된 일이야? 이게 누구야? 세상에 희한한 일도 있구나."

식모는 허깨비라도 본 듯 눈을 부비고 다시 잠든 소녀를 내려다본다.

"언제 어디서 들어왔누?"

그는 살그머니 손을 뻗는다. 그러다가 손을 밀어 넣고 방 안을 살핀다. 외투가 나동그라져 있을 뿐이다. 식모는 다시 손을 뻗어 인애를 흔든다.

"여보세요? 여보세요!"

인애는 돌아눕는다.

"여보세요!"

다시 흔든다.

"왜 이래? 나 더 자야 해."

"아니, 여보세요!"

"은자 너 먼저 가란 말이야. 난 안 간다니까?"

"참 희한한 일 다 보겠다. 어디서 난데없이? 여보세요!"

"음, 음."

"좀 일어나요!"

식모는 화가 나서 큰 소리를 낸다. 인애는 비로소 부스스 눈을 뜨고 크게 하품을 하며 일어나 앉는다.

"아주머니요? 나 왔어요."

"뭐라구요?"

인애는 참참이 식모를 바라본다.

"당신 누구요?"

이번에는 인애의 눈이 휘둥그레진다. 전혀 낯선 얼굴이다.

"당신은 누구요? 남의 방에 함부로 허락도 없이."

"남의 방? 대관절 어떻게 된 거요? 이 방 임자는 어디 갔어요? 남의 방이라고? 그럴 리가 없는데?"

인애는 아직 잠이 덜 깬 듯 고개를 갸웃거린다.

"아주머니가 어디 갔어요?"

"먼저 있던?"

인애는 고개를 끄덕이며

"다리 아픈 아주머니 말이에요."

다리 아픈 아주머니라 하자 처음으로 식모 얼굴에서 의심이 풀어진다.

"여기 안 계세요."

"여기 안 계시다고요?"

인애 얼굴에 깊은 실망이 떠오른다.

집 안은 여전히 잠긴 듯 발소리 하나 나지 않고, 그래서 쓸

쓸하다는 그런 기분보다 이상한 무서움이, 어둠 같은 것이 내
리누르는 듯한 중압감을 느낀다.

인애는 멍청히 서 있는 식모를 내버려 두고 방 안을 두리번
거린다. 창가에 조그마한 책상도 그대로 놓여 있고 식모 방에
는 아무런 변한 것도 없다.

"그럼 다 모두 어디로 갔을까요? 이상하지 않아요?"

식모의 얼굴도 쳐다보지 않고 혼자 중얼거린다. 인애는 모
두 식구가 다 집을 비워놓고 어디로 달아났을지 모른다는 착
각이 든다. 그림처럼, 움직이는 그림처럼 모두 등을 보이고 달
아나는 모습이 눈앞에 선하게 떠오르는 것 같았기 때문이다.

"숙배 아가씨는 학교에 가서 아직 안 돌아오고요."

"숙배가 돌아오기는 와요?"

환상이 흩어지고 안심이 된 듯 되묻는다.

"그럼요. 그리고 주인아주머니는 산장으로 가셨어요."

하면서도 식모는 미심쩍은 듯 인애를 살펴본다. 초라한 차
림이 아무래도 마음에 놓이지 않는 눈치다.

"산장? 왜? 몸이 편찮으신가요?"

"모르겠어요, 통. 나는 주인아주머니를 한 번도 본 일이 없
는걸요."

"으음? 그럼 식모 아주머닌 산장으로 따라가셨어요?"

"네. 시중을 드나 봐요."

"그럼 지금 이 집엔 댁이 혼자 있어요?"

"저, 선생님은 계세요."

"큰아버지?"

"그, 그럼 이 댁의?"

식모는 비로소 인애의 신분을 짐작하고 경계심을 푸는 동시에 당황한다. 그리고 여태까지 자기 한 말에 잘못이나 없었는지 생각하는 표정이다.

"댁은 아직 젊구면요. 나이 몇이세요?"

인애는 식모의 심중을 넘겨짚듯 빙긋이 웃으며 장난기 어린 투로 묻는다.

"스물둘이에요."

"그럼 나하곤 친구구면요. 댁도 먼저 절름발이 아주머니처럼 따끈따끈한 된장찌개하고 해서 나에게 밥 주실 수 있을까? 난 지금 배가 고파 죽을 지경이에요."

식모의 눈에는 다시 의심하는 빛이 돈다. 인애는 그 말대꾸를 바라지도 않고 부스스 일어서며

"큰아버지는 서재에 계세요?"

"네."

식모는 어찌해야 좋을지 몰라서 그냥 우물쭈물하다가

"저, 된장찌, 찌개하고 밥, 차, 차리겠어요."

말을 더듬는다.

"우선 큰아버지를 만나 뵙고……."

"아, 아무도 안 만나세요. 숙배 아가씨하고도 다투셔서……."

"다투셨다구요? 실례의 말씀, 나무라셨겠죠. 다투긴…… 그 렇게 말하면 못써요."

인애는 제법 의젓하게 나무란다.

문을 열고 복도를 나갔을 때 식모는 그래도 불안한 마음이 없어지지 않았는지 따라 나온다.

"요즘은 희한한 방법으로 남의 집을 털러 다닌다는데, 나 도 둑 같아 보여요?"

식모의 얼굴이 빨개진다. 인애는 소리 내어 웃으며

"좀 이따가 나 밥 주세요. 배고파요. 우선 큰아버질 뵙고."

인애는 서재 쪽을 향해 걸어간다.

인애는 조용히 문을 두들긴다. 아무 대꾸가 없다. 다시 한 번 두들긴다. 역시 아무 대꾸도 없다.

"큰아버지! 저 인애예요."

그러자 겨우 하흥수 씨의 기침 소리가 들려온다.

"큰아버지!"

발소리가 들린다. 문이 열렸다. 초췌한 하흥수 씨의 얼굴이 도어 사이로 내다본다.

"인애가 웬일이냐?"

"오늘 여기 왔어요."

인애는 머뭇거린다.

"들어오너라."

인애가 서재 안으로 들어가자 하흥수 씨는 도어를 닫고 먼저 앉아 있었던 의자에 돌아가서 앉는다.

"안녕하셨어요? 큰아버지."

그 대꾸는 없이 한숨만 크게 내쉰다.

"앉아라. 숙배는 왔던가?"

"아직 안 왔나 봐요."

"그래 밖에 나가서 사는 재미가 어때?"

비꼬는 것 같기도 하고 어쩌면 부러워하는 것 같기도 한 이상한 표정이다.

"고생이죠, 뭐."

인애는 싱긋이 웃는다.

"그래서 들어오기로 결심했나?"

"아니에요. 이웃까지 왔다가 들른 거예요."

"뭐 체면 차려서 그런 말 할 필요 없다."

"어머! 누가 거짓말을 해요? 염 선생님 댁에 원고 정리한 것 갖다드리고 오는 길이에요."

"음 그래? 한데 인애는 나보고 용돈 달라는 말 한 번도 안 했지?"

"하지만 큰아버진 쓰라고 용돈 주신 일 한 번도 없었어요."

"그리고 보면 큰아버지 행세도 하기 싫고 조카딸 행세도 하기 싫었다는 얘긴가?"

"아마 그런가 봐요."

하홍수 씨는 껄껄 웃는다. 웃는데 눈언저리에 주름이 많이 모인다고 인애는 생각한다.

"그런데 엉망이다."

"뭐가요?"

"집안이."

"언제 큰아버진 집안 생각하셨어요?"

"안 했지. 큰아버지도 아버지도 그리고 남편도 귀찮아서 말이야."

"그런데 요즘엔 좀 생각하세요?"

"엉망이 되니까 더 귀찮아져서. 전대로 질서를 찾았음 싶어."

"큰아버진 깍쟁이예요."

인애는 공연히 눈물이 핑 도는 것 같아서 하흥수 씨에게 등을 돌리고 뒷짐을 진 채 벽에 붙은 그림을 보는 척한다.

'큰아버진 약해지셨다.'

"큰아버지?"

"응."

"큰어머닌요?"

"산장에."

"왜요?"

"다시는 안 온다고……."

"제가 가면 안 오실까요?"

"넌 큰어머닐 미워하지 않았나?"

"아뇨, 미워하지 않았어요. 큰아버지하고 한마음이었을 거예요. 큰아버지도 큰어머닐 미워하시지 않죠?"

하흥수 씨는 대답을 못 한다.

"안 그러세요? 큰아버지."

다시 묻는다.

"넌 오늘 숙녀 같구나. 대가리 깎고 다니는 거러지 머슴앤 줄 알았더니."

인애는 돌아보며 빙긋이 웃는다.

하흥수 씨는 웃을 듯 웃을 듯하다가 그만 얼굴을 찌푸리고 만다. 인애하고 마주 대함으로써 허물어졌던 자기를 바로잡고 또 허물어졌다는 의식에서 화가 난 모양이다.

"큰아버지."

"왜."

퉁명스럽게 대꾸한다.

"맥주 사드릴까요?"

"뭐?"

하흥수 씨는 어리둥절한다.

"오늘 염 선생 댁에서 만 환 받아오는 길이에요."

"큰아버지가 용돈 안 주었다고 그런 방법으로 보복하는 거냐?"

하는 수 없이 웃는다. 이 버르장머리 없는 작은 계집애를 어쩔까? 하흥수 씨의 눈은 그러했다.

"그렇지 않고 큰아버지는 야단을 치시고 싶죠? 이놈 자식이

어른을 어려워할 줄 모르고 마구 나오는 대로 지껄이는 버르
장머리를 어찌할까 하시고서 말예요."

인애의 영리한 눈이 빙글빙글 돈다.

"음, 선수를 쳤군. 넌 내 입에서 자꾸 무슨 말을 꺼내려 하는
구나."

"아니에요. 큰아버지의 버릇……."

하다가 인애는 킥 웃고

"큰아버지의 습관을 큰아버지 앞에 보여드리고 싶어서요."

하홍수 씨는 불쾌한 듯 입을 다문다. 인애를 상대하다간 무
슨 말이 터질지 모른다는 그야말로 소년과 같은 경계심으로.

"큰아버지는 무관심하셨죠? 냉정하셨죠?"

"……."

"하지만 그게 아니에요. 네로예요. 이 집에서 말이에요. 특
히 큰어머니한텐 그러셨어요. 하지만 저는 큰어머니에게 무엇
이었을까요? 아마 제 생각에는 거지공주쯤 생각했을 거예요.
하지만 실상은 심술꾸렁이 귀신 할머니였을 거예요. 난 거지
공주다, 거지공주다 하고 큰어머니를 어릴 때부터 괴롭혀 왔
을 거예요. 어쩌면 큰아버지하고 저하고 협공을 해서 큰어머
니를 저렇게 만들어놓지나 않았을까요?"

"넌, 넌 참 이상한 애다!"

뭐가 뭔지 모르겠다는 듯 하홍수 씨는 큰 소리로 말한다.

"그런데 넌 한 번도 나하고 이렇게 얘기한 일이 없었지?"

"아마 서로 피했던가 봐요."

"왜 그랬을까?"

"전 큰아버지가 네로인 줄 알았거든요. 그리고 큰아버진 저를 거지공주로 아셨을 거예요."

"너 몇 살이냐."

"아마 스물하나 됐나 봐요."

"초등학교 다닐 때 너를 똑똑히 기억할 수 있다. 그래 학교는 영영 안 나갈 참이냐? 용돈 얻을 생각도 영 안 할 생각이냐?"

"큰아버지하고 저하고 산장으로 큰어머니 뫼시러 가실 생각은 없으세요?"

"내가 묻는 말에나 대꾸하라구."

"도망치시지 마세요."

"네가 관여할 일이 아니다."

하홍수 씨는 몸을 뒤로 재며 체면을 되살려 엄숙하고 심각한 표정을 짓는다. 그 스스로 심각한 생각 같은 것이 이 계집애 앞에서는 우스꽝스러운 것이 되고 만다는 것을 의식하면서.

"천천히라도 좋을 거예요. 이제 자주 오겠어요. 하지만 어른들은 난처해지기만 하면 관여할 일 아니야 하고 무기를 휘두르죠."

인애는 앉은 의자를 조금씩 흔들면서 창밖을 바라본다. 순간 무엇이 덮쳐 씌우듯, 아니 김정현의 얼굴이 너무 가까이 와서 자기 자신을 바라보고, 지나간 밤 꿈에 김정현은 검은 털셔츠를 입고 창백한 얼굴로 인애를 바라보았다. 바로 그 얼굴이다.

'그인 그런 셔츠 입은 일이 없어. 왜 검정 셔츠를 입었을까?'

김정현의 얼굴은 흐려지고 말았다.

"큰아버지."

"이제 고만해."

하홍수 씨는 팔을 젓는다.

"아니에요. 목마르시지 않아요? 커피 끓여 올까요?"

"음, 그래라."

하홍수 씨는 얼른 대꾸한다.

인애는 부엌으로 나가서 어줍은 솜씨로 커피를 끓인다. 식모는 손님이 된 듯 얼쩡거리며 어색하고 미안해하는 얼굴이다.

"아주머니."

"네, 네."

역시 어색한 대답.

"참, 아주머니는 안 되겠네. 늙은이 같지 않아요? 아줌마…… 그것도 재미없어……."

"저, 저녁은 어떻게?"

"괜찮아요. 숙배가 오면 함께 하겠어요. 참, 큰아버진 저녁 드셨어요?"

"아니요."

"그럼 큰아버지하고……. 아깐 놀랐죠?"

식모는 싱긋이 웃는다.

"어디서 보도 못한 계집애가 하고. 그렇지만 조심해야 해요.
충분히 싸가지고 달아날 수 있었으니까."

"아무것도 없는걸요. 숙배 아가씨하고 주인아주머니 방은
잠겨 있는걸요."

"하지만 쥐 먹을 건 없어도 도둑놈 가져갈 건 있다잖아요."

제법 어른같이 분별 있는 말을 한다.

"거기 가 계시는 아주머니가 가끔 오세요."

"큰어머니가?"

"아뇨, 다리가."

"아."

"살림 돌보아 주고 가시죠."

"아, 이제 됐군."

인애는 커피포트를 들고 차판 위에 챙겨놓은 것을 들고 부
엌에서 나간다. 응접실 앞을 지날 때 유리창 밖에 빨간 외투를
입고 돌아오는 숙배 모습이 보인다.

서재로 들어가서 커피를 부어주면서 인애는

"큰아버지, 저희들하고 저녁 함께 하시겠어요?"

"마음대로."

평소같이 무관심하게 냉랭한 투로 대꾸한다. 인애는 힐끗

표정을 살핀다.

"숙배 왔어요."

얼굴을 찌푸리며 커피를 마신다.

"머리 깎은 사내애 같더니 네가 커피를 넣어주니 좀 우습구나."

하흥수 씨는 담배를 꺼내어 붙여 물며 어두워오기 시작한 창밖의 정원수를 바라본다.

"저녁 준비되면 알려드리겠어요."

인애는 서재에서 나온다.

'한 가지 난관이 남아 있지. 숙배가 날 어떻게 맞아줄까? 아직도 오해하고 있을까? 하여간 부딪혀 보는 거라. 그까짓 안 되면 고만이구.'

그는 층계를 밟고 천천히 올라간다.

숙배 방 앞에 서서 공연히 혼자 빙긋이 웃는다. 그리고 주먹을 쥐고 도어를 쾅쾅 친다. 주정하는 사나이같이 거칠게.

인애는 성급하게 도어를 두들겼으나 아무 대답이 없다. 한참 만에.

"누가 숨이라도 넘어가나? 왜 이리 야단이야?"

방 안에서 내뱉는 숙배의 목소리. 식모에게 인애가 온 이야기를 이미 들은 눈치였고, 인애가 와서 문을 두들기는 것도 뻔히 알면서 일부러 그러는 것 같다.

'기집애, 여전히 날 오해하구 있구나. 다른 때 같으면……'

인애는 다시 문을 쾅쾅 친다.

"숙배, 나야. 문 열어."

숨을 죽인 듯 방 안에서는 아무 소리도 없다. 마루를 쿵 내려딛는 발소리. 문이 열리고 그새 쇼트커트를 한, 그래서 퍽 어리게 보이는 숙배의 얼굴이 나타난다.

그는 얼굴을 찌푸리며

"난 누구라구? 그래 무슨 용무지?"

미소 없는 얼굴에 싸늘한 적의가 감돈다.

"문전에서 날 내쫓기냐?"

인애는 도어를 밀고 숙배도 떠밀어 버리듯 하며 방 안으로 쑥 들어간다.

"오늘 밤 월식이 있겠구나."

숙배는 침대에 털썩 주저앉으며 비웃음을 띤다.

"월식?"

"부끄러워서 달님이 얼굴을 감추어야겠다, 그 말이야. 넌 배짱도 좋구나. 하긴 새삼스러운 얘기는 아니지."

"나는 배짱이 좋은데 넌 왜 그리 머리가 둔하니?"

인애는 의자에 걸터앉으며 약을 올리듯 싱글싱글 웃는다. 그 말대꾸는 하지 않고

"넌 염치도 없구나. 부끄럽지도 않니? 나는 분명히 너를 모욕했을 텐데? 나 같으면 평생 잊지 못할 말로 말이야."

발을 까닥까닥 흔들며 상대하고 싶지도 않다는 듯 외면을

하며

"희미한 말장난은 그만하기로 하고 동병상련이라는 말이 있
듯이 너 연애 얘기나 들어보자."

"서투른 연극 그만두엇! 구역질 난다. 어째서 동병상련이
냐? 추잡하게 네가 그 사람한테 바람맞았음 그만이지 왜 나를
끌어들여. 불결하다."

숙배는 얼굴이 파래지며 인애를 쫓아낼 듯 벌떡 일어선다.

"옛날이나 지금이나 변함이 없구나. 왜 그리 성미가 급하
니? 부전자전이 아니라 모전자전이냐?"

"너 엄마까지 모욕하기냐?"

숙배는 주먹을 쥔다. 그리고 인애 앞으로 바싹 다가선다.

"나중에 후회하려고 그러니? 이봐, 숙배. 나 정말 연극답지
않으려고 그러는데 네가 자꾸 서둘러대니 할 수 없구나. 내가
바람을 맞은 사람은 민 선생이 아니란 말이야."

"시끄러, 듣기 싫어!"

숙배는 소리를 팩 지르며 몸을 흔든다.

"듣기 싫어도 할 말은 해야겠어. 넌 오해하고 있다. 네가 자
꾸 그리 의심을 한다면 장본인을 보여줄 용의가 있어. 나 여기
올 때까지는 시시해서 그런 생각 하지도 않았다. 하지만 집에
오니까 형편이 달라졌더군. 그래서 쑥스럽지만 이런 얘기하는
거야. 사실 난 민 선생이 좋아졌다면 너에게 체면 차릴 그런
성질 아냐. 그건 너 자신도 알구 있을 게다."

인애는 숙배의 눈을 피하지 않고 쳐다본다. 숙배는 되돌아가서 침대에 앉는데 그의 낯빛은 더욱더 창백하다.

숙배는 술을 마시듯 인애의 눈을 응시한다. 동그란 눈동자가 불거져 나올 듯 그 눈동자는 어둠과 밝음을 한꺼번에 보는 것같이, 믿음과 불신, 희망과 절망, 일순간에 겪는 그 눈 속의 고통은 참 긴 것같이 느껴진다.

"하지만, 하지만 민 선생이."

민 선생이 널 좋아하지 않느냐 그 말인데, 차마 거기까지 말하지는 못한다. 숙배는 무너진 자존심 앞에 목을 꺾으며 발끝을 내려다본다.

인애도 숙배의 발끝을 내려다본다.

"민 선생이 여자를 좋아하지 못하는 분이라는 것은 숙배 너 자신이 더 잘 알고 있을 것 같은데?"

"그건 그래 너 말이 맞어. 사실은 누굴 좋아한다는 것보다 더 절망적인, 모르겠어⋯⋯."

맥이 다 풀어진 듯 숙배는 힘없이 고개를 흔든다.

"하지만 숙배만은 다를 것 같다."

"가엾게 생각하니?"

숙배는 인애를 쳐다보며 웃는다. 미움을 품으며

"널?"

"물론 날."

"천만에."

"그럼 왜 그런 말을 하니?"

"민 선생 그분은 말이야."

하다가 인애의 얼굴은 걱정스럽게 일그러진다.

"그래서?"

"그분은 말이지. 다른 여자는 다 먹어버리거든."

속삭이듯 목소리가 낮다. 핏기 가신 숙배 얼굴에 미소가 번진다.

"내가 먹혀버렸는지 그걸 어떻게 알아?"

인애 목소리와 마찬가지로 낮다.

"넌 먹히지 않았어."

"어째서, 무슨 확신이라도?"

"내 직감이야."

"직감……."

"내가 좋아했음 민 선생은 나도 먹었을지 몰라."

"우습구나."

"그런 사람이야. 하지만 난 그분 좋아 안 해."

두 소녀는 서로 눈을 들여다보며 무서운 비밀을 나누듯 소곤거리며 방 안이 덥지도 않은데 땀을 흘린다.

인애는 벌떡 일어선다.

"이만! 저녁 먹으러 내려가지."

인애는 아까와 달리 사내애처럼 어깨를 뻗으며 숙배를 내려다보고 명령한다.

"싫다."

갑자기 제정신으로 돌아온 듯 땀이 솟은 숙배의 얼굴이 굳어진다.

"햇병아리처럼 심장이 형편없구나. 오늘 밤은 큰아버지하고 함께 저녁 하기로 했어."

"더욱 싫다!"

"왜?"

"넌 어머니가 이 집에서 나가신 것 고소하게 여기는구나."

"그럴 리 없지. 하지만 너 흥분하는 것 보니까 좀 효녀가 된 모양이구나."

"난 엄마 딸이야. 넌 남이지만."

"융통성이 없다. 큰아버지를 다시 뚜들겨 만들어본다는 생각은 없니? 너가 효녀가 된 것처럼 말이야."

"취미 없어. 엄마는 엄마대로 연애하면 돼."

"그럼 난 물러가야겠구나. 조금은 안심했다. 너 꼴을 보니까."

인애는 숙배를 힐끗 쳐다보고 밖으로 나간다.

뜰을 질러 나오면서 인애는 겨드랑에 끼고 나온 외투를 입는다. 그리고 바람같이 거리로 뛰어나간다. 저녁을 함께 하기로 그 자신이 부탁해 놓고 하흥수 씨에게 간다 온다는 말도 없이, 된장찌개를 보글보글 끓여놓고 저녁 밥상을 들여가기만 기다리고 어정쩡하게 서 있는 식모에게도 말 한마디 없이. 아마도 식모는 급한 일이 있어 잠깐 밖에 나갔다 돌아올 것으로 생각했는지도 모른다.

인애는 어깨로 바람을 끊을 듯 내리막길을 곧장 뛰어 내려간다. 배고픈 것도 잊고 조금 전에 일어났던 여러 가지 일들도 다 잊어버리고 합승에 올라타자 비로소 그는 마음을 놓은 듯 크게 숨을 내쉰다.

명동에 발을 들여놨을 때 양편 상점에서 새어 나온 네온사인이 화려한 여인들 얼굴 위에 명멸하고, 사람들이 떠밀듯 몰려 나온다.

'내가 언제 여길 나왔을까?'

하면서도 인애는 녹지대를 향해 걸음을 빨리한다.

"아, 인애 씨!"

아래서 뛰어 올라오던 레지가 내려가는 인애에게 부딪치며 반가운 소리를 지른다.

"오래간만이네요."

"우리 친구들 있어요?"

묻는 인애 얼굴에 미소가 활짝 핀다.

"네, 다들 나왔어요."

인애는 녹지대로 들어가서 자리에 앉은 뒤 사방을 살핀다. 안경잡이도 있고 키 작은 친구도 있고……. 인애는 두루두루 미소와 고갯짓을 보낸다. 그러다가 그의 눈은 정인호에게 가서 머문다. 그때 대폿집에서 싸움한 이래 처음인 대면이다. 그는 얼어버린 듯 눈을 돌리지도 못하고, 그러다가 얼른 손을 올려 눈 가장자리를 문지른다. 인애는 일어서서 그의 곁으로 간다.

"정인호 씨."

"네, 네?"

시비를 걸어온 줄 알았는지 그는 당황하며 어쩔 줄 모른다.

"앉아도 좋아요?"

인애의 목소리는 부드럽다.

"좋고말구요."

부드러운 인애 목소리에 구원이라도 받은 듯 그는 엉덩이까지 쳐들어 인애가 앉기를 기다린다. 인애는 그와 마주 앉으며

"그때 술 취한 기억 나세요?"

정인호의 얼굴이 흐려지면서 얼른 외면을 하다가 다시 곁눈질을 한다.

"기억 안 했음 좋겠는데…… 나 그날 슬펐어요. 그래서 정씨한테 그랬던 거예요. 기억하고 계시다면 용서하세요."

정인호의 입이 벌름하니 벌어진다.

"아, 아닙니다. 저야말로, 저야말로 그때 폭언을 용서, 죄, 죄송합니다. 수, 술이 들어가면 그만……."

다시 그는 씩 웃는다. 그러자 안경잡이와 키 작은 청년이 인애 곁으로 와서 털썩 주저앉으며

"입산한 줄 알았다."

안경잡이가 말했다.

"입산?"

인애가 고개를 갸우뚱하는데

"삭발하고 절에 들어간 줄 알았단 말이야."

"맙소사."

"서울 구석에 처박혀 그렇게 안 나올 수 있어?"

"말조심해요. 난 짐짝이 아냐. 처박히긴 어디에 처박혀?"

하며 인애는 손을 들어 레지를 부른다.

레지가 반갑다는 표시로 몸을 꼬듯 하며 다가오자 인애는
죽 둘러보고 싱긋 웃으며

"나 오늘 돈 생겼어. 뭐든지 한턱하는 거야."

키 작은 치가

"뭐 커피나 하지. 수효가 많으니까 나중의 대폿값 남겨두기
로 하고."

묘한 사양을 한다. 레지가 웃으며 돌아가자 인애는

"불현듯 오고 싶었어. 마치 누가 소리쳐 부르는 것 같았어.
그래 배고픈 것도 잊어버리고 뛰어왔지, 뭐."

하자 안경잡이가

"요즘 나가는 곳이 따로 있나 부던데?"

의미 있는 표정을 짓는다.

"……?"

"고향 다방에 나가지 않어? 나 두 번이나 봤어. 누구하고

함께 가는 것도. 그래서 인애는 녹지대에서 발을 씻은 줄 알았지."

정인호가 영 불안한 얼굴이 된다.

"발을 씻어? 여기가 뭐 도둑놈의 소굴인가?"

인애는 찔끔했으나 태연히 말머리를 돌려버린다.

"룸펜의 소굴이지. 룸펜이라는 것도 자의는 아니지만 분명히 사회에 있어서 일종의 암이거든."

"흐흥? 난 그래서 이곳으로부터 탈출한 줄 알았지."

"그건 무슨 뜻?"

"어디 취직이나 하고 결혼할 줄 알았다 그 말이야."

"누구나 다 그렇지. 허지만 여기의 누구나 다 못 그러고 있는 것 아냐?"

"그건 기정사실이고. 하지만 거기는 그런 길로 나갈 줄 알았거든."

"누가 취직시켜 주겠다고 날 찾아다니는 사람이라도 만났나?"

안경잡이는 자조하듯 담배를 붙여 물고 연기를 푹 뿜어낸다.

"찾아다니는 사람을 만난 일은 없지만 좋은 남편이 되려고 연습하는 걸 봤단 말이야."

"흥, 이거 점점 괴상망측한 소릴 다 하는군."

인애는 깔깔 소리 내어 웃으며

"거 마스코트 사준 소녀는 미래의 신부가 아닐까?"

하자 안경잡이는 얼굴이 새빨개진다.

"이거 근거 있는 얘기다!"

키 작은 사나이가 얼굴을 붉히는 안경잡이를 바라보고 무릎을 탁 치며 우쭐거린다.

"아, 아냐 그, 그 애는 누이동생이야."

"자네한테 무슨 놈의 누이동생이 있어. 잔말 말고 고백해."

"아, 아냐. 사촌 누이란 말이야."

"이 자식, 거짓말이다! 어째 꼴을 볼 수 없다 생각했더니 뒷구멍에서 그런 짓 했구나. 잔소리 말고 오늘은 한턱이다!"

서두르며 야단인데 정인호만은 우울한 얼굴을 하고 앉아 있다. 음악이 울려 퍼지는데 그는 점점 어디론지 가라앉는 그런 얼굴이다.

"너무 기름 짜지 말어."

"이거 동병상련인가? 그럼 합동이다. 합동으로 하자. 하인애하고."

키 작은 사나이는 커피도 아직 오지 않았는데 일어서려고 한다.

"에이, 성미 급한 친구. 한턱에 게걸이 들었나. 왜 이래? 커피나 마시고. 좋다! 시계를 잡히더라도 한턱하지. 흥! 이거 빗먹었나?"

안경잡이는 어처구니없어한다.

물 마시듯 커피를 들이켜고 키 작은 치가 서둘며 앞장을 섰다.

일행은 까닭 없이 사냥이라도 하러 가는 포수들처럼 거리로 우우 몰려 나왔다. 조금도 즐겁고 신날 이유도 없는데. 그러나 오래간만에 인애를 만났다는 그것이나마 새로운 큰 변화라고 매달려 보는 심정.

잠꼬대같이 매듭지어지지도 않고 알맹이도 마음에도 없는, 그리고 멋조차 빠져버린 농담들을 주고받으면서 허황하게 비틀거리며 그들은 간다.

"녹지대에도 이제 종말이 온다."

안경잡이가 유행가의 가락처럼 뽑으니

"겨울이 와서?"

하고 키 작은 치가 맞장구를 친다.

"흥! 녹지대에도 세대 교체는 필요해. 우린 늙었어."

"굵게 때린다."

"우리들이 돌아갈 곳은 이제 고향이다."

"탄광은 아니구?"

"정말 시시해졌다!"

안경잡이는 악을 쓰듯 소리를 지른다. 어둡고, 그러나 여전히, 끊임없이 사람들이 밀려가고 밀려오는 거리.

"미쳐서, 발광이 나서 다 쏟아져 나온다. 한국의 문화는 모두 이 거리 위에 쏟아져 있다! 깡통 지붕의 움막에서 엉금엉금

기어 나온 족속들의, 그래도 가짜 다이아 반지 낀 손으로 우아
하게 머리를 쓸어 넘기며 모퉁이 거리는 문명과 문화의 홍수
다! 움막은 산꼭대기로 쫓겨 올라가도 이 찬란한 전시장, 명동
의 거리는 확장할 필요성이 있어!"

되지도 못한 소리를 지껄이다가 스스로 싱거워졌는지 그만
둔다.

정인호는 아까 다방에서 안경잡이가 하던 말의 뜻을 음미하
는지 고개를 빠뜨리고 그들을 따라간다.

그들이 고향 다방에 이르렀을 때 인애의 눈이 그곳으로 쏠
린다. 인애의 눈길을 따라가며 안경잡이가 미묘한 웃음을 흘
린다. 그것을 느낀 인애의 눈이 날카로워지려다가 발걸음을
뚝 멈춘다. 불빛이 엷어서 확실히 보이지는 않았다.

아직 바바리코트를 입은 사나이가 문을 밀고 나오는데 고개
를 숙이고 있다. 키 작은 치가 움찔하고 놀라다가 이내 반가운
빛을 가득 띠며 다가서려 하자 안경잡이가 팔꿈치로 그의 옆
구리를 세차게 찌른다.

"아, 아얏!"

안경잡이는 그를 밀고 간다.

"왜, 왜 이래?"

밀려가면서 바보 같은 말을 한다.

"눈치코치도 없다!"

"어, 아니. 나 아는 친구야."

"거북한 장면은 외면해 주는 것이 우정이다."

"뭐라구?"

"그게 에티켓이라는 거지."

"무슨 소린지?"

"말할 필요가 없지. 하인애 양께서 우리를 따라오지 않는다는 그 사실만으로 충분히 증명하고도 남음이 있어. 그 계집애께서는 지금 병에 걸려 위독 상태야. 돌아보지 말아라."

하는데 정인호는 천근의 무게라도 지닌 듯 목을 비튼다. 그리고 뒤돌아보는 것이었다.

그의 눈에는 인애와 그리고 바바리코트를 입은 사나이의 그림자만이 보였다. 그 두 개의 그림자는 무척 가까운 거리를 두고 거리에 떨어져 있는 것 같았다. 그는 현기증을 느끼듯 머리를 쓸어 넘긴다.

키 작은 치가 바보같이 입을 헤벌리고 안경잡이 얼굴을 보다가 다시 뒤돌아보며

"그랬던가?"

고개를 갸웃거린다.

"이거 뜻밖인데? 천만뜻밖이다."

하며 감탄해 마지않는다.

"인애는 오지 않을 거야."

안경잡이가 심각한 얼굴로 단언한다.

"오기사 오지. 우릴 초대해 놓고 안 올 리가 있나."

키 작은 치의 말.

"저치하고 깨끗이 가버린다. 오지 않을 거야. 할 수 없다. 오늘 밤의 나의 시계야말로 수난이다. 허나 의의 없는 일도 아냐. 오늘 밤은 정인호를 위한 실연의 축배다. 실연의 감미로움도 또한 인생에 있어서 축복할 만한 가치는 충분히 있는 것이니까."

안경잡이는 벌써부터 술이 들어가서 거나해진 듯 두 친구의 한 팔씩 끌어당겨 겨드랑에 끼고 떠들어대며 간다.

과연 인애는 뒤쫓아 오지 않았다. 그들이 술잔을 기울이고 있을 때까지.

이 시각 인애는 김정현과 함께 밤길을 거닐고 있었다.

"그동안 어디 가셨어요?"

인애는 묻는다.

"어떻게 그걸 알아요?"

김정현이 놀란다.

"아무것도 몰라요. 퍼뜩 그런 생각이 드네요."

"직감이 대단히 정확합니다."

"그럼 가셨댔어요?"

"고향에."

"아, 정말 가셨댔군요."

"아버지가 돌아가셔서."

"네?"

"놀랄 것 하나도 없어요. 예정보다 오래 사셨으니까."

"쭉 앓으셨군요."

"오래됐죠. 가족들은 오히려 해방감을 느끼는 모양입니다. 돌아가신 분에게는 안된 얘기지만."

"정현 씨도 해방감을 느끼세요?"

"아마도……. 앓다가 죽는 건 참 비참한 일이오. 본인이 죽음을 바라보니까."

정현의 목소리는 다른 때보다 침착하고 가라앉아서 무척 상식적인 사람이 되어버렸다는 느낌이 든다.

"누구나 다 죽음은 바라보고 있는 것 아닐까요?"

"하지만 다분히 사치적인 것 같애. 그런 걸 느꼈어요."

그들 사이의 말이 끊어진다. 그들은 그저 발이 가는 대로 걷고 있다. 인애는 자기 주변에 사람들이 흘러가는 것을 잊고 있었다.

언제나 김정현하고 함께 있으면 그는 주변을 잊어버린다.

"저녁 했어요?"

부드러운 목소리가 묻는다.

"아뇨."

"그럼 여기 들어갈까?"

인애는 무조건 김정현의 뒤를 따른다. 뒷골목의 초라한 음식점, 손님도 별로 없다.

딱딱한 나무의자에 앉아서 인애는 깍지 낀 손에 턱을 얹고

"점심도 굶었어요."

"왜?"

"저녁 준비가 다 된 걸 보구 그냥 뛰어나왔어요."

"그치들하고 대폿집에 갈려고?"

정현이 얼굴을 찌푸린다.

"뭔지 모르게, 아무 일도 없는데 나오고 싶었어요."

인애는 정현의 찌푸린 얼굴을 행복한 눈으로 바라본다.

뒷골목의 호주머니가 가난한 사람들이 들어가서 주린 배를 채우는 허술한 식당, 그래도 고급에 속하는 백반들을 시켜 그들은 마주 보며 기분이 흐뭇하여 행복하게 저녁을 먹는다. 인애는 밥을 먹는다기보다 한술 한술 기쁨을 떠넣고 있는 듯 얼굴이 상기되고 눈은 빛난다.

"밥 더 줄까요?"

김정현이 왕성한 인애의 식욕을 보고 웃으며 말했다.

"네. 점심도 굶은걸요."

정현은 자기 밥그릇의 밥을 인애 밥그릇에 떠 넘겨준다.

"언젠가 한번 거기가 어디였는지 언덕길을 가는데 언덕 밑에 가난한 초가^{草家} 있었죠."

김정현은 숟가락을 놓고 담배를 붙여 물며 이야기를 시작한다.

"아마 여름이었던가 봐요. 마루에 앉아서 저녁들을 먹고 있는데 반찬 그릇이란 된장뚝배기 하나뿐이었어요. 그래도 그 불빛이 어찌나 행복스럽게 보였던지…… 그들이 웃고 있어서 그렇게 느껴졌는지 모르지만."

인애는 국을 떠먹으려다 말고 말끄러미 정현을 쳐다본다.

"왜 그래요?"

하도 인애의 눈빛이 심각하게 보여 김정현은 묻는다.

"저는, 저는 오늘 봤어요."

"뭘?"

"버스 속에서, 아기가 떨어뜨리고 간 먹다 남은 감을 말예요."

"감을?"

"중학생이었어요. 그, 그 애가 그걸 주워 먹지 않겠어요? 굶주린 얼굴이었어요. 가슴이 미어지는 것 같았어요."

김정현은 싱긋이 웃는다.

"아직 소녀구먼."

"소녀 아니면 그 꼴이 슬프지 않았을까요?"

"슬프지. 하지만 슬프다는 말은 하지 않을 거요."

"왜 그럴까요."

"너무 많아서. 또 개인의 힘으론 어쩔 수 없어서. 그보다 자기 생활이 부끄러워서."

"자기 생활이 부끄러워서?"

"내버린 감을 주워 먹는 아이가 수없이 있어도 하룻밤 요릿집에서 몇십만 환의 돈을 뿌리니까."

"정현 씨도?"

"몇만 환을 뿌린 일은 있지요. 그래도 된장뚝배기 하나 놓고 저녁을 먹는 가족보다 즐겁지 못했으니……. 참 산다는 건 묘한 거요."

하다 정현은 갑자기

"인애는 의지가 강하죠?"

하고 엉뚱한 말을 묻는다.

"그걸 제가 알아요?"

"하긴 그래. 인애 앞에 앉은 나는 마물魔物이고 또 나를 맞이할 그 사람은 내게 있어 마물이고."

인애의 얼굴빛이 변한다. 그를 맞이할 그 사람은 그 여자임에 틀림이 없다.

"그러고 보면 피차가 다 의지박약증에 걸린 환자야."

김정현은 소리 내어 껄껄 웃는다. 어두운 웃음소리가 호수 밑바닥에서 울려오는 것 같다. 인애는 소름이 끼친 듯 몸을 오싹오싹 오므린다.

"그 여자는 대체 내게 있어 무엇일 것 같아요?"

김정현은 다시 물었다. 그의 눈에서 부드러운 빛은 사라지고 인애를 괴롭혀 주는 잔인한 빛이 넘실거린다. 인애는 숟가락을 놓고 그 눈과 마주 대한다.

"누구긴요? 정현 씨를 파멸시킬 여자라고 저는 생각하고 있어요."

김정현은 비웃듯

"파멸이란 어떤 결과를 말하는 거죠?"

"타락을 말하는 거예요."

인애는 파랗게 질려서 그러나 정현으로부터 눈을 떼지 않고 대꾸한다.

"그럼 타락의 정의는?"

"영혼을 팔아버린 것."

하는데 인애 눈에 눈물이 울컥 쏟아진다.

"누구에게? 악마에게?"

정현의 눈이 실낱같이 가늘어진다.

"그 여자에게."

"아니지. 그 여자에겐 육체를 팔았지."

하다가 그는 비스듬히 몸을 일으키고 인애의 한쪽 어깨를 덥석 잡는다.

"일어나요. 나갑시다!"

악을 쓰는 듯 큰 소리로 말했다. 인애는 몸을 흔들어 그의 손을 뿌리치고 식당 밖으로 쫓아 나온다. 그가 골목길을 한참 달려갈 때 계산을 끝낸 정현이 뒤쫓아 왔다.

"인애!"

그는 인애의 손목을 꼭 잡았다. 손을 잡고 잡힌 채 그들은 골목만을 찾아서 한없이 걸어간다. 주정꾼이 지나가고 밤거리의 여자들이 지나가고 구두닦이 아이들, 그리고 껌장수, 군밤

470

장수가 지나간다. 그리고 명멸하는 네온사인 밤은 깊어간다. 그들은 낯익은 길을 가고 있었다. 인애가 그림을 가지고 가던 날 밤 쓰러져서 다리를 다쳤던 그 길이다. 전선에 달은 없고 오직 별들이 반짝이고 있었다.

그들은 수예점 앞을 나란히 지나간다.

여자는 없고, 이층에도 불은 꺼져 있고, 소녀가 우두커니 혼자 앉아 있다가 나란히 지나가는 두 사람을 보고 눈이 크게 아주 크게 벌어진다.

길은 어두워졌다. 어둠 속에 그들은 빨려 들어간다.

"여기가 어디지?"

정현이 걸음을 멈춘다. 인애도 걸음을 멈추고

"오늘 밤엔 달이 없네요."

"별뿐이야."

"제가 그날 밤 여기서 잘 때 달이 있었어요."

"그날 밤……."

"마지막 같은 밤이었어요."

"그날 밤……."

"그랬는데 오늘이 여기 있군요."

"아무 말 말어."

정현은 인애를 꽉 껴안는다. 그리고 얼굴을 덮치며 뜨거운 입맞춤을 한다.

두 사람은 손을 맞잡으며 아무도 없고 어둠만이 있는 골목에 주저앉는다.

"어떻게 되겠지, 어떻게…… 아무래도 결말은 있을 것 아냐?"

"헤어지고 정현 씨는 그 집으로 돌아가는 결말."

"돌아가는 결말……."

하고는 잠자코 만다. 사람이 걸어오는 기척이 난다. 그래도 그들은 움직이지 않고 골목에 퍼질러 앉아 있다. 젊은 여자가 그들 앞을 지나가며 힐끔힐끔 돌아본다.

"시골 한번 안가겠어요?"

정현의 말은 갈피를 잡을 수 없다.

말투도 그렇다. 존대를 하다가 어떤 때는 마구 반말 짓거리다.

"어느 시골요?"

"아무 데고, 내 고향이라도 좋고."

"고향이 어딘데요?"

"가보면 알겠지."

정현은 담배를 붙여 문다. 그리고 말없이 인애의 팔을 잡고 일으켜 세웠다.

10. 서로 이해 못 한 채

창밖에 눈이 펄펄 내리고 있다. 혼자 쓸쓸한 아침을 끝내고 눈 내리는 창밖을 바라보고 서 있다가

"이젠 아무 할 일이 없어."

하고 숙배가 중얼거린다.

"네?"

식모가 되묻는다.

"방학이 되었거든요."

밥상을 치우면서 식모는 모르겠다는 얼굴이다.

"아버지는 나가셨어요?"

"모르겠어요. 아마 안 나가셨을 거예요."

"눈이 오시면 늙은이들도 마음이 이상해지지 않을까?"

역시 식모는 잘 모르겠다는 표정이다.

'산장에도 눈이 펄펄 내리겠지. 엄마 혼자서 그 눈을 바라보고 계실까? 엄마는 지금 누구 생각을 하고 계실까? 아버지? 한 박사? 아니면 인생을, 다 가버린 젊음을 생각하고 있는지도 몰라.'

숙배는 혼자 픽 웃는다. 그리고 창가에서 몸을 일으키고 복도로 나간다.

'눈이 오시고, 그리고 그 산장의 설雪 풍경은 아름다울 거야. 하지만 늙은이들은 슬픔뿐이지. 누가 옆에 있어주어야 해. 만일 내가 거기 혼자 가 있다면? 민 선생님을 불러야지. 그리고 난로에 콸콸 붙는 불길을 바라보며 따끈따끈한 커피를 마시면서 밤새워 이야기를 하고……. 강가에도 나가보고, 아니 눈이 쌓인 숲속 길을 거니는 거야.'

하다가 숙배는 좁은 복도에 우뚝 서버린다. 어째서 별안간 그런 생각을 했는지 그 자신도 어리둥절해하며. 그러나 그것은 오래전부터 민상건을 알고부터 그의 의식의 밑바닥을 흐르고 있던 끈덕진 소망임을 그는 깨닫는다. 손을 깍지 끼고 지그시 비틀며 감정을 누르다가

"늙은이들한테 뭐 그런 곳이 필요해! 나에게, 나에게 필요한 곳이야! 우두커니 앉아서 먼 산만 바라보고, 엄만 인생을 낭비만 하고 있어. 얼마 남지도 않은 인생을 말이야!"

하다가 그는 쓰게 웃으며 희미한 복도를 둘러본다.

그는 이층 자기 방으로 올라가지 않고 하흥수 씨 서재로

간다.

'심심해. 아버지도 심심하실 거야. 좋은 이야기가 없으면 쌈이라도 걸어볼까?'

서재 앞에서 혼자 웃다가 다시 심각해지며 노크를 한다. 아무 대답이 없다. 다시 두드려도 역시 대답이 없다.

"나가셨나? 이 눈이 오는 아침에?"

그는 도어를 민다. 아무도 없다.

그는 방 안으로 들어가서 창문가에 기대어 다시 밖을 내다본다. 아무도 밟지 않고 소복히 눈이 쌓인 뜰 위에 쉬지 않고 눈이 내리고 있을 뿐이다.

"엄마한테 전화 걸어볼까?"

숙배는 수화기를 들고 다이얼을 돌린다. 신호가 끊어지고 수화기를 든 기척이 나는데 아무 말이 없다. 숙배는 그냥 가만히 있어본다.

"여보세요."

겨우 최 여사의 가라앉은 목소리가 들려왔다.

'엄마는 누구를 생각할까? 전화 건 사람이 누구?'

"여보세요."

좀 높은 목소리가 다시 울려온다.

"엄마, 나예요. 숙배."

"아."

"엄마, 밤중에도 전화받으세요?"

숙배는 저도 모르게 엉뚱한 말을 한다.

"그게 무슨 소리니?"

어리둥절하면서도 어딘지 모르게 당황해하는 최 여사의 목소리가 울려왔다.

"밤에는 잘 주무세요?"

슬머시 자기가 한 말을 회피하며 숙배는 묻는다.

"그저 그렇다. 그런데 왜 그런 이상한 말을 하니?"

"밤이 길어서요."

"그래서?"

최 여사의 감정 있는 말.

"그럼 어디서 전화라도 오면 심심찮잖아요."

"너가 밤에 내 생각을 하고 전화라도 걸었니?"

전에 듣던 그 신경질적인 목소리가 윙 하고 전해온다.

"아뇨."

숙배는 이유 없이 최 여사와 다투어보려는 듯 쌀쌀하게 심술이 가득 찬 목소리로 대꾸한다.

"무서운 애도 다 있구나."

누그러지면서 말끝이 흐려지고 화를 내기에도 지친 것 같다.

"혹시 아버지가 전화라도 걸었나 싶었거든요."

얼마나 잔인한 말인가. 숙배는 꿈적하고 스스로 놀라 몸을 움츠린다. 본의 아니게 정말 본의 아니게 말이 절로 미끄러져 나오고 말았다. 처음부터. 설령 한 박사하고 최 여사가 연애를 한다 하더라도 숙배 자신이 느끼고 있는 하홍수 씨에 대한 반발로써 쾌재를 부를 것 같았는데 그러나 마음의 밑바닥에 자기도 모르게 그것을 막고 싶었던 것이 흐르고 있지나 않았을까 하고 숙배는 수화기를 든 채 생각한다.

"그 아버지에 그 딸이구나."

최 여사의 악 쓰는 소리가 아득히 먼 곳에서 들려오는 듯하다.

"그렇지만 전 또 엄마 딸이기도 하구요."

자기도 모르게 대꾸한다.

"그만두자. 서로의 마음을 들여다보는 일엔 이제 지쳤어. 오늘은 내 신경이 날카로워진 것 같구나."

"눈이 오는 탓이에요."

"언짢은 소릴 해도 전화 끊을 수 없구. 그래 별일 없니?"

"아무 일 없어요. 군소리도 없구요. 엄마 얘기 하세요. 아주머니는 잘 있어요?"

"음, 잘 있어. 할아버지하고 퍽 친해졌지."

최 여사와 숙배는 수화기를 든 채 웃는다. 우습고 즐거워서 웃는 것이 아니다. 서로가 권태로워서 대화를 잃고 있으면서도 그것을 끌고 나가려는 억지를 쓰는 마음들이 서글퍼서 그랬는지도 모른다.

"인애 왔다 갔다는 얘기 했던가요?"

"음, 들었다."

"아무래도 그 계집애 정체불명이에요. 미치지나 않았나 싶어요. 글쎄 같이 저녁하겠다 해놓고 온다 간다 말도 없이."

했던 말을 되풀이한다.

"웬만하면 집에 와 있으라고 해. 나도 없이 이제 편할 거 아니냐?"

"그렇게 안 할걸요. 엄마가 돌아오시면 몰라도. 하여간 괴짜니까요."

그 말대꾸는 안 한다.

"저녁때 엄마 나 거기 갈지 몰라요. 괜찮죠?"

"새삼스럽게, 오고 싶으면 오려무나."

"그럼."

숙배는 수화기를 놓고 책상 위를 멀거니 내려다본다. 원고지에 씌어 있는 글을 유심히 보다가 종이를 든다.

숙배는 슬그머니 웃다가 원고지에 쓰인 글을 다시 읽어본다.

본 꿈은 잊을 수 없다. 그러나 잃었다 해도 한탄하지 않아. 정해놓은 궤도에 반듯이 자기를 올려놓고 지나친 기대 같은 것 피할 줄 알고 자신에게나 타인에게도 관용해야 하며 상식적인 행동을 취하고 줄 곳에 주고 받을 곳에서 받는 군소리 같은 것 하지 않는다. 서로 이해할 수 없다고 알고 있는 두 사람이.

아침에 헤어지고 저녁때 또 함께되어 난로 앞에서 끝없는 이야기를 주고받으며 자신들에게는 이해할 수 없고 또 자신들을 이해 못 하는 아이들을 길러가는 것에 만족하고 있다.

T. S. 엘리엇의 시극詩劇 「칵테일 파티」에 나오는 정신병의精神病醫의 대사이다.

숙배는 하흥수 씨가 무슨 생각에서 이런 것을 썼을까? 하고 마음속으로 뇌어본다. 그러나 숙배는 이런 글을 원고지에 옮겨놓은 하흥수 씨의 마음을 충분히 알고 있었다.

'옳은 말씀이에요, 아버지. 그렇게밖에 생각하실 수 없을 거예요. 그렇게밖에 도망칠 수 없었을 거예요. 알 만해요.'

숙배는 원고지를 책상 위에 놓였던 자리에 놓아두고 서재에서 나간다.

자기 방으로 돌아온 숙배는 침대에 우두커니 걸터앉았다가

"가봐야지. 민 선생님을 찾아가 봐야겠어. 어쩌면 서로 이해 못 하는 인간들이 모여서 멋있는 크리스마스 파티를 할 수 있게 될지도 모르겠다. 모두 자기라는 성 속에서 파득거리며 조금도 남을 알지 못하고, 그런 군상들이 어쩌면 눈이 내리는 그 산장에 모여 성탄절을 맞이하게 될지도 모르겠다."

숙배는 일어서서 눈이 내리기 때문에 외투 말고 빨간 레인코트를 걸친다. 그리고 거울 앞에 뻗치고 서서 얼마 전에 잘라버려서 영 짧아진 머리를 만져본다.

'얼굴이 사과만큼이나 작아 보여. 그래 난 지금 민 선생님을 찾아가는 거야. 언젠가 비가 오시던 날 그분이 우리 집에 찾아오신 것처럼 말이지. 눈이 오시니까 내가 왔다고 해야지. 무슨 얼굴을 할까? 술 마시고 눈 밑이 또 푸릇푸릇해 계실까?'

중얼거리며 서랍을 열고 그곳에서 역시 빨간 빛깔의 베레모를 꺼내어 머리 위에 올려본다.

'이만하면 됐어. 썩 잘 어울리는걸? 인애한테 이 베레모를 올려놨다간 꼭 원숭이 새끼 같을 거야. 고 계집애가 모양을 낸다면 그야말로 곡마단의 피에로 같을걸. 하지만 난 모양을 내야지. 내가 모양을 안 낸다면 뒷거리의 거지새끼같이 초라해질 거야! 흥, 사람이란 참 우습지. 다 자기 꼴을 알고 있단 말이야. 모양을 안 내기 땜에 인애는 인애구, 모양을 내기 때문에 숙배는 숙배야.'

숙배는 시간을 보내기 위해 공연한 소리를 혼자 중얼거리며 거울만 바라보고 서 있다.

정말 깜찍하게 그는 예뻤다. 조그마한 몸매에 유난히 검고 큰 눈. 숙배는 자기 용모에 위안을 느끼며 우산을 찾아들고 계단을 천천히 내려온다. 내려오다가 그는 시계를 들여다본다.

숙배가 막 문을 밀고 나서는데 눈이 막 날린다.

"어머, 전 또 누구시라구? 아버지."

문 앞에서 잠바 위에 쌓인 눈을 툭툭 털고 있던 하홍수 씨가

"음……."

묘한 신음 같은 투로 대꾸한다.

"아침부터 이리 눈이 나리는데 어디 갔다 오셨어요?"

"술 마시러."

"아침부터?"

"눈이 오시기에."

"낭만이 남아 있어요?"

"추워서 나갔지, 눈 보구 나갔나?"

"거짓말."

하다가 까만 장갑 낀 손으로 숙배는 입을 막고 웃는다.

"우리 뜰에서 눈싸움할래?"

눈을 다 떨고 잠바의 깃을 세우며 농담도 아닌 투로 말한다.

"싫어요. 심판관도 없는 싸움 싫어요."

"인애가 있었으면 좋았겠다."

"으음?"

숙배는 하흥수 씨를 빤히 쳐다본다.

"고기 명랑한 계집애야."

"아버지가 더 명랑해지셨어요."

"술 탓이다."

"핑계가 좋으세요. 전 나가는데 아버진 제자들이나 불러들
여서 바둑이나 두세요."

하흥수 씨는 토라진 듯 쑥 외면을 한다.

"흥미 없어요. 어려진다는 건 늙어진다는 증거 아니에요?

아버지, 그럼 전 가겠어요."

숙배는 우산을 펴고 걸어 나온다. 문 앞에까지 와서 숙배가 돌아보았을 때 하흥수 씨는 다리를 쩍 벌리고 서서 뒷짐을 지고 눈발을 멍하니 바라보고 있었다.

'크리스마스에는 어쩌면 가장무도회라도 할 수 있을지 몰라. 점점 우스워져 가는데? 왜 그럴까? 전부가 어릿광대로 되어가는 것만 같다. 근엄한 한 박사도 목을 쭉 뽑고 걸어가면 마치 낙타 같은 느낌이고, 아버지는 그 찌푸린 신경질쟁이가 아까 같은 그런 모양을 하니까 마치 꿩같이 보이겠지!'

숙배는 혼자 웃으며 걸음을 빨리한다. 합승을 타고, 합승에서 내려서 그는 낯익은 골목으로 들어간다.

꽉꽉 닫아 붙여놓은 창문이 쓸쓸하게 눈을 맞고 있다.

숙배는 초인종을 누른다. 아무 대꾸도 없다. 기척도 없다. 그는 문을 와락와락 흔들어본다. 역시 아무 기척이 없다. 민상건이 없는 것이 확실하다. 그러나 숙배는 그 앞에서 떠나지 못하고 다시 한 번 흔들어본다. 마음이 얼음장같이 저려오는 듯 그는 쓸쓸하고 공허하여 눈밭 위에 주저앉아 아이들처럼 눈이나 뭉치고 그가 돌아올 때까지 기다리고 싶어진다.

'아까 아버진 날보구 눈싸움하자고 하셨지? 이런, 이런 기분에서 그런 말씀 하셨을 거야.'

숙배가 우산을 받치고 멍하니 서 있는데 갑자기 안에서 기척이 났다. 숙배의 눈이 번쩍하고 빛난다.

민상건이 문을 열고 내다보았다. 부스스한 머리, 까만 털 셔츠에 허연 먼지가 끼어 있다. 그는 숙배를 보자 놀라지도 않고 얼굴만 찌푸린다.

"들어가면 안 돼요?"

숙배는 그의 얼굴을 피하며 조그맣게 말한다.

"이 길모퉁이에 다방이 있어. 거기 가서 기다리고 있어."

"안에 누가 있어요?"

그동안 잠자코 있던 걱정이 확 솟구치는 듯 숙배는 얼굴빛이 달라지며 물었다.

"누가 있건 상관 말어. 다방에 가 있으면 내가 곧 갈 테니까."

"여기 들어가고 싶어요."

숙배는 안을 가리키며 덮쳐 씌우듯 말한다. 민상건의 얼굴에는 한순간 혼란이 일었다.

"작업 중이야."

"구경하면 안 되나요?"

"여자 구경하겠다는 거야?"

"……."

"집요한 건 싫다."

숙배는 홱 몸을 사리다가 돌아선다.

간다 온다 말도 없이 눈발 속으로 길모퉁이를 돌려고 했을 때 문 닫는 소리가 들린다.

'나쁜, 아주 나쁜 인간이야.'

까만 비구두가 빠둑빠둑 눈길을 문지르듯 소리를 내며 걸어
간다.

아이들은 눈을 뭉쳐서 싸움을 하고 눈발을 끊으며 바퀴에
감은 쇠사슬을 굴리며 질주한다.

'부도덕한 사나이, 죄악을 죄악으로 생각지도 않는 사나이.'

숙배는 다방 앞을 지나쳐 그냥 간다. 한참 가다가 그는 걸음
을 멈추고 돌아본다. 길 편으로 난 연통에서 연기가 아슴푸레
눈발 사이로 보이곤 한다. 털모자를 쓴 껌 파는 아이가 자그마
한 상자를 안고 몸을 웅크린 채 다방 문을 밀고 들어간다.

'그인 날 오라 하지 않았어. 내가 간 거야. 알겠어? 숙배, 넌
어리석은 짓을 했구나. 그인 부도덕한 인간이지만 날 유혹한
일은 없었어. 거짓말 한 일도 없었어. 나 혼자 춤을 추고 노
래 부르고…… 그 짓을 말아야지, 말아야지, 무서운 일이 오기
전에.'

숙배는 발길을 돌려 다시 걷기 시작한다. 빠두둑 빠두둑 눈
길을 문지르는 소리를 내면서.

이화동 S대학 앞에까지 와서 숙배는 개천 너머, 쇠로 만든
울타리 너머, 학생의 모습 하나 볼 수 없는 대학의 운동장을
물끄러미 바라본다.

'한때 나는 이 학교에 오려고 상당히 공부를 했었지. 만일 여
기에 왔더라면? 그럼 난 민 선생을 모르고 지났을 게 아니냐?'

그러니까 지난 이맘때였다. 우연히 다방에서 숙배가 다니는

학교의 어느 교수를 만났다.

'그때는 눈이 오지 않았어. 하지만 몹시 추운 날이었지.'

"오, 숙배구나."

하흥수 씨의 제자뻘 되는 그 젊은 교수는 숙배를 반가이 맞아주었다. 그리고 그의 친구라는 민상건을 알게 되었던 것이다. 그것만이라면 그것으로 끝났을 일이다. 얼마 후 거리에서 숙배는 다시 민상건과 마주치고 강렬한 첫인상을 받은 그였던 만큼 서슴지 않고 다방에 가서 그가 사주는 커피를 마셨던 것이다.

'나는 그릇된 길을 가려고 해. 나는 아픔을 어떻게 감당하려고 이러고 있는 것일까? 지금이라도 늦지는 않아. 없었던 일로 만나지 않았던 사람으로 치면 그만 아냐? 공부를 하고 모양도 내지 말고 그리고 어딜 가버리는 거야. 먼 하늘로, 민 선생이 없는 곳, 거리에서 마주칠 수도 없는 곳으로 말이지.'

했으나 숙배는 불현듯 발길을 돌려 오던 길을 되돌아가는 것이었다.

숙배는 걸음을 빨리한다. 그의 마음속으로 지워버린 결론과는 반대로 그 발은 다방을 향해 달리고 있는 것이다. 갈 때는 눈을 빠두둑 빠두둑, 마치 자기 자신의 마음을 즈려밟듯 하더니 그의 발은 지금 눈더미를 차듯 날듯 달려가는 것이었다.

'나와서 기다리고 계실까? 만일 내가 없어서 그냥 돌아가 버렸다면?'

그는 숨을 가쁘게 쉬며 다방 문을 밀고 들어선다.

장사꾼 차림의 사나이가 서너 명 난롯가에 앉아 불을 쬐며 잡담을 나누고 있을 뿐 민상건의 모습은 눈에 띄지 않았다.

숙배는 카운터로 다가가서

"방금 남자분 한 분 오시지 않았어요?"

하는데 그의 목은 메는 것 같다.

"아뇨. 부인네 한 분이 왔다 갔을 뿐이에요."

"아, 그래요?"

숙배는 적이 마음을 놓으며 잡담하고 있는 패거리와 떨어진 창가 자리에 가서 앉는다.

'내가 미쳤어. 왜 여기 또 왔을까?'

숙배는 비참한 생각을 떠밀어 버리듯 젖은 우산을 구석에 놓아두고 창밖을 내다본다.

'아냐, 다시 안 만날 생각이라면 마지막으로 한 번 만나고…… 그래도 늦을 것 없어.'

숙배는 다방으로 되돌아온 자기 자신에 대하여 그런 변명을 하며 쓰디쓰게 혼자 웃는다.

레지가 와서

"뭘 드시겠어요?"

"커피."

숙배는 거들떠보지도 않고 뇐다.

레지는 가고 숙배의 눈은 거리를 바라본 채

'대체 어떤 여자가 와 있을까? 어쩌면 그렇게 뻔뻔스럽게…… 뭐라구? 여자 구경하려는 거냐구? 그럴 수 있을까? 남자는 그럴 수 있을까? 남자는 그럴 수 있을까? 만일 민 선생님하고 나하고 위치가 바뀐다면? 여자도 그럴 수 있을까.'

숙배는 다시 혼돈 속에 빠져버린다.

'어떤 여자? 사랑하는 여자? 아니면 단순한 모델? 허망하지 않을까? 왜 방황을 할까? 왜 여자 하나만 사랑할 수 없을까?'

"커피라 하셨죠?"

숙배는 레지 목소리에 물끄러미 얼굴을 돌린다. 레지는 커피를 따라놓고 가버렸다. 사나이들은 여전히 잡담인지 장사이야긴지 하고 있었다.

숙배는 김이 오르는 다갈색 커피를 내려다보다가

'정말 내가 미쳤지 뭐? 내가 내 마음을 마음대로 할 수 없다니.'

그는 자리에서 벌떡 일어서다가 다시 힘없이 주저앉는다.

숙배의 눈은 다시 창밖으로 돌아간다. 레인코트에 눈이 내린다. 회색 레인코트, 부스스한 머리에도 눈이 내린다. 우산도 없이 민상건이 걸어오고 있다.

숙배는 말할 수 없는 기쁨에 전신이 끓어오르는 것을 느낀다. 누군지도 모를 어떤 여자에게 승리한 쾌감이 그의 심장을 두드리는 듯 세차게 밀려온다. 하여간 민상건은 숙배를 만나러 오는 것이다.

숙배의 눈이 다방 문으로 간다.

어두운 눈, 다방에 들어선 민상건은 레인코트의 눈을 툭툭
떨고 숙배를 향해 걸어온다.

"가고 없을지도 모른다고 생각했는데……."

그는 무거운 미소를 짓는다.

숙배는 민상건이 자리에 앉는 것을 바라보다가

"일은 다 하셨어요?"

"못 했어."

민상건은 퉁명스럽게 대꾸한다.

"제가 방해 놓았군요."

"방해지."

"그럼 이제부터라도 돌아가셔서 하세요."

허수룩하게, 언제나 마찬가지로 피곤한 듯한 민상건을 바라
보는 숙배의 마음이 차츰 풀어져 간다.

그것을 느끼면서도 숙배는 밉상 떨듯 말했던 것이다.

"모델이 있어야지."

민상건은 다방을 둘러보고 레지에게 손짓하며 대꾸한다.

"제가 되어드릴까요?"

"흥."

콧방귀를 뀌며 비웃는다. 레지가 왔다.

"성냥."

민상건은 담배를 물며 레지에게 말했다.

"차는 뭘루 하시겠어요?"

하며 레지는 잽싸게 묻는다.

"성냥 달라고 하지 않았어!"

민상건이 화를 낸다. 레지의 얼굴이 부르튼다.

"커피 가져와."

뒤의 말은 부드러웠다.

"약한 자에게 그러는 것 비겁해요."

레지가 가버리자 숙배는 찌르듯 말한다.

"약하다고 생각하는 그 우월감이야말로 벌 받을 거지."

"어머."

보기 좋게 역습을 당한 숙배는 그러나 그만 웃어버린다.

"벌 받는다는 말이 도시 어울리지가 않아요."

"약한 자라는 말도 숙배에겐 도시 어울리질 않아."

"그런데 왜 그러시죠?"

"뭐가?"

"전 모델의 자격이 없나요?"

"지금은 눈이 내려."

"그래서요?"

"스스로 불에 뛰어드는 여름 나비의 계절은 아냐."

하고 그 자신도 쑥스럽게 생각했는지 피식 웃는다.

"숙배는 아직 애기야."

민상건은 구차스럽게 그 말을 덧붙인다. 숙배는 얼굴을 붉

히며

"선생님은 항상 예술가의 눈이 아니구 동물의 눈이군요."

말만은 다구지게 내뱉는다.

"침은 길게 뱉는군."

"……?"

"어른다워지려고 애를 쓴다 그 말이야. 그래서 더욱 애처롭다."

"약삭빠르게 도피하시네요."

민상건은 숙배를 자세히 쳐다본다.

"숙배."

"……."

"조각가의 눈과 동물의 눈이 같아야 좋은 작품을 한다. 알겠어?"

"모르겠어요. 어째서 그럴까요?"

"동물의 눈처럼 본능적인 게 어디 있어? 그리구 정직하구. 안 그래?"

민상건의 목소리는 아주 낮았다.

"정직하구 본능적이면 뭐가 되나요?"

숙배의 목소리도 속삭이듯 낮았다.

"그럼. 거기에 예술가의 눈이 겹치면 된다!"

"전, 전 그런 것 모르겠어요."

민상건은 몸을 일으켜 레지가 가지고 온 성냥을 받아 담배

를 붙여 문다. 그리고 연기를 숙배 얼굴 위에 뿜으며

"숙배는 몰라도 돼."

담배 연기에 가려져서 아슴푸레한 민상건의 얼굴을 눈도 깜박이지 않고 바라보던 숙배는

"그, 그렇다면 참 불쌍한 사람 아니에요?"

"누가?"

"예술가라는 사람 말예요."

"누구보다 불쌍하구 어느 누구보다 행복한 사람이야."

"마찬가지 이야기 아니에요."

"그럼, 마찬가지 이야기야."

"예술가는 그럼 무슨 짓을 해도 상관없다는 거예요? 무슨 특권으로 그렇죠?"

"인간은 다 스스로 특권을 지니고 있어. 다만 발휘하지 못하고 있을 뿐이야."

"그럼 예술가는 발휘할 수 있단 말이군요."

"값어치 있는 일을 했을 적에 사회는 관대해야 할 게고, 법적인 말은 아니야."

"그럼 지능범이 돼야겠네요."

그러나 민상건은 그 대꾸는 없이

"개인, 예술가의 경우는 자유라는 희열과 고통과 외로움이 겹쳐진 십자가를 짊어지고 가야 해. 그렇지만 몇 사람이나 그것을 짊어지고 갈는지……."

스스로 회의하듯 민상건의 눈동자는 힘없이 풀어지고 숙배는 깊은 생각에 잠긴다.

"인애 만나셨어요?"

한참 만에 고개를 들고 숙배가 물었다.

"그 여류 시인 말인가?"

"구질구질하게……."

"왜?"

"그냥 시인이라 하세요. 인애에겐 그게 맞아요. 본인은 시인이라 생각지도 않지만."

"그럼 여자 시인, 계집애 시인, 내가 언제 만났던가?"

고개를 갸웃거린다. 그리고 레지가 날라온 커피를 한 모금 마시고

"기억이 흐릿한 걸 보니 꽤 옛날에 만난 것 같은데 요즘엔 잘 있어?"

"잘 있나 봐요."

"음…… 그럼 오늘은 뭘 한다?"

민상건은 부스스한 머리를 긁적긁적 긁는다.

"크리스마스에 대한 계획 있어요?"

"그런 것 없어. 뭐 크리스마스면 특별인가? 한국에선 악쓰는 날이지."

"쓸쓸한 사람들이 모이는 날 아니에요?"

그 말이 마음에 들었던지 민상건은 픽 웃으며

"숙배는 쓸쓸하다는 뜻을 모를 텐데? 슬프다는 것쯤이야 알겠지. 쓸쓸하다는 건 늙은이들의 얘기야."

"우리 엄마, 아버지 같은 분들의 감정이겠군요. 참, 오늘 산장에 안 가시겠어요?"

"산장? 무슨 산장."

"산장은 산장이죠 뭐."

"눈이 오셔서 좋겠군. 그럼 가볼까?"

민상건은 더 묻지 않고 일어선다.

그들이 밖으로 나왔을 때

"좀 들렀다 가야겠어. 잠바라도 입고 모자를 쓰고……."

민상건은 중얼거리며 자기 제작실이 있는 골목으로 돌아간다. 숙배는 잠자코 따라간다. 같은 골목길, 처음 갔을 때의 기분과 돌아 나올 때의 기분, 그리고 또다시 들어가는 기분의 변화를 숙배는 곰곰이 생각한다.

제작실 문을 열고 안으로 들어갔을 때 방 안은 정말 엉망이었다. 숙배는 어지럽다고 생각하며 소파에 앉는다.

"엉망이지?"

민상건은 머리 골치 아프게 흩어진 방 안을 새삼스럽게 휘둘러보며 싱긋이 웃는다.

"형편없군요."

"형편없다……."

"도둑이 들었다 나간 방 같아요."

"도둑이······."

민상건은 중얼거리며 나무판자로 칸 비슷하게 막아놓은 곳으로 돌아간다. 못에 걸어둔 가죽 잠바를 입는다. 군데군데 껍데기가 벗겨지고 거무끄름하게 때가 묻은 낡은 잠바, 그리고 검정 털모자를 푹 뒤집어쓴다.

"사람이나 방구석 꼴이나 다 마찬가지군."

민상건은 판자벽에 걸린 거울을 들여다보며 수염이 자란 볼을 쑥쑥 문지른다.

"숙배?"

"네?"

"숙배는 방 치우고 밥 짓고 빨래하는 그따위 일은 싫지?"

한참 있다가 숙배는 장갑을 빼서 뱅뱅 틀며

"그건 왜 물으세요?"

"숙배는 밥 짓고 소제하고 그런 일 한번 해보기나 했나?"

"하면 못 할 일 어디 있겠어요? 하고 안 하는 사람이 뭐 따로 있나요? 당하면······."

"음······ 말만으론 누구나 다 할 수 있지. 숙배는 남한테 말재주만은 뒤떨어지지 않으니까, 음식의 간이 아주 짤 거야."

민상건은 싱글싱글 웃는 얼굴로 판자 뒤에서 나온다.

"이렇게 방 안이 어수선한데 보고만 있다고 비꼬는 거예요?"

"흠······."

"전 손님인걸요."

"불청객이지."

"손님이 와서 일하면 가난해진대요."

"그럼 내 색시가 되면 하겠구나."

민상건은 지그시 숙배를 내려다본다. 숙배의 얼굴이 굳어지면서 장갑을 든 그의 손이 파르르 떨린다.

"그런 말씀 하시는 것 아니에요."

엉겁결에 그런 말을 해놓고 숙배는 얼른 얼굴을 돌린다. 민상건의 눈과 그 말은 숙배의 심장을 얼어붙게 했다.

얼마나 갈망하던 그런 말이었던가. 그런데 숙배 머릿속에는 생소하게 환상도 없는 물건과도 같은 울림이 퍼지기 시작했다. 그리고 그의 심장은 천천히 움직이는 것 같았다.

"왜? 왜 하면 안 될까?"

하는데 민상건의 얼굴이 망연하게 당황한다. 그의 눈은 만지다가 그만둔 아직은 흙덩어리에 지나지 않는 새로 시작한 작품 쪽으로 움직여 갔다.

엷은 기대는 지나가고 그보다 훨씬 짙은 권태가 몰려들면서 그의 미간이 확 모인다.

그는 두 주먹을 쥐고 그것을 거칠게 부딪치며

"불편하지만 혼자 사는 것도 재미있는 일이야. 싫건 좋건 세월은 저절로 가게 마련이니까. 숙배는 그렇게 생각지 않어?"

"……."

"숙배는 외교관에게나 시집가. 화려하고 숙배 옷맵시하고 어울리는. 밥 짓고 빨래하고, 안 될 일이지. 생활의 때란 여자에겐⋯⋯."

하다 마는데 숙배는 일어선다.

"엿장수 마음대로요?"

하고 그는 민상건을 노려본다.

"싸움은 그만두지. 취미 없어."

팔을 휘두르다가

"산장인지 별장인지 가자던 거기나 가지."

민상건은 우악스럽게 숙배의 한쪽 어깨를 덥석 잡고 한 손으로는 탁자 위에 던져놓은 열쇠를 집어 잠바 주머니 속에 밀어 넣는다.

그들이 밖으로 나왔을 때 길모퉁이 전주 옆에 몸을 사리고 있던 여자가 그들을 앞질러 급히 한길을 횡단하여 달아나듯 간다. 민상건은 눈살을 찌푸리고 눈치를 챈 숙배는 달려가는 여자의 코트 밑에 희끄무레한 빛깔의 치맛자락을 바라본다. 바라보고 서 있는데 민상건이 역정을 내듯

"어서 타라니까!"

택시를 세워놓고 말했다.

숙배는 우산을 접고 택시 속으로 들어간다. 그리고 운전수에게 행방을 알려주며 다시 고개를 돌려 여자가 가던 곳을 본다. 이미 여자의 모습은 보이지 않았다.

민상건은 거칠게 손을 들어 숙배의 머리를 확 돌려버린다.

"아얏!"

숙배는 비명을 지른다.

"목뼈가 부러지지는 않았어."

태연히 담배를 붙여 문다.

눈이 멎어버린 새하얀 길을 택시는 달려간다.

두 사람이 다 묵묵히 창밖만 바라보고 앉았다.

얼마 동안의 시간이 지나갔는지, 산장 앞에 이르렀을 때 검둥이가 눈에 구르듯 하며 달려 나온다. 그리고 길길이 뛰며 짖는다. 눈에 묻혀버린 산장에는 개도 인간이 그리웠던가.

노인이 성큼성큼 개를 따라서 나왔다.

민상건 뒤에서 팔딱 뛰어내린 숙배는

"할아버지, 안녕하세요?"

"눈이 오는데 잘 오셨소."

"손님 오셨어요? 한 박사께서는?"

"아니요, 아무도. 마침 사모님 혼자 적적해하시더니 기뻐하시겠소."

하며 노인은 초행인 민상건을 힐끗 쳐다본다.

"우리 선생님이세요."

숙배는 노인의 기미를 알아채고 좀 불투명한 말로 소개한다. 선생님이라는 말에 노인은

"아, 그렇습니까?"

공손히 고개를 숙였으나 선생치고는 참 고약한 옷차림을 하고 있다는 투의 눈길을 다시 보낸다. 민상건은 노인의 심중을 알고 씁쓸하게 웃는다. 씁쓸하게 웃는 데는 다른 또 한 가지의 이유가, 노인이 사모님이라 말하는 사람은 숙배 어머니임에 틀림이 없으리라는 생각에서.

　"왜 이리 야단이야? 검둥아!"

　마구 뛰어오르는 개를 나무라며 숙배는 뒤돌아본다.

　"우리 엄마 만나는 것 싫으세요?"

　와놓고 보니 좀 걱정되는 얼굴이다.

　"아니."

　민상건은 호주머니 속에 손을 찌르며 터벅터벅 오르막길을 올라간다. 노인은 훨씬 앞서서 올라가고.

　"어쩌면 엄마는 민 선생님을 좋아하지 않을지도 몰라요."

　"날 미워하는 사람이 하 많으니까."

　"훈련이 잘 돼 있단 말씀이세요?"

　"아무렴 어때? 전망이 좋군."

　"좋죠?"

　"음."

　그들은 노인이 열어주는 현관으로 들어선다. 민상건은 면도도 하지 않고 온 것을 후회하는지 얼굴을 문지르며 마루로 올라간다.

　방으로 들어가자 숙배는 의자에 앉으라고 민상건에게 손짓을 한다. 민상건은 어깨를 약간 비틀듯 하며 한순간 거북하고 화난 표정을 지었으나 태연히 의자에 앉는다.

"엄마 모시고 올게요?"

낮은 소리로 무척 가까이 얼굴을 갖다대며 말했다. 민상건이 고개를 끄덕인다.

응접실에서 통하는 침실 겸 거실의 도어를 가볍게 노크하며 숙배는 걱정스러운 얼굴을 돌려 민상건을 본다. 민상건은 파이어 플레이스 속에 타고 있는 불길을 멍청히 바라보고 있다. 소상素像처럼 움직일 줄 모르고.

숙배는 도어를 밀고 들어간다. 최 여사는 창가에 앉아서, 이쪽에 등을 보이고 앉아서 뜨개질을 하고 있었다. 그는 뜨개질에 열중하는지, 아니면 생각에 열중하고 있는지, 도어를 두드린 소리도 못 들은 모양이고 도어를 열고 숙배가 들어간 것도 모르는 모양이다. 지구 끄트머리까지 흘러와서 혼자 앉아 있는, 그것은 말할 수 없이 외로운 모습이었다.

평생 뜨개질을 하는 최 여사의 모습을 본 일이 없는 숙배는 이상한 충격을 받는다. 비단 처음 본 일이기 때문만은 아니다. 세상에 저렇게 외로운 여자가 있을까? 하는 느낌이 더 강하게 그의 가슴을 쳤던 것이다.

"엄마."

최 여사는 깜짝 놀라며 돌아본다.

"너 언제 왔니?"

"지금 막 왔어요."

"얘, 기척이나 내야지. 놀라지 않니? 가슴이 두근거린다."

가슴 위에 손을 얹으며 웃는다.

"문 두드렸어요."

"그래?"

"무슨 생각을 그리 깊이 하고 계셨어요?"

"깊이 생각하기는? 뜨개질이 재미나서."

"그렇게?"

"음, 잡념이 없어지고 마음이 안정이 되는구나."

"뭘 뜨고 계세요?"

최 여사는 발밑에 굴러 있는 빨간 털실 뭉치를 내려다본다.

"내가 뭐 어려운 것 할 수 있니? 본시부터 손재주가 없어
서⋯⋯. 그냥 단순한 것, 발 아래 깔려구⋯⋯."

피식 웃는다.

"엄마?"

"왜? 거기 좀 앉으려무나. 왜 우두커니 서 있니?"

"손님 오셨어요."

"누가? 한 박사하고 같이 왔니?"

"아뇨, 제 손님이에요."

최 여사의 얼굴이 복잡해진다.

"남자 친구니?"

"친구? 그렇게 젊은 머슴애는 아니에요."

최 여사의 얼굴은 점점 더 복잡해진다.

"내가 아는 사람이냐?"

목소리는 무척 낮았다.

"언제 어머니가 제 친구 만난 일 있었던가요?"

"글쎄……."

"하긴 한 번쯤은 만난 일이 있었는지도 모르죠."

최 여사는 그가 누구인지 확실하게 짐작이 가는 모양이다.

"어디 계시냐?"

"이 방에."

숙배는 응접실 쪽을 가리킨다. 최 여사는 머리를 쓰다듬고 일어선다. 그리고 생각을 가다듬듯 창밖을 잠시 바라본다.

모녀는 전후하고 응접실로 나간다. 민상건은 의자에 앉아 있지 않고 창가에 서서 눈에 뒹굴고 있는 검둥이를 보고 있었다.

"선생님."

숙배가 부르자 민상건은 돌아보며 여사의 이마를 쏘듯 똑바로 쳐다본다.

"엄마, 조각가이신 민상건 선생님이세요."

숙배는 민상건에게 얼굴을 돌리며

"우리 엄마예요."

"처음 뵙겠습니다."

민상건이 고개를 숙이자 최 여사는 딱딱하게 굳은 얼굴로

"저는 두어 번 뵌 것 같은데……."

가시 돋친 말씨다.

"그런 것 같군요. 한 번은 어떤 호텔에서……."

민상건은 응수하듯 대꾸한다. 그의 너무나 당당한 태도에 눌리는 듯

"앉으시죠."

하고 권한다. 민상건이 자리에 앉고 최 여사도 그와 마주 앉는다.

"숙배야?"

"네."

"아주머니한테 차 끓이라고 해."

고집이나 오만 같은 것 다 어디로 갔는지 숙배는 두 사람에게 몹시 신경을 쓰며 밖으로 나간다.

"어떻게 이리 눈 오시는 날에 오셨어요? 무슨 말씀이라도……."

최 여사는 민상건의 얼굴을 더듬는다. 그는 숙배와의 사이가 궁금하여 견딜 수 없었던 것이다.

"저는 아무것도 모르고 따라왔습니다. 숙배 어머님께서 여기 계시다는 것도…… 차에서 내려가지고 알았죠."

"아, 아 그러세요?"

할 말이 없다. 숙배가 한 짓이니. 그러나 최 여사의 마음이 평온할 수는 없었다.

"저 숙배하고는……."

하다가 생각을 고쳐먹고

"오래전부터 아셨어요?"

"일 년쯤 될까요?"

민상건은 미소한다.

"다 큰 딸을 가진 엄마는 쓸데없이 걱정을 한답니다."

부드러웠지만 민상건의 미소를 퉁겨버리듯 바닥에는 싸늘한 기가 든다.

"늘 걱정되시는 건 아니겠죠. 제가 나타나니까 걱정되시는 것 아닙니까?"

아무것도 감추려 하지 않는 민상건의 태도에 최 여사는 얼마간 마음을 놓으며 희미하게 웃는다.

"저 실례지만 결혼하셨어요?"

"네, 했습니다."

이때만은 민상건의 얼굴이 보기 싫게 일그러진다. 최 여사의 얼굴도 다시 딱딱하게 굳어진다.

"숙배는 미술 방면에 취미가 없는데, 민 선생께서 제자로 생각할 처지도 아닌데요?"

"나는 제자를 가져본 일이 없습니다."

'저는' 하던 말이 '나'로 변하고 민상건의 목소리도 굵어진다.

"그, 그럼 숙배하고는."

최 여사의 감정이 흩어진다.

민상건은 침묵한다.

"숙배는 민 선생께서 결혼한 처지를 알고 있을까요?"

"알고 있습니다."

최 여사는 두 어깨를 축 내린다.

"이런 교제는 계속될 수 있을까요?"

"심문을 당하는 것 같군요."

최 여사는 빨끈해져서

"숙배의 어미로서 당연한 일 아니겠어요?"

"당연합니다. 언제나 당연한 그 일이 사람의 심장을 묶어놓는 죄악이 되죠. 사실 나는 숙배에 관한 일에 대하여 변명을 해야 할 이유가 없다고 생각하고 있습니다."

"책임이 없다 그 말씀인가요?"

"그렇습니다. 어느 누구에게도……."

"자기 부인에게도?"

"법적으로 부인의 이름이 허용돼 있죠. 그것은 남이 말하는 명칭입니다. 저 자신하고는 아무 관계가 없죠."

"같이 살고 있으면서?"

"같이 산다구요?"

민상건은 웃다가

"나는 숙배 초대를 받아 왔는데 부인의 말씀은 너무 지나친 것 같습니다. 이런 어리석은 답변을 하고 있는 걸 보니 나는 숙배를 사랑하고 있는 모양이죠?"

최 여사가 뭐라고 대꾸하려 하는데 숙배가 들어왔다. 그는 문밖에서 그들의 대화를 들었는지 날카롭고 반발하는 눈초리를 최 여사에게 던진다. 숙배가 자리에 앉았으나 세 사람은 다 화제를 이어갈 수 없는 무겁고 괴로운 침묵 속으로 빠진다.

'역시…… 결과는 좋지 않아.'

숙배는 마음속으로 중얼거리며 실수했다고 생각한다.

'내가 너무 서둘렀구나. 사실 나는 아무것도 모르는데…….'

최 여사 역시 서툰 짓을 했다고 생각하며 후회하는 것이었다.

마침 식모가 커피를 들고 들어왔다. 세 사람은 다 구원을 받은 듯 식모에게 눈길을 돌린다.

커피를 마시면서

"이번 크리스마스는 꽤 춥겠죠?"

숙배가 입을 뗀다.

"춥겠구나."

최 여사가 대꾸한다.

"엄마는 여기서 크리스마스 보내실 거예요?"

"뭐 내가 크리스천이냐?"

"그래두요."

"그냥 지나가 버리는 날이지 뭐 별것 있니?"

"그날 한번 떠들썩하게 놀아보는 것 어떨까요? 인애랑 모두 말예요."

"그럼 난 피난 가야겠구나."

그러고는 다시 말이 끊어진다. 숙배는 일어서며

"민 선생님."

민상건이 고개를 든다.

"뒤의 숲, 구경하시지 않겠어요? 눈이 오셔서 참 좋을 거예요."

말은 민상건에게 하면서 숙배는 최 여사의 눈을 본다. 반발과 형용할 수 없는 슬픔을, 그 자신도 어쩔 수 없는 그런 감정을 최 여사는 확실하게 숙배로부터 느낀다.

민상건은 대꾸 없이 일어났다.

"점심은 안 했지?"

최 여사가 돌아서는 그들을 향해 말을 던진다.

"네."

숙배는 등을 돌린 채 대꾸한다.

"찬은 없지만…… 준비해 놓겠다. 일찍 돌아오너라."

늙은이같이 최 여사 목소리는 힘이 없고 어떤 불안에 떨고 있는 것 같았다.

밖으로 나오자

"기분 나쁘세요?"

숙배는 묻는다.

"아니."

"제가 잘못한 것 같군요. 무슨 계획이 있었던 건 아니에요. 불현듯 선생님하고 여기 오고 싶었을 뿐이에요."

"신경 쓰지 말어. 난 아무렇지도 않으니까. 숙배 어머니가 걱정하시는 건 당연한 일이야."

당연하다는 말을 할 때 민상건 얼굴에는 쓰디쓴 웃음이 지나간다.

"이십 대의 순진한 청년도 아니구 근엄한 중년 신사도 아니구 온갖 일을 다 겪으니까……."

눈은 멎었지만 나뭇가지에 쌓인 것이 바람에 날려 하늘에서 눈이 내리는 것 같다. 사북사북 눈을 밟는 소리. 사북사북, 그들은 발이 내키는 대로 길도 아닌 숲속을 자꾸 들어간다. 온 천지에 사람 하나 살고 있는 것 같지 않다. 산짐승도 살고 있는 것 같지 않다. 창세기 시대로 두 남녀가 들어가는 듯.

"춥지 않어?"

민상건이 묻는다.

"아뇨."

"떨고 있는데?"

"하지만 얼굴은 확확 달아오르는 것 같아요."

민상건은 숙배의 손을 잡고 자기 호주머니 속에 밀어 넣는다. 민상건의 장갑 없는 손은 따뜻하고 큼지막했다.

"숙배."

"네?"

"눈 속을 가는 것 같아?"

"아뇨. 낙엽을 밟고 가는 것 같은 생각이 자꾸 들어요."

509

손을 꼭 눌러 잡으며

"몹시 추운가 봐."

민상건은 더욱더 손을 눌러 잡는다.

"낙엽을 모아서 불을 지피고 싶은 생각이 있어서 그럴 거야."

"어떻게 선생님이 그걸 아셨어요?"

"내가 그런 생각을 했으니까."

"그런 걸 두고 신비하다 할 거예요."

민상건은 그 말대꾸는 없이

"아무리 가도 눈의 벌판. 동굴이라도 나타나지 않는 이상 우리는 휴식할 수 없어."

"피곤하세요?"

"아니. 아직은 이 눈밭이 좋아. 하지만 무한히 계속된다면…… 그런 생각을 했어."

"무한히 계속된다면 얼마나 좋을까요."

"끝이 없다는 고통은 무서운 거야."

"끝은 있을 거예요. 눈 속에 묻혀서 죽는 일이에요."

"소설 속에선 그런 게 다 아름답지."

"소설도 인생을 흉내 낸 거라면 거짓말은 아닐 거 아니에요?"

"공상과 현실이 어떻게 같을 수 있어? 어린애. 아무 말 하지 말고 걸어봐. 어디 퍼질러 앉고 싶은 자리를 찾게 될걸."

"그럼 눈 위에 앉아요."

"그러지."

그들은 걸음을 멈추고 서로 바라보다가 손과 손을 잡은 채 눈 위에 퍼질러 앉는다.

"강아지처럼 뒹굴어보면 춥지 않을 거예요."

무심히 뇌는데 민상건의 눈이 강하게 빛난다.

"그런 소리 하면 못써. 내가 숙배를 눈사람같이 눈 위에 굴리고 싶어지니까. 나는 여자가 고통을 받는 데 대하여 상당히 쾌감을 느낀다."

하다가 그는 정말 그런 욕망을 느꼈는지 숙배를 와락 끌어당겨 뜨거운 입맞춤을 한다.

바람에 안개처럼 눈이 날아 내린다. 온 천지에는 사람도 짐승도 아무것도 없는 것 같고, 먼 하늘 잿빛 구름이 걷혀지면서 햇빛이 새어 나기 시작한다.

"눈이 쌓여 있는데 햇빛이 나니까 싫죠?"

숙배는 민상건의 포옹에서 풀려나 멀리 황금빛을 띤 구름을 바라보며 작은 목소리로 뇌다.

"눈이 녹지 않는다면 햇빛이 나도 좋겠지."

민상건의 눈도 숙배의 눈과 함께 황금빛을 띤 구름을 바라보며 말했다.

"아직은 햇빛이 나도 눈은 녹지 않아요. 겨울이니까."

"봄이 오기도 힘들어. 질적질적한 것을 겪어야 하니까."

그들은 서로 의미도 없이 나오는 대로 지껄이다가 뭔지 모를, 산토끼였을까, 바람이었을까, 눈가루를 날리며 지나가는 것으로 눈길을 옮긴다.

"일어날까?"

민상건은 무릎을 안고 쭈그리고 앉은 숙배를 돌아본다. 숙배가 고개를 끄덕이자 그의 뺨에 가벼운 입맞춤을 하고 먼저 일어서서 숙배의 팔을 잡아 일으켜 세운다. 그리고 옷에 묻은 눈을 툭툭 떨어주며

"숙배 어머니가 몹시 걱정하실 거야. 이렇게 얌전하게 보호를 해서 데리고 갈 텐데……."

하고 싱긋이 웃는다.

"제 걱정하실 틈이 있을까요? 엄마 혼자의 짐도 무거워서 쓰러지실 지경인데……."

"엄마가 그래서 외로운가?"

"아뇨."

"불평?"

"아뇨, 옛날 같으면……. 하지만 요즘엔 엄마의 마음이 이해돼요."

"나하고 연애하기 때문에?"

"몰라요."

숙배는 민상건을 때리는 시늉을 한다.

민상건은 아까 올 때처럼 숙배의 손을 자기 잠바 호주머니 속에 넣어주며 걷기 시작한다.

"나는 가끔 햇볕 바른 동산에 집을 지어볼까 하는 생각을 해."

숙배는 눈을 반짝이며 민상건의 선이 뚜렷한 옆모습을 올려다본다. 입에서 부드러운 김이 서리고 있다. 눈빛이 반영되어 볼이 더욱 푸르게 보인다.

"그러고는 집의 설계를 하노라고 아주 열중해 버리거든. 어릴 때 모형 비행기를 만들면서 으식으식하도록 느낀 그런 기쁨을 느끼면서 말이야. 하지만 그것은 이내 공중에 떠버리는 환상으로 끝나고 말어."

"왜 그럴까요?"

민상건은 그 말 대답은 하지 않는다. 호주머니 속에 넣은 숙배 손을 꼭 쥐어보면서

"춥지?"

하고 묻는다.

"아뇨."

"떨고 있지 않어?"

숙배는 그 말이 떨어지자 더욱 전신을 으스스 떤다. 얼굴은 사과같이, 머리에 쓴 귀여운 베레모같이 붉게 상기되어 있건만.

"집 짓는 일이 왜 환상으로만 끝나버릴까?"

"……."

"선생님은 땅에 발을 딛고 계시는데, 땅 위에 집을 이룩하지

못할 것도 아닌데, 조그마한 비둘기장 같은 거라두 왜 환상으로 끝이 나버릴까요?"

구름같이 떠돌아다니는 듯 잡을 수 없는 남자의 마음을 손아귀에 꼭 쥐어보고 싶은 슬픈 집념 같은 것이 숙배 말 속에는 담겨져 있었다. 집을 짓는다면 마음도 정착하리라는 생각에서.

민상건은 오랫동안 대꾸가 없다가

"비둘기장 같은 집?"

하고 혼자 뇌어본다.

"내가 소년이라면 퍽 실현성이 있는 꿈이지. 비둘기장 말이야."

하고 덧붙인다.

"제가 묻는 말에는 대꾸하시지 않네요."

"처지가 그렇지 못하기 때문이지. 그래서 공상하는 것만도 쑥스럽고 유치해서 나이 많은 여자가 인형을 갖고 노는 기분이 든단 말이야."

"처지가 그렇지 못하기 때문에……. 아니, 마음이 그렇지 못하기 때문에 그러는 것 아니에요?"

그러나 민상건은 평소와 같이 마음이 그렇다는 대답은 하지 않았다.

"그 집 속에는 반드시 여자가 하나 있어야 하거든."

"그래서요?"

"그 여자를 놓아볼 수 없거든. 그러니까 집은 안 된다는 이야기야."

"그러니까 처지가 아니구 마음이 아니에요?"

민상건이 말한 '그러니까'에 힘주어 숙배는 되풀이했다.

"아마도 처지가 먼저였을 거구, 마음은 나중에 그렇게 된 거지."

"어째서요?"

"아까 숙배 어머니가 날보고 무슨 말을 했는가 아나?"

"……."

"결혼했느냐고 묻더군."

"……."

"했다고. 물론 했으니까 그럴 수밖에 없지만, 내 가정은 물속에 가라앉았고 내 유치한 꿈이 이따금 공중에서 번득이다가 사라지곤 하지."

"……."

"밤에, 그도 술이 취해서 자다가 깰 때 문득 집을 지어보고 싶은 생각이 들곤 해. 그러면 나도 모르게 일어나서 종이를 찾고 연필을 찾아 우선 집 모양을 스케치하고 내부를 설계하고 뜰에는 정원수를 배치하고 분수를 만들고 조각을 세우고 문까지, 아니 식당의 탁자, 의자까지 디자인하고 있단 말이야. 아주 치밀하게 계획성 있게, 마치 내일이라도 햇볕이 찬란한 언덕 위에 집을 지을 것처럼. 그러다가 창문이 밝아온 것을 깨닫고 막 웃음이 터져 나온단 말이야. 흩어진 종이를 쓸어모아 찢어서 난로 속에 집어던지고 나면 목이 컬컬해진단 말이야. 그러면 마시다 내버려 둔 다 식어서 싸늘한 커피를 부어서 마시면 입술 안에 남는 커피 찌꺼기가 참 처량해지더군. 장난치고는 너무 심각했으니까 말이야. 부엌의 하수도 구멍까지 생각하고 있었으니까 말이야."

민상건은 껄껄 소리를 내어 웃어젖힌다. 그는 좀 흥분해 있었고 전에 없이 말소리는 높고 빨랐던 것이다.

"선생님?"

"이제 그런 얘기 그만두자. 집이 가까워졌어. 숙배 어머니가 시간을 재고 계실지도 모르니까."

"그 설계하신 것 요다음엔 찢지 마시고 절 주세요."

"내 대신 숙배가 집을 지을래?"

"먼 훗날에요."

"그런 건 신랑 될 사람이 다 해주는걸."

숙배는 민상건 호주머니 속에서 손을 뽑고 그의 앞을 막아서듯 하며

"신랑은 선생님이세요."

"농담은 그만두고."

민상건은 다시 숙배의 손을 잡는다.

그들이 산장으로 가는 오르막길로 들어섰을 때 언덕바지에 식모가 서 있었다. 숙배가 먼저 그를 발견하고 민상건으로부

터 좀 멀리 떨어졌다.

"추운데 아주머니 왜 여기 나와 계세요?"

"사모님이 점심 준비됐다고 어서 손님 모시고······."

"우릴 찾아 나오는 길이었군요."

"네."

심상찮은 분위기를 느낀 것인지 식모는 우물쭈물한다. 민상
건은 쓰게 웃는다.

응접실로 들어갔을 때 최 여사는 식모를 보낸 변명 비슷하게

"점심이 다 된 것 같아서······. 너 이런 날에 레인코트를 입
고 오면 어쩌니? 감기 들라고······."

은근히 그들 사이의 공기를 살피며 최 여사는 전에 없이 숙
배 옷에까지 간섭하고 진짜 걱정은 따로 있는데 감기 들까 봐
걱정을 한다.

"눈이 오시는걸요. 눈 오시는 날은 그다지 춥지 않아요."

숙배는 코트를 벗어놓고 불 옆에 앉는다.

"여름이면 이 뒤 숲속이 참 좋겠더군요."

민상건은 최 여사의 마음을 뚫어보는 듯한 눈초리로 말
한다.

"글쎄요······ 여름에는 노('노상'의 뜻―편집자) 강가에만 나가봐
서······. 민 선생께서는 애기가 몇이나······."

숙배에게 압력을 가하듯 최 여사는 이야기를 비약시킨다.
숙배의 얼굴빛이 확 변한다. 긴장한 표정을 창밖으로 돌리면

서. 그러나 민상건 입에서 나오는 말을 기다린다.

"하나 있었지만 죽었습니다."

"아, 그러세요. 그럼 현재는 애기가 없군요."

"네."

"부인이 적적하시겠군요. 아직 젊으셨을 테니까. 또…… 실례지만 부인께서는 나이?"

숙배의 눈이 날카롭게 최 여사 얼굴 위에 박힌다.

"별로 좋은 축에 들지 못하는 처지여서 저는 저의 사생활에 관해서는 이야기 안 합니다."

못을 박듯, 최 여사의 얼굴이 살짝 붉어진다. 대담하고 많은 사람들을 대해온 최 여사였고 또 딸에 관한 일인 만큼 그 이상의 말도 할 수 있고 물어볼 수 있는 형편인데 최 여사는 처음부터 민상건에게 눌리는 기색이었던 것이다. 애써 감추려 하지도 않았고 이야기하고 싶지 않은 것을 억지로 하려고 들지 않는 그의 태도에는 마음대로 다칠 수 없는 어떤 힘이 있었던 것이다.

'이건 더 위험하다. 그러니까 숙배가 자꾸 끌려가는 것 아닐까?'

최 여사는 자기 자신의 지난날을 보는 것 같아서 불현듯 숙배에 대한 깊은 연민을 느낀다.

민상건은 파이어 플레이스 위에 놓인 조그마한 흉상을 손에 들고 보며

"이거 이윤길 씨의 작품이군요."

자연스럽게 굳어진 공기를 풀어주듯 말한다.

"어디서 선물로 들어온 건가 봐요, 이 댁의 한 박사에게. 우리는 조각 같은 것 잘 모르니까요."

민상건은 이 산장이 남의, 즉 한 박사의 것이라는 것을 알면서 그의 주의대로 아무 질문을 하지 않는다. 화제가 궁했지만. 이때 복도 쪽에서 발소리가 들렸다. 점심상이 들어오는 모양이다.

도어를 열고 들어온 식모가 한구석에 있는 탁자 위에 음식을 마련하는 동안

"우리나라처럼 가난한 곳에서 예술, 특히 조각 같은 것 해서 생활이 되나요?"

최 여사는 평범한, 듣기에 따라서 모욕이 될 수 있는 질문을 한다.

"그런 일 아니라도 어디 생활이 됩니까?"

민상건은 여전히 능숙하게 우스개로 받아넘긴다.

"그렇지만 다른 것은 직업일 수 있지만. 실례입니다만 민 선생님은 그것을 직업이라 생각하시는가요?"

"별로 생각해 본 일 없습니다. 직업이라고 혹은 직업 아니라고도⋯⋯."

"그렇지만 생활에는 책임을 지시죠?"

"그것도 별로 의식한 일이 없군요. 어쩌다가 하고 싶기도 하

고 말고 싶기도 하는 일이 있으니까. 혼자 생활을 궁하게 해본 일은 없었습니다."

혼자 생활이라 말했을 때 최 여사의 고개는 갸웃하게 기울어진다. 그러다가 더욱 의심나는 눈으로 민상건의 모습을 살핀다.

"저 준비가……."

식모가 말하자

"찬은 없지만……."

하고 최 여사가 먼저 일어섰다. 숙배는 종시일관 입을 다물고, 그러나 식탁 앞에 앉자 그는 민상건과 최 여사의 식사 시중을 말없이 들었다.

"예술가들 중에는 이상 성격자들이 많다는 얘기를 들었는데 민 선생께서는 그 점을 어떻게 생각하세요?"

최 여사는 식사를 하면서 다시 질문을 던진다. 예술 애호가들의 흔히 있는 그런 질문이었으나 최 여사가 묻는 의도는 확실히 다른 곳에 있었던 것이다.

가정 문제는 고사하고 호텔에 여자를 데리고 간 것을 목격한 만큼, 민상건의 도덕적인 견해를 알아보고 싶은 심정에서 그런 유도 심문 비슷한 말을 했던 것이다.

"이상 성격자가 많은 모양입니다. 도덕의 기준에서 볼 때."

"민 선생님은 도덕을 부정하십니까?"

최 여사의 목소리는 꽤 날카롭다.

"자꾸 저를 실험대에 올리시는데 마치 원숭이나 모르모트가 된 느낌입니다. 이상 성격자들은 아마 그런 것 제일 싫어하겠죠."

여지없는 말이다. 최 여사의 말은 다시 막힌다. 민상건은 아주 유쾌한 얼굴로 웃으며

"아마 좀 정직한 친구들이겠죠. 아니면 지독한 악마들이든지. 본능은 정직한 한편, 정직하기 때문에 반도덕적이 될 수 있지 않을까요? 진정으로 효성에 가득 찬 자식이 이 세상에 그리 흔하겠습니까? 그런데 효자는 더러 있죠."

"그 뜻 잘 모르겠는데요?"

"누구나 죄의 마음을 갖고 있는데 그것을 몹시 두려워하고 있다는 그 말이죠. 마음이란 보이지 않는 거니까 감추고 있다는 이중의 괴로움이 따르지 않겠습니까? 그런 것 감당할 수 없어서 발광하는 친구들이 소위 예술가들에게 많다는 거죠."

그 말에는 수긍이 간 듯 최 여사는 잠시 수저를 멈추고 김이 오르는 식탁을 내려다본다.

"사실은 그런 괴로움, 예술가 아니라도 클 거예요."

한마디 뇌는데 최 여사 얼굴에는 어떤 친근미가 나타났다.

크리스마스를 며칠 앞둔 거리는 온통 들떠 있고 오가는 사람들의 의복도 색채적인 것이 느껴진다. 실속 없고 허황한 크리스마스 카드를 즐빗이 걸어놓은 노점 앞을 여학생들이 서성

대고 자선냄비 옆을 무심한 사람들은 그냥 지나가고만 있다.

"애, 저것 좀 봐. 굉장한 걸 만들어놨구나."

함께 걸어가다가 은자가 인애의 소맷자락을 잡아끈다.

"뭔데?"

인애가 목을 비틀듯 고개를 돌린다.

"저 크리스마스 케이크 말이야. 저만하면 몇 사람이나 먹을 수 있을까? 무지무지하게 크다, 인애."

"스무 명은 먹겠구나."

"스무 명이 뭐냐? 삼십 명은 더 먹겠다."

"너 먹고 싶으냐?"

"아니."

"그럼 왜 침을 삼키니?"

"애두, 누가 먹고 싶어 침을 삼켰니? 하지만 저거 하나 사가지고 우리 녹지대 군사를 모아서 멋진 크리스마스 파티를 했음 싶었지."

"술꾼들이 누가 그런 것 반가워할 거라구. 궁해지니까 너 자꾸 그런 것 눈에 띄는 것 아니냐?"

"그럴지도 몰라. 따스한 방에 크리스마스트리를 꾸며놓고 가족들이 모여서…… 멀리 가버린 친척들도 돌아와서 따끈따끈한 차를 마시며 선물 꾸러미를 끌러보는 그런 것이 불현듯……."

"부러우냐?"

"음."

은자는 쓸쓸하게 고개를 끄덕인다.

"언제나 뜨내기 같애."

은자는 혼잣말처럼 뇐다.

"형식만 찾으면 뜨내기 같은 기분에서 해방되겠니?"

남의 일처럼 지극히 담담한 표정으로 말했으나 오히려 더 은자보다 쓸쓸하게 느껴진다.

"형식이 아니지. 모두가 훈훈한 속에서, 그런 분위기에서 말이야."

"시집이나 가렴. 애기 낳고 그럼 애 아빠가 선물 사가지고 돌아올 것 아니냐?"

"흠."

두 사람은 한동안 말없이 걸어가다가

"그리 쓸쓸한 것만도 아니다. 우린 지금 선물 사러 가니까 말이야."

인애의 맥 빠진 소리다. 그들은 은자 동생 은진의 선물을 사러 가는 길이다. 그러나 그들이 쓸쓸한 것은 다 같이 고아에 가까운 처지도 처지려니와 서로가 다 그들 애인과의 사이가 원만치 못한 데 그 원인이 있다.

은자는 박광수를 만나지 못한 지 오래되었고 인애도 김정현을 만난 지 꽤 오래된다. 오래될 뿐만 아니라 시골에 내려간 채 그로부터는 아무런 소식도 없었다. 따뜻한 방에서 크리스마스트리가 장식된 곳에 따끈따끈한 차를 마시며 선물 꾸러미를 끌러보는 것은 먼 훗날의 꿈일지라도 그들은 사랑하는 사람과 그 밤을 함께 거리라도 걸어보고 싶은 간절한 바람은 있었던 것이다. 더욱이 그들이 멀리 몸과 마음이 있다고 생각하는 지금에 있어서는.

"용기를 내는 거다. 녹지대 친구들이라도 데리고 거리를 쏠면 됐지 뭐."

인애는 말하며 은자의 팔을 끌고 미도파 백화점으로 들어간다.

"오래간만에 오니까 참 휘황하구나. 요지경 같다."

은자가 촌뜨기같이 사방을 둘러본다.

11. 동요動搖

찬란한 불빛 아래 오가는 사람들의 모습은 화려하건만 인애와 은자의 모습은 어딘지 으스스 추워 보이고 가난하게 보인다.

그것을 의식하고 서로 쳐다보며 빙긋이 웃는다.

"명동을 쓸고 다니던 멋쟁이가 왜 그 꼴이 됐니?"

인애가 놀려준다.

"이게 정상이지."

은자가 대꾸한다.

"그래 맞어. 그게 정상이다."

"그런데 은진일 뭘 사줄까? 사내애니까, 계집애 같음 좋은 게 많은데, 인형을 사줄 수도 없구……."

"스웨터나 사주렴."

"돈이 모자랄 거야."

"따로따로 하지 말구 우리 합자하면 된다."

"그럴까?"

그들은 양품점 앞에 가서 남자용 스웨터를 이것저것 만져 본다.

"마음에 안 들어."

인애가 중얼거리니까 점원이 경멸하듯 인애를 힐끗 쳐다 본다.

'마음에 안 드는 게 아니구 돈이 적은 거지 뭐.'

하는 것처럼. 사실 인애는 소매 끝이 닳아빠진 외투를 입고 있었으니까.

"은자야, 딴 데 가보자."

인애는 은자의 팔을 잡아끈다.

"흥!"

공연한 헛수고만 시켰다는 듯이 점원이 코웃음 치는 소리가 뒤에서 들려온다.

"망할 계집애, 지독하게 인상 쓰는구나."

인애가 피, 하고 웃다가

"스웨터 말고 스케이트가 어떨까?"

"돈이."

"애, 돈 돈 하지 말어. 어떻게 안 되겠니? 마음이 가난한 자에게는 복이 없나니. 너 언제부터 그리 구두쇠가 됐니?"

"남의 신셀 안 지고 살아야지."

"얻어먹는 것도 괜찮아. 비굴해지지만 않는다면."

"오만해지지 않고 주는 사람, 비굴해지지 않고 받는 사람, 그런 귀족이 요즘 세상에 어디 있어?"

"몇 사람은 있겠지."

그들은 아래층을 둘러보고 이층으로 올라간다.

"하기는 은진이가 벌써부터 스케이트 하나 있었음 했었지. 좋아하겠지만……."

은자는 마음속으로 생활비를 계산해 보듯 입술을 달싹거린다.

결국 그들은 스케이트를 살 것을 결정하고 흥정을 끝냈다. 인애는 외투 호주머니 속에서 오천 환을 꺼내어 놓으면서

"나머지는 네가 내."

한다. 은자는 재빨리 사천 환을 꺼내어 보태주고 나서

"너 돈 어디서 났니?"

하고 성급하게 묻는다.

"간밤에 골목에서 털었지."

하고 사내애처럼 껄껄 웃는 바람에 스케이트를 포장하고 있던 여드름투성이 점원이 씩 웃는다.

"미쳤나 봐."

"왜? 나뻐?"

"남 듣기 사납다 애, 농담이라도 뭘 그런 농담을 하니?"

점원은 이 돈을 세어 넣고 꾸러미를 밀어내며 아주 싸게 사가는 거라고 몇 번이나 되풀이한다.

그들이 이층에서 내려오는데 공교롭게도 한철과 부딪치고 말았다.

"어?"

한철은 뜻밖의 해후에 퍽 놀라면서 반가워한다.

"경기가 좋은 모양이지? 선물 사러 나왔나?"

"경기가 좋기는요. 구걸하다시피."

인애가 웃는다.

"선생님은 뭘 사러 오셨어요? 사모님 선물?"

하다가 은자는 혀를 날름 내민다.

"사모님? 아무래도 청첩 돌린 기억이 없는데?"

한철은 전보다 영 풀려버린 듯한 은자를 보고 기분 좋게 웃는다.

"아무리 기자 노릇 하지만 축의금 얻으려고 번번이 거짓부리 할까?"

인애가 실없는 오금을 박는다.

"차나 하러 가자."

한철은 그들을 데리고 지하실에 있는 다방으로 내려간다. 자리에 앉자 커피를 주문한 뒤

"뭘 샀어?"

꾸러미를 넘겨다본다.

"스케이트예요."

"누구 것?"

"애인, 합자했어요."

"참 나이 어린 애인도 다 있구나."

그 말에 은자와 인애는 함께 소리 내어 웃는다.

"그런데 선생님은 미도파에 뭐 하러 오셨어요?"

인애가 묻는다.

"속셔츠나 한 벌 사 입으려고. 이번에 시골로 취재 내려갔더니 여관에서 속셔츠가 말이 아니라는 것을 깨달았거든."

"어머, 가엾어라. 그럼 우리가 사드릴걸. 단, 돈은 선생님이 내시고요."

"빛 좋은 개살구 아닌가."

농담을 주고받으며 커피를 마시다가 인애의 눈이 한구석으로 간다. 까만 외투를 입은 소녀가 앉아 있다. 그는 누구를 기다리는지 다방의 문이 열린 때마다 눈이 뛰고 사람이 들어오면 실망에 울상이 된다. 소녀는 여러 번 시계를 들여다보곤 한다.

"선생님은 어디 안 가세요?"

인애는 소녀에게 눈을 박은 채 묻는다.

"어디?"

"뭐 특파원으로 말예요. 외국으로요."

"부탁할 게 있어서 그러는구나."

"정말 빠르시네요. 선생님이 외국에 계셨더라면 크리스마스 때 뭐 선물 하실 것 아니에요?"

"이번에 하라는 뜻이군. 미안하지만 예산이 없어서. 그 대신 오늘 저녁 한턱하지. 기자의 저녁 얻어먹는 걸 영광으로 알고."

"아쭈, 또 막 재시네요."

하는데 구석에 앉아 있던 소녀가 몸을 일으킨다. 더 이상 비참하게 앉아서 기다릴 수 없다는 표정. 그는 쫓기듯 울상이 되어 인애 옆자리를 스치고 지나간다.

"바람맞았는가 봐요."

인애가 중얼거린다.

"누가?"

"지금 막 나가는 소녀 말예요. 절박한 얼굴이에요."

"그런 걸 보면 인애는 기분이 어때? 동정하나?"

"위안을 받아요."

"위안?"

"네. 저도 저렇게 바람을 맞은 일이 많았거든요."

"그래서 위안을 받는다면 악취미 아냐?"

"나쁘죠. 하지만 이상한 쾌감을 느끼거든요. 제 자신을 보는 것 같아요."

순간 인애 얼굴에는 지나간 날의 괴로움과 또한 곁을 살랑 스치고 지나가 버린 듯한 김정현의 아쉬운 애정이 되살아나 쓸쓸한 표정이 된다.

"여전히 자신만만하구나."

한철이 핀잔을 준다.

"그럴 리가 있나요?"

"거짓말이 아니라면 그건 더욱더 자신이 있어서 말한 게야."

"가진 것 없는 사람에겐 없어봐도 그게 그거 아니에요? 있어야만 잃어버리는 슬픔이라도 있겠죠."

"좋은 말이다. 허나 그렇게 되기까지는 갖고 싶은 욕망 때문에 괴로워들 하지."

인애는 싱긋이 웃는다. 주로 인애하고 이야기를 주고받는 한철의 얼굴은 퍽이나 담담하다. 처음 미도파 층계 위에서 그를 만났을 때도 은자를 바라보는 그의 눈매는 전과 같은 그런 갈등의 빛이 없었지만.

은자는 두 사람의 이야기를 들으면서 어떤 안도의 감정과 자기로서는 전혀 예측할 수 없었던 서운한 느낌을 씹어본다. 한철이 아주 간단하게 자기에 대한 감정을 청산해 버렸다는 데 대한 안도감인 동시 서운함이다. 그리고 새삼스럽게 굵은 선이 광선을 따라 떠오른 듯한 한철의 옆모습을 숨어 본다. 귀공자처럼 귀엽고 세파에 시달리지 않는 박광수의 가는 선과는 딴판이다.

믿음직스럽고 불안이나 열등의식을 갖지 않아도 좋을 것 같은 넓은 가슴팍, 은자는 문득 외로워지는 자기를 아프게 느끼고 눈길을 돌린다. 그리고 다 식어버린 찻잔을 들고 커피를 마신다. 입속에 스며드는 싸늘하고 씁쓸한 맛.

'나는 내 나이 또래의 아이들보다 많이 살았어. 좀 더 인생을 알고 있어. 어머니를 통해서 내 눈으로 보고 들은 것, 부자연스러운 짓은 해서 안 돼. 생활 감정이 다른 사람하고, 아무리 신파적인 시절이 지나고 애정의 형태가 달라졌다 하지만 같은 사람끼리 함께 살아야 해. 그런데 난 왜 이런 생각을 하지? 아직은 나이 어리지 않아? 고달프다고 덮어놓고 기대려고?'

두서도 없이 그런 생각을 하는데

"은자는 어때? 일에 좀 익숙해졌나?"

하고 한철이 묻는다. 인애를 대하는 것과 조금도 다름이 없이

"이제 제법이에요."

은자는 웃으며 대꾸하다가

"우리 지금 가서 선생님 속셔츠 골라드릴까?"

자기 자신도 모르게 한 말이다.

"음!"

한철은 어리둥절하다가

"아, 괜찮아."

하고 간단히 거절을 한다. 실은 속셔츠 이야기를 할 때 은자는 무척 가깝게 한철을 느꼈고 마음 한구석이 짼했던 것이다. 그 짼했던 마음이 무심결에 나와버린 것이다.

한철은 다시 인애를 상대로 취재차 내려갔던 섬의 아이들

이야기를 시작한다. 인애는 그 이야기에 흥미를 느끼는 듯 열심히 듣고. 은자는 뭔지 견딜 수 없는 기분에 사로잡혀 그들의 대화를 귓가에 흘리며 앉아 있다.

'어쩌면 난 한 선생님의 기분을 오해하고 있었던 것이나 아닐까? 단순한 동정에 지나지 못한 친절을 공연히 경계하고. 그래서 한 선생님은……'

은자는 혼자 얼굴을 붉힌다.

인애와 한철이 한참 동안 이야기를 하다가

"어때, 안 가겠어? 저녁 먹으러."

한철이 담뱃갑을 호주머니에 밀어 넣으며 일어선다. 인애는 따라 일어섰으나 은자는 생각에 잠겨 멍하니 앉아 있다.

"얘, 뭘 하니? 넋 빠진 것처럼."

인애가 어깨를 치는 바람에 은자는 깜짝 놀라서 용수철같이 일어선다.

"누굴 그리 골똘히 생각하고 있는 거야? 점잖지 못하게. 꽤 마음이 쓰이는군."

한철은 조금도 그늘 없는 농담을 던지고 웃는다. 그 얼굴을 은자는 힐끗 흘겨보면서 떠밀려 나간 사람처럼 무안하고 어색한, 어쩌면 울어버릴 것 같은 얼굴이 된다.

"매사가 형통치 못한 모양이로군. 근심에 가득 차서."

한철은 이죽거리듯 다시 말했다. 단념을 해버렸으나 눈앞에서 다른 사람을 위해 그럴는지도 모르는 은자의 얼굴을 보는

데 한철은 저 자신도 모르게 은자 마음에 상처 주는 말을 내뱉었던 것이다. 그러나 은자는 그렇게 받지는 않고 한철이 자기를 조롱하고 있다고 생각했다.

'주제넘게 내가 뭐 너에게 딴마음 먹고 있다고 생각하나? 그건 터무니없는 오해야. 처지가 딱해서 조그마한 휴머니티를 베푼 것밖에. 계집애들이란 조금만 친절해도 그렇게 넘겨짚어 버리거든.'

은자는 그런 뜻으로 받았다. 사실 한철도 은자가 그렇게 생각해 주기를 바랐는지도 모른다. 은자가 자기 아닌 다른 사람과 진실로 행복하게 되기를 바랄 만큼 한철은 그렇게 선량할 수는 없었던 것이다.

이와 같은 상호 간의 미묘한 분위기를 인애는 곧 알아차린다. 그리고 마음속으로 재미나게 혼자 웃는다.

'한 선생님은 생각보다 훨씬 유치하고 단순한 분이야. 은자 계집애는 영리하게 주판을 놓다가 그만 나가떨어지는 기분이구. 재미나게 전개되어 가는구나. 어차피 그 콩나물같이 약하디약하고 계집애처럼 기분이 예쁘장한 애인이 발버둥치다가 저 서부 사나이 같은 한 선생님에게 은자를 빼앗길 거야. 배반의 상처를 안고 미국 유학을 떠난다. 착 들어맞는 코스지 뭐. 은자는 홍차를 끓여서 시부모님 앞에 나가는 것보다 된장찌개나 보글보글 끓이며 후생주택(일반 서민들이 어렵지 않게 장만할 수 있도록 지은 주택-편집자)에서 한 선생님을 기다리는 편이 훨씬

낫다.'

인애는 왼편의 우울한 은자를 살펴보고, 공연한 소리를 했다 싶어 약간 성난 얼굴을 하고 있는 오른편의 한철을 살펴보며 걷는다. 그리고 애정이란 참 미묘하게 사람들을 광대로 만드는구나 하고 생각한다. 김정현과 자기의 꼴을 누가 옆에서 관찰한다면 역시 그것도 광대 같은 느낌일 거라고 인애는 쓴웃음을 혼자 띠는 것이었다.

한철은 싸구려 식당으로 가지 않고 K호텔 안에 있는 식당으로 앞서 들어간다.

"양식 먹는 법을 가르쳐주어야지."

한철은 어색한 웃음을 웃었으나 은자를 쳐다보지는 않는다.

"어머, 사람을 뭘루 보시는 거예요? 저희들이 한 선생님께 정식으로 알려드릴게요. 막걸리꾼이 아마 잘 모르실 거예요."

"까불지 말어."

한철은 식탁 위에 놓인 메뉴를 은자 앞으로 쓱 내민다.

천천히 음식을 먹으면서 한철은

"아까도 얘기하다 말았지만 어때? 인애는 그런 곳에 가보고 싶지 않아?"

"글쎄요……"

"그런 섬에 가서 한 일 년 있어보는 것도 좋을 텐데. 인애는 애들 싫어하나?"

"아뇨. 코 묻은 애들 보면 즐거울 거예요."

"그럼 용기를 내서 한번 가보지."

"선생님은요?"

"나? 나는 이상이 없어서 안 돼. 너무 때가 묻어버렸어."

"왜 저만 보고 그러세요? 은자는 어떨까요?"

"은자?"

한철은 빵에 버터를 묻혀서 먹는 은자를 힐끗 쳐다본다.

"아마도 은자는 안 될걸."

"왜요? 저도 너무 때가 묻어버려서 그럴까요?"

은자는 성난 소리로 말하고 저도 모르게 한철을 노려본다.

"은자는 현실주의자니까 서울에서 못 떠날 거야."

"맞았어요. 난 코 묻은 애들 좋아하지 않아요. 남을 돕는다
는 생각도 없구요. 저 자신의 일만으로도 머리가 가득 차서 감
당을 못 하겠는걸요."

"쓸데없이 핏대 올리지 말어. 아마 한 선생님은 너를 서울에
두고 가끔은 보고 싶어서 그러실 거야."

은자는 무안하여 더욱더 성이 난 얼굴을 한다. 그러나 한철
은 냉랭하게 아무런 반응도 나타내지 않았다. 그리고 하던 이
야기를 다시 계속한다.

"인애가 간다면 내가 적극적으로 후원해 주지. 신문에다 말
이야."

"어머, 싫어요. 그렇다면 갈 것도 안 가겠어요. 신문에 대문
짝만 한 사진이 나올 것 아니에요? 병아리 여류 시인, 섬으로

가다. 호호홋……. 끔찍스럽게 누가 그런 광대 노릇을 해요?"

"왜? 유명해지고 싶지 않는가?"

"유명해지고 싶지만 그런 식으론 싫어요."

"자의식의 과잉이군. 좀 순진해 보면 어때?"

했으나 한철도 그 일에 그리 깊이 열중하는 것도 아니었다. 그는 다만 은자에게 가는 관심을 돌려버리는 한 수단으로. 하기는 전혀 그 일에 대하여 방관적인 것은 아니었지만.

"농담은 이제 그만하구요. 선생님?"

인애는 좀 심각해지며 한철을 부른다.

"저 가고 싶은 생각이 들어요. 얼마나 오래 가 있을지 자신은 없지만."

"가겠어?"

"단, 신문 같은 데 떠드는 건 싫어요. 선생님은 자의식의 과잉이라 하시지만 떠들어대면 동기가 불순해지지 않아요? 그리고 책임을 져야 하거든요."

"그럼 책임 안 지고 하겠다는 건가? 소풍 나간 기분으로?"

"그런 게 아니에요. 그렇게 광고가 되고 보면 그것 때문에 자기를 얽매어 두는 건 억지거든요. 억지로 하는 짓 그건 애정이 아니에요. 제가 줄 때는 순수하게 주고 싶어서 주어야 할 것 같아요. 코 묻은 애들이 귀여워서, 그래야만 일을 할 것 같아요. 그런 뜻에서 뭐 무슨 대단한 사명감이니 뭐 책임이니 하는 따위 싫어요."

인애의 푸른 눈동자가 가만히 가라앉는다. 그리고 추운 데서 얼었던 뺨이 불그스름하게 녹는 듯 아름답다. 한철의 표정도 아까보다는 훨씬 진지해지며

"인애 말이 옳기는 옳아."

나직이 뇐다.

이야기하고 있던 인애의 눈이 식당 문으로 간다.

'……?'

한철은 인애의 시선이 옮겨진 것도 모르고 깨끗이 접시를 비우면서 연신 이야기를 계속하고 있다.

'음…… 현행범이다!'

인애는 옆 사람에게 눈치채지 않게 마음을 쓰며 웨이터의 안내를 받아 창가 자리에 가서 앉는 남녀를 주의 깊게 살핀다. 그들은 서로 마주 보고 앉으며 웃는다. 하흥수 씨와 누군지 모를 젊은 여자. 인애의 눈은 여자에게 주로 간다. 그러면서도 한철의 말에 적당히 맞장구를 치면서.

'예쁘게 생겼구나. 누굴까? 큰아버진 저런 일 없는 거로 알았는데? 또 웃는군. 행복하게? 제자도 아냐, 누굴까? 누구?'

인애는 궁금하여 견딜 수 없다. 그리고 최 여사의 사건이 단순한 평상시의 불만이나 고독감 때문이 아니라는 것을 깨닫고 그는 몹시 흥분한다.

"나도 뭐 인애가 오래 섬에 있으리라는 생각도 안 하고 또 그렇게 되기를 바라지도 않어. 하지만 인애는 아직 어리니까.

얼마든지 이쪽저쪽으로 인생을 쪼개 쓸 여유가 있거든. 그런 경험은 장래 퍽 큰 도움이 될 거야. 그리고 인애가 장차 시를 쓰든 안 쓰든 간에 도시 이 명동서만 부글거린다는 것은 뭔가 모자라는 결과가 될 거야."

"그럴 거예요."

건성으로 대꾸하며 눈은 자꾸 하홍수 씨 있는 편으로 간다. 하홍수 씨는 인애 편에서 볼 때 모로 자리하고 있었기 때문에 옆얼굴만 볼 수 있고 따라서 그는 아직 인애가 한 식당에 앉아 있는 것을 모르는 모양이다.

"어딜 자꾸 그리 보나."

이야기를 하다가 한철의 눈이 인애의 눈 간 곳으로 간다. 은 자의 시선도 그리로 간다.

"아, 아니에요."

했으나 이미 늦었다. 한철의 눈은 하홍수 씨를 보는 것보다 앞서 여자 옆얼굴에 못 박힌 듯, 얼굴이 해쓱하게 변한다. 은 자는 주의 깊게 한철의 달라진 얼굴을 본다. 한철은 입이 붙어 버린 듯 말을 하지 않았다.

"아시는 분이에요?"

인애가 나직한 소리로 묻는다.

"아, 아니."

했으나 그 말투는 알고 있다는 뜻을 강하게 풍겨주고 있 었다.

한철의 눈이 천천히 하흥수 씨에게로 간다. 그래도 그들은 모르고 웨이터가 날라온 음식을 먹으며 조용조용히 이야기를 나눈다.

"인애 큰아버지 아니야?"

"네, 큰아버지예요."

"로맨스그레이로군."

한철의 입가에 비웃음이 퍼진다.

"아닐 거예요."

"뭐가?"

"저 여자 말예요."

"누가 뭐랬어?"

한철의 삭막한 얼굴을 은자도 인애도 놀라는 눈으로 바라본다.

"아마 제자일 거예요. 우리 큰아버진 퍽 품행이 단정하시니까요."

필요 이상으로 두둔하여 인애는 싱긋이 웃는다.

"퍽 품행이 단정해서 부인이 자살소동을 일으켰나?"

한철의 말은 맵기 이를 데 없다. 인애는 고개를 갸웃하고 우울한 눈을 한다.

맞은편 여자하고 조용히 이야기를 나누며 식사를 하고 있던 하흥수 씨는 이쪽의 여러 시선을 느꼈음인지 꽤 먼 거리였었는데 천천히 얼굴을 돌렸다. 순간 놀라는 표정을 짓는다. 그러나 이내 인애에게 고개를 끄덕여 알은체했을 뿐, 이곳에 앉은 세 사람이 기대했던 것보다 훨씬 침착하게 다시 여자에게 눈길을 돌린다. 여자는 하흥수 씨가 고개를 끄덕이는 것을 보고, 누구 아는 사람이 있구나 싶었던지 혹은 경계하느라고 그랬던지 얼굴을 돌리지 않고 그대로의 자세로 하던 이야기를 계속하는 눈치다. 그러니까 이쪽에서는 옆모습밖에 볼 수 없었다. 그리고 그 옆모습이 퍽 아름답다는 것, 그것도 은자와 인애의 호기심의 판단이고 한철의 얼굴에는 그 경악의 빛이 자조의 빛으로, 그리고 그다음에는 아주 허탈한 그런 상태로 옮겨져 있었다. 그런 변화에는 인애보다 은자 편이 민감했고 인애는 한철보다 여자 편에 더 관심을 쏟고 있었다. 여자와 한철을 연결시키는 일보다 하흥수 씨와 여자를 연결시켜 보는 일에 더 심각해 있었던 것이다.

왜냐하면 한철은 남이요, 하흥수 씨는 바로 자기의 육친이었기 때문에. 그리고 집안의 불화와 큰 연관이 있을지도 모른다는 생각 때문에. 가정하고 자기하고는 아무런 연줄이 없다는 어딘지 도도했던 생각이 이제는 차츰 달라져 가는 그런 느낌을 지녔기 때문에.

"애, 실례 아니니? 너 너무 쳐다보는구나. 너의 큰아버지가 질려서 목에 밥이 안 넘어가겠다."

은자는 인애의 소맷자락을 살그머니 잡는다.

"음, 음."

인애는 헛대답을 하며 그러나 그 자신도 느꼈는지 시선을 거두고 식사를 빨리 끝낸다.

하흥수 씨도 태연하게 있는 것 같았으나 역시 조카딸의 시선을 부시다 생각했는지 식사를 서두르는 것 같고 여자도 그의 호흡에 보조를 맞추는 것 같다.

인애는 그동안 세 사람 사이에 이야기가 완전히 끊어진 것을 깨닫는다.

"한 선생님?"

"음."

한철이 마음을 고쳐먹듯 대꾸한다.

"저기 저 여성 아시죠?"

"모른다고 하지 않았어."

화를 낸다.

"화를 내시네? 전 여러 가지 뜻으로 좀 알아보고 싶어요."

"그건 인애의 자유 아니야?"

"그러니까 시치미 떼시지 말구. 괜히 큰어머니가 가엾어지네요."

"낡은 이야기로군. 허구많은 사건에 인애 역시 별다른 해석은 못하는 모양이로군."

내뱉듯 말한다.

"인정하라는 얘기예요?"

"할 것도 안 할 것도 없지. 사람을 소처럼 외양간에 묶어둘

순 없잖아."

"하지만 저는 약간 뜻이 달라요. 판단을 해보고 싶은걸요."

"어떻게?"

"저울질해서 어느 편을 택해야 한다는 것. 뭐 그렇다고 해서
우리 큰아버지가 연애하고 계신다는 건 아니에요."

"스스로가 저울질하지 누가 해? 주제넘는 짓이지."

몹시 거칠다. 이때 여자가 슬그머니 고개를 돌려본다. 하흥
수 씨로부터 조카딸이 와 있다는 이야기를 들은 모양이다.

싸늘하고 오시시 추위를 느끼게 하는 형광등 불빛 아래 마
치 마법사가 지팡이 끝으로 살짝 두드리니 순식간에 사람이
돌로 변하는 것처럼 이편을 돌아보던 여자의 균형 잡힌 얼굴
이 빳빳하게 굳어진다. 어깨에 흘러내린 연한 분홍빛 머플러,
안색은 창백하게 질려서 한철이 받은 충격에 비하여 여자의
충격은 더 한층 크고 격심한 듯 보인다.

여자의 창백한 얼굴과는 반대로 노여움에 얼굴이 짙붉어진
한철은 거칠게 외면을 한다. 그러나 여자는 목을 비틀어놓은
병아리처럼 그냥 꼼짝하지 않고 있다가 흘러내린 머플러를 끌
어올리는 시늉을 하며 얼굴을 돌렸으나 몸을 가누려는 듯 두
손으로 식탁을 꼭 짚는다.

인애와 은자는 미처 여자로부터 눈을 돌리지도 못하고 숨을
마시듯 침묵을 지키고 있다. 무슨 일이 크게 눈앞에 벌어질 것
처럼 이제는 실없는 호기심으로 혹은 허물없는 농담 같은 투

로 한철에게 물어볼 수도 없는 그런 압축된 분위기 속에서.

한철은 목이 마르는지 식사 전에 마시다 남은 맥주를 부어 굴컥굴컥 소리를 내며 들이켠다.

"세상이란 요지경 속이야."

무거운 공기를 퉁겨버리듯 맥주잔을 식탁 위에 탁 놓으며 한철이 뇌까린다. 목소리는 목구멍에서 쉬어버린 듯 이상하고 부자연스럽다. 그러나 동굴 속의 여음처럼 언제까지나 울리고 있는 것 같다.

하홍수 씨도 분위기의 압박을 느끼기는 했으나 잘 이해가 가지 않는 듯

'무슨 일이야?'

눈으로 여자에게 묻는다. 그러나 여자는 그 물음의 눈을 묵살하고 빨리 이곳에서 빠져나가고 싶어 하는 애처로운 미소를 띤다. 결국 서둘러 그들은 자리에서 일어섰다.

카운터에서 돈을 치른 뒤 하홍수 씨는 잠시 돌아보고 인애에게 고개를 끄덕인다. 그리고 먼저 간 여자를 뒤쫓아 나갔다.

연한 분홍빛 머플러, 돌처럼 굳었던 균형 잡힌 아름다운 얼굴, 그 짙은 영상이 그냥 남아 있는 것 같다.

그들이 나가고 난 뒤, 한동안 멍청히 앉아 있던 한철이

"인생 도처에 희극이구나. 얽히고설켜 실마리를 어찌 찾아야 할지 모르겠다."

했지만 인애도 은자도 그 여자가 누구냐는 질문을 다시 하

지는 않았다. 인애는 의자에 걸쳐놓은 외투를 들면서 일어
섰다.

"저, 집에 가봐야겠어요."

"사냥개처럼?"

독기 서린 한철의 말이 돌팔매처럼 날아왔다. 물론 인애에
대하여 노여움을 가질 아무런 이유도 없었지만. 인애는 화내
지 않고 심한 상처를 받은 듯 생각되는 한철의 마음을 어루만
져 주는, 어딘지 모르게 어른스러운 표정을 지으면서

"숙배 동생을 좀 만나볼려구요."

"갑자기?"

인애는 외투를 입으며 희미하게 웃는다.

"어른들의 세계에 뛰어드는 것 아냐."

한꺼번에 모든 독기가 다 빠져버린 듯 한철이 쓸쓸하게 웃
는다. 심한 바람에 얻어맞고 힘이 없어진 것처럼.

"저도 그런 것 알아요. 그럼 은자 나 먼저 간다."

다른 때 같으면 같이 가자고 일어섰을 것을 은자는 의자에
몸이 붙어버린 것처럼 우두커니 앉아 있으면서 고개도 끄덕이
지 않는다. 일어서겠다고, 남의 일에 내가 무슨 상관이냐고 생
각하면서도.

"선생님, 그럼 저 먼저 가겠어요."

인애 말에

"마음대로 하시오."

길게 말꼬리를 뽑으며 낮이 선 사람에게 하는 말투로. 그리고 한철은 몸을 의자에 기댄다.

하홍수 씨와 여자가 나가고, 그리고 인애도 나가버린 식당 안이 갑자기 텅 비어버린 빈집처럼 설렁하니 은자의 마음을 친다. 이래저래 복잡미묘하게 되어버린 기분이 스산하게 각기 가슴속에서 갈등을 일으키고…… 눈앞에 빤하게 나타났던 길이 막혀버린 듯, 그래서 멈추고 선 기분……. 서로 얼굴을 대하고 있으면서도 얼굴을 잊어버린 기분.

'곧 크리스마스가 되는데……. 거리는 설레고 선물 꾸러미는 왔다 갔다 하는데…….'

은자는 스케이트를 싼 꾸러미를 내려다본다.

'하여간 어디로 가든지 일어서야지. 일어서서 가기는 가야 할 텐데…….'

한철이 담배를 물고 성냥을 그어대는 바람에 은자는 움칠하고 놀란다.

"서울이 좁다는 걸 알고 있었지만."

담배를 한 모금 빨고 나서

"그러나 한 번도 만나본 일이 없어서 세상이 넓은 건가 하고 때때로 생각했었는데……."

피어오르는 담배 연기를 바라보며, 한철이 혼잣말처럼 뇐다.

"아까 그분 말예요?"

가만히 은자가 묻는다. 그 말대꾸는 하지 않고

"나는 여자 복이 없어. 평생 뜨내기같이 쫓아다니다가 볼일 다 볼 모양이야. 모험심은 강한데 어찌 여자에게는 그렇게 못 하는지 모르겠어. 한 판 두 판 할 것 없이 진작 출발해 버리는 건데, 점점 어려워지는 것 같다. 은자도 우물쭈물하지 말고 일찌감치 낙찰을 지어버려. 여자가 내 꼴같이 되면 더욱 처치 곤란이거든. 여자 편이 더 청승맞고. 안 그래?"

은자가 처음으로 빙긋이 웃는다.

"지금이라도 늦지 않아요. 선생님."

"그럴까?"

비웃음이 지나갔지만 한철은 전과 같은 상태로 돌아온 듯. 그리고 어느새 분위기는 누그러져서 서로가 조금씩 다가앉는 감이 든다. 마음 맞는 세 사람보다 역시 두 사람인 편이 덜 피곤하여 그랬을까?

"이제 우리도 나가지."

한철이 일어섰다.

밖으로 나왔을 때 사방은 어둠에 싸여 있고 어둠이 몰고 온 듯 얼굴을 스치는 바람은 한결 맵고 뼈에 스민다.

나란히 걸어가다가

"은자는 어딜 가겠어?"

하고 한철이 묻는다.

"어딜 가기는요? 집으로 가야죠."

"나하고 술 마시면 안 되겠지?"

"아까 술 마시지 않았어요?"

"그까짓 맥주 두 병……."

"안 될 건 없지만 전 술 마시는 것 싫어요."

"내가? 아니면 은자 자신이?"

"저 자신이 싫어요. 이젠 흐트러지기 싫어요."

"누굴 위해서?"

은자는 어둠 속의 한철을 쳐다본다.

"저 자신을 위해서 그래요."

은자는 얼굴을 돌리며 말한다.

"살기 어렵고 괴로운 일 많아도 그런 식으로 이제 발산하고 싶지 않아요. 더욱더 허황하던걸요. 한때 전 술 같은 것 못하면서 하는 척 어울려 다녔는데 진실로 괴로워서 그랬는지 모르겠더군요. 아마 분에 넘치는 욕망을 어쩔 수 없어서 그랬던 것 같아요. 남이 벌어다 주는 돈으로 먹을 것 입을 것 걱정 안 하면서 모두 답답하다, 나갈 길이 없다, 하고 녹지대에 모였지만……. 그땐 그래도 모두가 어느 구석을 믿고 그랬던 것 아니었을까 싶어요. 녹지대에도 이제 세대교체의 시대가 왔다고 생각해요."

나중의 말은 웃으며 한다.

"세대교체?"

한철은 껄껄 웃다가

"그럼 나는 어디루 갈꼬? 이 늙은 몸이."

하고 다시 웃는다. 은자도 따라 웃는다.

"그거는 그거구. 나 은자하고 함께 걷고 싶은데 은자가 오해 받으면 곤란하겠지?"

"누가요?"

"글쎄……."

"선생님 편이 안 그래요?"

"아직은 임자가 없어서……."

"어머, 처량하게도……. 같이 걸으세요. 저도 임자 없는 몸이에요."

이번에는 두 사람이 함께 소리를 합하여 웃는다. 다 같이 마음이 가라앉는 무엇을 내포하고 있으면서도.

"아까 그분 참 미인이데요."

"음, 미인이야."

이제 한철은 그 말에서 피하려 하지도 않고 모를 세우며 말하지도 않았다.

"왜 그렇게 되셨어요?"

"그렇게라니?"

"아까 그렇게 말예요."

"아까 그렇게……."

"무슨 사연이 있을 것 아니에요?"

"내가 좀 더 순진했더라면 은자 앞에서 울며 고백하겠다만."

한철은 농으로 돌려버린다.

"어느 쪽이 먼저 떠났어요?"

"여자 쪽이지."

"하지만 그쪽에서 더 충격을 받은 것 같았어요."

"맞은 놈은 다리를 뻗고 자고 친 놈은 다리를 웅크리고 잔다
잖아?"

"잊어버릴 수 없겠네요."

"사람마다 일어난 일은 모조리 기억하지. 노망이 들기 전
에는."

"기억에도 성질이 다를 것 아니에요?"

"그야 오만 가지가 다 다르게 마련이지. 은자는 안 그래?"

"만일 잊을 수 없다면 어떻게 될까요?"

"은자의 경우?"

"사람마다 다."

"그래도 땅 위를 걸어가고."

하다가 한철은 지나가는 택시를 잡는다.

"전 걷고 싶어요."

"집에까지 데려다줄게."

한철은 억지로 은자를 밀어 올리고 자기도 차에 오른다. 차
안에서는 서로 입을 떼지 않고 집 앞에까지 왔을 때 은자는

"차 마시고 안 가시겠어요? 아껴둔 커피가 있어요. 인애도
곧 돌아올 거예요."

"그럴까?"

한철은 다소 망설이다가 은자를 따라 집으로 들어간다.

계단에 한 발을 올려놓다 말고 은자는 힐끗 뒤돌아본다. 당황하여 어쩔 줄 모르는 얼굴이 한철을 바라본다. 몹시 민망스러운 현장을 목격당하기라도 한 것처럼. 그러다가 그것은 일종의 공포로 변하더니 얼굴빛이 질린다.

한철이 그 얼굴을 가만히 바라보는데 공포의 빛은 다시 사라지고 무안스럽고 당황하는 빛으로 얽섞인다.

한철은 은자의 마음을 환하게 들여다보듯

"나 이만 돌아갈까?"

하고 묻는다.

"네."

낮은 소리로 대꾸하며 은자는 고개를 숙인다.

"아니야. 기왕 왔으니까 그만 가면 쫓겨난 듯 기분 나빠."

농담조로 말하기는 했으나 은자를 떠미는 팔에는 세찬 압력과 명령의 힘이 있다.

은자는 층계를 올라가면서 한철의 손이 닿은 등이 뜨겁다고 생각한다. 그것은 박광수에게서 느껴보지 못한 흥분이었다. 언젠가 한번 호텔에서 한밤을 함께 밝혔을 때도 그런 강렬한, 끌려가는 듯한 것을 느끼지는 않았다. 자기편이 능동적이면서도 그것은 다분히 의식적인 것이 아니었던가.

방으로 들어온 한철은 외투를 벗는다.

은자도 마치 한철이 외투를 벗으라고 명령한 것처럼 외투를 벗는다. 그리고 어딘지 숨이 찬 분위기가, 아까 계단 밑에서의 그 분위기가 계속되어 있는 듯하여 은자는 아무 말도 못 하고 커피를 끓이기 시작한다. 방 안에 둔 난로에다가. 커피가 다 끓고 은자가 커피를 따라 한철 앞에 놓았을 때까지 두 사람은 한마디도 하지 않았다.

　"설탕은 선생님이 치세요."

　한철은 설탕도 안 넣고 블랙커피를 그냥 마신다.

　"여기 두 번째군."

　커피 잔을 놓고 한철이 입을 뗀다.

　"한 번 오셨죠."

　"음, 그런데 오늘 이렇게 온 김에 서로 얘기 좀 해보는 게 어떨까?"

　"무슨 얘기요?"

　"무슨 얘기냐고 따지면 곤란하지. 음, 은자의 형편을 좀 말해주었음 좋겠어."

　"저의 형편, 선생님은 대강 아시잖아요?"

　"형편이라면 여러 가지 뜻이 있겠지. 물론 은자의 환경이라든가 현재의 처지는 좀 알고 있지. 내가 말하는 형편이란 은자의 결혼문제 같은 거야. 아무 관계 없는 사람이 이런 말 묻는건 주제넘는 짓인지도 몰라. 그러나 어쩌면 나는 관계가 있는지도 모른다는 생각을 하지. 감정이 쫓고 쫓기는 그런 일은 이제 피곤할 뿐이고 좀 구체적으로 가려보고 싶어서, 오면서 그런 생각을 해봤어."

"……."

"단도직입으로 말하자면 은자가 지금 교제하고 있는 남성과 결혼하게 되느냐 그 문제를 나는 알고 싶어."

한철은 담배를 꺼낸다.

"결혼하게 안 될 거예요."

대답은 이내 돌아왔다.

"왜?"

"교제한다고 반드시 다 결혼하게 되나요?"

원망스러운 눈으로 한철을 올려다본다. 초등학교 학생처럼 두 무릎을 모으고 단정하게 앉아서. 한철은 입에 문 담배에 불을 붙인다.

담배 연기를 뿜어내면서 한철은 은자의 원망스러운 눈이 자기를 향한 것인지 혹은 그가 사랑하는 남자로 향한 것인지 구별할 수 없다고 생각한다.

"그러면 결혼과 연애를 따로 생각한단 말인가? 아니면 결혼할 만큼 애정이 깊이 가지 않았다는 말인가?"

"……."

"기분 나쁘게 생각하지 말어. 나는 오늘 밤 내 자신에게 정직하고 싶어서 그러는 거야."

"저는 연애와 결혼을 따로 생각해 본 일이 없어요."

"그렇다면 그 편에서 지장이 있다, 그 얘기야?"

"간단히 말하면 그럴 거예요."

"그런 성의 없이 그럼 은자하고 남자가 교제하고 있단 말이지?"

한철의 이마에 굵은 주름이 잡힌다.

"그, 그렇지는 않아요. 본인은 그걸 원하고 있어요. 아직은 그럴 처지가 못 되지만……."

"납득이 안 가는 이야긴데?"

한철이 고개를 흔든다. 그러자 은자는 자기 감정을 어떻게도 처리 못 하는 안타까움에서 울상이 되며

"저의 열등감 때문이에요."

"애정이 깊으면 얼마든지 처리할 수 있는 문제야."

"좋아하면서 만나기만 하면 그, 그래요. 왠지 모르지만 그 속에 들어갈 수 없는 생소한 걸 느껴요."

하다가 은자는 얼굴을 붉히며

"이런 얘기 왜 선생님한테 해야 합니까?"

그는 뒤늦게 깨달은 듯 화를 낸다. 그는 그 자신도 모르게 고분고분 한철이 묻는 말에 대꾸를 하고 있었으니까. 그러나 한철은 그 말 따위는 귓가에 흘려버린 듯

"그럼 결혼할 수 없는 사람, 은자는 앞으로 혼자 살 작정인가?"

하고 문제를 되돌리며 묻는다.

"결혼할 수 있으면 할 거예요. 이제는 가난하고 불행한 사람하구요."

"동정으로?"

"아니에요. 저가 그 속으로 들어가고 싶어서요."

한철의 이마에 굵은 주름살이 펴지는 듯하다.

"잊어버릴 수 없다면 어떡허겠어?"

목소리가 아주 투박하다.

"경험이 계신 선생님부터 말씀해 보세요."

은자는 처음으로 쓸쓸하게 웃는다.

"나이는 많아도 아직 나는 결혼한 경험은 없는걸."

한철도 피시시 웃는다.

"하지만……."

"실연한 여자 말이야?"

"잊을 수 없지 않아요?"

"오늘 보고서?"

"충격이 크신 것 같아서요."

"그야, 배반을 당했으니까……."

"그럼 저의 경우도 배반하게 될까요?"

"……."

"그렇지는 않을 거예요."

혼잣말같이 중얼거리며 단정하게 함께 모은 무릎을 내려다본다.

"커피 한 잔 더 주겠어?"

한철이 빈 커피 잔을 내민다. 은자는 커피를 부어준다.

두 사람이 이야기에 열중하고 있는 동안 어느새 창밖에서는 눈이 내리고 있었다. 굵은 눈송이가 검은 창문 밖에서 바람도 없이 조용히 날아 내리고 있다. 멀리, 아직 밤도 저물지 않았는데 자동차 클랙슨 소리가 깊은 밤을 느끼게 한다.

그러나 두 사람은 눈이 오시는 것도 모르고 앉아 있다. 마음이 다가앉고 정감이 스며야 할 것을 도리어 그들은 멍해 있다.

'현실적으로, 현실적으로 다루려고 생각했는데 역시 그렇게는 될 수 없는 일일까?'

한철은 마음속으로 중얼거린다. 애정 말고 결혼의 가능성은 있는 일이다. 그런데 그것을 현실적으로 다루는 일이 얼마나 어려운가 한철은 깨닫는다. 솔직하게 직선적으로 부딪치는 일, 마음으로는 작정하고도 역시 표현에 있어 주춤거려지는 것은 애정을 먼저 구하기 때문이 아니었을까?

한철은 재떨이에 담배를 눌러 끄고 나서

"내가 만일 은자에게 결혼을 신청한다면 은자는 받아줄까?"

하는데 그의 목소리는 도무지 자신이 없이 들린다. 그것을 예측하고 있었으면서도 은자의 얼굴은 달라진다. 은자의 마음도 한철과 마찬가지로 현실적으로 다룰 수 없는 기분인 동시 너무나 급격하며 뭔지 발에 걸려 턱턱 넘어질 것만 같다.

"그렇게 급하게?"

자기 자신도 모르게 말이 나오고 말았다.

　"모험을 해보는 거야. 서로가 말이지? 내 자신은 모험이 순
조로울 것 같은데 은자의 경우는 어찌될지. 망설이다가 주춤
거리다간 행운이 이마만 치고 달아나더군. 지금은 불운이라도
좋으니까 한번 잡아보고 싶어. 은자가 끝내 내 속으로 못 들어
온다면 그건 불운의 결혼일 테니까."

　"그렇게 급하게……."

　은자는 아까 하던 말을 다시 되풀이한다.

　"그럼 은자의 마음이 정리될 때까지 내가 기다려야겠어?"

　"아, 아니에요."

　하다가 은자는

　"막연해요."

　하고 덧붙인다.

　"감정의 정리가?"

　"아뇨, 지금 이, 이 상태가, 그이 이야기를 꺼내지 않았더라
면 훨씬 수월했을 것을……. 전 아까 그 여자한테 질투를 느꼈
어요. 그리고 제 자신이 나쁜 계집애라 생각하구……. 또 엄마
를 닮아 다정다감하고 애정을 이내 옮길 수 있는 경박한 여자
가 아닌가 하고 생각했어요."

　"……."

　"그리고 또 전 타산적인 생각을 하는 게 아닌가 그렇게도 생
각했어요. 혼자서 내내 오면서…… 한 선생님은 믿음직한 분

이라고……. 얼마나 약고 나빠요? 그리고 너무 마음이 가난하지 않아요?"

하는데 은자 눈에 눈물이 글썽 돈다.

"위로를 받고 싶고, 누구 도움을 받고 싶고, 슬플 때 함께 울어주고 그, 그런 욕심이…… 그러다가 제 자신이 가엾어지는 거예요."

눈물이 후둑후둑 흐른다. 한철은 나무등우리처럼 앉아 있다.

서로의 말이 끊어져 버리고 은자가 흐느끼는데 갑자기 전등불이 꺼진다. 정전인 모양이다. 칠흑 같은 검은 방, 은자는 흐느끼고 한철은 그냥 앉아 있다.

무슨 행동이 있어야 할 것을, 아니면 말이라도 있어야 할 것을, 한철은 꼼짝하지도 못한다.

한참 만에 한철은 방바닥을 더듬어서 라이터를 찾아들고 불을 켠다.

"초 없어?"

한철이 초 없느냐고 묻는 바람에 은자는 얼굴을 든다. 라이터를 켜들고 앉아 있는 한철의 눈이 불빛에 희번득거리고 무엇을 억제하듯 은자를 똑바로 쏘아본다.

"아래에 내려가서 초 얻어 오겠어요."

은자가 일어서자

"얻어 올 것까지는 없어."

"그래두요."

은자가 나가려고 하자 한철은 라이터를 소리 나게 닫으며 불을 끄고 어둠 속에서 한 팔을 뻗으며 막 방문을 열려던 은자의 치맛자락을 잡아당긴다. 그리고 자기 앞으로 쓰러뜨리며 거칠게 숨을 쉰다. 은자는 허우적거리며

"안 돼요! 안 돼요! 선생님."

했으나 한철은 한마디 대꾸도 말도 없이 은자를 거칠게 다룬다.

"안 돼요! 안 돼요! 요다음에."

"아무 말 말어."

그 말은 강한 쇠붙이처럼 은자의 전신을 휘감고 압축해 온다. 은자는 울면서 그의 가슴을 떠밀었으나 눈은 내리고 아래층에서는 벌써 잠들었는지 집 안은 괴괴하기만 하다.

"이러지 마세요. 서, 선생님!"

"이러지 않으면 우린 다시 만날 수 없어."

두 번째 목소리가 은자의 목줄기를 쪼아 붙이듯 말을 못 하게 한다.

얼마 동안의 시간이 지나갔는지, 정전은 그들의 상태를 어처구니없이 돌변시켜 놓고 말았다.

어둠 속에서 한철이 몸을 일으켰다. 그는 담배를 찾아 붙여 물고 라이터를 켰다. 그 불빛 속에 흐트러진 은자의 몸이 있다. 한철은 당황하며 얼른 불을 불어 꺼버린다.

은자는 꼼짝하지 않았다.

"이제는 어쩔 수 없겠지. 우리는 결혼해야 해."

한철은 넋 빠진 소리로 중얼거린다.

"이리 돼도 은자는 내가 싫다면 할 수 없지. 내 책임만은 아니야. 날 여기 오게 한 은자의 책임도 있어."

한철은 어떤 가책감에서 어설픈 변명을 한다. 그는 처음으로 처녀를 범한 것이다. 혼자 오래 있으면서 경험이 없었던 것은 아니었지만 모두 직업여성이었고, 그 사랑한 여자, 과거의 여자에게는 키스 한 번 못 한 그런 면에서는 몹시나 소심한 사나이였다.

"옷을 입어."

한철은 담뱃불도 비벼 끄고 더듬더듬 더듬어서 손에 잡히는 옷을 은자에게 던져준다.

"나는 그리 집념이 강한 사나이가 아니니까, 은자가 싫다는데도 따라다닐 생각은 없어. 하지만 은자가 응해주기만 한다면 결혼하겠어. 이렇게 몰아넣어 놓고 그런 말 한다고 원망하지는 말어. 은자도 나빴어. 남자라면 누구든지 이 기회를 그냥 넘길 수는 없었을 거야. 처음부터 은자를 유혹하려고 마음먹고 오지는 않았어. 제발 원망하지 말어."

"괜찮아요. 무섭지 않아요."

엎드린 채 은자가 처음으로 대꾸한다.

"정말 무섭지 않았어?"

한철의 목소리가 좀 풀어진다.

"전 시골 처녀가 아닌걸요."

하면서도 흐느껴 운다.

"그런데 왜 울어?"

"의미도 이유도 없어요."

"후회는?"

"없어요. 하지만 선생님 빨리 가주세요. 전등불이 켜지기 전에."

"그러지."

한철은 외투를 찾아 입지 않고 손에 든다. 방문을 열고 나가려고 문고리에 손을 가져가다가 가만히 멈추어 선다. 아무래도 미진해서 그냥 떠날 수 없는 심정인 모양이다.

"왜 그런지 이냥 내버려 두고 돌아가는 게 불안하다."

나직이 말한다. 은자는 흐느낌을 죽이고 그냥 엎드려 있을 뿐 아무 대꾸도 안 한다.

"나를 믿어주었음 좋겠어, 은자."

은자의 반응을 기다리던 한철은 하는 수 없이 방문을 열고 밖으로 사라진다. 층계를 삐걱삐걱 밟고 내려가는 소리, 그 소리도 사라지고.

그가 나간 뒤 은자가 옷매무새를 고치고 쭈그려 앉았을 때 인생을 아무렇게나 보고 조롱이라도 하듯 전등불이 들어왔다. 무릎을 세우고 두 팔을 그 위에 얹고 얼굴을 묻었던 은자는 얼굴을 들면서 희미한 전등불을 올려다본다.

장난치고는 너무 심각하고 지나치다. 조롱으로 돌려버리려 해도 한철의 인간성이 너무 성실하여 어릿광대는 될 수 없고. 전등불. 은자는 멀끄러미 올려다본다. 저주의 빛도 아니고 절망의 빛도 아니고, 그렇다고 해서 희열도 아닌 흐릿한 눈동자가 그의 말대로 아무 이유도 뜻도 잃은 채.

통행금지가 아슬아슬하게 다가왔을 때 바깥 추위에 코끝이 빨갛게 언 인애가 돌아왔다.

"아이, 미안해. 여태 안 자고 있었니?"

인애는 눈가루가 묻은 외투를 방구석에 홱 던진다.

"금년에는 참 눈도 흔하다. 오면서 미끄럼 탔지. 참 재미나더라. 누가 있어야지."

중얼거리며 인애는 난롯가에 서서 불을 쬔다.

"그래 일은 잘 됐니?"

묻는데 은자의 목소리는 오래 묵은 연못에 돌을 집어넣은 것처럼 무겁고, 그 소리가 남기는 나중의 음이 이상한 처참감마저 준다. 그러나 아무것도 알지 못하는 인애는

"남의 싸움 말리러 다니는 이웃집 할머닌 줄 아니? 잘 되기는 뭐가 잘 돼? 가고 싶어서 간 거야. 자고로 변화는, 교통사고는 제외하고, 다 천천히 오너니라. 앗 뜨거!"

까불면서 난로 연통에 손을 댔다가 죽는소리를 낸다.

"빌어먹을……."

머리에 댄 손가락을 문지르며 얼굴을 찌푸린다.

"변화는 천천히 온다고?"

꼼짝하지 않고 두 무릎을 세운 채 앉아 있던 은자는 바보같이 인애를 올려다보며 되묻는다.

"호호, 아이구 아파라. 그럼, 무슨 일이든지 무르익어야지. 뜀박질을 해도 목적지까지 가려면 시간이 걸려. 어느 양반이 그러더라? 물이 얼기까지 온도가 내려가는 시간은 오래 걸리지만 얼어버리는 것은 순식간에 온다고. 물이 끓을 때도 마찬가지 원리라나? 일이란 다 그런가 부지?"

"일이란 다 그런가 부지?"

역시 바보처럼 꼼짝하지도 않고 앉아서 흐릿한 눈으로 은자는 인애의 말을 되풀이한다.

"오늘 하루 자알 넘겨가지고 내일로 비약하려는 순간 부상을 입다니. 정말 운수 더럽다. 호호호, 아이 아파라."

인애는 덴 손가락을 들여다보며 호들갑을 떨어댄다.

"내일로 비약하려는 순간⋯⋯."

입속말로 중얼거리며 은자는 조금 전에 자기에게 일어난 사실을 응시하듯 허공에 눈을 띄운다. 차츰차츰 그 사실이 선명하게 눈앞에 떠오른다. 한철에 대한 원망도 자기 자신에 대한 원망도 없는데 그것은 너무나 엄청나게 무서운 일이었다. 일이 벌어지기 전까지만 해도 이런 일에 대하여 소홀한 느낌이 있었고, 일을 당한 직후만 해도 무서움은 그리 실감적인 것은 아니었는데 심장 한가운데 엷었던 빛이 차츰 짙어지고, 그리고 지금은 먹빛이 되어 구역질이 날 것만 같다.

"집에 가니까 글쎄 큰아버지가 벌써 들어와 계시잖니? 아마 그길로 손님하고 헤어져 곧장 집으로 오신 모양이야."

하흥수 씨와 동행한 여자에 대한 해석이 달라졌는지 인애는 여자라 하지 않고 손님이라 부른다.

"집에 곧장 오신 걸 보니 일단은 대단찮은 일이라 볼 수 있고 그 양반 오동지五冬至 설한풍雪寒風 같은 성격이어서 좀처럼 연애는 못 할 거고. 그런데 숙배가 영 안 오잖어? 기왕 갔으니까 만나보고 올려구 늦었지."

"그래 만났니?"

막연히 묻는다.

"음. 나오려다 만났어. 기분 좋은 일이라도 있는지 그 계집애 팔팔하더군. 그런데 어딘지 몰라? 인간이 좀 깊어진 것같이 보이지 않어? 이상하게 안정된, 그래서 전과 다른 매력을 발견했어. 모두 조금씩은 성장해 가나 부지?"

"그렇지만 아직 어른은 안 됐겠지."

하는데 은자는 몹시 추위를 타듯 몸을 떤다.

"어른?"

이상한 말을 한다고 인애는 생각하며

"어른이야 시집을 가야 되는 거지."

"어른 된 기분이 어떨까?"

"시집간 기분 말이야?"

"음."

"별소릴 다 하는구나. 시집가 봐야 알지. 그걸 누가 알어?"

하며 인애는 픽 웃다가

"아마 조금은 슬프겠지."

"조금은 슬퍼……."

은자는 인애를 멀끄러미 바라본다.

"참, 너 왜 그러구 있니? 아까부터 무릎을 세우고 꼼짝하지도 않고 자리에 눌어붙었니? 꼭 바보 같은 눈을 하고서 왜 그리 사람을 보니? 무슨 사고라도 있었니?"

인애는 무심히 사고라는 말을 지껄이는데 은자의 양어깨가 꿈틀하고 움직인다. 그리고 얼른 인애를 외면하고 비로소 눈에 띈 창밖의 눈을 바라본다.

"앉아 있지. 그럼 장석같이 서 있으란 말이냐?"

목소리가 떨려 나온다.

"애인하고 쌈했니?"

은자는 아무 대꾸도 하지 않는다. 그 대신 입술빛이 하얗게 바래진다.

인애로서는 한철과 그런 일이 있었다는 것은 상상조차 할 수 없었고 그냥 거리에서 그들이 헤어졌거니 하고만 여겼으니 한철을 두고 갈등이 있었다는 것조차 생각지 않았다.

"이제 자자, 인생 고해는 할 수 있나. 싸움하고 만나고 그리고 헤어져라!”

인애는 벽장문을 두르르 열어젖히고 이불을 홀딱 꺼내어 던진다. 그 바람에 재떨이 대신으로 쓰인 방바닥의 접시가 뒤집어지고 담뱃재가 흩어진다. 인애는 그것을 보고 얼굴이 긴장되어 천천히 은자에게 눈길을 돌린다.

“누구 손님 왔댔니?”

인애는 접시가 뒤집혀지는 바람에 방바닥에 흩어진 담뱃재를 훔치며 긴장된 목소리로 묻는다. 은자에게는 등을 돌린 채 그의 얼굴을 살펴보지도 않고. 은자의 얼굴 근육이 불룩불룩 경련을 일으킨다. 궁지에 몰려 짓는 기막힌 미소가 얼굴의 표정을 구긴다.

“손님 왔댔어.”

뱃속에서 밀어내는 목소리가 억양 없이 메아리친다.

인애는 접시를 거두고 이부자리를 깐다. 심상하지 못한 일이 벌어졌다는 것을 예감했으나 그는 더 이상 은자에게 묻지 않는다. 이부자리를 다 깐 뒤 인애는 베란다로 나가 손발을 씻고 들어온다. 그때까지도 은자는 그 자리에 앉아 있었다.

“안 잘 테야? 자자.”

인애가 말하며 잔등을 끄려 하자

“불 끄지 마!”

은자는 날카롭게 말했다.

“그럼 누울 때 네가 꺼라.”

인애는 이불을 걷고 이부자리 속으로 들어간다.

"인애."

은자가 부른다. 인애는 돌아누운 채

"말하렴."

"너 누가 왔더냐고 왜 묻지 않지?"

"꼭 물어야만 해?"

인애는 일부러 졸리는 듯한 목소리로 묻는다.

"전 같으면 물었을 거야. 공연히 어른스럽게 굴지 말어."

"그럼 누가 왔었니?"

"한철이 그 사람."

"그래?"

인애의 표정이 변한다.

"놀래는구나."

"별로."

"……."

"어서 잠이나 자."

"잠이 올 것 같니?"

"그럼 모르겠다. 거기 밤새도록 앉아 있으려무나. 난 먼저 자겠어."

말로는 그렇게 했으나 인애는 일이 참 우습게 되어간다고 생각한다. 자기로서는 그렇게 되어가기를 바라고 있었으면서도.

'어떻게 된 일일까! 저 계집애 아무래도 심상치가 않구나. 충격이 몹시 심했던 것만은 확실해.'

"갈 데까지 다 갔어."

은자의 말이 인애의 귀창을 팽하니 치는 듯 울린다. 인애는 아무래도 몸을 움직일 수 없다. 몸을 움직인다면 은자의 얼굴을 보아야 하지 않는가.

"전깃불의 장난도 아니야. 내가 한철이라는 남자를 유혹했을 거야. 그 사람 그러던걸. 내 잘못만은 아니라고. 은자도 나빴다고. 요부의 피가 섞여서 그래. 뭐 좋아서 못 견디는 사람도 아니면서, 그 여자를 식당에서 보는 순간 난 질투를 느꼈거든. 그리고 계산을 하니까 그 사람을 놓치기 싫은 기분이 든단 말이야. 나는 내가 확실한 것보다 상대가 확실한 것을 더 원했던 모양이야. 한철 씨는 그 철없는 사람보다 남자로서 내게는 확실했단 말이야. 얼마나 나쁜 이기심이니? 난 역시 엄말 닮았어. 누구를 위해 희생하는 것보다 기생충같이 살려고 하거든. 나빠! 나쁘단 말이야. 그래서, 이렇게 갈 데까지 다 가고 말았다."

은자는 열에 들뜬 것처럼 마구 지껄여댄다. 인애는

"잔소리 그만해! 너가 한 일에 책임을 지면 그만이야."

570

12. 이상한 그림자

인애는 숙배와 함께 나란히 산장으로 이르는 길로 올라가면서

"숙배야? 바람이 좀 부드러워진 것 같잖아?"

말하고서 좀 호들갑스럽게 코를 벌름벌름한다. 마치 온 누리에 새싹이 돋아나기 시작하며 그 상큼한 냄새가 사방에 퍼지기라도 한 듯.

"부드러워지긴? 진짜 겨울은 이제부터야."

"이제 겨울은 가고 있어."

"크리스마스가 언제였는데? 내일모레면 신년, 그리고 나이하나 더 먹고, 모진 추위도 이제부터."

숙배는 동생에게 하는 투로 말한다.

"그건 나도 알어."

"그런 것 모르는 사람도 있어?"

"넌 눈앞에 보이는 것만 갖구 얘기하는구나. 겨울이 오면 봄이 머지않았다 그 말이지. 지금 땅밑에서는 야단일 거야."

"흥, 시기상조. 나뭇잎 떨어진 지가 얼마나 됐다구? 지금은 한참 잠들어 있을걸."

"아니야. 눈이 녹고 얼음이 터지는 소리를 들으려고 귀를 주빗하게 세우고 있을 거야."

"몹시 시적이군. 온갖 것에 다 영혼을 부여하니 말이지? 원래 그런 건 다 거짓말이기 마련이니 너도 어지간한 거짓말쟁이다."

숙배는 일부러 눈이 녹지 않은 길을 찾아 푹푹 밟고 가며 빈정거린다. 슬랙스 자락을 털 구두 속에 집어넣은 모습은 아무렇지도 않는 멋을 풍겨준다.

"넌 아기니까 아직 모른다. 너는 인공을 좋아하고 나는 자연을 좋아하니까. 그러니 넌 사람 이외는 생각이 없는 줄 알거든."

인애는 벌써 옛날에 유행이 지나가 버린 폭이 넓은 슬랙스, 그도 낡아서 너틀너틀한 것을 입고, 털신도 아닌 눈에 젖은 단화를 신고, 숙배와는 반대로 사람이 딛고 지나간 발자국을 따라 걸어간다.

"유치한 소리 하지 마."

숙배는 또 핀잔이다.

"어른 같은 소리 하지 마. 연애를 해봐야 아느니라."

"아쭈 또?"

인애는 모처럼 나온 교외 바람에 취하기라도 한 듯 기분이 좋다.

"그래 지난 크리스마스는 재미나게 보냈니?"

휘파람을 불다가 인애가 묻는다.

"재미?"

하고 숙배는 뒤돌아보다가 별안간 소리를 내어 웃어젖힌다.

"미쳤니?"

계속해서 웃는 바람에 맑고 싸늘한 하늘이 흔들흔들 흔들리기라도 하는 듯.

"별난 웃음이 다 있구나."

인애는 말하고서 목에 두른 목도리를 풀어서 휘휘 돌리며 웃는 숙배는 내버려 두고 휘파람을 다시 분다.

"아이 우스워라. 재미가 있다면 그만치 재미나는 크리스마스 파티도 드물었을 거야. 인애 너만 왔더라면 그야말로 완전한 바보극이 연출되었을 텐데 그만 아깝게……."

하고 숙배는 다시 웃는다.

"얘가 염불을 하나, 왜 이래?"

"어디서 어떤 사람이 모여서 크리스마스 파티를 했는지 알겠니?"

"불행하게도 나는 점쟁이가 아니니까."

인애는 별 관심이 없는 듯 목도리를 휘휘 돌리며 가고만 있다.

숙배는 허리를 잡고 막 웃다가

"이봐, 인애. 얘기 좀 들어봐. 그날 말이야, 나 민 선생님하고 함께 녹지대에 나갔었거든. 혹시 널 만나게 될지도 모른다는 생각에서 말이야. 만나면 나 오해했던 것 잘못이라고 사과하려고 했지. 민 선생님 앞에서 하는 게 좀 더 의의가 있을 것 같았거든. 그 전에도 널 만났지만 왠지 하기가 싫었어. 사과를."

"얘, 시시한 얘기 하지 마. 넌 한 번 더 확인하고 싶어서 그런 것 아니니?"

"맞어, 맞았어. 그런 저의가 충분히 있었지."

"정직해서 다행이다."

"잔말은 그만하고 내 얘기나 들어."

"응, 들어준다. 그게 크리스마스가 어찌됐다는 거냐?"

"그래 없더군. 너가."

"오늘 처음 만났으니 없었던 것은 확실해."

"잡음 넣지 말구. 혹시나 나올까 하고 둘이서 기다렸지. 굉장히 요란스러운 곳이었지만 그래 이런저런 얘기하다가 얼굴을 휙 들어보니까 글쎄 참 입이 벌어져서 닫을 수 없는 사람이 들어오지 않겠니?"

"그렇게 놀라운 사람이 또 있었다니 민 선생님이 퍽이나 난

처했겠구나."

"그런데 그 장본인이 누군고 하니 바로 하흥수 교수였더란 말이야?"

"뭐?"

인애도 입이 떡 벌어진다. 크리스마스 그 밤에 하흥수 씨가 녹지대로 나가다니 믿기 어려운 일이다.

"지금 생각해도 이해할 수가 없어. 억지로 추측을 붙여본다면 인애 널 만나려고 나가신 거나 아닐까 그런 생각을 해보지."

"나를? 뭐 하시려구?"

바보처럼 되뇐다.

"그러니까 뭐 하시려구? 그건 알 턱이 없지. 굳이 붙인다면 외로워서? 아니면 산장하고 관련을 시켜? 나보다는 인애 편이 훨씬 쓸모가 있거든. 안 그래?"

"아냐, 제삼의 여인을 만나기 위해."

"그건 아니야. 나중의 행동으로서 입증된 바니까."

"그래서 어떻게 했니?"

"가만히 살펴봤지. 누구를 기다리는 눈치도 아니고 젊은 사람들 속에 끼어서 눈먼 양같이 외로워 보이더군. 그래서 아버지 곁으로 갔지. 무척 놀라시더군. 그래 민 선생님을 소개하구 당당하게 굴었지 뭐니? 그건 나도 돌발적인 생각이었지만 대뜸 아버지보고 택시 잡을 용의가 있느냐고 물었지. 그랬더니 어디로 가려느냐고 순순히 물으시지 않겠어? 그래 어머니 계신 산장으로 함께 크리스마스 파티를 하러 가시자고 했지. 잠시 멍해 계시더니 그럼 그러자고 일어서시지 않겠어? 나도 의외였어. 주저하실 줄 알았는데."

"그래서?"

인애가 궁금증을 내며 다음 말을 재촉한다.

"가만히 있어. 이제 다 왔구나. 나중에 나머지 이야기할게."

숙배는 인애의 손을 끌고 마루를 거쳐 응접실로 들어간다.

"엄마! 인애 왔어요."

그러자 최 여사가 도어를 밀고 나오면서

"오는 걸 봤다. 앉아라."

최 여사는 부드러운 목소리로 말하며 의자에 앉는다.

최 여사가 입은 은빛 양단의 치마저고리. 나뭇가지가 바람에 흔들리고 있는 앙상한 겨울날에는 좀 싸늘한 느낌을 주었지만 그는 부드러운 눈길로 인애의 모습을 더듬어본다.

서로 말을 못 하면서, 다소의 생소한 거리는 있었지만 얼굴을 붉히고 언성을 높이며 다투고 헤어진 지난 그때의 일, 그때의 노여움이 다 가셔지고 지금은 남아 있지 않다.

"선머슴애 같구나. 넌."

첫마디를 던지고 최 여사는 빙그레 웃는다.

"선머슴애 같다면 그거 고급이에요. 엄마, 거지 중에도 상거지 아니에요? 얼굴만 반반하지 않다면 창피스러워서 같이 다니지도 못해요.”

숙배는 쫑알거리고 눈을 흘긴다.

“까불지 마.”

인애는 주먹을 쥐고 숙배를 때리려는 시늉을 하다가 픽 웃는다.

“고생 많이 했겠구나. 너 거 집시 같은 버릇 땜에 큰일이다.”

최 여사는 다시 인애를 참참이 바라본다.

“이제 좀 철이 들었어요.”

“누가 아나?”

인애 말에 최 여사는 고개를 흔들어 보인다.

“니네 집의 피가 그런걸.”

덧붙이며 심각한 얼굴을 한다.

“피가 그런 게 아니구 겉멋이 들어서 그래요.”

인애는 명랑하게 대꾸한다.

“그래?”

하며 최 여사는 생각에 잠긴다. 한참 만에

“그럼 그 겉멋은 벗어버리려무나. 옷부터 새로 지어 입고 머리도 미장원에 가서 다듬어야겠다.”

“유치원에 가게요?”

인애는 순하게 굽혀드는 태도를 취하면서도 익살스러운 말을 한다.

“유치원으로 가든지 노인대학으로 가든지…….”

최 여사는 마치 강아지 새끼를 한 마리 얻어 와서 목욕을 시키고 목에 방울을 달아줄 궁리를 하는 듯 여전히 인애의 형편 없는 몸꼴을 바라본다.

"엄마."

"왜."

최 여사는 숙배에게 얼굴을 든다.

"인애한테 돈 주시면 안 돼요."

"누가 돈 준댔니?"

"기집애, 돈 주면 오늘 밤으로 명동에 나가서 다 흩어버릴 거예요. 그 돈은 저에게 주시고 그 대신 제 헌 옷 물려줄게요."

"김칫국부터 마시는구나."

모녀가 주고받는 이야기를 들으면서 인애는 최 여사를 가끔 가끔 숨어 본다.

언제나 신경질적으로 일그러졌던 그 얼굴이 지금은 조용히 가라앉아 버렸다. 몹시 앓고 난 뒤 양지바른 마루에 나와 앉아서 새로운 햇빛을 바라보고 있는 듯한 얼굴이다.

그러나 아직은 고통이 남아 있다. 몸부림 같은 것이 조금은 남아 있다. 아름다움과 젊음이 아슬아슬하게 그의 주변을 맴돌고 있는 것처럼 화려한 빛깔과 날씬한 양복을 즐겨 입던 그가 이제는 쓸쓸한 은빛 양단 옷을 입고. 그것이 차분한데, 쓸쓸하게 보이는 것은 아직도 집착을 버리지 못하는 탓은 아니었을까.

"너가 나가고 난 뒤 집안에 참 사고가 많았지."

담담한 투로 말했으나 숙배를 힐끔 쳐다보는 최 여사 눈에 괴로움이 있다.

"네가 나간 탓은 아니지만…… 별로 싫지 않으면 집에 와 있으렴?"

최 여사 말에

"큰어머니는요."

말이 떨어지자마자 인애는 되묻는다. 최 여사는 잠시 당황하다가

"나, 나는 천천히 가지. 수양 좀 하구 봄이나 되면."

"봄이면 집에 돌아오시겠어요?"

"……"

"저도 큰어머니가 집에 돌아오실 때 가겠어요."

"어른들 세계에 신경 쓸 필요 없다."

최 여사의 얼굴이 좀 굳어진다.

"그런데 엄마, 아줌마 어디 갔어요?"

숙배가 말머리를 돌려버린다.

"들어올 때 못 봤니?"

"네, 없었어요. 인애가 와서 반가워할 텐데 어딜 갔을까요?"

"노인하고 숲에 솔방울 주우러 갔나 부지?"

최 여사는 조금 웃는 듯 마는 듯. 숙배는 빙그레 웃는다.

"젖었을 텐데 솔방울 주워 와 뭘 해요?"

"재미지. 여름에 산딸기 따러 가는 기분이겠지."

"늙은이들이 퍽이나 낭만적이네요."

"평범한 곳에 그런 게 있더군."

"숙배, 그거 무슨 소리니?"

오가는 말이 심상치 않아 인애가 묻는데

"내가 이 산장에서 떠날 때 아주머닌 두고 가야겠다."

최 여사는 인애 묻는 말에 대꾸하듯 말했으나 인애는 어리둥절한 얼굴로

"왜요?"

"바보같이 그걸 몰라? 아주머니가 여기 노인하고 연앨 한다 그 말이야."

"뭐? 노인하구?"

어처구니가 없어 인애는 숙배 얼굴을 빤히 쳐다본다.

"너희들 점심도 먹어야 하고. 음, 좀 방해가 되겠지만 아주머니 좀 불러와, 숙배야."

최 여사는 시계를 보며 말한다.

"인애, 같이 가자. 제법 볼 만한 곳이야, 숲이."

밖으로 나오자 어디서 뛰어왔는지 검둥이가 숙배를 보고 짖는다. 반갑다는 인사다.

"숙배야, 노인이라니 누구야?"

"한 박사 별장을 지키는 별장지기 할아버지야. 홀아비거든."

"그래 아주머니하고 정말 연앨 하니?"

"그런 눈친가 봐."

"기가 막혀."

"왜 나쁘니?"

"나쁠 건 없지만 글쎄 그 아주머니가, 좀 믿어지지 않아."

"엄만 잘됐다고 하던데? 아무것도 가진 것 없는 사람들이 결국 제일 소중한 것을 얻게 된다구."

"하지만 노인이라면서?"

"노인이래도 얼마나 힘이 세다구? 앞으로 이십 년은 더 살겠더라."

검둥이가 앞서거니 뒤서거니 따라간다.

"음, 검둥이만 따라가면 되겠구나. 인앨 보면 아줌마가 참 좋아할 거야. 너하고는 옛날부터 단짝 아니니?"

"하지만 상냥한 사람은 아니었어. 무뚝뚝한데 정이 많았지."

"그 노인도 처음엔 무뚝뚝하기 짝이 없었어. 널 보면 어디 깡패가 왔나 하고 노려볼 거야."

그들은 이야기하며 검둥이를 따라간다.

"참, 아까 오면서 하다 만 얘기 해."

생각이 난 듯 인애가 말한다.

"아참, 아까 내가 얘기하다 말았지."

숙배는 킥, 하며 웃다가 바람에 날리는 머리칼을 머플러로 꼭 여미고 나서

"처음에는 민 선생 쪽이 얼떨떨해서 등신처럼 서 있잖아?

하지만 그분 엉뚱스럽고 싱거운 면이 있거든. 이런다 저런다 말도 없이 따라오시더군. 아버지도 민 선생도 마치 상관을 따라오는 병정같이 꾸벅꾸벅 내 뒤를 따라오시는 거야. 속으로 우스워 죽겠지 뭐야? 평소에는 고집쟁이들이고 냉정하고 시니컬한 분들이 뜻밖에도 애들처럼 단순해져서, 모두 커다란 몸뚱이 하고서. 무척이나 쓸쓸했던 모양이지?"

그런 이야기를 하는 숙배의 얼굴에는 새로운 희망과 행복이 가득 실리는 듯했으나 이따금 검은 불안의 빛이 아픔과도 같이 스쳐가곤 한다. 그러나 좋지 않은 예감은 모조리 머릿속에서 내쫓아 버리는 게 옳다고 결심이라도 한 듯 다시 명랑해지며 웃음을 띤다.

"흠, 참으로 어설픈 일들이 벌어지겠구나."

인애는 장갑도 없는 맨손으로 한쪽 구석에 남아 있는 눈을 뭉쳐 나뭇가지에 던지며 간다.

"그뿐이면 또 낫게!"

"그보다 또 다른 사건이 발생했단 말이냐?"

눈뭉치를 던지려다 인애는 돌아본다.

"가면서 한 박사를 모시고 갔지 뭐냐? 그리고 세 사람의 남자가 밤중에 산장으로 마치 병정처럼 행진을 하고 갔단 말이야."

숙배의 말투가 우스워서 인애는 깔깔 소리를 내어 웃는다.

"그래서 어떻게 됐니?"

"무언극이지 뭐."

"무언극?"

"너가 있었음……. 나는 속으로 재미가 나서 죽을 뻔했어. 하지만 좀 잔인했던 것 같아. 엄마는 민 선생님을 좋아하지 않거든? 역시 자기 딸은 소중했던 모양이야. 한데 아버지하고 한 박사는 서로 술을 나누면서 이따금 아주 마지못했을 때 동문서답식의 말을 나누고, 엄마하고 민 선생은 돌부처님이 됐지. 엄마는 무언극이 고통스러워 못 견디겠는 모양이었지만 민 선생은 오히려 그걸 즐기고 있는 듯. 하여간 배짱이야."

"너도 배짱이다."

"그것도 불안을 내쫓는 하나의 방편이야. 난 민 선생을 좋아해. 가는 데까지 가볼 참이야. 계산하고 저울질하는 건 결국 나 혼자만 괴로우니까 닥치는 대로 저울대는 버리고 순수해보고 싶어. 그래서 난 요전번에도 민 선생하고 여기 와서 엄말 만나게 했거든."

"그런데 민 선생님은 너에게 닥치는 대로 하지는 않아. 그렇지?"

숙배는 고개를 끄덕인다. 인애는 고개를 끄덕이는 숙배를 바라보며 은자 생각을 한다. 계산을 하지 않겠다는 숙배와 계산을 하고 그리되었다면서 벽을 등지고 앉아 있던 은자. 얼굴이 겹쳐지다가는 떨어져 나간다.

'은자는 한 선생님하고 결혼하겠지. 하지만 숙배는? 어디까지 가겠다는 걸까? 아무튼 좋은 방향으로 가겠지. 다 좋은 방향으로 갈 것 같은 예감이 든다. 큰어머니도 큰아버지도, 그리고 물론 절름발이 아주머니도. 그런데 나만은 그럴 것 같지가 않어? 왜 그럴까? 무슨 일이 일어날 것만 같다. 무슨 일이…….'

"인애야?"

"음."

인애는 좀 놀라며 대답을 한다.

"너 왜 그리 무서운 얼굴을 하니?"

숙배 얼굴에 또다시 전과 같은 의심의 빛이 지나간다.

"아, 아무것도 아냐. 내가 죽어버릴 것만 같은 생각이 들어서……."

인애는 눈을 다시 뭉쳐서 던지며 던지며 간다.

"인애야?"

"말해봐."

"너 정말 민 선생을 좋아하는 것 아니니?"

인애는 획 돌아서서 숙배를 빤히 쳐다본다.

"너 왜 그리 설익은 소리를 하냐?"

숙배는 그래도 인애의 표정을 놓치지 않으려는 듯 눈길을 돌리지 않는다.

"너도 나만큼은 집요한 모양이다만 좋아한다면 그까짓 뺏어버리지."

숙배의 얼굴이 불쾌한 빛으로 확 일그러진다.

"난 너만 못하지 않어. 자부심이 내 유일의 밑천인데 내가 너한테 양보할 성싶으냐?"

"흐흥!"

코웃음 치며 숙배는 얼굴을 돌렸으나 민상건하고 인애 사이에 아무 일도 없었을 것이라는 확신을 얻은 데 그는 만족하는 듯 보였다.

둘이 이야기에 열중하는 동안 검둥이는 '손님이 오십니다' 하고 보고라도 하듯 식모와 노인이 있는 곳을 한번 다녀서 숙배에게로 돌아왔다.

식모는 커다란 보자기에 솔방울을 가득 주워 묶어놓고 양지바른 잔디 밭에 앉아서 노인이 피워준 모닥불을 쬐고 앉아 있었다.

인애는 먼빛으로 그들을 보며

"도처춘풍이구나."

어른 같은 말을 하며 쓰게 웃는다.

"아주머니!"

숙배가 부르며 다가가자 식모는 몹시 당황하며 일어섰다. 불을 쬔 때문만도 아닌 듯 얼굴이 불그레하다.

"아이구, 인애가……."

식모는 인애를 보자 한층 더 어쩔 줄을 모른다.

"안녕하셨어요? 아주머니."

인애가 인사하자

"정말 웬일로, 정말."

하다가는 얼른 솔방울이 든 보자기를 들고 일어선다.

"인애, 산장에 계시는 할아버지야. 할아버지, 여기는 역마살이 든 우리 언니예요."

역마살이라는 말은 식모의 말투를 흉내 낸 것이다.

노인은 공연히 무안하여 입을 우물우물하다가 만다. 그러더니 인애의 인사는 받는 둥 마는 둥 죽은 나무를 치러 가는지 낫을 들고 숲속을 향해 가버린다.

"어, 어서 가세요. 내가 없어서 뭐 따순 것도 못 먹었을 텐데."

식모는 몹시 서둘며 보따리를 들고 내려간다.

"이 추운 날에 뭐 하려고 여기 와서 솔방울을 주워요?"

멀어져 가는 노인의 뒷모습을 바라보며 숙배는 식모를 좀 놀려주는 기분으로 묻는다.

"그 난로에 피우려구요. 방 안에 있는 그 벽돌 난로에 피우려구요. 연기 안 나고 십상 좋던데……."

"거긴 아무거나 피워도 연기 같은 것 나지 않아요."

숙배가 장난스럽게 웃는 바람에 식모는 입을 다물고 걸음을 빨리한다.

산장에서 식모가 정성껏 끓여준 된장찌개에다 점심을 맛나게 얻어먹고, 처음으로 최 여사와 허물없는 대화를 나눈 뒤 이제는 돌아가기 위해 인애와 숙배는 일어섰다.

겨울 해는 아직 얼어붙은 강가에 엷은 빛을 던지고 있었다.

인애는 늦어지는 숙배를 내버려 두고 먼저 산장의 언덕길을 걸어 내려온다. 모두가 잘되어 나갈 것이라는 생각을 하면서. 하흥수 씨가 크리스마스 날 밤에 산장으로 왔다는 것은 분명히 화해의 전주곡이다. 애정을 되살렸다고 볼 수는 없지만 적어도 평화를 유지하고 싶은 소망이 있는 것만은 확실했다. 언젠가 인애가 하흥수 씨 서재에서 본 그 시詩의 심정이 되어 있는 것만은 틀림이 없을 것 같았다. 민상건의 경우 그 괴상한 성격 속에도 어딘지 한 줄기의 빛을 잡아보자는 그의 심정을 느낄 수 있을 것 같았다.

'아마 그분은 피곤해서 그랬을 거야. 큰아버지의 경우는 외형적으로는 권태일 거구. 민 선생님의 경우는 빈번한 여성관계에 피곤해서…… 이제는 쉬고 싶을 거야. 아주머니…… 그 아주머니도 아직 겨울인데 봄 속에 살고 있어 지금…….'

저 희미한 겨울 햇빛은 얼마 안 있어 찬란하게 짙어질 것이다. 강물이 풀어지면 낚시꾼들이 모여들 것이다. 그러면 어느새 사방은 푸른 그늘 속에 싸이고 계절은 생명을 찬미할 것이다. 그 찬미의 계절과 더불어 주변의 모든 상황은 좋게 발전되어 갈 것이다.

인애는 그들을 위해 진실로 축복해 주고 싶다. 그런데 웬일인지 자기만이 그 축복에 밀려나고 더 큰 방황의 길이 남아 있을 것만 같았다.

'은자도 결국은 결혼하게 되겠지. 그리고 그가 소망하는 애정 말고 평화를 얻을 거야. 그리고 다음은 애정도.'

인애는 발밑의 돌을 걷어찬다. 호주머니 속에 집어넣은 장갑도 안 낀 손이 따끈따끈하다. 열이 나는 듯. 사실 인애는 형용할 수 없는 오한을 느낀다.

'밤마다 그 여자의 꿈을 꾸는 때문일까?'

"인애야! 함께 가!"

뒤에서 숙배의 목소리가 맑게 메아리친다.

'그인 시골에 내려가서 아직 안 돌아온다. 왜 내려갔을까? 돌아왔을지도 모른다. 언제까지나 우리는 우연만 기다리고 있어야 할까?'

"기집애, 같이 가자니까!"

인애는 발을 멈추고 돌아본다. 숙배는 보랏빛 외투 자락을 펄럭이며 뛰어온다.

까만 슬랙스에 좀 목이 긴 편인 부츠 차림은 발랄한 젊음과 그의 신분에 조금도 밑지지 않은 멋을 풍기고 있다.

인애 옆으로 다가온 숙배는 등을 툭 치면서

"내가 좀 더 늦게 나왔음 혼자 가버릴 뻔했구나. 기집애."

"뭐 얼뚱아기(둥둥 얼러주고 싶은 재롱스러운 아기–편집자)라고 널 모시고 갈까?"

인애는 김정현의 생각에 잠기며 대꾸한다.

"오늘은 너가 내 얼뚱아기가 돼야겠어. 보호를 받을 필요가 있어. 내가 엄마한테 특명을 받은걸."

"흥."

그들은 약 이십 분 동안이나 걸어 내려와서 합승을 기다렸다가 그것을 잡아탄다.

마을이 없는 가도를 합승은 속력을 내어 달린다.

"드라이브하는 기분이구나."

숙배는 휘딱휘딱 지나가는 논가의 전주를 보며 중얼거렸다. 차 속에는 별로 손님도 없고

"백 환이면 싸지 않어?"

숙배가 다시 쫑알거렸을 때 운전수가 슬그머니 돌아본다.

"그럼 더 내십시오."

하고 운전수는 웃는다.

"안됐군요. 마침 이 백 환밖에 없는걸요."

숙배는 생끗 웃는다. 운전수는 기분이 좋아서 더욱 속력을 낸다.

미도파 앞에서 인애와 숙배는 내렸다.

"잠시 녹지대에 들렀다 가자."

인애 말에

"녹지대에 들렀다 그다음에는?"

숙배는 장난스럽게 웃는다.

"그다음에는 너 갈 데 가고 나는 내 갈 데로 가는 거지."

"약속 있니?"

"아니."

"그럼 오늘은 나한테 맡겨. 내가 너를 위하여, 동생이 언니를 위하여 처음으로 봉사하는 날이니까."

"건방진 소리 그만해."

인애는 공연히 혼자 되고 싶은 생각에서 그리 신이 나지 않는 소리로 응수한다.

명동으로 들어가다가 숙배는 인애의 팔을 꽉 끼었다.

"왜 이래?"

"싫으니?"

"너무 그러지 마. 날치기꾼이 파출소에 끌려가는 것 같다."

"그런 말 들을 만도 해. 꼴이 그 모양이니."

"옷에 관심을 가지면 머리통이 비어버려."

"학자님도 아니구. 잔말 말고 들어가는 거야."

숙배는 양장점 문을 어깨로 떠밀고 인애를 끌어들인다.

"진작 말을 할 일이지. 누가 안 가겠다 했니?"

인애는 호화찬란하게 널려진 옷감과 그리고 맵시 있게 옷을 입은 마네킹을 신기롭게 둘러본다.

숙배는 양장점의 마담과 잘 아는 모양이다.

"숙배가 웬일이니? 엄마 안녕하셔?"

하고 마담이 묻는다.

"네, 엄만 수양하고 계세요. 그리고 아주머니, 오늘은……."

하다가 인애에게 눈을 주고 픽 웃는다.

"저기 서 있는, 말뚝같이 서 있는 계집앤 우리 집의 밥데기(‘부엌데기’를 낮잡아 이르는 말–편집자)예요."

하다가 픽 웃는다.

"미친 계집애."

인애가 자기 모습을 둘러보며 숙배에게 욕을 하자

"아, 언니구먼. 엄마가 늘 골치를 앓던."

양장점의 마담은 아주 풀어놓고 웃으며 대하는 바람에 인애는 마음이 놓이는 듯 한구석에 있는 소파에 가서 앉는다.

"엄마가 말예요. 언니를 한번 공주로 만들어보래요. 아주머니 솜씨를 믿는다나요? 약혼자하고 미국으로 떠나는데 저 꼴로 되겠어요? 그거 안 되죠."

호들갑을 떠는 바람에 마담이 크게 소리 내어 웃고 인애도 서슴없는 숙배 거짓말에 어이가 없어 웃는다. 마담은

"마음이 통하는군. 참 좋은 체격이구 얼굴도 저쪽 사람 같은데 왜 저리 천대를 했을까?"

뚱뚱한 양장점 마담과 실없는 잡담을 나누다가 숙배는 척척 늘어진 많은 천들 속에서 그린 빛 실크를 걷어 인애 어깨 위에 척 걸쳐본다. 멍하니 윈도 밖에 오가는 사람을 바라보고 있던 인애가 돌아선다.

"어때요? 아주머니, 이게 어울리죠? 잘 어울리지 않아요? 머리칼이 노래서 말예요."

마담은 머리를 끄덕끄덕하며 로마시대의 사람같이 천을 걸

치고 서 있는 인애의 모습을 바라본다. 인애의 눈은 흐릿하고 그래서 영 바보같이 보인다.

"이 브라운도 맞을지 몰라요. 하지만 마틸('재질'을 뜻하는 'material'의 줄임말–편집자)이 억세서 어쩔지 모르겠네요."

숙배는 다시 브라운 빛 천을 꺼내어 마치 자기 옷이라도 맞추는 것처럼 열심히 서둔다.

"부피가 많아서 선이 잘 안 나오겠군요. 그렇죠? 아주머니."

마담은 그냥 고개만 끄덕인다. 그의 비위에는 잘 맞지 않는 모양이나 그들 스스로 택하게스리 내맡겨 두는 눈치다. 숙배는 자기 것이 아닌 만큼 미리 작정도 없이 나왔기 때문에 퍽이나 선택하기가 어려운 모양이다. 이것저것 눈에 띄는 대로 꺼내어 인애 몸에 걸쳐보고 망설이기만 한다.

밝은 오렌지 빛 천을 인애 어깨에 걸쳤을 때 그때까지 바보처럼 서 있기만 하던 인애는 숙배의 손을 떠밀어 내고

"얘, 내가 광대냐? 원숭이냐? 그만두어."

하더니 어깨를 걸친 천을 걷어버리고 찬란하게 늘어진 천 옆으로 뚜벅뚜벅 걸어간다. 그리고 브라운 계통의 체크무늬의 옷감을 슬쩍 걷어 스스로 몸에 걸친 뒤 거울 앞에 떡 뻐기고 선다. 비로소 마담 입가에 미소가 번진다.

"눈이 굉장하네."

하는데 인애는 그 말대꾸는 하지 않고

"비싸죠?"

하고 묻는다.

"다른 것 세 벌 값은 될걸. 자신이 있을까?"

하고 고개를 갸웃해 보인다. 자신이 있느냐는 것은 물론 가격을 두고 하는 말이다.

"미국 갈 건데요 뭐."

인애는 시치미를 딱 잡아떼고 망설임도 없이 숙배를 한번 거들떠보지도 않고 가분한 촉감의 천을 재단대 위에 내던진다. 숙배는 좀 어처구니가 없는 듯 눈만 굴렸을 뿐 말문을 열지 않는다.

"코트로 하겠어? 아니면 투피스?"

"그건 코트감 아니에요?"

"투피스로 해도 심플하지."

"단벌 신산데 코트로 하겠어요."

인애는 아주 결정적으로 말한다.

마담은 만족스럽게 웃으며 인애의 모습을 살펴본다. 당황한 숙배는 잠시 침을 삼키고 나서

"대체 가격은 얼마나 될까요? 아주머니."

하고 묻는다.

"십오만 환이지만 십삼만 환으로 서비스해 주지."

숙배는 더욱더 당황하며

"애, 그만두어. 그건 너무하잖니? 다른 걸 하려무나. 나 같으면 그것 말고 세 벌 하겠다."

하고 달래듯 말하자 인애는 피식 웃으며

"왜 그리 궁상을 떠니?"

"싹 다 할 텐데 그럼 오십만 환도 모자라겠다. 엄마한테 바가지가 너무 심해요."

하는데

"나는 싫어. 이거 아니면 안 해 입을 테야."

마치 어린애처럼 떼를 쓴다.

"어머! 너 미쳤니? 숫제 따라오지도 않으려고 해서 억지로 끌고 왔더니 그, 그건 너무 심한 바가지야. 처음부터 그랬다간 엄만 지레 겁먹고 다음엔 국물도 없다. 그럼 어떡헐 테야?"

"난 중간치기는 싫어. 사실이 이편이 더 나은걸."

인애는 슬그머니 웃으며 자기 모습을 둘러본다.

"기집애."

하다가 숙배는 옷 안 맞추겠다고 그냥 인애가 나가버리지나 않을까 근심하며

"할 수 없군. 내가 돈 내는 것 아니니까 마음대로 하려무나."

그만 내던져 버린다. 마담은 재미나게 두 소녀의 이야기를 듣고 있다가

"그럼 치수 잴까?"

몸을 재면서 마담은

"숙배는 귀여운 취민데 숙배 언니는 아주 옷을 택하는 데 성숙한 눈을 갖고 있어. 뭐 그렇다고 늙었다는 뜻은 아니야."

하고 은근히 칭찬한다.

"밤낮 명동엘 돌아다니는걸요. 눈만 익어버렸죠."

하고 인애가 대꾸한다.

몸을 다 재고 모양도 정한 뒤 뒷전에 나앉아 있는 것 같은 기분으로 서 있던 숙배가

"이번엔 투피스야."

하고 말했다.

"그건 그만둘래."

"아니 공주로 꾸며달라 했다는데 사양할 것 없어."

마담이 은근히 권했으나 인애는 굳이 마다하고 양장점에서 나와버렸다.

"너 배짱도 어지간하구나. 십삼만 환짜리 코트라니."

기가 막혀서 숙배가 말하자

"너보다는 내 눈이 더 높다는 걸 알아두어. 난 가짜는 싫어."

"뭐가 가짜니? 천은 다 천이지."

"난 진짜 한 캐럿짜리 이상의 다이아 아니면 평생 반지는 안 낄 참이야. 기분만이라도 말이지. 그러니까 이 명동 거리를 다녀도 탐나는 게 없더라."

"흥."

"하지만 허전하지 않니?"

느닷없이 인애는 화제를 돌린다.

"왜?"

"나는 이 옷이 내 고향 같애."

자기 낡은 의복을 손가락질한다.

"정이 들었어. 새 옷은 생소하구 남처럼 낯이 설 것만 같다. 낯을 익히기까지 무척 긴 시간이 필요할 거야. 좀 피곤하겠지."

"별 희한한 소릴 다 하는구나. 무작정 좋아하지 못하고 왜 그러니? 새 옷 입는 기분을 향락할 수 없는 것도 바보, 지지리 궁상이야."

"그런 것 너무 생각하는 것도 지지리 궁상이야. 그건 진짜가 아니다."

"따지지 말어. 여자는 귀여워야 해."

"흥."

"그럼 난 간다. 옷은 내가 찾아서 갈게."

길모퉁이에서 숙배는 획 걸음을 돌린다. 따분한 소리 그만 듣고 이제 할 일 다 했으니 간다는 것이다.

인애는 혼자 되어 뚜벅뚜벅 포도를 밟고 간다.

인애는 자기 자신도 모르게 눈 익은 길을 걷고 있었다. 또다시 그 집을 향해 가고 있는 것이다. 김정현이 시골에서 돌아와 있을지도 모른다는 생각에서. 돌아와 있을지도 모른다는 생각은 인애의 가슴을 내리다지는 듯 그런 심한 아픔을 주었다.

아프면 아플수록 그것에서 피하려 하지 않고 오히려 더 접근해 가는 인애다. 눈물이 흐르면 고개를 숙여 그것을 감추느니보다 얼굴을 쳐들어 웃어야 하고, 무서운 일이 있으면 도망치기보다 뒤돌아서서 가슴으로 바로 받아야 하는 인애. 누가 베풀어주면 겸손하게 감사를 올리기보다 더욱더 크게 요구하는. 가령 십만 환짜리 코트를 기어이 맞추고 마는 것처럼.

인애는 지금 그 아픔을 받으려고 스스로 그곳을 향해 걸어간다. 정현과 자주 만나는 동안 얼마간 잊어버렸던 일들을 마치 되찾으러 가는 것처럼.

'이층 창문에 불이 켜져 있을 거야. 그리고 그이의 머리 그림자가 어른거리고 있을 거야. 나는 길 건너 이쪽에서 그것을 바라본다. 똑바로 바라보고, 그리고 돌아서 가는 거야.'

학교. 나뭇잎 하나 있을 리 없는 앙상한 가지가 길을 향해 뻗어 있는 학교 울타리 옆의 길을 지나간다. 그때처럼 밤이다. 그리고 그때 따라오던 달은 보이지 않는다.

인애는 그 집 앞에 이르렀다.

이층, 정현이 있던 방에 불이 켜져 있지는 않았다. 인애 마음에 형용할 수 없는 희열이 치솟는다. 그는 그 집에 있지 않았다. 인애는 그 사실을 더욱 확실하게 인식하려는 듯 움직이지 않고 서 있다. 수예점에 누가 있는지 그것도 보려 하지 않았고 또 그의 눈에 띄지도 않았다.

한참 만에 발길을 돌렸을 때 인애는 예기치 않았던 모진 바람 같은 것이 휘몰아치는 것을 느낀다.

'그이는 지금 서울에 없어.'

없다는 말이 갖는 의미, 그것은 지금 서울에 없다는 것에만 한한 것이 아닐 성싶다. 이 세상에 없다는 것도 되고 자기 자신에게 그가 없다는 뜻도 될 수 있다.

'인애야! 유치한 생각은 안 하는 거야. 그것은 은자의 생각이다. 그것은 숙배의 생각이다. 아, 아니야. 역시 내 생각이구나.'

하면서 인애는 휘청휘청 걸어간다. 그의 뒤를 누가 따라온다는 것도 모르고.

'나는 당신을 사랑합니다. 당신도 나를 사랑해야 합니다. 거안 될 말이야. 그런 게 어디 있어? 나는 당신하고 결혼을 해야겠습니다. 당신도 나하고 결혼을 해야 합니다.'

인애는 혼자 킥 하고 웃는다.

'다 집어치워. 모두 앵무새같이 그런 말들을 하지. 뭐 내가 비범해서 그 말들을 경멸하나? 애정은 그렇게 돼먹지 않았단 말이야. 흥, 네가 얼마나 인생을 안다고? 이 햇병아리야!'

인애는 여전히 몸을 휘청거리며 밤길을 간다.

'뭐, 뭐래더라? 내가 약혼자하고 미국 간다고? 고 깜찍한 계집애가 눈썹 하나 까딱하지 않고 주워 섬기더군. 내 약혼자는 누구냐? 신데렐라같이 유리구두를 신고, 오색찬란한 테이프를 끊으며 그이와 함께 멀리멀리 구름을 타고 간다. 음, 공상이 죄 될 건 없어. 하지만 그인 좀 지저분해. 나의 가난한 옷차림보다 좀 지저분해.'

인애는 끝없는 독백을 혼자 늘어놓으며 그래도 자기가 거처하고 있는 집을 향해 가고 있기는 하다.

'나는 거지공주지만 그인 비단 속에 싸인 거지야. 왜 그렇게 사로잡히고 말았을까? 그 여자에게 무슨 마력이 있었을까? 그인 늘 무서워하는 것 같았어. 왜 무서워할까? 내가 바람이냐, 그 여자가 바람이냐? 바람을 피우는 남자는 부인을 무서워한다지? 그, 그럼 그 여자는 부인이야? 하여간 동서하고 있어. 내가 바람이야? 아, 아니야 아니야!'

인애는 고개를 쩔쩔 흔든다. 그의 뒤에는 여전히 한 여자가 따라오고 있었다.

'그 코트를 입고 화장을 하고, 그리고 그일 만나는 거야. 그리고 안녕. 코트는 벗어서 팔아 날리고, 그리고 섬으로 간다. 역시 할 수 없는 애라 생각하겠지, 큰어머니는. 나를 길러준 것은 사람이 아니올시다. 나를 길러준 것은 바람이올시다. 코묻은 애들하고 나는 바닷소리를 들으며 살아야 한다. 왜?'

길도 멀었지만 인애의 독백도 끝없이 길었다.

집 앞에서 걸음을 멈추고 인애는 아무 생각 없이 뒤돌아본다. 희끄무레한 치맛자락이 그의 눈앞을 확 스쳐간 것 같다.

"……?"

자세히 어둠 속을 응시한다. 인애는 그러나 아무것도 보이지 않았다.

"무엇이 팔랑하던데?"

인애는 문을 열고 들어간다. 이층 방으로 올라왔을 때 방 안에 불은 꺼져 있었다.

"아직 안 왔나 부다."

인애는 방 안으로 들어가서 전등을 켠다.

"그렇지만 분명히 뭐가 팔랑하던데? 옳지."

인애는 다시 전등불을 끄고 창문으로 간다. 그리고 창문 밖을 내려다본다. 여자가 서 있었다. 검정 외투를 입은 것 같은데 외투 밑에 희끄무레한 치맛자락이 내비친다.

'그 여자다! 줄곧 내 뒤를 따라왔었구나.'

인애는 심장이 얼어버리는 것 같았다. 여자는 가만히 서서 문 쪽을 노려보고 있었다. 노려보고 있다는 것은 인애의 느낌에 지나지 않았는지도 모른다. 얼굴 표정을 또렷이 보기에는 너무 거리가 멀다. 그러나 전신에서, 그의 몸 전체에서 무서운 분위기가 안개같이 발산되고 있는 것만은 확실하다.

인애는 부르르 떤다. 꿈속에서도 무서운 여자였다. 미소하는 얼굴은 더욱더 무서웠다.

'마녀! 악마!'

인애는 무서움을 덜기 위해 부르짖었으나 이마에 식은땀이 흐르는 것 같다.

여자는 한번 얼굴을 쳐들어 이층을 올려다보았다. 어둠 속이라 인애의 모습이 눈에 띄지도 않으련만 인애는 그 여자 시야 속에 자기가 잡혀 들어간 듯 몸을 움츠린다.

여자는 돌아서서 어둠 속에 사라지고 말았다.

'뭐야! 뭐야! 바보 등신, 어쨌다는 거지?'

인애는 불을 켜고 숨을 들이마시며 방바닥에 주저앉는다. 밤이 소리를 내며 싸! 하고 지나가는 것 같다.

인애 눈에서 눈물이 펑펑 쏟아진다.

'비단옷 입은 알거지!'

떡국도 없는 쓸쓸한 정월 초하루가 지나갔다. 떡국은 안 먹어도 분명히 나이는 한 살 더 먹게 되었다. 아니, 먹어버렸다. 그리고 별로 변덕 없는 맑은 하늘의 여러 날들이 지나간 것 같았지만 실상은 정월 초삼일 날이었다. 초하룻날 말고 겨우겨우 이틀이 지나간 데 불과하건만, 두 달 아니 이 년만큼이나 그날들이 길고 지겹게 느껴진 것은 무슨 탓이었을까.

은자는 출판사에 나갔고 아직 돌아오지 않았다.

인애는 지난해 그믐께 받아온 일거리를 책상 위에 어수선하게 펴놓고 열심히 원고 정리를 하다 말고 고개를 번쩍 든다.

어디서고 쿵쿵 파도치는 소리가 들려오는 것 같고 머리칼이 바닷바람에 마구 휘날리는 것 같은 착각에 빠진 것이다.

'옛날에는 죄인들이 귀양 간 곳이라지만…… 지금도 오늘날에도 내가 섬으로 간다면, 아주 간다면 그런 기분일까? 욕망과 미래와 희망과 그리고 젊음을 다 버리고 가는 그런 기분이 될까?'

인애는 잉크가 마르지 않는 펜 끝으로 손등을 쿡쿡 찔러본다. 까만 점이 하나씩 하나씩 새겨진다.

'왜 별안간 섬 생각은 했을까? 아니야, 나는 요즘 자꾸자꾸 그곳 생각을 하는걸. 가겠다는 거야? 정말 넌 가겠다는 거야?'

인애는 고개를 흔들며 다시 일을 시작한다. 그러나 그는 얼마 가지 않아 다시 펜을 놓고 창문을 멍청히 바라본다. 여전히 날씨는 청명하다. 겨울 하늘이 지나치게 맑아서 더욱 차갑게 가슴에 와닿는 것 같다. 차가운 것이 가슴에 와닿는다고 느끼는 순간 인애는 김정현의 얼굴을 지워버리려는 듯 허공을 향해 손을 젓는다. 몽유병자가 그러는 것처럼.

김정현으로부터 아직 아무런 소식은 없었다.

'하지만 어디서 그이의 소식이 와? 녹지대에나 고향에 나가 보지도 않으면서. 나가봤던들 별수 있어? 우연히 내게 와주지 않는다면 아무 소용도 없는 일이야. 우연, 우연, 우연은 대체 뭐야? 운명? 하느님이 주시는 건가? 그렇다면, 정말 하느님이 주신다면 이 방에 가만히 앉아 있어도 주시고 싶으면 주실 것 아니냐 말이다. 내가 있는 곳에 그이가 찾아올지 누가 알어? 하느님께서 너는 거기 가야 하느니라. 그리고 그 가난한 소녀를 만나야 하느니라 하시면, 그이 마음에다 명령을 하신다면? 꿈에 그 소녀를 보고 가슴이 아파서, 가엾은 생각이 들어서 허겁지겁 쫓아온다면? 꿈은 하느님이 주시는 거야. 하지만 난 가엾은 애는 아니야. 누더기를 걸친 공주, 그인 비단을 입은 거지. 가엾은 사람은 그분이야. 괴롭고 슬픈 사람은 그분이야. 쫓기고 겁을 먹는 사람도 그분이야. 왜 그것도 하느님이 만들어주셨나? 그분은 나쁜 사람 아닌데 왜 하느님은 그에게 그런 것을 주셨을까? 그 여자는 무서워. 내가 미워하기 때문에? 아니야 무서운 사람이야.'

하는데 언제 왔는지

"무슨 생각을 하고 있니?"

은자가 서 있었다.

"아니, 너 언제?"

"넋이 빠져서. 아까 왔는데 여태 넌 그러고 있잖니. 옛다, 너에게 편지."

하고 은자는 편지 한 장을 내밀었다.

인애의 눈이 갑자기 황홀하게 빛난다.

"우연히 오신 거야."

하고 그는 소리친다.

"뭐라구?"

은자는 돌아서서 외투를 벗으려다 소리치는 인애를 돌아본다. 인애는 하얀, 아무것도, 이름도 주소도 씌어 있지 않는 봉투를 내려다보며 귀한 선물을 받은 어린애같이 행복하게 미소하고 있었다.

"우연이라니?"

은자가 되묻는다.

"하느님이 주시는 거야."

"흥, 크리스마스는 벌써 지나갔어. 나이를 거꾸로 먹는가 부지?"

은자는 우울하게 뇐다.

그는 그 자신의 괴로움 때문에 편지나 인애에 대하여 전과 같은 관심을 나타내지 않는다. 그는 외투를 벗어 던지고 난로 위에 주전자를 올려놓고 베란다로 나가버린다.

이름도 주소도 쓰지 않고 보내는 편지라면 김정현이 한 것임에 틀림이 없다. 그는 어떻게 이 편지를 은자가 전하게 되었는가 그 경위를 물어보는 것도 잊어버리고 자기의 소망을 신춘부터 이루어주신 어떤 신비한 힘에 대하여 감사를 올리는 마음으로 가득 차 있었다. 아까부터, 바다의 파도 소리를 들었을 때부터 그는 이상한 착각 속에 그냥 계속해 있는 것이다.

그는 편지를 뜯어서 필적에서부터 의아함을 나타내며, 그다음에는 초조한, 그다음에는 아주 실망한 그런 변화를 급속하게 얼굴에 나타내며 편지를 읽기 시작한다.

인애의 얼굴은 별안간 백지장처럼 하얗게 변했다.

편지에는

'내일 명동 녹지대에서 댁을 만나고 싶습니다. 시간은 여섯 시. 꼭 일방적인 이 약속 지켜주시기 바랍니다.—수예점'

그렇게 씌어 있지 않는가.

"은자야!"

인애의 목소리는 두 갈래로 갈라져 버린 듯 울렸다.

"왜? 말해봐."

은자는 밖에서 무엇을 하는지 들어오려 하지 않고 대꾸만
한다.

"너 이 편지 뉘에게 받았니?"

역시 낮은 목소리는 갈라져 나왔다.

"집 앞에서 받았지."

은자는 손수건을 빠는지 성의 없는 대꾸를 한다. 그는 손수
건을 빨면서 자기 자신의 생각 속에 빠져버린 것 같았다.

"집 앞에서 누가?"

"어떤 부인네가."

"뭐라면서 주든."

"같이 있는 노랑머리 학생한테 전하라 하더구나."

"……."

"누구 심부름인가 부지?"

"누구 심부름……."

"좋은 우연 아니냐?"

"마귀할멈이 갖다준 거야."

"산타클로스 할아버지는 벌써 가셨지. 작년에……."

은자는 뚱딴지같은 말을 하고 물을 비운 대야에 세숫물을

붓는다.

"초정월부터 하느님은 내게 외면을 하셔."

"애가 오늘은 왜 그러니? 천당이 가까워 오니? 하느님 하느
님 하고 있게……."

인애는 다음 날 편지를 호주머니 속에 찔러 넣고 집을 나섰
다. 그는 녹지대로 나가는 것이다.

인애는 합승을 탔다. 그리고 그는 종로에서 내렸다. 명동까
지 가려면 상당한 거리가 있는 지점이다. 시간도 넉넉하게 남
았거니와 그는 그 여자를 만나기 전에 좀 더 생각하고 마음을
작정할 필요를 느꼈기 때문에 명동까지 걸어갈 생각을 한 것
이다.

여전히 눈에 띄는 것은 많은 군중이다. 군중에 둘러싸인 계
곡과도 같이 폭포는 도시 한복판을 뻗어나가고 있다. 오가는
사람들, 양편의 높은 빌딩…… 사람의 마음도 건물의 마음도
소음을 외면하고 또한 가까이 다가오고 있는 봄의 발소리에도
귀 기울이지 않고 다만 가난하고 초라한 그리고 비어버린 공
간을 안고 있으며 또는 가고 있을 뿐이다.

좀 더 나아질 수는 없는가. 좀 더 영혼을 흔들어주고 미소
지을 수 있는 그 무엇은 없는가. 도시는 괴물같이 커지기만 하
고 사람의 무리는 보다 더 범람하여 홍수를 일으킬 지경인데.
구두점에는 오렌지 빛깔의 귀여운 세무 구두가 진열되어 있고

어느 누구보다 봄에 민감한 양장점의 주인은 봄옷을 만들어 진열장에 화려하게 장식하고 있건만 진정 봄은 어디메에 있는고. 소녀들의 얼굴은 어둡고, 대머리의 중년 신사나 구두창이 밖으로만 닳은 청년들의 걸음걸이. 그리고 어울리지도 않게 호화롭기만 한 흰 털외투 입은 숙녀들, 모두 모두가 생활하는 모습은 아니다. 다만 생존하고 있는 모습들이 아닌가.

인애는 억지를 쓰듯 그런 생각을 하며 걸어간다. 좀 더 생각해 보고 마음을 작정하기 위해 일부러 종로에서 내려 걸어가는데 그는 그 생각을 못 하고, 아니 일부러 고의적으로 피하기 위해 엉뚱한, 눈앞에 비치는 일들을 챙겨보며 걸어가고 있는 것이다.

사람이란 때론 그렇게 무엇이 절박해질 때면 그럴 수도 있는 일이지만, 인애의 생각은 어느 때보다 직감적이고 조리 있는 것이다.

도시를 걸어가고 군중을 바라보고 가면서 그것은 크고 엄청난 것에서, 어쩌면 인류 문명의 파탄의 과정으로까지 그의 생각은 미치고 있는 것이다.

'가슴을 펴고 떳떳하게 걸어라, 인애야!'

그는 자기가 가는 길을 의식하듯 별안간 자기 자신에게 명령을 내린다.

'그 여자가 누구든 나는 만나준다!'

다시 그는 자기 자신에게 인식을 시킨다.

'그이를 자기 소유물이라 주장한다면 나는 말도 들어준다. 무슨 얘기든지 들어준다. 들어줄 테다!'

인애는 가슴을 펴고 걸어가면서 중얼거린다. 그런데 이상하게 인애는 휘청거린다. 그의 명령을 마음은 복종하는데 아마도 몸은 복종하지 못하는 모양이다. 마치 그의 앞으로 모진 바람이 휘몰아 오듯 걸음은 주춤거려지고 마치 바람이 뒤에서 몰아 때리듯 걸음이 빨라지기도 하고 도무지 균형을 잃어버린 듯한 그의 몸이, 그러나 어느새 을지로 입구까지 나와 있는 것이다.

'대답할 말을 준비해 놔야지. 실수가 없도록, 내가 그 여자를 무서워하지 않고 있다는 본때를 보여주어야지. 인애는 겁쟁이가 아니라는 것을 알려주어야 해.'

인애는 다시 뒤에서 바람이 몰아 때리듯 걸음을 빨리한다.

'그 여자는 나에게 무슨 말을 물어보려는가? 우선은 들어주고…… 그렇다, 잠자코 들어만 주자.'

인애는 다시 마음속으로 중얼거린다.

'그다음에는 내가 얘기해야지. 그 여자가 자기의 소유권을 주장할 때 나는 무엇을 주장할까? 그이의 마음은 내 거라고? 마음이 어디 있니? 우습다. 우스워.'

인애는 실제로 웃음을 띤다. 생떼를 쓰고 있는 것 같았기 때문이다.

"미스 하, 어디로 가는 거요?"

굵은 남자 목소리에 인애는 얼굴을 든다. 너무 골똘히 생각에 묻혀서 걸었기 때문에 그의 눈에는 말을 걸어준 남자의 얼굴을 잘 볼 수 없었다. 사방이 어두워진 탓만은 아니다.

그러나 얼굴은 볼 수 없어도 그 목소리로 누구인지 알 수는 있었고 또한 그가 간절히 소망하던 우연도 아니었기에 슬픔에 가득 찬 목소리로.

"민 선생님이시군요."

"내 얼굴이 보여요?"

민상건의 목소리가 파상적으로 울려온다.

"그걸 어떻게 아세요?"

"눈뜬장님 같은 그런 눈을 하고 있어서."

"이렇게 거리가 어둑어둑한데 제 눈이 보이나요?"

"그건 느낌이지."

"과연 천재시군요."

"천재라……."

민상건은 껄껄 웃는다.

"그런데 어디 가는 길이오?"

"녹지대에 나가는 거예요."

"그럼 따라가서 차를 한 잔 사주어야겠군."

"친절하게도 따라오셔서까지."

"걷고 싶고 차를 마시고 싶으니까 그건 내 자신을 위한 친절이지."

두 사람은 같은 방향을 향해 걸어간다.

"선생님 자신을 위한 친절이지만 저를 위한 친절이라고 오해받으면 어떡허죠? 특히 숙배가 말예요. 전 선생님 땜에 상당히 희생이 컸었어요. 숙배한테 언니 대접도 못 받고 악담을 마구 들었으니까 말예요."

하는데 그런 얘기에 마음을 쏟고 있지는 않았다.

"거 미안하게 됐구먼."

"하지만 숙배 혼자 오해한다면 그건 용서해 줄 수도 있어요. 고 계집애 속이 좁으니까요. 하지만 다른 여자들은 싫어요. 선생님은 만날 때마다 같이 가는 여성의 얼굴이 다르더군요. 그런 건 명예스럽지 못해요. 지금 같이 가는 저 자신을 위해서나 숙배를 위해서도."

민상건은 씁쓸한 미소를 띨 뿐 아무 대꾸도 하지 않는다.

"선생님?"

"말씀하시오."

"녹지대에는 절 기다리는 사람이 있어요."

"그거 헛다리 짚었군. 웃통 벗고 나서자 하면 곤란한데?"

"여자도 웃통을 벗나요?"

"기다리는 사람이 여자란 말이지? 그럼 커피 한 잔 더 사면 되겠군."

"한데 그분하고 밀담이 있어요. 그동안 기다려주셨다가 저한테 술 사주시겠어요?"

"올라잇!"

민상건은 미소하며 따라간다.

녹지대 어두침침한 계단을 내려간다. 홀 안으로 들어가서 인애는 자기를 기다리고 있을 여자를 눈으로 찾는다. 이때 민상건의 얼굴은 파랗게 질렸다. 그러나 그는 다른 좌석으로 가서 앉고 인애는 여자 맞은편 자리에 가서 앉는다.

인애는 자기 자신에게 닥쳐올 일과 그 여자가 자리에 앉아서 자기를 기다리고 있다는 것, 볼 수는 없지만 그 무서운 눈동자가 이마빡을 쏘고 있다는 느낌, 그것만으로 가슴이 벅차서 민상건의 얼굴빛이 별안간 변해버렸다는 사실을 깊이 생각할 겨를도 없었다.

여자는 하늘빛 두루마기에 흰 머플러를 목에 두르고 있었다. 하얀 얼굴의 윤곽이 흔들리는 것은 인애의 눈이 흔들린 때문이고 여자는 마주 보고 앉은 인애를 쳐다보고 있지는 않았다. 저만큼 떨어진 곳에서 이편에 등을 보이고 앉아서 신문을 펴든 민상건에게 눈길을 보내고 있는 것이다.

인애의 시야는 차차 확실해져서 눈앞의 사물이 제자리에 앉은 것 같다. 그러자 여자의 얼굴이 뚜렷하게 가까이 묻어온다. 도무지 속을 알 수 없는 태연한 모습이다. 여자의 얼굴에서는 초조하고 절박해하는 빛도, 노여움과 흥분의 자취도 찾아볼 수 없고, 심지어 그의 묵묵한 냉소마저 사라지고 없었다. 다만 민상건을 향해 앉은, 움직이지 않는 자세, 그 사이에 흐른 시간이 길고 좀 지루한 느낌을 주었을 뿐이다.

'앗! 참 맞았어!'

인애는 중대한 발견을 하듯 마음속으로 소리친다.

'언젠가 이 여자를 민 선생님 제작실에서 한 번 만난 일이 있었지! 문을 열고 나가려다 돌아보았어. 그리고 나를 향해 웃었다. 얼마나 무서운 미소였던가. 나는 그 미소를 꿈속에서도 여러 번 보았어.'

인애는 그 미소를 똑똑히 기억하고 있을 뿐만 아니라 그를 늘 괴롭혀 왔었는데 이상하게도 그와 만난 장소를 잊어버리고 있었다. 그것을 지금 기억해 낸 것이다.

인애는 정신을 바싹 가다듬고 민상건의 뒷모습에서 떨어지지 않고 있는 여자의 눈동자를 응시한다. 아무런 빛이 없다. 그늘도 없다. 유리구슬을 끼워놓은 듯 그것은 생명의 감촉을 느낄 수 없는 것이었다. 불 속에 넣어도 타지 않을 광물질, 다만 억지로 애써서 무엇을 그 속에서 찾아내려 한다면 그것은 무자비, 바로 그 무자비함이라 할 수 있을 것이다.

여자의 얼굴이 별안간 움직였다.

가죽이 모조리 늘어나고 그 가죽 밑바닥에서 무엇이 용솟음치고 터져 올라오는 듯, 그것은 언젠가 본 일이 있고 꿈속에서도 인애를 괴롭게 하던 그 미소였던 것이다.

여자는 웃음 띤 얼굴을 인애에게 돌렸다. 변화무쌍하게도 바로 보는 그 미소한 얼굴은 아름다웠다.

착하고 선량한 것은 아니었을지라도 인애는 여자 바로 앞에
까지 자기 몸뚱어리가 끌려 들어가는 착각에 빠진다. 그것에
대하여 필사적인 저항을 하며 의자 모서리를 꼭 눌러 잡는다.

"나오시느라고 수고하셨어요."

억양 없이 팽팽한 목소리가 자연스럽게 흘러나왔다. 입술이
움직이는 것 같지도 않았는데. 미소는 제일격第一擊이고 목소리
는 제이격第二擊이다.

"수고될 것도 없어요. 저는 여기 늘 나오니까요."

버티듯 말했으나 미숙한 분위기는 인애의 목소리를 떨리게
했다.

"아, 그러세요?"

여자는 한 번 고개를 갸웃한다. 무슨 뜻으로 그러는지. 그러
고 그는 인애의 목덜미 쪽으로 눈을 옮긴다.

"이 장소를 택한 것을 보아서 부인께서는 제가 여기 잘 나오
는 것을 이미 알고 계시는 것 같은데요?"

토막토막 잘려서 말이 인애 입에서 나온다.

"아, 그야 조금은 알고 있죠. 이곳의 인기를 독점하고 있다
는 것도."

여자는 말하며 조그마한 구슬백 속에서 담배를 꺼내어 붙여
문다. 푸른 담배 연기를 뿜어내다가 여자는 한쪽 다리를 포개
얹는데 하늘빛 두루마기 속에서 자줏빛 치마가 비어져 나온
다. 그 자줏빛, 우중충한 빛깔, 어쩌면 핏빛 같기도 한 짙은 색

채에 인애는 잠시 현기증 같은 것을 느낀다. 그리고 하얀, 지금은 푸른 기마저 도는 듯한 여자의 얼굴이 그 핏빛 속으로 말려 들어가고 빙글빙글 도는 것 같다. 그 돌아가는 속도가 빨라지면서 인애는 못 견딜 지경으로 구토증을 느낀다.

'머리가 터져 나가는 것 같다. 사람의 얼굴도 보이지 않고 아무 소리도 들려오지 않아.'

인애는 의자 모서리를 더욱더 힘주어서 잡는다.

"무슨 말씀인지, 하시죠."

하는데 인애 귀에는 요란스럽게 종이 울리는 듯 자기 목소리만 광광 울려 퍼지는 것이다.

"약속 시간이 바쁘신가요?"

먼 곳에서 여자의 목소리가 울리다가 '바쁘신가요' 하는 말은 아주 가까운 곳에서 들려온다. 그리고 여자의 얼굴이 흔들리지 않고 바로 보이기 시작한다.

인애는 여자 묻는 말에 대꾸를 하지 않았다. 저만큼 돌아앉아서 신문을 읽고 있는 민상건을 두고 하는 말임에 틀림이 없다.

"그럼 한 가지 물어보겠어요. 정직하게 숨기지 말고 대답해 주세요. 지금 정현이는 어디 있죠?"

"모릅니다!"

인애의 얼굴이 바짝 굳어진다.

"숨기는 거예요?"

여자의 목소리는 여전히 억양이 없다.

"나는 모릅니다. 도리어 내 편에서 물어보고 싶은 말입니다."

"무슨 자격으로?"

"물어보는 데도 자격이 필요합니까?"

"물어보는 사람에 따라서 아마 그런 것 좀 필요할 것 같군요."

"그 자격증은 어디서 팔고 있습니까?"

인애는 필사적으로 응수한다. 여자는 픽 웃는다. 몰려서 웃는 것이 아니고 살짝 비켜서면서 웃었던 것이다.

"모른다……."

하고 혼잣말같이 되뇌다가

"어떤 사태가 벌어진다면 당신은 책임을 지겠어요?"

웃음은 사라지고 별안간 마치 돌개바람이 내리덮이듯 여자의 얼굴이 흙빛으로 변해간다.

"무슨 책임 말입니까?"

"정현이를 좋아한 대가를 지불해야 하지 않겠느냐 그 말이오."

"좋아한 대가를 지불한다면? 목숨 말인가요?"

"……."

"그건 저의 목숨으로 지불하는 도리밖에 없겠군요."

수세에서 공세로 나선 인애의 분홍빛 입술이 야무지게 다물어진다. 눈동자도 안으로 모여든 듯 짙푸르게 희미한 형광등 아래서 반짝인다.

흙빛으로 달라진 여자 얼굴에 비틀어진 웃음이 흐르고 이 긴박한 공기를 흔들듯 음악이 크게 울린다.

고조되었던 음악은 갑자기 낮아지면서 평화스러운 전원 풍경으로 옮겨가듯 감미롭고 화창한 멜로디로 변하여 간다. 민상건은 그대로의 모습이고 인애를 아는 얼굴들도 어느새 녹지대 안에 모여들어 인애 쪽을 흘끔흘끔 쳐다보고 있었다. 눈이 마주치면 눈인사라도 보내려고. 그러나 거의 날마다 한 번씩 들르는 한철의 모습만은 눈에 띄지 않는다.

"여기 커피 갖다주실까요?"

지나가려는 레지를 불러 여자는 차를 주문한다. 그리고 다시 인애에게 눈길을 돌렸다.

놀라운 일이다. 참으로 빠르게, 그것은 신비스러울 지경으로 여자의 얼굴은 본시 그대로의 상태로 돌아가 있었다. 그 너무나 빠른 변모에 인애의 사라졌던 공포감은 다시 달려들었다.

"그야말로 순정이군요. 생명을 다 바치다니."

조롱이 나왔다. 그리고 여자는 인애의 눈길을 한 묶음으로 움켜잡으려는 듯 직선적으로 노려본다. 인애 얼굴에 피가 모여들었다.

"요즘 순정이라는 뜻이 퍽 통속적으로 취급되고 있죠."

"통속이 뭐가 나쁜가요?"

여자가 반문한다.

"나쁘다고 하지는 않았습니다."

"화류계의 여자들이 정사情死를 하면 신파극이 되고 여류 시인께서 정사를 하면 그건 예술이 된다는 이야기인가요?"

빈틈없이 감고 도는 말이다.

"자기기만의 부피에 따라 판단할 수 있는 이야기죠. 계급 얘기를 한 건 아니니까요."

인애는 노해한다.

"이야기가 엇길로 나간 것 같군요. 그런 것 토론하러 오지는 않았으니까 이야기를 돌립시다. 그러기 전에 한마디, 순정 같은 그런 것보다 더 무섭고 강한 게 있다면? 그러면 댁은 어쩌시겠어요?"

"목숨을 잃는 것보다 더 무엇이 있을까요?"

인애의 말은 잠꼬대같이 되어버렸다.

"이상한 일이군요. 누가 당신의 목숨을 노리고 있기라도 한 것처럼 아까부터 늘 목숨 목숨 하니. 나는 당신을 살해할 마음은 조금도 없고 또 사실 죽는 것보다 질기고 강한 것이 얼마든지 있으니까."

"그야 죽을 수 있는 자유까지도 빼앗긴 처지라면, 가령 감옥 같은 곳에 있는 거라면 더 질긴 목숨이 되겠죠."

감옥이라는 말이 나왔을 때 여자의 눈은 크게 벌어졌다. 그리고 인애가 무슨 사실을 알고 있지나 않는가, 그런 눈으로 살펴본다.

인애는 자기도 모르는 서슬에 무심히 내뱉은 말이었는데. 그러나 인애는 여자의 표정에서 이상한 것을 직감한다.

'무슨 일이 있다. 반드시 무슨 일이 있다!'

여자는 다 타버린 담배를 재떨이에 버리고

"다시 한 번 묻겠어요. 정현이한테서 편지는 오지 않았는가요?"

"오지 않았습니다."

"정말 숨기지 마세요. 알고 있으면서 말 안 한다면 무슨 일이 일어날지 장담 못 해요. 아직은 최후의 결정을 내릴 단계는 아니라고 생각하고 있지만, 진정으로 당신이 정현이를 좋아한다면 그 좋아하는 대가로서 나에게 숨기지 않는 일이 하나 남아 있을 뿐이오."

한참 만에 여자는 다시

"한 가지만 더 묻겠는데 정현이를 어디서 알았죠?"

"그런 대답까지 해야 하나요?"

"떳떳하다면 대답 못 할 것 없지 않아요?"

"떳떳하다고 이마빡에도 공개장을 써 붙이고 다녀야 하나요?"

"떳떳하다면야 대답 못 할 이유가 없지 않소?"

처음으로 여자의 목소리는 굵어지며 무섭게 억압해 오는 분위기를 내어 뿜는다.

"떳떳한 일이라고 그럼 이마빡에 공개장을 써 붙이고 다녀 야 하나요?"

인애도 만만치 않게 응수한다.

"미리부터 똑똑한 아인 줄은 알고 있었지만 정말 지나치게 똑똑하군."

내뱉는다.

인애의 눈에 눈물이 글썽 고이다가 이내 삼켜버리고

"너무 그러시는 것 아니에요."

하는데 인애는 무엇을 그런다는 것인지 자기 자신도 알 수 없었다. 아직은 여자 편에서 견디기 어려운 모욕적인 언사가 나오지는 않았다. 다만 무어라 설명할 수 없는 그 분위기에 자 칫 잘못하다가는 인애 자신이 터져버릴 것이라는, 버티기 몹 시 힘이 든다는 그런 심정에 허우적거리고 있는 것이다.

"저는 여태 알몸으로 부딪쳐 살아왔었어요. 어떠한 위협에 도 저는 침해당하지 않고 살아왔습니다. 왜냐하면 버릴래도 버릴 그 아무것도 없었으니까요."

"알몸으로? 버릴래야 버릴 아무것도 없다고? 그럼 그런 깊 은 관계까지 들어갔다 말이오?"

알몸으로 살았으니 버리려야 버릴 게 없다는 인애의 말뜻을 모를 여자는 아니다. 그러나 그는 인애에게 상처 주기 위해 그 말을 거머잡은 것이다.

"그렇다면, 만일 그렇다면 어쩌시겠어요. 부인께서도 제가 알기론 윤리니 관습 따위를 운운하실 처지는 못 된다고 생각하는데요?"

쏘아버린 화살은 도중에서 꺾어져 되돌아왔다. 그리고 여자 가슴에 꽂힌 격이다. 그러나 여자 얼굴에는 아무런 동요도 일어나지 않았다.

"좀처럼 이야기는 진전될 것 같지도 않고, 또 사실 아가씨께서는 정현이의 행방을 모른다 했는데 그게 사실 같기도 하고, 나는 또 나쁜 사태가 벌어지리라 생각하고 있지도 않아요. 그러니까 오늘은 이쯤 해두죠. 그러나 한 가지, 정현이로부터 만일 어떠한 연락이 있다면 나에게 알려주어야 할게요. 그 점만은 잊지 마세요."

여자는 일어섰다. 얼굴이 붉게 상기된 인애도 일어서며

"저를 사탕 빠는 어린아이로 취급하시는 건가요?"

대들듯 말한다. 여자는 잠자코 인애를 바라보다가

"목숨을 바칠 만큼 좋아하는 남자라면 그 사람을 지켜주어야지. 나중에 후회해도 소용없으니까."

"그렇다면 정현 씨 스스로가 당신에게 걸어 들어갈 것 아니에요?"

"두고 봐야 알 일이지. 어느 편이 최후를 장식하는가."

여자는 잊으려야 잊을 수 없는 눈길을 던지고 나갔다. 인애는 민상건에게 달려간다.

"선생님, 나가세요. 날 데리고."

뒤에서 인애에게 말을 거는 친구가 있었으나 인애는 민상건을 따라 밖으로 나가버린다.

민상건은 두벅두벅 걸어간다. 다만 그 구둣발 소리가 인애 귀에 울려올 뿐이다.

"선생님."

"……."

"무서운 고전을 치렀어요."

"……."

"그런데 몸이 어식어식하고 열이 나는 것 같아요. 희열! 무서운 희열이군요. 전 이긴 거예요!"

사실 인애 눈에는 아무것도 보이지 않았고 민상건의 구둣발 소리만 따라가고 있는 것이다.

"오랫동안 보이지 않는 힘과 겨루어 왔었는데. 참 오랜 세월이었어요. 그런데 전 지금 이긴 거예요. 마음을 가지고 오고 말았다는 확신을 얻은 거예요. 선생님 왜 말씀이 없으세요?"

"들어주는 편이 좋을 것 같군."

"그, 그럼 절 남산으로 데려다주세요. 그리고 저도 선생님에게 묻고 싶어요."

"옆에서 누가 들으면 애인끼리 하는 얘기라 하겠네."

민상건은 웃었다. 눈은 웃고 있지 않으면서도. 그러나 그는 인애가 부탁한 대로 남산을 향해 천천히 걸어 올라간다.

"선생님, 아까 그 부인, 선생님 제작실에서 만난 일이 있어요."

인애는 민상건 옆으로 다가서며 말한다.

"그랬던가?"

"그 부인을 아시죠? 선생님하고 어떻게 되죠?"

오르막길이기는 해도 인애가 숨이 가빠하는 것은 역시 흥분 때문이다.

"인애하고는 어떻게 되지?"

"선생님부터 말씀하세요."

"꼭 알아야 할 필요가 있는 사람은 인애 편이고 나는 그럴 필요가 없는 사람이야. 하지만 무료 봉사는 싫은 성미니까."

말씨가 고르지 못한 민상건은 어느새 반말을 쓰고 있었다. 그리고 그의 얼굴에는 어둠에 가려 잘 볼 수는 없었지만 괴로운 그늘이 내리덮이고 있는 것을 느낄 수 있었다.

"한 말로 다 설명할 수는 없어요."

"한 말로 못하면 열 말로 하시지."

농담으로 돌리려는데 민상건의 분위기는 공기가 얼어버릴 듯 그런 삼엄한 것이 있었다.

"그 부인하고 동거하고 있는 젊은 남자가 제 애인이라는 거죠."

"뭐?"

민상건은 가다 말고 걸음을 멈추었다. 그리고 인애를 쏘듯 바라본다.

"정현이 말인가?"

그 말은 중얼거리는 것같이 들렸다. 인애는 김정현이 민상건을 알고 있었다는 것을 비로소 생각해 냈다.

'어째서 중대한 일들을 나는 까맣게 잊어버리고 있었을까?'

"김정현이 하인애의 애인이라구?"

민상건은 밤공기가 울릴 정도로 큰 소리는 아니었지만 소리내어 웃었다.

"그이를 서, 선생님은 어떻게 아세요?"

숨이 막힌 듯 인애의 목소리는 낮았다.

"한때 내 제자였던 아이지."

"제자?"

"제자……."

"그리고 인척관계도 있다고 해둘까?"

"그건 무슨 말씀인지?"

"처남뻘이 되는가?"

인애는 더욱더 숨을 들이마신다.

"그, 그럼 부인의 동생?"

"육촌동생일 거야. 아까 그 여자의."

"네? 육촌동생이라고요!"

인애의 외치는 소리가 공기를 뚫고 나가다가, 그 떨어진 장소에 언제까지 머물러 소리를 울리고 있는 것 같다.

"그리고 그 여자는 분명히 호적상의 내 아내고."

한참 만에 민상건의 목소리는 천천히 밀려 나왔다. 무서운 것이 한 번 겹치고 또 두 번 겹쳐왔다. 인애는 숨을 쉴 수가 없다. 한꺼번에 말들이 마구 쏟아져 나올 것만 같은데 단 한 마디도 말이 되어 나오지 않았다.

사방은 어두워져서, 눈 아래 도시에는 여름밤 반딧불 같은 불빛이 반짝이기 시작했다. 인애는 신음 소리를 내며 심한 충격으로 땅에 넘어지지 않으려고 민상건의 팔을 거머잡는다.

"그, 그럼 동생하고 그, 그렇게 된 거예요."

속삭인다.

"관능이지."

민상건은 엉뚱한 대답을 한다. 그리고 입에 문 담배를 뽑아 어둠 속에 던진다. 담뱃불이 흩어지고 어둠과 냉기가 스며든다. 사방에서.

"왜, 용서될 수 있을까요?"

"용서 안 될 것도 없지. 한국의 제도가 유죄였을 뿐이지."

싸늘하게 내뱉고는 이상한 웃음을 띤다.

"선생님의 경우도……."

"이혼, 왜 하지 않느냐 그 말인가?"

"……."

"상식적으로는 이상한 일이지. 적어도 여자에 대하여 큰 꿈을 가졌던 그런 시절이 있었다면 이런 식으로 이야기할 수는 없었겠지. 아주 비극적으로 눈물쯤 흘렸을지도 몰라."

하고 민상건은 다시 이상한 웃음을 띤다.

"불편하지도 편리하지도 않으니까 그냥 내버려 두고 있는지도 모를 일이지만, 사실은 좀 미묘한 장난 같은 기분이 있어 그랬을 거야."

"그렇게 소홀히! 이, 이해할 수 없어요! 선생님."

민상건의 팔을 거머잡은 인애의 손이 몹시 떨리고 있다. 그러나 민상건은 그 말대꾸는 하지 않았다.

"원래 그 여자는 그림을 그렸지. 나하고 함께 미대를 다녔거든. 우연한 기회에 그 여자는 내 모델이 되겠다고 자진해 왔어. 그때만 해도 나이 어렸고 또 일시적으로 그 여자의 아름다운, 어쩌면 마성인지도 모를 몸에 나는 빠지고 말았어. 결혼 생활은 일 년이 못 가 파탄하고 이미 벌써 옛날에 우리는 남이 되고 말았지만. 그리고 그를 혐오하고 냉혈동물에 대한 것처럼 섬짓함을 느끼면서도 그 여자는 아주 최근까지 내 모델 노릇을 했지. 작품을 보면 대개 짐작이 갈 테지만 여자란 여자는 모조리 저주에 가득 차서 있는 것을 느낄 거야. 말하자면 원죄에 대한. 그런데 그것에 한 오라기 슬픔이 있을까? 그럼 왜 그런 여자만을? 하겠지. 그러나 그것은 설명할 수가 없어. 일종의 괴벽이라고나 할 수밖에. 그 여자가 지닌 일종의 보기 흉한 신비성을 나는 작품으로 추궁해 보고 싶었어. 이상한 집념이지. 그러나 그 여자하고, 요즘에는 어쩌면 가능한 이혼을 못

한 것은 작품에 대한 욕심 때문에 그런 건 물론 아니야."

민상건은 일단 말을 끊고 담배를 찾아 문다.

연기를 뿜어내면서 민상건은 하던 말을 계속한다.

"처음 나는 그 여자와 헤어지려고 거의 발광하다시피 했어. 그 여자는 내 영혼을 먹어 들어가서 나중에는 한 줌도 남겨놓지 않을 거라는 공포가 겹치면 겹칠수록 미치겠더구먼. 나는 발버둥쳤어! 괴로운 투쟁을 했어. 하나 구체적으로 그 여자의 이러저러한 점이 어떻다는 이야기는 아냐. 꼬집어서 말할 수도 없고. 그렇지, 분위기야. 하나도 남겨놓지 않고 다 먹어버리고 말 것이라는 그 압축되어 오는 분위기. 때리기도 하고 때려 부수기도 하고 별 지랄을 다 해봤어. 그래도 소용이 없더군. 결국 나는 닥치는 대로 여자를 사귀었지. 술을 마시고 방탕한 생활을 하고 집 잃은 강아지처럼 쏘다녔어. 그러나 여자는 눈 하나 까딱하지 않더군. 물론 이혼은 어림도 없는 일이고. 그는 내 마음대로 하라는 거야. 호적상의 이름은 그만두고 마음대로 하라는 거야. 차차 나도 훈련이 되어 호적의 형식은 무시해 버렸어. 가끔 결혼하고 싶어지는 여자가 없지도 않았지만 그러나 이미 나는 여자에 대하여 어떤 꿈도 가져볼 수가 없게 되어 있었고 그래서 이혼이 되지 못하고 있는 상태는 내게 있어 가장 좋은 방패가 되었거든. 말하자면 내 자유를 구속하던 그 법적인 것이 도리어 내가 향유하는 자유를 보호해 준 셈이 됐지. 자, 그렇다면 그 여자는 지금 정현이하고 살고 있어. 그것만으로 이혼은 가능해. 그런데 왜 안 하느냐? 첫째는 내 자유의 보호자였다는 점, 둘째는 오랫동안 그 여자에게 지워준 빚을 갚는다는 기분, 셋째는 내 게으른 탓이야. 골치 아픈 수속 절차를 밟아야 할 만큼 그런 절실한 상태까지 내가 가 있지 않다는 이야기."

인애는 묵묵히 앉아 있다.

"나는 너무 많은 여자를 알았기 때문에 여자에 대한 꿈이 없어."

"숙배가 그걸 아나요?"

"절반가량 이야기한 기억이 있구먼."

"그렇게 세상이란 아무렇게나……."

"생각하기 탓이지. 모든 사물은 지닌 그것대로지만……."

"정현 씨에 대한 것도 저의 생각 탓이겠군요?"

"남의 이야기는 별로 하고 싶지 않아."

"미워하세요?"

"별로, 미워할 아무런 이유가 없지."

"정말 아무렇지도 않으세요?"

"인애는 미워하나?"

"무서워요."

"정이 떨어졌다는 얘긴가?"

"무서운데 가엾어요."

"……."

"그인 확실해요. 그 여자를 두려워하고 있어요. 무슨 끔찍한 일이 있을 것 같은 생각이 자꾸만 들어요."

"사랑하는 사람은 누구나 다 좋게만 해석하려 하지."

"그럼 나쁘단 말이에요?"

"내 기억으로는 옛날의 그 청년은 좋은 청년이었어."

"나쁜 사람 아니에요! 정말 나쁜 사람 아니에요!"

인애는 자기 자신에게 일러주듯 다시 외친다.

"나쁜 사람이라 하지 않았어. 내 자신을 나쁘다고 생각 안 하는 거와 마찬가지로."

"그, 그이를 섬에서 처음 만났을 때 아, 그때가 생각나요!"

13. 의상衣裳

외투 자락이 길지도 않건만 그 외투 자락을 땅바닥에 질질 끌고 가는 듯 그런 무거운 걸음걸이로 걸어가고 있다.

현관문을 열고 들어섰을 때 불빛이 그의 얼굴에 내리 쏟아졌다. 안방 시계가 아홉 번 쳤다. 그 시계 소리는 벽을 쿵쿵 치고, 그리고 여음도 없이 멀어져 버렸다.

입술빛은 파랗게 질려 있다. 눈동자는 중심점으로 모여들어 이 밤따라 검게 보인다. 언제나 팽팽하던 양 볼이 늘어져서 아래로 처진 것 같고, 인애의 얼굴은 그 안으로 모여들어 검게 느껴지는 눈동자만 아니었더라도 완전히 부서진 그런 것이 되었을지도 모른다. 균형을 잃어버린 어떤 분의 추상화 같은 얼굴이 되었을지도 모른다.

인애는 발끝으로 더듬어가듯 층계를 밟는다. 한 계단 한 계단 천국으로 이르는 길이 그렇게도 아득하랴 싶을 만큼 천천히 밟고 올라간다.

방 앞에 섰을 때 안에서 하는 이야기 소리가 인애 얼굴을 스쳤다. 귀에 스쳐온 것이 아니고 분명히 얼굴에 스쳐왔다고 그는 생각했다. 층계 왼편에 눈길을 돌렸을 때 그는 별이 서너개 창 너머에서 떨고 있다고 생각했다. 떨고 있다고 생각하는 순간 그는 그 자신의 심장이 그 별의 떨림과 같은 진동을 일으키고 있는 것을 느낀다. 만일 파도 소리가 울려온다면 인애의 심장도 그 파도 소리와 마찬가지로 쿵쿵 소리를 지를 뻔했다. 만일 바람 소리가 마른 나뭇가지를 부러뜨리고 휙 지나간다면 인애의 심장도 마른 나뭇가지와 마찬가지로 부러질 뻔했다.

코트 깃을 바싹 세우고 똑딱선에서 내리던 사나이. 말 한마디 없이 두벅두벅 앞서 걸어가더니 휙 돌아보고 아가씨는 이 섬에 왜 오는 거요? 놀러 온 거예요. 흥, 도망쳐 오는 건 아니구먼. 사나이는 안개에 덮인 바닷길을 그냥 가버렸다. 다음 날도, 또 그 다음 날도 사나이는 바닷가만 헤매고 돌아다녔지. 여보! 나도 함께 갑시다! 사나이는 그렇게 소리치며 고깃배에 뛰어오르곤 했는데 내가 조개 팔러 가는 아낙들을 따라다니는 사이에 뭍에서 배가 오던 날 배가 막 떠나려 하는데 그는 막 소리를 지르며 달려왔다. 그리고 나하고 함께 인천으로 왔다. 그리고 음…… 그리고 우리는 또 바닷가를 걸었다. 왜 섬에서 나오셨어요. 그는 두 번째 내게 말을 걸었다. 댁이 떠나는 걸 보구 마구 달려왔지요 하고 그는 또 말했다…….

"얘가 여태 어디를 싸돌아다니고 있을까? 아홉 시가 지났는데."

방 안에서 은자의 목소리가 들려왔다. 섬의 풍경과 더불어 신비스럽게 가라앉았던 인애의 얼굴이 다시 창밖으로 돌아간다. 창 너머 별이 서너 개 떨고 있다. 그 자신의 심장도 별의 떨림과 같이 진동을 일으킨다.

"아이, 깜짝이야!"

숙배와 은자가 함께 소리치며 자리에서 펄쩍 뛰어오른다.

"아이, 뭐야? 사람을 놀라게 해도 분수가 있지."

그러나 그들은 다 함께 인애의 창백한 얼굴을 보자 무슨 일이 생긴 것을 예감하여 입을 다문다.

"숙배가 웬일이니?"

인애는 조용히 말하며 방문을 닫고 방 안으로 들어간다.

"무슨 일이 있었댔니?"

은자가 묻는다.

"왜?"

"얼굴빛이 굉장해."

"악마 같으니?"

"기집애도 뭘 그런 말을 하니?"

"십자가에 못 박힌 성직자 같으니? 아니면 송장 같으니?"

"정신 나간 소리를. 너 꿈꾸며 걸어왔니?"

"아닌 게 아니라 꿈을 꾸며 걸어왔어. 지옥의 꿈 말이야. 그랬는데 저 아름다운 아가씨께서는 어인 일로 이 누옥을 찾아오셨을까?"

은자와 달리 아무 말도 않고 인애 모습을 살피고 있는 숙배에게 말을 건다.

"정신이 좀 들거든 얘기하자."

숙배는 쌀쌀하게 대꾸한다.

"음, 그러자."

인애는 외투를 벗어 던져놓고 베란다로 나가더니 냉수를 들이켜는 모양이다. 그리고 냉수로 세수를 하는 모양이다. 한참만에 그는 방 안으로 들어왔다. 창백했던 얼굴이 벌겋게 되어 있었다.

"애도, 뭐가 그러니? 귀신같이 발소리도 안 내고 사람이 놀래지 않어."

은자가 야단을 친다.

"올라올 때 아마 내 혼이 나가 있었던 모양이지?"

"흥, 귀신은 몸뚱어리 없는 혼이야. 몸뚱어리가 올라오는데 글쎄, 정배 애 밴 사람."

하다가 만다.

"그럼 몸뚱이가 잠시 어디 가 있었던 모양이지? 그런데 숙배야.”

“말해보렴?”

“어디서 많이 듣던 말투군. 말씀해 보시지. 그게 누구더라. 조금 전에도 그런 말을 들은 것 같은데?”

“너 민 선생님 만났니?”

숙배의 직감은 여지없이 들어맞는다. 그의 눈이 빛나고 있었다.

“음, 참 그랬었구나. 민 선생님 말투가 그랬었지.”

“만났구나.”

“만났다. 안 되니?”

“무슨 일 땜에 만났니?”

“그건 차차 설명하기로 하고. 아무튼 너하고 나하고 그 귀신이라는 것을 정벌하러 가야겠다.”

“어물어물 꾸미지 말고 솔직히 말해. 난 뉘앙스 짙은 건 감각이 둔해서 식별할 수가 없어. 그리고 솔직하다는 게 항상 너의 자랑이 아니니?”

숙배의 목소리는 매운 고춧가루 같은 분위기를 만든다. 은자는 영문을 모르기는 해도 무슨 갈등이 얽혔음을 짐작하고 가만히 그들을 바라본다.

“편지 받고 나갔다더니 그럼 민 선생이 보낸 편지냐?”

숙배는 다그쳐 묻는다.

“민 선생이 나한테 만일 편지를 보냈다면 그건 아마 숙배에 대한 신청이었을 게고. 그런데 섭섭하게 그건 아니었어. 난 귀신을 만나고 온 거야. 그리고 애인의 마음을 잡았다고 좋아하다가 날벼락을 맞았지. 잡은 건 마음이 아니라 꼬리였단 말이야."

"몇 번 말해야 알겠니! 난 어려운 말 모른다. 쉽게 풀어서 말해."

숙배의 목소리가 쩽 하니 높아진다. 인애의 얼굴이 풀어지면서 히죽히죽 웃는다.

"이 바보, 천치 같은 아가씨야. 사장족社長族도 너끈히 사기해 먹을 재간이 있는 내가 그래 너 같은 계집 하나 뭐가 궁해 거짓말을 못 하겠니?"

인애는 콧등에 잔주름을 모으며 마치 실성한 사람같이 헛웃음을 웃기 시작한다.

"애, 끔찍스럽다. 왜 그리 웃니?"

은자가 겁을 내며 어두운 뒤창 문을 돌아본다.

"너까짓 계집애 속여먹기 문제 있어? 속여먹기가 그리 힘이 들어서 곧이곧대로 참말을 고해바쳤겠니? 흥, 미, 민 선생이나 내 애인이나 모두가 다 가엾은 사내들이야. 어쩌면 그렇게도 쓸개가 빠진 못난 인간들인지 도시 나, 난 모, 모르겠단 말이야."

인애는 헛웃음에 흐느끼듯 말을 하더니 다시 헛웃음을 웃기 시작한다.

술 냄새 같은 것은 하나도 풍기지 않았다. 그런데 그는 철없이 술을 마시고 온통 이 세상이 돈짝만큼밖에 보이지 않는 머슴애같이 웃고 또 웃는다.

"애두, 얘 인애야! 너 미쳤니?"

은자는 더욱더 겁을 먹으며 소리치다가 숙배를 힐끗 쳐다본다. 숙배는 주의 깊은 눈으로 인애의 수작을 바라보고 있는 것 같았다. 그러나 그의 눈 속에도 불안이 있다.

인애는 너무 웃었기 때문에 이번에는 눈물을 줄줄 흘리면서, 그 눈물을 손등으로 닦으면서

"옛날에 어떤 마귀할멈이 있었대. 그 할멈이 지팽이로 사람을 한 번 건드렸더니 글쎄 그만 돌이 되고 말았다잖어? 오늘 세상에도 여전히 그 마귀할멈이 계시기는 계시는 모양이야. 그 주문에 걸려 있어."

"누가? 인애 너가 말이냐?"

숙배는 눈을 또렷하게 뜨고 인애 얼굴 위에 이는 변화를 응시한 채 묻는다.

"아, 아냐."

"그럼 누구 말이냐? 내가 그렇단 말이냐?"

"천만에, 제일 건전하시지. 그래, 약혼자를 따라 미국으로 떠나는 나를 위해 무슨 의상을 마련해 왔지? 한번 구경이나 하자."

숙배는 옷이 든 상자를 등 뒤로 밀어내며

"살짝 피하지 말고 내 묻는 말에 대답이나 해."

"봄바람같이? 호랑나비같이? 그렇게 내가 살짝 피하든? 말 해줄게. 숙배하고 나하고 둘이 함께 주문이 걸려 있는 돌을 보고 춤을 춰왔단 말이야. 꼭두각시!"

숙배는 무슨 생각을 했는지 자리에서 일어선다.

"그 정도로 해두어. 너무 의미가 깊어서 주정치고는 애교도 없고 우스꽝스럽지도 않아. 도무지 하여간 내일 너하고 좀 만나야겠다."

하자

"공동작전을 벌이기에는…… 음, 그래 내일 만나자. 일부러 와주어서 고맙다. 언제건 한번은 너의 집에 작별인사를 하러 가겠어."

숙배의 눈이 번득이다가 팔을 들어 시계를 보며

"세 시에 녹지대로 가겠어. 그때 나와라."

숙배는 핸드백을 팔에 걸고 모든 일이 다 어지럽게만 되어간다고, 그래서 마음이 어디에 팔려간 듯 아득한 표정을 하고 있는 은자에게 가벼운 눈인사를 남기고 나간다.

층계를 굴리며 뛰어 내려간다.

"가엾은 기집애."

인애는 한마디 뇌까리고 그리고 창문을 연다. 가등 밑을 숙배는 급히 걸어가고 있었다.

숙배는 또각또각 구두 소리를 내며 밤길을 걸어간다.

어지간히 밤이 저물기도 했거니와 더 오래 앉아서 인애와 함께 민상건에 관한 이야기를 주거니 받거니 한다면 은자 앞에서 무슨 추태가 벌어졌을지도 모른다. 그것은 숙배의 자존심이 허락지 않는 일이다. 왜 인애가 민상건을 만났을까, 전신의 피가 거꾸로 몰려드는 듯한 흥분을 느낄 만한 일이다. 어떻게 하든 그 내막을 알고 싶고 인애로부터 바른 말이 나오게끔 하고 싶다.

그러나 인애의 말이 아니었더라도 인애가 민상건을 만난 일을 숨기려면 얼마든지 숨길 수 있는 일이다. 그러나 스스로 말해버린 것으로 보아 의심을 한다는 것은 지나친 일이다. 숙배는 그런 생각을 하면서도

'그 계집앤 무슨 짓을 할지도 모른다. 망가뜨려 버리고 못쓰게 하는 그런 파괴력을 그는 가지고 있어. 도리어 공개하고, 그럼으로써 도리어 양심의 아픔을 안 느끼려는, 그렇다면 난 여지없이 조롱을 당하게 되지 않어?'

숙배는 어시시 떤다. 어둠 속의 얼굴이 일그러진다. 상상은 꼬리에서 꼬리를 물고, 인애가 한 한마디 한마디의 말을 모조리 어떤 암시로만 해석한다.

숙배는 뒤돌아 인애에게 달려가서 어떤 명확한 진상을 알고 싶어 하는 충동을 여러 번 누르며 합승 정류장 앞에까지 와서 걸음을 멈춘다.

합승을 기다리는 손님들은 별로 많지 않았다. 그러나 이미

미도파 쪽에서 만원이 되어버린 합승을 기다리고 서 있는 사람들을 비웃기라도 하듯 그냥 지나가 버린다.

숙배는 애써 괴로운 생각에서 떠나려고, 추운 밤거리 풍경에 주의를 기울이며

'추운 겨울에 무슨 대단한 일들이 있다구 사람들이 저렇게 꾸역꾸역 거리에 밀려 나왔을까?'

하고 숙배는 혀를 두들겼으나 마치 자석에 끌려가듯 그의 생각은 본시로 돌아가고 말았다.

'민 선생님을 주문에 걸린 돌이라 했었지? 그건 무슨 뜻이었을까? 그렇다면 주문은 누가 걸었단 말이냐? 하인애가 걸었단 말이냐? 그 찢은 눈동자, 일그러진 얼굴, 미쳐버린 것 같은 헛웃음……. 아, 아니야. 나하고 그하고 꼭두각시? 돌을 보고 춤을 추는 꼭두각시라 했지?'

조금 전에 마구 헛웃음을 웃던 인애 얼굴이 눈앞에 선하게 나타난다. 어쩌면 몹시 아름다운 얼굴이기도 했다. 그런데 어쩌면 이빨을 드러내고 으르렁거리는 산짐승 같은 얼굴이기도 했다. 사냥꾼에게 쫓겨서 산골짜기로 몰려 들어온 짐승의 마지막의 항거, 절망, 몸부림 같은 것.

'사나워!'

숙배는 자기도 모르게 구두 끝으로 땅을 찬다.

'너무 억세!'

하다가 숙배의 생각은 다시 불안한 곳으로 흘러간다.

'민 선생님이나 내 애인? 인애는 그런 말을 했어. 그건 민 선생 한 사람을 두고 한 말이나 아니었을까?'

거기까지 생각이 미친 숙배는 별안간 마치 폭발물을 안고 뛰어가는 것처럼 방향을 바꾸어 뛴다. 그리고 길모퉁이에서 택시를 잡은 그는

"원남동까지!"

날카롭게 말하며 자동차 안으로 들어가 펄썩 주저앉는다.

원남동에서 요금을 내고 택시에서 뛰어내린 숙배는 재빨리 골목길로 접어들어 간다.

양편의 제법 높은 이층 건물에는 창마다 불이 꺼져서 마치 골목길은 터널 같은 느낌을 준다. 하늘은 어둠과 추위에 얼어 붙은 것처럼 보이고.

저만큼 빛이 한 줄기 어두운 골목과 맞은편 건물 벽에 걸쳐 있다. 민상건의 제작실.

철창을 끼워 넣은 창문, 엷은 커튼을 쳐서 방 안을 들여다볼 수 없건만 숙배는 그 창문 앞에서 걸음을 멈추고 가만히 귀를 기울인다.

아무 소리도 들려오지 않았다. 밤의 기운만이 쉉! 하고 지나가는 듯, 바람이 함석 챙을 이따금 뚜드리고 지나가는 소리뿐. 그런데 숙배는 방 안에 사람이 움직이고 있다는 확실한 느낌을 갖는다. 불빛 탓으로 그런 생각을 한 것은 아니다.

숙배의 망막 속에는 커튼 너머로 왔다 갔다 하고 있는 민상

건의 모습이 뚜렷하게 새겨져 있었다. 허황한 듯 이리저리 몸을 흔드는 민상건, 얼굴을 찌푸리며 담배를 피워 무는 모습, 모든 움직임, 숨소리까지 숙배에게는 너무나 확실히 볼 수 있고 들을 수 있고 느낄 수 있었다.

그 느낌들은 모조리 깊은 사모의 정을 불러일으켰을 뿐 한 오리의 미움이나 노여움은 섞여들지 않았다. 택시 속에서도 그렇게 불신하던 민상건이었는데.

숙배는 머리를 걸어 넘기며 조용히 마음을 가다듬고 도어 말고 창문을 톡톡 친다. 아무 대꾸가 없다.

'아직 안 돌아오셨을까?'

숙배는 안 돌아왔을지도 모른다는 일이 별안간 무서워졌다. 그리움에 전신이 떨려오는 듯한 이 순간의 마음을 거역당할지도 모른다는 무서움, 어떤 일이 일어날지도 모르고 앞으로 어떻게 될지 모른다는 것은 아무런 것도 아니다.

지금 이 순간 보고 싶고 만나고 싶은, 다만 그것만으로 가득 차서 그것이 이루어지지 않는다면 그보다 더한 절망이 어디 있으리라는 생각, 밤길로 그냥 돌아간다면 길이 눈에 보이지 않아 그냥 쓰러지고 말리라는 생각, 숙배는 다시 창문을 뚜들긴다.

"누구야?"

민상건의 악을 쓰는 소리가 들려왔다. 숙배는 미소하며 큰 일을 하나 무사히 치른 것처럼 미소하며 이번에는 아주 느린

속도로 창문을 뚜들긴다.

"빌어먹을, 누구야!"

민상건의 악쓰는 소리가 다시 들려왔다. 숙배는 대답을 해버린다면 민상건이 문을 열어주지 않을 것 같은 생각이 들어서 미소를 띤 채 가만히 있다.

안에서 무엇을 집어던지는 소리가 들리더니 발소리와 함께 문이 열린다. 숙배는 다람쥐처럼 뛰어 들어간다.

민상건은 숙배인 것을 미리 알고 있었던 모양으로 잔뜩 눈살을 찌푸린 채

"뭣 하러 왔어."

여전히 화난 소리다.

"다시는 여기 안 오려 했는데 오고 말았어요."

숙배는 어리광 피우듯 웃는다.

"올라와, 왔으면."

그는 숙배를 내버려 두고 저만큼 걸어가 버린다. 숙배는 얼어버려서 잘 말을 듣지 않는 손으로 부츠를 벗는다.

민상건은 난로의 공기통을 열어놓고 숙배를 위해 의자 하나를 내밀었다.

여전했다, 방 안은. 물건이 저마다 제 마음대로 굴러 있었다.

형광등 빛이 아래로 내려앉아 연기같이 뿌옇게 감도는 속에 민상건은 멍청히 허공을 바라보고 앉아 있다. 아무 생각도 없

는 얼굴, 백치 같은 느낌마저 준다.

한참 후 민상건은 수수가 된 머리칼 속에 손가락을 집어넣고 긁적긁적 긁더니

"왜 왔어?"

하고 숙배를 쳐다본다.

"처음에는 화가 나서……."

"다음에는?"

숙배는 아랫입술을 살며시 깨물고 한편 미소를 띠며

"다음에는 여기 골목에 들어섰을 때는 다만 보고 싶은 생각뿐이었어요."

"봐서 뭘 해?"

하는데 민상건은 자기 한 말에 깊은 뜻도, 그리고 상대방에서 오는 말에 대한 기대도 갖지 않는 듯 보였다.

"같이 있으려구요."

"왜?"

"그만요."

"쫓아내 버린다."

비로소 그는 씩 웃는다.

"안 쫓겨가요."

"그럼 때리지."

"흥!"

숙배는 안심하며 빙긋이 웃는다. 그리고 어리광스럽게

"처음에는 왜 화가 났지?"

"짐작 못 하시겠어요?"

"육감이 말을 안 듣네."

"시치미 떼지 마세요."

그들은 아이들 쌈하는 것 같은 표정이 되어 있었다. 그러면서도 다른 어느 때보다 마음이 무척 가까운 곳으로 다가앉은 듯, 그것을 서로 느끼며 외롭지 않다고 생각한다.

"구태여 짐작하고 싶지도 않아. 지나가 버린 일 말 안 해도 좋고."

"마음 편하시겠어요."

"사서 일부러 마음고생 할 필요도 없고."

"남에게 주는 정신적 학대는 어쩌구요?"

"사서 하는 마음고생을 누가 말려?"

"순 깍쟁이!"

숙배는 벗어 들고 있던 장갑으로 민상건을 때리는 시늉을 한다.

"거짓말하시면 안 돼요?"

"뭘?"

"오늘 만난 여자 얘기 하세요."

"다?"

"몇 명이나?"

"백 명은 넘을걸?"

"뭐라구요?"

"길에 부딪치는 건 여자 아니면 남자더군. 오늘은 거리에 나 갔으니까."

"거짓말은 못 하고 꼬리를 빼네요. 같이 앉아서 차를 마신 여자 말예요."

"음, 인앨 만났지."

"편지 보내셨어요?"

"편지?"

"그럼 우연히?"

"우연히."

"어딜 가셨어요?"

"다방에서 남산까지."

남산이라는 말이 나오자 숙배의 얼굴이 샐쭉해진다.

"그래서요?"

"그래서 그렇지 뭐."

"우물쭈물하지 마세요."

"내가 바른말 하려면 인애의 허가를 받아야 할걸? 그런데 숙배는 왜 그리 버르장머리가 없지? 버르장머리 없는 색시를 남자는 원치 않어."

민상건은 숙배를 가만히 쳐다본다.

버르장머리가 없다고 나무라는 민상건의 말은 듣지도 않았 다는 듯 숙배는 그냥 넘겨버리고

"인애의 허락을 받아야 된다구요?"

"그건 내 자신에 관한 일이 아니니까."

"그러면?"

"어쩌면 조금은 관련되어 있는지 몰라도……."

"왜 주문에 걸린 돌이에요? 왜 쓸개가 없을 만큼 못났을까요?"

"인애가 그런 말을 했어?"

민상건은 얼굴을 찌푸린다.

"인애가……."

"그건 인애의 상상이지. 이제 나는 벗어났어. 그 그물에 파닥이고 있는 남자가 따로 있지. 하여간 유쾌한 이야기도 아니고 우리들의 이야기도 아니니까 그만두지."

민상건의 말투는 전보다 부드럽고 조롱하는 듯한 투가 완연히 없어졌다. 그래서 숙배는 오빠 같고 아버지 같고 그리고 이제는 좀 늙었다는 그런 생각을 한다. 한편 우리들의 이야기가 아니라는 말에 숙배는 적이 안심이 되기도 했다. 그리고 인애가 한 말을 하나하나 되새겨 볼 때 어느 합치된…… 그래서 숙배는 자기를 위해 좋은 방향으로 생각을 돌리는 것이었다. 그러고 보니 어쩐지 미안쩍은 생각이 든다. 뭐라고 얼버무려야 좀 체면이 설 것 같다.

"얼굴이 시꺼메요."

뚱딴지같은 말을 한다.

불빛을 받아 좀 그늘이 지기는 했어도 민상건의 얼굴은 결
코 검지는 않았다.

무안풀이(무안한 경우를 풀어내기 위한 언행—편집자)로 그런 말을
한 것을 알고 있는 민상건은 손바닥으로 얼굴을 쓸어내리며

"마음은 검지 않고?"

하며 싱긋 웃는다.

"그걸 누가 알아요?"

"그것도 모르고 나를 좋아하나?"

"흥."

"말이 막히면 흥이군."

"할 말 다 못 하겠으니까 그렇죠 뭐."

"작은 마녀같이 생겨가지구."

잠시 나래를 접고 쉬는 새같이 민상건의 얼굴에는 평화스러
움이 있다.

"정말 마녀라면 다 마음대로 될 것을……."

"마음대로 안 되나?"

놀려준다. 등 뒤에는 완성, 미완성의 조각들이 우뚝우뚝 서
있고 밤은 너무 저물어 엄숙하기만 한데 불빛 아래 앉은 두 남
녀에게는 부드러운 봄볕만 젖어드는 것 같다.

"마음대로 하게 했어요?"

숙배가 눈을 흘기자

"그럼 한번 마음대로 해봐."

숙배는 순간 무엇을 마음대로 해야 좋을지를 몰라 어리둥절하다가 마침 좋은 생각이라도 떠오른 듯 빙긋이 웃는다.

"저 손을, 손을 한 번…… 꼭 잡아주세요. 보고 싶었을 뿐예요."

"그건 마음대로 하고 싶은 사람이 손을 잡아야지."

숙배는 잠시 망설이다가 팔을 뻗는다. 그리고 민상건의 큼지막하고 따뜻한 손을 잡는다. 그러자 민상건은 다른 한 팔로 숙배를 우악스럽게 끌어당기더니 꽉 껴안고

"바보같이."

속이 막히게 뜨거운 숨결을 뿜으며 입술을 누른다.

"나도 때때로 숙배가 보고 싶었어. 그 앙탈하는 꼴 말이지."

민상건이 빨갛게 탄 숙배 귀에다 대고 속삭인다.

"전 때때로가 아니에요."

숙배의 머리칼을 쓸어 넘겨준다.

"언제나 언제나 보고 싶었어요."

"시간이 많아서 그랬을 거야."

"아니에요. 생각하는, 보고 싶은 그런 시간……. 꿈에서도 바보같이 침대에 앉아 생각하는 거예요."

숙배는 숨이 차서 허덕이며 속삭인다. 사랑의 샘과 사랑의 구름다리가 홀연히 그들 앞에 나타난 양.

"그럼 우리는 늘 같이 있어야 되겠네."

"그, 그럼 저를 싫어하게 되면 어떻게 해요?"

"안 싫어할 거야."

뭐라고 또다시 말을 하려는 숙배의 입술을 민상건의 입술이 내리누른다. 그러다가 민상건은 별안간 무슨 생각을 했는지 한 팔은 숙배를 안은 채 다른 한 팔을 들어 시계를 본다.

"통금 시간이 가까워."

그는 급히 팔을 풀어 의자 위에 놓인 숙배의 장갑을 집어준다. 그리고 머리 뒤로 넘어간 머플러를 끌러서 숙배 얼굴에 도로 씌워주며

"빨리 나가야 해. 택시 잡을 수 없음 큰일이야."

하고 몹시 서둔다. 숙배는 순순히 서두는 그를 따라 밖으로 나간다.

나올 때 걸치고 나온 외투, 소매도 끼지 않고 걸어가다가 민상건은 돌아보며

"이젠 너무 밤늦게 오지 말어."

하고 숙배의 팔을 잡아준다. 숙배는 잠자코 고개를 끄덕인다.

"차츰 해결해야 할 일이 많아질 것 같다. 공연히 앙탈하지 말고 숙배는 좀 얌전해져야겠어."

"······."

"어쩌면 우리는 집을 지을 수 있을지도 몰라."

"벅차요."

"뭐가?"

"마음이."

"가슴을 쓸어줄까?"

"싫어요."

"거리에 아무도 없군."

"길에서 자도 좋아요?"

"길에서 누가 자게 내버려 둔대? 아가씨가 유치장 신셀 지면 큰 망신이지."

"그런데…… 인애 생각이 나요. 괴로운가 봐요."

"자기 배가 부르니까 남도 걱정하는군."

"누구든 다 그럴 거예요."

"숙배가 걱정한다고 해결될 일도 아냐."

"그렇게 복잡한 일이에요?"

"말귀가 어둡군. 아까 내가 뭐랬지?"

"……."

그들은 한길로 나왔다. 거리는 쓸어놓은 듯 지나가는 택시 하나 없다.

"언젠가 한번 그때도 늦게 와서 날 골탕 먹이더니."

민상건이 갑자기 화난 소리로 말했다.

"난 숙배를 아무렇게나 하고 싶지 않어. 택시 못 잡으면 어떡허냐 말이야."

"잘못했어요."

숙배는 어린애처럼 사과를 한다.

"저만큼 걸어 내려가 보자. 거긴 가름길이어서 지나가는 택시가 있을지도 몰라."

숙배가 잘못했다는 바람에 어세를 누그리며 민상건은 다시 숙배의 손을 꽉 잡는다. 그리고 급한 걸음으로 걸어간다.

겨우 지나가는 택시 한 대를 잡을 수 있었다.

마침 숙배 집 방향의 차고로 들어가는 빈 차였기에 다행한 일이었다.

민상건은 만일의 경우를 생각해서인지 택시의 넘버를 살펴보며 한편 운전수에게도 내가 넘버를 똑똑히 기억하고 있노라는 것을 알리는 시늉을 한다. 숙배는 그런 짓도 할 줄 아는 민상건의 모습을 마음속으로 웃는다. 도무지 그런 짓이 그에게는 어울리지 않는 것 같아서.

"요다음엔 다시는 차 잡아주지 않을 테니."

공연히 사람 마음 썩인다는 투로 말했으나 민상건은 미소를 띠었고 택시가 떠나자 손까지 흔들어준다.

'도무지 어울리지 않아요. 선생님.'

숙배는 민상건의 모습이 사라질 때까지 뒤창을 돌아본 채 중얼거린다.

'참 좋은 밤이야.'

시트에 몸을 기댄 숙배는 너무 행복하여 도리어 입술을 꼭 깨물고 일부러 얼굴까지 찡그려 보인다. 그러나 가슴에 뭉글뭉글 피어나는 것, 뜨거운 물 같은 것이 자꾸만 번져 나와서 그의 다물어진 입술이 저절로 열리고, 마치 이슬 머금은 꽃잎이 열리는 것처럼.

'참 좋은 밤이야.'

집 앞에서 내린 숙배는 자기 기분에 취하여 밤이 저문 것도 아랑곳없이 벨을 힘차게 누른다. 그러나 집 안에서는 아무 소식도 없다.

"웬일일까?"

그는 다시 벨을 누르고 기다린다. 한참 만에 발소리가 들려오고 문이 열린다.

"어디로 돌아다니고 이제 오느냐?"

하흥수 씨의 목소리였다.

"아버지…… 죄송해요."

"한잠이 들은 모양인데 좀 미안한 생각을 해야지."

"죄송하다 했어요."

숙배는 문을 들어서며 장난스럽게 웃는다.

"아버지는 여태 안 주무셨군요."

"일이 좀 있어서."

하흥수 씨는 성큼성큼 앞서 걸어가다가 휙 돌아보며

"너 어디 갔댔니?"

하고 다시 묻는다.

"어머, 아버지도 저에게 관심이 있으세요? 우리 아버진 안 그런 줄 알았는데."

"……."

"인애 있는 데 가서 놀다 왔어요."

"거짓말을 하는군."

"거짓말……. 그래도 아버지, 나쁜 일 하나 없어요."

현관으로 같이 들어가서 마루로 올라간 하홍수 씨는

"너 그새 산장에 가봤니?"

"궁금하세요?"

"……."

"그럼 아버지가 가보세요."

그 말대꾸는 하지 않고 하홍수 씨는 자기 서재로 들어가 버
린다.

'어쩐지 아버지가 그러시니까 바보같이 보여. 민 선생님도
그러니까 바보같이 보이던데……. 남자는 글 안 하는 게 좋은
가 봐?'

이층 자기 방으로 들어간 숙배는 옷을 홀렁홀렁 벗어버리고
잠옷으로 갈아입는다.

'그렇지만 먼저같이 하면 큰일이지. 아마 엄마도 쉬 집에 돌
아오시게 될 거야.'

숙배는 침대에 올라가서 드러눕는다. 평화스러운 휴식에 여
러 가지 여음餘音을 안고 그는 눈을 감는다.

꽃의 계절은 아직 아득히 먼 곳에 있는데 마치 꽃들이 시샘

하는 것처럼 부드러운 바람이 남쪽에서 불어온다. 성급한 여인들은 연옥색 두루마기에 흰 장갑을 끼고 거리에 나오고 꽃가게 쇼윈도에는 망울진 동백이 거리를 내다보고 있다.

양장점에서 얼마 전에 맞춰놓은 스프링코트를 찾아가지고 거리로 나온 은자는 잠시 땅바닥을 내려다보고 무슨 생각에 잠겼다가 다시 걷기 시작한다.

'이 옷을 입고 그를 만나러 간다. 우습구나.'

은자는 쓴웃음을 머금는다.

'옛날 같았음 용서할 수 없는 모독이라 생각했겠지. 한데 지금은 아무렇지도 않으니 말이야.'

마음속으로 중얼거리면서, 그러나 은자는 그 마음의 소리하고 외면을 하려는 듯 걸음을 빨리하고 스프링코트가 든 양복 상자를 덜컹거리며 미도파 백화점으로 들어간다.

가구점 앞을 여러 번 오가다가

"이 장은 얼마예요?"

자그마한 장을 가리켜 보이며 은자는 물었다.

"십이만 환입니다."

사지도 못할 주제에 귀찮게끔 묻는다는 시늉인지 점원은 다른 곳을 쳐다보며 퉁명스럽게 대꾸했다.

"십이만 환……."

은자는 멍하니 중얼거리다가 발길을 돌려 포목 점포로 간다. 빨간 실크를 만져보면서

"이거 치마 한 감 얼마예요?"

하며 또 물어본다.

"이만오천 환이오."

점포 뒤에 엎드려 점심을 먹고 있던 여자가 대꾸하며 살 사람인지 아니면 그냥 물어보는 사람인지 감별을 하듯 은자의 얼굴을 살핀다. 은자의 멍한 눈을 본 여자는 다시 점심을 먹기 시작한다.

찬란한 빛깔, 너무나 찬란하여 오히려 슬픈 꿈이 되어버린 듯한 비단의 더미, 은자는 무거운 발길을 돌려놓는다. 그는 그릇점에도 들르고 금은방에 가서 은수저의 가격도 물어보고…… 참 오랫동안 아무것도 사지 않으면서 그는 위층에서 아래층으로 오르내리며 몽유병자처럼 방황한다.

'이미 출발은 했는데 내가 어쩌자고 이러는 것일까? 이미 출발은 해버리고 말았는데 어느 구석에 꿈이 남아 있을 거라고 이리 헤매어 다니는 것일까? 그이를 만나면 나는 뭐라 말을 할 것인가? 이제 그와 나와 나누어 가질 꿈도 이야기도 없지 않느냐 말이다. 아쉬우냐? 쓰라리게 아프냐?'

앞뒤도 없는 말을 중얼거리다가 은자는 백화점 밖, 사람들 물결에 몰려서 나온다.

꽃의 계절은 아직 아득히 먼 곳에 있는데 부드러운 바람이 남쪽에서 불어온다.

은자는 다방에 들어가서 아무도 아는 사람이 없는 빈자리에 혼자 앉아 커피를 마시고, 그리고 다시 거리로 나온다.

그길로 그는 집으로 돌아갔다.

"너 일요일인데 어딜 갔다 오니? 아침부터."

인애는 책상 앞에 앉아 원고 정리를 하면서 돌아보지도 않고 묻는다. 그의 꾸부러진 목이 몹시 길고 하얗게 보인다고 은자는 생각한다.

은자의 지금까지 멍해 있던 눈이 이상하게 밝아지면서

"내가 어딜 싸돌아다녔는지 인애 너 아니?"

인애는 힐끗 돌아본다.

"옷을 찾아왔구나. 양장점에 갔다 왔겠지."

시들하게 말한다.

"결혼 준비하러 싸돌아다닌 거야."

"행복하니?"

"행복과 불행을 합하면 어떻게 되지?"

"플러스 마이너스겠지."

"플러스 마이너스…… 그럼 아무것도 없겠구나."

"맥이 빠지니?"

"음…… 네가 좀 도와주었음 좋겠어. 넌 요즘 굉장히 불행한 얼굴을 하고 있는 것 같다."

"네가 시집가게 되니까."

"거짓말 마."

"그럼 넌 참말 하고 있니?"

"무슨 거짓말을 했을까?"

인애는 돌아앉는다.

"넌 한 선생님을 좋아하고 있어. 한데 그걸 감추려고 해. 그 박인가 누군가 하는 사람한테 미안해서 그러는 거지? 내 말이 틀리니?"

"……."

"너는 네 자신을 향해 무수한 독백을 하며 거리를 헤매어 다녔을 거야. 그런데 그건 진짜가 이 할, 가짜가 팔 할이야. 넌 그 사람 때문에 네 마음을 바로 대하기가 싫은 거야."

은자는 빙긋이 웃는다.

"어쩌면 넌 내 자신보다 더 잘 아니? 꼭 끄집어내서 말이야."

"거짓말이니?"

"진리에 가까워. 그런데 넌 네 자신에게 그러지는 않니? 난 너같이 너의 마음을 모르겠구나. 하긴 무슨 일이 일어나고 있는지조차 모르고 있으니 말이지? 다만 네가 나에게 깊이 관심하는 말을 지껄이는 것이 어쩌면 너 자신을 잊기 위해 하는 짓인지도 모르겠다는 생각은 해."

"스핑크스의 미로만큼이나 복잡한 이야기군. 빙글빙글 돌아서, 그러나 따지고 보면 간단한 거지. 좋으냐 싫으냐 그것뿐이거든. 어디 너 옷 구경이나 하자."

인애는 은자가 놓아둔 상자를 끌어낸다. 그리고 상자를 여

민 끈을 끄르고 상자 뚜껑을 열어본다. 연한 크림빛 코트가 들어 있다.

"한 선생님이 해주셨니?"

"음."

"한턱해야겠구나."

"너 코트처럼 호화판은 아냐."

"그것은 뜻이 없는 것이요 이것은 뜻이 있는 것이다. 축하한다. 어디 입어봐."

"싫다."

"왜?"

"몰라."

"언제 입을래?"

"봄이 오면."

"미쳤구나."

공연히 의미도 없는 말들을 지껄이며 옷상자를 가운데 두고 그들은 멍하니 서로 마주 본다.

"너 결혼식이나 보고 떠나겠어. 빨리 하도록 해."

인애가 가만히 뇐다.

"설에 가겠니?"

"가겠어."

"왜?"

"이유는 묻지 말어. 실은 이유가 없는지도 몰라."

한참 만에 인애는 빙그레 웃었다. 어째서 웃는지 묘한 웃음이다.

"왜 웃니?"

은자가 묻는다.

"이겨내는 힘 때문에."

"이겨내는 힘?"

"은자 너에겐 불가능하지만 난 이길 수 있다. 그 힘이 즐거운 거야. 내 속에 기둥이 쓰러져도 나는 같이 쓰러지지는 않아."

"그 말은 맞어. 난 기둥이 쓰러지면 나도 같이 쓰러지는 걸 알지. 그래서 한 선생을 잡은 거야."

"그게 여자인가 봐."

"그럼 넌 여자 아니란 말이냐?"

"아마도 나는 인간인 것 같다. 그런 이야기 이제 그만두고 너 나가봐. 그 멋진 새 코트 입구 거리에 나가면 방향을 잡을 수 있을 거야. 한 선생 쪽이든 박 뭣이라는 사람 쪽이든."

"넌 같이 나가지 않겠니?"

"뭐 난 바지저고린 줄 아니? 혼자 가봐. 오늘 하루의 방향은 너 자신 혼자서 정하는 거야. 난 이 원고 정리하면서 좀 더, 좀 더 내 힘을 시험해 봐야겠어. 얼치기로 누굴 거머잡고 마음을 모호하게 하고 싶진 않아. 친구의 마음이 되어 떠나게 될 때 난 저 값비싼 코트 입고 녹지대에 작별하러 나가겠어. 좀 신파 같은 모양이다만."

"늙은이같이……. 아이, 난 몰라. 넌 사회사업가나 되렴."

은자는 어딘지 자기를 비웃는 듯한 인애 말에 화난 목소리로 대꾸하고 거울 앞에 앉는다. 콜드 크림으로 얼굴을 닦아낸 은자는 열심히 화장을 한다. 평소에는 화장기 없이 다니던 그였는데 그런 짓을 함으로써 얼마간의 일들은 잊고 또 마음의 안정을 얻으려는 듯.

인애는 다시 책상 앞에 들러붙어 하던 일을 계속한다. 그 뒷모습, 꾸부러진 등이 외롭고. 그런데 어딘지 꿋꿋하여 완강히 남의 말이나 의사를 거역하는 느낌을 준다.

은자는 느릿느릿하게 옷을 갈아입고 거울에 자기 모습을 비춰본다. 그는 거울에 비친 자기 모습을 오래오래 바라보고 있다가

"어머니!"

하고 날카롭게 울부짖듯 불러본다. 인애의 꾸부러진 등이 순간 흔들리는 것 같았으나 그는 돌아보지 않았다. 그리고 일손을 멈추지도 않았다.

"엄마!"

은자의 목소리는 여전히 울부짖는 것 같았으나 한결 낮았다.

'내가 평범하게 아주 수수한 남자를, 싫지도 미칠 듯 좋지도 않는 남자를 택한 것은 엄마처럼 되고 싶지 않았기 때문이

663

에요. 내 젊음과 용모로써 화려한 미래를 전혀 꿈꿀 수 없었던 것은 아니에요. 하지만 그게 상처투성이가 되고 말리라는 것을 엄마는 저에게 가르쳐주셨어요. 엄마, 난 부엌에서 찬 손을 호호 불면서 밥 짓는 아낙이 될래요. 남자 그늘 밑에서 자그마한 여자가 되어 바깥하곤 아무 관계 없이 살래요. 그럼 난 엄마를 미워하지도 않고 엄마를 부끄러운 사람이라 생각지도 않을 거예요. 내가 화려해지면 엄마는 내게 무거운 사람이 되는 거예요. 그리고 그 무게에 짓눌려 나도 상처투성이가 되는 거예요. 엄마, 난 수수하게 평범하게…….'

은자는 손등으로 눈물을 씻고 핸드백을 든다.

"나, 나간다. 인애."

남보다 앞서 산뜻한 봄의 빛 보라색 코트를 입은 은자는 박광수하고 만나기로 약속한 종로 쪽의 다방으로 들어간다. 약속 시간은 한 시간 반이나 남아 있었다. 박광수가 나타나 있을 리가 없다.

전에 그를 기다리며 애태우던 눈 익은 구석진 자리에 가서 앉은 은자는 지나간 추억이 바람처럼 몰려오는 것을 느낀다. 새롭고 생생하게 마음의 자리를 눌러 다지는 것처럼.

은자는 얼른 몸을 일으켜 카운터에 가서 수화기를 들고 다이얼을 돌린다.

"사회부…… 한철 씨 바꿔주세요."

은자는 눈을 감고 기다린다.

"여보세요."

한철의 굵은 목소리다.

"저예요."

"아, 웬일로?"

몹시 자제하는 것 같았지만 목소리는 설레고 있었다.

"옷 찾았어요."

"음."

"……."

"잘했군."

"지금 만날 수 있어요?"

"만날 수 있지."

"삼십 분 후에요."

"삼십 분 후…… 그럼 신문사 옆의 다방으로 나와."

하고 전화는 끊어졌다. 자리로 돌아온 은자는 핸드백 속에서 종이와 만년필을 꺼내어 엎드려 편지를 쓰기 시작한다.

마지막으로 한 번 뵐까 싶었지만 그것을 안 하려고 저는 다른 곳에 전화를 걸었어요. 만일 부재였더라면 저는 당신을 기다렸을 거예요.

모범청년 박광수 씨가 행실 나쁜 어떤 계집애로부터 받은 상처는 이내 아물고 말 것을 저는 알고 있습니다. 다른 사람에게는 그 응분의 가치가 있을지 몰라도 박광수 씨에게 상처를 줄 만한 가치가 있었다고, 지금 이 편지 쓰는 순간까지 생각지 않습니다.

서로 끼리끼리 모여서 사는 것은, 짐승의 세계도 그러한데 사람의 세계에 있어서 의지의 힘으로 어쩌구 하는 것은 큰 잘못이 아닐까요. 구구한 변명 늘어놓으려는 의도는 조금도 없습니다. 저에게 순정이 없었다는 것과 저에게 지나친 열등감이 있었다는 결과였을 뿐입니다. 밝고 어둡지 않은 사람……

은자는 만년필을 멈추고 우두커니 자기가 쓴 글을 내려다본다. 그는 글 쓴 종이를 구겨서 핸드백 속에 집어넣고 다시 편지를 쓰기 시작한다.

만나 뵐 낯이 없어서 마지막 기회를 회피합니다. 저는 내달에 어떤 분과 결혼하게 되었습니다. 모든 일 용서하여 주세요.

은자는 그것을 접어서 '박광수'라는 이름을 쓰고 자리에서 일어난다. 나오면서 그는 그것을 편지꽂이에 꽂는다. 그리고 급히 계단을 뛰어 올라가며

'잊어버리겠지. 세월이 지나가면 아무것도 아니게 잊어버린다!'

은자는 급히 전찻길을 횡단하고 마치 자기 뒤를 박광수가 따라오는 것처럼 서둘며 광화문 쪽으로 나간다.

그의 눈에는 길 가는 사람이 온통 박광수로만 보이고 그 속

을 마구 헤치며 달아나는 기분이다.

한철이 지적한 다방으로 들어섰을 때 은자는 비로소 어떤 무거운 짐을 내려놓은 듯 깊이 숨을 들이마신다.

다방의 카운터에는 벌써 생화 카네이션 두 송이가 꽃병에 꽂혀 있었다.

은자가 우두커니 앉아 있는데 한철이 서둘며 다방으로 나왔다.

그는 눈이 부신 듯 은자의 얼굴을 피하며 자리에 앉기가 바쁘게 담배부터 꺼내어 붙여 문다.

"이제부턴 일 없으세요?"

은자도 서먹하여 먼 곳으로 눈을 보내며 묻는다.

"일 없어."

한철은 간단히 대꾸한다.

그 일이 있은 후 그들은 여러 차례 만났다. 그러나 그들은 새삼스럽게 어떤 수치심과 서로 다치지 않으려는 노력으로 일관해 왔다. 그 점에 있어서는 은자보다 한철이 더한 편이었다. 나이도 많은 노총각에다 사회부의 기자로서 어지러운 세상의 이면도 많이 보아왔을 것이요 술자리의 여자도 많이 접해보았을 터인데, 그의 마음속에는 근본적으로 여자에 대한 두려움과 조심스러움이 있었던 것 같다.

그들은 서로 결혼할 것으로 알고 있다. 그렇다면 약혼의 사이라 볼 수도 있는데 다방에서 잠시 만나거나 같이 저녁을 하는 것으로 늘 끝나왔던 것이다. 차라리 한철이 그렇게 나왔기 때문에 은자는 도리어 방향을 돌리지 않았는지도 모른다.

"옷 찾았어요."

은자는 할 말을 잃고 있다가 겨우 보고하는 식으로 말한다.

"마음에 들어?"

힘껏 한다는 말이 그것이다.

"한 선생님 마음에는 안 드세요?"

은자도 힘껏 한다는 말이 그것이다.

"나야 뭐, 입는 사람이 좋으면 그만이지."

"누더기라도 입는 사람이 좋으면 그만이겠어요?"

"뭐 깨끗하고 떨어지지만 않았다면…… 나는 별로 여자 옷에는 관심이 없어."

한철이 마음에 없는 말을 하고 있다는 것을 은자는 알고 있었다. 결코 그는 여자 의복에 대하여 관심이 없는 남자는 아니다.

"인애는 잘 있어?"

"섬에 가겠다 하더군요."

"섬에……."

"선생님이 바람을 넣지 않았어요? 이제 모르겠다는 말씀은 못 하실 거예요."

"모르겠다 하는 건 아니지만 좀 언짢아지는군."

"우리들 결혼……."

은자는 얼굴을 붉힌다.

"보고 떠나겠다 했어요."

다음 말을 잇고 은자는 문간을 바라본다. 뜻밖에도 박광수
가 그의 친구인 듯한 청년과 웃으며 다방 안으로 들어선다. 은
자의 낯빛이 굳어진다. 그 표정을 재빨리 눈치 챈 한철이 슬그
머니 뒤돌아본다. 그의 얼굴도 순간 굳어진다.

그는 화랑에서 한 번, 그리고 다방에서 은자와 함께 온 일이
있는 박광수의 얼굴을 똑똑히 기억하고 있었다.

"어쩌겠어? 나갈 테야?"

한철의 어세는 저도 모르게 강하고 거칠었다.

"나가겠어요."

은자가 먼저 일어선다. 똑바로 앞을 쳐다보고 나오는데 어
느새 은자를 본 박광수는 쫓아 나온다.

"은자!"

은자가 돌아본다.

"거기 가나?"

은자는 얼굴빛이 변한 채 고개를 끄덕인다.

"아직 약속 시간 멀었기에. 친구하고 얘기하다, 곧 가겠어."

그는 자리로 돌아갔다. 한철이 찻값을 치르고 천천히 나
온다.

박광수는 한철이 은자의 일행인 줄 모르고 자리에 돌아갔
다. 그는 물론 은자가 자기와 만나기로 약속한 곳에 나타날 것

을 믿고 있다.

한철은 은자와 나란히 걸어가면서

"만나기로 약속했어?"

감정을 누르는데 불쾌한 빛을 감추지 못한다.

"약속했어요."

"그래놓고 나를 만나나?"

이성을 잃은 듯 내뱉는다.

"마지막 말을 해야 할 것 같아서요. 만나서."

"그럼 오늘은 그 사람을 위해 다 쓸 일이지."

얼마간 안심은 하면서도 야릇한 질투의 감정을 이겨낼 수 없었던 모양이다. 한철은 허덕허덕 걸음을 빨리하며 또 성급하게 담배를 붙여 문다.

"그렇지만 오늘은 안 만나기로 했어요."

한철은 의심스러운 눈을 들어 은자를 본다. 눈이 꼬꾸라진 듯 사납게 번득이고 있었다.

"아까 간다고 했잖어? 난 그 말을 들었어."

"선생님하고 같이 가는데 그 약속 시간에 안 가면 안 가는 것 아니에요?"

"……"

"쪽지 꽂아놓고 왔어요."

한철은 더 이상 말하지 않았다. 그렇다고 해서 그의 태도가 가라앉은 것은 아니었다. 어딘지 불안하고 괴로워 보였다.

아담한 한식점에서 저녁을 끝낸 뒤 한철은 은자를 우두커니 바라본다. 다른 때 같으면 집으로 가라 하든지 자기가 데려다 주든지 할 것을.

"영화 보러 갈까?"

한참 만에 그는 말했다. 영화를 보고 싶다기보다 그는 은자를 그냥 돌려보내기가 불안해서 그러는 것처럼 보였다.

"무슨 영화요?"

"아무거나."

하고 그는 일어섰다.

아무거나 보자 하더니 정말 그는 제일 가까운 극장에 은자를 데리고 가서 보았느냐 안 보았느냐 물어볼 것도 없이 표를 사는 것이었다.

극장 안으로 들어갔을 때 비로소 그는 그것을 생각했는지

"이 영화 봤어?"

하고 묻는다. 다행히 은자는 보지 않았던 영화였다. 「여심」이라는 영화다.

한철은 미안쩍은 듯 싱긋이 웃었다. 그 스스로 자기의 심리 상태를 생각하고 짓는 미소인 것 같았다.

아직 시간이 멀었기 때문에 은자를 휴게실에 앉혀놓고 그는 매점에 담배를 사러 간다.

'결혼하면 구속이 심하겠다.'

은자는 마음속으로 뇌었으나 그런 의구심 때문에 한철로부

터 물러서고 싶은 생각은 조금도 나지 않았다. 도리어 그는 어떤 구속을 바라고 있었는지도 모른다. 그 구속하는 힘을 한철에게서 보았기 때문에 자기 자신을 내맡길 수 있었는지도 모를 일이었다. 그리고 박광수로부터 떠났다면 그것은 구속의 힘이 미약했기 때문에, 아니 현재로서는 전혀 그에게 그런 힘이 없는 상태였기 때문에 그랬는지도 모를 일이었다.

한철은 매점 앞에서 친구를 만났는지 웃으며 한참 동안 이야기를 하다가 은자에게 돌아왔다. 한철의 친구는 호기심에 찬 눈초리로 은자를 보다가 그도 데리고 온 여자와 함께 건너편 좌석에 가서 앉는다. 마침 영화가 끝난 벨이 울리고 사람들이 몰려 나온다.

영화를 보고 난 뒤 은자는 이제 한철이 자기를 집에까지 데려다주려니 하고 생각했다. 그러나

"차 안 마시겠어?"

하고 한철은 말했다.

"늦지 않아요?"

거리에는 그다지 지나가는 사람이 많지 않았다.

"아니, 아직 시간은 있어."

한철은 시계를 들어 시간을 본다. 그의 얼굴은 무엇을 결심하고 있지 못한 이상한 혼란의 상태에 있었다.

"그럼."

은자는 한철을 따랐다. 할 말이 있어서 한철이 그러는 줄 생

각하고서. 눈에 띄는 대로 다방 문을 밀고 들어섰다. 난롯가에
서너 사람이 앉아 있었을 뿐 거의 자리가 비어 있었고 카운터
에 서 있는 마담도 새로 찾아드는 손님을 별로 환영하지 않는
기색이다. 그도 온종일 서서 날뛰었으니 피곤했을 것이고 빨
리 쉬고 싶었을 것이다.

자리를 잡고 앉는 것을 보자 레지가 와서 졸리는 목소리로
뭘 들겠느냐고 묻는다.

"위스키티 하나, 은자는 뭘 하겠어?"

"저도 그걸 하겠어요."

"그럼 위스키티 둘."

한철은 손가락 두 개를 펴 보이며 주문을 한다.

"영화 재미있었어?"

딴 이야기가 있을 거라 생각했는데 한철이 하는 말의 방향
은 사뭇 다른 것이었다.

"그저 그래요."

"그저 그래?"

고개를 갸웃이 흔들어 보인다.

"그저 그렇다……. 나에게 대한 은자의 기분도 그런 것 아닐
까? 그렇게 됐으니 어쩔 수 없다는……."

은자는 얼굴을 붉힌다.

"지금 와서 이러고저러고 따지고 싶지는 않아. 그렇지만 한
편 솔직한 말 듣고 싶은 것도 부인할 순 없지."

"그렇게 됐다는 것, 그건 퍽 중요한 일일 거예요."

하다가 은자는 고개를 숙인다.

"하지만 그렇게 됐다고 결혼을 해야 한다는 그런 구식 생각은 갖고 있지 않아요. 저는 저로서 선생님에 대한 감정을 신뢰하고 싶어요."

"그건 먼저 사람에 대한 감정의 청산을 의미하는가?"

"그거 여기서 얘기해야 하나요? 처리되었다 하더라도 선생님한테 그 얘기 하긴 싫어요. 옮기고 옮겨간다 하더라도 먼젓번 감정을 모독하는 행위는 취하기 싫어요."

"알았어."

한철은 의외로 그 화제에 종지부를 찍었다. 그리고 아까보다는 좀 더 차분한 기분으로 서로 마주 보며 티를 마신다.

"시간 늦어지는 것 걱정이 돼?"

한참 만에 한철이 또 입을 떼었다.

"너무 늦으면 합승 없어져요."

"안 돌아갈 수도 있지."

"네?"

"안 돌아갈 수도 있단 말이야."

한철이 좀 화가 난 소리로 말을 했다. 불빛 아래 서로 얼굴을 드러내놓고 그런 얘기하는 것은 역시 거북한 일이었던 모양이고, 그렇다고 해서 그의 기분으로 은자를 그냥 돌려보낼 수 없는 불안은 어쩔 수 없었던 것이다. 한철은 일어서며

"나를 따라와야 해."

한철의 말이 무엇을 의미하는가? 은자는 이내 그 뜻을 알아차릴 수 없었다. 그는 한철의 눈을 피하며 자리에서 일어선다.

다른 때같이 담백하게 집으로 보내려 하지 않고 늦게까지 끌고 다닌 것은 기어이 할 말이 있어서 그랬던 것은 아니다. 박광수의 출현으로 불안에 흔들렸던 한철의 마음에는 다시 한 번 은자를 자기 것으로 확인하고 싶었던 것이다. 이성적인 것과 감정적인 것의 갈등으로 그의 얼굴은 혼란에 빠졌고 이상한 곳으로 은자를 데리고 가는 데 대한 주저가 그를 괴롭혔던 것이다.

은자는 말없이 그를 따라간다.

은자의 마음속에도 이제는 한철로부터 떠나서 방황하면 안 된다는, 그래서 다시 한 번 자기 마음을 확정해 두고 싶은 것이 있었는지도 모른다.

이미 들어가 버린 깊은 관계, 그것은 우연의 결과였다. 우연의 결과였다면 불안스러운 것이 아니겠는가. 의식적인 부딪침이 있음으로써 다짐해 둘 필요를 쌍방이 다 같이 느끼며 사람들의 그림자가 뜸하고 네온사인도 엷어지고 만 밤거리를 그들은 또각또각 구두 소리를 내며 걸어간다.

'죽어버릴 만큼 서로 사랑하는 사람들이 만나서 생애를 같이할 것을 어찌 바라겠는가. 그런 요행을 바란다는 것은 인생에 대한 오만이다. 작은 것을 스스럽게 받아들이자. 그러면 인생은 내게 미소를 보내줄 것이다. 원하는 곳에 이룩된다 하지만 그 원함이 과욕일 때 그것은 전락의 결과가 올 것이다.'

은자는 현자가 된 것처럼 그런 멋진 말을 마음속으로 뇌고 있었다.

또각또각 구두 소리, 투박한 구두와 날씬한 구두가 같은 방향을 향해 흐트러짐이 없이 걸어간다.

'나는 여자를 잡는 데 실패했다. 아마 이번이 마지막의 기회일 것이다. 마음에 맞는 여자를, 욕구를 위한 것이라면 어디든지 여자들은 있고 마음대로 여관방에 끌고 갈 수도 있다. 너무 조심스러워서 잠시 외면을 하고 있는 동안 누군가가 와서 내 여자를 채가고 말았지. 민상건의 경우도. 이번만은 그래서 안 된다. 그 젊은 녀석이 언제 은자를 되돌려 갈지 모르는 일이다.'

현자와 같은 독백을 하고 있는 은자와는 반대로, 한철은 지극히 유치하고 자기 지성에 위배되는 말을 중얼거리고 있었던 것이다.

가등 아래, 밤안개가 자욱한 길모퉁이를 돌아 이따금 술 취한 친구들이 비틀거리며 가는 뒷거리로 들어선다.

은자는 언젠가 아마 시화전이 있은 후 박광수와 함께 호텔을 찾아간 그때 일을 생각한다. 그것이 지금은 꿈같이 생각되고 전설같이도 느껴진다. 그것만은 꿈이고 전설 같은 것이었을지라도 잊을 수 없고 후회스러울 것도 없을 성싶다. 아마도 박광수와의 추억이 맑은 대로 남아 있을 것이기 때문에 그랬을는지도. 소년과 소녀의 어색한 포옹은 있었지만.

호텔 앞에서 한철은 담배를 피워 문다. 그러고 나서 그는 로비로 들어 섰다.

보이의 안내를 받아 어느 방 안으로 들어간 한철은 이제 어려운 수속을 다 마치고 비행기를 기다리고 있는 여행자같이 실내에 놓인 소파에 주저앉으며 머리를 쓸어 넘긴다. 은자는 고개를 숙인 채 다른 소파에 앉는다.

한동안, 하지만 그것은 참 오랫동안이었다. 통금 예비 사이렌이 나고, 또 열두 시의 통금 사이렌이 두 번째 났으니까 그동안 그들은 의자에 앉은 채 침묵을 지키고 있었다. 통금 사이렌 바람에 마지막으로 손님들이 호텔로 쫓겨 들어오는 소리가, 엉성거리는 소리가 나다가 멎어버리고, 창밖의 거리는 무거운 암흑 속에 가라앉고 말았다. 이따금 순찰순경이 지나가고 나면 남는 것은 바람에 날리는 신문지 조각뿐, 도둑고양이 한 마리 얼씬하질 않는다.

"어제…….."

말을 꺼내다 말고 한철은 탁자 위에 놓인 주전자의 냉수를 컵에 부어서 들이켠다.

"술도 안 마셨는데 목이 컬컬하군."

하다가 그는 다시

"어제 취재하러 수유리에 갔었지."

하며 말을 꺼내었다.

"무슨 사건이 있었어요?"

"대단한 사건은 아니었어. 그건 오늘 석간 보면 알 거고…… . 집을 알아보았지."

"집을…… ."

"결혼하고 하숙집에 기어 들어갈 수는 없잖어."

"…… ."

"밤낮 술을 마시니까 저축한 돈은 없지만."

"전세…… 얼마나 돼요?"

"전세는 물어보지 않았어."

"그럼?"

"삼백만 환쯤이면 쓸 만한 집이 있더구만."

"사게요?"

은자는 한철의 옆모습을 바라본다.

"정리할 게 조금 있어서. 시골에 땅이 좀…… 땅 있다는 것은 잊어버리고 살아왔는데 은자하고 결혼하려니까 최소한 내 집은 있어야 할 것 같애."

"셋집이면 뭐 어때요?"

"형편이 안 되면 셋집이라도 할 수 없지만."

하다가 그는 다음 말을 잇지 않았다. 그리고 침대를 힐끗 쳐다본다. 그는 맹숭맹숭한 정신으로 은자를 다루기 매우 힘든 것을 느낀다.

'빌어먹을. 술이나 좀 마시고 올걸.'

그는 일어서서 양복을 후딱 벗어 던진다.

"안 자겠어?"

은자에게 등을 보이고 선 채 묻는다.

"별로……. 잠이 안 와요."

"늦어."

한철은 셔츠까지 벗어버린다. 완강한 어깨를 드러내놓고.

"불 끌까?"

그러나 은자의 대답도 기다리지 않고 불을 꺼버린다. 어둠 속의 한철의 모습이 까맣게 떠오른다.

"옷을 벗어!"

그래도 은자는 가만히 앉아 있다. 한철은 은자의 팔을 낚아 챈다.

"의상을 벗어라! 우리가 가까워지는 것은 이, 이렇게 서로 벗어 던져야……."

한철은 가쁜 숨을 몰아쉬며 은자를 침대에 쓰러뜨린다.

은자는 십 년이나 더 세월을 살아버린 여자처럼, 아주 성숙해 버린 여자처럼 이제는 두려움 없이 한철을 대한다.

한철의 말은 참으로 옳은 것이었다. 그들은 가까워지기 위해, 보다 가까운 곳으로 두 마음이 흘러가기 위해 포옹하는 것이고, 또 그들의 마음과 몸이 최초의 그때보다 한층 깊은 곳으로 흐르고 있다는 것을 그들은 알았다.

은자는 가볍게 숨을 내쉰다.

은자는 한철에게 등을 돌리고 깊이 잠들어 있었다. 고르고 낮은 숨소리가 어쩌면 퍽 평화스럽게도 들린다.

날이 아직 밝지는 않았지만 한철은 불을 켜놓고 자기 곁에 있는 은자를 신기롭게 바라보다가 엎드린 채 담배를 붙여 문다.

창문이 환해지면 바쁜 직업, 그 소음 속으로 들어갈 것이다. 그리고 결혼에 대한 구체적인 것을 생각할 겨를도 없어질 것이다.

결혼이란 으레 주변에서 누가 서둘러주어야 할 일이지만 은자에게는 물론 한철 자신에게도 그럴 만한 붙이가 없었다. 일찍 부모를 여의고 객지살이 십여 년, 멀리 고향에는 몇 촌 간의 형이니 누이니 하고 친척이 없는 것은 아니었으나 너무 오랜 세월 나뉘어져 남과 다를 바 없으니.

'뭐 아무렴 어때? 식장 빌어서 식만 올리면 되는 거지.'

그는 아주 간단하게 결혼이란 그런 것으로 생각을 잘라버린다. 마치 마감 시간에 기사를 작성하는 것처럼 닥치면 지나가게 마련이라고.

'어려운 일로 생각했는데 어처구니없이 간단하군. 생각하기 나름인 모양이야. 하지만 어떻게 하든 집 한 칸은 마련해야지.'

재떨이에 담배를 비벼 끄는데 은자가 몸을 움직인다.

'밝기 전에 나가얄 텐데, 체면이 아니다. 깨울까?'

하는데 은자가 눈을 떴다. 그는 몹시 한철을 보고 놀란 듯 침대 위에 발딱 일어나 앉는다.

"어머."

"왜?"

한철은 슬그머니 미소한다.

"잘 자더구면."

"나빠요."

"왜?"

은자는 얼굴을 휙 돌린다.

"뭐가 나빠?"

"자는데…… 자는데 왜 불을 켰어요?"

"그렇게 민망하면 앞으론 어떡허지?"

그 말대꾸는 하지 않고 은자는 재빨리 침대에서 미끄러지듯 내려가서 옷을 주워 입는다. 슈미즈 속에 가는 허리가 어쩐지 눈에 아프게 애처로워 보인다고 한철은 생각한다.

"왜 그리 서둘지?"

은근히 말을 건다.

"싫어요!"

뒤에서 한철이 자기를 바라보고 있다는 것을 느낀 은자는 화를 낸다. 그러나 염오하는 투는 아니었다. 오히려 어리광스 러운 것이 있다. 한철은 그것을 느끼고 싱긋이 혼자 웃는다.

옷을 다 입은 은자는 돌아섰다

"밝기 전에 갈래요. 통금은 해제됐죠?"

"음. 밝으면 안 될 이유 있나?"

"……."

"무슨 죄 졌을까?"

하면서도 한철은 일어나서 나갈 차비를 차린다.

호텔 앞으로 둘은 나왔다. 조금씩 날이 밝아오고 불빛이 뿌
옇게 보인다.

거리에는 그야말로 개미 한 마리 찾아볼 수 없었다.

"차가 없는 모양이야."

"합승 정류장에서 기다리고 있으면 올 거예요."

"아니야, 이런 날 아침에 합승을 타고 가다니 비참해지면 어
쩌려구. 천천히 걸어가다가 택시 만나면 타는 거야."

한철은 은자의 손을 잡는다. 은자는 손을 옹그리듯 하다가
나중에 가만히 손을 내맡긴 채 걸어간다.

14. 바람 따라 간 사람

이제는 눈을 감고 거리를 거닐어도 봄은 피부에 완연하다.

낡고 무거운 외투를 벗지 못해 안달을 하던 가난한 소년들도 엷은 봄 스웨터를 입고 미소 지으며 봄볕을 안고 가는 모습이 탐스럽게 보인다.

인애는 원고 정리한 것을 갖다주고 뒷거리를 돌아 나온다. 울타리 안에서 넘쳐 나온 라일락의 꽃향기, 그 향기를 맡는 순간 그는 자기의 모습이 봄을 아직 맞이하고 있지 못하는 것을 깨닫는다.

'지지리 궁상이구나. 겨울에는 이 꼴도 낭만이지만…….'

공연히 혼자 웃는다. 집에는 멋진 봄 코트가 있고 또 숙배가 사가지고 온 구두, 스웨터, 나일론 양말까지 있었는데 인애는 그 옷들은 따로 입을 날이 있음을 예감하며 그대로 두었던 것이다.

은자의 결혼 날을 위해 입어야 할 옷이 되는지, 혹은 정현을 마지막 만나는 날을 위해 입어야 할 옷이 되는지. 그러나 정현으로부터는 아무런 소식이 없고 지금껏 어디에 가 있는지 그 흔적조차 알 길이 없는 것이다.

그런 생각을 하고 가는데

"이봐! 미스 하!"

뒤에서 누가 부르며 급히 다가오는 발소리가 들려온다. 인애가 고개를 돌렸을 때 안경잡이가 큰 봉투를 옆에 끼고 웃으며 오고 있었다.

"웬일이야? 오래간만이군."

인애가 먼저 말을 거니까 그쪽에서도

"정말 오래간만이군. 이러다가 얼굴 잊어버리겠는걸."

"어디 갔다 와?"

"나? 약혼자 집이 이 근처거든."

하면서 그는 씩 웃는다.

"언제?"

"언제라니?"

"언제 약혼식 했을까?"

"그 소식도 모르고 있었다니 섭섭한데?"

"밥벌이에 바빠서. 음, 그럼 한 선생하고 은자하고 결혼하게 되는 것을 알어?"

"알다마다. 모두 야단들이지. 어찌 그리 일이 됐을까 하고 말이야."

"아마 녹지대 친구들치고 한 선생 술 안 얻어먹은 치들은 없을걸?"

"그러니 이번 결혼에 한 팔 걸고 나오란 말이지?"

안경잡이는 마음이 들뜨고 팔 하나를 앞으로 쑥 내밀며 걷는다.

"그럼. 다 뒤에 아무도 없으니까……."

"그럼 내 결혼식은 뒷전 되게?"

인애는 픽 웃는다.

"노총각 아니야? 다시 또 갈 수는 없을 테니까 매우 중요하지."

"이거 누구보고 악담하나?"

"뭘?"

"누군 그럼 두 번 세 번 가란 말이야?"

"어지간히 색시 예쁜 모양이지? 열을 올리는 것 보니까?"

인애는 누님같이 의젓하게 놀려준다.

"예쁘고 밉고 간에 결혼은 한 번만 해야지. 연애하곤 달러."

"마음대로 돼야 말이지."

"이거 올드미스도 아닌데 왜 자꾸 심술을 부리노?"

"미안하게 됐소. 축하 겸 차 사줄까?"

인애는 걷다가 멈추며 안경잡이를 올려다본다.

"좀 더 나가야 찻집이 있지. 하긴 그동안의 소식이 많기도 하지."

그는 성큼성큼 한길을 향해 걸어간다.

"봉투, 그거 이력서 보따리야?"

인애는 뒤따라가며 묻는다.

안경잡이는 옆에 낀 봉투 꾸러미를 좀 을씨년스럽게 추스른다.

"아냐, 집 설계한 거."

미처 말이 끝나기도 전에

"색시 될 분한테 보이고 의논하려고 갔었구먼."

"어디 땅이 좀 있어서 우선 일차 계획으로 방 하나 부엌 하나, 차차 증축하게끔."

안경잡이의 얼굴에는 작으나마 확실한 꿈을 잡은 행복의 미소가 어려 있었다. 인애는 야릇한 질투를 느끼면서

"집도 있어야겠지만 취직도 돼야잖어? 색시 밥 굶기면 어쩌려구?"

"취직도 노력은 해보지만 정 안 되면 장인양반이나 따라다니지."

"무슨 사업을 하시는데?"

"토건업."

"그럼 집 하나 멋있게 지어주겠구나."

"그건 안 돼. 내 힘으로 해보는 거야. 내 능력껏, 시작부터

남의 덕이면 내 소중한 의욕을 누굴 주게?"

"아무렴. 색시 잘 얻는군."

"처갓집 조건 가지고 그런다면 난 인애에게 실망한다."

인애는 픽 웃으며

"색시가 영 마음에 드는 모양이지? 그러니까 잘 얻는 것 아냐?"

두 사람은 길가 다방 문을 밀고 들어간다. 안경잡이는 자리에 앉기가 무섭게 레지를 불러 커피를 주문하더니

"며칠 전에 한 선생 만났지."

"자축회가 벌어졌겠네."

"아닌 게 아니라 술 했지. 그 자리에서 인애 얘기 하더군."

"바람났다 했어?"

"그건 모를 일이고. 옛날부터 인앤 비밀주의니까. 그보다 뭐 섬으로 간다던가?"

"……."

"현실도피는 찬성할 수 없어. 그건 패배야. 난 인애가 그리 약한 줄 몰랐어."

"섬엔 현실이 없는가? 내가 가는 곳은 어디든지 현실이야. 내일 일을 모르니까 가야 가는 줄 알겠지만."

"한 선생 말이 아마 좀 있다 오는 것도 좋을 거라고, 어디 섬에 오래 있겠느냐구."

"그것도 닥쳐봐야 알 일이지. 결심 같은 것처럼 허황한 게

어디 있어? 저절로 흘러가게 내버려 두어야지. 다짐했다고 움직일 수 없는 사태를 만드는 것도 아니구. 다만 쫓아가 보는 거야."

인애의 목소리는 어딘지 슬프고 힘없이 들렸다.

한참 만에

"참, 멋모르고 지내왔지만 우리 녹지대 동인들도 이제 다 어른이 되어가나 부지?"

안경잡이는 새삼스럽게 감회를 느끼는 듯 뇌었다.

"그럴까? 내 생각으론 되려 거기는 어려져 가는 것 같은데?"

"......."

"전에는 우리 싸움도 많이 하고, 날 무척 미워하기도 했었는데. 안 그랬어? 건방진 계집애라구."

"그래서?"

"지금은 너무 행복하여 뼈가 없어진 것 같단 말이야. 그 흔한 불평도 없어지고, 그러니까 단순하고 귀여워서 어리게 보일까?"

인애가 놀려주듯 말하자

"여전히 입은 까서(몹시 얄밉게 재잘거리는 모양―편집자)."

화를 냈으나 이내 그 말에 동의하듯 웃어버린다.

인애는 지난밤에 원고 정리도 정리려니와 창문에서 어둠 속에 서 있던 그 여자를 보았기 때문에 영 잠을 이루지 못했다. 그래서 눈 밑에 잔주름이 조금 모인 듯한, 미소한 탓이었는지

얼굴을 가만히 가는 채

"어거지라도 쓰고 마구 쏘아붙이는 그 어리석은 패기나마 없어져 버리니 바보가 되는 것 아니야? 하긴 그런 순서로 다 지나가게 마련이겠지만."

"애써 불행할 필요는 뭐 있누? 부정한다면 한이 없고 길게 그 지랄하다간 죽어 없어지는 도리밖에 없겠지. 허황하게 아무리 큰 것에 눌어붙어 부정해 봤자 별수 없지. 인생이란 작은 것부터 긍정해 나가야만 할 것 같애."

"모두가 그렇게들 낙찰이 되는군. 은자도 아마 그런 생각을 하나 봐."

"그야 그런 생각은 내 전매특허는 아니니까 누구든지 할 수 있겠지."

말로는 의젓하게 그러했으나 계집애 생각과 자기 생각이 같다는 데 대하여는 은근히 자존심이 상하는 눈치다.

"그래서 시인하구는 이제 작별이구나."

"그까짓 천재가 아닌 바에야 깨끗하게 단념하고 나는 우리 집을 짓고 벽돌 한 장 한 장을 쌓아 올리며 인생을 살아야겠어. 아무것도 이룰 수 없는 구름 같은 것을 잡기 위해 고민하는 건 이제 사양해야지. 한때의 유치한 지랄이라고나 할까, 젊음에 대한 몸부림이 그야말로 그릇된 겉멋에 허비되었지. 하지만 후회는 안 해. 겉멋 부리며 다니던 그때도, 그것을 버리려는 지금도. 예술을 신앙같이 소중히 생각하고 그것 이외는 모두 무가치한 것으로 부정해 버리는 오만, 그것도 그럴 만한 자질이 있은 후의 얘기가 아니냐 말이다. 겉멋쟁이를 멸시하는 사회, 응당 멸시받아야 하겠지만 그중에는 겉멋쟁이 아닌 진짜가 몇은 있단 말이야. 그것마저 없다면 말이 아니지. 나는 예술을 부정한 것 아니야. 내 겉멋을 부정했을 뿐이지. 그럴 사람은 분명히 따로 있어. 무명한 사람 중에도. 공연히 나 같은 게 방황하다가 비렁뱅이 신세 되기가 고작이지.”

일장의 연설을 토한다.

“말이 옳기는 해.”

인애는 건성으로 맞장구를 친다.

“세대교체야. 지금 한창 유행하고 있는 말이지만. 벌써 녹지대에 나타나는 얼굴들이 달라지는걸. 그리고 이제 시니 예술이니 하는 따위의 설익은 대화도 가셔지고 합리적으로, 경제적으로, 가장 비용이 덜 드는 미팅을 즐길 뿐이야. 음악도 시도 그들에겐 연애감정을 원활하게 발전시켜 주는, 말하자면 일종의 소도구에 지나지 않는단 말이야. 허수아비 같은 눈을 하고서 인생과 예술을 논하는 친구는 이제 하나도 없더군.”

“그래서 일찌감치 봇짐을 잘 쌌구먼.”

안경잡이는 픽 웃다가 목이 마른지 커피 한 모금을 마시고

“나쁜일 줄 알아? 요즘엔 다른 치들도 정신을 차리는 모양이야. 정인호도 삽화에 재미를 붙여 돈을 곧잘 버는 모양이고 홍가도 어느 출판사에 물고 늘어져서 번역을 맡은 모양이고

또 그 왜 공예과를 나온 이가 있잖아? 불란서에 간다고 허풍을 치더니 이거 안 되겠다 생각했는지 부친을 졸라서 충무로 쪽에 민예民藝 센터를 하나 마련했지. 그놈 새끼 어찌나 구두쇠가 됐던지 일전에 탁자 하나 물어봤더니 외상은 사절이라 하며 딱지를 놓더군."

그 말이 뭐 그리 우스운지 인애는 깔깔 소리를 내며 웃는다. 그 웃음소리는 묘하게 균형을 잃은 듯 어색하게 울렸다.

"뭐가 그리 우스워?"

안경잡이는 눈이 휘둥그레진다.

"마찬가지 아냐?"

인애는 웃음을 거두지 않고 말했다.

"마찬가지긴 뭐가?"

"친구가 점방을 차렸으면 현금 주고 선선히 물건 하나 사줄 일이지. 외상으로 하고 나중에 축의금 조로 깔고 문드리려는 심보는 노랭이 아니냔 말이야?"

그 말에는 대답을 잃은 듯 아무 말 못 하고 안경잡이는 히죽이 웃는다. 그는 커피를 한 번 더 마시고 나서

"그런데 한 놈만 아직 정신을 못 차리고 있어."

"누구?"

"땅딸보 말이야. 여전히 호들갑스러운 몸짓을 버리지 않고 있거든. 미래의 대시인으로 자처하고 있는 꼴이란 허리 잡힌다."

"왕시(往時, 옛적–편집자)의 누구처럼?"

"난 그렇게까진 미치지 않았어. 그치 여간해서 잠을 깰 성싶지 않어. 제일 엉터리 시를 쓰는데 말이야. 그러다간 올바른 여자 하나 만날 것 같지도 않어."

"정인호 씨한테 애인 안 생겼어?"

인애는 눈을 굴리며 장난스레 웃는다. 그 얼굴을 힐끗 쳐다보며

"왜, 궁금하나?"

"생겼으면 좋겠기에."

"그따위 동정 같은 소리 하지 마."

"흥, 행복한 사람은 동정의 아량도 없는걸."

"한참 시간이 걸리겠지. 그치 외골수거든. 인애는 죄 졌단 말이야."

"……."

"정인호의 삽화 본 일 있어? 이번 호 M잡지에도 나왔어."

"보지 못했어."

"모두, 여자의 얼굴은 인애야."

"그럼 소설 속엔 인애만 나오나?"

"환상이지. 자기도 모르게 그렇게 되는 모양이야."

"그건 보는 사람이 자기도 모르게 그리 보는 것 아닐까? 색안경 쓰고 말이야."

"감정의 책임 지고 싶지 않다는 얘긴 모양인데, 그까짓 그

림이사 부인하면 그만이지만 정인호 마음을 부인할 순 없을 거야."

"쩨쩨한 소리 하지 마. 눈물이 송송 나오겠다. 남이 생각하는 것과 본인의 마음이란 상당한 거리가 있어. 설령 그렇다 해도 내가 책임질 이유야 없지. 어쩔 수 없는 일을. 누가 뭐 남을 위해 죽고 사나?"

"리얼한 얘기다만 좀 부드러운 편이 어떨까?"

"다정다감하게 팔방미인 되라구?"

"아 그만, 열 올릴 필요야 없지. 인애하구 나하구 싸울, 그야말로 이유가 없지. 아 참, 내가 잊었군. 녹지대에 말이야."

"그래서?"

"인애한테 온 편지가 굴러다니더라."

"나한테?"

"응."

"어디 굴러다녀?"

"굴러다닌다는 표현은 잘못이고 카운터에 오래전부터 있더군."

"그래?"

인애는 얼굴빛이 변해서 일어섰다. 그리고 서둘러 안경잡이에게 작별 인사를 하고 거리로 나간다.

사람이란 마지막의 희망마저 잃었을 때 맑게 체념하기란 어려운 일인가. 인애의 경우도, 소리로 듣지 않고 눈으로 보지 않았을 경우 그는 그 자신의 강한 고집으로 마음의 기둥을 세워올 수 있었을 것이지만 자기 하고는 아무 관련도 없는 그런 사람들일지라도 그들이 의욕에 충만해 있고 작은 대로 길을 찾아가고 있다는 것은 역시 괴롭고 부러운 일이 아닐 수 없다. 그는 어떤 최악의 상태 속에서도 마지막의 것을 잃었다는 생각을 한 적이 없었다. 끝없는 길처럼 김정현을 찾아 헤매었을 때도. 그러나 지금은 다르다는 것을 인애는 강하게 의식한다. 비 젖은 병아리 새끼 같은 자기를 의식한다.

'모두 다 행복하여라! 나에게 손해도 이익도 없는 바에야 행복한 편이 좋지 않으냐. 은자도 갈 곳으로 가고 안경잡이도 가고 숙배도 가게 될 것이고 큰어머니도 그러시겠지.'

인애는 아주 시덥지 않은 소리를 중얼거리며 걸어간다. 선망의 감정과 질투심, 그것이 엷은 것이었다 할지라도 그는 그 자신 속에 있는 질서가 무너지고 갈팡질팡하는 것마저 아주 뒤늦게 느낀다. 민상건으로부터 김정현과 그 여자의 이야기를 들었을 적에도 마음이 어느 선을 유지하고 있었는데.

그가 녹지대의 문을 밀고 들어섰을 때 아는 눈이 몇 개 그에게 쏠렸다.

'초라하다!'

뜨거운 물이 등을 흘러내리는 듯 그는 자기의 초라한 옷을 느낀다. 그는 쓰디쓰게 웃으며

'과연 맞는 얘기야. 자신 없는 사람이 옷단장을 몹시 한다

더니.'

그는 아는 눈들을 떠밀어 버리듯, 아니 아는 눈을 피해서 카운터로 간다.

"어머! 오래간만이네요? 왜 통 안 나오세요?"

레지가 호들갑을 떨었으나 인애는 다른 때처럼 재미있고 재치 있는 농담을 그만두고

"내 편지가 여기 굴러다닌다던데?"

무표정하게 묻는다.

"있어요. 전해드리려 했지만 은자 씨도 통 나오지 않고 해서."

레지는 허리를 구부려 편지를 찾으면서 다시

"결혼한다죠?"

"누가?"

"어머! 모르세요? 제일 친한 친군데, 은자 씨 말예요."

"아, 난 또 나보고 하는 말인 줄 알았죠."

인애는 말하며 주방 유리 창문에 얼른거리는 쿡의 흰 모자를 멍하니 쳐다본다. 레지는 인애가 일부러 우스갯소리를 하는 줄 알구 실죽 웃으며

"인애 씨도 그렇게 되나요?"

"어차피."

"어디 갔을까? 편지가."

하다가 레지는

"어차피라는 말은 누구나 다 할 수 있어요. 가까운 장래 이

야기 묻는 건데? 아 참, 여기 있구먼."

레지는 쓸데없는 얘기를 그만두고 편지 한 장을 인애 앞에
내민다.

인애는 그것을 받아 뒤를 돌려다 본다.

그 순간 그의 눈이 번쩍 빛났다. 그는 편지의 필적을 보며
빈자리를 찾아가는데

"인애, 그러기야?"

아는 얼굴이 일부러 화난 소리를 지른다. 인애는 쳐다보지
않고 손을 저으며

"나중에."

전혀 낯이 선 남녀가 앉아 있는 자리로 가서 인애는 앉기가
무섭게 편지를 펴들었다.

봄은 왔다고 하지만 이곳은 아직도 바람이 매운 것 같소. 아무 불
안도 걱정도 없으니 마치 밤과 낮도 없는 시간의 구분조차 없는,
커다란 흐름이 나를 둘러싸고 있는 것 같소. 이따금 그 흐름의 울
림이 마치 얼음장 밑으로 흐르는 시냇물과 같은 소리로 내 귀에
올려오는데 그것은 정말 시간의 흐름의 구분도 아니고 밤도 낮도
아닌 것 같소. 누가 나에게 이 거대한 공간을 주었는가 하고 솔밭
에 앉아서 이따금 생각해 보곤 하지요. 어쩌면 참으로 평화스러운
것 같고 어쩌면 내가 있는가, 내가 이 솔밭에 앉아 있는가 하고 얼
굴을 만져보곤 합니다. 서울을 떠날 때는 소식도 없이…… 사람

이 만나고 헤어지는 것은 그저 그런 것 아니겠소. 진실로 큰 용기는 이렇게 불안 없이 앉아 있는 것, 누구를 애틋하게 생각지도 않고 누구를 미워하고 저주하지도 않고 내가 있는 그대로의 상태로 있어보는 것. 아주 추상적인 말이어서 인애는 어리둥절하오? 그렇지, 나는 인애에게 알려주려는 욕망보다 어떻게 표현이 되든 내가 납득하면 그만인 말을 지금 중얼거리고 있다고 생각하시오. 그러나 다시 정직하게 고백하지요. 나는 인애에게 아무 할 말이 없는 사람이오. 또 말해서도 아니 될 것이오. 구름이 가고 저 산등성이로 늙은 농부가 소를 몰고 가는 풍경 이야기나 하지요. 내 눈에는 지금 그 소만 보이오. 소가 산등성이로 넘어가고 벼랑 밑에 초가가 보이는구먼. 이 종이쪽지에 이런 느닷없는 말을 써서, 그리고 내일 우편배달부가 만일 온다면 마을 잡화상에서 봉투를 찾아 인애에게 이 편지를 부치리다. 집으로 돌아왔소. 돌아오면서 나는 봉투를 샀지. 마침 암탉이 달아나기에 그것을 보느라고, 닭이 울타리 안으로 들어가고 그러고 보니 바로 그 집이 이 마을에 한 채 있는 잡화상이더구먼. 그래서 봉투를 샀소.

인애는 괴로워할 거요. 그런데 나는 아무 괴로움도 지금은 없는 것 같소. 조금만 더 있으면, 날씨가 좀 더 따뜻해지면 울 밑에 장다리꽃이 필 거요. 아니 이 동리에도 피는지…… 나는 다만 계절 이야기를 했을 뿐이오. 좀 더 따뜻해지면 장다리꽃이 필 거라고, 내 머릿속에 한 조각 남은 영상인데 그러나 그것은 정확하지가 않군. 늦봄이었던가, 초가을이었던가, 하여간 맑은 하늘과 흰 구름이 함께 있던 풍경이 있었는데……. 인애, 오고 싶으면 와요. 만일 봉투 뒤켠에 내가 있는 곳의 주소를 쓴다면 말이오.

이제 나는 누워서 천장을 보다가 잠이 오면 자야겠소. 눈을 감아도 아마 밤이 아니어서 밝을 거요. 하나 밤도 없고 낮도 없는데 무슨 상관이란 말이오. 나는 흐름의 크나큰 덩어리 속에 지금 나를 맡기고 있으니 마음이 편안하고 아주 편안하오.

인애는 봉투 뒤를 본다. 주소가 씌어져 있었다.

'지리멸렬이다. 아무 이야기도 없는데 그의 의식은 헛갈려서 걷잡을 수가 없다. 편안하다. 편안하다. 하지만 어쩌면 이렇게 병적으로 이렇게 어둡게 빗줄기가 두들겨주는 유리 창문과도 같이.'

인애는 혼자 중얼거린다.

인애는 얼굴을 들고 다방 안을 휙 둘러본다. 그의 눈이 이곳을 바라보고 있는 정인호의 얼굴에 가서 머문다. 낯선 사람같이 한참 동안을 물끄러미 바라보고 있다가 벌떡 자리에서 일어선다.

그리고 정인호 옆으로 가더니

"안녕하셨어요? 정 선생."

하고 인사하자 어리둥절해진 정인호는

"정 선생?"

하고 입 속으로 외어보다가 얼굴이 붉어지면서

"여, 여기 좀 앉으세요. 정말 오래간만입니다."

하고 그는 부산스럽게 자기 앞자리를 가리킨다.

털석 주저앉은 인애는

"요즘 삽화가 되셨다죠? 여자 얼굴 예쁘게 그리면 되나요? 화료는 얼마나 되죠? 모델을 쓰고 계세요? 모델은 한 사람이면 안 되잖아요!"

마구 정말 쉴 사이도 대답할 사이도 없이 지껄여 댄다. 정인호는 눈이 올라갔다 내려갔다 하며, 마구 쏟아놓는 질문에 대답할 겨를은 고사하고 정신마저 못 차린다.

한참 동안 무슨 말을 되는 대로 주워섬기다가

"아이, 숨차."

하며 인애는 두 어깨를 올렸다 내려놓는다.

"어리둥절하세요?"

미소하며 이번에는 착 가라앉은 목소리로 묻는다.

"네. 너무 한꺼번에……."

"내가 무슨 말을 했더라."

"삽화, 화료, 모, 모델."

정인호도 인애처럼 주워섬기려다 인애가 소리 내어 웃는 바람에 그만둔다.

"대답 안 하셔도 돼요. 정인호 씨 여기 줄곧 오셨어요?"

"하루에 한 번은."

"누굴 기다리며?"

"그냥 막연히, 버릇이 된 모양이죠."

"싫은 일도 버릇이 되면 괜찮아질까요?"

"싫은 것도…… 그, 그것도 나름이겠지요."

"나름……."

"은자 씨 결혼하신다죠?"

"나도 해야겠어요."

정인호의 낯빛이 조금 변한다.

"왜 놀라세요? 정인호 씨는 내가 처녀할머니 되길 원하세요?"

"아, 아닙니다. 어, 언제 하게 됩니까?"

차마 누구냐고 묻지는 못하고

"글쎄, 미정이지만……."

"누, 누 어떤 분하고."

물으면서도 후회를 하는지 정인호의 목소리는 목에 걸려버린 것 같다.

"글쎄…… 그걸 누가 알지……."

"……."

"정인호 씨!"

인애는 은근하게 불러본다. 그리고 정인호의 얼굴을 깊숙이 들여다보며

"네!"

눈이 부신 듯 눈시울을 깜박거린다.

"나 모델 한번 되어드릴까요?"

"그, 그야, 하지만 삽화에는……."

"그럼?"

"내 일 할 때……."

"출품하려구요?"

"아니, 그냥 작품하는 거죠."

했으나 인애는 작품의 모델이 되겠다는 대답은 하지 않는다.

"차 하셨어요?"

인애는 금세 화제를 돌려버리고 레지를 손짓해서 부른다. 그리고 정인호를 보며

"뭘 하시겠어요?"

기대와 절망, 다시 기대와 절망. 마치 정인호는 인애 손바닥 위에서 놀고 있는 꼭두각시 같았다.

그러나 인애는 정인호에게 그늘과 햇볕을 주고 있는 자기의 언동을 의식하고 있지 않았다. 다른 때 같으면 다분히 장난스러운 기분으로 수작을 했겠지만, 그는 정인호가 눈앞에 있고 또 그가 내뱉는 말 한마디 한마디에 따라 낯빛이 변하고 있는 상태에 대하여도 전혀 무의식인 것이다. 비가 내리고 바람이 부는 마음의 변화에 걷잡을 수 없이 말려들어 가 그야말로 흥분하고 있는, 정인호 아닌 다른 삼자가 냉정히 바라본다면 갈 데 없는 경박한 변덕쟁이로 보일 수밖에 없었다.

커피를 레지가 날라오자 인애는 곧장 커피 잔을 들고 입으

로 가져갔다. 그리고 커피 잔이 비는 동안 그는 한마디 말도 하지 않았다. 그 무거운 침묵이 견딜 수 없었던지

"인애 씨."

하고 정인호는 불렀다.

"네?"

"저, 저녁은 제가 살까요?"

"아직 저녁때는 아니에요."

"그러니까 나중에."

"무슨 턱이에요?"

"그저……."

정인호는 머뭇거린다.

"삽화료 받은 턱이에요?"

"그, 그렇게 생각해도 좋구요."

"여자 친구, 애인이 생긴 기쁜 턱이라면 받겠는데."

정인호의 얼굴이 찌그러진다.

"그, 그건 아득한 일이지요."

"왜요?"

"……."

"슬픈 소리 하지 마세요. 외떨어진 기러기 생각이 나서 눈물이 떨어지겠어요."

하는데 인애 눈에 정말로 눈물이 글썽한다.

"아, 신나게 한바탕 놀아봤으면. 그런 세월이 있었던 것 같

지도 않아요. 정인호 씨?"

"네."

"우리 파티 한번 열지 않겠어요?"

"빈대떡 파티 말입니까?"

"참 구질구질한 소리만 하네. 나한테 멋이 있는 옷이 있어
요. 코트에서 구두, 양말까지……. 그런데 그걸 어디다 써먹을
까 생각하고 있어요. 내 애인이 해준 거예요. 그런데 그놈의
애인이 그만 누더기 걸친 인애만 보고 죽어버렸지 뭐예요? 멀
리 비행기 타고 떠나려 했는데 말예요."

마구 주워섬긴다.

"주, 죽어버리다니!"

인호는 진정으로 그 말을 믿고 또 인애의 변덕스러운 언동
도 비로소 깨달은 듯 몸을 앞으로 내밀며 높은 소리로 말했다.

"파티 준비 한번 해보세요. 뭣하면 장소는 내가 마련할 수
있을지도 몰라요. 회원을 모집하는 거예요. 어떤 조각가가 쓰
는 멋있는 방이 있어요. 적어도 열 쌍은 어울릴 수 있을 거
예요."

구체적인 의논을 하는가 했더니 인애는 자리에서 일어섰다.
그리고

"그럼 안녕."

마치 모퉁이 길에 언뜻 보이는 구두 한 짝같이 인애는 밖으
로 나가버렸다.

집으로 돌아온 인애는 벽장문을 열고 책보를 꺼내어 잠옷 한 벌을 싼다. 그 속에 비누와 치약, 칫솔 같은 것도, 빨리 하지 않으면 무슨 큰일이라도 벌어질 듯 무섭게 서둘면서.

　정말 누가 뒤에 서서 발등에 불이 떨어진 것처럼 재촉이라도 하듯 인애는 그렇게 서둘며 짐을 챙긴다.

　짐이래야 잠옷 한 벌에 세면도구, 화장품 하나 없는 간단한 것이었지만. 그것을 책가방같이 큼직한 백, 오랫동안 쓰지 않고 내버려 둔 것을 꺼내어 그 속에 밀어 넣고 그는 책상 앞에 앉는다.

　　은자! 부득이한 일이 생겨 나 급히 시골 내려갔다 오마. 어떤 일이
　　있어도 너 결혼식 날까지는 돌아올 테니까 걱정하지 말고. 너 준비
　　를 도와주지 못해 그것만이 미안하구나. 그럼 한 선생님하고 즐거
　　운 시간 보내기를 빌면서.

　갈겨쓴 메모지를 적어 책상 위에 놓는다. 그리고 여태까지 상자 속에 넣어둔 채 한 번도 입어본 일이 없는 코트와 스웨터, 스카프, 슈미즈에 양말까지 꺼내어 새 옷을 입는 기쁨도 조심스러움도 없이 아무렇게나 몸에 걸친다.

　마지막 구두를 꺼낸 인애는 약간 곤란한 표정을 짓는다.

　'단화였더라면……. 시골길을 걷게 될지도 모르는데…….'

　역시 한 번도 발을 담아본 일이 없는 새 구두, 발의 사이즈

가 같아서 숙배가 자기 발에 맞추어 지어온 검정 하이힐이다.
굽이 그리 높은 편은 아니었지만, 그러나 그 옷에 낡아빠진 단
화도 운동화도 신을 수는 없는 것이다.

'몰라. 길이 험하면 맨발로 가면 된다.'

인애는 구두를 들고 현관으로 내려왔다. 막 구두를 신으려
하는데 주인집 식모가

"어머나!"

마치 천지개벽이라도 일어나듯 탄성을 지른다.

"나는 딴사람인가 생각하지 않았겠어요. 어쩌면?"

인애는 돌아보지도 않고

"딴사람 같아요?"

하며 맥없이 묻는다.

"그러믄요. 어느 부잣집 아가씨가 오셨나 하구."

"아줌마는 여태 내가 부잣집 따님인 걸 몰랐수?"

인애는 체중을 구두 굽에 기울여보며 역시 맥 빠지는 소리
로 묻는다.

"아무리. 부잣집 따님이 이런 곳에 와서 밥 지어 먹고 고생
할려구요?"

"그 말도 맞지 않는 말은 아냐."

인애는 현관문을 열고 나가려 하는데 뒤에서

"우리 할머니가 이밥이 분이고 옷이 날개라더니 그 말이 맞
는구면."

몹시 부러운 듯 중얼거리는 소리가 들렸다.

새 옷을 입은 어색함도 없이 여태껏 입었던 옷처럼 인애는 거의 의복에 대한 의식도 없이 걸어간다. 식모의 말대로 얼마나 딴사람이 되고 세련되어 보이는지 알지도 못한 채. 다만 구두가 발에 좀 밭은 듯하여 불안을 느낀다.

그는 항상 시계 없이 지내기 때문에 오히려 시간에 대한 직감이 빠르다. 그는 피부로써 명암을 느끼고 또한 시각을 판단한다.

'일곱 시는 아직 지나지 않았을 거야.'

서울역에 도착하여 역의 시계를 보았을 때 일곱 시 십 분 전.

인애는 대합실 속의 여러 시선을 받으며 (그 시선은 이등대합실에 갈 사람이 왜 삼등대합실로 왔을까? 하는 의문이 있는 듯) 매표구 앞으로 간다.

편지 봉투 뒤켠에 쓰인 D읍까지의 기차표를 부탁해 놓고 인애는

'D읍에서 하룻밤을 묵어야겠구나.'

하는데 옛날과 달리 걱정스러운 마음이 치민다. 창구에서 표를 받은 인애는 주변에서 쏠리는 시선 같은 것 조금도 느끼지 않는 듯, 아직 시간이 넉넉한 것만을 마음속으로 헤아리며, 빈 걸상에 가서 앉는다. 그리고 그는 조금씩 아파오기 시작하는 새 구두 신은 발을 멍하니 내려다본다.

'구두 신고 여행하기는 처음이군.'

그는 살그머니 구두에서 발을 뽑고 홀홀한 발바닥을 식히듯 구두 위에 발을 얹는다.

'옛날에 두 번인가? 내 혼자 이 대합실에서 기차를 기다린 일이 있었지. 그때는 어째서 그렇게 신바람이 났는지 모르겠다? 발 닿는 대로 떠난다는 것이 기쁘고, 슬프다는 것조차 가슴이 짜릿짜릿하도록 감미로운 것이었는데……. 이 대합실에서 휘파람을 부르고 더벅머리 소녀가 슬그머니 다가오는 머슴애를 팔꿈치로 떠밀어 버리며 웃었는데……. 역시 좋은 옷 입고 여행하는 건 아냐.'

인애는 나일론 양말 속의 하얀 발을 여전히 내려다보며

'D읍에서 하룻밤 묵고 해명리까지. 설마 가는 버스가 있겠지. 그 마을에만 가면 그이 있는 집은 알게 되겠지. 만나서, 만나서 어쩌자는 것일까? 아무것도 아냐. 그냥 보고 싶을 뿐이지. 누가 어쩌자고 그러나? 그냥 보고, 보고 싶어서 …….'

인애 눈에 눈물이 괸다.

"얘, 인애야!"

인애는 소스라쳐 놀라며 얼굴을 번쩍 든다.

"웨, 웬일이냐!"

"웬일이긴? 너 편지 보고 왔다. 혹시나 하고."

은자의 얼굴에 근심스러운 빛이 있다.

"나 여기 온 줄 어떻게 알구?"

"집에 가니까 식모 말이…… 아무래도 수상쩍어서……. 막

나갔다 하더구나. 그래서 못 만나면 할 수 없고…… 여기 왔더
니 너가 마침 있잖아?"

"나 죽으러 가는 줄 알고 그러니? 새 옷 입고 나간다니까."

"……."

"그런 걱정 하면 머리카락 센다. 내가 그럴 성싶으냐?"

인애는 미소하며 은자를 놀려주듯 말한다.

"그래도…… 넌 요즘 이상하더라. 난 내 일 땜에 널 거들떠
보지도 않았지만 새 옷 입고 나갔다기에 생각해 보니까 이상
한 일이 많았던 것 같아."

"그만두어. 내가 너 걱정받게 돼 있니?"

은자는 시계를 들여다보며

"표는 끊었니?"

"응."

"아직 시간 남았지?"

"삼십 분가량."

"그럼 이 위에 있는 다방에 안 갈래? 차나 마시자."

"괜찮은 이야기야. 그러지 않아도 목이 마르는 것 같다."

그들은 일어서서 이층에 있는 다방으로 올라간다.

더러 손님이 있었지만 조용한 편이며 대합실을 좀 더 깨끗
하게 해놓은 듯한 기분이 드는 다방에서 음악이 흐르고 있
었다.

커피를 주문해 놓고 그들은 서로 마주 본다.

은자는 커피를 한 모금 마시고 당황하며 뛰어나온 듯 흩어진 머리를 쓸어 넘기면서

"대관절 너, 어딜 가니?"

"쪽지에다 시골 간다 했잖어?"

인애는 시치미를 떼며 실토하지 않으려 든다.

"시골이라는 건 알지만 섭섭해."

어떤 뜻으로 섭섭하다 하는지 그것을 알고 인애는 대답을 안 한다.

"여태까지 난 퍽 경망하게 살아온 것 같고 넌 의지적으로 굵게 살아온 것 같다. 하지만 우리 우정은 경망한 것이 아니었다고 믿어. 어떤 목적을 위해 의지적으로 이끌어왔던 우정도 아니었다고 나는 생각한다. 나도 너에겐 다 못한 이야기가 있었고 너 역시 그러리라 믿기는 하지만……. 너무 지나친 비밀주의 아닐까? 내가 힘이 될 수 있는 그런 일이 아닐지라도 너의 괴로움 나도 조금은 알고 싶단 말이야."

"아무도, 이 세상의 아무도 힘이 되어줄 수 없는 일이니까……. 그리고 아름다운 면에서도 추악한 면에서도 나는 그것을 내 혼자 간직하고 싶어."

"너 혼자……."

"우리 우정하고는 관계없어. 너 결혼 날까지는 어떤 일이 있어도 돌아올 테니까 걱정하지 마."

"누굴 만나러 가나? 그것도 말해줄 수 없니?"

"안 해도 좋은 일이지만 넌 내가 죽으러 갈까 봐서 겁을 내는 모양이니 말해줄게. 애인 만나러 가는 거야."

"……."

"새 옷 입고 새 구두 신고. 인애한테도 이런 애처로운 면이 있단다."

서슴없이 하는 말에 오히려 의심이 더 나는 듯 은자는 인애의 눈동자를 가만히 주시한다.

"그런데 너 새 옷 입은 모습이 왜 그리 슬퍼 보이니?"

"격에 맞지 않아서 그런가 부지?"

"아니야. 너무 격에 맞아서 그런가 봐. 삼등열차 타고 갈 손님 아냐. 인내! 표 물리고 이등표 내가 사줄게."

"깍쟁이 같으니라구. 어디 가는가 알고 싶어 꾀를 부리는구나."

"아, 아냐."

"알려줄게. D읍까지 간다. 거기서 버스 타고 더 시골로 가지만……."

인애는 웃는다.

"정말이니?"

그래도 의심이 나는 모양이다.

"정말이야."

"그럼 언젠가 나한테 편지를 준 그 야무지게 생긴 여자는 대체 누구니?"

웃고 있던 인애의 얼굴이 별안간 확 변한다. 그 얼굴의 변화를 은자는 두려운 눈으로 응시한다.

'난 여러 가지 말들을 귓가에 흘리고 들었다. 인애에겐 너무 벅찬, 어쩌면 내가 겪은 일보다 몇 배나 더한 것을 겪고 또 지금 겪고 있는지도 몰라.'

은자는 인애로부터 눈을 떼고

"나한테 얘기해 주어. 내 힘이 모자라면 한 선생하고…… 그래도 안 되면 우리 녹지대 친구들하고……."

"……."

"그 여자가 널 괴롭히고 있는 것만은 확실해. 난 어째 그것을 여태 몰랐을까? 아주 전에도 잠꼬대를 했어. 무서운 여자라고……. 이제, 이제사 생각이 나는구먼."

은자는 흥분하기 시작한다.

"시간 다 됐어."

짤막하게 긴장된 그 얼굴을 지속한 채 인애는 자리에서 일어섰다. 더 이상 이야기할 것을 거부하는, 분명히 그런 태도로.

은자는 더 이상 매달릴 수 없는 것을 느낀다. 구내 다방에서 그들은 침묵한 채 나온다. 층계 아래로 내려온 은자는

"나 입장권 사올게."

그는 사람 속을 헤치며 뛰어가서 얼마 후 입장권을 사가지고 인애 곁으로 돌아왔다. 개찰이 시작되어 대합실 안은 설레

고 이상한 고독과 슬픔이 사람마다의 가슴을 치는 듯, 그리고 저마다 다른 목적지를 향해 마음을 정리해 보는 듯, 긴 행렬이 개찰구를 향해 천천히 움직이고 있다.

플랫폼에 들어온 은자는

"늦어지겠거든 편지해. 그리고 어려운 일 있으면…… 여비는 넉넉하게 가졌니?"

"마침 염 선생 댁에서 돈을 받았지."

발차 신호가 머릿속에 금을 긋듯 울린다. 인애는 기차에 오르고, 그리고 잠시 뒤 창문에서 밖을 내다본다.

'내 아는 얼굴이 떠나는 것을 지켜주는 것도 나쁘지 않어.'

인애는 혼자 웃는다.

"너 결혼 날까지는 틀림없이 돌아온다. 걱정하지 마!"

기차가 움직였을 때 인애는 손을 흔들며 그 말을 되풀이한다.

보랏빛 코트를 입은 은자의 모습은 사라지고 밤차는 슬픈 기적을 울리며 서울역에서 벗어나 둑을 달리고 있었다. 전혀 새로운 분위기로 옮겨버린 기차 안에 사람들은 아직은 낯이 설어서 웅성웅성하여 마음의 자리를 잡지 못하였는가 눈빛들이 스산하다.

인애는 어둠이 밀려들기 시작한 철로 연변의 풍경을 바라보고 있었다. 그는 낯이 선 분위기에 대한 불안보다 조금 전에 자기가 있었던 서울과 그리고 마지막에 본 아는 얼굴, 다정한 은자의 얼굴이 참으로 멀고 먼 곳으로 물러간 듯, 그 엄청난 거리감의 허무를 되씹어 보고 있는 것이다.

그것은 오랜 세월이 지나감으로써 빚어진 거리감은 아니었 겠지만 허무하기로는 시간이 가까웠던 만큼 더한 것이었는지 도 모른다. 한순간 전의 일, 한순간 전에 만난 사람, 그러나 떠 났다는 것은 실질적으로 감정의 교류가 두절된 것, 추억이나 회상은 아무 의미도 없는 것이다.

'그래서 죽음이 이별이 그렇게도 슬픈 것이었는지 몰라.'

인애는 지나가는 판매원에게서 오징어 한 마리를 사가지고 질근질근 씹는다.

먹는다는 것보다 씹는다는 동작이 인애 마음의 방향을 돌려 놓았다. 만난다는 가능성 속으로, 또다시 이별이 오고 멀어진 다 하더라도 그는 지금 만난다는 역을 통과하지 않고 있는 것 이다. 그곳을 향해 가고 있는 것이다.

열한 시 가까이 인애는 D읍에 도착하였다. 밤이기도 하려니 와 자그마한 소도시는 너무 조용하여 사람이 살고 있는 것 같 지도 않았다.

그가 찾아간 곳은 허술한 여관, 좋은 여관도 없었지만.

여관집 주인은 인애의 옷차림을 보고 무조건 존경하여 아담 하고 좋은 방으로 그를 안내하였다. 좋다고 해도 여관에서 좋 은 방이었지, 냄새가 나고 찌든 방의 벽지는 다른 싸구려 여 관방과 다를 것이 없었다. 인애는 다리를 쭉 뻗고 한숨을 내쉰다.

여관에 들어보기는 인애로서 난생처음이다.

철없이 슬프다고 집을 뛰쳐나와 섬으로 어디로 방황하며, 또 그 자유로운 생활을 못 잊어 다시 집에서 뛰쳐나온 일이 여러 번 있었지만, 대개 마을 집에서 그 넉살 좋은 구변으로 과히 눈치 안 보며 묵을 수 있었고 해인사에 갔을 때는 절에서 살았다.

인애는 그다지 믿을 수도 없는 문고리를 단단히 걸어놓고 그 문고리 사이에 손수건을 찢어서 여러 번 얽어매고 자리에 누웠다. 잠이 올 것 같지 않아서 전등불은 켜놓은 채, 그럭저럭하는 동안 밤이 가고 새벽이 왔다. 새벽녘에 잠시 잠이 든 인애는 정현을 만나지 못하여 울면서 헤매는 꿈을 꾸다가 소스라쳐 일어났다. 창문이 훤하게 밝았고 전등불이 아주 희미하게 켜져 있었다.

어떠한 꿈보다 그것은 무서운 것이었다. 지금 인애가 바라는 마음의 부피를 난도질하여 피를 흘리게 하는 무서운 꿈이었다. 만나지 못하였다는 단순한 사실이 아니고 그것에는 보다 끔찍한 함정이 준비되어 있는 것 같은 예감, 인애는 무릎 위에 두 손을 깍지 끼고서 전신을 떤다.

'아니야. 내가 너무 그것을 생각하고 있어서 꿈을 꾸었지. 기쁜 꿈을 꾸어도 기쁠 일이 없었던 경우는 얼마든지 있었어. 걱정을 몹시 하고 실망을 몹시 했을 때 뜻밖에 일이 거꾸로 돌아가서 막 흐느낄 정도로 웃은 일도 있지 않니? 하느님은 기대를 걸고 희망을 가지고 자신만만해하는 인간을 볼 때 약간 심술을 부리는 법이지. 아이에게 과자를 주는 어른들도 안 준다고, 안 준다고 해서 아이를 한번 울려놓고 과자를 주지 않어? 그 경우와 꼭 같은 거야. 만난다고 반드시 그런 확신을 하면 누가 방해하지 않을까 싶은 의식에서 나는 자꾸 일부러 사서 걱정을 해보는 거야. 청승스럽게…….'

그러나 인애의 중얼거림과는 반대로 정현을 만나지 못하리라는 생각은 자꾸만 굳어간다.

여관에서 들여주는 조반상 앞에 앉아서도 인애는 기운이 통 없었다. 그냥 서울로 되돌아가고 싶은 생각이 문득문득 들곤 했다. 모래알같이 깔깔한 밥을 겨우 몇 술 씹어 넘기고 그는 밖으로 나왔다. 그는 숙박비를 치른 뒤

"저 S면까지 가는 버스가 있어요?"

하고 여관 주인에게 물었다.

"S면 가시게요?"

"네."

"무슨 일로 가십니까?"

아무 일에나 궁금해하는 버릇이 있는지 여관집 주인은 알지도 못하는 인애에게 염치없는 질문을 한다. 다른 때 같으면 웃음의 말로 슬쩍 까줄 인애였으나

"그럴 일이 있어서요!"

생각에 잠기며 방금 자신이 물어본 말도 잊고 멍하니 주인을 바라본다.

주인은 인애의 옷차림을 힐끗힐끗 살피며

"S면으로 바로 가는 버스는 없고 K읍에 가는 게 있는데 도중에서 내려가지고 한참 걸어 들어가야 할 겁니다."

"버스 타는 곳은 어디 있어요?"

"조금 나가면 기차 정거장 근처니까 곧 찾을 수 있을 겁니다. 초행입니까?"

또 묻는다.

"네."

인애는 내키지 않는 대답을 하고 돌아섰다.

여관에서 나온 인애는 장꾼들이 모여든 기차 정거장 옆에 있는 버스 정류장에서 쉬 버스를 탈 수 있었다.

흙먼지가 이는 시골길을 버스에 흔들리면서 마침 장날이라 가까운 마을에서 소를 몰고 농부들이 D읍을 향해 느릿느릿 걸어오는 모습을 차창에서 볼 수 있었다.

아지랑이가 낀 먼 곳의 벌판, 서울보다 더 무르익은 것 같은 봄이 사방에 흩어져 눈부신 듯한 현기를 준다. 푸른 둑에도, 도랑을 흐르는 물빛에도, 마을 가까이 무덤가, 비석이 서 있는 곳의 한 그루 백일홍 나무 위에도, 하늘에도, 소를 몰고 가는 목동의 걷어 올린 바지 자락 밑의 종아리에도.

그러나 인애는 봄을 등진 사람같이, 날씨에 비하여 무거운 코트를 무겁게 생각하지도 않고 시야에서 무상한 변화를 일으키고 있는 풍경을 무덤덤히 바라만 보고 있다.

그는 꿈만 생각하고 있는 것이다. 꿈을 입증해 줄 것 같은 해명리라는 마을이 가까워진다는 느낌에 그는 무서워하면서 이제는 그것을 안 믿으려고 노력하지도 않았다. 무서운 대로 가슴으로 받으며 마치 버스가 흙먼지를 끊고 질주하듯 그의 마음도 무서움을 받으며 또 끊으며 가고 있는 것이다. 이제는 버스가 핸들을 돌려 오던 길을 되돌아갈 수 없는 것처럼 인애의 마음도 그러한 공포에서 몸을 돌려 달아날 수 없게 되어 있었다. 정현을 만나지 못하리라는 공포가 어찌하여 이렇게도 극심한 것인지 인애는 그것조차 헤아리려 하지 않았다. 바람같이 그것은 어쩔 수 없이 달리고 있었던 것이었으니까.

조그마한 마을이 오면 내릴 사람은 내리고 탈 사람은 타고, 새 마을을 떠날 적에는 시골 버스 속의 손님들 얼굴도 새로워진다.

인애는 버스 탈 적에 차장에게 부탁해 놓았으므로 누구에게도 S마을이 어디냐고 묻지는 않았지만 버스가 머무를 때마다 그의 마음은 덜컥 내려앉곤 했다.

"여기서 내리셔야 해요."

차장은 인애 어깨를 살며시 흔들며 상냥스레 알려주었다. 고맙다고 인사하며 인애가 내렸을 때

"그 길로 곧장 걸어가세요."

친절하게 가름길을 가리키며 차장은 인애에게 알려주었다.

인애는 코트를 벗어 들고 저만큼 달려가는 버스를 바라보다가 걸음을 옮긴다. 가름길, 도랑을 흐르는 물소리를 들으며 한참 걸어갔을 때 조그마한 초가 마을도 사라지고 끝없이 비어버린 수전水田만 계속되었다. 이따금 밭이, 보리가 푸른 밭이 나타나면 일하는 농부의 모습도 하나둘 눈에 띌 정도.

인애는 구두가 발을 조여드는 것을 느꼈다. 그는 포플러나무 밑에 앉아 구두를 벗고, 엷은 나일론 양말을 벗어 가방 속에 넣는다. 그리고 구두를 들고 맨발로 타박타박 걸어간다. 다행히 자갈이 없는 황톳길이어서 맨발로 걷는데 그다지 고통스럽지는 않았다.

"아! 기분 좋아!"

신발을 벗음으로써 모든 기우마저 다 벗어버린 듯 인애는 소리친다. 아무도 없는 시골길, 이따금 조심을 하지 않으면 소똥을 밟을 지경이긴 해도 인애 마음에 방랑의 즐거움이 솟아난다.

인애는 노래를 부르며 걸어간다. 한참 노래를 부르며 가는데 나지막한 왼편 산허리를 낀 마루턱 길에서 달구지 하나가 나타나고 달구지 위에 걸터앉은 농부도 노래를 부르며 오고 있지 않은가.

크게 목청을 뽑고 가던 인애는 엉겁결에 노래를 멈추고 산마루를 돌아 나오는 달구지를 바라본다. 상대편 달구지에 걸터앉은 농부는 채찍을 하늘로 향해 치켜든 채 노래를 멈추지 않고 그냥 흥얼거리며 온다.

하늘이 한없이 푸르고 햇볕이 현란하게 부서지는 들판, 그 맑은 공기를 흔들어주며 들려오는 농부의 노랫소리, 오직 축복받은 계절이 이곳에만 있었던 것처럼 평화와 자연은 본시의 그대로, 남루한 모습의 농부도 눈알이 굵은 황소도 최초에 있었던 그대로인 것처럼 자연은 한 폭의 그림이다.

인애는 노래를 갑자기 멈춘 자기 자신을 돌이켜 보며 쓰디쓴 웃음을 머금는다. 세련될 대로 된 의상이 이 자연에서 비어져 나온 것은 말할 것도 없거니와 노래를 멈추게 한 그 사치스러운 자의식은 어설프기 짝이 없는 것이었다.

'애정이니 슬픔이니 하는 것도 이네들한테 비하면? 자의식, 의식적인 거야. 자연의, 있는 그대로의 것이 못 되고 그래서 시끄럽고 번거롭고 쫓기며 쫓고 뭐가 뭔지 때론 모르게 되고 복잡하게 휘말려 들어가서 점점 어렵게…… 그렇다, 어렵게 되어버리지. 이렇게 있는 그대로 얼마나 아름답고 순박하며 평화스러운가. 무너질 수도 없는 것에 철없이 반항을 해보고, 아니면 인색스럽기 짝이 없는 그런 모방을 하지. 그러고서 시를 쓰고 고민을 한다고 하지.'

마음속으로 시부렁거리며 가는데 젊은 농부는 신발을 벗어들고 가는 인애를 구경하기 위해 비로소 노래를 멈추었다.

달구지가 인애 옆을 지나갈 때 농부는 씩 웃었다.

'아가씨, 그 부드러운 발바닥에 생채기가 가면 큰일인데요?'

하듯 웃음 띤 얼굴인 채 인애의 맨발을 가만히 내려다본다. 그러다가 다시 인애를 쳐다본다. 인애는 저도 모르게 빙긋이 웃는다.

"어딜 가세요?"

젊은 농부는 웃는 얼굴에 그만 신이 나서 묻는다.

"해명리로 가요."

"곧장 가세요, 곧장. 곧장 가면 해명리 마을이 있어요."

소가 멈추지 않고 가므로 얼마간에 거리가 생겨 농부는 큰 소리로 말했다.

"고맙습니다!"

인애는 큰 소리로 인사하고 걸어간다. 농부의 노랫소리는 다시 들려왔다. 달구지 위에서 흔들리며 채찍을 하늘로 치켜 올린 모습을 하고서.

가다가 돌아본 인애는

'저분한테 물어볼까? 해명리에 사는 농부인지도 몰라? 그는 정현 씨를 혹 알고 있는지도 몰라?'

인애는 되돌아서서 그에게 달려가 물어보려다가 그만둔다.

'기쁜 말이건 슬픈 말이건 미리 알아버리는 것은 그만두자. 정현 씨가 없다면 나는 이곳에서 발길을 돌려야 할 게고 또 그 분이 지금까지 그곳에 있다면 길이 멀어서, 아주 길이 멀다고 생각할 거야.'

인애는 다시 노래를 부르지 않고 타박타박 걸어간다. 농부의 말대로 곧장 걸어갔을 때 버섯 모양의 초가 마을이 나타나기 시작했다.

마을이 차츰차츰 가까워진다.

인애는 마을을 눈앞에 보고 슬그머니 개울가로 내려간다.

개울가에는 오랜 세월, 맑은 시냇물에 씻기고 햇볕에 바랜 자갈이 하얗게 예쁘게 깔려 있었다. 한낮의 한창인 햇볕을 받고 더욱 희고 눈이 부시게 깔려 있었다.

인애의 맨발이 그 자갈을 밟고 가건만 모 없이 닳아진 작은 돌들은 도무지 발을 찌르려 하지 않고 너무 부드러워서 도리어 발바닥을 간질이는 듯하다. 그리고 햇볕을 받은 따스한 자갈의 온기가 사람의 마음처럼 어리광이라도 부리고 싶어진다.

인애는 자갈 위에 주저앉아서 손에 들고 온 가방과 구두를 내려놓고 두 발을 물속에 집어넣는다.

"앗 차거!"

비명을 지르면서도 인애는 더욱더 물속으로 발을 깊이 집어넣는다. 짜릿하게 저려오는 시냇물의 차가운 감촉, 땀을 흘리며 먼 길을 걸어와서 지쳐버린 인애 머릿속에 냉기는 칼날같이 스치고 가는 것 같다. 정신이 번쩍 든다.

"살을 에는 것 같다."

인애는 말하면서 코트도 벗어 던지고 얼굴을 씻는다. 그리고 가방 속에서 수건을 꺼내어 얼굴을 닦고, 그러나 발은 물속에 담가둔 채 눈을 들어 강변 풍경을 살핀다. 키 큰 포플러가 시원한 그늘을 냇물 위에 드리우고 있었다. 그 포플러 뒤로 솜 뭉치 같은 흰 구름이 일고 있었다.

냉엄하고 여지없는 사태 앞에 마주 보고 섰을 때 강한 힘이 솟구치고 자기 자신을 가장 뚜렷하게 잡아볼 수 있었던 감동 이 인애 마음에 지금 피어오르고 있다. 뻗치고 서던 그 마음의 자세, 스스로 자기가 자기에게 엄격하고 준열해지던 자기 응 시의 자세, 그것은 어떤 절대자로부터 오는 계시와도 같은 감 격이 지금 인애 마음에 피어오르고 있었다.

'어떤 일이든 부딪쳐 보자! 나는 나! 내가 손상당하지는 않 는다! 내가 가졌던 것은 내 것이 아니다! 다만 내 것이 아니었 더라는 사실을 눈앞에 보는 용기란 대단한 것도 아냐. 내가 이 곳에 지금 있는 것은 지금 이 순간의 사실일 뿐 떠나면 바람 이 스쳐간 듯 말끔히 지워져 버리는 거지. 어떤 사람의 바람 의 경우도, 지금 마주한 이 자연이 자연이 아니고 사람일 경우 에도…….'

인애는 더 명확하게 어떤 직감을 체험하고 그것을 충분히 헤아렸으나 그의 독백은 그런 정도로밖에 표현이 되지 않았 다. 느낌이 정확하면 할수록 언어는 모호하게 흐려지고 발바 닥을 타고 오는 냉기만이 그의 느낌을 한층 투명하게 해줄 뿐 이다.

그는 천천히 가방 속에 벗어 넣었던 양말을 꺼내어 묻어 들어간 모래를 털고 발을 닦아 잠시 햇볕에 말린 뒤 양말을 신는다. 다음 구두를 신고 코트를 입고 그는 길 쪽으로 향해 걸어간다. 버섯 같은 초가가 옹기종기 모여 있는 아담한 마을이 조용하다. 모두 들일하러 밖으로 나갔는가.

인애가 마을 안으로 들어섰을 때 맨 먼저 눈에 띈 것은 마을을 상대하여 장사를 하는 잡화상이었다. 인애는 정현의 편지 구절을 생각했다.

'저 잡화상에서 편지 봉투를 샀나 부다. 도망치는 닭을 구경하다가 편지 봉투를 샀다지? 저 잡화상이 눈에 띄지 않았더라면 낙서 같은 그 편지는 내게 오지 않았을지도 모를 일이야.'

인애는 중얼거리며 미소한다.

"저 말씀 좀 묻겠어요."

인애가 가게 앞으로 다가가며 물었을 때 가게를 보며 버선을 깁고 있던 노파가 얼굴을 들었다.

"저, 여기 서울서 내려온 젊은 남자분이 어디 계셨는지 혹 아세요?"

"음, 삼돌이네 집 말인가?"

노파는 느릿느릿하게 말하며 인애를 살펴본다.

"그, 그 댁이 어딘지 좀 알려주실 수 없을까요?"

"그 젊은 양반 찾아오셨소?"

"네."

"그 젊은 양반 아마 떠났을 거로?"

기대하지 않았던 말은 아니었다. 그러나 인애의 상반신은 몹시 흔들렸다.

"떠, 떠났군요……."

"자세히는 모르겠소만 통 마을에서 보이지 않던걸."

"떠났을 거예요……."

인애는 막연히 말한다.

"그럼 삼돌이네 집에 가보우. 저, 저기 오동나무 선 집이니께."

인애는 우두커니 노파의 얼굴만 쳐다보고 서 있다.

"오동나무 선 집에 가면 알게요."

노파는 재차 일러주며 방향을 향해 손가락질을 했다.

'가면 뭘 해? 소용없는, 이제는 소용없는 일이야.'

했으나 인애는

"고맙습니다."

허리를 꾸부리고 인사를 한 뒤 오던 길을 되돌아가지는 않고 멀리서도 볼 수 있는 오동나무를 향해 천천히 걸어간다.

열어젖혀 놓은 삽짝문을 들어섰을 때 중년 아낙 한 사람이 멍석에 엿기름을 펴 말리고 있었다. 들어오는 인애를 신기롭게 바라본다. 수건을 쓴 얼굴은 어딘지 모르게 단정한 느낌을 준다.

"말씀 좀 묻겠습니다."

아낙은 그러라는 듯 고개를 끄덕인다.

"여기 서울서……."

미처 말이 끝나기도 전에

"그분 찾아오셨소?"

하고 도리어 그쪽에서 먼저 물었다.

"네, 저 저, 지금 여기 안 계세요?"

"떠났는데."

아낙은 대답하며 얼른 일어서더니 수건을 벗어들고 치마를
털면서

"마루에 좀 앉으시우."

낯빛이 변한 인애를, 근심스럽게 바라보며 마루 편으로 먼
저 걸어간다.

"언제쯤, 언제쯤 떠났을까요?"

인애는 그의 뒤를 따라가며 성급한 목소리로 묻는다.

"닷새쯤 됐을까? 음, 벌써 그렇게 됐구먼."

아낙은 손가락을 꼽아보며 혼잣말처럼 말했다.

"어디로 갔을까요?"

"어디로 간다는 말도 없이 그냥 휙 떠나더군요."

"저, 실례지만, 친척이신지."

인애는 어떤 조그마한 근거라도 잡으려고 애써 감정을 누르
며 묻는다.

"친척은 아니지만 정현 도련님을 어릴 때부터 맡고 있죠. 그
런데 학생은?"

“서울에서 왔어요.”

인애는 뭐라 말해야 좋을지 엉겁결에 그렇게 대꾸한다.

“서울서 어떤 일로?”

“급한 일이 있어서…….”

인애는 쏟아지려는 눈물을 참는다.

“어디로 갔는지 알 수 없을까요?”

“어디로 갔는지…… 바람 따라 갔겠지.”

뇌는 아낙의 얼굴은 어두웠다.

15. 종장終章

은자는 바쁘게 서둘며 외출 준비를 하고 있었다.

인애는 이불을 뒤집어쓰고 누웠다가 이불잇을 벗기며

"은자야?"

"왜?"

은자는 정신없이 서둘며 건성으로 대꾸한다.

"바쁜데 나 도와주지 못해 미안하구나. 오늘 하루만 누워 있을게."

정말 미안해하는 낯빛이다. 은자는 핸드백 속에 돈을 챙겨 넣다가 힐끗 돌아본다.

"너도 그런 애처로운 말 할 줄 아니?"

"뭐, 난 사람 아니냐?"

"잔말 말구 누워 있어. 뭐가 그리 대단한 일이라구. 하루만 보내고 나면 그럼 그것으로 끝나는 거야?"

"하루가 문제지. 웨딩드레스는 맡겼니?"

"음, 싼 거로."

"그럼 그 밖의 일들은?"

"뭐 복잡한 일 있니? 한 가지 일은 해결했으니까."

"그 사람 말이냐?"

"음."

"만났니?"

"만났어. 처음엔 편지로 끝장내려고 했지만……. 결국 한 번
은 만나야 할 것 같아서."

담담하게 말했으나 은자의 낯빛은 어두웠다.

"마지막, 그인 이제 사람을 못 믿겠다 하더군. 그것으로 끝
장이야. 차차 잊어버리겠지."

더 말을 할 듯하다가 은자는 일어선다.

"나 그럼 나갔다 올게."

은자는 층계를 탕탕 굴리며 내려간다.

"가엾은 기집애. 혼자서……."

인애는 몸을 들쳐 일어나려다 도로 누워버린다.

'가엾다고? 누가 가엾니? 어쩌면 난 다시 일어설 수도 없을
것 같다. 슬프지도 않은데 왜 이리 기운이 다 빠져버리는 것일
까? 마치 허수아비 같구나. 참새 떼들이 몰려와서 내 눈을 쪼
아 먹는대도 난 꼼짝할 수 없을 것만 같애. 눈을 쪼아 먹으면

피가 흐르지 않고 맑은 물만 흘러내릴 것만 같애. 슬픔도 없는 그냥 맹물 같은 게 줄줄 흘러내릴 것만 같애. 그러고 나면 정말 난 허수아비가 돼서 내 속엔 짚만 가득 차질 것만 같애. 푸른 하늘이 내 눈에 어릴까? 눈도 없고 바삭 마른 짚으로만 만들어진 나에게 푸른 하늘이 어딜까?'

인애는 이상하게 환상적인 것을 눈앞에 그려보며 자기 손가락을 바라보며 중얼거린다. 중얼거리는데 그는 그 자신의 육체를 느낄 수 없고 시골길의 그 흙먼지 일던 광경만 자꾸자꾸 확대되어 결국은 시야를 내리덮고 마는 것이었다. 인애는 어느새 눈을 감고 얼굴에 엷은 미소를 띠며 꿈도 생시도 아닌 상태 속을 방황하고 있었다.

그는 층계를 밟고 올라오는 발소리도 듣지 못하였다. 방문을 여는 소리도.

"인애야?"

부르는 소리에 인애는

"왜? 은자 벌써 왔니?"

하고 눈을 떠보지도 않는다.

"망령 들었구나. 나야."

숙배는 인애 옆에 주저앉는다.

"그래 거기 앉어. 나 눈을 뜰 수가 없어. 장님이 되려나 봐."

"미친 소리 하지 마."

인애는 꿈결처럼 숙배의 목소리를 듣는다.

"하여간 일어나라. 뭘 이러고 있니? 사람이 와도 일어나지도 않고 타락된 여자처럼."

숙배는 인애의 어깨를 와락와락 흔든다.

"그래. 일어날게."

인애는 눈을 감은 채 일어나 앉는다.

"장님이 됐니? 정말 장님 되었니? 웃기지 말구."

숙배는 짜증이 나서 인애 무릎을 주먹으로 때려준다.

인애는 눈을 번쩍 뜨면서

"눈앞에 흙먼지가 자꾸 이는 것 같아서⋯⋯. 전에, 전에 언젠가 한 번도 난 눈이 멀어버릴 뻔했었지."

"멋진 환상이다. 그래 눈을 떠도 내 얼굴이 안 보이니?"

"보인다. 똑똑히, 너 얼굴 까맣게 됐구나. 민 선생님하구 마구 돌아다녔니?"

"봄볕은 얼굴을 못쓰게 하는구나."

숙배는 민상건하고 돌아다닌 것을 부인하지는 않는다.

"그래 날 찾아온 용건은 뭐냐?"

"산장에 가자구."

"왜? 뭣 하러?"

"아버지 특명이야."

"어찌 또 그리됐지?"

"실상은 오늘 아버지하고 나하고 엄말 데리러 가기로 했거든."

"그래서?"

"그랬는데 글쎄 별안간 아버지 마음이 변했나 봐."

"그거 야단났군. 어떻게 변했니?"

"남자라는 거야. 남자의 자존심을 살펴놔야 다음 일에 지장이 없다는 거지."

하며 숙배는 픽 웃는다.

"나 대신 인애하고 함께 가도록 하라 하시잖니?"

"통할까? 구박받은 여자의 자존심은 어떡허구?"

"그래 나도 그렇게 말했지. 그랬더니 아버지 말이 다 오게 돼 있으니 걱정 말라는 거야. 그래 아버진 한 박사하고 밖에 나가서 술이나 마시다가 엄마가 돌아온 뒤 집에 오시겠다 하시잖니? 기다리는 사람은 역시 엄마가 돼야 한다는 거지."

"그럼 딸한테 꺾이고 만 자존심을 어떻게 하지?"

"그건 불문에 붙여드려야지. 역시 아버지도 늙으신 모양이야. 난 그 약점을 보니까 귀여워지데?"

"흠, 딸에게 귀여움받는 아버지. 그것 재미있군."

인애는 히죽히죽 웃는다.

"어쩔래? 시간 없다 인애. 늦게 가서 엄마가 집에 늦게 도착하게 되면 아버지 체면이 말이 아니다. 기왕 봐드리는 김에."

"어련하려구? 그분이 전화 걸어서 다 알아보시고 돌아오실 것 아니냐 말이다."

"하긴 그래."

"그럼 가볼까? 나도 살다가 두 분께 한 번쯤은 봉사해야 겠지."

인애는 일어서서 옷을 갈아입는다. 입으로는 실없는 말은 주워섬기면서도 그의 얼굴은 무겁고 괴로워 보인다. 거리에 나와서 택시를 잡아타고 산장을 향했을 때

"즐겁니? 숙배."

하고 인애가 묻는다.

"그저 그래. 뭔지 발이 땅에 놓인 것 같기는 하지만."

"할아버지하고 아주머니는?"

"아마 아주머니는 산장에 남을 모양이야. 진짜 봄인가 부지?"

숙배는 장난스럽게 웃는다.

숙배와 인애가 집 안으로 들어갔을 때 짐을 챙겨놓고 기다 리고 있던 최경순 여사는 몹시 당황해하며 엉거주춤 그들을 바라본다. 차마 '아버지는' 하고 물어볼 수는 없었던 모양이다.

"엄마, 택시가 기다려요. 어서 가세요."

숙배는 시치미를 떼고 마음속으로 장난스럽게 웃는다.

"음, 저……."

짐을 다 싸놓은 현장을 봤으니 안 가겠다고 버틸 수도 없게 되었다.

"아버진 학교에서 급한 연락이 와서 허둥지둥 나가셨어요. 나가시면서 날보구 어서 가라잖아요?"

숙배와 인애의 눈이 부딪치면서 웃고 싶은 것을 억지로 참는다.

　"인애는 어떻게 알고 왔니?"

　최 여사는 소파에 주저앉으며 늑장을 부려볼 심산인 모양이다.

　"내가 가서 데리고 왔어요."

　"그래? 인애는 좀 여위었구나."

　"아파 누워 있는 걸 끌고 왔지 뭐예요."

　"오늘 안 가도 되는데 뭣하러 무리하고 왔니?"

　아무래도 하홍수 씨가 나타나지 않은 데 대하여 최 여사는 불만인 모양이다. 그간 술이 취해서 밤늦게 돌아온 날이면 하홍수 씨는 최 여사에게 전화를 하여 주정 반 사과 반의 공세를 취하여 겨우겨우 화해까지 갔었지만 최 여사로서는 여전히 의심이 풀어지지 않았고, 그리고 집을 나온 이상 남편이 데리러 와야만 자기의 면목도 설 것 같아서 기다렸는데 아이들만 나타났으니 당황하고 한편 마음이 토라지지 않을 수 없었던 것이다. 물론 그것은 옛날과 같은 그런 심각한 상태는 아니었고 그 자신 아직은 모르는 어떤 여자와의 관계에 의심은 남았다 하더라도 이제는 하홍수 씨가 늙었다는 것, 가정을 파괴하고 싶지 않다는 절실한 욕망만은 누구보다도 최 여사가 잘 알고 있었다.

　"엄마, 택시 기다린대두요! 빨리 나가세요. 아주머니, 짐 좀 날라다 주세요."

여러 가지 뜻으로 기쁘게 된 식모가 싱글벙글 웃는다. 그러고 있는데 무안 타는 아이처럼 산장지기 노인이 뻣뻣한 자세로 말 한마디 없이 성큼성큼 짐을 꺼내어 가더니 택시에 갖다 싣는다.

"뭐, 오늘 안 가면 어때서 그러니?"

최 여사는 소파에 주저앉은 채 나르는 짐을 그만두라는 말도 못 하고 우물쭈물한다.

그러는 동안 인애는

"아주머니, 오래 행복하게 사세요."

식모 귀에다 대고 나직이 속삭인다. 식모는 얼굴을 붉히며

"명대로 살지. 다시 안 볼 것처럼 왜 그런 소리를 할까?"

"아주머니가 시집가셨으니 내가 좋아서 그러는 것 아니에요?"

여전히 귓속말로 속삭이는데 그는 누가 옆에서 듣고 있기라도 한 것처럼 더욱더 붉어진 얼굴로 주변을 둘러본다.

"나 며칠 후에 올게요. 선물 사가지고……. 모두 다 잘돼 가죠?"

"인애만 집에 돌아오면."

"나도 이젠 철이 들었어요. 걱정 마세요."

"엄마, 어서 가세요."

숙배 서두르는 소리에 식모와 인애는 떨어져 선다.

"발등에 불이 떨어진 것같이 왜 그리 서두니?"

최 여사는 할 수 없는 듯 일어서며 마음이 이상해지는지 방안을 둘러본다.

그들은 대기시켜 놓은 택시에 올라탔다. 별장지기 노인과 절름발이 식모와 그리고 초라한 강아지 검둥이가 모두 거룩한 표정으로 전송을 한다. 거룩한 표정이기에 그것은 한층 우스꽝스러운 것으로 보여 갈피 잡을 수 없게 되어 있는 인애에게도 한 가닥의 미소를 자아내게 하였다. 불만에 가득차서 무슨 말을 중얼거릴 듯하다가 하는 수 없이 숙배에 이끌려 택시에 오르는 최 여사의 경우도 마찬가지였다.

'사람이란 선량해지면 희극배우같이 되어버리는 것일까. 큰 아버지의 경우도 행복하다는 것은 항상 우스꽝스러운 것이고 불행하다는 것은 아름다운 것일까? 하지만 비극은 흔하고 희극은 드문 것이니 역시 우스꽝스러운 풍경이 귀한 것인가 봐.'

택시가 산장을 내려와서 큰길로 들어섰을 때 늙은 남자와 절름발이 여자와 그리고 초라한 개 한 마리는 그림같이 움직이지 않고 서 있었다. 뉘엿뉘엿 서산에 해가 넘어가고 있는데.

"이제 엄마가 떠났으니까 저 늙은이들 께가 쏟아질 거예요."

숙배가 킬킬 웃으며 말했다. 최 여사는 그런 일에는 맞장구치지도 않고

"네 아버지 늦게 돌아오시니?"

좀 민망해하면서 그러나 물어보지 않을 수 없는 듯

"오늘 밤 말예요?"

"음."

"글쎄요……."

"오늘 안 가도 되는데……."

아무래도 자기 발로 걸어 들어가는 일이 마음에 걸리는 모양이다.

"엄마, 감상이 어떠세요? 집에 돌아가는."

"날 놀리니?"

"아뇨."

"그보다 인애는 어떡허지?"

최 여사는 화제를 돌려버린다.

"당분간……."

인애의 말끝이 흐려진다.

"당분간 집에 못 들어오겠단 말이냐?"

"여러 가지 정리도 있고 해서요."

"너 하고 싶은 대로 해. 기왕이면 같이 들어가는 게 좋겠지만."

퍽 단순한 말을 하다가 최 여사는 가만히 차창 밖을 내다본다. 잔주름이 모인 얼굴, 숙배는 엄마가 많이 늙었다고 생각한다. 이제는 자기처럼 붉은 레인코트 같은 것 입기는 다 글렀다고.

"엄마."

"왜?"

"이번에 가면 엄마 옷장부터 소제해야겠어요."

"뭣 땜에?"

"빛깔 정리를 좀 해야 할 것 같아서요."

"늙었단 말이냐?"

"빠르시군요."

"구박 말어."

하고 최 여사는 피시시 웃는다.

"천만에요. 한국의 전통은 경로사상 아닐까요? 아버지도 늙고 엄마도 이젠 별수 없어요. 줄당기기 해봐도 서로의 힘이 부치는걸."

"입만 까서……."

실없는 잡담을 주고받는 동안 어느새 택시는 서울 시내로 들어오고 그리고 그들의 집 눈 익은 대문 앞에서 멎는다.

"클랙슨을 눌러주세요."

숙배 말에 운전수는 클랙슨을 누른다. 안에서 식모가 허둥지둥 쫓아 나오는 모양이다. 인애와 숙배는 짐을 내리고 최 여사는 손님처럼 바라보고 서 있다.

한겨울을 밖에서 나고 여러 달 만에 집 안으로 들어가 보는 최 여사는 아무래도 낯이 선 모양이다. 마치 친정에 갔다가 돌아온 새색시처럼. 그를 맞이하는 식모 역시 그랬는지 처음 얼굴을 대하는 주인마님 앞에서 어설프게 꼼지락거리다가 무슨 일을 해야 할지 엄두도 나지 않는 듯 짐 하나 들어드리지 못하고 어정거린다.

"어째 시원찮은 것 같구나."

최 여사는 숙배에게 귓속말로 소근거린다.

"절름발이 아줌마 같은 분이 어디 또 있으려구요? 공연히 엄마가 집 나시는 바람에 좋은 사람을 그 늙은이한테 뺏겼지 뭐예요?"

마음에도 없으면서 공연히 탓을 한다.

"그런 소리 하는 것 아냐. 백 년을 있어도 여긴 남의 집 아니냐? 제 살 곳을 갔는데 좋은 일 했지 뭐냐?"

최 여사는 한편 우습기도 한지 싱그레 미소 짓는다.

"뭐 거긴 남의 집 아닌가요?"

"남의 집이지만 남 아닌 사람이 함께 섬겨주고 있으니."

"흠, 그 아줌마 시집보내 줄려고 엄만 거기 가셨나 부다."

"하마터면 내가 시집갈 뻔했지."

자기도 모르게 말을 했다가 좀 수습이 안 되는지 최 여사는 슬그머니 빠져나가 집 안을 돌아보기 시작한다.

숙배는 매우 기분이 좋아서 휘파람을 불며 전에 없이 최 여사의 물건을 챙겨 넣고 인애는 덤덤한 표정으로 말없이 숙배를 도와준다.

부엌 쪽에서 식모하고 주고받는 최 여사 목소리가 들려오고, 주부가 돌아온 집안은 그 분위기부터 설레고 있었다.

"인애야."

"무슨 일 또 있니?"

트렁크 속에서 꺼낸 옷을 개며 인애는 얼굴도 들지 않는다. 숙배는 인애의 노랑머리를 한참 쳐다보다가

"아버지 돌아오실 때 되지 않았니? 늦게 오심 큰일 난다."

"글쎄……. 뭐 한 박사하고 한잔하신다며?"

"그렇게 말씀은 하셨지만……."

"술자리가 벌어지면 어디 일찍 오시겠니?"

"두 양반이 다 절제 없이 술 하시지는 않을 거야. 그럼 공기가 약간 험악해질 테니."

"……?"

"그보다 나하고 약속하신걸."

"무슨?"

"세상없어도 일곱 시까지는 돌아오신다고. 나 실은 민 선생님하고 오늘 저녁 밖에서 식사하기로 약속이 돼 있거든."

"그래서 휘파람을 불며 좋은 기분이었구나. 난 큰어머니가 돌아오셔서 그런 줄 알고, 기집애 겉보기보담은 효녀구나 하고 생각했지."

숙배는 높은 목청으로 웃는다. 인애는 쓰디쓴 웃음을 띠고

"솔직하게 말하면 그야 내 자신의 일이 첫째구, 그다음이 엄마지. 넌 안 그러냐?"

"그럴 건덕지도 없다."

서글퍼하는 표정을 숙배는 순간 주의 깊게 쳐다본다.

'기집애, 맥 다 빠졌구나. 가엾게도.'

마음속으로 중얼거리는데 하흥수 씨 서재에서 울리는 전화 벨이 요란스럽게 들려온다.

"옳지! 바로 아버지한테서 전화왔나 부다!"

숙배는 서재로 뛰어가고 최 여사는 뭐가 잘못되었는지 식모를 나무라며, 그러나 조용한 목소리로 그러고서 이층으로 올라가는 모양이다.

얼마 후 돌아온 숙배는

"인애, 아버지 돌아오시면 우린 퇴각이야. 늙은이 두 양반이 싸우든가 사랑을 하든 알 바 아니구."

"큰아버지한테서 전화왔었니?"

"그럼, 곧 오신대. 위엄을 부리느라고 공연히 우울한 목소리로. 냉정한 염세가 하흥수 씨께서 그야말로 스타일 구기셨어. 그런데 인애야?"

"또 무슨 일이니?"

"문간에서 벨소리만 나면 우린 달아나는 거다. 알겠니?"

"그분들 우리 보고 부끄러워하실까 봐서?"

"조금은 민망스러울 것 아니냐? 다 큰 기집애들 앞에서 웃을 수도 울 수도 없구."

"머리가 척척 돌아가는구나."

"인애 머리에 녹이 슨 대신, 너하고 나하고 수고한 것은 민 선생님이 갚아주시는 거구."

"⋯⋯."

"둘이서 멋진 저녁 얻어먹잔 말이야."

"난 싫어."

"왜?"

"들러리는 싫어."

"질투하니?"

여느 때처럼 숙배 눈에 의심은 없었다. 도리어 인애의 마음을 끌어 일으켜 보려는 노력이 엿보였다. 그는 이제 민상건을 아주 믿어버린 눈치였다.

인애는 구태여 그 말에 물고 늘어지려 하지 않고

"너 관상을 보아하니 모든 일이 뜻대로 되어가는가 부지?"

"아마도."

"다행이야. 한 사람이라도 잘되는 편이 못되는 편보담은 낫다. 민 선생님의 그 방랑벽만 없어진다면 썩 매력 있는 사람이지. 숙배는 머리통이 너무 영글어서 젊은 애송이하곤 연애가 안 될 거야."

일손을 멈춘 인애는 잠시 멍해진다.

"인애야, 곧 아버지 돌아오실 거야. 우리 엄마한텐 아무 말 않고 살짝 도망치는 거야."

숙배는 일부러 화제를 돌린다.

"그래, 알아 모셨소."

숙배는 벌써부터 인애가 어떤 남자를 위해 고민하고 있다는 말을 민상건으로부터 어렴풋이 들었다. 그래서 철없이 질투한 자신을 뉘우쳤고 한편 민상건의 마음을 잡아감으로써 그는 차차 관대해지기도 했다. 지금 인애의 어두운 표정을 보고도 못 본 척 까불어대는 것은 인애의 성격을 아는 때문이요, 또 값싸게 되기 쉬운 동정을 섣불리 베풀 수 없는 것은 그 나름대로의 어떤 선의였던 것이다.

이때 문밖에 하흥수 씨가 돌아온 기척이 났다.

"어서, 인애!"

그들은 별안간 모험이라도 하는 듯한 이상한 기분에 사로잡혀 저희들도 모르게 손을 잡고 밖으로 뛰어나간다. 그들의 뒤를 식모가 따라 나온다.

문을 열어젖히고

"어머! 아버지세요. 어서 들어오세요."

"음."

하흥수 씨가 문 안으로 들어서자 숙배는 살며시 인애와 함께 빠져나간다.

행길까지 나와서 비로소 숙배는 인애의 손목을 놓아주고 빙긋이 웃었다.

"남의 형편 보아주는 것도 쉽지 않군."

숙배는 함께 저녁을 하러 가자고 여러 번 인애의 팔을 끌었다. 그러나 인애는 영 응하지 않았다.

"너 왜 그렇게 사람이 변했니? 전에는 내 손바닥의 돈도 덮쳐갈 듯 뻔뻔스리 굴던 애가?"

나중에는 숙배도 그만 화를 낸다.

"겉모양이 세련되니까 아마 속 모양은 되려 촌티를 입는 모양이지?"

숙배는 말을 덧붙이며 눈을 흘긴다. 숙배로서는 인애가 아무리 어떤 남자로 인하여 고민을 한다 하더라도 그렇게 지나치게 변해버린 것은 싫었다. 전의 그 개구쟁이 같은 시절을 좋아했던 것은 아니었지만 지금의 인애를 눈앞에 볼 때 그것은 아무래도 인애의 본모습 같지 않았기 때문이다.

인애는 아무 대꾸도 하지 않고 걸어간다. 가름길까지 가면 다시 생각할 여지도 없이 인애는 등을 보이고 돌아설 것이 틀림이 없다.

고민의 자취인 듯 푸르스름한 눈언저리에 뽀얗게 먼지가 앉은 듯한 눈시울, 숙배는 정말 인애에게는 이제 사랑을 위한 희망이 없을까 하고 다시 한 번 생각해 본다. 그도 걸어온 그 괴로웠던 길, 위태로웠던 길.

묵묵히 걷고 있던 인애는 눈을 들어 잠시 자기 앞을 응시한다.

"숙배야?"

"응?"

"너 은자라는 애 알지?"

"정신 나갔구나. 새삼스럽게 무슨 소리니. 그 애도 이제 내 친구 아니냐."

"사랑을 하더니 마음이 착해지는군. 언젠가는 퍽 오만했었는데."

"그래 그 애가 어쨌다는 거냐?"

"결혼하는 것 아니?"

"초문인데? 결혼하니?"

"음, 민 선생님 친구하고. 민 선생님한테도 청첩장이 가겠지만 결혼 날 너도 가라."

"음, 그야."

"외로운 아이야. 뜻깊은 그날이 그 애에겐 슬플 거야. 자리를 채워주기 위해서라도 꼭 나와야 해."

"꼭 나갈게."

"용돈 남았으면 빈손으로 오지 말구."

"너 체면 그것으로 세우고 정작 넌 쓱싹할 참이냐?"

"잔소리 말구."

"그 애 결혼하고 나면 넌 어디 있지? 그냥 집으로 들어오려무나."

"갈 곳이 있어."

"머리 깎고 지리산으로 들어갈래?"

"섬에나 가지. 코흘리개 아이들한테 정이 가면 거기서 눌러 살고. 그러다가 소박한 고기잡이 청년이라도 있음 함께 살구."

"꿈이다, 얘."

"꿈이지."

"어디 섬사람이라고 다 소박하냐? 너가 그렇게 꾸며보는 거지. 그것에는 그곳대로 추한 일 있을 것 같다."

"나를 아직 소녀로 알고 타이르니? 난 너보다는 세상 구경을 많이 했어. 너 같은 이기적인 생활자는 오히려 온실 속에서 자기 생활과 사랑과 모든 것을 확보하지만 나 같은 뜨내기, 오해는 하지 말어. 환경 이야긴 아니야. 뭔지 내 속에 있는 그것 말이야. 이런 뜨내기 같은 인간에게 남는 것은 공허한 겉멋뿐이라는 거다. 은자도 그걸 느끼고 결혼으로 낙찰지었지만 나는 좋은 의상이 거북한데 도시의 생활을 한다는 게 언밸런스지 뭐냐? 거기서도 막히면 다시 나오겠지. 하지만 나는 지금 안 돌아오기를 원하고 있어."

"비장한 각오다."

숙배는 어디까지나 농으로 돌리며 애써 심각해지지 않으려고 노력한다.

"각오를 할 만치 그렇게 험악하겐 생각지 않어. 그곳에도 좋은 일이 더러 있지 않겠어? 이따금 서울로 구걸 오거든 그땐 괄시하지 말아라."

"엄마가 알면 아주 싫어하실 거야."

"그 대신 시골 아이들 좀 도와달라고 찾아오면은?"

"엄마 계획은 널 레이디로 만들어보려는 거지. 학교에라도

늦었지만 갔음 싶고. 그래야만 신랑감 찾는 재미도 있을 거 아
니냐, 그 말이지."

"훗날에…… 그야 무슨 바람이 불지……. 지금은 섬의 꿈이
나 꾸련다. 그럼 너는 저리로 가야잖니?"

숙배하고 헤어져 집으로 돌아온 인애는 심신이 모두 피곤하
여 깔아둔 채로 있는 이불 속으로 기어들어 갔다.

'나갔다 오길 잘했어. 피곤하지만 피곤한 게 조금은 즐거운
것 같고 견딜 만도 하다. 복잡하다면 복잡하고 간단하다면 간
단하고, 그런대로 모든 일은 진행이 되고 있거든.'

그런 말을 중얼거려보니 인애는 누워 있는 일이 덧없는 짓
같아서 벌떡 일어나 앉는다. 이불을 개놓고 방 안을 깨끗이 치
워놓고 그는 저녁을 짓기 시작한다.

거의 저녁 준비가 다 되었을 때 은자가 돌아왔다. 인애는
대뜸

"너 저녁 먹구 왔니?"

"아니."

"마침 잘되었구나. 내가 저녁을 지어놨지."

"그래? 해가 서쪽에서 돋지나 않을까?"

모처럼 기분이 풀려 있는 인애를 보고 은자는 노닥거렸으나
왠지 그는 불안한 표정을 하고 있었다. 그리고 망설이는 듯.

인애는 밥상을 닦으며

"오늘 산장에 갔었지."

"언제?"

"너 나간 뒤."

"그런 법도 있니?"

"섭섭해하지 말아다오."

노래 부르는 투로 말하며 웃는다.

"젊은이들보다 늙은이들 일을 먼저 돌봐주어야잖니."

"그래 그 늙은이들 화해했다는 거냐?"

"제물에 터져서."

"으음? 그거 반가운 소식이었겠구나."

"싱겁게 끝났지. 무슨 일이 있을 듯하면서도 역시 늙은이들은 용기가 안 나나 부지? 쳇바퀴 돌듯 빙빙 돌아봐야 그 자리가 그 자리 아니겠니?"

"그래서 기분이 좋아 저녁을 지었구나."

"그렇지는 않아. 그분들 땜에 기분 좋을 건 없구 아마 나도 제물에 터져버렸나 봐. 일이란 참 우습지. 아무것도 아닌 것이 막 숨이 막히게 괴롭고 또 아무것도 아닌, 그건 일기라도 좋고 바깥바람이라도 좋지만 그런 것으로써 어처구니없이 홱 풀려버리는 일이 있단 말이야. 변덕일까?"

상 위에 반찬 그릇을 챙겨놓으며 공연히 마음이 들떠지는 듯 재잘거린다.

"모두 다 잘 되어가지. 은자만 이제 한 선생한테 맡겨버리면."

"흥, 친정어머니 같은 소리를 하네."

"대용품 아냐?"

"그래그래. 그런데 말야? 나 편지를 받았어?"

은자의 얼굴이 심각해진다.

"누구한테?"

"무슨…… 편지?"

"너한테……. 그런데 왠지 불안해. 그래, 그 여자가 주었어."

"그 여자!"

"음."

은자는 핸드백 속에서 편지를 꺼낸다. 그러나 그는 여전히 주저하는 빛이다.

"웬만하면 그냥 내가 찢어버릴까도 싶었어. 그 여잔 왜 그렇게 불길하게 보이니? 넌 그 여자 땜에 고통을 받고 있어. 분명해."

"잔말 말고 이리 내놔!"

은자는 부스스 내민다. 인애는 그것을 빼앗듯 받았으나 은자 앞에서 피봉을 뜯으려 하지 않고 벌떡 일어섰다. 그리고 새 코트 말고 낡은 코트를 걸치고 호주머니 속에 편지를 쑤셔 넣으며

"나 나갔다 올게."

"밥 안 먹구?"

"너 혼자 먹어라."

"나 함께 나가면 안 되니?"

"안 돼!"

"너 고집도. 너무 의심이 많아."

은자는 화를 낸다.

"가만히 좀 내버려 두래두."

"물론 내버려 두지. 그럴 수밖에 더 있니? 털어놓으면 조금은 속이 편할 텐데."

인애는 잔소리 많은 시누이 같은 은자를 내버려 두고 나간다.

집을 나선 그는 집 근처에 있는 다방으로 들어간다. 그는 다방 안에 있는 손님이 하나도 눈에 띄지 않는 듯 곧장 빈자리를 향해 걸어간다.

자리에 앉아서 그는 호주머니 속에 구겨 넣은 편지를 꺼낸다.

대단히 실례된 일을 저질렀소. 녹지대에 나가서 정현으로부터 온 인애 씨의 편지를 내가 받았어요. 당신네들의 애정의 사연이 쓰인 알맹이는 내가 필요가 없고 다만 정현의 행방을 알려주는 겉봉투만 나에게 필요했던 거요. 그리고 그 겉봉투는 인애 씨 손에 들어가서는 안 된다는 것도 아울러. 그러니 알맹이, 이 편지 동봉해 보냅니다. 내용을 보니 정현은 거처를 옮긴 모양이고 그 거처는 이제 내 혼자만이 아는 일이기에 어떤 결과가 있을 때까지 그 거처의 비밀은 보장이 될 것이오. 오늘 밤차로 나는 떠납니다. 내용을 보면 알겠지만, 정현의 편지 알맹이 말입니다. 그 알맹이를 보면 알겠지마는 햇빛 못 볼 그를 많이 측은히 여겨주십시오.

서둘러서 갈겨쓴 모양으로 글씨도 엉망이고 쓰다가 지운 곳도 많았다.

인애는 동봉한 정현의 편지를 내려다보고 앉아 있다. 그렇게 고통에 찬 얼굴이 다시 있을 수 있는지.

'무서워서 못 보겠다!'

인애는 마지막이 온 것을 확실하게 느낄 수 있었다.

'햇빛 못 볼 그 이유가 무엇일까? 그들의 관계만으로, 그것만으론 이유가 되지 않아.'

그것은 편지를 펴봄으로써 이내 알 수 있는 노릇이다. 그러나 인애는 그것을 펴볼 수가 없는 것이다. 왜 그런지 모른다. 아니 결과가 무서운 것이며, 이미 그 편지 이후 취해졌어야 할 자기와 정현과의 행동은 그 여자로 말미암아 다 끊어지고 말았다는 사실이 그를 미치게 했던 것이다. 아무리 소리쳐도 이제는 소용없다. 그 여자는 지금쯤 기차에 흔들리고 있을 것이며 인애는 정현이 어디에 있는지 알 길이 없지 않은가.

인애 눈에 흔들리는 무수한 사람들의 머리가 희미하게 보이기 시작했다. 담배 연기가 마치 산 밑에서 피어오르는 저녁 안개와 같이 실내에 가득 서려 있고 불빛마저 비 오시는 밤의 가로등같이 번져나고 있는 것만 같다.

카운터에 서 있는 웃음 머금은 마담의 얼굴은 약간 확실한 것 같았지만 그 얼굴조차 하얀 얼굴의 선으로만 의식된다.

조금 전에 펴들고 있었던 편지의 사연이 먼 옛이야기같이 인애 머릿속에서 엷어지고 있었다. 그러나 웃음 머금고 있는 마담의 얼굴은 오직 하나의 길이었던, 김정현에게로 이르는 오직 한 가닥의 길이었던 편지의 봉투를 약탈하여 지금쯤 어느 방향으로 달리는지 알 수 없기는 하나 하여간 차창 옆에서 흔들리며 승리의 미소를 짓고 있을 그 여자, 마담의 얼굴은 그 여자의 것으로 착각이 된다.

왜 녹지대에 자주 나가서 내게 온 편지를 찾아오지 않았던 가. 이상하게도 그러한 후회는 일지 않았다. 그러나 인애의 마음은 기차를 타고 어느 벌판을 달리고 있는 것처럼 줄곧 흔들리고 있다. 그래서 카운터의 마담의 어렴풋한 얼굴이 흔들리고 있는 것만 같다. 그런가 하면 차창 옆에서 흔들리고 있는 여자의 얼굴이 되고 다시 카운터에서 흔들리고 있는 여자의 얼굴이 되고 이중 삼중의 환각 속에 점점 깊이 빠져들어간다. 인애 등에서는 근직근직한 땀이 흐르고 있었다.

인애는 그 환상에 쫓기듯, 차도 안 마시고 나가는 그에게 눈 총을 보내는 레지의 얼굴도 아랑곳없이 다방을 나선다.

그는 줄곧 걸어서 명동까지 나갔다. 그리고 녹지대의 문을 밀고 들어간다. 아는 얼굴은 없고, 무슨 날인지 녹지대에는 손님조차 드물었다. 그리고 음악도 졸린 듯 플레이어의 긴장이 이완되었는가 돌아가고, 그것이 또 되풀이 돌아가고 있었다.

어두운 곳으로 찾아가 앉은 인애는 정현의 편지를 펴본다.

하기는 인애가 늘 녹지대에 나타나리라고는 생각할 수 없고 그 편지가 오래 묵어서, 아직도 인애가 찾아가지 않았는지도 모를 일이지. 그렇다면 이런 편지 또 쓰는 것은 무의미한 일일 거요. 아니 무의미하다기보다 지극히 위험한 일일 거요. 왜 위험한가 그것은 차차 말하기로 하고 나는 그곳에서 장소를 옮기고 말았소. 그곳은 내게 있어 퍽 숨쉬기 편안한 곳이었지만 편지를 띄우고 기다리는 일이 괴로웠고, 또 인애가 나를 찾아온다면 아마도 그 솔바람 부는 곳으로 데리고 가서 나는 나를 고백하지 않으면 안 될 것이고……. 뭐 이제는 그래도 좋으리라는 생각은 되어 있소. 그러나 어둠 속, 설령 어둠 속이라 하더라도 인애가 놀라는 그 모습을 과연 내가 지켜보고 있을 수 있을는지 그게 의심스러웠소. 나의 오욕에 찬 생활은 인애 편에서도 얼마간은 추측하고 있을 것이며 그 불륜의 관계를 인애에게 말 못 할 처지라면 내게는 아직 삶에 대한 희망이 있다는 증거가 될 것이오. 그러나 그 희망이 없다는 곳에 그런 불륜 따위는 아무것도 아닐 것이오. 그러나 왜 내가 하루하루 전전하면서 내 덤으로 받은 삶을 연장하고 있는지 모르겠구먼.

여기 편지는 몇 줄 공간을 남기고 있었다.

인애는 크게 숨을 한 번 내쉬고 다시 편지를 계속하여 읽는다. 펜을 던졌다가 다시 썼는지, 아니면 생각이 정리되어 그랬는지 글씨가 앞에보다 들떠 있지 않다.

지금부터 내가 하는 이야기를 들은 뒤 만일 인애가 나를 찾아온다면? 물론 찾아오지 않아도 좋고 찾아올 것이라는 희망 속에 나를 놓아두는 것도 과히 나쁘지 않을 것 같소. 그러나 인애를 만난다는 그 일만은 지금 상상할 수가 없군요.

나는 종교에 대하여는 아무 아는 것이 없소. 또 알려고 한 일도 없었소. 그런데 요즘에 가끔 그것을 생각하는 일이 있소. 그러나 오해는 마십시오. 이 지경에 와서 어떤 구원을 받고자 발버둥 쳐보는 일이라고. 나는 지금 구원을 받기를 원하고 있을까? 그렇지는 않을 거요. 그렇다고 해서 그것에 대항할 수 있을 만큼 내가 강하거나 혹은 초월해 있다는 이야기는 물론 아니오.

아직은 내게 있어 인간에 대한, 인간으로서 가질 수 있는 갖가지 욕망, 외로움에서 빠져 나가고 싶은 그런 욕망을 극기할 수 없는 혼돈 속에, 그렇지요. 그 혼돈 속에 지금 나는 있는 것이오. 틀림없이, 그것은 이 순간 인애에게 편지를 쓰고 있다는 사실만으로도 명백한 일이지요. 그럼 나는 어째서 가끔 종교를 생각했을까? 어느 종교에는 신의 대리인에게 고해하는 의식이 있는데 나는 그 의식을 생각해 보는 일이 있다는 거요.

또 한 가지는 사람 많은 사거리에 나가서 자기의 죄를 외치는 그 일인데 인애는 그것을 어떻게 생각하오? 그것은 구원이 될지 모르는 일일지라도 진실로 뉘우침, 참회라 생각하시오? 그것은 희망이라는 무거운 짐을 벗기 위한 짓이 아니겠소?

거지도 거지의 나름이겠지만 하루 한 끼의 밥밖에 생각지 않는 거지를 인애는 행복하다 생각한 일은 없는지. 아마 그 사람들의 천지는 어떤 영웅의 천지보다 넓을 것만은 확실할 게요. 남의 눈을 버린 사람같이 자유로운 자유인은 없을 테니까.

이야기가 대단히 엇길로 가고 말았군요. 자 이제는 인애에 대한 무거운 그 희망을 버리기 위해 당신은 신의 대리인도 아무것도 아니지만 나는 고해를 해야겠소.

몇 해 전 희망에 가득 찼던 한 청년은 방학에 고향으로 내려갔소. 그때 그 청년은 친구 한 사람을 동반하고 갔었지요. 미움도 사랑도 없는 그저 그러한 친구였었소. 그것은 과실이었는지 그때 심정에 그를 죽이고 싶었는지 그 순간을 잊을 수 없으면서도 그때 그 청년의 마음을 지금은 알 수 없고 꿈같이만 생각되는군요.

우리는 강가에 앉아서 이야기를 하다가 싸움을 했죠. 사소한, 극히 사소한 일로. 그의 염오에 일그러진 얼굴을 나는 지금까지 잊은 일이 없소. 그때 아마도 나는 그를 죽이고 싶었을 거요.

정현의 글씨는 마구 흩어지기 시작했다. 인애의 얼굴은 편지지에 못지않게 하얀 빛깔로 변하였다.

"다방에 나와서 편지 읽는 게 요즘 인애의 취민가?"

언제 왔는지 한철이 옆에 와서 인애에게 말을 걸었다.

"제발, 제발……."

인애는 헤엄치듯 손을 젓는다.

"왜 그래?"

한철이 인애의 얼굴을 보며 놀란다.

"나중에 말씀드릴게요. 제발 지금은 저 혼자 좀 내버려 두세요."

"그러지, 하지만 혼자 걱정하는 것 아냐."

은자에게 무슨 말을 들었던지 한철은 근심 띤 얼굴로 부드럽게 말하며 다른 좌석에 가서 앉는다.

나는 그를 마구 두들겨주었소. 어처구니없이 그는 죽어버렸소. 시체를 강물에 던지고, 참 어처구니없게도 그는 익사한 것으로 일은 낙찰이 되었단 말이오. 모두 믿을 수 없는, 마치 운명의 수레바퀴가 지나가듯 일은 그렇게 진행되고 말았지요. 여기에 유일한 목격자가 있었다는 것은 훨씬 뒤에 안 일이었소. 바로 내 친척 되는 누이, 그 여자였소. 그는 불행한 처지로서 그때 무슨 일로 우리 집에 내려와 있었지요.

이젠 더 긴 이야기는 필요 없을 게요. 그 여자는 평생 자기로부터 떠날 수 없는 한 남자를 잡았다 했어요. 그 당시에 나는 과실치사케 한 죄인으로서 내 발로 벌을 찾아갔었더라면 오늘 같은 이런 비극에 빠지지 않았을지도 모르죠. 그러나 그것도 어리석은 미련의 치사스러운 넋두리에 불과한 일일 게요. 다만 그다음의 세월이 더 욕되고 나를 넝마 같은 인간으로 만들어왔다오. 이제 그 넝마는 아무짝에도 쓸모가 없는 것이오.

　　그것으로서 편지는 끝나 있었다. 끝날 무렵의 글씨는 거의 알아볼 수 없을 만큼 흩어져 있었다.
　　'바보! 바보!'
　　인애는 피가 배게 입술을 깨문다. 빼앗겨 버린 편지 봉투.
　　'살인자라도 좋다! 강도라도 좋다! 나, 나는 그를 만나야 해!'
　　인애는 몸을 일으켰다. 도저히 그냥 앉아 있을 수 없는, 소용없는 짓이라도 정현의 행방을 알아야겠다는 그 행동을 취하지 않고 있을 수는 없었다.
　　"인애!"
　　한철이 불렀으나 인애는 들린 사람같이 쫓아 나가버린다.
　　"왜 저럴까?"
　　한철은 마주 앉은 정인호를 건너다보며 얼굴을 찌푸린다.
　　"요즘 이상하더군요."
　　"이상해."
　　"전 같지가 않아요. 그렇게 명랑하고 활발하던 인애 씨가 필경 불행한 연애를 하고 있나 봐요. 그렇지 않고는 저렇게 사람이 변할 수 있어요?"

정인호의 얼굴은 쓸쓸했으나 인애를 위해 진심으로 근심하고 있는 듯 보였다.

"좋은 아인데……."

한철도 불행한 연애를 하고 있는가 보다는 말을 부정하지는 않는다.

"도와줄 수 있는 일이라면 진정으로 도와주고 싶어요."

"지나치게 선량한 것도 죄가 된다."

한철의 말에 정인호는 얼굴을 붉힌다.

"그런 일은 아무도 도와줄 순 없지. 안 그래, 정 군? 정 군의 불행한 애정을 위해 우리가 뭘 도왔나?"

하고 한철은 착하기 그지없는 정인호를 물끄러미 바라본다.

"그, 그렇기야 하지요."

정인호는 억지로 미소를 띤다. 이때 인애는 민상건의 제작실이 있는 원남동을 향해 걸어가고 있었다. 숙배하고 외식하고 있다는 일을 알면서도 그는 민상건을 찾아가지 않을 수 없었던 것이다.

은자를 피하여 다방으로 가고, 그곳의 마담을 피해 녹지대로 가고, 그동안 인애는 줄곧 걸어만 갔다. 지금 민상건을 찾아 그의 제작실로 가면서도 인애는 합승도 버스도 타지 않고 걷고 있었다. 타고 가야 한다는 판단력을 잃고 있었던 것이다. 그뿐만 아니라 명동에서 원남동까지 얼마만 한 거리가 있는지 그 거리 감각마저 잊고 있었다. 다만 그는 쇳덩어리를 두 발목에 차고 있는 것처럼 한없이 다리가 무겁다고 이따금 느낄 뿐이었다.

두 발을 질질 끌듯 하며 민상건의 제작실로 이르는 골목으로 들어섰을 때 인애는 비로소 날이 저문 것을 느끼고 일루의 희망을 갖는다. 민상건이 돌아와 있을지도 모른다는.

그러나 그 집 앞에 이르렀을 때 창문은 어둡게 인애를 압박해 왔다. 불빛이 보이지 않았던 것이다.

인애는 행여나 싶어 벨을 눌러봤으나 아무런 기척이 없다. 두 번, 세 번 누르다가 지쳐버린 그는 땅바닥에 우두커니 주저앉는다.

'돌아올 때까지 기다리자!'

인애는 두 팔을 무릎 위에 얹고 그 팔 위에 얼굴을 묻었다.

'어째 이 넓은 서울에 그들을 아는 사람은 민 선생뿐일까? 어느 누가 그들을 알고 있다면 나는 그곳이 어디든지 찾아갔을 것을. 자꾸 시간이 가는데 어쩌자고 나는 이러고 앉아 있을까? 자꾸자꾸 시간은 간다. 그 여자가 그이에게 가까이 갈수록……. 그렇다, 지금 그이를 향해 가까이 가고 있어. 아니 지금쯤, 그이 옆에 있을지도 모른다. 다시는 다시는 만날 수 없을 거야. 그인 마지막으로 나를 한 번 보려고. 아, 그랬는데 그, 그것을 빼앗기고 말았다!'

인애는 미친 듯 벌떡 일어선다. 그러나 그는 도로 주저앉고 만다. 민상건을 만나보는 이외 무슨 다른 도리가 없다는 것을 뼈저리게 다시 느꼈기 때문이다.

'아무래도 꿈이야. 나쁜 일이 이렇게 연속적으로, 그리고 하느님은 나에게 아무것도 주시지 않았다. 꿈이 아니라면 이렇게 가혹할 수 있을까? 꿈이겠지. 꿈이야.'

인애는 더욱 깊이 얼굴을 무릎 위에 파묻는다. 인애는 정말 나갈 길이 없음을 절감하면서 낮은 소리를 내어 울었으나 눈물은 흐르지 않고 턱이 떨릴 뿐이었다.

그는 멀리 자동차 지나가는 소리를 들으며 울음을 멈추곤 한다. 울음소리도 자동차의 클랙슨 소리도 현실의 소리 같지가 않았다. 모든 것이 멀리멀리 달아나서 오히려 비극은 무엇인가 하며 엉뚱한 의문 속에 자기를 내버려 두어보기도 한다.

울음소리를 아주 멈추고 두 주먹으로 자기 무릎을 쳤을 때 인애 얼굴에서는 비로소 뜨거운 눈물이 흐른다. 목마르게 기다리고 있을 김정현 앞에 영혼을 망가뜨리고 만 그 저주의 여자가 나타났다면, 인애는 그 고독하고 고통스러운 마지막의 영혼의 시련을 겪을 김정현을 생각함으로써 뜨거운 눈물을 쏟는 것이었다.

'살인자! 강도! 아무래도 좋아요. 난 당신을 사랑해요! 정현 씨!'

정현에게 알리고 싶은 간절한 말이었다. 그러나 전할 길은 없고 밤하늘의 별만이 차갑게 그를 내려다보고 있지 않는가.

'내 마음을 모르고 당신이 가버린다면 그것은 당신보다 내가 죽는 일이에요!'

인애는 정말로 그것은 자기가 죽음을 당한 결과라고 생각했다. 정현은 인애가 그를 찾아간 것도 모르고 있었으며 끔찍스러운 과거를 지닌 그를 더욱더 애타게 그리워하는 인애 마음도 모르고 있었으며, 아니 그보다 무서운 과거에 몸서리치며 인애의 마음이 다른 철없는 소녀들과 같이 물러섰을지도 모른다고 정현이 생각할 수도 있는 일 아니겠는가. 그것을 생각할 때 인애는 미칠 것만 같이 안타까웠다.

"이거 누구야? 인애!"

굵은 남자 목소리에 인애는 벌떡 일어섰다. 민상건이었다. 언제 왔는지 그는 코트 호주머니 속에 손을 찌르고 서 있었다. 그 뒤에서 기웃이 넘어다보고 있던 숙배도 놀라며

"웬일이냐?"

"민 선생님 좀 만나려구요. 아까, 아까부터 기다리고 있었어요. 죄송하지만 어서 문 좀 여시고 안에, 안에 들어가게 해주세요."

인애는 흥분에 턱을 까불었다. 심상치 않은 것을 짐작한 민상건은 열쇠를 급히 꺼내어 문을 열었다.

"왜 그러니?"

숙배가 걱정스레 묻는다.

"넌 잠시 날 내버려 두어."

인애는 여전히 턱을 까불며 민상건을 따라 방 안으로 들어간다.

"무슨 일이지?"

자리에 앉자 민상건이 묻는다.

"민 선생님."

"이야기해 봐요."

"맹세해 주세요."

"뭘?"

"숙배한테 이 편지 내용 말씀하시지 않기로, 물론 다른 사람한테도요."

"그러지."

민상건은 이내 대꾸한다.

"숙배, 너에 관한 일은 아냐. 기분 나쁘게 생각지 말어."

"알았어."

숙배는 순순히 고개를 끄덕인다. 끄덕이지 않으려야 않을 수 없게끔 인애의 얼굴은 절망과 비탄이 가득 서려 그 표정은 어느 누구의 마음도 아프게 하지 않을 수 없었다.

인애는 정현의 편지뿐만 아니고 그 여자의 편지도 민상건에게 함께 내민다. 여자의 편지를 펼쳤을 때 그의 필적을 알고 있는 민상건은 얼굴을 찌푸린다. 그러나 이내 덤덤하게 그것을 읽고 난 다음 다시 김정현의 편지를 집어 들었다. 여전히 덤덤한 표정으로, 그러나 편지 마지막 부분에 가서 민상건의 낯빛은 확 변하였다. 편지를 든 손도 조금씩 떨리고 있었다.

편지를 다 읽고 그다음 탁자 위에 편지를 접어서 놓은 민상건은 가벼운 한숨을 내쉬었다.

"가엾은…… 가엾은 자식이다."

한마디 불쑥 뇌고 그는 담배를 붙여 물었다. 그에게도 충격이 컸던 모양으로 좀처럼 얼굴빛이 본시대로 돌아오지 않았다. 무거운 침묵이 오랫동안 흘렀다.

"그래서 인애는 어떻게 하자는 거지?"

한참 후 민상건이 묻는다.

"그, 그이를 찾아야겠어요."

"어떻게?"

"피, 피봉을 뺏기지 않았어요?"

"그래서?"

"민 선생님 짐작되시는 곳이 없을까요? 옛, 옛날의 연고지……."

민상건은 가만히 고개를 흔든다.

인애는 마지막 선고를 받은 것처럼 숙배 어깨에 쓰러지며 소리를 내어 운다.

뜨거운 커피 한 잔에 빵 두 조각으로 아침 식사를 끝낸 민상건은 담배를 붙여 문다.

"벌써 삼 일, 아니 사 일이 지났구나."

피어오르는 푸른 연기를 바라보며 뇐다. 앞으로 벌어지고야 말 어떤 사태를 대기하고 있는 듯 그의 생각은 사 일 전 그날 밤 인애가 보여준 김정현의 편지 내용에서 떠나질 않고 있었다. 무슨 사태를 그는 기대하고 있는가.

"가엾은 놈이다!"

민상건은 김정현이 자기의 운명을 대신하여 짊어지고 가는 듯한 느낌이 자꾸만 드는 것이었다. 그리고 어쩌면 인애는 김정현을 사랑함으로써 숙배의 운명을 돕고 있었던 것일지도 모른다는 생각도 들었다.

'운명? 거창한 이야기로다.'

민상건은 스스로의 생각을 비웃으면서도 운명이라는 것에서 쉽사리 물러설 수는 없었다.

'하여간 어떤 결판이 나기는 나겠지. 이미 일어나고 있는지도 모를 일이야. 가엾은 것은 사내보다 그 여자야. 그 무서운 집념 때문에 사랑을 받을 수 없었던 가엾은 여자……'

김정현의 경우는 물론 비극이다. 비극이기 때문에 어떤 아름다움이 있는지도 모르고, 한 소녀가 목숨을 걸고 사랑하였다는 데서 더욱 아름다울 수 있는 일이다. 아무리 불행하다 하여도 그는 사랑이라는 한 줄기 빛은 볼 수 있었으니까. 그러나 여자의 경우, 오욕에 찬 그 본능은 무엇으로써 구원이 될까? 그것은 사람이 아니고 기갈진 소유욕에 대한 발버둥 이외 아무것도 아니었을 것이다. 그렇다면 그 여자를 그렇게 한 것은 누구의 책임일까?

'아니다! 내 책임은 아니다!'

민상건은 강하게 고개를 흔든다.

'그것은 그 여자의 숙명이고 그 여자의 성격이다! 저주받은! 그렇다. 조물주의 저주가 서린 무서운 성격!'

민상건은 일어서서 방 안을 거닌다.

'옛날 그 여자가 죽어 없어지기를 그렇게 바랐던 나, 나는 하마터면 살인자가 될 뻔했지. 정현이는 또 얼마나 그 여자가 죽어 없어지기를 바랐을까? 추하고 무서운……'

민상건은 어쩌면 그 추하고 악독한 것 속에 숨겨진 슬픔을 찾으려고 그의 조각은 낱낱이 그러한 여자로써 가득 차 있었는지.

여자를 버리고 여자를 줍고, 끝없는 여자에의 방랑 속에서 그는 악이 가지는 희열을 맛보려 하였다. 그것은 모두 그 여자에 대한 환상에서 도망치려는 의식의 것이었고 어쩌면 그 악에서 이겨보려는 무의식적인 노력이나 아니었는지. 그러나 민상건은 실로 그 여자에게는 따르지 못할 그 강인한 힘에 지치고 자빠진 것을 깨닫는 것이다.

그동안 그는 그 여자로부터 마음 편하게 떠나 있었다고 생각하였다. 그러나 정현의 편지는 그 자신이 그 여자의 강한 힘에서 완전히 빠져 나오지 않고 있었다는 것을 깨닫게 하였다.

민상건은 다시 자신을 다스리듯 문틈 사이에 끼워놓은 조간

신문을 뽑아들고 소파로 돌아온다.

그는 사회면부터 펼쳐서 활자를 더듬어 나간다.

'으음…… 결국…….'

미리부터 짐작한 바대로 일은 끝장이 나고 만 것이다. 미리 짐작했으면서도 민상건의 낯빛은 창백하였고 깊이 모은 이마빡의 주름 사이로 복잡한 그의 마음이 감돈다.

신문 삼 면에는 다음과 같은 타이틀이 나와 있었다.

'불륜의 종말, 정사情死로 청산하다.'

그 타이틀 아래 김정현과 그 여자, 그러니까 민상건의 법적인 아내였던 그 여자와의 자살 경위가 소상하게 씌어져 있었다. 어디서 어떻게 알아냈는지 여자는 민 모 씨의 부인으로서 벌써 오래전부터 별거 생활을 해왔다는 이야기도 씌어져 있었다. 그리고 유서는 없었다는 것이다.

민상건은 오히려 감정이 무디게 되어가는 것을 느끼며 눈을 감아버린다.

"머지않아 형사의 방문을 받겠구먼. 그리고 신문사의 기자……."

얼굴은 창백한데 눈을 감은 채 쓰디쓴 웃음을 띠고 혼자 중얼거린다.

'모든 것은 끝이 났다. 생각한 대로.'

그는 눈을 번쩍 뜨고 신문을 다시 내려다본다.

'어쩔 수 없는 일이야. 그러나 정현이는 그 고통에서 영원히

놓여나고 여자는 그 무섭고 추악한 집념에서 놓여나고, 그리고 나는…… 나도 그로부터 놓여났다.'

패기에 차 있었던 지난날의 정현의 얼굴이 눈앞을 스쳐간다. 아픔도 함께 스치고 간다. 어쩌면 자기 자신의 운명을 김정현이 대신하여 짊어지고 갔을지도 모른다는 기묘한 무거운 부채와도 같이 그것이 민상건의 마음을 다시 씹기 시작하였다.

햇볕이 다사롭게 창문을 비춰주고 있다. 푸른, 그리고 무르익은 봄기운이 햇볕을 타고 방 안으로 출렁이며 넘쳐 들어오는 것만 같은 화창한 날씨…… 희로애락을 외면한, 언제나 대범스럽고 그래서 무자비한 자연은 그냥 자기 자신의 자리만 지키고 있는데 우왕좌왕하는 인간의 무리에는 참으로 이야기도 많다. 창밖에 잠시 눈을 팔고 있던 민상건은

'좋은 날씨다. 좋은 부부 한 쌍이 탄생하기에 알맞은 날씨야.'

탄생과 멸망과 행복과 불행의 사잇길에서 비틀거리듯 민상건은 일어선다.

'결혼식에 나가야지, 나가야지.'

잔인한 그 일을 잊기 위해서 그러는 것처럼.

민상건은 옷을 갈아입으면서

'노총각 한철이, 자네는 또 무슨 길을 걸어가는 거야? 물론 자네는 건실하게 착실하게 꾸려갈 테지. 난 자네한테 빚이 있

지만 그까짓 잊어버려라. 어차피 그 여자 영애의 마음은 희미했으니까 나 아니라도 자넬 배반한 것 아닌가?'

민상건은 거울 앞에서 자기 목이라도 졸라 죽고 싶은지 타이를 조르다가 다시 늘이며

'좋은 일 궂은 일이 한꺼번에 얽혀서…… 멍해지는군.'

옷을 다 갈아입고 허탈한 듯 민상건은 소파에 와서 앉는다. 마침 밖에서 문 두드리는 소리가 난다. 민상건은 느릿느릿 걸어가서 문을 열어준다. 숙배는 결혼식장에 가는 데 어울리는 연둣빛 슈트에 하얀 실크블라우스를 받쳐 입고 밝은 웃음을 띠며 들어왔다.

"게으름 피우고 그냥 계시는 줄 알았는데 용케 준비하고 기다려주셨네요."

참새처럼 재잘거린다. 그러나 민상건은 반기는 기색도 없이 되돌아가서 소파에 펄쩍 주저앉는다.

"왜 그러세요? 화나셨어요?"

"음…….."

민상건은 멍한 눈으로 숙배를 쳐다본다. 처음 만난 생소한 사람을 대하듯 그런 눈으로.

"같이 가기로 어젯밤에 약속하지 않았어요?"

숙배는 샐쭉해서 말한다.

"약속했지."

"그런데요?"

"뭐가?"

그러고 보니 서로가 무슨 말을 하고 있었던가 싶었던지 픽 웃는다.

"이상해요. 왜 그러시죠?"

민상건의 눈은 다시 멍해진다. 그러나 그 눈은 숙배 얼굴에서 떠나지 않았다.

"무슨 일이 있었어요?"

그 말대꾸는 하지 않고

"숙배."

"네?"

"산다는 게 우습지 않어? 흔히 하는 말인데 참 우습고 서글 픈 얘기 아니냐 말이다."

"……?"

"저렇게 환하게 햇빛이 비치고, 그리고 오늘은, 오랜 친구가 예쁜 아가씨하고 결혼을 하지."

"……."

"그런데 한편에서는 죽고 싶지 않은 사람이 죽었단 말이야."

"누, 누가요?"

그 말대답도 하지 않고

"내 그 친구, 오늘의 신랑감보다 더 싱싱하고 의욕에 넘쳐흐 르던…… 그리고 또 사랑하는 소녀도 두고 가버렸단 말이야. 그것도 더럽게 죽어갔거든."

민상건은 담배를 붙여 문다.

"그 소녀란 인애 이야기예요?"

숙배의 얼굴이 긴장된다.

"인애의 이야기가 아니지. 그 가엾은 청년의 이야기다."

숙배는 긴장이 된 채 묵묵히 다음 말을 기다리는 듯 앉아 있다.

"하기는 좋은 일 궂은 일은 다 남의 일이지. 한데 실상은 내 자신이 그 좋은 일 궂은 일 틈바구니에 끼어들어 옴짝할 수 없는 묘한 기분이야. 남의 일, 남의 일이지. 그런데 남의 일 아니거든. 내 마음속에 딱 자리를 잡은, 나면서부터의 모순이 집요하게 도사리고…… 아니 나보다 이 세상이 말이지."

뒤의 말은 그 자신도 무엇을 얘기하려는 것이었는지 흩어져서 분명치가 않았다.

"그, 그럼 인애의 그 청년이 죽었어요?"

"죽었다!"

"어떻게?"

"죽을 수밖에 없었지. 어쩌구저쩌구 하지만 그 자식은 몹시 살고 싶었을 거야. 그런데 죽었거든. 그리고 그 여자도……. 그것을 내가 기뻐해야 옳을지 모르겠단 말이야. 그렇게 죽은 것을 미워하기에는 한 오리의 애정이라도 필요했겠고, 정이 없는데 미워할 수야 없지. 가엾게 생각하기에는…… 그렇지, 한 청년을 물고 들어간 그 잔인하고 무자비한 욕심에는 소름이 끼쳐! 그것은 사랑이 아니야!"

숙배는 알 듯 알 듯하면서도 알 수 없었다. 청년은 인애의 애인이고 그 여자는 민상건의 법적 아내였다는 점만 확실했고, 또 죽었다는 것도.

민상건은 내동댕이치듯 숙배 앞에 신문을 보냈다. 숙배가 신문을 보고 또 보며 얼굴빛이 달라지자 민상건은 그의 팔을 끌어 일으킨다.

"이제 나가지. 그리고 잊어버리자. 날씨가 좋군."

그들은 거리에 나왔다.

결혼식장을 향해 걸어가면서 숙배는 나직한 소리로 물었다.

"그럼 그 청년은 인애를 사랑하지 않았던가요?"

"사랑했지. 그러니까 죽은 거야."

"그럴 수 있을까요?"

"수수께끼로 남겨두자. 인애는 숙배의 운명을 돕고 정현이는 내 운명을 도왔다고만 생각해. 더 이상 깊이 파고 들어갈 필요는 없구. 언젠가 밤에 인애가 나에게 말하지 않았어? 편지를 보이면서 숙배에게 말하지 않는다는 맹세를 하라고…….이젠 그만이야. 끝장이 왔으니까……."

식장에 도착했을 때 이미 식은 시작되고 있었다. 여러 쌍의 결혼식이 작고 큰 홀에서 각각 벌어지고 있었으므로 복도마다 사람들이 미어져 도저히 뚫고 식장 안으로 들어갈 수가 없었다.

민상건과 숙배는 선물과 축하금을 접수시킨 뒤 하는 수 없이 밑에서 그들의 결혼식이 끝나기를 기다릴 수밖에 없었다.

그들은 벽에 붙어 서서 한마디 말도 주고받지 않고 서 있었으나 다 같이 인애가 어찌 되었는지 그것만을 궁금하게 생각하고 있었다.

축하객들이 밀려 나왔다. 눈 익은 녹지대의 청년들 얼굴이 여기저기 눈에 띈다. 그러나 민상건과 숙배는 인애의 얼굴만 찾고 있었다.

사람들의 무리에 섞여 입술을 꾹 다문 인애의 얼굴이 층계를 밟고 내려온다. 그는 민상건을 보았다. 그리고 천천히 다가왔다. 민상건의 얼굴도 푸르고 인애의 얼굴도 그리고 숙배의 얼굴도 푸르다. 분명히 결혼식장에 축하를 위해 왔건만 그들은 상가喪家에 온 듯한 착각을 일으키고 있었다.

민상건을 쳐다보는 인애의 눈에는 무한한 생각을 담고 있었다. 그리고 그 생각은 낱낱이 민상건에게 전해지는 것이었다.

"마지막으로 한 번만 도와주세요. 선생님."

다물어졌던 인애의 입술이 움직였다. 말해보라는 듯 민상건은 그를 응시한다.

"함께 가주세요. 내 손으로 묻어주고 싶어요."

민상건은 고개를 끄덕인다. 숙배는 얼어붙은 듯 한마디의 말도 못 하고 서 있었다.

밖에서는 경비를 절약하기 위해 피로연도 없이 그냥 신혼여행을 떠나는 신부 신랑을 전송하기 위해 많은 사람들이 기다리고 서 있었다. 한철의 동료인 사진반 기자들은 노총각의 결혼이 끝난 것을 마치 자기네들 어깨 위의 짐을 내린 듯 그런 안심한 표정으로 웃으며 카메라를 안고 신랑 신부가 나오기만을 기다리고 있었다.

식장, 따로 마련된 출입문에서 그새 옷을 갈아입은 은자와 한철이 좀 상기된 얼굴로 나타났다. 그들이 자동차에 몸을 싣는 순간 사방에서 카메라를 들이대고 녹지대의 패거리들은 자동차를 둘러쌌다.

"떠나는데…… 전송이나 해주지."

민상건은 인애의 손을 끌었다. 그러나 그들이 가기 전에 택시는 사람들을 헤치고 출발하는 것이었다.

택시가 떠나버린 빈자리, 모두들 햇볕을 받고 웃음을 지으며 떠들어대는데…… 그러나 인애는 쓰러지지도 않고 꼿꼿이 서 있었다.

작품 해설

사계절에 담은
'청춘'들의 인생사

김인숙

박경리의 『녹지대』가 세상에 나온 것은 거의 60년 전이다. 오늘의 독자에게 『녹지대』는 전적으로 새롭게 보일 수도 있고, 아주 낡은 이야기처럼 보일 수도 있다. 소설 속 인물들의 대화를 소리 내어 읽어보면 저절로 옛날 영화를 더빙하는 성우의 톤을 따라하게 된다. 비슷한 시기 《동아일보》에 연재되었던 『파시』에는 강한 경상도 사투리와 짙은 바다 내음이 있다면, 『녹지대』에는 서울 명동을 오가는 도시인의 긴 그림자가 있다. 약과나 양갱 같은 옛날 간식이 요즘 젊은이들에게 사랑받듯이, 두 세대가 지난 이즈음 『녹지대』의 맛을 살려 읽기 위해 몇 가지 키워드를 따라가 보는 것은 어떨까.

신문 연재소설

『녹지대』는 1964년 6월 1일부터 1965년 4월 30일까지 10개월 동안 282회에 걸쳐 《부산일보》에 연재되었던 장편소설이다. 한국 문단에서는 신문 연재소설의 '대중성'이 예술성과 반비례하는 것이 아니냐는 논란이 종종 있었다. 박경리의 소설은 잡지나 신문에 발표된 후 단행본으로 출간하는 경우가 많았기 때문에, 발표 방식에 따라 예술성을 달리 평가하는 것은 적절하지 않다. 다산책방에서 단행본 20권으로 출간된 『토지』만 해도 작가가 26년 동안 신문과 잡지를 비롯한 일곱 곳에 발표해 온 작품이다. 작가는 신인문학상 수상 이후 1958년부터 다양한 매체에 장편과 단편을 쉬지 않고 발표해 왔다. 이 덕분에 작가는 매달 월급처럼 고료를 받는 안정적인 생활인이 될 수 있었다.

신문 연재소설의 통속성이 작가의 문학 성향에 영향을 미치지는 않았다고 해도, 소설이 어떤 매체에 어떤 방식으로 발표되었느냐는 점은 작품을 이해하는 데 중요한 요인일 수 있다. 《부산일보》에 한 회 실리는 분량은 원고지 8매 내외로, A4 용지로 1페이지 정도다. 감칠나는 이야기 전개에도 독자를 붙잡아 두기 위해서는 '그다음'을 기대하게 만드는 요소가 필요하다. 『녹지대』가 처음 단행본으로 나온 2012년, 토지문화재단의 김영주 이사장은 "생전 추리소설을 즐겨 읽으셨던 어머니는 이 작품에 추리적 요소를 많이 가미하셨다"고 말했다. 이런 특징은 김정현과 '그 여자'를 둘러싼 이야기를 미스터리한 분위기로 이어간 점에서 찾을 수 있다. 비슷한 시기에 연재된 『파시』에서도 추리소설 같은 반전 효과를 볼 수 있다. 『파시』에서는 박 의사가 아들과 명화의 결혼을 반대한 진짜 이유가 한참 나중에 밝혀져 독자들에게 놀라움을 주었다.

신문 연재소설은 꽤 오랜 기간에 걸쳐 발표되기 때문에, 아직 작품을 다 읽지 않은 독자의 '중간 반응'을 얻을 수 있다는 점도 특징이다. 작가는 독자들에게 직접 편지를 받기도 하고, 연재 중에 〈독자 진단〉을 마주하기도 한다. 실제로 『녹지대』가 연재 중이던 1964년 11월 17일에 독자 네 명의 글이 《부산일보》에 실렸다. 282회 분량 중 딱 절반인 141회분을 보고 난 후의 반응이다. 부산대 국문과 2학년생, 이화여대 졸업생, 작가, KU 기자가 연재 중인 소설을 '진단'했다. 이들은 주요 인물들을 평가하고, 연애 양상이나 소설의 현실성을 비판하는가 하면, 자신이 원하는 소설의 결말 형태를 제시하기도 하였다. 대화를 줄여서 극의 전개를 빠르게 하라는 요구까지 있는 것을 보면, 작가가 'Q씨에게' 토로한 현대 예술가의 고충을 이해할 만하다. 예전에는 예술가를 먹여 살리는 것이 귀족 계급이었다면, 대량 인쇄의 결과 "예술가의 상전"이 소수의 특권층에서 다수의 민중으로 대치되었다고 작가는 말한다. 내면의 미의식과 가치관이 "외부 대상의 압력"에 흔들린다고 토로할 만한 상황이다.(『대량 인쇄의 결과』, 『Q씨에게』 참조). 신문 연재와는 확연히 다른 리듬으로 단행본을 읽는 오늘의 독자에게 당시의 '실시간 독자 반응'은 신선하게 보일 테다. 작품 전달 방식에 따라 감상의 내용도 달라지니 말이다.

1960년대 서울 명동의 풍속도

쓰인 지 두 세대가 지난 오늘에 『녹지대』를 읽다 보면, 1960년대 서울의 풍경이 새롭게 다가온다. 무엇보다 소설의 제목이자, 명동의 음악 살롱다방이면서 젊은이들의 문학 동인 명칭이기도 한 '녹지대'가 이색적이다. 여기에 모이는 이들은 '한국의 비트족beat族'이라 불린다. 미국의 비트족Beat Generation은 경제적 풍요 속에 획일화되는 삶을 거부한 반항적이고 '힙한' 청년들이었다. '녹지대'에 모인 이들이 예술을 논하면서 시를 짓고 음악을 즐기는 모습을 보고 '한국의 비트족'이라 부르는 것은 한편으로는 그럴듯해 보이지만 여기엔 얼마간의 비아냥이 섞인 듯하다. 이들은 경제적 풍요를 누려본 적도 없으며 현실을 변혁할 능력도 없다. "한때의 유치한 지랄" "젊음에 대한 몸부림" "겉멋"(691쪽)이라고 자조하는 '안경잡이'의 말처럼, 녹지대의 동인들은 시간이 지나면서 하나둘 현실에 안착해 간다.

녹지대는 명색이 '음악 살롱다방'이지만, 소설에서는 음악

감상실이라기보다는 주로 만남의 장소이다. 아는 얼굴들끼리 만나고, 때로는 누군가를 마냥 기다리기도 하고, 뜻밖의 편지가 오고 가는 장소이기도 하다. 그래도 귀 기울여보면 소설에는 1960년대에 유행한 미국 대중음악이 흐르고 있다. 현재까지 가수 천 명이 리메이크했다는 고전 팝송 「서머타임Summer Time」이 녹지대 안을 "정답고 쓸쓸하고 그러면서도 들뜬 분위기"(25쪽)로 만든다. 인애가 민상건을 우연히 만나 들어간 다방에서는 리처드 터커Rechard Tucker의 「진주잡이의 노래」가 맑은 소리로 울려 나온다. 이 외에도 인애가 거리에서 흥얼거리고 휘파람을 부는 노래는 미국의 인기 가수 레이 피터슨Ray Peterson의 「코리나 코리나Corinna Corinna」이다. 몸이 저절로 흔들리는 듯한 밝고 경쾌한 곡이라, 이 노래를 한 번 들어보면 인애가 흥얼거리는 "코리나 코오리나" 하는 구절이 머릿속에서 반복 재생된다. 소설의 첫 장면에서 인애가 언급하는 폴 앵카Paul Anka의 노래도 마찬가지다. 인애는 큰어머니에게 혼이 나면 "폴 앵카처럼 몸을 뒤틀고 노래 부르며 울고 싶어진다"(12쪽)고 말한다. 폴 앵카는 1950년대 전 세계에 '오빠 부대'를 만들어낸 원조 아이돌 가수다. 「다이애나Diana」, 「크레이지 러브Crazy Love」 등의 노래는 단순한 가사와 멜로디에다 호소력 있는 목소리와 눈빛을 더해 전 세계 여성을 사로잡았다. 인애가 「크레이지 러브」를 부르며 우스꽝스럽게 몸을 비트는 모습을 어렵지 않게 떠올릴 수 있다. 이처럼 미 군정을 거치면서 '왜색'이 빠지고 미국문화가 대중을 사로잡던 시절의 색채가 『녹지대』의 주조를 이룬다.

오늘날까지 인기가 식지 않은 올드 팝이 배경음악으로 깔린 소설에, '통행금지'는 극적 긴장감을 높이는 요소로 작용한다. 1945년 8월 광복 직후부터 '치안과 안보'의 목적으로 시행되었던 야간 통행금지 제도는 1982년 1월에야 휴전선 접경 지역을 제외하고 일제히 해제되었다. 통행금지는 소설에서 특히 연인들에게 의미 있는 변수가 된다. 한밤중에 울리는 통금 사이렌은 긴박한 분위기를 만든다. 통금 전에 집에 들어가느냐, 사랑하는 사람과 함께 밤을 보내느냐는 중요한 갈림길이다. 은자가 자신을 던지고 싶은 마음에 박광수와 통금을 넘겨 호텔에 들어간 일, 여러 여성과 밤을 보내곤 하던 민상건이 숙배는 통금 전에 꼭 택시를 태워 집에 보낸 일, 김정현을 찾아갔다가 만나지 못한 인애가 통금이 넘어 외진 골목에서 홀로 밤을 지새운 일 등 통행금지는 인물 관계를 변화시키는 데 의미 있는 기능을 한다.

통금 전에 택시를 잡기 힘든 곳에서 사람들이 기다리는 '합승'도 추억 속 교통수단으로 눈길을 끈다. '합승택시'라고 불리지만 이것은 9인에서 16인까지 탑승할 수 있었던 마이크로버스 형태였다. 인애와 숙배는 붐비지 않는 시간에 요금 백 환씩을 내고 합승을 타고 시내로 나가면서 드라이브하는 맛을 즐기기도 한다.(591쪽) 대중교통의 수요를 맞추지 못해 승합차의 형태로 시작되었다가 1966년부터 사라졌으니, 소설 속의 '합승'은 그 마지막 자취라고 할 수 있다. 이 외에도 '신문팔이' 소년들이 석간신문을 들고 뛰어다니거나 '슈샤인보이'라고 불리던 구두닦이 소년들이 콧노래를 부르며 신사들의 구두를 닦던 거리 풍경도 옛날 영화의 한 장면처럼 생동감 있게 보인다. 『녹지대』를 읽는 데에는 1960년대 서울 명동의 풍속도를 구경하는 맛이 있다.

'하인애'라는 캐릭터의 창조

'의적 홍길동', '열녀 성춘향', '의지의 화신 최서희'처럼 문학에서 창조된 개성적인 인물은 때때로 '전형'이 되어 대중에게 오래 살아남는다. 『녹지대』의 하인애도 시대를 뛰어넘는 인물로 기억될 만한 개성 있는 캐릭터다. 그는 6·25 때 부모를 여의고, 개인주의 성향이 강한 큰아버지네 가족들과 살아야 했다. "나를 기른 것은 사람이 아니다. 나는 바람이 기른 아이다."(14쪽)라고 써서 벽에 붙여놓을 만큼 감수성도 예민하고 객기도 부릴 줄 안다. 대학 입학을 거부하고 등록금을 들고서 섬이나 절로 튀어버리는가 하면, 술 먹고 늦게 다니면서 몸에 익은 낡은 옷과 신발만 걸친다. 말과 행동에 주저함이 없다. 그러면서도 연애에는 순정파다. '그 여자'에게는 김정현을 위해 죽을 수 있다고 말할 정도로 열정적이면서도 가까운 사람들에게는 연애 사실을 드러내려고조차 하지 않는다.

작가는 소설에서 하인애의 입체적 성격을 여러 가지 에피소드로 보여준다. 시화전의 자금을 조달하기 위해 한때 문학청년이었던 기업가를 찾아가 찬조금을 얻어낸 일에서는 거의 돈키호테급의 용기를 볼 수 있다. 버스 바닥에 떨어진 감을 몰래 주워 먹던 소년을 보고 주머니의 돈과 버스표까지 모두 털어준 것에서는 여린 감성을 확인할 수 있다. 큰어머니의 잔소리에 집을 나와서 은자네로 간 다음부터는 번역 원고를 정리하면서 돈을 벌어 자립해 간다. 애정에는 맹목적이고 남의 사생활에는 과묵하다. "너는 여자가 아니냐?"는 친구의 말에, "아마도 나는 인간인 것 같다"(662쪽)고 말하는 데에서 캐릭터의 진면목이 드러난다. 하인애는 녹지대 구성원들로부터 '진짜'라는 평가를 받는다. 신문기자 한철의 권유로 섬에 들어가서 아이들과 지내보겠다고 할 때에도 '현실도피' 아니냐는 주변의 비난에 맞선다. "섬엔 현실이 없는가? 내가 가는 곳은 어디든지 현실이야."(689쪽)라고 말한다. 그는 거창하거나 치기 어린 행동을 할 때에도 모두 진심이다. 목숨처럼 사랑하는 김정현이 살인자에다 근친상간을 한 사람이라고 해도, 결국 김정현이 '그 여자'와 동반자살로 생을 마감해도, 자기 손으로 그를 묻어주고 싶다면서 꿋꿋하게 서 있다. '소설 이후 인물들은 어떻게 살아갈까'를 상상해보면, 미래를 쉽게 가늠하기 어려우면서도 뭔가를 '기대'하게 되는 인물이 바로 하인애다.

하지만 앞서 언급한 《부산일보》〈독자 진단〉의 필자 네 명은 모두 하인애라는 캐릭터에 부정적인 반응을 보였다. "아웃사이드 말썽꾸러기, 자기 본위의 에고이스트"라고 평가하는 이가 있는가 하면, "지나칠 정도로 분방하게 자기 의식을 표출"하여 독자의 공감을 얻기 힘들다는 평가도 있다. 인애를 포함한 『녹지대』의 젊은 여성들은 "애정에 굶주린 고독한 군상들"이며, "갈갈이 날이 돋친 신경병 환자들"이라고 진단하는 이도 있다. 유일한 여성 독자마저도 인애의 캐릭터에 "크게 흥미를 느끼지 못했다"고 말한다. "철저하게 감정에 충실하지도 못하고 그렇다고 전자계산기의 기능도 제대로 흉내 못 내는, 소박한 맛도 없는, 길 잃고 우왕좌왕하는 상태"라고 인애를 평가한다. 중간 평가였다는 점을 감안하더라도 하인애라는 캐릭터는 동시대인들에게 그다지 호감을 얻지 못한 듯하다. '여성다운' 맛도 없고, 뚜렷한 성취도 없으면서 호락호락하지도 않은 인물이니 말이다. 하지만 작가는 공을 들여 이 인물을 '진짜, 인간'으로 빚어내었다. 어쩌면 『녹지대』라는 소설의 성취는 하인애라는 인물 창조의 성패와 운명을 같이한다고도 볼 수 있다. 당대 독자에게는 큰 반향을 일으키지 못한 인물이지만, 하인애는 오히려 오늘의 독자에게 좀 더 긍정적인 인물로 와닿지 않을까.

사계절에 담은 '청춘'들의 인생사

『녹지대』에는 분명 '청춘의 사랑 이야기'가 담겨 있다. 하인애와 김정현 그리고 '그 여자', 은자와 박광수 그리고 한철, 하숙배와 민상건 그리고 '그 여자'. 주요 인물들은 삼각관계를 이루면서 사랑의 갈등을 겪어낸다. 그러나 사랑은 청년들만의 전유물이 아니다. 숙배 부모인 최경순과 하홍수 그리고 한 박사의 관계도 심각하다. 중년의 애정 문제도 소설에는 적지 않은 비중으로 다루어진다. 최경순 여사가 자살을 시도했다가 산장에서 회복하는 과정은 여러 인물과 얽힌 주요 사건이다. 드러나지 않은 이야기로, '양공주'였다가 자살한 은자 어머니와 고국으로 가버린 미국 군인의 사랑도 있다. 아무도 상처받지 않고 이루어진 사랑은 정이 깊은 식모 아주머니와 무뚝뚝한 산장 노인의 결합뿐이다.

소설의 이야기는 비가 내리는 늦은 봄에 시작해서 여름, 가을, 겨울을 거쳐 다시 봄기운이 무르익은 한낮에 끝난다. 이는 6월 1일에 시작해서 4월 30일에 끝나는 소설의 연재 기간과도 맞닿아 있다. 물론 소설의 전개에는 완급이 있기 때문에 실제 연재되던 시기의 계절과 소설 속의 계절 변화가 맞아떨어질 수는 없었을 것이다. 하지만 『녹지대』에는 계절감이 매우 풍부하게 표현되어 있다. 비 오는 날의 공기 냄새나 축축한 느낌, 무더위에 지친 도시인들의 무기력감, 추위에 떨며 옷깃을 여미는 인물들, 다시 봄이 오기를 기다리며 언 땅 밑의 생명력을 가늠하는 대화 등 작가는 오고 가는 계절의 감각을 생생하게 살려내고 있다.

> "희로애락을 외면한, 언제나 대범스럽고 그래서 무자비한 자연은 그냥 자기 자신의 자리만 지키고 있는데 우왕좌왕하는 인간의 무리에는 참으로 이야기도 많다."(770쪽)

소설 후반의 이 문장은 전지적 시점에서 이야기 전체를 조망하는 것으로 읽힌다. 이는 식민 지배에 이은 동족상잔의 민족사뿐만 아니라 사랑하는 이들을 여럿 잃어야 했던 비극적 가족사를 겪어온 서른여덟 작가의 시각이다. 자연과 대비되는 '인간 무리'의 이야기에는 청년이나 중년이나 노년에 큰 차이가 없다. 나이가 든다고 해서 수월해지지 않는 각자의 '청춘'을 모든 인물이 치열하게 살아갈 뿐이다. 자연은 한순간도 가만히 있지 않고 끊임없이 계절의 옷을 갈아입으면서도 자기 자리에 그대로 있다. 인간사도 자연처럼 변화무쌍하지만 어떤 지점에서 조망하면 똑같은 빛깔로 보일 때가 있다. 작가는 『녹지대』 연재를 시작하기 직전, 1964년 5월 30일 자의 「작가의 말」에 이렇게 적었다.

> "자신의 내부 소리에 진지하게 귀 기울이며, 사람과 자연의 소리에

귀 기울이며 엮어나가는 속에 음악이 있고, 시가 있다면 좋은 작품이 되지 않겠는가.”

　여기, 자연의 흐름 속에서 일희일비하는 ‘청춘’들을 담은 이야기, 『녹지대』가 있다. 이제 독자 저마다의 내면 소리와 만나면서 이 소설은 어떤 울림을 만들어낼지 궁금하다.

녹지대

초판 1쇄 인쇄 2024년 9월 5일
초판 1쇄 발행 2024년 9월 25일

지은이 박경리
펴낸이 김선식

경영총괄이사 김은영
콘텐츠사업2본부장 박현미
책임편집 이한민 **책임마케터** 오서영
콘텐츠사업6팀장 임경섭 **콘텐츠사업6팀** 정지혜, 곽수빈, 조용우, 이한민
마케팅본부장 권장규 **마케팅1팀** 박태준, 오서영, 문서희 **채널팀** 권오권
미디어홍보본부장 정명찬
브랜드관리팀 오수미, 김은지, 이소영, 서가을
뉴미디어팀 김민정, 이지은, 홍수경, 변승주
지식교양팀 이수인, 염아라, 석찬미, 김혜원, 박장미, 박주현
편집관리팀 조세현, 김호주, 백설희 **저작권팀** 이슬, 윤제희
재무관리팀 하미선, 윤이경, 김재경, 임혜정, 이슬기, 김주영, 오지수
인사총무팀 강미숙, 지석배, 김혜진, 황종원
제작관리팀 이소현, 김소영, 김진경, 최완규, 이지우, 박예찬
물류관리팀 김형기, 김선민, 주정훈, 김선진, 한유현, 전태연, 양문현, 이민운
외부스태프 디자인 파도 교정교열 원보름 본문 조판 스튜디오 수박

펴낸곳 다산북스 **출판등록** 2005년 12월 23일 제313-2005-00277호
주소 경기도 파주시 회동길 490
전화 02-704-1724 **팩스** 02-703-2219
이메일 dasanbooks@dasanbooks.com
홈페이지 www.dasan.group **블로그** blog.naver.com/dasan_books
용지 스마일몬스터피앤엠 **인쇄 및 제본** 상지사피앤비 **코팅 및 후가공** 평창피엔지

ISBN 979-11-306-5636-6 (03810)